采得百花成蜜后

（代序）

侦探小说源于西方的启蒙时代，自1841年美国作家爱伦·坡开创侦探小说的写作范式以来，经柯南·道尔、克里斯蒂、奎因、勒布朗、西默农、埃科等作家的不断拓展与创新，侦探小说已不再是一种仅供读者消遣的通俗读物，而是作为一种雅俗共赏的文类跻身文学经典之林，并以其独特的艺术魅力吸引了现代世界的广大读者。

一

中国侦探小说是典型的“舶来品”，它发生在特定的历史语境里，经历了译作、仿作到自创的演变过程。梁启超主办的《时务报》和《新小说》是译介侦探小说的倡导者和理论实践的先行者。1896年，《时务报》刊发了由张坤德翻译的柯南·道尔的侦探小说《歇洛克呵尔唔斯笔记》，这是中国最早引入的侦探小说。此后，西方侦探小说源源不断地输入中国，其中影响最大、最受读者青睐的当属《福尔摩斯探案》。除《福尔摩斯探案》外，其他西方著名侦探小说家的作品也被译介到中国。在众多的译介侦探小说中，法国著名侦探小说家莫里斯·勒布朗创作的侠盗加侦探亚森·罗宾，在当时读者中的知名度仅次于福尔摩斯。在不到20年的时间里，几乎将西方著名的侦探小说全部引介到中国。

随着侦探小说被越来越多的中国读者所接受，译介西方侦探小说出现了一片新天地。正如阿英所描述的，“由于侦探小说与中国公案小说和武侠小说，有许多脉搏互通的地方，先有一二种的试译，得到了读者，于是便风起云涌互应起来，造成了后期的侦探翻译世界。与吴趼人合作的周桂笙是这一类译作能手，而当时的译家，与侦探小说不发生关系的，到后来简直可以说是没有。如果说当时翻译小说有千种，翻译侦探小说要占五百部以上”。[①] 在侦探小说的翻译热潮中，有些译作几乎与西方原创的侦探小说同步上市。“抛开日本这

---

① 阿英：《晚清小说史》，217页，上海，东方出版社，1996。

个中转站,直接取法欧美,步伐甚至走得比日本还快,在这个特殊的艺术领域里基本上与世界文学潮流同步。”[①]译介西方侦探小说的热潮直至辛亥革命爆发后才渐渐降温。

西方侦探小说为什么会在中国读者中产生如此狂热的阅读效应?从文学发展规律看,一种类型的文学模式能够存在,总是以其自身的审美趣味与读者达成某种默契,从而获得其独特的欣赏价值,只有这种文学模式和读者的期待视野、欣赏习惯和审美心理相吻合,读者才会全身心地投入,并保持持久的热情。笔者认为,造成这种狂热的阅读效应,除了西方侦探小说呈现的新颖的故事、惊险的场景、曲折的情节、神秘的悬念、智慧的侦探等审美特性外,还在于西方侦探小说隐含着诸多的人文意趣。一是神学的意境。英国早期侦探小说批评家玛乔丽亚·尼柯尔森(Marjorie Nicolson)带着极嘉许的口吻肯定侦探小说的生命意义。读者对侦探小说的兴趣体现了一种“因宇宙社会和人生的激变而出现的精神动荡,在没有秩序的环境里生活总是让他们苦恼。所以,对侦探小说的兴趣往往还体现了读者想返回到简单安宁而又秩序井然的宇宙的强烈渴望,他们想生活在一个有秩序的宇宙就像生活在家里一样”。[②] 读者在现实生活中无法实现的安全感却在侦探小说里找到了寄托。因为侦探小说隐含着一种异样的精神景观——罪恶终将被惩服,混乱的秩序终将得以恢复,侦探小说在遥深的意旨上接近了神学。二是哲学的意蕴。侦探小说的内容充满着理性与非理性、健康心态与变态精神之间的矛盾冲突,而这些问题持久地刺激着读者的兴奋点,甚至把理性带到了极限——认识世界和认识人类的根本问题,这样的困惑及其化解,使人类自身得到了精神上的抚慰。三是文化的意味。侦探小说作为一种大众文学读物,其深层也深刻地触及人类的终极眷注。从历史发展看,犯罪的发生几乎与人类历史同等悠久,犯罪现象遍及世界的每个角落,从公共领域到私人空间,每时每刻都有神秘的死亡发生,而人类又是那么无力地拒绝神秘的诱惑。侦探带着科学的探索精神和宗教般的情怀,去揭破死亡之谜和为制服犯罪而进行的努力。侦探小说不仅呈现了人性的秘密,而且也揭示了人类的命运。四是符号学的意义。“不论是男性还是女性侦

---

① 陈平原:《中国小说叙事模式的转变》,44 页,北京,北京大学出版社,2010。

② *Whatever Happened to Sherlock Holmes: Detective Fiction, Popular Theology, and Society*, By Robert S. Paul, Carbondale and Edwardsville: Southern Illinois University Press, 1991, p. 17.

国家社科基金项目《中国现当代侦探小说研究》（10BZW087）阶段性成果

百年中国侦探小说精选

100（1908—2011）

第二卷

雀语

任翔 主编

北京师范大学出版集团
BEIJING NORMAL UNIVERSITY PUBLISHING GROUP
北京师范大学出版社

图书在版编目(CIP)数据

雀语／任翔主编．—北京：北京师范大学出版社，2012.10（2013.7重印）
（百年中国侦探小说精选：1908–2011）
ISBN 978-7-303-15059-5

Ⅰ．①雀…　Ⅱ．①任…　Ⅲ．①侦探小说－小说集－中国－当代　Ⅳ．①I246.7

中国版本图书馆CIP数据核字（2012）第179603号

营销中心电话　010-58802181 58805532
北师大出版社高等教育分社网　http://gaojiao.bnup.com
电子信箱　gaojiao@bnupg.com

出版发行：北京师范大学出版社 www.bnup.com
北京新街口外大街19号
邮政编码：100875
印　　刷：北京京师印务有限公司
经　　销：全国新华书店
开　　本：170 mm × 240 mm
印　　张：31.5
字　　数：540千字
版　　次：2012年10月第1版
印　　次：2013年7月第2次印刷
定　　价：52.00元

策划编辑：赵月华　　责任编辑：陈佳宵
美术编辑：毛　佳　　装帧设计：耿中虎
责任校对：李　菡　　责任印制：孙文凯

探小说作家,他们都特别善于从文化上改写占统治地位的辩证法。”[①]因为侦探小说文类坚定执著地偏爱一种场景——犯罪场景与侦破场景——的书写。这个场景不仅是一个封闭的世界,而且还是一个具有高度智慧的世界。侦探与罪犯在这个密闭的世界里,进行着人类的智力、毅力与信念的博弈。正是因为西方侦探小说蕴藏着如此深邃的人文意趣,它一踏入古老的中国大地,就以其独特的魅力征服了亟待启蒙的中国读者。

二

西方侦探小说的译介为中国侦探小说的诞生吹响了号角,但必须明确中国侦探小说是深深地根植于中国现实社会的土壤里,浸润在中国深厚的传统文化里。毋庸置疑,中国侦探小说与传统公案小说有着亲密的血缘关系,虽说侦探小说宣扬的是法治而非人治,要求的是科学实证而非主观臆断,讲究的是人权而非皇权,但是两者却有着诸多共同的喜好和交替互渗的表现。首先,侦探小说与公案小说不仅“形似”而且“神似”。虽说公案小说源于中国,经历了几千年的历史沉淀,而侦探小说则诞生于西方工业革命之后,历史也仅区区的百余年。但两者既有着“形似”又有着难以割舍的“神似”。“形似”——两者都在运用人类的智慧,昭示案件的真相。“神似”——探案者都坚持不懈地追求正义,惩恶扬善是他们共同的主题。如果说西方侦探小说对中国侦探小说的影响是显性的,它为中国侦探小说的诞生提供了一个可供借鉴的模式,那么传统公案小说对中国侦探小说的影响则是隐性的,它是中国侦探小说诞生的精神传承。其次,侦探小说与公案小说同属“乐感文化”,有相似的审美趣味。传统公案小说有着悠久的历史和广泛的读者基础,并形成了一个相对稳定的审美接受心理,普通读者阅读公案小说,更多的是偏重于其娱乐功能,希望作品中最终都能出现一个“报应分明,昭彰不爽”的圆满结局,在阅读过程中享受拍案称快之乐,而无凝思长叹之忧,这种传统的“乐感文化”不仅制约着普通读者的审美选择,而且还积淀于中国知识分子的深层意识之中。以启智娱乐为开端的西方侦探小说也可归属于“乐感文化”——扣人心弦的悬念设置、严密细致的逻辑推理和案犯必遭惩罚的完美结果,它能够带给中国读者紧张而不疲惫、轻松而不乏趣味的审美享受。再次,侦探小说汲取了公案小说的精髓,完

---

① *The Art of Detective Fiction*, Edited by Warren Chernaik and Robert Vilain, New York: ST. Martin's Press, INC., 2000, p. 12.

成了从传统到现代的转型。从侦探小说文类生成看,反映了中西两种文化的碰撞与认同的复杂过程。侦探小说的译者在翻译西方侦探小说之初,其目的是希望借助侦探小说以引进新思想来变革中国的社会现实。但事实上,这些深受传统礼教影响的文人在观念上仍然保守。他们在译介和创作侦探小说时都会渗入中国传统的道德规范。从早期的侦探小说译本看,很多译者都使用章回体的形式和文白相杂的语言,作品中既反映出译者浓厚的传统法文化思想,又传递出译者对西方现代法治文明的渴望。而在最初的中国原创侦探小说里,不难发现,作者可允许侦探在侦破案件时有失误,但不容许侦探在道德上有瑕疵,这正是当时中国知识分子徘徊于现代与传统之间的思想写照。他们既羡慕侦探的理性精神,又摆脱不了传统的青天意识,因此,他们希望塑造一个可与西方侦探相媲美却带有中国传统道德观念的新侦探形象,这是当时中国侦探小说作家的一个理想目标。

虽说侦探小说承传了公案小说的血脉,从内容到形式完成了一次完美的现代转型。但是,不可否定的是,诞生在中西两种不同文化语境里的侦探小说和公案小说,它们有着完全不同的价值体系。侦探小说体现的是现代的理性思辨精神,讲究的是科学与民主,弘扬的是法治思想和社会正义。作品中的私家侦探带有强烈的个性色彩,他是现存法律制度的叛逆者,试图在当下法律规范下建立公平与正义,以实现个体的价值与理想,本质上从属于“民间立场”。而公案小说呈现的是政治的伦理和道义上的因果关系,体现了一种在王权统治之下的群体思想,不论是包公、于公还是狄公,他们对于现存意识形态都带有先天的维护意识,本质上从属于“官方立场”。

三

西方侦探小说大规模的引入,为中国侦探小说的发生打造了绝佳的模板,而传统公案小说的伦理价值则为中国侦探小说的诞生提供了重要的思想基础。在两种各具特色的文类催化下,作家们的创作意识被激活,他们开始借鉴西方侦探小说的叙事技巧进行创作。当然,借鉴并非只是机械的模仿,这里面隐藏着侦探小说作家在遭遇中西两种文学观念时的艰难抉择。不可否认,最初的侦探小说作者基本上都是“旧式文人”,他们大多以写言情小说起家,在创作过程中,一方面极力模仿西方侦探小说的艺术技巧,另一方面又很难摆脱传统小说观念的影响。在经历了一系列富有成效的“交往”与“对话”中,中国侦探小说作家开始逐渐领会并有选择地“拷贝”西方侦探小说,最终形成有中国风味的侦探小说。

根据现有的文献，中国最早的侦探小说是1901年由剑铓创作的《梦里侦探》[①]，至1904年以后，中国侦探小说的创作才有所发展。1905年，《江苏白话报》第一期刊载了由挽澜创作的《身外身》和《美人脂》。同年，《广益丛报》第六十五号刊载了冷血（陈景韩）的《歇洛克来游上海第一案》。1906年，广智书局出版了吴趼人的《中国侦探案》。1907年，《月月小说》第七号刊载了周桂笙的《上海侦探案》。1908年，《月月小说》第二十一号刊载了黄翠凝的《猴刺客》，该作品是目前能见到的早期比较成熟的中国原创侦探小说。这是张坤德首次译介福尔摩斯探案十余年后，出现的现代意义上的侦探小说。这一方面是因为侦探小说文体太先锋，叙述内容太丰富，逻辑要求太严谨，而使众多意欲创作侦探小说的作家望而却步。侦探小说的写作不但要求作者具备文学的素养，还应兼备文学之外的诸多知识，比如逻辑学、心理学、犯罪学、化学、医学等。另一方面，在于作家的价值趋向。作家在进行文学创作时往往受制于自身的文化背景。中西文化有着截然不同的价值趋向，中国文化属伦理型文化，注重以社会为主动、个人为受动的关系连接起来的社会秩序，西方文化属科学型文化，追求个人与社会的和谐发展而引出的社会结构。侦探小说作家对法律的诉求、对科学的期盼、对正义的瞩望都带有特定的文化印痕，而晚清作家尚未完全挣脱伦理型文化的"羁绊"，他们在"东张西望"中渐渐成熟。

吴趼人和周桂笙是当时著名的小说家与翻译家，但无论是吴趼人的《中国侦探案》，还是周桂笙的《上海侦探案》，从文体到内容仍属公案小说的范型。尤其是吴趼人，他试图革新中国传统的公案小说，以适应新的时代和新的读者，《中国侦探案》就是他革新的结果。周桂笙的《上海侦探案》尽管也是"公案体"，但其在叙述内容上明显汲取了"西洋文明"。从吴趼人和周桂笙的创作中，可以发现这么一条规律，中国最初的侦探小说创作经历了由"公案体"到"侦探公案体"的演变过程，这也印证了中国侦探小说的生成深深地根植于本民族的文化土壤，而非纯粹"西风东渐"的结果。

随着"侦探公案体"作品的增多，中国侦探小说作家开始在模仿中反思，在

---

① 据日本学者樽本照雄编的《新编清末民初小说目录》所示，剑铓创作的《梦里侦探》发表在1901年的《启蒙通俗报》上。《启蒙通俗报》于1901年由傅樵村在成都创刊，1906年改为《通俗日报》。笔者查阅了国内多家图书馆与档案馆，均未发现1901年的《启蒙通俗报》，现存文献只查到1903年后的《启蒙通俗报》及更名后的《通俗日报》，未见剑铓创作的《梦里侦探》。因此，对《梦里侦探》是否有此作存有疑虑。

反思中创新,在创新中成长,逐步形成了具有中国时代特色的侦探小说。至20世纪20年代中期,文坛上出现了第一个侦探小说作家群,主要作家有程小青、孙了红、陆澹庵、俞天愤、张碧梧、赵苕狂、何朴斋、徐卓呆、胡寄尘、张无铮(张天翼)等,产生了一批像霍桑、鲁平、蝶飞、李飞、宋悟奇、胡闲等"中国式"的侦探,这些"新新侦探"在读者中享有盛誉,其中被称为"中国福尔摩斯"的大侦探"霍桑"更是声名远扬,成为上海市民心中的英雄偶像。创作的繁荣与读者的接受,使得中国侦探小说得到了长足的发展。在早期的原创侦探小说中,读者反映强烈的主要作品有:程小青的《霍桑探案》、孙了红的《侠盗鲁平探案》、俞天愤的《蝶飞探案》、陆澹庵的《李飞探案》、张碧梧的《家庭侦探宋悟奇新探案》、赵苕狂的《胡闲探案》、张无铮(张天翼)的《徐常云探案》、王天恨的《康卜森探案》、何朴斋和俞慕古的《东方鲁平奇案》等。

至此,已完全摆脱传统公案小说束缚的中国侦探小说呈现出与西方侦探小说一致的审美特性——神秘、惊恐与悬疑。侦探小说鲜明的审美特性是神秘性,案情扑朔迷离,案犯踪迹不明,结局指向莫测。作者与读者似乎在不断地进行着设谜和解谜的游戏,从而也就在不断地进行着建构、颠覆、重构、再颠覆的解密过程,使读者在"奇诡突兀"、"刿心怵目"[①]的高峰体验中揭开谜底。侦探小说最具刺激性的是强烈的惊恐性。侦探小说总会牵涉谋杀、抢劫、爆炸等暴力场景的书写,而暴力行为的描写往往能够使处在相对安全环境里的读者的"暴力"本能得以导泄。人类的心理中都有一种"暴力"的本能,阅读侦探小说能使读者产生"惊骇错愕、目眩心悸"[②]的心理体验。侦探小说最具吸引力的是悬疑性,悬疑也即作家在作品中营造的紧张而神奇的悬念,悬念成为侦探小说作家营建情节的枢纽,启迪读者心灵的钥匙,悬念也成为读者对人物命运和情节推进的预测和充满激情的期待。

四

中国侦探小说是中西文化融构的宁馨儿。它的诞生与中国社会的变动、文化的变迁、文学观念的变化紧密相连。考察中国侦探小说发展的全过程,可将其视为百年来中国社会的政治、文化、思想以及文学的一个缩影。侦探小说的出现,不仅改变了中国近现代作家的创作观念,丰富了中国现代文体的类

---

① 周桂笙:《歇洛克复生侦探案·弁言》,载《新民丛报》,第3卷第7号,1904。

② 同上。

型，加快了中国小说的现代化进程，而且使古老的犯罪题材文学获得了现代性——从对犯罪的政治伦理关注转向对公共秩序和个体生命的关注，从而促进了中国现代启蒙思想的形成、科学精神的传播以及法文化的建设等。

当今的中国文坛甚是热闹，各种主义、现象、流派层出不穷，然而，却绝少有文学研究者与批评者光顾侦探小说。在已有的中国近现代文学史里几乎难觅侦探小说的踪迹，即便在中国“通俗文学”史里，对侦探小说的阐述亦是浮光掠影，这一切严重地影响了中国侦探小说的健康成长。更可叹的是，作为一种大众文化形态，为读者提供独特的审美与情感体验的侦探小说亦被“公安小说”、“法制小说”、“犯罪小说”以及“侦破小说”等称谓取代，私家侦探的独特个性与超凡的智力也被人民警察的群体形象与集体智慧所替换。这不能不令人深思。迄今为止，能风行全球长盛不衰的文类之一便是侦探小说。融情、智、理、趣为一体的侦探小说有其独特的范式，故事中的侦探通过追踪蛛丝马迹而重构犯罪现场，以牢牢控制犯罪，以此抚慰被惊扰了的心灵秩序，恢复被损毁了的社会秩序。侦探是和平年代里读者心目中的英雄，这一形象是别的文类所不具有的。

笔者挚爱侦探小说，愿为中国侦探小说的发展尽力。因为此，笔者历时两载查阅了1896—2011年间的近千份报纸杂志，搜集并阅读了中国大陆及港台地区近千部侦探小说作品，并对清末民初的侦探作品重新录入、断句并进行以繁化简的文字处理。“百年中国侦探小说精选(1908—2011)”共十卷，110篇作品，400余万字，因篇幅所限，长篇小说未在其列。为体现“史”的脉络，所选作品均按发表或出版的时间排序。其中1908—1949年三卷：第一卷为中国现代著名侦探小说作家程小青作品；第二卷为中国现代著名侦探小说作家孙了红作品；第三卷为中国现代著名作家刘半农、张天翼、俞天愤、陆澹庵等人作品。因馆藏的清末民初期刊弥足珍贵，难轻易示人，一些选文想必是第一次与当代读者会面。读者可从中阅览中国侦探小说从滥觞期到兴盛期的整体创作风貌。1950—1976年一卷：收录中国当代著名作家白桦、公刘、陆石、文达等人作品，这些作品以苏联的“反特防奸”为蓝本，融入“剿匪”、“肃反”的题材，作品明显地烙上时代的印痕，读者可真切地感受到新中国成立初期波澜壮阔的斗争画面。1977—1999年二卷：中篇卷收录中国当代著名侦探小说作家蓝玛、李迪、钟源等人作品；短篇卷收入中国著名作家叶永烈、余华、叶兆言等人作品，读者阅读这些作品，可体验到改革开放以来中国的政治、经济、文化出现的新变化，犯罪问题犹如一面镜子，映照出错综复杂的社会世相。2000—2011年二卷:中篇卷收录中国当代著名作家莫怀戚和新锐侦探小说作家鬼马星、冯华、既晴的作品;短篇卷收录中国著名侦探小说作家蓝玛、郑炳南、孙丽萌及新锐侦探小说作家水天一色、周浩晖、林斯谚等人的作品。读者可领略到新世纪中国侦探小说无论是叙事内容还是叙事方式均添加了新元素,网络、毒品、腐败等题材已成为侦探小说的热点。除以上八卷外,还为小读者编选了两卷创作于1980—2011年间的优秀儿童侦探小说作品。深受小读者喜爱的儿童侦探小说作家谢鑫、杨老黑、许方等人的作品均在选集里,这些作品以小读者的视角叙写了神秘、悬疑与恐怖的侦破故事,不仅让小读者从中感受到侦探身上超凡的智慧,而且可从中体验到侦探身上传递出的刚毅与正气的精神品性。

"百年中国侦探小说精选(1908—2011)"丛书的出版,希望能为读者提供一个全面而系统的中国侦探小说读本,为研究者提供一幅清晰的中国侦探小说作品图谱,为当下中国侦探小说作家的创作提供可参照的范本,为系统而深入地研究中国侦探小说打下坚实的基础。同时也希望"百年中国侦探小说精选(1908—2011)"丛书的出版能拓展中国现当代文学研究者的视野,为当下的中国文学和文化研究提供一个新的生长点。

任 翔

2012年8月18日于北京养木轩

目　　录

* 本卷为孙了红先生作品集。

玫瑰之影

入春以来，恹恹多病，长日但与药炉做伴，生趣萧索极矣。偶读报章，则见吾友鲁平，方续出其神妙之手腕，创为奇案以警世人。特苦勿获真相无以实我笔记，滋怅怅焉。日者吾友鲁平陡顾蜗居，相其容色，觉兴奋逾于常日。知其迩来必交佳运。因即以报端近事询之。吾友微笑，初不作答。继乃觅火吸烟，告我二事，盖皆有涉于隐谜，而为吾友所揭破。其一为逊清钦使所藏无声飞机秘图事，吾友尝运其智计与私家侦探卢伦氏，几经波折，卒乃奏凯。诡秘力气，不可方物，爰即录入我小册，且标以诡怪之名曰《冷热手》。其第二事即今兹所述者，情节虽较前事为稍逊，然略加点缀，固亦未尝不足以耸人听闻。因志其数语于其端，留鸿爪焉。

十三年四月十二日等下

徐震扶病附记

上

时候已是黄昏以后了，那间狭小而污秽的斗室中充满着阴森的空气。一张桌面将与桌腿脱离的桌子，上面搁着盏破旧的煤油灯。灯里的油已近乎要破产，所以把火头捻得很低，于是愈显室中的幽暗可怕，但仗着这一点微弱的光线，却映出这室中有三个青年：他们围坐在破桌。两颊苍白得一无血色，再配上一双深洼无神的眼睛，令人一望而知——他近来必在灰色环境中讨生活。他的名字叫做陆大狂。其次一个名唤仲癫，年龄比大狂相差三五岁，面容与大狂很像，而且同样灰败，旁人看了极容易缠错他们是一人。所不同者不过他的眉毛比他哥哥浓些罢了。三人之中要算那年纪最轻的陆季醉精神比较充足一些，他的态度上虽已失去了少年人应有之活泼，但双眸仍奕奕有神，可见他平时为人是很干练的。不过现在他四周被“穷愁”二字包围着，毫无发展的余地，所以也变成没精打采的样子了。

此时，天际的一丸冷月从窗格上的破纸罅中漏进一缕银色的光来，似乎来安慰这三个困顿的青年，又似乎要和室中的灯光争胜。同时，那春夜的微风也从月光入口处追踪而入。瑟瑟的风声不期而然和大狂、仲癫的叹息声互相应和起来，室中似静而非静的过了一会儿。

大狂忍不住颤巍巍地站将起来，呻吟似的说道：“唉！你们总要想想法子才好啊！难道今天枵腹过了一天，明天仍旧挨饿吗？”

仲癫正自呆望着灯光发怔，听大狂这么说着不禁把眉头一皱，深深嘘了口气。见他嘴唇微动，好像预备回答似的，谁知过了好半天，依旧默默无语。大狂只得照样再说一遍。仲癫略一伸欠，方始有气无力地答道：“可当的都已当了，可卖的都已卖了，借贷的路都已断了，除非希望天上掉下金钱或是面包来，除外……”

大狂接口道：“照你这样说，那么明天只好坐待那胃袋渐渐收紧而死咧……唉，你今天到舅父处去，要是婉转些的向他央求着，也许他能够救济我们一点也说不定啊！”

仲癫听说，面上顿时现出一种难以形容的样子，冷笑一声，很简单地答道：“呵——你去求他吧！我以后宁可饿死，或是去偷盗，决计不愿再向他开口咧！”

大狂道：“我早已料到你去和他商借是不会成功的。须知一人既已踏进穷苦的境界，只能收拾起傲骨、套上谄媚的面具，然后方好向人家说话。像你这样的满面倨傲，还有谁肯来敷衍你呢？唉……过去的事情不必说了，你且告诉我舅父用什么话拒绝你的呢？”

仲癫气愤愤地道：“还去提起他做什么！我一进门，他见我衣衫破旧，面色已经沉了下来，但还勉强问我有什么事。比及我说明要向他借贷，他立刻跳将起来，恶狠狠地啐了我一口。接着，又把我们弟兄三人大大地奚落一场。幸亏你二人在家里不会听见他的话，否则恐怕要气得呕出血来咧……”

仲癫略顿一顿，续道："他说陆氏门中不知作了什么孽才生出你们这种不肖的子孙！偌大的家产被你们败得一干二净，弄成这副寒酸的样子，连亲戚的台也被你们坍完了咧！别道我手头此刻并不宽裕，即使有用不完的钱也不愿借给你们，养成你们的依赖性……"

大狂插言道："当时你为什么不向他说，我家的败落并不是由于我们弟兄的贪吃懒做，实在是家运不好，经了无数波折，所以弄到这种田地？这一层他也知道，多少总要谅解一些的啊！若说偌大的财产都被我们用完，这句话尤其冤枉！其实，父亲死后他也曾助着我们检点遗产，何尝有一文现款呢？"

仲癫道："是啊，这许多情形我未曾不婉转曲折地向他说，无奈他一味用势利口吻来对付，任是嘴里说出血来也无用啊……最后他又正色向我说，以后你们不必再来吧；再来也没有什么好处的。说完便捧了他那常用的水烟袋头也不回向里去咧。"仲癫说到这里，肚子里的饥火与愤火不觉同时燃烧，一手按着腹部，一手握着空拳，把破桌敲得格格作响，煤油灯中的火头却也震得跳跃起来咧。

大狂狞笑道："很好！很好！我今天方始觉悟什么叫做'亲戚'！'亲戚'二字只是富有时代的点缀品啊！"

二人发狂似的暴怒着，那最小的季醉却保持着冷静而安闲的态度，并不参加一句话。他只是吹着，嘴唇微微发响，双目无意识地注视尘封，好像在那里想什么似的。大狂看了他一眼，不禁生气道："季醉，你也该筹划筹划啊。明天的问题怎样解决？难道天上真会掉下面包来吗？"季醉很和婉地答道："不必焦急，姑且静待一会儿再说。到了九点半钟，那人还不来，那么我们真正绝望了。"大狂不懂他的话，问道："你所说的那个人是谁啊？"季醉满面显出兴奋之色道："说出来你们也未必相信啊。"仲癫插口道："不去管他，你只顾说出来啊。"

季醉道："方才五六点钟时，我不是出去过一次的吗？那时我是去找一个同学的。谁知同学没有找到，半途上却遇见一个素不相识的怪少年。那人衣服很入时，似乎是上流社会的人物，他向我打量了一回，忽然喊住我道，'慢些走啊'。于是，我就立定了脚步。他问我道，'你是不是陆秋梧的儿子呢？'我听他说出亡父的名字，不觉一呆，急忙应了声'是'。那人又道，'你还有两个哥哥，是不是？'我又应道'不错'。那人道'你家里有一处很精致的别墅，五年前被你们舅父用卑劣手段强占去的。现在，你们弟兄三人却住在猫儿弄的破屋里，景况十分困苦，对不对?’那人把我家过去的历史与现在的状况背熟书似的背着，我自然愈加吃惊。末后，那人略略踌躇了一下，便对我说‘你先回去等着，我晚上九点半钟一定到你家里来，预备送你们五百元。’他说话时面容庄严，语气亲切，并不像和我开玩笑。不过，我觉得所遇见的事情奇怪地好像做梦一样，当时竟不知怎样对付才好。我问他姓甚名谁，他说‘我并没有固定的名字，你不妨称我‘失望的救济者’，那人说完就和我分别，我还目送他的后影，至于不见方始回来。本来我预备就告诉你们，可是事情太突兀，恐怕你们要当我撒谎啊。”

季醉说完这一席话，大狂和仲癫面上顿时添上了一种似惊似喜又似疑讶的神情。二人互相注视了一回，心房觉得有些震荡，纸币与银元的影子也都在脑海里涌现出来咧。但一转瞬间，二人又都变作不信的样子。大狂摇头道：“现时代的社会上哪有这种好人？除非小说作者笔下或者会发现此等侠客似的人物。再不然，那人就是个疯子，所以说出这种疯话来。你居然信以为真，真是傻极!”大狂嘴里虽这么说，心里却仍希望着那人如约而来，譬如夜行的人在伸手不见五指的地方摸索前进，偶然眼前闪出一线白光，明明知道是一种幻觉，然而心理上必希望真有这种光线。仲癫心里也在那里想道：“季醉遇见的那个人也许以前受过父亲的恩惠，今天特地来报德也说不定啊。再不然，就是父亲生前曾借给他五百元，现在却来还债了。”

二人正自想得出神，猛不防有一种清朗的语声突然刺进他们的耳鼓道：“不必怀疑！不必怀疑！我已如约而来了。”这种声音发自灯光照不到的黑暗处。于是三人把视线聚在一起。很惊愕地看时，只见一个漆黑的人影，踞坐在室隅一只板箱上。季醉忙把煤油灯移近一些，照着那人面庞，不觉惊呼道：“咦？先生你……你是什么时候进来的呢?”

穷极无聊的陆氏兄弟见救星已经出现，心中只希望此人不是疯子。三人瞪着六只眼睛，向这行动奇异的怪人细看，觉得那人年纪果然很轻，浑身穿黑身缎，非常灵活，眉宇之间露着一股英爽气概，眼珠大有使人畏惧的威严。再细瞧他脚上却穿着一双橡皮底的鞋子，方明白他进来时没有声音的缘故。

那人见陆氏弟兄惊讶得说不出话来，不禁现为微笑。一面取出纸烟独自取火吸着，神色非常安闲，倘有人闯进此室，发现这三个满面慌张的人陪着一个行若无事的怪客，一定要稀奇不止咧。一会儿，那怪人又开口道：“三位先生，你们开开口，不要像做影戏一般啊。”

大狂与仲癫嗫嚅道：“你从哪里进来的呢？这里的门……”

那人笑道："不错！门是关着，但是比此地更坚固十倍的门也不能做我的障碍。我进来时，贤昆仲谈兴正浓，所以我只好坐在这里静待你们谈话终结啊。"

大狂又嗫嚅道："先生，你是谁啊？"

那人道："我吗，就是预备送五百元给你们的人。方才遇见令弟没有留名使你们怀疑着，真是抱歉之至。实在因为我的姓氏在稠人广众中宣布出来很易使人吃惊啊。现在，我自己来介绍吧：我，姓鲁，单名一个平字。"

陆氏兄弟听鲁平说出名字几乎塞住呼吸。他们见这一个人人震恐的巨盗，一旦现在眼前怎么不惊？同时还有一件事情使他们心里都发生一种不可名状的感觉。原来鲁平此时正自细数完便授给陆氏兄弟道："拿去——这是贤昆仲渴望的东西啊！"三人凸着眼珠呆望着鲁平手中的纸币，觉得花花绿绿的耀得眼光都乱了。但终没有一个敢来接取。鲁平笑道："你们以为我是一个巨盗，所以不敢拿我的钱吗？其实我鲁平的钱完全是天下黑心人袋里漏出来的，任是任何人都可用得。你们尽管收下啊，况且我并不是白送你们五百元，我还预备从你们处探听一些过去的秘密咧。"陆氏兄弟见鲁平语气很和善，和普通人毫无分别，神色也就渐定。于是季醉接了纸币，接着大狂问道："鲁君不知你要探听什么事情？凡是我们知道的事无不奉告！"

鲁平道："听说你们父亲生前曾经把一笔三十万元的巨款窖藏在一个地方，死后还遗下一张怪图，大约就是探索藏金的钥匙。这句话确实不确实呢？"大狂皱眉道："事情确是有的。那藏金就在玫瑰别墅的花园里。但家父死后我们也曾搜索过好几次，结果连三枚铜元也找不到。后来，这藏金的消息被我们舅父童晓楼知道了，于是他想出种种方法要把我们这所别墅让给他。其时我们弟兄一则年幼，二则因家父死后非但没有现金遗产，并且还负下许多债务，不得已，只好用最低的价格忍痛把别墅出卖。我们舅父既得了这玫瑰别墅，立刻雇了许多苦工在那花园里四处发掘，直把那园中的泥土掘得像鼠子啃过的蛋糕。但所得的结果也和我们一样。至今十五年来，这些窖金仍旧很秘密地安睡着，无人能够发现。"

鲁平道："那张怪图呢？"大狂道："家父亲笔的原图已被舅父取去，我们却留着一张副本。"此时，仲癫插言道："那怪图的意义玄奥极了！图旁边还有四句怪文，除了我们父亲自己知道外，只好请仙人去解释咧。"鲁平道："给我看一看，可以不可以呢？"大狂道："有什么不可以！老实告诉你，我们对于发掘藏金的心早已死了！因此，这怪图在我们眼中的价值差不多像废纸一般了。”大狂说着便教鲁平让过一旁，打开那只破旧的板箱。鲁平顺眼看时，见箱子里的东西实在很足以表示陆氏兄弟的窘况——其中除了些旧书籍之外，竟一无长物。鲁平趁大狂在那里乱翻，信手取过几本书来看看消遣。内中有一册抄本封面上题着“爱玫楼琐记”与“陆秋梧著”的字样。内容是文言的笔记，琐琐碎碎，很带着些爱情的色彩。鲁平正自细阅，大狂已把怪图找到，授给鲁平道：“这就是家父所绘的原图上临下来的。”鲁平接了图，读道：“玫瑰之影，如图，屈曲自头至足，其数凡六。”另外，又着注一行小字，乃是“三月十四夜十点钟陆秋梧记”。鲁平燃了支烟，一面狂吸，一面苦思图中命意。此时，陆氏兄弟从叹息万变的烟海中一看鲁平的面色，觉得他庄严得像天神一般。

好一会儿，鲁平突然向陆氏兄弟道：“咦？巧极了！三月十四不是十五年前今日吗？”大狂道：“是啊！并且十五年前三月十四正是家父把金钱藏在玫瑰别墅中的日子。埋藏的时候约在晚间九点半钟，过了半小时，他从园中进屋子便绘这张图，藏在铁箱里。当时事情非常秘密，直等过了五个月家父死后我们方从铁箱里发现这图。”鲁平道：“既如此，你们何以知道窖金的时间呢？”大狂道：“这是一个老仆说出来的。本来我们连窖金的事情也不知道，后来那老仆告诉我们说，三月十四那天我父亲曾向他要一柄铁铲，什么用父亲并不回答，他心里不免奇怪着。到了晚上，他冷眼偷觑父亲的举动，见父亲把一个皮带尺藏在怀中，一手拿着铁铲，一手还提着一只小铁箱，匆匆地进了后园。半小时后，那老仆见父亲回进屋子，刚才的小铁箱已不知去向，双手涂满污泥。接着，洗了洗手便伏在书桌上不知写些什么。凡此种种都是那老仆亲眼看见的。因此我们推想当时父亲带到园中去的小铁箱必是一笔预备窖藏起来的金钱，而半点钟后伏在桌上画的又必是那张指示藏金地点的原图。”

鲁平道：“那么你们何以知道藏金的数目是三十万元呢？”大狂道：“家父生前财产约计有六十万元，半数是不动产，半数是现金。但我们检点家父死后的遗产，现金竟一文没有，又没有支出这宗巨款的账项。悬揣起来，想必这三十万元的现金都藏在那只深埋土中的小铁箱子里了。”二人问答到这里。

鲁平又取过那张图来，反复细看一会儿，抛去手中的残烟，指着那张图问陆氏兄弟道：“玫瑰别墅的图中有类似这个图中曲形的东西没有？”三人摇着头道：“没有。”鲁平道：“你们姑且仔细想一想，再告诉我。”季醉道：“我们把别墅卖给舅父的时候，我还是个很小的孩子。近来，我也没有再到这别墅中去过，委实记不起来了。”季醉说着，便向他两个哥哥道：“你们想想看啊。”大狂与仲癫想了想，仍是摇头。

鲁平道：“你们既不能了解图中的意义，那么以前搜索藏金何以着手呢？”大狂道：“图旁四句有六处地方种着玫瑰花，于是我们趁那明月当空的时候，照着玫瑰的花影掘去，掘够三五尺深，谁知一无发现……可怜许多娇艳的花枝倒生生地被我们摧残了。”仲癫插口道：“图中还有一个小小的土堆，名叫玫瑰冢。我们搜索藏金的时候发掘开来，里边也空无所有。总之，凡是图中‘玫瑰’二字略有关系的地方，我们无不找到。到了现在，我只好承认父亲并不曾埋藏这注金钱。再不然，就是那只小铁箱已被明眼人预先发掘去了。”鲁平道：“那小土堆取名‘玫瑰冢’是什么意思？”大狂道：“父亲生前最爱玫瑰，他常常把落下的花瓣扫在一起，埋在那个小土堆中。逢到抑郁的时候，便到土堆前去挥一阵泪，‘玫瑰冢’三字因此得名。父亲又连带得了个‘男性林黛玉’的绰号。”

鲁平听到这里，不禁也好笑起来，但他的笑容不久就完全消减，双眸好像中了催眠术似的，只顾对着墙壁呆呆出神。陆氏兄弟顺着他视线瞧去，见墙上除了灯光映出的几个人影，别无他物。

一分钟后，鲁平重又燃了支烟，笑微微地向陆氏兄弟道：“喂，你们现在还想寻觅那三十万元的藏金不想？”鲁平发这问句时，语气非常兴奋，不啻暗示陆氏兄弟说那怪图中的秘密他已完全知道了。陆氏兄弟忙不迭同声问道：“鲁君，你已知藏金的地点了吗？”鲁平很愉快地答道：“不敢说一定知道，但寻觅起来也还不至于一定失败吧。不过，还有几个小问题要请你们告诉我：这玫瑰别墅现在有人住着没有？”大狂道：“家父造这所房屋本预备夏季里避暑的，如今归了舅父，他们也不过六七月中去住一阵，此刻却正空闲着。”鲁平道：“谁在那里看守呢？”大狂道：“这个我不知底细，因为我们已好久不去了，大概总有一二仆役看守着吧。”鲁平道：“很好，够了。”说着，便拿了刚才看过的那本《爱玫楼琐记》和那张怪图，又向仲癫与大狂道：“这两件东西姑且留在我处，你们记着如果想找那藏金，明晚八点至八点半钟，你二人中不论哪个在街口等着我。到了明天此时，也许那件埋入土中的黄白物又要与世人握手咧！”

鲁平去后，陆氏兄弟对于他的话不免将信将疑，但一种久已断绝的希望，心却已像死灰似的复燃起来。方才一阵间淡忘了腹中的饥饿，此时许多蛔虫又在那里向他们开始攻击了。好在有了五百元已不愁食欲不能满足，于是就备了些适口的饭食，弟兄们大嚼一顿。

下

猫儿街本是贫民的集合所地点，非常冷僻，每晚八九点钟已经现出阴森的气象。大抵住在这里的多半是些穷苦的劳工，白天他们伏处于资本家可怕的势力圈下牛马似的工作着，精神、肉体两者都很疲乏了，于是一到了晚上便合伙儿赶早进了黑甜乡，去呼吸暂时的自由空气。这一来便把猫儿街造成了冷清清的世界。

我这故事第二场开幕的时候，正在晚上八点钟，陆氏兄弟择定了由仲癫跟着鲁平同到玫瑰别墅。因此，仲癫已赶早等在街口。一会儿，他见远远地来了一人，步履的矫健、身段的活泼，很像是鲁平，于是他立刻迎将上去。谁知，在月光下一看来人的面庞却并不认识。仲癫刚待回神，只听得来人冷冷地道："仲癫君，累你久等了。"声音正是鲁平。仲癫不觉惊呼道："你……"鲁平笑道："我的面貌本是天天改变的，难怪你见面不识……现在不必多说，来来来，快跟我到那玫瑰别墅中去。"仲癫一面走一面问道："那边的园门此时想已落了锁，怎么进去呢？鲁平道："锁已被我们设法弄开，园门只是虚掩着，只轻轻一推便可直达园内了。"仲癫道："私入人家后园不是违背着法律吗?"鲁平笑道："一个人既和鲁平合伙行事，还有什么法律可言？况且，现时代所谓法律也无聊之至，大可不必把它当作一个问题。"仲癫道："此去有危险吗?"鲁平用很顽皮的口气答道："决无危险！我担保你像小孩睡在摇篮中一样安稳！如此，你总放心了。并且你此去只有两种微细的职务：一种是指出玫瑰冢的地点，还有一种只消把那铁箱中几分之几的东西带了回来便完事了。"二人一问一答，不知不觉已到目的地。

那玫瑰别墅的前面是一所极精致的房屋，后面就是传说有藏金的花园。园的面积约有四五亩，四周包着一丈多高的围墙。墙上密密层层砌着许多碎玻璃，被月光照着亮晶晶的，仿佛千万柄锋利的匕首，假使仲癫单独到此，一时也很不容易入内，幸亏半小时前鲁平预先来过一次。园门上的锁早已扭断，里边两个守园的园丁和一头狞恶的狗却中了鲁平的麻醉药，昏睡如死。一切都已安排舒齐，专待入园行事。鲁平暗暗嘱咐仲癫，走进园门的时候，须装出大方的样子，免得路人见了起疑。

二人既进了园，又把园门轻轻掩上。仲癫战战兢兢地跟着鲁平，心中暗忖，万想不到自己今天竟尝试起贼的生活来了。他已许久不到这故园，看着园中的景物，不免生出无穷感慨：又见那一轮明月正斜挂在彩云之中，灿烂的光辉映在许多花木上，参参差差画满了遍地的乱影。但这种幽艳的夜景，二人都无心赏览。仲癫耳听着风声，目触着树影，处处发生疑虑，生怕有人来发觉。鲁平却很安闲，只顾向四下里细细打量看了一回，只见臂上那只夜光手表已指着八点五十五分，于是向仲癫道："刚才我见那边玻璃花房里有两柄花锄在。你先去拿了来，然后再领我去看看那玫瑰冢。"不一会儿，仲癫取得了花锄，便引鲁平到一株挺高的梧桐树畔，指着地下道："这里便是，先前本有一个小小的土堆，但发掘藏金之后却被我们铲成平地了。"鲁平点了点头。仲癫道："你想在此地重新发掘吗？这真是徒劳无益的事啊！"鲁平并不理会他的话，仰着头不知在那里想些什么。

此时，斜月在梧桐叶的空隙中漏过一缕光来，射在二人身上，地上倒着两人颀长的黑影。鲁平忽在怀中取出一个带尺，授给仲癫道："你试量我的身躯，从头到足共长若干。"这一来，真使仲癫莫名其妙，但也如言做去。量时得六十三英寸。鲁平道："你再把我的影子量一量。"仲癫更觉得奇怪，不知鲁平在那里捣什么鬼。俯身量了量，答道："九十四寸半。"鲁平道："好了。"说时，从仲癫手中接过带尺，自己也佝偻着身子从玫瑰冢的原址向西量去，量了一百零八寸。取出一小块白粉在地上画了个小十字。又从这小十字起向南量出一百零八寸，如前在地上画一十字。如此向西量三次，向南量三次，一共量了六个一百零八寸。量到最后一次，二人站定了脚步，看时乃是一片绝平的草地，草地上并无花木，也没有其他触目的东西。鲁平不禁踌躇起来。再看三五步外却有一块小假山，石的形状很像是一头野兽蹲伏在那里。鲁平心中一动，想了想，突然向仲癫道："我们且把这石头移去，看是如何。"此时，仲癫宛如一个傀儡，鲁平怎样说，他就怎么做。于是二人各取了一柄花锄，使劲掘着石旁的泥土。掘了一会儿，石头并不摇动，原来这石共有三尺余高，一半露在土外，一半却深埋土内。二人又继续掘着，仲癫心中不知如何，好像觉得此刻的工作希望很大，腕下的气力顿觉暴长起来。再过一会儿，石身已完全出土。二人放下锄，合力推时，居然应手而倒。底下有一件东西陡然射进二人的眼帘。借月光仔细看时，那漆黑的四方形不是一只小铁箱是什么！

那小铁箱约有四五寸长，七八寸高，提在手里分量很重，在土中埋得日子久了已弄成铁锈斑驳。埋藏的方法非常巧妙：原来，那兽形石的底下是凹形的，恰巧罩在箱子上。倘单单掘去四周的泥土而不把石身移过，决不能发现这铁箱。此时二人经了这剧烈运动之后，身子十分疲乏，便都倒在草地上，深深吁气，耳旁只听得夜风拂着花木飕飕作响；同时又一阵阵向他们身上缓缓吹来，顿使他们感受着不可名状的愉快。稍停，二人精神上已恢复旧状，于是提了小铁箱走进一只六角小亭。

依仲癫的意思，想先把园中一切痕迹都收拾清楚然后带了小铁箱回到猫儿街，再打开来看。但鲁平却急不暇待赶着要检视箱中到底是什么东西。于是就在怀中取出一串钥匙，约有三四十个，逐一在锁眼中配去，配到第七个方始吻合。开了箱盖，一眼看见上面放着个信封，封面写着几个字道："窥秘密者监"，另外有一行较小的字迹却是"三月十三夜陆秋梧记"。鲁平急忙把信封拆开，只见里边还有两张洁白的通常信纸，满写着许多字迹。幸亏月光皎洁，勉强还看得清楚。鲁平就坐在亭中的石凳上一口气把两张信纸读完，蓦地哑然失笑道："呵呵，原来如此！这真是意料不到的事……"仲癫接了信纸看时，只见上面写着道：

> 余逆料此铁匣中之秘密数年或数十年后，必且为世人所发现。而发现此秘密之人或将痛骂余，不应做此恶作剧。虽然，余之自欺欺人实迫于万不得已，今者且叙述其故，藉以稍补余作伪之过。
>
> 世人当忆先是有所谓橡皮公司者创自某国商人，而尝设分行于沪渎。其营业之发展几于一日千里，唯时一二朋侪知余小康，咸聒余投资其中。余感于其言，遂尽出所有之现金以购股票，不足且举债焉。初意以为厥利甚厚，暴富不难立致也。讵数月后，忽盛传所谓橡皮公司者竟倒闭。于是余所藏三十余万元之股票，一旦悉成废纸！当斯时也，余之懊丧至于不可名状，继复益以惶悚。盖凡此失败之消息设或播传于外，则破产之危迫于眉睫。所幸余购此股票时胥诡托他人之名义，是故犹勿虑。有人遽窥余隐藏现金，既竭经济、竭蹶之状，百计无以自掩，长此因循势，终有一日酿成破产之局，思之思之，一筹莫展。
>
> 一日，余忽得策，自计倘伪为窖金子一处而故泄消息于外，则索逋者将仍信余为富有，而不致恣其追索为计之，善莫过于此。计已定，乃悉藏废纸之股票于此铁匣中，当即演此滑稽窖金之剧时，尤当令人偷窥余状，泄露其事于外，盖作伪之道贵类乎，真不若此，将无以取信于一

己，亦无以取信于他人也。虽然吾计之获售与否斯际犹不敢必，天或相吾，使得免倾家之祸，诚万幸矣！

陆秋梧述

仲癫看完，顿时满面懊丧，刚才那一颗欣悦的心已不知飞向何处。倘说弄这狡猾的不是他自己的父亲，一定要痛骂起来咧。

半小时后，鲁平与仲癫已回到猫儿街破屋中，大狂与季醉听二人详述经过，当然也同样地扫兴，还是季醉比较豁达一些，一转瞬间便抛开金钱观念，向鲁平道："今天的事情虽不曾收得良好的结果，却也不能说是失败。鲁君，你到底用什么方法找到那小铁箱，可以说出来，使我们长长见识吗？"

鲁平道："可以可以。其实这也是很简单的问题，拆穿了简直不值一笑。不过，最初没有摸到头绪委实觉得有些困难啊。譬如我们看了图旁四句怪文的第一句，当然要从玫瑰花影上着想的。但你们又告诉我说，凡是园中有玫瑰的地方无不找到，那么可见这玫瑰二字决不是指着真的玫瑰花。既不是指玫瑰花，又指什么东西呢？那时，我觉得这一个问题一定是关键，倘能打破，除外的事就不难迎刃而解。于是，我脑海中便暂时抛开了其余的一切，顿把思想集中于这一点上。"

鲁平说着吸了几口烟，烟缕吐在空中幻成不可思议的形状，继续又道："后来我又把'玫瑰别墅'、'爱玫楼'、'玫瑰冢'等名词聚在一起看时，觉得你们父亲生前与'玫瑰'二字一定有什么特殊的关系，否则他对于玫瑰的感情决不会如此深挚而热烈，这其间的事情倒大有寻味的价值。"

陆氏兄弟听到这里兴趣渐渐充足，忙问以后如何。鲁平道："我再想，所谓玫瑰能使你父亲发生如许情感，或者竟是个女性的芳名也说不定。假定这种说法是对的，那么便可知'玫瑰之影'四个字并不是花影，而是人影。再把第三句'自头至足'来印证尤其吻合，因为花影是没有头足可言的啊。"此时，陆氏兄弟已被鲁平谈话的魔力吸住，不觉听得呆了。鲁平又道："最后我更进一层想，便想到那图中六条直线所缀成的曲形物必是六个人影曲折合起来的，长度凡此种种。思想起先只是很散漫的，在我脑海中回旋着，直等到我注视壁上人影时方始有了归结。不过，虽知图中曲线是人影，而不知每个人影有若干长，岂非仍是徒然？为了这件事倒使我觉得有些棘手了。幸亏在那本《爱玫楼琐记》中发现一段文字，使我得到许多帮助，同时还证明我以上种种的理想完全无误。因为便于检查起见，我已把那段文字抄了下来。”说时取出日记册，递于陆氏兄弟。

大狂接来一看见日记的一页上抄着道：

……伊人小字□□，外人无知之者，长身玉立，类鸡群之鹤矗立稠人中，一望即得。然虽颀而不减其媚且增美焉。一日，余戏量其躯，自顶至踵得六英尺，因戏呼为一株颀长之□□。伊人倩笑，勿以为忤。今者园中□□蓓蕾怒茁，而伊人竟魂归黄土，睹物怀人，弗能已于回肠荡气矣……

鲁平续道：“这段文字中以方框代字的地方原文中已经涂去，但细观文意仍不难知这三处涂去的乃是‘玫瑰’二字。我既寻获这强有力的证据，对于怪图中的秘密差不多已十知其九，所困难者只不知量这人影以何处为起点。细看图中作 R 形的东西很像是一个坟山前面竖着一块石碑，中间 R 一字也许就是英文‘Rose’的缩写。于是我便假定玫瑰冢为起点，依着中间指示的方向向西南各量一百零八寸，最后的结果却侥幸发现了石底下的小铁箱。”

大狂道：“你怎么知道那女郎的影子是一百零八寸呢？”

鲁平道：“这是极简易的推算。我先量自己的身材得六十三寸，而我的影子却有九十四寸半，可见影子比身材增长二分之一。《爱玫楼琐记》中说那女郎身长六英尺，合起来是七十二英寸，那么伊的影子不是一百零八寸吗？”

大狂道：“图中画着一只时针正指九点钟，这是什么用意？”

鲁平道：“你这问句未免太无意义……要知道人影的高矮常随着月光的角度而变化，并不是一定不易的。倘不指出时间却叫人何处去捉摸呢？”

季醉忽搀言道：“时针单单指出九点钟并不注明上午下午，安知他一定指着月光下的人影呢？”

鲁平笑道：“这一个问题比较的有价值！但令尊既在夜间埋藏那铁箱，自然我寻觅起来也要从夜间着手咧。”

仲癫道：“鲁君，我也有一个疑问要请你解释一下。就是我们刚才量到最后的一百零八寸，那终点应当在石块之下，为什么却距离三五步以外？”

鲁平道：“量的时候也许尺寸中稍稍有错误也说不定。总之，这一部隐秘了十五年的滑稽剧其中的疑问尚多，连我自己也不能说完全明了。譬如，令尊藏这铁箱时本预备当时就使人家知道的，却为什么隔了五个月等他死后方始有人发掘，这也是一个疑点。其余如图中箭头所指的地方写着 Ls 的解释，我倒想起来了，却是‘Lion Stone’的简写。原来那罩在小铁箱上的石头正叫做狮子石啊。”

一天，鲁平在我秋云街的寓所中来，便把以上的事情原原本本向我细说。我听完不禁笑道：“这真是东方亚森·罗苹有生以来唯一无二的失败史啊！其实，那陆秋梧既不曾真的藏下三十万元，为什么还要郑重其事画那张怪图，以至于事隔十五年后害一个神出鬼没的巨盗空绞了无数脑汁，还白白牺牲五百元？”

鲁平被我取笑了一阵也不动怒，只是笑嘻嘻地向我道：“你说我白白牺牲五百元吗？老实告诉你，我本来诚心去救济陆氏兄弟的，但现在却有人加上百余倍的利息偿还我了！那人非别人，就是陆氏兄弟的舅父童晓楼！”

我忙道：“这是什么缘故？”

鲁平很顽皮地答道：“这是缘故中的缘故。”稍停，续道：“原来那晚我既和仲癫发现小铁箱中都是些不值一文的股票，于是把铁箱照旧埋在石下。第二天便去找那童晓楼自称能够觅到陆秋梧的藏金。童晓楼一听自然非常欣喜，我又与他约定找不到时不需酬报。倘说找到了，便在藏金中提出若干来送给我，他一听尤其高兴。这口头契约议妥之后，我们立刻赶到别墅的后园。当时，我假作思索一番，便如法炮制把那铁箱掘了出来。童晓楼一见，以为三十万元进了掌里，快乐得连额上的皱纹也平了许多。末后，我跟他回到家里，看他急急地把小铁箱藏进一座极坚固的保险箱，却向我说‘今天耳目众多不便开箱检点，姑且把小铁箱存在我这里，改日再开视也还不迟。好在我决不吞没你所应得的数目咧。倘你急于要用钱，今天不妨先取五百元去’。我一听他这一席搪塞的话，明知他意存不良，不觉暗自好笑，但表面却仍装做赞可的样子，立刻接受下他给我的五百元纸币。这一下却把牺牲去的本钱安安逸逸拿了回来。”

我听鲁平说到这里不免冷笑道：“为了区区五百元费如许手续，未免小题大做吧。”

鲁平道：“你真是笨啊！我的目的哪里是为五百元，不过想哄他开那个保险箱，好在一旁冷眼偷看他开箱的密码。这吝鄙的富翁不知我的用意，竟然上当。结果，我就在当夜光顾他家，照他白天指示我的方法开了保险箱，于是无数珍贵的东西都好像长了翅膀似的，稳稳地飞进我的衣袋了。”

原载《红玫瑰》，1924年11月至12月第一卷第十四期至十五期

雀　语

（一）

这一条锡寿里二弄，是个著名的嚣烦的地点，里中杂处着几十家中下阶级的住户。弄内自早至暮，找不到一点宁静的时刻，各种小贩带着他们小小的店铺，川流不息，高唱而入，长腔短调，一应俱全。这些声浪，和屋子中的牌声劈啪，以及小孩子们的大哭小喊，常常搅作一片。有时不幸而逢到不利的日辰，还有些娘娘们为了沙粒般的小事，一言不合，便假座这露天会场，各各开动天然的留声机，互相比赛起来。其间许多含有艺术化的绝妙好调，大足使舞台上的探亲相骂，相形见绌。这在别的弄堂中，未必常有这种现象，而在这锡寿里内，差不多已司空见惯，所以有人说，大概也是风水使然。记者此刻所要说的故事，恰巧发生在这嚣烦的地点，因此记者有个要求，希望读者先生们掩住一个耳朵，别听那些嘈杂的声浪，而用另一贵耳，单听记者的报告。这天下午，大概在三四点钟时候，这条热闹的锡寿里内忽然光临了二位贵客。这二位贵客身上，一式都穿呢质学生装。一个年龄较长，已在中年，头上戴得一顶黑呢铜盆帽，帽边覆及眉际，鼻架灰色圆镜，两眼炯炯有光。此人左胸前的衣袋中，露有一支自来墨笔，和一册袖珍日记。其他一个却是二十左右的青年，状态也很英俊。二人雄视阔步，走入弄内，脚下的四只皮鞋和弄内的石板亲密地接着吻，每一举步，格格有声。

在平日，这锡寿里二弄内，穿着这种服装的人物乃是难得见得。因此，这二位生客一进弄口，由那皮鞋声的介绍，引得那些忝为地主的人们，不期微微起了一点注意。尤其几个小孩子们，各自拿了一块碎砖，正在石板地上玩着造房子的游戏，至此，建筑的工程暂时也告停顿，却把乌溜溜的眼珠目送这二人的背影。

二人并肩行来，绝不瞻顾，其中青年的一个，似乎先前曾经到过这里，只顾抢先举步，向弄底走来，情形似很熟悉。可是他们将近走到弄底，约莫还有一二十个门口，青年忽把脚步放慢，回头向那中年的同伴低声说道：

“到了……我们最好别再走过去……”

青年说时，伸手指着弄底结末一个门口，这一家的门牌乃是四十八号。当下，那中年的见说，便也收住脚步，依着青年所指，在灰色的圆眼镜里飘眼遥望了一下，微微点头道：

“哦……没有弄错吗?”

青年道：

“没……这里共只三条弄堂。我记清楚是第二条弄，第末一家，第四十八号屋子。”

中年的道：

“如此，我去去就来，你且等候一会儿。”

青年道：

“也好，什么时候你再来?”

中年的伸臂看看臂上一个钢质手表，略略踌躇了一下，方答道：

“大概要隔一小时，你耐性些，必须留意。”

青年忙点点头。二人说罢，这中年的一个，便背过身子，预备回身向外。但他一时并不举步，却把那双敏锐的眼珠，在灰色的眼镜片内，转动了一下，侧着头颅，眼光透出片外，像在凝想什么似的。这样约有四五秒钟，随后又向青年身前，挨近一步，嘴里说道：

“我去去就来，但你不可做成临时电线木，耐性一些，必须随时留意。”

这几句话语声较高，不像即刻说的那样微细。青年似乎不明白他重复再说这话是何意思，但也不说什么，只顾答应：

“知道了。”

于是这中年的，方始一径回身，沉倒了头，匆匆向外去了。

当这二人站在弄内，一问一答之际，他们似乎并未觉得，暗中却已引起一个人的注意。这人是个三十多岁的短衣汉子，生着一副獐头鼠目的面貌，身上打扮，像是一个仆役模样。这短衣汉子，在前面二人进弄的时候，一手拿着几盒卷烟，一手提了一个酒瓶，恰巧也打弄外跟踪进来。本自兴冲冲地一直向前闯，偶然抬眼，见了前面两个人，不觉缩住步履，顿露一种注意的神情，当下探头探脑，向前张望了一回，便把脚步放慢，远远跟在二人身后。刚自走了不多几步，只见前面的二人，已立定了身子，在那里向着弄底，指指点点，低声说话，形状颇为诡异。短衣汉子一一看在眼里，神色愈加惊异，看他紧皱着眉头，伸头缩脑，似欲抢前几步，抄在二人之前，潜听他们说些什么，可是脚下却又趑趄不前，望着前面，大有畏惧之意。正在欲前未进的当儿，恰值那两个学生装的人物已说完了话，中年的一个，沉倒了头，匆匆回身向外，那青年却全神贯注目送着他。短衣汉子趁这一个罅隙，立刻慌慌忙忙，好像燕子穿帘、蜻蜓点水似的低头疾行几步，掠过二人身旁，一直走到弄底，在结末第二个门口里面，急用钥匙，开了弹簧锁一闪闪了进去，进得门来，顺手急急关上了门，犹自喘息不定。

在短衣汉子的意思，以为自己脚下走得很快，面上又装作淡漠无事的样子，这两个学生装的人物，未必就会留意。不料二人中的青年，目光异常敏锐，他一面目送他的同伴向外，一面却见一个短衣人，匆匆忙忙，打他身畔擦过，神情有些鹘突可异。他不禁收转视线，斜睨这人的去处，眼梢里，只见这短衣人，三步并作两步，走到弄底结末第二家门口，便急急推门走了进去，临时跨入门内，却还很迅捷地旋过头来，向外望了一眼。青年心头蓦觉一动，觉得这短衣人的神情，好似小孩误触蛇蝎，大有惶恐的意味，其间绝非无故。脑底才自转念，同时只听那边“砰”的一声，那结末第二家的两扇石库门已是紧紧关上。在这当儿，这重大而急促的关门声，不啻成了一个火种，顿把这青年脑底的一片疑焰立时燃了起来。

起先，这青年远远站在那里，他的注意力不过集中于门牌四十八号的结末一家，至此，连那比邻四十七号也连带引起注意。

以上云云，都是故事中的第一幕。那第二幕的表演地点，却在四十七号的石库门内。这四十七号，是一所两上两下的屋子。走进门来，小小一方天井中摊着许多家用杂具，如脚桶、簸箕、小风炉以及洗衣器具等类，很是凌乱无章。客堂里面比较的整洁一些，陈设几种粗简的椅桌，正中板壁上居然也悬着一幅画和一副对联。这画年代已古，真是古董铺外的古董，画着一个渔翁得利，工楷写着“八大山人”的署款。那副对联，上联“东壁图书西园翰墨”，下联却是“生意兴隆财源茂盛”，我们看了这种风雅的装饰物，对于屋主人的身份如何，品行如何，虽不能完全明了，却也可见十之八九。客堂左侧那间厢房，门上绾着具铜锁，里面当然没有人在。总之，这四十七号石库门中，当那手拿卷烟和酒瓶的短衣汉子未进门前，楼下两间屋内，简直寂寂无人，静悄悄地，真像星期日的学校授课室。可是楼下虽极冷静，而楼上却颇为热闹。因为此时，阖屋中的众人，一股脑儿，都聚在客堂楼上。

再说这客堂楼内，乃是一间卧室，其中家具，中西杂陈，情形也很杂乱，踏进去一望而知，不像是个规规矩矩的正式人家。靠着板壁放着一张小小的铁床，床中间一张大约民国五六年的报纸上，铺着一副鸦片器具。这副烟具上面，所沾烟渍的数量，不说小说家的虚头，足足和海上的明星相仿佛。那茶晶似的烟灯罩内，透出黄豆大的一粒火焰。室中左面，沿窗靠壁，另设一张短榻，这里本有一扇板门，可通隔壁厢房楼，可是这门已被短榻堵住，不能通行。一室之中，光线异常黝黯，虽在下午三四点钟，已像垂暮，却因窗前悬有一重深色的窗帷，外面天光打了回票，不能光临室内的缘故。因此铁床上的那盏小小烟灯，在它原有的重要职务以外，倒又兼了一种借光的差使。

这当儿，这客堂楼上，一共鬼魅般的蛰伏着四尊神道。这四尊神道各有各的特点，很值得逐一介绍一下。室中第一尊神，是个妇人，伊在四人中乃是中坚分子，有个尊贵的名号，叫做“老牌美女”。但是余人很恪恭地避着讳，都称伊为“嫂嫂”而不名其号。此时，伊悄然站在右方靠壁一张半桌之前，手拿一支年代陈旧的鸦片烟枪，正在细细收拾。这位老牌美女，年约三四十岁，身穿一件半旧的缎袄，烟容满面，两靥还有许多雀斑。但虽如此，满脸却还不惜所费，厚厚涂着一重雪花粉。伊的嘴角衔着一个竹制香烟嘴，小半段残烟火，却早已熄灭。伊一面收拾烟枪，一面嘴内独自咕哝不绝，可是语声很细，再加竹烟嘴的阻碍，说话更含糊不清。仔细听时，伊在那里咕哝道：

“阿六哥，你安心横一会儿，等我装口烟你香香！这又何必上什么心事，等我们老大回来，不妨从长计议！”

妇人嘴里这样咕哝，伊的精神极为专一，视线死钉在墙上，绝不旁视。伊所说的阿六哥，这时坐在铁床下首的床沿上，是个二十岁的少年，身上虽穿短衣，却还整洁，面貌和室中的余人比较，也觉略微清俊，只是坐在那里呆呆看着那盏烟灯，态度很是窘迫，分明胸中藏有一件犹疑莫决的事。当下，他听妇人指名向他说话，好像梦醒似的抬起眼来，点了点头，还没接口，不防室内第二位神道却开口发言道：

“阿六哥，嫂嫂说的话一点不错，万事都有我们弟兄们在着，总不叫你吃亏，何必担心事？”

说话的人，大家都唤他酒甏阿毛。这人是个又矮又胖的汉子，身上穿着一件黑直贡呢的长袍，天生一副三棱的眼珠，左眼眶下有一很深的刀疤，眼皮因之吊了下来，显出鲜红的颜色，神情令人可怕。这位酒甏阿毛，翘起一腿，双手抱定膝盖，侧身坐在沿窗方桌子边，说话之际，两眼圆睁，神气十足，那一脸的横肉，似乎会随着他的发言而微微颤动。名唤“阿六”的短衣少年，听他说了这几句话，皱着眉头看了他一眼，眼角带着不安，但仍默不作声。酒甏阿毛续道：

“阿六哥，你听兄弟的话，尽管在这里玩一会儿，照样回去，照样做你的事，只做没有这……”

酒甏阿毛没有说完，先前说话的老牌美女却冷笑一声，代这阿六哥答道：

“哼！叫你一声‘阿毛哥’吧，你真看戏看了卖芝麻糖！你没有听得阿六哥说吗？他不回去咧！”

酒甏阿毛一怔道：

“这是做什么？”

这当儿，那靠壁的短榻上，另有第三尊神道，是个黑瘦的细长条子，一手支着头横在那里，起初默然听他们说着，并不插口。至此忍不住坐了起来，很惊异地问道：

“咦？阿六哥，你为什么不回去？”

阿六哥未及开口，这性情卡急的酒甏阿毛却又握了一个拳头，在方桌子上重重碰了一下，高声说道：

“你倘不回去，我们少了一种内线，他那里又有什么举动，我们便不知道。这事，我不赞成！”

那细长条子也道：

“是呀，他们不见人口，又不是交给你的，总不至于无端向你说话，你怕什么？倘不回去，倒反告诉他们，这事你也有份了！”

这一肥一瘦的二人，你一声我一声，交口嚷着。阿六哥满面现出胆小害怕的样子，急忙摇摇手，意思教这二人说话轻些，随又伸手鬼鬼祟祟指着隔壁屋子，悄悄说道：

“我不回去，自有缘故，我已向嫂嫂说了。你们说话不要太高，不要被他听见我在这里。”

酒甏阿毛不耐烦道：

“阿六哥，你又不写意了，吊桶在我们的井里。他听见了，你又怎么……”

此时，老牌美女插口道：

“你们别捣乱，也不必嘴五舌六，等我告诉你们。”

伊说时，便向酒鬈阿毛道：

“你可知道，阿六哥今天为了什么事来的？”

酒鬈阿毛见问，把那粗肥的头颈一扭，神色愈加不耐，冷然道：

“他来时，我们在隔壁，一千铲还没铲完，怎么知道你们的话？”

细长条子也道：

“喔唷，肚肠痒得很，快些说吧，到底什么事？不要牵丝攀藤了！”

老牌美女慢吞吞地道：

“阿六哥说的，他那里为了这事，预备要和我们犯一犯，已请了两个什么……”

伊说到这里，却顿住了话头，回头问阿六哥道：

“你刚才说他们请了两个什么呀？”

阿六哥眼中露着忧惧，答道：

“两个什么私家侦探，一个叫做霍桑，还有一个唤作什么包朗。听说这两个是天下顶有名的自家包打听，没有一件事打听不出的。”

老牌美女接口道：

“你们听见吗？阿六哥是个胆小朋友，恐怕他们查问起来，疑心到他身上。因此，心里着急，逃到这里来了。我想这事倒要……”

老牌美女还没有说完，酒鬈阿毛和那细长条子二人同时吃了一惊。那细长条子尤甚，黑苍苍的一张瘦脸皮上顿时改变了颜色。酒鬈阿毛也把那双可怕的眼珠瞪得很大，半晌不发一言，分明这一个消息，已打动他的心坎。可是一会儿，他觉得自己的弱点太暴露了，因又耸耸两个肥肩，一阵狞笑道：

“嗄，我当什么大不了的事。原来他们请了两个侦探。什么霍双霍单，包朗包姐的！这两个起码人，我连名字也没听见过，也值得这样大惊小怪！”

酒鬈阿毛说这话时，故意又把头颈一扭，胸脯一挺，随在身畔取出一支纸烟，在方桌子上使劲捣了几下，就向嘴里一送，一面取火燃吸，一面满面放出淡漠的样子，表示他对这事不屑置念。但他虽把态度勉强装得十分镇静，倘有细心的人，在这烟纹里面，冷眼观察一下，便知他那镇静之中，实已起了无限隐忧，眉梢眼角，随处可以找到一句嘴硬骨头酥的成语。可是那个细长条子却还不曾发觉他这破绽，听他说着这种冷冰冰的话，不禁皱着眉说道：

"阿毛哥，你别看得太轻松，说这凉飕飕的话。我看这事有点吃闪，非等老大回来，商议商议不可。"

细长条子说这话时，语气有些着忙，他的态度，恰和酒鬃阿毛，成为绝对的反比例，好像即刻就有大祸临头似的，随又沉下脸色，问阿六哥道：

"你这消息是真的吗？"

阿六哥正色道：

"我是看见了人才跑来的！这又不是好玩的事，的确一本正经跑来告诉你们的，骗你们做什么！"

老牌美女起先精神专注着那支烟枪，对于这事，淡淡的并不十分在意。至此，看了阿六哥说话时那副紧凑的面色，又听这细长条子说得如许郑重，知道这事有些厉害，不禁有些担心起来，忙把嘴内的烟嘴取下，呆呆地看着二人问道：

"你们说的这两个到底是什么人呀？"

细长条子苦笑道：

"咦，即刻说过是两个侦探，你不听见说吗？他们不比寻常的包字头，很不好弄咧！"

他说着，目光一闪，想起了什么事的，问道：

"嫂嫂，毛狮子的事你知道吗？大约这个人，老大总会提起过的。"

老牌美女道：

"你说贩海砂的毛狮子吗？"

细长条子点头道：

"正是，他从前贩过海砂，也贩过黑老，什么玩意儿都玩过。他在江、海、湖三条线上，总算扳指头数得到的人物，圈子里的朋友，谁不知道。那一回到上海来，也算他触霉头，头一次放马，轻轻易易，就跌翻在这霍桑手里。"

这几句话，老牌美女和阿六哥，二人都听得呆了。细长条子顿了顿，便继续道：

"还有那飞贼江南燕，大家都知道，他是有飞檐走壁的本领的，他这三个字的名头，哪一个听了不头痛？独是他一遇着了这霍桑，却是一帖药，比血滴子还怕。有一回，听说江南燕，曾被这霍桑，追得无路可走。后来逃到一座阴地之前，江南燕一翻身，翻上了三丈多高的屋面。他以为这一来，那霍桑只好看看他了，哪里知道，霍桑是外国学堂里的学生出身，练过跳高、走天桥和各种外国体操。当时冷笑一声，说是‘任你逃到龙王庙，我要追进水晶宫’。说完，身子轻轻一纵，也上了屋面。江南燕一急，几乎急得灵魂出窍，急忙一手发出三支金钱镖，专打霍桑的上盘，这是他的结末一手看家本领，百发百中的。不料霍桑把头左边一偏，右边一偏，两偏，那两支镖都齐耳根擦过，第三镖把头一低，接在手里，一镖还打过去，就把江南燕从屋面上打了下来。一面他的伙计包朗，等在下面，绳子也预备好了。你们想想，这两尊神道，厉害不厉害？现在事情临到你我头上，还在糊里糊涂！”

细长条子这一席话，说得唾沫四溅，神情活现，遇着紧要关头，却还指手画脚，辅助口述的不足，真比当时曾亲临其事，还要真切几倍。中年妇人听出了神，每当他说一句，脸上添上一份担心的样子，听到末了，忍不住着急道：

“啊哟，这样说，亏得阿六哥预早来说！我还当作无关紧要的事，这怎么好呢？我们也得商议商议唉！老大怎么还不回来？这个浮尸，氽了出去，魂灵总是掉在外头的！”

老牌美女恨恨地诅咒着，声音也两样了。尤其是那阿六哥，脸色变得铁青，手足好似没有安放处，而且满带一种后悔的神情。细长条子在这话机暂时停顿的当儿，定睛向这二人看看。他一方面觉自己的话，能够耸动他们的听闻，心里很有点得意；一方面他虽这样说着，对于所说的事，自己未免也有几分气馁。心头藏了这种复杂的心绪，面部的表情，便觉格外难看。当下，他伸手抹抹嘴边的唾沫，又往下说道：

“况且……况且……”

他正很兴奋地预备续续发表他那有声有色的演词，冷不防一种重大的声浪，“砰”的一声把他吓了一跳。老牌美女和阿六哥也吃了一惊，一看，却是酒甏阿毛，气呼呼地，把那方桌猛力拍了一下，直拍得指缝中的那支烟，火星四溅。原来酒甏阿毛起先听这细长条子，代那霍桑、包朗二人，竭力张大声势，心头已是不快，本来早想打断他的话头，不想后来听他添油加醋，说到霍桑追赶江南燕的一节，听着听着，觉得比那说书先生开讲《七侠五义》《征东》《缘牡丹》等故事，趣味还要浓厚，不觉听得张口结舌，忘乎所以。这时候，他见细长条子，抹抹脖子，不知又要说些什么，因而顺手碰着桌子，阻断他的话头。老牌美女不知为了什么，忙惊问道：

“阿毛哥，做什么？发疯吗？”

酒甏阿毛不理，歪着那双红筋满布的怪眼，向这细长条子狞笑道：

“长脚金宝，我劝你阳春加四，就这样免了吧！我看你再说下去，马上就要零碎动咧！亏你也算是个经过潼关杀过鞑子的老相，竟说出这种虫囊子的话来！老实说，年纪轻轻，总要吃硬一点，要害怕，就不要干这种事！既已干下了，就不必再害怕！身体又不是租来的，馋牢又不是跌不得的，为什么这样不值价？”

这一番连讥带讽的话，说得这瘦长的长脚金宝，有些猴急了，黑苍苍的脸上，顿时泛出一抹怒红，成了猪肝似的颜色，不服道：

“啊呀，阿毛哥，你的声音太难听了！这几句话，囔声得没有道理呀！兄弟不过说，他那里请了两件末老，物事很大，恐怕事情扎手，须要防备防备，又没谈过别的话，有什么值价不值价呢？”

酒鬈阿毛打鼻孔里透了一声气道：

“阿弟哥，静点吧，你说那两件末老，不大好弄，兄弟不是不知道。老实告诉你吧，兄弟虽不才，也曾在三关六码头混过，红眉毛绿眼睛的朋友也见过的多了！嘿嘿，随你什么知马力的绿豆，没有戳碰不得的！蛇吃鳗鲤，各有三千年道行的！那两位仁兄如果有种，找到我们头上来，嘿，凭你三刀六洞的交易，不是自己吹牛，兄弟和老大两人，大约还对付得了！万事不用别人费心！”

酒鬈阿毛说这一席话，额头上的青筋根根显露，说到末了，又把两个袖口，使劲左一卷右一卷，卷了好几次，露出两端肌肉坚实的臂膊。臂上一片乌丛丛的汗毛，望去好似春初的细草，再加说话时的那股狠劲，大有吃人肉不怕血腥，四天王不是对手的气概。他这一股勇气果然效力不小，顿使那老牌美女，即刻一脸担心的样子，无形中消失了大半，连那惴惴不安、手足无措的阿六哥，也觉胸口松爽了许多。他们不但觉得安心，而且对于这位口头上的英雄，心里都还存着一股不可思议的倾倒之意。独独长脚金宝，却依旧愤愤不平，正自紫涨着脸，想要和他争论一下，不防酒鬈阿毛趁势歪过眼来，狠狠地向他瞪了一个白眼，同时眼皮眨了几眨，又把嘴儿向那老牌美女和阿六哥一歪。这种举动分明暗示长脚金宝说：唉，长脚金宝，你别发急。你的话很有见地，我都明白的，但是当着这两个胆小如鼠的东西面前，何必放在嘴上呢？长脚金宝看酒鬈阿毛向他丢眉眨眼，起先一怔，不明用意，想了想，立刻恍然大悟，知道酒鬈阿毛的那番英雄好汉式的话儿，也是用打气筒儿，吹壮了胆子，说的分明怕那二人害怕，有意这样说，安他们的心的。转念之间，不觉非常地懊悔，懊悔方才，不该不稍加考虑，冲口说了许多厉害的话，害得他们心意忐忑不定。明知和他们计议决计议不出什么长策，真所谓“成事不足，败事有余”，自己为何这样糊涂！想时，忙不迭支吾道：

“唉，阿毛哥说的话，是呀，错是也不错，对的！”

此时，长脚金宝竭力收转篷来，意欲掩饰几句，无如即刻预备和酒髭阿毛抢白的几句话，方从喉际强咽下去，却把别的话都挤塞住了，一时竟找不出适当的语句，支支吾吾了好半晌，方又勉强说道：

“是呀，阿毛哥的话，错是也不错，不过……不过我想，阴沟里也有翻船的日子，万事不可太大意。他那里既有了准备，我们也要预防一着。我的话也没有说错呀！”

阿六哥道：

“这话也不错。等老大回来，快些商议一个对付的方法！”

酒髭阿毛猛力吸了一口烟，笑道：

“长脚金宝，我教你静点，还是静点吧！大约今天吃了膈肝，怎么回不过来。阿六哥也不必胆小，依我的主见，顶好还是回去，不回去，也没有什么大不了。我只要问你们，那姓霍的就算本领通天，但他又不是仙人，怎能知道我们的地方？就算他有颜色，找得来了，到了真正风紧的时候，我们还有头号挡风牌，可以保护我们。老实说一句，也不怕他们碰动俺这里的一根汗毛，怕什么呢！”

老牌美女听到这里，不住点头，表示酒髭阿毛说的话，很能使伊满意。这时伊的态度，也完全恢复原有之镇定，顺势撇了撇嘴，附和着道：

“真的……阿毛哥的话一点也不错！听长脚金宝说起来，好像那姓霍的人，比孙行者和赵子龙，本领还要大，我倒两个半吓咧……专门谣言惑众，听了他的说话，盐钵头里要出蛆哩！”

长脚金宝故意装得十分忸怩似的，俯首无言。那酒髭阿毛却放出一脸得意，像是一个倒霉的律师，一旦在法庭上得了胜诉似的。但虽如此，二人的眉宇间，一种隐忧仍续续流露于不自觉中，接着，他们便凑近身子，唧唧哝哝，开起咬耳朵的谈判来。

（二）

先前室中你争我论，一片嘈杂，此际空气渐觉沉静。那阴郁无生气的阿六哥，便呆呆地静听他们谈话。可是语声太低，十句之中，只能听得一二句，而这一二句，又都是奇奇怪怪闻所未闻的语句。原来二人所说的，不比方才随口说话，都是江湖上的秘密黑话，听去完全不懂。因此，阿六哥看着他们，重新又觉局促不安起来。老牌美女早已知道他的意思，忙向二人高声道：

“这里又没有外徒，阿六哥也是自家人。你们樱桃响亮一些，大家听听，何必用春点（记者按即切口），省得阿六哥又要疑心我们，合了药请他吃呢！”

老牌美女一面说，一面旋转娇躯，对着阿六哥嫣然一笑道：

“喂，阿六哥，对不对？”

说完，又露着陈象牙式的瓠犀，飞了一个眼风。伊这一飞眼，自以为是极媚极媚的媚眼，可是这土木作头似的阿六哥委实无福消受，不知如何，只觉周身的汗毛孔儿，一起开放，凉飕飕地，起了一种无可名状的感觉。

说话之间，老牌美女已把烟枪收拾好，一面按部就班，燃着已熄的残烟，又在伊那烟具大本营的半桌上，拿起一个烟斗，用一个小小铁挖，仔仔细细，挖着斗内的烟灰。读者当知，世间有两件事情，性质虽绝对不同，情形却十分相像：一种是大军阀的括地皮，一种是瘾君子的挖烟灰。这两种人物，对这两种工作，精神的专一，心计的细密，以及手段的酷辣周到，简直像是一个老师所传授。自然，这老牌美女也不能独出例外。伊既专心于这种重要工作，方才所说的事情，早已抛到南北二冰洋以外。悄然拨弄了一回，忽然堵起了嘴皮，发出恨恨的声音，自言自语道：

“真不识相，满满一斗蓬末子（编者按蓬末子即烟灰），谁又烧枯了？……背后说起来，总说我是小刁码子，不知道这蓬末子，却是吃烟人的性命。情愿吃掉一点烟倒不要紧！”

老牌美女咕噜了几句，便回过头来，说道：

“我知道的，没有别人，一定又是长脚金宝，总是这样穷形尽相的！”

长脚金宝正和酒甏阿毛，开着极秘密的谈判，谈得十分起劲，一面不时举眼偷觑老牌美女，防伊听见了话。这时，听伊嘴里咕噜，说是偷吸了伊的烟灰，不禁打断了话头，嚷道：

“嫂嫂……你又冤枉我了！蓬末子是谁弄得，你问阿毛哥，你不问他，倒来怪我……刚才他在厢房楼上游了三趟花园（记者按游花园是指一种短局之雀戏，即如近今中下社会流行之一千铲一洋铲五洋铲之类。），却唱了三回滩簧（记者按唱滩簧，意言钱输尽也），输了三千个钱，急了……因此，他跑来烧了两口灰吃，说是解解气闷的。”

老牌美女见说，回眼看了酒甏阿毛一眼，嘴皮动了几动，虽然不说什么，却把半桌上一个不幸而由洁白无瑕堕落到黑垢满布的雪花粉缸拿在手里，凑到眼前，仔仔细细，端详了好一会。

酒甏阿毛一看，知道伊为了一点烟灰，已是大为心痛，急忙赔着笑脸说道：

“嫂嫂，不要小气。等老大把这件事，讲好了斤头，大家劈了霸，我来买这么一七石缸的黑老和一七石缸的蓬末子，回来孝敬嫂嫂。嫂嫂，你说好不好?”

老牌美女把嘴一撅，扭转身子，做出不愿听的样子道：

“免谈吧，免谈吧！不多一歇，刚说起什么姓黑的，姓白的，事情到底怎么样，还不知道，当心些，不要把稳瓶打碎了啊!”

酒甏阿毛笑嘻嘻地道：

“笑话了，哪有这种事?”

他口头虽是这样若无其事地回答，面色不免有点变异，因而有意把话岔开，便问长脚道：

“不知几点钟了，你的玲珑子呢？拿出来看看。”

长脚金宝耸耸肩膀，故意叹口气道：

“亏你还问什么玲珑子！玲珑子早已和哔叽大蓬，一起保了险，也像李君甫一样，胜了几张嚣头了！这几天真是九更天，倘再孵不出豆芽来，真要三上吊咧!”

酒甏阿毛道：

“我不是和你一样吗？而且赌神不在屋里，大赌大输，小赌小输，方才叉叉桂花马将，也会强盗打官司，真是笑其话也!”

他说时，又紧紧皱着双眉道：

“咦，老大怎么还不回来?”

酒甏阿毛说了这一句，他那一肚子的焦灼，委实忍无可忍了，因又冲口说道：

“唉，老大做事，真不落位！依我的主见，这种事情，早一天了结好一天，爽爽快快去开了价，大家早些活活血，岂不是很好的事吗？不知道他，死蛇迸迸在这里，迸些什么？记得今天他说去去就来的，怎么这时候还不回来？看他也不把事情放在心上咧!”

经他这样一说，长脚金宝也耐不住了，也皱眉道：

“是呀，这种事多等一天，多担一天风险。而且我们这个阳地，也拔得不好，非但窑霸太贵，不合算，通子里窑堂又多，人口又杂，进出很不稳便。我们虽说不怕那个姓霍的，不过万一有人点了眼药，也不是什么有趣的事唉！老大不知到底存着什么心思，我们又不好多问。”

二人你一句，我一句，一吹一唱，一搭一档，同时搔头摸耳，现为焦急无奈的神情，说话时，却也忘了顾忌咧。

这当儿，这手捧来福枪的老牌美女，早已上了战线。伊和阿六哥，面对面横倒在铁床上，很安稳的，只顾大吞大吐，时时饧着眼，朦朦胧胧望着那二人，对于他们的话，似乎听着，又似乎不听着，听到末了，听他们对那所谓老大，互相抱怨，不禁停了枪，有点不快。伊已忘却不多片刻以前，伊自己也曾一度恨恨地诅咒，此时却又改变了口气，自言自语似的说道：

“嘻，也算笑话，皇帝不急，急煞了太监！老大不去开价，自然总有老大的道理。他是什么角色，倒不及你们吗?”

酒甏阿毛不防老牌美女冷然接他的口，呆了一呆，自觉说话太率直了，急忙勉强做出一副嬉皮笑脸，浑身欠动了几下道：

“喔唷，到底自家人，臂膊不肯向外弯的，我们只顾埋怨老大，倒忘记嫂嫂在这里咧!”

老牌美女撅起了嘴，满面鄙夷不屑，不理他的话，却向长脚金宝道：

“你也不必在我面前叹什么苦腔，你当我闭上了眼，不听见的，我看你一天到晚跷起了二郎腿，一点念头不转，除了想照大牌头，别的事样样都是朗德山！隔壁胡小麻子，陪那小老爷，已经陪了好半天了，请你去问问那小老爷，要吃什么不要。要呢，快去买，也好替班了!”

伊说着，猛力吞吐了几口，又道：

“此地请教着的，通通都是宝货，老枪阿四，出去买买香烟，也死在外面，不想回来咧!”

长脚金宝听伊这样说，好似奉了圣旨似的，忙打短榻上面站了起来，高声说道：

“噢，晓得，得令!”

说完，向酒甏阿毛吐吐舌头，扮了一个鬼脸。酒甏阿毛却向他歪歪嘴，摇摇头，意思教他走过去，不必多开口。长脚金宝会意点了点头，一面连声嚷着“出松”“出松”，便拖着鞋皮，趿拉趿拉，走到隔壁屋里去了。

一尊神道方去，一尊神道又来，来者便是所说的胡小麻子。此君尊容如何，不劳再替他写照，只看他的雅篆，便可知道八九。不过要补说一句，他的肤色很白，白的却同石灰仿佛，头戴一顶花呢鸭舌帽，帽舌几乎把两个鼠目似的眼珠，完全掩住，身穿一件上青华丝葛短袄，足有二十多副胡桃纽扣，下身两个裤脚管，估量起来，放心可以藏下两对孪生的私孩。此君很像一个蚊虫，大像未曾光临，声音早已先到，嘴内哼着“妙根笃格娘呀”，一路哼进门来，先向铁床上面一看，边道：

“喔唷，阿六哥，长远勿见，租苏满面!”

一句话没有说完，却向老牌美女道：

“喔唷，嫂嫂，让我也香一口，透透气，好不好?”

第二句话方自出口，立刻又像旋风般的旋转身子，向酒甏阿毛望了望道：

“喔唷，这里方才热闹得很，不多一会，听得你们碰台拍凳，神嗟鬼叫，谁又和谁吃斗呀？我好像听得长脚金宝，说起什么江南燕，又是什么霍桑，你们无端提这两个做什么?”

酒甏阿毛未及答话，他的身子又背了过去，仍向老牌美女道：

“咦，嫂嫂，老大还没有回来吗？喂，阿六哥，他那里怎么样，有什么举动吗?”

自从这胡小麻子进门以后，简直等于飞到一个稻熟时的麻雀，满屋子中，只听得他单纯的声音，而且说起话来，比瀑布更急，余人简直无从插言。老牌美女恰巧抽完一筒烟，抬眼向这胡小麻子看看，见他这种骨头轻于美人鹞的样子，伊想起方才听了长脚金宝的话，曾经吃了一个小小的惊吓，这当儿，好在机器之中，已是加足了电，便觉很安心地意欲借这来人，间接报复一下，于是把眉峰一蹙，说道：

“哼，烂麻皮，事情扎手的很咧！你还这样轻骨头𦢊苏（哭也）的日子，在眼前了!”

胡小麻子嘻开了嘴，笑道：

“不要紧，天坍下来，有长人顶的!”

老牌美女见伊的话不生效力，沉下脸来道：

“好好，不相信，随便你，你问阿六哥！喂，阿六哥，你把他那里的事，对这小鬼说!”

到底这阿六哥，在满屋里，还是比较的最长厚的人物，得了这个纶音似的命令，立刻战战兢兢，把先前一番话，一字不易背了一遍，承他的情，另外小心翼翼，加了好些话。胡小麻子听阿六哥说起霍桑的事情，证以方才隔壁所听得的话，不由得也是一怔，失口嚷道：

“啊哟……这……”

“啊哟”二字方自出口，忽觉背后一种鬼叫似的声音，“嘘”的一声，直刺他的耳鼓，忙不迭顿住口，回头看时，却见酒髭阿毛一脸诡秘的样子，正在竭力和他挤眉弄眼，一面又听酒髭阿毛朗声说道：

“哼！讨厌极了，还提这话做什么，真是有愁无愁，愁六月里没有日头。小麻子，快不要听嫂嫂的话，伊是有意吓吓你的！老实说，他们有种敢来吗？嘿……”

读者总还记得，记者前面把这满屋子的人都称为神道，既称神道，当然都有灵感。尤其这胡小麻子，在诸位神道中乃是最具广大灵感的一位，差不多眼珠可以当作探海灯，而眉毛可以代表无线电。他一面听酒髭阿毛的口气，又看他扮着鬼脸，心头早已明白酒髭阿毛的意思，一转念间，忙将“啊哟”二字底下的原句退了下去，顺口大声附和道：

“嗄，我当什么事！这两个起码人吗？”

胡小麻子说这几个字时，竭力表示一种清淡的意思，又道：

“哦，这两个起码人，想要来找我们吗？我问他们头皮还推得动，推不动！”

他说着，把那顶鸭舌帽，推到青龙角上，两眼骨碌碌地，死盯着酒髭阿毛。酒髭阿毛却向他微微点头，对他表示一种赞许之意，搭讪又问他道：

“喂，小麻皮，闲话少说，隔壁小老爷怎么样了？”

胡小麻子答道：

“他在那里，弄着麻雀牌搭大桥，搭牌楼，独自玩得很乐意咧！告诉你们也是笑话，这小老爷桃子真酥，我问他‘这里好不好’，他回说‘很好，很开心’，又说‘他城隍老虽然很有钱，却小气的很，不像此地，想吃什么有什么的，所以多玩几天也不要紧。’还说‘他写信回去时，一定要逼他老头子多放些血，给我们分’。你们想，这种酥桃子，不是难得见的吗？”

胡小麻子嘴内虽这样唠唠叨叨，和众人敷衍，眼里望着酒髭阿毛，见他一脸忧急，心头也暗自辘轳不定，一时又未便询问，因此，方才那种油腔滑调，不知不觉渐渐消失。可是床上的老牌美女和阿六哥，听了他的话，倒忍不住好笑起来。阿六哥自言自语道：

“真是戆坯！他们家里，还当他是活宝，常常说他怎样怎样聪敏咧！”

阿六哥自从走进这间客堂楼上，一副阴沉的脸色，自始至终，像是崑山城隍的偶像，直到此刻，听了胡小麻子的话，方有一丝笑意，但这一笑，不大吉利。笑容在他脸部，还没放得安稳，蓦地听得楼下一种重大的关门声，“轰”的一下，直同坍塌了什么似的，震的这不甚结实的屋子，楼板窗棂，都微微起了震动。同时门上那个响铃，一阵急颤而又锐厉的声音，滴零零向人耳内直钻。这时客堂楼上的四个人，除了老牌美女，即刻吃了酒甏阿毛的一服定心丸似的被黑雾迷了心，还不很在意，余外的三个各各都怀着一种不可思议的鬼胎，听了这种急促的声音，他们的心房，不禁也随着楼板窗棂，同时起了微微的震荡。酒甏阿毛一时忘形，身子霍地竖了起来，失声道：

“谁呀？这样穷凶极恶的闭扇！”

随说随即伸手去揭窗帷，阿六哥也打床上坐起，变色说道：

“快些，看看是哪个，这样开门，人也吓的死咧！”

老牌美女神色虽比较淡漠，但也忍不住恨声诅咒道：

“谁呀谁呀，还有谁呢？一定是老枪阿四！这东西自己胆小的好像麦屑，做出事来，又常常吓人，真是一个抖乱鬼！”

一言未了，外面楼梯上，已听得一种沉重的脚声，蹬蹬蹬蹬，急如骤雨一般，听去好像是这上楼的人，对这楼梯挟有切齿的怨毒，恨不得每步把这一块块的楼梯木，逐块踏个粉碎似的。酒甏阿毛是个有事在心的人，听了这脚声，他的直觉上“倏”的一动，似已得了一个预兆，仿佛已经知道这急骤的脚声中，必然带着恶劣的消息。故此，白瞪着眼，一时呆怔住了，一面他见胡小麻子，已迎出门口，大声问道：

“谁呀？老枪吗？你要死了吗？做什么走路不好好的走，吓得人家要死！”

胡小麻子刚出房门，便和这手拿酒瓶和纸烟的老枪阿四，劈面撞个满怀，只觉这老枪阿四，身子似在寒战，气息如牛喘，气呼呼地直扑自己的面门。胡小麻子正待问他什么事情这样慌张，不防老枪阿四得了疯症似的，顺手赏他一掌，把他推在一旁，逃命般的闯入了室中。

这当儿，室中的人不用开口询问，在那晦暗的光线中，只看老枪阿四那副类如日本人听见大地震消息般的脸色，已知事情不妙，几颗心不禁一齐跳起狐步舞来。阿六哥胆最小，已是面如死灰，冷静的老牌美女，手捧长枪，忘其所以，也打铁床上弹簧般的弹了起来，惊问道：

“呀，阿四，做什么？隔壁失火吗？”

此时，这老枪阿四，仿佛患了疟疾，那个酒瓶在他手里乱晃，说话绝不连贯，只是满口断断续续嚷着：

“快些……快些……大家准备亮工（逃走也）……他们已经来了……门口……两个……一个……还有一个……”

众人越是把他催促的急，他喉际越是长着钩子，钩住了话，格格不吐。胡小麻子从他背后跟了进来，只急得把他重重撼了几下，唉声叹气道：

“老枪，阿哥先生，你见了鬼吗？你要急死人了！快些说呀，什么事快些呀！”

酒甏阿毛和阿六哥真恨不能伸手到他嘴里，掏出他的话来。老枪阿四定了定神，对于众人雨点般的问句，却不回答，气嘘嘘地反向阿六哥问道：

“你……你刚才不是说你……你们东家那里，已请了两个大本领的人，什么霍……霍……霍……”

他“霍”了半天，只是“霍”不出下文来。阿六哥听了一个“霍”字，仿佛脑壳里面，被人掷了一个炸弹，竭力从牙缝中迸出一种声音来道：

“是的，他们请的是霍桑，怎么样？怎么样？霍桑怎么样？”

阿六哥声音已是颤了，但这老枪阿四，却还有意和他开着玩笑似的，接连又气嘘嘘地问道：

“这……这个霍桑……你……你不是已经亲眼见过了吗？”

阿六哥颤声答道：

“是……是的。”

老枪阿四道：

“他不是戴着眼镜吗……灰……灰色的？”

阿六哥颤声道：

“是……是的。”

老枪阿四道：

“头戴黑呢铜盆帽是不是？”

阿六哥颤声道：

“是……是的。”

老枪阿四道：

“另外还有一个，年纪很轻，衣服是一式一样的，脚下都穿着黄皮鞋，对不对？”

阿六哥仍旧颤声道：

“哦，另外有一个，年纪很轻吗？有，有的，对的，是的，怎么样？”

老枪阿四喘息问一句，阿六哥略不假思索，颤声回答一句“是的”。其实，他听了“霍桑”二字，恰恰切中了他的心病，脑底早已乱得发昏似的，对于老枪阿四所问的各节，究竟是否算是完全听清楚，连他自己也觉莫名其妙。余人屏住了呼吸，捺住了心跳，听他们这样一问一答，听老枪阿四把霍桑的状态，说得这样清楚，都忍不住又急又惊，又觉狐疑，心里都开了吊桶铺。不等他们再问答下去，大家七手八脚把老枪阿四你推我搡，历乱的问句，仿佛乱箭似的向他面门射来，问他在什么地方看见霍桑的。老枪阿四被困在这重围之中，连身子也不能转侧，只得鼓足了勇气，嘶声说道：

“在门口……就在门口看……看见的！”

老枪阿四好容易略微平了平喘息，接着他便把如何在弄外看见两个可疑的人，昂然走入弄来，自己因为预先听了阿六哥的话，见两个中，一个很像所说起的霍桑，觉得他们的路道不对，自己如何起了疑心，跟在背后送他们的丧，预备听他们的话，那两人又如何走了几步，站停身子不再前进，如何远远地指着此间门口低声谈话，如何形状非常诡异，后来如何两个之中，一个走了出去，一个仍旧伸头探脑守在弄里的话，很费力地说了一遍。他因为急昏了的缘故，两手所拿的东西始终没有想到放下，说话之际，还用紧抓纸烟和酒瓶的两手，一起一落，历乱地比着手势，那酒瓶便随之而摇晃不定。若在寻常的时候，众人看了他这怪状，早已同声失笑，但在此刻，哪还顾到这些。听完了他的话，大众头顶上，比起了一个焦雷更甚，直震得目定口呆，面面相觑。一时这间客楼，已变成一座庙宇，几位所谓神道，真的都成了道，变作泥塑木雕的神道咧！

（三）

其中胡小麻子，乃是比较乖觉的一个，在这万分惶急的当儿，头脑也比较的清楚一点。他见余人惊的骨筋酥软，一筹莫展，勉强捺定了胸头的跳荡，向众人摇摇手，叫他们暂且不要慌乱，一面扳着老枪阿四的肩膀，用力搡了几下道：

“阿四，你不要大惊小怪吓人，我知道你有那种鬼头关刀的脾气，胆子又小，照子又不亮，遇见随便什么事情，瞄头还没拔准，就要鸡毛报，活见鬼！通子里有人立定了低声说话，也是常有的事，不要是你自己瞎起疑心，弄错了吧？”

众人起先听了老枪阿四的话，再加听说那人的状貌服装，阿六哥本人已一一认为合符，大家心目中都以为老枪阿四所见的那人，千真万真，必是霍桑无疑了。此际一听胡小麻子的一番话，想起老枪阿四，平素果然非常胆小，而又非常冒失，又觉这话不为无理。况且阿六哥来报告的事，还只是当日发生的问题，司马懿的大兵，来得似乎不致如此之快，或者真是老枪阿四因疑见鬼，也说不定。众人很聪敏的这样想时，紧张的心理，顿觉宽松了好些，于是众声一片杂乱，抢着向老枪阿四道：

“对呀，老枪，恐怕是你自己照子过腔，活见鬼吧！头路没有摸清，就这样鬼头鬼脑逃了进来，别人原本不在意的，看了你的样子，反要弄假成真，闯出祸来咧！”

老枪阿四狂喘犹自未止，反碰了众人一个大钉子，两眼直翻，双足乱顿道：

“什么？什么？瞄头没有拔准？照子过腔吗？好好好，不相信随便你们！明明那两个人，商议了一会，一个在这里把风，一个是去放龙的！”

老枪阿四又气又急，索性格外道地，又添些嚼头道：

“对你们说不相信，那个去放龙的就是霍桑。临走，他还拿出一本日记簿，望着此地门口不知写了些什么，又向那个年纪轻些的，低声说了几句不知什么。我是听见的，他说‘横竖你有手枪，等他们出来，尽管开枪！’年轻的点头说‘绝不放掉一个’，又教他多带些人来。这时候，大队人马一定在路上了，跌馋牢是人人怕的，不相信随便你们！对不起，我只好脚里明白咧！”

他说完，双肘把众人乱挤乱撞，果真预备杀出重围，脚下明白咧。众人一把急急抓住了他，看他这副万分情急之状，又觉事情断断不是误会了。这时众人的心，宛然成了一种具有伸缩性的东西，恰如俗语所说，成了三收三放，才得略为解放一时，又紧收起来。正自乱的一天星斗，不防隔壁厢房楼上，长脚金宝听得了声音，反拴了门，也闯了过来。他一眼望见许多石灰铺铺主般的尊容，当然也大大的吃了一惊。胡小麻子迎面嚷道：

“啊哟，你让那小老爷一个人在那边吗？”

长脚金宝喘息着道：

“我本不放心走过来的，我已耐了好半天了，被你们大呼小叫，胆要吓碎咧！什么霍桑不霍桑，什么事？到底什么事？”

众人见了长脚金宝，也不暇再顾别事，一时好像捣乱了鸦鹊二家公馆，抢命把老枪阿四的话，历乱都告诉他。长脚金宝未及听完一半，一双小圆眼珠，已瞪得胡桃般大，死瞪着酒鬈阿毛，不说别的，只把长脚乱顿道：

“如何？如何？我老早说的，这个恶鬼连江南燕和毛狮子这种名件，尚且不在他的话下，何况你我！老大又不在家，怎么弄呢？怎么好呢？”

大家满望他有什么方法，不防雪上加了些霜，加之老枪阿四只顾夺路要走，本来心不乱的，也要乱咧，一时满室只听“呃嘿”“呃嘿”干咳的声音。老牌美女此时双手捧定那支宝贵的老枪，姿势类如道士捧朝笏，患了热症似的，嘴里只顾喃喃呐呐说：“阿呀，怎么好？老大怎么不回来？”“阿呀，怎么好？老大怎么还不回来呀？”失魂般的念念有词。一时伊听了长脚金宝的话，神识暂时似已清楚了些，想起酒鬈阿毛方才那番狠劲十足的话，不期飘转伊打折头的媚眼，瞅着这位大无畏的英雄，眼角满含哀龠之色，似说“我的英雄呀，是这时候了，想个方法出来吧！你说你有手段对付的！”可笑那阿六哥，周身早已麻木不仁，上半个身子失了重心，勉力支持在铁床架子上，嘴里说不出话来，死鱼般的眼珠，也同样的死瞪着这位大英雄。可是他们不望这位大英雄犹可，一望这大英雄时，见他那双英雄的眼珠，两个瞳仁差不多将要并家，再挨片刻，一定要打眼下那个深深的刀疤里面，一齐露出来咧！

总之，在这几分钟中，这间客堂楼上，已陷入于神秘不可思议的区域，许多神道，大都摇身变化，都已变成了没脚的螃蟹，没头的苍蝇，没眼的海蜇。最奇怪而又可笑的，他们耳内听了“霍桑”，脑筋似已“吓伤”，因此，捣乱尽着没命的捣乱，对付的方法，却终于毫厘丝忽都没有。

记者写到这里，应当代表这些神道，郑重声明一句：他们在先前虽然并不是什么圣经式的正人君子，但记者可以保证他们，对于现在所干的这种伟大事业，一个个都还是和尚结婚，破天荒第一次尝试。唯其对这伟大事业的经验，既嫌不足，于是遇了一点风吹草动，便都魂荡神摇，急成了没头神。依记者想，若在资格较深的斲轮老手，遇了这一点小小的风浪，决不致无法可施，也决不致急成这个份儿。

当时室中的众人，你看看我，我望望他，差不多已到了束手待毙的最后一步。正自上天没路，入地无门，忽然胡小麻子不知在他脑海里的哪一部分中，居然急出了一个方法来，硬着头皮，连忙摇手阻止众人的捣乱道：

“拚死无大难，叫化再不穷，你们就急死了也无用呀！难道大家这样天打木人头，坐等他们捉死蟹吗？”

这话一发，众人觉得胡小麻子，必已得了什么妙计，不禁哄然闹将起来，用了似哭似笑的声音，争先地问：

“你有什么生路？依你怎么样？依你怎么样？”

胡小麻子道：

“依我吗，大家碰碰额骨，头先派一个人，悄悄出后门。一来照照后门外面，有线头没有线头；二来，还可以抄到前面去，把那个赤老，仔细拔一下子瞄头。虽然老枪说的话活灵活现，情愿再去看个明白为妙，不知自然最后。万一路道真的不对，我们只好准备亮工。我想鹰爪要来，早已来了，能够大家出松，总算祖宗亡人都在家里。万一扯（读如蔡走也）不成，要跌馋牢也是命里注定的，只好值价点了！”

胡小麻子慨然说毕，众人又“哄”的一声，齐喊赞成。胡小麻子道：

“不过谁先出去照一照呢？”

他说着，歪眼看着酒鬈阿毛，不防酒鬈阿毛似乎预早料到这一着的，视线早已避了开去。至此，老牌美女方始彻底觉悟，这位英雄真是一包脓一包葱的英雄，只得回头龥求阿六哥道：

“这是大家的事，费你的心走一趟吧！况且你是亲眼见过的，可以看到底是不是那个千刀万剐的杀千刀断命人……”

老牌美女没说完，不料阿六哥死赖在铁架子上，几乎要掉了头，表示宁死不干。众人大家谦虚客气，结果还是胡小麻子，义形于色，自告奋勇，便问老牌美女道：

“那柄家伙呢？”

老牌美女急急检出一支手枪，是崭是黄，不得而知。但胡小麻子接了过来，向袋里一塞，勇气似已陡增了十倍，遂把青龙角上的帽子一拉，帽舌照前掩住了眉毛，一面出了房门，匆匆下楼去了。

在蹬蹬蹬蹬的梯响声中，众人的脸色又改了一种式样。大家鸦雀无声，都露着一副囚徒待决的样子，而且不约而同，都有一个热烈的希望，希望胡小麻子一回来，便重重埋怨老枪阿四，说他是“照子过腔”。不多片刻，胡小麻子果然回来了，但众人抬眼向他一望，不用多问，就知希望已成肥皂泡儿。只见胡小麻子失惊大怪，喘嘘嘘道：

“快些！快些！准备亮工吧！”

众人急问怎么样，这问句尤其老枪阿四问得更急更响，胡小麻子道：

“真的，那个赤老，死盯着此地门口，两手插在裤袋里，裤袋凸出一大块，手枪一定有的！而且一副四六开招的面色，看起来决不止他一个人，近处一定还有埋伏！”

众人忙道：

“那么，后门，后门怎样？”

胡小麻子道：

“还好，后门外不像有什么可疑的人。管不得许多了，趁早大家走吧，越快越好！”

胡小麻子一面说，一面飞眼在众人脸上绕了个圈子，又道：

“此地有两位阿兄，吃相太难看，只好陆续分着先后出去。”

酒甏阿毛道：

“那么，我先撤！”

胡小麻子道：

“慢！”

老牌美女道：

“呀，我们走了，老大怎么样呢？万一他不识相，撞死撞了回来，不是倒霉了吗？”

胡小麻子道：

“嫂嫂不要发急，快些预备！我们走后，马上分头打发人到那几处老大常到的地方，快去找他，告诉他。现在只好头痛先救头，脚痛先救脚咧！”

酒甏阿毛和老枪阿四也同声抢着问道：

“那货色怎样？也带了走吗？”

胡小麻子道：

“自然，我们担风担惊，吃辛吃苦，为的是什么？自然带了一道走！”

众人一齐很不安地说道：

“呀，货色还带了走吗？万一……”

胡小麻子急得只顾顿足，拦住他们道：

“快些！快些预备！不要再噜苏了！货色仍用原法带了走，出了通子再转念头！小鬼胆很小，我有方法教他封缸（不泄声也）的！”

胡小麻子平日在众人中，原不过小喽啰而已，而在此际，俨然已自处于大元戎的地位。好在众人已等于无机能的大号傀儡，一举一动，完全任他摆布。最后，胡小麻子手忙脚乱，搔着头皮向众人厉声说道：

“你们胆子小的，先请吧！先出去分头找了老大，大家都到富泽路，二百六十八号，一家小麻油坊楼上聚会，听见吗？富泽路，二六八号，一家小麻油坊楼上。那边是老大和阿金妹新借的小房子，大半老大早在那里了。”

好不容易，一切都已支配好了，冷不防风浪之中又起了风浪。老牌美女依着胡小麻子的命令，抢出一件较新的衣服披上了身，抢着胡乱撂了撂头发，末了，正抢着把一大包命根般的烟泡，塞入怀内，一听这话，蓦地一个饿虎扑食的姿势，一把揪住胡小麻子的胸襟，翻天倒海似的嚷道：

“好好好，烂麻皮你好！我和你先拼命！老大和那滥污寡老，借着小房子，你们倒瞒着我！好好，我和你先……”

一语未完，作势便欲一头撞过来道：

“我先出去报告，宁死也不跟你们去的！”

这一着，真出乎众人意料之外，眼珠早又定了，看这情形，只觉哭笑皆非。胡小麻子直急得一面退让，一面带着哭声，几乎双膝跪落道：

“嫂……嫂……嫂嫂……你你你……你再要吃醋，我……我们要吃萝卜干了！”

笔尖只有一个，而事情却多得宛如乱麻，许多神道纷纷扰乱，记者的笔尖也随之而扰乱。这其间便把隔壁厢房楼上，一位真正的神道，忘到脑后了。有人问，又是什么神道？很聪敏的读者先生们，看了上面的事，大概能代记者回答说，所忘的必然是位货真价实的财神。厢房楼上这位财神，年岁还很幼稚，是个十四五岁的孩子，身材很是瘦小。论他的状貌，举凡普通相术书上，所有的五官端正、天庭饱满、眉清目秀，唇红齿白等等的现成语句，都可借来应用，尤其这孩子的两个小眼，明亮得好似秋夜朗星。虽然面色很带着忧愁惶恐，然而忧愁惶恐之中，仍旧流露一种活泼的精神，即此已可显出他在平素必是一个绝顶聪敏的小孩。

厢房楼上，由一堵板壁划分为二。前半开中除了一床一几，余外空旷的类如原野。但那床上却设着一副极精美的卧具。当时这孩子却在后半开中，这里也有一张板搁的没帐铺，铺的位置，恰巧挡住那扇可通客堂楼的另一板门。室中有一张粗简的木桌，桌上摊着一副麻雀牌，表示不久以前曾经有人在这里玩过雀战，战后，却并未把这战具收拾起。

在几十分钟以前，胡小麻子在这厢房楼上，陪伴这个大家认为小财神的童子。二人围坐于木桌之前，很无聊地弄着这麻雀牌，拿来解着气闷。当时，一室之中，空气极静，加之这孩子的耳官，敏锐异于常人，静寂之中，早已听得隔壁的人，在说什么“霍桑”“包朗”。童子一听，顿起注意，苦于隔着墙壁，语声又很杂乱，不能听得十分真切。但他心里虽很注意，表面一丝不露，仍旧装作浑浑噩噩的样子，把那许多麻雀牌，堆成几座牌楼和桥梁。

其后，长脚金宝走过来，和胡小麻子替了班，接着不多片刻，便听得楼下起了重大的阖门声。接下来，急促异常的楼梯声、粗浊的喘息声、杂乱的问答声以及种种失惊大怪声，一时并作，闹成一片，童子外表若无其事，其实一一听在耳内。因为声音太嘈杂，仍是听不分明，只觉隔壁屋中，已乱得翻山倒海似的。抬眼看看长脚金宝，却露着十分慌张的神色，见他搔头摸耳，只在室中团团打转，转了好一会儿，似乎忍无可忍，临了望了自己一眼，便急急走了出去。童子见那门已闭阖，悄然走近那张板铺，把身子俯伏在那铺上，一耳贴住那扇铺后的板门，凝神细听，仿佛听得内中有一个人仍旧气嘘嘘说着霍桑的事，仔细再听，又听得说这霍桑似已到了门外，接着这些人便又闹哄哄起了一阵潮涌似的扰乱。孩子此时已明白了他们扰乱的缘故，忍不住又惊又喜。他从铺上抽身起来，一望室中，四下除了自己，别无一人，眼光不期倏的一亮，略一踌躇，便又像小鼠觅食似的，轻轻掩到那扇通行的门前。此时，他两个面颊上，突起了两片红晕，伸手便去扳那扇门，扳了半天，文风不动，知道这门已是反拴，不禁又露一种强烈的失望。这当儿，隔壁客堂楼上，正是乱得最厉害的时候，他们这样扰乱，此间的孩子，也独自随之而扰乱。双方扰乱的起因，虽然绝对不同，而那扰乱的情形，却十分相类。看他搔头摸耳，似乎不知如何才好，一会儿，他又走到那铺上，仍旧俯着身子，贴耳细听。这一次，他听得众声杂乱之中，仿佛那些人预备要把自己迁往别处，并已听得所要乔迁的新地点。他听时，满面焦灼，差不多要失声哭了，正觉坐立不安，无可如何，偶然抬眼，一眼瞥见了适间玩弄的那副麻雀牌。忽然他那活泼的眼珠，亮晶晶地透射出一种异光。

他霍地走到木桌之前，低头沉思了好一会，随把麻雀牌内的“东”“西”“南”“北”“中”“发”“白”等牌，一一拣出。拣时，不知是忧是喜，小手已是震颤，但虽震颤，他仍把神识竭力镇定着，一面拣，一面还照顾门外是否有人进来。拣完了东西南北中发白，把这些牌远远推过一边，踌躇了一下，又把四个“九万”照前拣出，杂入东南西北等牌之中。接着，他又凝神屏息，很着意的，在那牌面向天的余牌中细细找出许多牌来，细细屈指算着，不知算些什么，一面细细把拣出的牌，列成几条横行。最后，却随手拿了些不用的牌，砌成一个“?”形的问句符号，表示这奇异的八阵图中，含有一种问题在内。

奇异的工作，匆匆地工作已毕，他深深呼吸了一下，伸手按着额骨，现出一种似忧愁又似欣慰的苦笑，同时，脸色蓦地变异，已听得门外的声音，有人来了。于是他急急踮脚走近板铺之前，一仰身睡了下去，两手捧着头颅，眉心紧皱，口内嚷着“喔唷”。在他“喔唷”声中，门儿“呀”的一声开放，果已走进一个人来。

（四）

进来的那是胡小麻子，此时已完全不像先前那样和善，面容惶急而又阴险，一手挟着条绒毯，一手却握定一柄锋利异常的小刺刀。这孩子见他来势不善，心房便跳荡起来，连嚷着：

“喔唷，头痛得很……痛死了……”

胡小麻子很可怕地一笑，接口道：

“嗄……头痛吗？巧极了！顶好多喊几声，你要不识相，喊别的话，这是什么，看!”

孩子只觉雪亮的刀光在眼前一闪，正要抬身，未及开言，陡觉顶上天昏地黑，一条绒毯，已没头没脑罩了下来。

写到这里，应向一人表示歉意。为了记述上的顺手起见，累那学生装的青年，在那弄内已呆等了许久许久。青年因为记着他同伴临去“不要做成临时电杆木”的一句叮咛，所以他在弄内竭力把他的态度，装作非常暇豫，双手插在裤袋内，时时吹唇作声，或是曼声低哼各种歌曲，身子踱来踱去，并不呆站在一处。有时还和弄内的小贩们，或小孩子们淡淡地搭讪几句，似乎表示他也是本弄的一个寓公，因为点心偶然吃的太饱，所以在门外散散卫生步，而消消食的。总结一句，凡是可以使他表示态度暇豫的方法，都用尽了。但他外表虽是如此，而他的内心，却非常留意于四十七号门内的动静，并且此刻他已专注意着四十七号，却把最初注目的四十八号，反倒淡漠了。青年所以专注这家四十七号，也有缘故，因为他在无意中，和弄内人随口搭讪，对这四十七号屋的内容，不期探知了几点，这几点虽很简略不明，但在这青年，却认为极有研究的价值。

据说，这四十七号屋中的寓公，迁入至今，还未到一月，屋主是何姓名，是何职业，却为这屋中人迁入以来，绝不和弄内邻居交接，所以邻居也无从知道，只知屋内常有一个三四十岁的男子，每天出入。这人状貌很魁梧，服装很华美，像是一个有钱的人。大众意想，以为这魁伟男子，大概就是四十七号的屋主，此外进出的人们颇多，品类很杂，一时无从记忆。

三日以前，大约晚上九十点钟时候，这条昆仑路上风驰电掣般的，驶来一辆大号轿式汽车，就在这里弄口停下。车中首先跳下一人，就是这四十七号中的魁伟男子，随后陆续又从车内走出三四个人，服装长短不一。这些人团团簇拥着一个十余岁的孩童，露着一种保护唯恐不周的样子。孩童半身裹着一条绒毯，遮的密不透风，面目如何，无从窥见。据这些人告诉弄内爱管闲账的人说，这孩子是他们主人的独生子，本在某校读书，因为突患急病，不能冒风，故用汽车特从学校接回来医治。他们说时，那魁伟男子，露着忧急之色，似嫌这些人多说话耽误时候，接着，便督率他们，围绕着那孩子，慌慌忙忙。蜂拥进了四十七号屋子。

以上云云，都是青年在无意中所探知的。青年对于这些话，反复咀嚼着，觉得很奇异：第一，屋中人的姓名职业，竟无人知道；第二，绝不和邻居交往；第三，进出的人，品类很杂。拿这以上三事，和三日前汽车中的一事合看，便觉很有许多可疑之处，再证以自己方才亲历的事情，尤觉得可疑了。青年因为越想越疑，精神觉得专一，最使他纳闷的，这四十七号屋中，自这可疑的短衣汉子，匆匆进门以后，便像石沉大海似的，始终不见第二人进出。青年腕上也有一个铜质手表，当他第十五次看这表时，他计算充当临时义务巡警，已有一小时又十分钟之久。于是他又焦躁地想，他那同伴为什么还不来。

正纳闷间，忽见他那中年的同伴，匆匆来了。中年的一走近他身畔，就低声问他说：

“一件奇怪的事，你看见吗？”

青年道：

“我也正为遇了一件奇怪的事，所以很焦灼地等着你来。”

中年的道：

“嗄，你也遇见一件奇怪的事吗？什么事呀？我所说的，是为一个短衣汉子，这人一手拿几盒烟，一手却提着一个酒瓶。我觉得这人很有点奇怪。”

青年一怔道：

“是呀，我也正为这个短衣汉子的事。”

中年的道：

“嗄，也为他吗？实对你说吧，方才我们二人进弄内的时候，我早已一眼先见了他，而且一见就觉得这人很可疑。但因另有要事，一时不及兼顾，所以临走特地又嘱咐你，不要做成临时电杆木，意思就是使你注意这个短衣汉子。但你此刻为什么说他奇怪？”

青年便把那短衣汉子见了自己，如何有些畏怯，如何慌慌张张，闪入四十七号屋中，以及后来在无意之中，如何对这四十七号，问知了几件事情，和他自己的疑念，一一述了一遍。中年的想了想道：

“嗄，依你这样说，事情更加奇怪咧！别的暂且不说，单说这短衣汉子，此刻我来时，在离此不远的一条马路上，劈面又遇见他。他见了我，像你所说一样，也有同样的害怕，看他逃命般的一阵乱闯，就不见咧。但这还不算绝对奇异，最使我奇异的，这人先前拿的纸烟和酒瓶，此刻仍分两手拿着。这不是很有趣的事吗？”

青年讶声道：

“真是可怪之至了！但是更可怪的，为什么我在此地守了一点多钟之久，并未见他外出，而你却又会遇见他？或者是另外一个人吧？”

中年的微笑道：

“另外一个人吗？形态相同，连手内拿着纸烟酒瓶也相同，岂不太巧了吗？你这傻子，你不见他向外，难道他不能从另外一扇门中出来吗？我所以为奇怪的，不为这个，却为这短衣汉子，为什么打这里门进去，而又打另一个门内外出，并且时间已隔一点多钟之久，为什么手中的东西还不曾放去。这不是很值得研究的事吗？”

青年呆了一呆，中年的续道：

“但你既怀疑这短衣汉子，又怀疑这间屋子中的事，为什么呆站在此地，而不注意这里有无后门？”

一语提醒了青年，满面涨得通红。中年的含笑看他一眼，似乎讥笑他说：

“你真是个电杆木！”

又道：

“话说的太多了，我们既在怀疑人家，不可使人家怀疑我们。来吧！我以为眼前的问题，比我们原本想来查访的事，更为要紧一些咧！不过，恐怕已经太迟了。来吧！来吧！”

中年的旋说旋行，脚下并不停步。他们转身从右手横力的支弄里，抄入后面一条弄堂，青年却低头随在中年的身后。一时他们已找到四十七号的后门，一眼望见那扇矮闼门上，已缩了一具铜锁，中年沉着脸色，自语道：

“唉！一定迟了！”

二人正在伸头探脑向这四十七号的后门张望，凑巧后来一个五六十岁的年老佣妇，一手提了一铜壶水，蜗牛似的，在那边走来。这年老佣妇见二人站定在那里，忽然咕哝起来道：

“阿弥陀佛，外国医生倒来了！可怜可怜，我看那个少爷是靠不住了！两个人两面拥住了他，走路也不会走咧！阿弥陀佛，可怜！”

二人回头，听这年老佣妇咕咕哝哝了那几句话，像是自言自语，又像特地向他们说的。青年目光一闪，正想上前和伊搭话，中年的急忙向他使个眼色，一面很和蔼地问这年老佣妇道：

“老婆婆，你说什么？这四十七号里，不是已没有人了吗？我们是外国医生。”

年老佣妇停步说道：

“哦，先生们是哪医院派来的吗？你们来得迟了。我看见的，他们陪了那个少爷，先后慌慌忙忙，都出去了，就是到你们医院里去了。”

这年老佣妇说毕，走到对方一个石库门前，去推那门，嘴里还连念“阿弥陀佛”，说：

“老年人的眼睛，是瞒不住的，那小少爷，三日前用汽车接回来，病已很重，现在只怕阿弥陀佛，真的靠不住了。”

青年和中年人听着，二人默然忽视了一眼，中年的望那对方石库门已紧闭，立刻举足在四十七号闼门上，重重踢了几下，大声喊道：

“喂，收电灯费，有人吗？”

三五声不见答应，两边骨碌一望，见弄内无人觉察，立即伸手抓着那闼门上的锁，轻轻一捩，这锁大概是冥器店的出产品，一捩已捩在手内。但那闼门里面的一扇门，也用耶尔弹簧锁锁着，中年的却又急急取出一大串钥匙，在锁孔内探进取出，眨眼间已忙着配了好几个。这二人对于这一种事情，似是个中老手，一人工作，一人用身子遮住在前面，顺便望风，而那中年人的手段却迅捷得一似摇急了的电影，转瞬二人已掩入屋内。

二人顺手阖上了门，穿过灶屋，到了楼梯之前。中年的如前高喊道：

“收电灯费，有人没有？”

他们好似进了坟场，仍寂寂地绝无回响。中年的大踏步闯入客堂，四下一望，走到厢房门前，如前捩去那具铜锁，推门进去，见除了两张床铺，除外绝无所有。

他们回身蹬蹬蹬上了楼，跨入客堂楼中看时，触目都是零乱的景象，随处显露这屋中人，已是弃家而走的样子。约略察视了一下，见并无可注意之物，他们便又匆匆走入隔壁的厢房楼。只见这间屋子中，也只一张板铺，一张粗劣的木桌，和几只粗劣的木凳，那木桌却斜角放着，上面还摊着副散乱而未及收的麻雀牌。再踏进板壁前面一间，这里有一只小小的床，却挂着一顶洁白的帐子，比别的床大不相同。床上有两条被褥，里床上的更为精洁，两端放有两个枕头，一端的枕边还露出些陈皮梅、樱花糖以及半枚吃残的鸭肫干，地上也遗下许多食物的包皮。中年的随意看了看，默自点头，当他跨出板壁，重复走入后间时，举起他那皮鞋脚来，在楼板上跺了几下，摇头自语道：

“可惜可惜，迟了一点咧！”

又向青年道：

“当时我因怕你等得焦灼，此时却后悔不该放过那短衣汉！”

青年见说，侧着头，露出怀疑之状道：

“你以为，这是……”

中年的立刻接言道：

“自然，这还要用疑似的口吻吗？迟了一步，便宜了这些绑票先生咧！”

青年道：

“看这样子，他们走还未久。但他们为什么要急匆匆地举室他迁？”

中年的道：

“依情势看，似乎是被你我二人吓跑的。”

青年更疑惑道：

“你我二人，把他们吓跑的吗？这是为什么？难道我们身上有什么地方，挂着可怕的牌子吗？”

中年的沉吟着道：

“这就是我所不解的，但是眼前的事实，告诉我们如此，已是无可更易。”

说时，取出一支烟来，燃火吸着，在满室往来踱步。青年听了这话，满面引起一种趣味浓厚的样子，更带着几分懊悔，用力搓着两手，也跺足道：

“这样说，真是可惜了！方才我见了短衣汉的那种惊慌，原已疑惑其中必有缘故。依情势看来，必是那短衣汉，不知把我们错认作了什么人，急急进内报告了余人，因而吓得都从后门跑了。只看短衣汉的烟和瓶始终没有放去，可以想象他们的慌张之状。可惜，可惜！好多头野鸟，已飞进我们衣袋，却又飞出去咧！这一飞，一定飞入了丛林密箐，再想找他们，却是海中捞月了！”

青年十分惋惜似的说着，那中年的正自喷去一口烟，寂寂地空气中，幻为许多奇妙的圆圈，一听青年的话，一面凝想，一面接口道：

“哦，你说是海中捞月吗？我却以为我们的公司中，不该有这海中捞月的话。难道你不能略微改动一下吗？你不能换一个字，改为海中捞‘针’吗？”

青年似乎不解这话，凝眸反诘道：

“海中捞月，海中捞针，不是完全一样吗？有什么分别？”

中年的含笑答道：

“自然，分别大呢！你须知道，海中捞月，是世上没有的事，也就是绝对不可能的事。海中捞针却不然，既有这针，或者可捞，不过形容非常的难罢了。”

青年摇头笑了笑，正待答辩，此时中年的旋说，旋想，旋走，已踱近那张木桌。他把一手撑在桌角上，无意中俯下首，桌上那许多牌，有的向天，有的合倒，有的散乱，有的整列。第二次又映入他的眼帘，蓦地一种惊喜不禁的锐呼声从他口中发出，仿佛一个穷汉一跤跌进纸币库内似的，呼道：

“哎……呀……你来，看这是什么！”

青年被这奇异的呼声，吸引到了木桌边，一看那牌，眼角也渐渐透露讶异之色。原来他也已发现了那个雀牌砌成的问句符号，和那奇异的牌阵了。这当儿，中年的那双锐利的眸子，凝结成两点坚钢似的，放着钻石般的光华。他随手把一个凳子，拖近木桌，坐了下来，一面振足了精神，便去细细检点桌上的牌。他发现这全副的牌，总共分散作四部分。第一部分就是最先引起他注意的，寥寥无多几张牌，砌成一个“?”形的问句符号。第二部分，数约三十多张，远远地散乱在右方桌角，完全牌背向天，逐一翻过来看时，却都是东、西、南、北、中、发、白等牌，内中另有四个九万，也杂在里面。第三部分却放在桌子上部的左角，那些牌横列成三条长线，成为一个三字形。第一条线，完全是筒子，第二条线，完全是索子，第三条线完全是万子。中年的看着这三字形的牌，想了一会，于是最后他又注视第四部分。这第四部分，位置在桌子劈居中央，也是牌面向天，乃是筒索万三种，互相间杂的，每二、三、四、五、六张不等，列成一组，每组隔离一个牌的空隙，也分为三行横列着。中年的向这桌子正中分组的三行牌，凝眸注视了好半晌，眼光现出非常的注意力，似乎说“哼！这三行牌，却就是含有问题的，万万不可放过！”凝注一会，沉思一会，猛力吸一会烟，他那视线，渐渐变成滞定，似是入定的僧人。

青年异常知趣，望望他的同伴，知道他已进了思想之域，因而默然绝不则声。一时看这中年的，抬头嘘了口气，懒洋洋伸欠而起，目光回了原状，表示他对这个奇异的问题，胸中已有成竹，突然开口，向那青年，发为奇异的声音道：

“哈哈……告诉你吧，我已代那些可怜的野鸟，算了个命。在我们袋里的，终于在我们的袋里，而且方才的话，或者要改一改，不用说海中捞月，也不用说海中捞针，也许可以改为海中捞山咧！你要知道，活雀子虽张翅会飞，死雀子也会张口报告，但是天下的事乃是瞬息万变的，我们不宜再延误，来来来……把这桌子正中的三行牌赶快抄下……依我的话，快抄，四筒……五筒……一筒……九索……空去一些，再抄四索……九索……”

青年对他同伴这种奇特的举动言语，似乎了解，又似乎并不了解，只觉他的口角极高兴，不禁瞪眸不语，但也依言取出日记册，把中央的三行牌仔细抄录着，每组加上括弧。抄毕，向桌子上，对了一下，交在中年的手内。中年的很着意地收好，随手把桌上的牌，一推推得很乱，欢呼道：

“好了，我们赶快回去，检点三四日的各报纸，看看共有几件新的绑票案！”

（五）

为了增进读者们的兴味，和对这故事的明了起见，记者觉得四十七号屋中的麻雀牌之谜，很有依样葫芦画下之必要，并希望读者诸君，破些功夫，费些脑力，和前面那两个学生装的侦探家角一下智，看是谁先打破那空屋中的闷葫芦。现在且把含有问题的三行牌，依样附图如后方。

一麻　雀　之　謎一

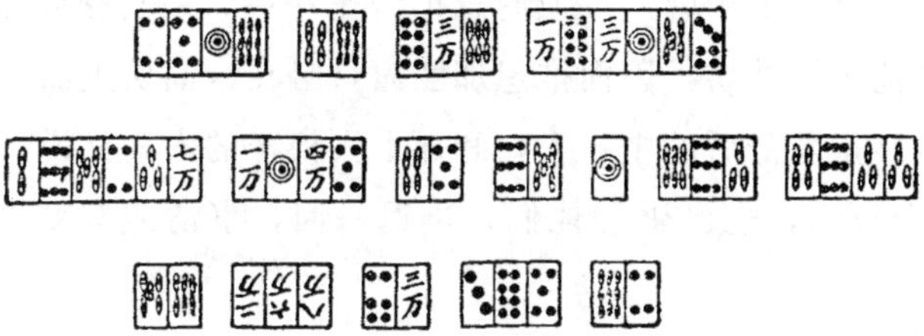

在上述各项事件的第二日，还只上午八九点钟光景，龙飞路北区第四巡警分署门外，驶来一辆黑泼马别尔的大号篷式汽车，车内跳出三个人来。前面二人，记者是认识的，不是别人，正是昨日下午，到过昆仑路锡寿里二弄内的青年和那中年人。只是他们的服装，已经改换，并非昨日那种学生装，而都很斯文地，穿了长袍马褂，中年的比较朴素，青年却穿的华丽夺目，类乎一个有钱的贵公子。更可异的，青年穿上这种衣服，神态也改变了，完全不像隔日那种满脸精警，变作了浑身都是纨绔气派。另外那一个人，作下人模样，却恭而敬之，垂手紧跟在他身后，像是保镖似的。三人的脸部都挂一副急迫的招牌，令人一见便知，身带重大的事故。

二人之中，中年的一个，说是姓霍，这青年自称名为王石亭，乃是珠钻商会会长的胞弟，当从身畔取出一张巨大的名刺，上面印有“珠钻商会会长王玉亭”的字样，并有好些哄老婆和吓乡亲的阔头衔。三人神色仓仓皇皇，即由门岗引入署内，见了署长，匆匆报告说：“珠钻商会会长的独生子，在四日前被一群绑匪所诱架，至今不见音讯。此刻在无意中发现那绑匪的巢穴，在据此不远的富泽路，二百六十八号，一家油坊内，故此请求立刻就近派遣巡警，随同本人前去援救那肉票，顺带捕获那万恶的匪类。”

青年报告时，并说：

“那肉票还只十四岁的小孩，本人是他嫡亲的叔父。”

老狐狸式的署长，对于这件簇新的绑票案，早已有所知晓，虽然事件的发生地点，并不在他该管区域之内，但前昨的各日报中，却都郑重地载着。并且他觉王玉亭三字的名头，在他耳内时常出入，知道这是本埠一个极有手面的绅士，不便拿出常用的嘴脸，慌忙地问说：

“怎会寻见那匪窟？不是他们那里有信来吗？”

青年大模大样，有点不耐，简略地答说：

“不是有信，因为家有一男佣，名唤阿六，和这案件也有关系，昨日下午，那阿六已畏罪逃逸，今天这姓霍的朋友，和我们的另一男佣，无意中在富泽路的近段，见了那个阿六。他们急忙潜尾在后，一直跟到富泽路的二百六十八号，见他进了油坊，因而推想那匪窟，必在这油坊里面。”

青年旋说旋指着身后的中年人，和那下人模样的人，又说：

“恐怕那个阿六，也已瞥见他们，再迟一回，事情或有变端，所以愈快愈好。”

青年匆匆地说着，语气急如贯珠，旁人很少掺言的机会，大概为了神经兴奋过甚之故，说话历乱不明。署长侧耳静听他说着，神情有点惶瞀，心中暗忖：寻常的绑票案，事主方面，为了维持肉票的生命安全起见，大都不愿兴师动众。这种情形，差不多已成为奈端的定例，而这一案却独出例外，委实令人可异。转念时，正想启口问得详细一点，不料青年已露出一刻不能再延的样子，铁青着脸，似乎警告他说：

“哼……你不要在噜苏。万一事情有了变卦，我回去告诉了我们哥哥，那责任是要使你负的!”

青年指手画脚竭力催促，右手无名指上，一枚六七克拉的钻石指环，光华随着他的说话而四射，引得警长的两眼，不禁也发出光来。他觉眼花有点缭乱，同时心头也有点缭乱了。一时，他忽念及某项问题，觉得事情不能再怠慢，于是也不想再问，马上准许青年的请求，派那名侦探长和一名巡长，四个武装巡警，随同这三人一齐出发。

署前停着的那辆汽车，车身虽是很大，可是容纳不下十个人。众人一拥而上，有两名巡警，只好攀立在踏脚板上。喇叭呜呜的几声，车子已如飞地驶动，向富泽路进发。

在车子里，这华服青年王石亭，和那位侦探长并肩坐着，一路还把肉票被绑时的大略情形，告知这位探长先生，所说和报上的记载，并无什么出入。末了却说，此次能够马到成功，救出安全的肉票，一注极丰厚的报酬，他是可以预先担保的，那位探长先生听了，便觉十分高兴。说话时，车子已驶到那条冷僻的富泽路口，忽见坐在侦探长左面的那个中年人，霍地从车中直站了起来。原本他是默然绝不开口，好像入睡一样，此时眼珠一阵转动，略露一种干练的精神，伛下身子，吩咐前面汽车夫道：

“快些停车……快些……”

当下，轧轧的一阵响，车机便立即停住。中年又高声向车内的众人说道：

“来……下去吧……就在此地下去，不要惊动那些东西……”

说时，脸色沉着，挟有命令的声气。他一面首先举足跨下车去，一面远远地伸手指着道：

“你们看见吗……那家油坊就在那边。”

中年的随说随在怀中很迅速地掏出一支绝小的手枪，看了看，旋又很迅捷地藏入袋中。那侦探长和巡长见状，不禁有点讶异，静念：怎么这人也有这东西？还没启齿，同时，中年的已含笑说道：

“兄弟现在保卫团中服务，这小玩意儿，不是不能少的吗？”

巡长和侦探长，方觉释然。

这门牌二百六十八号的小麻油坊，是个一开间的店面屋子，破旧的小柜台前，有一位先生，在那里打盹，两名小伙计，却在里面，很忙乱的，不知工作些什么。另有一匹驴子，绕着一个石磨，正自举行无终点的长距离赛跑，大约慈悲的主人，因它身上瘦得可怜，所以使它运动运动。一时这安静而又狭窄的小天地中，忽然蜂涌般地闯进许多恶狠狠的人来。柜台上拜访周公的那人，瞌睡虫儿，早已吓得打道回衙。两名小伙计，惊得直跳，见中人手内都有火器，以为强盗来了，他们这件可怜的屋子中，别无值钱之物，唯有那匹驴子，乃是老板唯一的资产。他们吓慌了手脚，急的只顾解放驴子的束缚，驴子莫名其妙，于是也惊得嘶声乱嗥，一时扰乱成一片。

中年的抢在最先，忙不迭向他们摇手，阻止道：

“不许闹……不干你们事……”

小伙子见说，喉口立时宣告戒严。一面这中年的，便吩咐下人模样的那人，守在楼下，不许这些人走动或自相惊扰，　面回身向那些巡警们打个招呼，自己已找到楼梯，轻轻地掩上楼去。第二个便是华服青年，余人也都轻随着。

楼上也由板壁划分为前后两间。此际真是一个绝妙的机会，那先前住在锡寿里二弄四十七号中的全班人马，一个不少，完全在着。踏上楼梯，那板壁后面的一间中，有两个铺位，室中人都还高卧未起。阿六哥和长脚金宝，以及那英雄式的酒甏阿毛，这三位死猪般的睡在一张铺上。另有一张较大的床，床上睡得也是三个，却是老牌美女，和一个魁伟的中年汉子，大概就是那所谓老大，还有一个年轻的少妇。一室之中，鼾声起落不绝，听着使人害怕，料想这时候，外面小小开上一仗，还不至于打扰他们的甜睡。尤其老牌美女，正自做着很满意的美丽之梦，梦见他们的老大，逼着那小财神，写信回家，要五十万两现银取赎。洋码还不行，定要现银，还得依海规银两的算法，全数折兑成钞票，一次交足。对方真漂亮，非但不折不扣，说是情愿出一百万，于是伊的牙齿缝中，也有了笑意。这是他们预备要在今日实行的大问题，慈祥的梦之神，恐怕疯人院中增加主顾，故而使伊先在惝恍迷离的境界中，先行尝尝美满的滋味。梦境的变迁很快，一会儿，老牌美女又好像自己已成了一个豪富的太太，并在一家最新式的制衣公司中，做了一袭十七八岁女郎穿的巴黎时式舞衣。因而逼着这老大，陪伊同进蓝狐饭店去跳舞，当时便有一百多个男女佣人，同声称伊“太太”，问伊今天想驾何式的汽车。美丽的梦做到这里，楼下不识趣的长耳先生，恰巧嘶声唱着京调，老牌美女梦中迷迷糊糊听见，有点奇异，迷迷糊糊地想：咦？不是说驾汽车吗？怎么有驴子叫？哦，对了，驴子拖汽车，或是近今最新式，最时髦的！

记者痴人说梦似的，写到这里，有个爽利的朋友看了，表示不满说：

“太噜苏了，这些都是题外的事！”

记者的噜苏，原有卑劣的用意，但也装出十足的幌子，暂时掷笔叹气说：

“哦，朋友，你不觉得，现在的绑票案，不是太多了吗？唯其上海这种环境，能使做这种美丽之梦的人，日渐加多，于是各种绑票也随之而加多。我们侥幸能够提笔，抹些‘发于韩卢余窍’式的文字，略为警醒警醒，不是应当负的小小责任吗？”

爽利的朋友，不能胜过记者强辩，无言去了，于是记者重又继续记录的工作。当时老牌美女的好梦，还只做了几分之几，只觉身上被人狠命地揉了一下，可怜伊已跌出美满之境。伊还当作阿金妹来和伊争宠，一双惺忪的睡眼，朦朦胧胧，似开非开地一动，嘴里还迷迷糊糊，带着呓语说：

“哦……哦……车子备好了吗……好……等我多带些票子……”

揉她的人接口道：

“什么……车子吗？在门口了。我们正为票子来的，只要一张够了！”

凶恶异常的语声，一勺冷水似的，把伊浇醒。在第二瞬中，撑开睡眼，伊已明白床前站的是什么人，并已明白是什么事。可怜一个耀得眼睛发冷的枪口，劈对伊的面门，连“阿呀”二字，也不及喊。其余几名巡警，也都凶煞似的，把两张床上的余人，逐一从无意识的境界中，生生地抓回。此际，室中的景象，记者认为无可描写，一言以蔽之，室中六位神道，共计十八个魂灵，魄的数量加倍，同时已飞向四十八处。趁他们没魂魄的机会，勇敢的巡警老爷，即以其人之道，还治其人之身，可说不费吹灰之力。可怜这些人，白费了许多心计，还不及老牌美女比较的合算，连那美丽之梦境也无福游历。

“说时迟，那时快”六个陈腐的字眼，真是此际最得用的按语。当那四名巡警，一名巡长，伺候男女六位神道时，那中年人早就飞隼般的，闯入板壁前方的一间，青年和侦探长紧跟在后。这一间内不比后面，有两个人早已起身，呆呆守着那位小财神，一个是老枪阿四，一个就是胡小麻子。胡小麻子起先听得楼梯上有足声，已经注意，但觉得足声只有一个人，以为谁已起身，下楼打洗脸水的。不料足声越弄越近，越弄越多，他的心房顿时开始擂鼓，正想大声问是谁，又想举步出望，来不及了，已有三人闪入室内。两人当然大大吃了加料的一惊，这是题中应有之义，不用多说的。老枪阿四一眼瞥见这中年人和青年，极喊一声：

“阿呀……不好……霍桑！”

其余的喊声，喉际已是闭塞。胡小麻子比较乖觉，两手抢到那小孩的身子，预备实行前面所说的挡风主义。不料那中年人的身手，快如一阵风，放出一个饿虎擒羊的架势，直扑过来，抓住他的一臂，轻轻向外一送，等于掼去一个纸团似的，胡小麻子的身子，连跌带撞，已飞到那边的墙角。此时，这中年人似恐这小孩吃吓，真的实行挡风主义，背转身躯，立在前面，掩住那小孩，一面向胡小麻子握着一个拳头，泰然说道：

“你们想演武戏？来来来，趁早多演几出吧！”

他说着，又向华服青年喝道：

“石亭哥，你不要真的像石头一样停着，不和侦探先生一起动手，等什么?”

到了这步地位，胡小麻子和老枪阿四，跌的跌昏，急的急昏，已无一丝抵抗的能力。他们的脸色，比洞房花烛死去老婆更为难看，十八个朱凤竹，也只能看着摇头。当下二人只好安然就范，但心里却还一万分的不解，心里历乱地想：这个霍桑真是仙人，至少也是仙人的子孙！不然，何以我们一到什么地方，他却如影随形，马上就会追到什么地方?

总结一句，这四名巡警，一名巡长，一个侦探长，加上这青年和中年的共计七人，这一役，不曾费去一颗汗珠，已完全唱了凯歌。

再说中年背后的小孩，他在最初突见三人闯入室内，不知为了何事，也有点吃吓，转眼审度情势，知道救星到了，忍不住快活无比。这时他见胡小麻子等，已加上束缚，忙打中年背后钻了出来，两个明朗的眼球，灼灼地望着救他的三人，表示一种亲昵之意。尤其对于中年的，为有掩护之恩，分外显露依依不舍的样子。华服青年抢前一步，拉住这孩子的两手，十分欣慰似的说道：

“呀，清官，可怜的好孩子，你已急得呆了唷！脸已瘦了许多咧！可怜，我们家里的人，比你更急啊！天保佑的，现在好了！”

孩子见说，举眼向他痴望着，但这青年不等孩子开口发言，一口气又抢着说道：

“呀，你真急昏了，人也不认识咧！他是谁？看看认识吗？你要好好地谢谢他咧！”

青年说时，伸指指着中年的，眼珠却仍热望似的盯着小孩的脸。孩子见说，两眼很乖觉地一转，他想起了适才匪徒的惊呼声，立刻回首望着中年的，欢声说道：

“哦，霍桑先生吗？谢谢你来救我！你不是已经看见那副牌吗？我很着急，我当你不……”

小孩说得太匆忙，语气有点不连贯，中年的急急摇手阻止他道：

“哦，好孩子，都是自己人，不用谢的！别的话，慢慢再说吧。石亭兄，你先带他到车子里去等着，让他定定神，不要多说话。”

名唤石亭的华服青年，答应了一声，上前搀着孩子的手，孩子很欢慰地跟着他，首先下楼而去。正好后面的巡长，也走来探望，因为他们也都完了事，只等鞭敲金镫响了。

（六）

可是在这一刹那间，那位探长先生，整颗的心，已完全被惊奇的意绪所占据，暗自惊奇道：这人竟是霍桑吗？真想不到，但他为何不早说？探长走进来时，原也听得那匪徒的惊喊，但他以为是听错的，此刻见这小孩，也认识这中年，喊他“霍桑”，方始确信无疑。一时他的心头，顿又发生许多想法。他想：侦探名家的举动到底是特别的，怪不得这肉票能够安全出险，原非偶然侥幸的事。他们认识这样一位大人物，果然名下无虚，几名毛贼简直不够他带。我们也算幸运，跟这大人物得了一个现成功劳，那注丰厚的报酬，是稳固了。我不解的，那孩子说什么那副牌不牌，而这些毛贼，何以也认识他是霍桑？侦探长迅速地乱想，也不暇继续深究，一双充满惊奇的眼，倏而变成满含钦佩之意，立即抢上前来，向这中年的深深一鞠躬，高声道：

“哦，先生就是霍桑先生吗？久仰之至，佩服之至！”

他忙着说，又忙着伸过一双手来，中年的明白他的用意，连说：“不敢，不敢”，立即也伸手和他握了一握。

世间无可形容的事件很多，眼前的事也算一件。当这侦探长先生，和这所谓霍桑握手之际，他感觉浑身的骨节，轻爽异于常日，许多汗毛孔内，似乎钻出许多声音，齐说“不胜荣幸，不胜荣幸”。这个霍桑，见这怪腔，不禁暗笑，趁势凑近他的耳朵，低低说道：

“请你吩咐那位巡长先生和弟兄们先走一步，因为……因为我知道，这里还藏着许多黑老。”

此时，这位侦探长对于这位中国唯一私家大侦探的命令，本已不敢违拗，经不起最后一语，又是从他耳官直达心窝的话，连忙回身说道：

“曹巡长，请你带弟兄们，押着那八名男女毛贼，先回署中报告吧！因为……因为我想审审这里油坊主人，是否有通匪嫌疑。”

那个吓人模样的人，依然呆呆地守着。巡长等一径走到先前停车的所在，四面寻那汽车，却已无影无踪，以为那青年等不及，故已先驶回去，于是只能押着那些匪徒，安步当车，慢吞吞取道回署。

这里油坊楼上，只剩下二人。霍桑见众人走后，估量他们已走得远了，举目望着侦探长手内一支簇新的六寸手枪，徐徐问道：

“你这枪，是几响，是哪国制造的？”

侦探长见问，忙不迭把枪递过来，连说：

“这是兄弟新买的……这是兄弟自备的……九响九响……”

霍桑接枪在手，独自玩弄了一回，也不开口，大有安闲无事的神色。侦探长有点耐不得，赔着笑脸问道：

“霍先生，你不是说这里有……”

霍桑猛然抬头，发为极严冷的声吻道：

“对不起，先生，对于兄弟的名称，可否改一改？兄弟觉得‘霍先生’三字，怪刺耳的！先生所热望的大侦探家，终有见面的一日，但是现在不必着急。”

这霍桑说时，继续玩弄着那枪，目光咄咄逼人，神威凛然，好像一座金甲的天神。这种突如其来的怪语，使这侦探长，一时如进伦敦的雾阵，完全不解。他只觉眼前说话的人，神色有异，完全已像换了一人似的，他的心房不禁起了一种微妙的荡动，颤声嗫嚅道：

“你……你……你……你。”

前面的人，立刻很顽皮地学着他的话声，接口道：

“我……我……我……我，我姓鲁……鲁——平——就——是——我。”

最后的一语，真有非常的力量。话方出口，侦探长的身子，只觉腾云一般，逐渐飘浮起来。小楼上的楼板，尘封门窗椅桌，一切都在眼前旋转，同时，身躯便摇摇欲倒。自称鲁平的中年汉，含笑上前扶着他道：

“探长先生，不用害怕，这里并无吃人的‘矮胡’，清醒些，叫魂是件麻烦的事。”

这样说着，侦探长的双目依然直瞪，嘴皮微微欠动，做出说话的姿势，终于说不出话来。鲁平又含笑说道：

“镇定些吧，侦探先生，兄弟还有事拜托。这里有一封信，费神乘便交给那老牌霍先生。再者，我们方才曾许一种报酬，鲁平很重信用，这里另有大洋一元，敬烦转致我们几个临时的忠实党员，聊表一点微意。”

鲁平说完，果然取出一封信，和一张破烂不堪的纸币，强行塞进侦探长的手内，末了，又将那支九响手枪，送在他的另一手内，说道：

“这是原璧，敬谨归赵。”

手枪既归原主，侦探长觉得适间外出旅行的全部勇气，有一半已回了躯壳。勇气来了，怒气也来了，最使他愤懑的，却是“这里还有黑老”的一句话，无端累他空喜了半日，还说什么丰厚的报酬，结果却是很“阔绰”的大洋一元。越想越恨，他明欺这可怕可恨的敌人，两手空空，不及取出袋内的小手枪，意欲拣中他的要害，加以冷不防的袭击。不料一眼瞥见鲁平一只手内，正把许多小小的东西，一起一落，在那里抛掷作耍，手法熟娴而曼妙，像是江湖卖艺人的技术。一经凝眸细看，刚回府的那股勇气，顿又上了火车。原来这一起一落的东西，恰是几颗小小的枪弹，不知何时从自己枪内卸了去的。侦探长颤巍巍握着那支等于零的空枪，只听鲁平一阵狂噱道：

“无用的黑心先生，算了吧，留些精神，回署好哭诉咧！我觉得我们见面颇不容易，留一点纪念物，也是应该的！对不起，这些小宝物，兄弟拜领了！”

鲁平说罢，把那九颗枪弹，就向怀里一塞，颔首道声“再见”，连下哼起“我本是散淡的人”的浪漫京调，一路踱着潇洒的方步，扬长走了出去。

这里孤零零留下了侦探长，眼看这怪物消灭以后，足足呆了三五分钟之久，他用学拨琵琶般的手指，捉起那封信来，看时，只见函面写着两行：

敬烦临时忠实部下某君便交

霍大侦探　亲披

里面两张八行笺，一笔飞舞的行楷，绝不依照普通信件的格式，写满文言白话间杂的语句，写的是：

最大的大侦探霍桑先生大鉴

久仰泰斗，无由识荆，甚憾甚憾！这一次因为种种纷乱的误会，在不意中，竟使小子冒顶了大名。这是非常抱愧的，而该请罪的。微闻珠钻会长王玉亭之爱子清官被绑一案，前途系委托先生出面办理。小子对于此事，为守割鸡焉用牛刀之诫，径已越俎代谋，当于某日，督率临时部下某某等六件，躬自“牵线”，直捣匪穴。所有男女霉虫六条，兹已押入北区第四巡警分署，恭候。

先生鞫询案情，在小子开开玩笑，解解睡魔，原不当作一回事在。

先生素以除暴安良为职志，亦或不以孟浪见责，清官无恙，暂留敝寓，交易条件，容再面议。更烦寄语。贵委托人为荷，拜托之至。此请。

道安

最小的小鲁平手奏

这信的末后，另有“模模糊糊的一日书”几个小字，侦探长看完这信，看看手里一张破烂了的纸币，看看那柄不争气的手枪，再看看这空洞的小楼之四周，迟钝的神经上，真有点模模糊糊，浑如做了一场离奇的大梦。

很拉杂的，记述到这里，这件因许多误会而发生变化的新绑票案，已到了结束时期。所该补记的，不料这案情的后半节，另外还有一个可笑的误会：原来那位珠钻商会会长王玉亭先生，对这案子，始终并未委托过霍桑。

只因他家在慌乱失措中，来了两个难得来的朋友，这两人恰巧穿的是西装，恰巧内中有一个，也带着眼镜。他们问起这案，无意中提及霍桑，说：

“这事情倘能交给这侦探名家去办理，必得满意的结果。”

两位朋友，原不过轻轻随口一句话，不防传入那位有胆做而没胆当的阿六先生耳内，一时心虚见鬼，错认说话的人就是那中国唯一的私家大侦探，冒冒失失，顿引起了自吓自的恐慌，直至于吓的脚下淌出油来。可怜他所通同的匪徒，偏偏也是一群绑票速成学院中的冒失鬼，彼此冒失，搭进了一个戏班，遂致演成许多冒失而缠夹的戏剧。更滑稽的，害我们那位精明的老友，跟着他们误会而误会，也上了一个小小的当儿，竟向霍大侦探，乱投了一封滑稽的书信。料想那霍桑如有机会得见这信，一定瞠目结舌，等于批阅卓勿灵的诗集，这其间，不知还要惹出什么新鲜的误会来。像这种含有传染性的误会症，四处蔓延开去，不知其所趋，岂非绝对可笑的笑话？尤其有趣的，鲁平那日，带了那个新进的部下，同到锡寿里去，原是别有事，不期竟逢这种奇事，也可说是巧不可阶！至于这肉票清官，自从让渡给鲁平以后，对那豪富的王玉亭，最初本是预备狮子张口，重重敲他五十万。因为豪富者的金矿中，大半带些不纯不粹的杂质，敲他一下，原非一件罪过的事。但他后来不知想到了什么，竟然大慷他人之慨，自愿打个倒九折，便放清官回去。于是轩然大波就此告了结束。

一星期后，鲁平和一个青年党员，在他们办公室中闲谈。青年眼内含着问句，鲁平因问道：

“吴六，你对那麻雀的谈话，不是还没有了解吗？好，好得今天有暇，你且坐下，听我说。”

鲁平捧着一个特制的水烟袋，在“扑噜”声里，便说道：

“这不是什么难解的事。我一见桌子正中那些三五成组而又‘筒’‘索’‘万’相间杂的雀牌，就知其中包含一种密号。但想，这是何种的密号呢？最初，我以为是利用雀牌一至九的数目，代替九个阿拉伯数字，列成那种中国电报符号的式样。但是不对，因为寻常的人们绝不会把电报符号，一一记清楚在肚里。而且我们中国普通的电符，照例都是四字一组，每组相等的，而这桌上的牌，却是三三五五，多寡不一。于是我又因着这牌的多寡不等，便想到里面所暗藏的，或竟是英文。因为英文在近今社会上，最为普遍些，且有一个显明的证据，你不见那牌内的四个‘九万’，都已拣了出来，杂在桌角那些不用的‘东’‘南’‘西’‘北’等牌内吗？全副的雀牌，拣去‘东’

‘南’‘西’‘北’‘中’‘发’‘白’等七样，余下筒、索、万三种，便剩下二十七样，再拣去九万一样，不是恰剩下二十六样了吗？于此更可决定，这二十六样的雀牌，一定代的是二十六个英文字母。但是怎样的代法呢？当时我推想，布这密号的人，所以这样布着，一定是知道有人来救他，而这密号，却是布给救他的人看。势必存有一种侥幸的心理，希望救他的人，入目就能了解，但是用什么方法，能使救他的人容易了解呢？我想，除非一个方法，就是用一二三四五六七八等的数目，顺着那二十六个字母的次序，一一依次代替。依如，一等于爱，二等于皮，三等于西，四等于地……这样顺序类推。然而又有一个小小的疑难来了，因为那筒、索、万三种牌，数目都只到九为止，虽然三种合并起来，也尽够二十六样，但是哪样在先，哪样在后呢？费了我好几秒钟思索，不免又自笑太笨，因为那桌上的另一部分，明明另有三行牌，横列成一个三字形。第一行筒子，第二行索子，第三行是万子，明明这是用来表示先后次序的，而且常人说起雀牌的种类来，总说是筒……索……万，绝对不听见说索、筒、万，万、索、筒，或是什么万、筒、索的。如此再不明了，真正的也成为一个饭桶叔咧！”

吴六静静听到此处，陡忆自己曾一度充当那孩子的冒牌叔父，而对那筒索万，万筒索的问题，直到今日，不经解释，还觉得始终不会明白。这样一看，岂非像首领所说，真正的也成了一个饭桶叔了吗？他那样想着，忍不住喷出笑声来了。

鲁平继续说道：

“依照上面所说的方法，于是我便把一至九的九个筒子，依次代着A至I的前面，九个英文字母，其次把一至九的九个索子，接续下去，代着J至R的九个字母，复次又把一至八的八个万子，代着那S至Z的最后八个字母。你看，这里是一张表，表的后方，便是把那雀牌之谜，照表译成的英文。”

鲁平一面说，一面取出一张纸来，如下方：

表的式样

一筒＝A	二筒＝B	三筒＝C	四筒＝D	五筒＝E	六筒＝F
七筒＝G	八筒＝H	九筒＝I			
一索＝J	二索＝K	三索＝L	四索＝M	五索＝N	六索＝O
七索＝P	八索＝Q	九索＝R			
一万＝S	二万＝T	三万＝U	四万＝V	五万＝W	六万＝X

七万＝Y　八万＝Z

译成的英文

第一行	dear mr huo sang
第二行	kindly save me in a oilmill
第三行	no 268 fu chi road

吴六拿着这纸细看时，鲁平又道：

“因为这孩子，是个小学生，所以这文字中几种译音，须照国语的声音读去才对。全文非常简略，只有一个称呼，一句说话，和一个最着重的地名，拿来译成中文，仅说‘亲爱的霍桑先生，慈悲地在一家油坊内救我，第二百八十六号富泽路’如此而已。只是第三行第二组的三个万子，原本应该译作 txz 三个字母，但这三个字母，合着没有意义。既是位置于 No 一字之后，且这三个牌，又有意倒置着，更不用怀疑，当然直接指着门牌号数了。至于原文中的‘路’字和‘号’字等，都用简写，也是大家知道的。”

鲁平抽丝剥茧，一层又一层，无微不至地解释着。解释完了，又是一阵噗噜噜地把那水烟吸了个痛快，连下欣然望着吴六道：

“至于此外的事，你也是戏剧中的一名要角，大约再不需要说明书了吧!”

此时，吴六一一心领神会，倾倒达于极点。他默念：我们的首领，比较古代的公冶长，本领更大！公冶长只能懂得活鸟的话，而他却连死雀子的语言，也能领会！他想时，连带对那聪敏的清官，也十分心折。只是他有一种惭愧的感念，觉得自己这样一个人，竟不如一个十四岁的小孩，岂不可耻?因而他的面皮微泛红色，只把那张纸头颠倒翻弄着，打算找出一个破绽，以示自己的脑力不弱。一时他忽想起，那第二匪窟，是在那家小麻油坊内，而这秘码中只说“油坊”二字，这是一种粗心，并且这全文，也觉太……他那思想的马达，还只发动，突被鲁平的语声所打断，只听鲁平冷然说道：

“唉！吴六，你也太糊涂咧！你以为这文字，太简略，太不完备吗？须知这不是一种英文专家平心静气所作的文章，而是一个弱小心灵中的呼救声，文法是谈不到的。你要谅解孩子当时所处的环境，还得想想他的年龄！最困难的，英文中那 A、E、I、O、U 五个有音字母，在每整个字中，都用得着，而那麻雀牌所能供给他的，至多每样只有四个，岂非绝顶的难事？如此，你还想苛求，不是太糊涂了吗?”

吴六低倒头，没有说话了。

又隔了一个多月，记者和鲁平，在他寓所会见了。他便把这最新的经历，从头到尾，一一告诉了记者。记者从头到尾，细细听完，当然也很敬佩他的脑力。但因见他说话之际，很有点得意，不免笑问他道：

“这一种经历，果很新奇。只是一件，当时你在锡寿里内出来以后，第二天一清早，就去冒名报告，在这极短促的时间中，何以就会知道，那王玉亭家的仆役阿六，有通匪的情事呢？”

鲁平拍拍记者的肩膀道：

“喔唷，好厉害，了不得！这在小说匠孙了红君的未来的记录中，果然是个大号的漏点！但是聪敏的笨伯，你倒很可以和我们那位吴六先生，结为弟兄，你的目光太近视了！你以为鲁平手下的党员，也和你老先生一样呆，一样笨吗？你竟以为他们连这一点事也不能打探出来吗？果然如此，鲁平何以能成其为鲁平！”

他的语气很有点夸大而自负，记者道：

“妙极妙极，既能打听阿六通匪的事，何以不能打探霍桑的问题，而终至于造成笑话。好个鲁平！好个鲁平的党员！”

记者这下黑虎偷心，却打中了鲁平的心坎，看他只管咳嗽，没有回答了，记者又道：

“无论如何，总算那白虎进命的阿六兄，有心擢擢你咧！”

鲁平道：

“什么，擢擢我吗？这真是笑话！”

他跳起来，取出好几张慈善机构的捐款收据，捐款的数目总计五万元，署名都是无名氏。鲁平把这些收据，笑着掷到记者的脸上说：

“你看你看！”

又道：

“依我的说法，阿六先生的确擢了三种人。第一擢了肉票的家属，因为肉票在那些呆虫手内，一定要大擢。而我却看在聪敏的孩子的面上，自愿大减价，格外克己，不是擢了他们吗？第二，你也知道，那五万元却是擢了那些贫苦的同胞。”

记者问道：

“还有第三呢？”

鲁平格格地笑道：

“第三吗？你真要问吗？那么，告诉你吧，第三的确作成了一个附丽于文丐身上的可怜小文虫，就是足下！你得了这种新资料，用你那种拖泥带水而绝无气力的笔墨，穷其凶而极其恶的延长起来，不是可以得到一注很丰足的可怜稿费吗？如此说来，阿六和我二人，无形中的一场间接合作，不但救济了一部分贫苦同胞，并救济了你那许纸烟虫的饿荒，功德无量！所以万一我若和你易地以后，一定要用犬吠似的大嗓，狂喊一种口号道：‘阿六万岁’‘鲁平万岁’‘阿六万万岁’‘鲁平万万岁’！”

原载《红玫瑰》，1928 年第四卷第五期至第十期

鬼 手

有一个穿中山装的中年人，在一处俱乐部里，喷着浓烈的土耳其烟，述说了一个故事。这故事的开头，很带着一点恐怖性。笔者且用钢笔尖挑开这故事的幕布，介绍于读者之前。

这是一个十二月初的寒夜，时间已过了十二点。

在一间宽敞的卧室中，布置着华贵的家具。暖暖的水汀，淡淡的灯光，四周微带一些百合花香水的气息，使人置身其中，感到一种仲春天气的舒适。这时候，在这温馨的屋子里，有四个人，正在兴高采烈谈着话。

四人中的两人，是这里的主人与主妇。主人李瑞麟，年龄约近三十，动作谈吐，显示出一个小布尔乔亚的风度。主妇佩华，不过二十四五岁，穿着虽很入时，可是态度之间还流露着一种旧时代的拘谨，显见她是一个生长乡间的女子，呼吸都市的空气还没有很久。

第三人是个瘦长的青年，面目相当端正，可是脸色很苍白，没有一丝血色。一双神经质的眼珠，时常露出沉思之状，说话幽幽的，像女人那样文静。再看他的细长的手指，可以见到他是一个聪明的人物。

除此之外一还有一个妙龄的女侍，长着一个健美的身材。红润的两唇，不需要胭脂的涂抹，自然显出鲜艳。一双眼珠，更富魅力，她是这里主妇的唯一心腹，名字叫作凤霞。

主人李瑞麟，和瘦长的神经质者——朱龙——他们是由同乡与邻居的双重关系而结成的密友。这位朱先生，因为居住接近，差不多成为这里每夜的座客，亲密得和家人一样。

在一小时前，李瑞麟夫妇，和这朱龙，在大上海戏院，看了一本电影。这天的影片，原名叫作 Mummy’s Hand，直译起来，应该是“僵尸之手”，或竟译为“鬼手”。但那电影院里，却给了它一个古艳的名字，叫作“返魂香”。

看这影片的原名，那不用说，当然是张恐怖片。这片子叙述一个埃及金字塔中的僵尸，借着一种神秘的能力，竟把它可怕的生命，维持到了二千余年之久。这老丑的怪物大概是因为挨了太久的寂寞，又因墓道里面并没有一面可以照面孔的镜子，因此，他“老人家”一旦见到异性，竟也热烈追求起来了。总之，这片子的故事和另一本卡洛夫所主演的“木乃伊”，轮廓大致相似。意思，当然谈不到，可是全片的布景、音响、摄影的角度和那僵死的化装等等，确能给人一种相当的刺激。

李瑞麟夫妇，一向胆子很小，尤其是佩华，怕鬼更怕得厉害。只是人类都有一种需求刺激的天性，他们越是怕鬼，越要寻求恐怖性的刺激。因此，他们回到了家里，还在起劲地谈着这影片中的故事。

生长在乡间的佩华，思想原很简单。她看过了这本恐怖影片，既感到满意，又觉得害怕，她向着她丈夫和朱龙，奇怪地说：“咦!怎么外国地方，也会有僵尸?”

由于这一问题的提出，于是这小组的座谈会，话题都集中到了僵尸与鬼物上去。神经质的朱龙，对于这个问题，似乎并不感到兴趣。但是，他为了助兴起见，这晚，他也叙述了几则关于“鬼”的故事，甚至连那女侍凤霞，她也兴奋地说了一段离奇的鬼话。

她说：“在她的家乡——苏州——地方，有一个著名的恶讼师，平时专仗刀笔害人。有一回，他设了一条毒计，把一个平白无辜的人，害掉了性命，结果他自己却发了一注财。一直过了三年，并没有事。不料三年后的有一晚，他在一家小茶馆内听完了书，从一条荒凉的路上回去，他觉得在他身后，一直有一个人，紧紧追随着他，借朦胧的月色，旋转头去一看：呀！那个人不是别人，正是三年前他所害死的那个冤鬼！那个冤鬼对他似乎很客气，月光之下，露着白齿，在温和地向他微笑，正像久别了的好友一样。这恶讼师的灵魂化作千百缕的冷气，都从毛孔里面冒了出去！他拖着颤抖的身躯，亡命向家里直奔！只觉背后的脚步声，静静地，不即不离，一直送他到了家。回家以后，这恶讼师已一句话也不能再说，当晚，就得了急病而死。死后，家人发现他的胸口，显出了一个又黑又青的手印，手掌手指，非常清楚。显见这残酷的恶讼师，已遭受了那鬼手的一下闪电袭击!”

这小姑娘滔滔地说时，眼角透露一种深刻的恐怖。但是，她的口齿很伶俐，她把这段鬼的故事，演说得非常生动，竟把听者的情感，完全控制住了。最后，她指出她所说的是件亲见亲闻的实事，因为那个恶讼师的家，离着她们的住处不很远。

时候晚了，等这最后一段鬼故事说完，时钟已沉着地打了两下。谈话一停，就显出四周死一般的幽静，这里的地点，是在静安寺路的尽头，正是一带最静寂的住宅区。这里的村，有一个名副其实的字眼，就叫作“静村”。全村共有十五宅同式的小型洋屋。这位今夜的宾客朱龙，他住在同村的四号，李瑞麟所住，却是十三号，双方距离，只有八座屋子。

小组座谈散了会，朱龙便急急告别回去。女侍凤霞，收拾了一下，也回归她三层楼后部的卧室。

李瑞麟先睡了。主妇佩华，悄然卸着妆。她听得窗外的西北风，渐渐的紧密，看看窗外，已飘着微雪。这晚，这胆怯的女子，她看了那张恐怖的影片，又听了那节骇人的鬼手的故事，她望望这卧室的四周，只觉空虚虚的，比平时似乎有些异样。在最近，她和她丈夫，原是同床而并不共枕，因为她近来正患着咳嗽，医生说是初期肺管炎，为了避免传染，所以睡在两头。但这晚临睡，她要求她丈夫互换了一个方向，原因是，半夜里倘然不能入睡，她可很便利地扭亮那盏妆台上的台灯。

她睡下去了。奇怪，一种不安的感觉，袭击了她的全身。那张恐怖影片与那段恐怖谈话，似乎已化成液体而注射进了她的静脉，使她全身每一滴的血液之中，都像混杂了恐怖的成分，翻来覆去，她只是睡不熟，清楚些说：她只是不敢入睡。

仅仅半小时中，她把那盏台灯，开关了四五次，同时她又伸手，把她丈夫轻轻推醒了好几回。最后，恼了起来，她方始不敢再唤。

睡不着，真可恼，无可奈何她悄悄起来，把她丈夫的安神约偷服了两片，这片子的药性，相当强烈，不过半小时吧，她感到她的眼皮，渐渐像压上了铅块似的沉重，她记得自己最后一次扭熄那台灯时，她的两臂有些软绵绵地抬不起来。

古话说：“疑心生暗鬼”。也有心理学者说，人类在五官之外，原有第六种的神秘官能，能预感到意外事件的发生。

佩华今晚临睡所感到的恐怖，是疑心生暗鬼呢还是属于后者的神秘预感呢？

不知睡熟了多少时候，大约是一小时或许是两小时吧，黑暗中，有一样东西，把她惊醒了。那是一只手在轻轻抚摸她的脖子。睡梦迷离间，她忘了她和她的丈夫并不会睡在一头。潜意识中第一个感觉她以为是她丈夫在抚摸着她。她想伸手把这只手捉住，但是，她全身是那样的软绵无力，连动弹一根汗毛也不能。

正在这个时候；一件骇人的事情来了！这其间，不过只有一二十秒钟距离第二次她猛觉又有一件东西触着她的颈项。仍然是一只手，那是一只寒冷的手，冷得比冰还厉害。“呀！鬼手！”一种强烈的恐怖，电一般的袭进了她的全脑！

她吓极了，同时也完全清醒了，她清楚地自觉到那只手的手指那么冰冷，僵硬，并且指尖还附有锋锐的指爪。恐怖的回忆，立刻联系到了一起，那金字塔中的僵尸的面庞，在她眼前晃荡，那只击毙过恶讼师的可怕的鬼手，似乎已贴近了她的胸口，她全身冒着冷汗，想喊，只是喊不出声来。

这是梦魇着呢？还是一件真实的事情呢？她明明听得她丈夫，在她脚后打着巨大的鼾声；有时，她还听得那座小台钟的滴答声，在她耳边摇起，这样不知经过了若干时间，她只觉每一分钟的度过，比较一年还要长久。最后，她是昏晕过去了。

一个极端恐怖的夜，是这样的度过了。但是这卧室中，始终还是那样静静地，丝毫没有变异。

第二天，李瑞麟醒来，他发觉他妻子的神色有异，脸上火一般红，嘴里在说呓语，一摸她的额上，热度高得厉害。他惊疑地把她推醒，听她惶恐而断续述出了隔夜的故事。

一小时后，医生来了。问明了病因，经过了诊察，那医生宣称这是由于过度的恐怖所致，这病需要静养，不宜再受刺激，并说：“像她这样胆怯的人，根本不宜再看恐怖影片，或是听什么关于鬼的故事。”

在诊断的时候，又有一件奇事发生了。那医生发觉病者的床上，除了香水精的气味外，另有一种强烈的气息。他在病者的枕边，找到了一片药棉，那刺鼻的气味，正是从这药棉上发出的。

“呀，克罗方姆！”医生惊奇地喊。

可是医生并不是侦探，他开了药方，便匆匆走了。

这时，那位不需要请柬的来宾朱龙，当然也早已到了。他和李瑞麟，困惑地研究着隔夜离奇的事情，他们横想竖想，找不出一个适当的结论来。

“你是一个聪明人，请你猜猜这个哑谜吧。”主人对着朱龙这样说。

“哈，像这样的奇事，真要请教福尔摩斯哩。”朱龙解嘲地回答。

“可惜中国没有福尔摩斯呀。”

“中国虽没有福尔摩斯，但是有伟大的霍桑。”

经过这样的问答，那位聪明朋友，似乎已引起了一种好奇欲，他怂恿着主人，把这离奇的算题，去交付给大侦探霍桑。

公子哥儿式的李瑞麟，无可无不可。于是，朱龙找出了电话号码，玩笑似的摇出了一个电话。在朱龙的意思，以为那位大侦探事务很忙，决无闲暇理会这种小事。但，出乎意料，话筒里匆忙而简短地说：“稍停就来。”

配药的回来了，由凤霞伺候病人服下。主人与朱龙，紧张地期待着这事变的进展，佣仆们在楼下纷纷议论。

静村十三号中的纷扰，于笔者是个机会，趁这空隙，应将主人的身世，简略介绍一下。

隔夜的恐怖话剧，我们可以说：其原因，还是预伏在好几十年之前。所以我们要发掘这故事的根株，应从李瑞麟的上代述起。

这里，请读者们注意后面的叙述：

李瑞麟的曾祖，江苏崇明人，官名丹葭，曾做过一任江苏省的海关道与同省的兵备道，他是晚清许多官员中目光最远、抱负最大的一员。吴淞口的要塞炮台，就是他所督造。他发明用糯米与三合土打在一起，建造炮台的台基，至今，用了最强烈的炸药，还是无法把它完全炸毁。在晚年，他曾出使过英法德三国，他在德国留住得最久。因为他和李鸿章是密友，回国后，他曾向李氏提出某种伟大的建议，但不为李氏所采纳，于是，他就告老还乡，专以课孙为事。

这李丹葭，有一个肥矮的身材，乌黑的面庞，黑得发亮。他的颈项很短，粗看好像没有头颈似的，乡下人眼孔很小，因为他是这小岛上所产生的唯一的大官，当时对他很有种种离奇的传说。

其一，他们说这李丹葭是天上的黑虎星下凡，有人亲见他在午睡之际，有一头黑虎，在他的书房里出现。这传说是相当幽默的。

其二，当李丹葭从德国回来时，全崇明岛的人，都相信李家所藏的金钢石，可以用量米的升斗来量。关于这后一个传说，不但乡人们是这样相信，连李家自己的家人也都这样相信。许多年来，子孙们对于钻石的光华，一直留着一种深刻的憧憬。可是，直到如今，李氏的子孙，还没有在他们祖先的遗筐里，找到一颗可以划玻璃的钻屑。

李丹葭死时，已经六十一岁，那正是甲午战败的一年。当那痛心的败讯，传到那长江口的小岛上时，这可怜的老人，拍案大叫，当时就得了致命的急症。家人们围着他的卧榻，问他有无遗言，他已不能言语。他只把无力的手指，指着他自己的鼻子。又指着自己的耳朵，费力地从他麻木的舌尖上，挣出了一个“聋”字，这样一连好几次。最后，他又喃喃呼着“大同”二字，大同是他孙儿的名字，也就是李瑞麟的父亲。

当时，家人们以为他的耳朵聋了，不能听出众人的问话，但是看他的神色显得非常焦灼，显见必有万分要紧的话，还没有说出。无可奈何，他们只得把一副纸笔，勉强塞进他那无力的手里，结果，他依然只写了一个“聋”字。因为手指颤抖，他把那仅仅的一个字，写得像符篆那样的潦草；并且，那龙耳两字，高得非常之远，非经仔细辨认，决不能知道这是一个什么字。

最后，这可怜的老人，长叹了一声，掷笔而死，临终时，他的脸上仿佛留着一种遗憾，这表示他胸中还藏着一段严重的秘密，却被死神封锁住了，竟无法可以披露出来。

这一秘密一直随着逝者，被埋葬在地层之下，经过了一个悠久的时间。直等我们这位最聪明的大侦探霍桑来了，方使大白于世人之前。

又过了一小时，这位大侦探的足趾，已接触着静村十三号的阶石。这天，他是单独出马，并没有携带那个必要的“包”。

踏上二层楼的卧室，许多条视线同时投掷到了他的身上，他们都感觉到，这位名闻全国的大侦探，除了一双眼珠以外，状貌也无甚出奇：他的西装大衣太旧了，皮鞋也不很光亮。他的额上，清楚地显出光阴先生镂刻的浮雕；两鬓已露着几点白星，这显然是历来过度消耗脑细胞的成绩。

侦查开始了，主人先报告了隔夜离奇的经过。霍桑所提出的问句，是那样的多而且杂，他简直连李氏门中历代祖先的事迹，都问得一详二细。他听到主人的曾祖临终时的一番情形，似乎极感兴趣。

接着，他又查问全屋的人数和居住的情形。他嘴里喃喃地自语：“侍女、老妈，三层楼，车夫、厨师，楼下。好一个舒服的小家庭!”

大侦探的纸烟，时时燃上，又时时熄灭，那纸烟粘住在他唇上，挂了下来。他不是在吸烟，实际上是在烧烟。有时他嘴里低低地，呼出一两句陈旧的“匹卡地利”歌曲。

一个特制品的脑筋，开动了发条。

他把主人所述的事变，默味了一遍。他想：“无疑地，昨夜有一个人，闯进了这间卧室，企图用克罗方姆，闷倒这床上的人，但不知道如何，这事却没有做成。这个闯进房来的人，有什么目的呢？盗窃吗？谋命吗？盗窃，妆台上有许多贵重的饰物，一件不少，那一定不是。谋命，笑话！此人的手指，既接近了目的物，他当然不会想用克罗方姆闷倒了人家再下毒手的。如此，来人的企图何在呢？”

他又想，据主妇佩华所述：她是被第二次那只冰冷的手完全惊醒的。于此，可以知道一件事情，那就是，第一次的手，必与常人无异，所以她并不惊慌。进一步可以知道，昨夜进这卧室的，显然不止一人，而有两个人。

那第二人的手，为什么这样冷呢？如是内里的人，室中开着水汀，不应有这现象。他想：除非是两种情形，才会这样，第一种，是刚从外面进来，因为隔夜曾下过雪，天很冷。第二种，是患着神经衰弱与贫血的人，在寒冷的天，他的手足是永远不会暖热的。

关于以上的推想，得到一个结论：隔夜这卧室中，共计有两位贵客光顾，一位是内里的，一位是外来的。清楚点说：第一只手是室内人，第二只冷得像鬼一样的手，是外客；并且，这位外客，也许是个贫血症的患者。

哈！里应外合，费那么大的事，目的安在？应得把这黑暗中的企图找出来才好。

想到这里，霍桑抬眼，在室内兜了一个圈子。他锐利的视线曾在一红一白两个脸上滞留了几秒钟。

时间费了不少，大侦探吸吸烟，负手踱步，低声哼哼歌曲，还没有发表过半句高见，主人有些耐不住性了。

“请教霍先生，昨夜的事，是人呢？是鬼呢？”主人李瑞麟，用这一个无聊而又幼稚的问句，打破了沉寂。

“哈！太离奇了，看来有些像鬼闹的把戏哩。”霍桑带着讥讽的声气。

“果真是鬼，那一定永远找不上我。”主人忽然这样说了一句。

“为什么？”霍桑抬起眼光来。

“我的头颈里，挂着祖传的宝物哩。”李瑞麟回答时，旁边有一个干咳的声音，呃嘿了一下，那是那位面色苍白的朱龙。

“呀！宝物！在头颈里——”霍桑的两眼，闪出一种光焰，紧射在主人脸上。

一个新的意见，刺进了大侦探的脑门。听说隔夜主人与主妇，曾互换过睡的方向，而那黑暗中的手，又两次都是触摸在主妇的颈部，会不会那两只怪手本是要探索主人李瑞麟的颈子，而误触到主妇身上去的呢？

一道微光，在大侦探的脑中闪烁。

“请问，那是一件什么宝物呢？”这是大侦探进门以后第一次发出兴奋的声音。

“看起来是一件很平常而不值钱的东西，但我自小挂在身上，就一直不曾遇到过邪祟。”主人的语气，显得很郑重。

“能不能请教一下呢？”这问句里分明含有一种热烈的期望。

“有什么不可以呢？那不过是一条洋金打成的小龙，手工粗得很，不过这东西是能避邪的。”

“龙！”这字眼又触动了霍桑脑中某一部分的贮藏。

一面说，李瑞麟已在解开他的衣纽，从他颈项里取下一条绝细的金链，这金链比一根双股的棉线粗不了多少，在这金链上绾着一个鹅黄色的网囊，不过二寸长，半寸宽。袋里想必就藏着那条神秘的小金龙了。主人取去这网囊显出了一种过分的郑重，他用两个指头，拈住了这金链的一端，姿势恰像一个顽童用棉线系住了一个甲虫，而又怕这甲虫从线的一端跳起来咬他似的。

霍桑正待伸手接受这个小网囊，但主人的手，微微向后一缩，露着一点迟疑。朱龙插口说：“霍先生你的面子不小。据我所知，我们瑞麟兄，在许多年来，从不曾让任何人的手，接触过他这小宝物，你是第一个人哩。”

“不胜荣幸之至！如此，我得洗洗手才好哪。”霍桑含着冷峭的讽刺，他用两个指头，从主人手里，接过了那金链的一端，他做作地学了主人那种滑稽的姿势。他问：“盥洗室？”

主人似乎很同意霍桑洗手的建议，他指示了他。霍桑立刻转入了卧室的后部。

片晌，他从盥洗室里出来，愉快地喊：“报告李先生，我不但洗过了手，我还偷了你的一点香水，洒在我的手上。好算香汤沐手哩。”

他嘴里俏皮地说，眼角分明含着紧张。他把那个神秘的小宝物，从绸囊里解放了出来。这是一条十八开金打成的扁形的小龙，不到二寸长，龙身带着微微的弯曲，尾部分作五叉，近尾有四个小齿，分列两边，这算是龙腿吧？这东西的制作，果然很简陋，但却富有一种古朴的图案美。

霍桑反复把玩了许久，沉默地思索：“这古怪的小玩意，那样郑重地由祖先传到子孙手里。除了所谓可笑的避邪之外，不会没有其他的用处吧？”

李丹葭的往史——即刻所听得的——迅速地在霍桑脑海里起了波动。

他想：那个“黑虎星下凡”的老人，临终连连说的“龙”字，会不会就是这个小东西，而被当时众人误会为“聋”字的呢？这很有可能性。你看，这奇异的小物件，分明是外国的制品，而且是由那老人亲自带回国来的。假使这东西并不具有一种重要性，为什么那样郑重的传给他的子孙呢？不过，老人临终，说出那个‘龙’字时，明明还指着自己的耳朵；而且，他笔下所写出的，也是一个“聋”字，只是那“聋”字的结构，“龙”“耳”二字，离得很远，会不会他的本意，原是要写出龙、耳二字呢？

如果以上的推想是对的，那么，那个多余的“耳”字，又作什么解释？这是一个重要的关键，应该把它的解释找出来。

其次，再看这条金质小龙。形状很像一个钥匙，有了钥匙，必然还有一个配这钥匙的锁门。那个锁门又安在呢？锁门里面，又具有何等的秘密呢？会不会那几十年来，一向不曾找到的钻石，就包藏在这秘密之中呢？这哑谜的焦点，或许就在那个“耳”字上。

无论如何，有一点是可以相信的，就是，隔夜黑暗中的人，他必定已经先打破了这个谜。你看，他误以为主人李瑞麟还是睡在原处，所以那只黑暗中的手，只在主妇颈项里摸索，目的是在盗取这条小金龙，这也许是确定的事实。

经过了以上一番推想，黑暗中，似乎已有一线曙光在摇曳。

最后，霍桑把这神秘的小宝物，归还了原主。一面他坚决地提议：“好！我要查看查看这里的每一间屋子。”

主人答应亲自奉陪，霍桑要求其余的人留在原处，不要来打扰，以免分了心。

一二两层的各间屋子，都查看过了，结果，似乎并没有一件东西可以引起这位大侦探的注意。同时，主人用迷惘的眼色，看着这位大侦探，也不知道他的神奇动作，目的究竟何在？

最后，查到三层楼上来了。这里前部的一大间，布置略似一间憩坐室，室中垂着深色的帷幕，光线很晦黯。这里除了椅桌家具之外，陈设了不少中国的古瓷器与外国的美术品。有一座落地大镜框，装着一张近十尺高的大油画，画的是李丹葭氏全身的侧坐像，这是一个德国画家的作品。另外，在一座配紫檀的小小玻璃罩中，罩着一顶色彩鲜红的顶戴，这是李氏一生勋业的结晶物。室中最触目的事物，是那在一只靠壁的紫檀长案上，供着的一个神龛似的东西。这东西的尺寸，相当高大，龛前，一个古钢炉内，留有烬余的香尾。因这神龛垂着黄色的绸帷，看不出里边供奉的是什么东西。

霍桑走前一步，想伸手揭这绸帷，一个声音把他动作止住了。

“呀！请不要动它！”主人在霍桑身后发出一种慌急的低喊。

“为什么？”霍桑陡然旋转头来，困惑的眼光里，发出这样无声的问句。

主人抱歉地解释了，这解释又是那样的富于神秘性。

他说：“在这神龛里面，供的是曾祖李丹葭氏一大一小的两座铜像，这是一位德国名手的手制，由曾祖亲自带回国的。这铜像在曾祖生前，已具有一种非常的神异。——大约因他曾祖的星宿太大，因之，无论何人，动手触摸了这像，就无可避免地会碰到不利的事情。曾经有一个人，因为不信这种神异，结果不久就跌断了一条腿。像这样的事实，并不止一件。”

霍桑听着，不禁肃然！

四周的空气与光线，是那样的幽悄与晦暗，越使室中神秘的气息，显得非常之浓厚，使人置身其中会感到一种异常的感觉，即使像霍桑那样精干的人物，也不能例外。突然，他的身子一晃，曳着倒退的步子，重重地，倒在一只沙发里，眼光露出了一种可怕的变异。

“霍先生！什么事？”主人惊讶地问。

“我感到眩晕，能不能找点薄荷锭给我？真抱歉！”霍桑伸手按着自己的额部，语声带着颤。

“哈！你一定是不信我的话吧？”主人腹内的言语。

一阵急骤的脚声，下楼去了。

这里，霍桑比主人更急骤地从沙发内跳起来，他跳向那座神龛之前，揭起了绸帷。看时，龛内果有两座铜像，较大的一座，头上戴着顶戴和花翎，胸前挂着朝珠，这是一座半身像，约有三十寸高，面目奕奕有神，自然露着威仪。显见“出于名手雕刻”的话，并不虚假。

但霍桑在这匆忙的刹那间，他绝对无心赏鉴这铜像的线条美，他只以最敏捷的动作，慌忙地窥察着那座较大的铜像的两耳，在一种意外惊喜的情绪下，他发觉像的两耳，有一点活动——这是由于手眼并用的结果，单用眼，或许是无法看出的。

经这出奇的发现，霍桑的脑内，立即构成了二幅幻想的图画：他仿佛已置身于数十年前，亲眼看见那垂死的老人，呻吟喘息于病榻之上，他又似乎亲见这位老人，举起颤抖无力的手指，指指自己的鼻子，又指指自己的耳朵，他努力挣出如下的语句：

“儿孙们，你们用一条特制的小金‘龙’，插进我的一座‘大铜像’的‘耳’内。那时，你们便能发见我所藏下的一件重大的秘密！切要切要！至嘱至嘱！”

那李丹葭临终时所要表示的遗嘱，大概不外乎如此，——至少是相近——但是，可怜！在死神的控制之下，他的舌尖麻木了，手势又表演得模糊不清，结果，他努力挣出口的一个“龙”字，因他同时指着耳朵而被误认为耳聋；其次，他所要说的“大铜像”三字，也因着轻音的微弱，而被误认为呼唤他孙儿——大同——的名字。

这样，致使这老人胸藏的秘密，在地层下竟被埋藏了好几十年。

暗幕渐次揭开了。可是，这大铜像中所埋藏的秘密，毕竟是件何等的秘密呢？

这进一步的探求，却被楼梯上的足声所阻止了。主人李瑞麟，匆匆回上三层楼来，把一枚薄荷锭和一包龙虎人丹递给霍桑，并关切询问着他。

这大侦探吞服下了几颗不需要的人丹。他抱愧地说：“那不要紧，多谢！这是一种用脑过甚的现象。现在好多了。”

同时他向主人宣称：他对这里昨夜发生的怪事，已找到了一种线索。但是，有一二点，还待证明。三天以后，他准来一一把答案交出来！

一种好奇心，驱使着李瑞麟，他想问问这怪事的大概情形，但他是读过许多侦探小说的，知道凡是大侦探，都有那么装腔作势的一套，于是，他忍住了。

他恭送这位大侦探，悠然出门。回到楼上，妻子佩华在呻吟，他的好朋友朱龙与女侍凤霞，正露着焦急。

霍桑答应三天后再来，实际上，他在第二天早上，提前就来了。奇怪的是——他的来，不在白天而在深夜；并且，他不是堂皇地光顾，而是偷偷地光临。

格外奇怪的是——大侦探再度光临时的情形：

深夜两点钟后，霍桑在十三号屋的后门口，仰面咳了一声干嗽，那三层楼楼后小窗中的灯光立刻响应着这咳声而发了光。不到两分钟，十三号屋的后门轻轻开成了一条窄缝，一个鬼魅般的影子在门缝里，探了一下子头，接着，霍桑紧随着这个鬼魅影挨身进了屋，动作轻轻地。

这探头的魅影——读者也许已预先猜知——她是女侍凤霞。

两个黑影在乌黑中贼一般地摸索上楼梯，一直掩上了三层楼，内中一个黑影在发抖。

到了三层前室的门外，这神奇的大侦探，取出一串百合钥，不费事的开了门，他让凤霞走入这黑暗的室中，他轻轻把门关上，立刻，他又熟稔地摸着了灯钮，开亮了电灯。室中窗帘深垂，灯光不会有一丝的走漏。

大侦探像回到了自己府上一样的悠闲，他拣一张最舒服的沙发坐下来，首先是取出纸烟，燃上火，平平气。并且，他还招待亲友似的，向凤霞摆摆手说："请坐。"

女侍者的颤抖未停，呼吸很急促，眼睛里射着不知所措的光。

霍桑吐出了一口土耳其香烟，接着又说："今夜的情形，和前夜你引那姓朱的家伙进来时的情形，有些相同吧？"

这女侍沉倒了头——是默认了的样子。

"不过前一夜，你们并没有到这三层楼上来。那个家伙，约你偷偷同进主人的卧室，预备窃取你主人颈间的小宝物，他答应作什么酬报呢？金钢钻，是不是？——有一点我不明白，你们预备下的克罗方姆，为什么不用？胆小吗？"

对方仍没有回答。

"哈哈！你叫凤，他叫龙，这名字太好了，也太巧了。也许，就由于这一点上，你们老早就发生了罗曼史。这句话你懂不懂？"大侦探只管俏皮。

这女侍的两颊红上加了红，羞惭战胜了害怕。

其实，大侦探的论断，多半出于虚冒，这正像星相家的江湖诀一样。但是，看对方的反应，很侥幸，他都猜中了。

最后，霍桑看了看他的手表，惊觉似的说："干正事吧！"

他嘴里打着哨子，悠然走进那座神龛，揭起了绸帷，他探怀取出一个电筒，光照着这铜像的左耳，用点力，扭着这耳，这耳由竖的变成了横着，左耳轮的部位，露出了一个奇形的小孔。

他又探怀取出一封信封，把一件小东西，郑重地由这信封中倒出来，这是一条小龙，和李瑞麟所有的一条，形式没有丝毫两样，但他这东西并不是金的而是钢铁制成的。

奇怪呀！霍桑这东西，是哪里来的呢？

记得吗？上一天，他把李瑞麟的小金龙，带进了盥洗室，他把那东西，捺在两片肥皂之中，得到了一个印模，这是第二条小龙的来源。

这时霍桑把那铜像的耳孔，仔细估量了一下，他小心地把那龙尾，插入小孔，用力旋了一下。

在一种微微的心跳之下，他对这铜像发生着一种热烈的期待。但是，片晌之后，这个铜像依然铁板着脸，没有半点反应。

他皱皱眉，有点焦急，又沉思了片晌。

忽然他又跳起来，再狂扭着这铜像的右耳，他发觉这右耳轮下，同样地，也有一个孔，再经过一回察探，他又把这小铁龙的头部，插进这右孔，他焦灼而又热烈的期待着。

大约是因年代太久的缘故吧？或右或左，他拨弄了好些时，猛然间，一种像时钟发条的声响，“廓郎”的一响，只见这铜像的头，向后仰倒了下去，自铜像的颈部以下，顿时露出了一个大空穴，细看接笋之处，恰在衣领的部分。

哈！好精密的机械与设计！

这魔术般的表演，使站在一旁的女侍，忘了她所处的地位。她呆怔住了。

数十年的秘密之源，完全发露了。聪明的霍桑，从这铜像的空廓的腹部，找出了一册线装的书本。在这小小一册书中，他发掘出了一个含有历史性的大秘密。

这本书被卷成了一个卷子，用许多棉花，紧塞在这铜像的腹内。用意当然是怕后人搬动这铜像时，会发出里边的声音，即此一点，可见用心的周密。

这册小书共有五十五个页码，全书完全是蝇头小楷所录，单看这字迹，是那样的工整而苍劲，这是李丹葭氏的亲笔，上面钤有李氏的印章。但这书并不曾留下一个题目。

霍桑严肃地捧着这书，他走到一只接近灯光的椅子里，静静坐下来，翻阅这书的内容。他以最高的速度，阅读了一部分，他发觉这本书的所述：是一种精密完整而兼伟大的兴建海军计划！

书中有一个特点，就是：他所拟具的计划，全部注重实际，不看半点空论。虽然，这计划在眼前已完全失去了它的时间性上的价值，但在当时，如能付诸实施，它所发生的伟大的效果，也许将为后人所无法能想象。

但是，可怜！这惊人的壮举，终于因着种种的关系而湮没了。

霍桑又感慨地翻阅下去。

这书的后半部分，指出了当时李鸿章所练海军的弱点，他并指陈出它的必败之道。关于这一部分，他的论断，语语鞭辟入里，无可驳诘。于此，可以窥见李丹葭氏眼光远大的一斑。但是他这计划，当时不为李中堂所采纳，这也许就是原因所在。

全书最后部分，附有李丹葭氏给付子孙的遗嘱。这遗嘱再三恳切叮嘱，李氏后人，如能获得适当的环境与机会，无论如何，应继承他的遗志，把这计划，设法贡献于朝廷，而监督其实现。如果后人中无人能遵行遗嘱嘱咐，那么，应该留心寻觅一种具有远见而能负担这重大使命的人，将这一个小册，郑重付托给他。

遗嘱最后部分，述及李氏在出使德国之际，因某种关系，蒙该国的铁血宰相俾斯麦克，送他一种丰厚的馈赠。——那是十二颗最精美的大钻石。遗嘱上并注明：后人如得了这钻石，不能当作私有的财产，他们应当等候国家能实施他的计划之时，捐献出来，作为兴建之一助。这钻石也藏在这铜像里。

霍桑看到这里，他暂时从书本中收回了视线，他想：在当时，这李氏所藏的钻石，也许在无意中，曾在人前露过眼；当时那钻石可以用作斗量的传说，其来源就在于此。

霍桑把全书与遗嘱的大略，匆匆浏览了一遍，时间已费去了不少。最后，他依照这书中遗嘱所指示的，从那铜像的另一部分——头颅里，不费事地找到了一个小锦盒。

灯光下，十二颗稀见的钻石，落到了他的手掌之中，发出活水一般的光华，潋滟着，潋滟着。

一旁那个瑟缩而又焦灼的女侍，偷眼一看，她的眼珠宕了出来。

最后，五分钟内，这神奇的侦探，做出了如下的动作：

他把这铜像的头，恢复了原状，并垂下了这神龛的绸帷。

他们向这个神龛一鞠躬，致敬着龛中人生前伟大的人格。

接着，他再一鞠躬，致谢这铜像的赏赐，于是，他温文而又客气地，把那贮着十二颗巨钻的小锦盒，放进了他的衣袋。

他回头向那惊悚着的女侍说："多谢，辛苦你了，现在你去安睡吧。我的酬报，就是代你守着秘密。如果你肯相信我的话，我还要警告你。你那位幕后的情人并不是个好人。有机会，我预备把同样的话警告你的主人哩。"

当这女侍拖着迟疑与不安稳的步子被驱回她自己的卧室时，霍桑轻轻关上了门。他把那册小书，重又翻读了几页。他打着呵欠，似乎有点疲倦。他熄去了灯。把室中一张虎皮毡裹在身上，预备养一会儿神，但不久，他竟睡熟了。

直等天色透明，这位聪明朋友，方在他人的鼾声之中，悄悄溜了出去。

隔夜的事，室中不留痕迹，那女侍凤霞，她当然不会声张出来。这里，主人还在期待大侦探的凤临，大侦探当然是守信用的，在第三天后，他寄给了李瑞麟一封信，信上只有一个最简单的答实，他说：

"那夜，在黑暗中伸出那只"鬼手'的，不是别人，正是你的好朋友朱龙。他的目的，是要窃取你的辟邪的小宝物。"

随函还附寄来一册小书，李瑞麟发觉这是他曾祖的著述，自己从来不曾见过。他不明白这书怎么会落到那位大侦探手里去？

可遗憾的是，这位小布尔乔亚，始终不曾在跳舞打牌之余，抽出些功夫来，一读这书的内容，因此那铜像，钻石，以及那鬼手的最后的目的，他也始终一无所知。

于是，这故事的全部就完毕了。

俱乐部中那个穿中山装的中年人，演述到这里，有一个人跳起来说："怎么！霍桑竟没把那十二颗钻石，还给它的当事人？"

"我想，那是不必要的。"穿中山装的人，冷冷地回答。

"什么话？中国唯一大侦探霍桑，他的人格，会这样的卑鄙？"

"且慢！我要代霍桑辩护。"中年人伸着手，"那不是真正的霍桑哩。"

"不是真正的霍桑？是谁？"

"一个职业的贼。"

"职业的贼，他怎么会冒了霍桑的名，接受这件事？"

"那是由于一个偶然的机会，那天，这一个职业的贼，趁着霍桑的事务所里没有人，他想去窃取一种文件，无意中，他接得了那事主的电话。"

"这一个聪明的贼，他毕竟是谁呢？"

"我！"中年人指指他自己的鼻尖。

"你是谁？你的名字？"

"我是一个衰朽的落伍者，世人遗忘了我，我也遗忘了世人，我没有名字。"中年人搔着他的花白的头发，感叹地说。

许多条困惑的视线，纷纷投射到了同一的靶子上。

"你们一定要问，我也可以给你们看看我的商标。"

这神奇的中年人，指指他自己的耳轮。灯光下，有一颗鲜红如血的红痣，像火星般的爆进众人的眼帘。

“呀！你是——”

“不错，是我！”

这演说家扬声大笑，在众人的惊奇纷扰声中沉失了。

俱乐部的灯光下，缭绕着氤氲的烟雾，浓烈的土耳其烟味，遗留在众人的鼻管里。

原载《万象》，1941年7月第一卷第一期

窃齿记

在乡下人睡梦沉酣的时刻，都市中优秀的一群，正自努力追求着享乐。

一幕含有幽默性的喜剧，发生在那著名的丽都舞厅里。

轩敞的广厅中，乐队奏着诱人的节拍，电灯放射着惺忪的光线，许多对池以内的鸳鸯，浮泳在舞池中央，推涌着人工的浪涛。那些艳丽的羽片，在波光一般的打蜡的地板上，错综地，组成许多流动的线条。舞池四周，每一个桌子上的每一杯流汁里，都映射出了各个不同的兴奋的脸色。

在这短短的时间，在这小小的空间之中，没有兴衰治乱的观念，没有春夏秋冬的季节，这里没有昨天，没有明日。这里更没有人世间一切饥、寒、疾、苦的感觉。饥了，有女人的秀色可餐；寒了，有内心的热火，可以维持体温；病了，这里每一对迷人的酒窝，都储藏着人世间至高无上的万病适应剂；如果你有苦恼，在姑娘们的浅笑之间，也许你的苦恼，自然都消失了。

总之，这里只有乐，没有苦。只有欢愉，没有悲哀。至少，这里是人间的暂时的天堂。

这话怕有点语病，也许，以上的镜头，仅仅摄取了 个表面。譬如：一个姑娘失去了她熟稔的主顾，未必会感到愉快；一个浪子追求不到他所惬意的对象，这岂不是苦闷？

但，笔者的笔尖，无暇顾到这些。主要的，我只想把我的镜头，移向这舞场的某一个角落里。

在U字形的舞女座位的末端，一只红星们所不屑坐的位子上，坐着一个姑娘，年龄，不过十六七岁吧？面貌不失为秀丽，可是，她像她的同伴一样，由于过火的化妆，反而失却了真美。这仿佛一朵孤芳的小花，无端被加上了人工的髹漆。

少女的神情，显得非常踯躅，分明这新奇的环境，于她还感到不惯。她的乌黑的眼珠，失去了平时的活泼，手足似乎无处安放。一双银色镂花的高跟鞋，不时在地板上轻轻地摩擦着。

这是一块天真无邪的碧玉，被新生活的浊流，卷进了这金色的火坑。同时，她也是这所舞场里，生涯最落寞的一个。她的芳名，叫作张绮。

音乐又响了，这少女的心弦，随着洋琴台上的节奏，起了一种激越的波动。如果有人能观察内心的话，就可以见到她的心里，是那样的矛盾：在没有人走近她的座前时，她似乎感到空虚，失望；但，如果有人站立到了她的身前，她的稚弱的心灵，立刻又会引起一种害怕的感觉。

琤琮的乐声中，一个俊伟的身影，映进了她的眼膜。

此人穿着笔挺的西装，拖着一条鲜艳的红领带。灯光掩映之下，年龄显得很轻，可是光阴的刻划，不容人类有所掩饰。如果在白昼间细细地看，便知“青春”的字样，已决不能加到此人的身上。他的脸部的轮廓，很像银幕上的“贝锡赖斯朋”，尤其是口鼻之间，一种似笑非笑的神情，更显得相像，这是一张并不十分讨人厌的面孔。

少女抬起羞怯的眼光，急骤地看了此人一眼，心头有点跳跃。啊，认识的！此人是她自进舞场以来几个稀有的主顾之一。她记得，在前几天晚上，她曾伴他跳过几次舞。

音乐台上，正奏着轻松的调子，一个快拍子的狐步开始了。舞池中央，似乎吹进了一阵凯撒司的飓风，许多对轻盈的身体，热烈而疯狂地，演出了高速度的旋律。

这少女颤抖地站起来，伸出她分泌着汗液的手，授给她的主顾。乐声把这一对舞侣，卷进了人的浪涛中。

少女的步伐非常生疏，这位红领带的舞客，似乎也意不在舞。他们的足下，并不受音乐的控制，简直像在踱着方步。他们几次妨碍了别人的路线，诅咒的眼光，屡次从别对舞侣那边投过来，这舞客似乎很节省着他的道歉的句子，只报以一种轻蔑的冷笑。

一个圈子兜过来了。

这红领带的舞客以一种不纯粹的温婉的眼光，垂视着他的舞伴，轻轻地：“喂！张小姐！”

口内的气息，微风一般拂着这少女的额部，这少女自己觉得她的呼吸，又急促了一点。

“前几天，你告诉我：你自小就不知道你的生身父亲是谁。新近，你随着你的母亲，为逃难，到了上海。为生活，进了这舞圈，是不是?”这红领带的舞客，不经意地移动着步子。

少女只点点头，并不开口。过往的辛酸，使她的眉梢紧蹙到了一起，口角有点微颤。

“喂！像你这样的年龄是很需要爱了。”这红领带的舞客，浮上一丝轻佻的微笑，他转换了话锋：“你有对象没有?”

一抹羞红在人工的红艳中迅速地泛了起来，同时，这少女的狂跳的心里，开始感到这张不讨厌的面孔，变成了可怕。

“你看，我，好不好?”这舞客的口气，增加了轻佻的程度。

“……”

“好不好？说呀!”这暴虐的舞客，像拨弄洋囡囡似的拨弄着这少女。

闪电式的进攻，使这少女增加了肺叶的搧动。但是，可怜，她想起了自己肩膀上的压力，她不敢过分得罪她的主顾，她含泪忍受着这意中的侮辱，努力躲过对方的视线，费了几百斤的力，迸出了一句话。

“不！我有……”

“哈哈哈哈哈!”

音乐悠然停止了。少女随着一群轻松的步子，喘息地逃出了重围。那红领带的舞客，挟着一种怪鸱似的得意的笑声，大摇大摆，踱回他的座桌。

那里他有一个同伴在着，是一个橘皮脸的矮子，穿着一袭不配身的西装，神态很滑稽。他正把一只玻璃盏，凑近他的一撮短髭。

“为什么那样高兴，老俞?”矮子放下玻璃盏。

“哈哈!”这拖着红领带的名唤老俞的男子，先把视线远远向那舞女座中低头寂坐着的张绮小姐投射了一眼。于是，他嬉笑地坐下来，把舞池中的情形，告诉了这矮子。

“一个残酷的玩笑！被他的爱人瞧见了，岂不要心痛?”矮子含笑说。

“这女孩子真不错，难怪那个傻气的小家伙，为了她，发痴似的每晚守在舞场门外。我看，值!”老俞喝了一口蒸馏水。

“他为什么不进来呢?”

“进来？钱?”老俞撇撇嘴说，“那个痴心的小家伙，他甚至不让他的爱人，知道他的守候哩。”

“好悲惨的喜剧，可怜!”矮子说，“凭你的能力，难道不能成全成全他们吗?”

“成全？我得等候我的主顾哩。他们还没有来吗?”

“嘘!”一个低低的声音，从矮子的嘴唇上吹出来，他把眼梢飘向了隔座。

老俞随着矮子的目光，旋身向后看时，隔座的小圆桌上，对坐着一对所谓“摩登”的青年爱侣。男的，真漂亮！可以说是从发尖漂亮到了足尖。只是，太漂亮了，未免少了一点男性的庄严。女的一个，面貌不能说是极美，但有一种太动人的风韵，加上刻意的修饰，使她全身的线条，增加了若干的妖媚。尤其是她眼角间所含的荡意，比较她手指上的几颗巨钻，更富有吸引力。

在这一对漂亮男女的桌子上，不时有许多“馋”与“妒”的眼色，从四周不同的角度里射击过来。如果目光就是流弹，那么，这挺摩登的一对也许早已“体无完肤”了。

这情形使这漂亮女人感到骄傲。她把她的甜媚的眼风，向四面飞扫了一周，满足而又厌恶地，向男的一个说：“我真讨厌这个地方，认识我的人太多了。”

“不是为了小刘那个电话，我也不愿意来。”男的应声附和着，他皱皱眉头，“奇怪，我现在想起，方才那个电话，不像是小刘的声音哩。”

这边桌子上的老俞，回头看着那个矮子，笑了一笑。他低声问：“我们的货色，带来了没有?”

“带来啦。”矮子从衣袋里掏出一个蓝绒的小盒子——这是一个盛放钻饰的小盒子——递给他的同伴。

老俞接过盒子，捺开了弹簧的盒盖，他从里面取出一个小东西，拈在指间看了一下，匆匆又放回里边，他把这小盒子藏进了自己的衣袋，点点头说：“很好!”

这时候，在更左的一只桌子上，有人在谈着社会问题，他们由社会的动荡不安，谈到了暗杀事件；再由暗杀事件谈到了舞后程茉莉的被枪杀。

呵!“程茉莉被枪杀!”这是一个何等动人的题材哪!

这话题似乎具有一种传染性，它从左侧的一只桌子上，传染到了那对漂亮男女的桌子上，再由那对漂亮男女的桌子上，又传染到了老俞和矮子的这一只桌子上。

这位红领带的俞先生，似乎是一个很优秀的演讲家哩。他又似乎专诚在等待着一个适当的题材，好开动他的响亮的话匣。他把这个话题抓到了手里，立刻和那矮子大谈起来。他从程茉莉的被枪击说起，连带地又说到一则很动人的新闻——最近一个富商的奇死案。他把那节事情，从头至尾，谈得非常详细。尤其是他的态度，显得那样兴奋，正像希特勒先生展开了他的演讲稿一样。

下一节的舞蹈开始了，音乐像雨点般的散布在全场的空气中。老俞的高亢的语声，不时穿破了音乐的密网，中间还夹着一个“麒派”的嗓子，双方一搭一档，一吹一唱，那是那个橘皮脸的矮子。

隔座，挺漂亮的那一对，并不曾起步。他们等着所谓“小刘”，等得正自无聊，在乐声的交响中，能清楚地听到老俞这边的谈话。

“喂，那个黄传宗，你知道不知道?”老俞开始燃上一支烟。

“那是一条头号米蛀虫，怎么会不知道。”矮子像空谷回声似的回答。

“这条米蛀虫，新近抛下了他的米袋，应了老阎的邀请，你知道吗?”

“这新闻还在报纸上面冒着热气哩！据说，他是中毒死的。”矮子说。

“人人知道黄传宗是中毒死的，但，他是怎样中的毒？在几百万的人口中，恐怕未必有人知道吧?”

“难道你知道?”

“当然!”

隔座挺漂亮的那一对，男子的背部，本是向着老俞的背部。此时，一颗满涂司丹康的漂亮头颅，在半明灭的灯光中，突然发出了闪动。

“你将详细的情形说给我听听。”矮子要求着。

“这事情有着一个太幽秘的内幕，很像一篇侦探小说哩。”老俞弹掉一点烟灰，他似乎卖着关子。

“快说哪!”

“别性急！要说明这事的内幕，先得把这老家伙的家庭状况说一说：老家伙今年五十岁，是最近从囤积上发的财。他不但囤积米，同时他还囤积女人。他一共有六位太太，第六位姨太太娶到家里，还不满三个月。哈！你知道他的六姨太太是谁?”

“是谁呢?”矮子反问。

“说出来，你该起立致敬哩。”老俞俏皮地故意说得那样郑重，“她就是这里三个月前，鼎鼎大名的首席红星哪!”

“哦！李凤云吗?”矮子说这四个字，完全用的是“麒社长”在台上卖力时的韵味。

两道视线从那漂亮女人的眼膜上有力地射上了老俞的后脑。——该声明的是，射在后脑上的，当然不是媚眼。

这里，老俞当然不知道他的后脑，已很幸运地遭受到了美人的顾盼。他自顾自地说下去。

“不错，你猜着啦！”

“那样火炭一般红而热的一个尤物，会嫁给一个筹备五十大庆的老东西，可怪！”矮子的声音，有点感喟，也有点嫉妒。

“这正是努力于囤积的效果哪！你想囤米不想？”老俞向矮子打趣。

矮子摸摸他的短髭，笑笑。

“不过，除了金钱魔力之外，这老家伙追求那个女人，也曾费过一番甚大的努力的。这里面，很有不少笑料哩。”

“什么笑料？”

“单说，老头子自从娶了这尤物进门，她有一百样的需要，老头子自动会依她二百样。遗憾的是，有一件最要紧的事，竟绝对无法依从，因此，那个女人始终还是不满意。”

“什么事情不满意哪？”

“年龄！”

矮子又摸摸他自己的短髭。老俞接下去说：

“为了那女人不满意他的年龄，真使这老家伙感到了极度的悲痛！如果人类的年岁，可以移交到狗的身上，如果有一条狗，肯把这老家伙过剩的年岁接受过去，我知道他一定肯对这狗，唤一声爸爸的。”

“噗！”一口饮料从矮子的短髭间喷了出来。

“哈哈哈！”在别座上似乎有一种阴冷的笑声随着轻佻的眼光落到了那对漂亮男女的桌子上。

那个妖媚的女人，眼角中燃烧起了怒焰。蓦地，她从她的座位上，婀娜地站起来，她用诅咒的口吻，命令那个男子说：“走！”

漂亮家伙以一种臣下服从皇后的姿态，立刻应声站起，他把一件披在椅背上的米色上装拿在手里，站立着，伸手插进衣袖，忽然，他又放下上装，重新坐下。同时，他向这女人投了一个暗示，示意她暂时忍耐。这女人圆睁着媚眼，看看这男人，又望望老俞的后影，终于，她含着怒，领悟似的又颓然入座。

老俞的桌子上，可恶的对白，还在继续下去。

“你说那个李凤云，不满意黄传宗的老丑，这老家伙有什么补救的办法呢?”矮子沙哑的声音。

“补救的办法，多得很哪！譬如，这女人嫌他的胡子太长，他便立刻钻进一家高等理发馆。再譬如，这女人嫌他的牙齿残缺，不美观，他当日便踏上了镶牙齿的椅子。再譬如，女人嫌他头发白，他便立刻施以人工的渲染。此外，他再尽可能地使用着种种美容术，例如，维他命剂的面部注射，可以使面容还少。用牛奶和苹果等东西擦脸，可使肤色光润。还有，一张特配的Gream的方子，可使毛孔缩小，等等。”

“忙煞了!”

“没办法哪！好得他有一个美容顾问，随侍在侧的。”

“美容顾问?”

“那是他的内侄，名字叫作周必康，一个标准小白脸。此人是一位牙医师，同时也是一家美容院的院长。老头子为了要他当顾问，曾在他的滑头美容院里，投过一笔资哩。”

“真是不惜工本！你的话，有些过甚其辞吧?”矮子表示不信。

“完全都是事实。”老俞沉下脸色，坚决地。

“说了半天，这老头子是怎样中毒的？你还没有说出来。”矮子忽然觉悟似的这样说。

“别忙！新奇的事情，在后面哪。”老俞抛掉他的烟尾，又燃上第二支。

乐队正奏完了一个拍子的尾声，舞客们又愉快地纷纷归向他们的座位。

老俞忽然站起来，和矮子对掉了一个座位。那边，那个漂亮家伙，在即刻欲走未走的时候，恰好也和那个漂亮女人，换了一个坐向。于是，老俞的面孔，和这漂亮家伙，成了劈对，双方的视线，有意无意地接触了一下。

漂亮家伙在这一只“赖斯朋”式的脸上望了一望，立刻，镇静地举起他的杯子，杯子里的黑啤酒，发生了一点波纹。

只听这边的老俞，继续在向矮子说道：

“喂！你总还记得，那条米蛀虫的死，距今还不到十天。那是一个星期六的上午，老家伙坐在一只舒服的沙发里，正在读着晨报。那天的报上，恰好登着一段新闻，预测白米的价格，有高涨到一百五十元以上一石的可能。哈！这真是一个太好的消息哪！老头子满足地笑了。可是，这不幸的笑容，还没有在他脸上站住足，突然！那支燃着的雪茄烟，陡从他嘴角掉了下来。

一张新加装修的脸，变得那样可怕！头向后一仰，就这样的死了！”

“那么快！”矮子说。

“西医与他的儿子，差不多是同时赶到的。他的大儿子黄登禄，本身也是一个医生，而且还是一个著名的法医。会同检验的结果，立刻断定老头子的死，是中了一种衰化物——青酸——的毒；并且，他们还断定，这毒必是当日所中。”

“何以见得？”矮子插了一句口。

“因为——”老俞眼望着隔座，接下去说，“青酸的毒，是那样剧烈，当时沾进嘴，是当时就要送命的。”

“那支掉下来的雪茄烟，怎么样？”矮子建议。

“完全无毒。”

“其余的食物呢？”

“当时在多方面，经过最仔细的检查。他儿子黄登禄，和其他的医生，一致承认在食物方面，完全无可置疑。”

“在米价快要涨到一百五十元以上的呼声中，这老家伙当然不至于自动地踏上别一世界的旅途吧？”矮子提高着沙喉咙，这样说。

“自杀吗？废话！天字第一号的红舞星李凤云，娶回家里还不满三个月，他舍得吗？”老俞的眼光，经过了抛物线，飘落到了对方桌子上。

隔座四道不宁静的视线，表面，在无目的地四边顾盼。实际，这挺漂亮的一对，正以百分之百的注意，在倾听这边的谈话。

“不是自杀，难道是谋杀？”沙哑的声音，含着怀疑，但这问句，显然有点出于做作。

“嘿！那还用说！”老俞口内答话，他的视线，始终不离对方的桌子，“总之，老家伙的暴毙，许多人都疑惑这里面必有一个阴谋。但，奇怪的是，无论如何，却找不出那毒的来源。”

“据报上说。老头子是死在他二姨太太的屋子里的，是不是？”

“正是。”

“如此，那位二姨太太当然很有嫌疑哩。”

“不！老头子的全家，自大太太到五姨太太，连他两个儿子在内，没有一个人怀疑那位二姨太太。可是，她们都怀疑着另外一个人哩。”

“另外一个人？谁？”

“六姨太太！”

这“六姨太太”四个字，说得那样的有力，只见隔座那个漂亮女人，正用一块小手绢，在拭去鼻子边的汗渍。

“呀！你说老头子是死在二姨太太屋子里的，为什么要疑到她呢?”

“你听我说下去!”老俞喷掉一口烟：“这里，我先把那几位太太们的住居情形，说给你听听。老头子的大，三，四，五，四位太太，她们各占一个公馆。这新娶的六姨太太和二姨太太，合住一个公馆。原因是老头子让她单独住，也许有点不放心；可是，这位六姨太太的脾气，又是那样的坏，她和别位太太住在一起，那一定也住不下去。其中唯有二姨太太最贤德，出名的好人，因此，老头子特让她们住到了一起。实际上，这位李凤云小姐自进了门后，老头子的各个公馆里，早已成了‘六宫粉黛无颜色’的局面。那位二姨太太，虽说住在一屋，但老头子从来不曾在她房里留宿过一晚。甚至在白天，他也绝对不到二姨太太房里去。可是，在老头子暴死前的六七天中，这局面竟改变了。”

“改变?”矮子仰着头。

“在老头子死前的几天，这位六姨太太每天尽力把他推到别位太太的公馆里去。她说：她不能专顾了自己，却使别人受到寂寞。老头子对她，原是百依百顺的，只能依她的话。所以那几天，他是轮流住在别的公馆里的。暴死的这天，一早，老头子先来看六姨太太，原想在她房里吃一点东西，休息一下。但，这位六姨太太，一定要他到二姨太太房里去。她说二姨太太太可怜，该去看看她。甚至，老头子想坐下喝一杯茶，她也不许，老头子无奈，才到了二姨太太的房里。”

“奇怪！这位李凤云小姐，竟会变得如此的贤惠!”矮子侧坐着身子，他也有意无意地，把眼光向这边斜睨过来。

“是呀！你想……”老俞用拇食二指拈着他的纸烟，向空画了一个圆圈说，“一个素性悍妒的女人，会不会无缘无故，一时变得非常和善？她的改变作风，会不会毫无理由呢？再说，在出事的这天，这个奇怪的女人，她不让那老家伙在她房里吃一点东西，甚至不让他喝一杯茶。——在过去的几天中，情形也是一样——如果，那天她让他吃了，喝了，那么，后来她该遭受如何的麻烦？哈！她倒真像具有一种预知的能力哩!”

老俞的那张“赖斯朋”式的脸，渐渐增加了紧张的程度，他一边说，一边把机关枪似的眼光，向这边扫过来。

对方，那个漂亮家伙，不安静地把他的杯子举起，放下，放下，又举起。女的一个，正用粉纸抹着她的嫩脸——这已是第八次的纪录——她不时从小镜子的边缘上，溜起她的俏眼，焦悚地，偷窥着四周，看有没有别的人，在注意着自己。

只听得这边桌子上，那个沙喉咙的矮子，正用附和的口调，把上面的谈话接续了下去：

“那位李凤云小姐，不让那老头子逗留在她房里，她又不让老头子在她房里吃东西，真的。她好像预知这老家伙会突然暴毙哩。”

“她怎么竟会预知？而预留这脱却嫌疑的地步呢？”老俞着意地问。

“好！你把这问题的焦点找到啦！”矮子猛然拍了一下手掌，他引得别座上的视线，围聚到了他的身上。

隔座的男女，开始不能再维持他们的镇静。

这边的谈话，仍在继续下去，老俞说：

“你说以上的疑点，正是问题的焦点，对！有一位聪明朋友，却躲在幕后，在用心研究其中的症结哩。现在你先听我说殡仪馆里发生的事。”

“殡仪馆里又发生了什么事情呢？”矮子惊讶的声气。

“当时，那老家伙中毒死后，他的尸体被送进了殡仪馆。尸身循例经过冲洗，再加化妆。这老家伙真幸运呀！生前，他为了女人，曾努力注意于修饰；死后，为便利他追求第二世界中的女人起见，还要让他体面一下哩。可是当夜，一个满挟鬼气的事变开始了。”

隔座的男女睁大了四只眼，只听得老俞接说下去道：

“化妆的手术，是由两个年轻的姑娘担任的。时候是在深夜了。化妆死人的小室中，四下幽悄悄，灯光那样惨淡，特异的空气布满了这特异的空间。忽然，在这小室的窗外，发生了一种怪异的呼啸，先是远远的，幽幽的。继而，变成那样近而凄厉！内中一个姑娘，虚怯地指着窗外，她说：她在月光里，看见了一个黑影。另一个姑娘，偶然回头一望桌上那张死脸——你想吧，一个中毒而死的死人的脸，当然不会好看的——由于心理上的变异，使这位姑娘觉得那死人的脸也有了变异！同时，窗外嘘嘘的声音更响了——这也许是风声吧？在这种情形之下，那两个姑娘，捺不住从这小室里面逃了出来。在这两个姑娘逃出后不到一分钟，真的，一团漆烈的鬼影，箭一般的射进了这间死人的化妆室！”

老俞真有演讲鬼故事的天才！你看，他把这短短的一节事，说得那样阴森，可怕。尤其，他的眼角里，含着一种特异的情绪，真像那个银幕人物

“贝锡赖斯朋”，现身于一张恐怖片的特写镜头中。

隔座挺漂亮的一对，他们的精神似乎被吸引住了。男的，手中的烟，烟灰长了半寸以上，他忘了弹去。女的，举起她的俏眼，悸恐地看看那个男的，她似乎要问：“会有那样的事？”

恰好这边的老俞，在补充着道：

“殡仪馆里化妆死人，照例，不许家族参观的，因此，那天晚上死人化妆室中发生的故事，老家伙的家族们，完全不知道。”

“那团黑影是什么？难道真是老头子的冤魂吗？”矮子这样问。

“傻话！”老俞斥责着，“世间哪有这样的活鬼！告诉你，这黑影正是那个躲在幕后研究这疑问的聪明人物哩。他溜进了那间个室，立刻取出一把小刀，轻轻撬开死人的牙关，他再把一把小牙钳，伸进了这死人的嘴里。他的手法非常简捷而迅速，真像一个熟练的牙科医师哪！”

“撬开死人的嘴！做什么？”矮子格外惊讶。

“此人偷窃了死人嘴内的一个牙齿——一个新近镶上的人造臼牙！”老俞把“臼牙”两字，说得特别响。

“怪事！偷窃一个死人的牙齿，有什么用呢？想打花会吗？”矮子提出这聪明的问句。

“嘿！你要知道，那大篇的文章，都在这只死人的牙齿里哩。”

正说到这里，陡有一个“铿锵”的声响，与一个娇叱的声气从对座发出。只听那个女的含怒地说：“你怎么啦？”原来，一只杯子从一只震颤着的手里滑溜了下来。大半杯的黑啤酒，泼翻了一桌，酒液飞溅到了那个漂亮女人的耀眼的衣服上。

侍者过来抹干了这玻璃的桌面。那女人从手提皮包里取出了几张纸币，随手抛掷在桌子上，她第二次又从座间焦暴地站起来，她的脸色变得那样难看，完全失去了她原有的妩媚。

那男的举起他的失神的两眼，向女的投射着一种央求的眼色，他再把他的视线，小心地在四周巡逻了一下，悄声向女的说：“凤，我们再坐一会儿，听听他们的话。看来，他们好像并不认识我们哩。”

女的无奈地坐下去，她把那面小镜子，遮掩着她惨白的脸。

还好，全场的灯光，又进入了朦胧的睡态，乐声正奏得紧张，许多舞侣们在忙着追求他们各个的陶醉，因此，这女人的不安的神色，似乎并没有人加以充分的注意。

只听老俞又用响亮的声音说道：

“再说，我方才说过的，那位李凤云小姐，在老家伙暴死前的几天中，她不让他进她的房，她不让他在她的房里吃东西，粗看，她似乎因此而免了嫌疑。细想，那是一个大大的破绽哪。幕后那位聪明人物，却因此而得到了一个把柄。他费了一番打听，打听得这位李凤云小姐，和老头子的内侄周必康——那个标准小白脸——为了接近的缘故，有了暧昧的关系。你记得吗？那小白脸是一位牙医师哪！巧得很，那个幕后的人物，他又探知老头子在临死的一星期前，曾托这位周必康镶过一只臼牙。那个聪明人物于是乎想：如果那个小白脸的牙医师，他把那只人造的臼牙镂空了，再把一些剧毒的青酸，藏在这只镂空的臼牙里，这样，那致命的毒物，岂不是轻轻易易送进了老头子的嘴里？其次，他在这只镂空的臼牙上，预先开了一个小孔，他再把一些东西——我们随便猜猜，如留兰香糖的渣滓之类，那都可以——塞住了这小孔，那青酸暂时便不会从那镂空的臼牙里漏出来。你得知道，人们都有一种习性，不论是谁，新装了一个牙齿，由于不惯的缘故，常常要用舌尖去舔，老头子当然也不能例外。日子多了，那塞住小孔的东西被舔掉了，于是，那青酸自然而然由舌尖侵入了脏腑。这便是那神秘的毒的来源。这计策的最巧妙的地方是——人人知道，青酸的毒一沾上口，就得致命。而那颗牙齿，却是在若干天以前装上的。这样，在老头子暴死以后，如果验出了是青酸的毒，谁会怀疑到这牙医师的身上去呢？你看，这是一个何等幽秘而又巧妙的设计呀！”

老俞这一节话，他的剖解，完全清楚而合理，他简直把这件秘事的症结，完全抓住了。

“对！”矮子猛然叩了一下桌子，他把桌上玻璃杯中的流液，震起了一小片的浪花来。

只见隔座两张漂亮的脸，在掩映的灯光下，泛出了两重死灰色。

他们还在听这边继续说下去。

“我以为，以上的揣测，完全对了。”沙哑的声音说，“但是，一件谋杀案子似乎该有一个动机的，是不是？”

“那老家伙在米粮上，最近捞到了不少。听说，这些黑颜色的钱，有一部分是交给他的那位六姨太太暂时保管的。而同时，那个小白脸的牙医师，却在投机事业上送掉了好几十万。你想，一个滑头美容院的院长，他哪里来的这么许多法币呢？我以为，这里面，就隐藏着那个谋命的动机吧？此外，那个讨厌的老货，如果踏进了第二世界，那么，他们这偷偷摸摸的一对，便可以得到一个较坦白的演出了，是不是？我承认以上的话，大部是出于臆测，但这臆测，也许离题并不很远吧？”

“对！”矮子又拍了一下他自己的膝盖。

场内的灯光，突然又亮了，这使一切人们在黑暗中构成的种种丑恶容色，完全无所遁形。隔座那个漂亮家伙，他听对方的谈话，完全听得呆了。额部的汗，洗净了他脸上涂抹的雪花。忽然，他像睡梦初醒似的，和那女的交换了一个特殊的眼色，他陡从座位里站起来，女的也随着站起。她伸手抚着头，像患着晕船病。

男的抓起上装，女的拿着手提皮包，这挺漂亮的一对，做出了一个预备“开步走”的姿势。

漂亮家伙一边穿衣，他以一种困扰兼悚惧的眼色向着对方那条红色领带，偷偷溜了最后的一眼。那位新闻演讲家恰好抬起头来，双方的视线，成了一个正面的接触。漂亮家伙似乎忍受不住那两条无形利剑的侵袭，急急旋转头，躲开了这视线。

只见这一位红领带的演讲家，忽从自己座位里站起，双手插进裤袋，嘴里吹着哨子，他走过来，就在这男女俩的中间，轻轻移开一柄椅子，捞一捞裤管，悠然地坐下，他向这站着预备走的男女，摆摆手，客气地说：

“喂！周医师，李小姐，我们幸会，请坐！”

这突如其来的局面，使这挺漂亮的一对完全迷惑住了。他们完全猜测不出，这是一个何等样的人物！在惊疑中，只有一个意识，他们感到此人的来意，一定并不善良。

“我们走！”那女人努力维持着她镇静的声音，向男的说。她伸起粉臂，掠着她的鬓发，一种震颤使她手指上的几颗巨钻，在半明灭的灯光之中放射出了多角度的闪烁。

“请坐哪！有点事情，想和两位谈谈，这是并无恶意的。”这被称为老俞的演讲家，似乎能够窥见这男女俩的心事。

奇怪！老俞的话，仿佛挟有一种魔力，使这男女俩，一时不知所措，男的看看女的，女的看看男的。他们似乎感到溜走，都不妥当，呆住了！他们在这演讲家的凶锐的眼光里，发现了一种威力，仿佛说：“哼！你们敢走！”

终于，这男女俩又颓然坐下。

男的从他的衣袋里，重复取出他的那只精致的金质烟盒，他拈起一支烟，擦了五枚火柴，方始把它燃上。他想拿一支烟敬给他的奇怪的对方，但他并不曾这样做，他只把这烟盒推向了桌子的中心。

老俞自动开盒取出了一支烟，道了一声谢，仰起头喷出了几个圆整的烟圈。

男女俩瞪着眼，在等待他的发言。

“方才我的话，二位都听见啦。”老俞的眼光，闲闲的从男的脸上兜到女的脸上。

“没有听！”漂亮家伙抢先否认。

“哈哈哈！周必康先生，何必太见外？”老俞又放纵着他方才在舞池中的怪鸱似的笑声。

“究竟什么事呢？”这牙医师还想努力躲闪。他的声带，起了显著的变异。

“推开天窗说亮话，我觉得，黄传宗先生的暴毙，你们二位似乎多少要负一些责任哩。”老俞向这小白脸，不客气地开始轰炸。

“什么？”一种怒惧交并的情绪，迅速推聚到这位周必康医师的眉尖上，咆哮的声音涌到了喉咙口。这时，他忽觉桌子底下，有一只纤小的高跟鞋尖，在他脚上触碰了一下。他抬眼向着他的女伴——那位漂亮的李凤云小姐——看看，他忍住了。

“周先生，即刻你听见的，有一个人，从殡仪馆里的死人嘴里，偷到了那颗藏毒的牙齿，不瞒二位说，这偷牙齿的人，就是我！”说到“我”字，老俞指指自己的鼻子，他接着说。“我想把这牙齿转卖给二位。这是我的好意，我想，二位一定是不会拒绝的吧？”

“好意？”医师瞪着眼。

“我们买了这颗牙齿，有什么用处呢？”这过去的红星李凤云小姐，抢着问。

“至少，二位可以少服许多安眠剂。”

“你是谁？”那牙医想起了这问句。

“我叫老俞，人则俞，人未余，或是一条鱼的鱼，随便。逢高兴，我还有许多别的姓。”老俞掏出一张名片，授给这位牙医师。

医师取过这张名片，眼光方和纸面接触、他的心立刻像被一个铁锤叩击了一下。他暗暗呼喊：“倒霉！碰到了这魔鬼！”他把这名片，在震颤的手指间侧转过来，让那女人看，那女人的眼角里，同样露出了骇异！

“那颗牙齿，你要卖多少钱?”医师无奈地问。

“我知道周先生新近陷进了一个泥淖，也许你未必有很多的钱吧？并且，一个人杀死一条米蛀虫，那是代社会除害，论理该有奖励的，是不是?”老俞体恤似的说。他再把眼光移转过来，从那女人袒裸着的肩际徐徐看到她的纤细的手指，他说：“李小姐的几个钻戒，怎么样?”

那医师未及回答，老俞又说：

“如果这交易成功，我可以代替二位行一件善举。新近我打听得，在十多年前，那位吃青酸的黄传宗先生，曾遗弃了一个私生女儿在外。最近，这十七岁的小女孩，为生活，被迫踏上了火山。她除了她的可怜的母亲之外，还有一个痴心的未婚夫，从乡下追随到了上海。那孩子姓朱，好像是一个可造的青年。但他没有方法救济他心爱的未婚妻跳出这个不很洁净的地方。这里面有着一段傻气而可怜的萝蔓丝，我想成全成全他们哩。”

这迷惘的牙医师，似乎并不曾听清这段题外的话，他只觉得有一种被压迫的怒火，使他忍不住反抗，他说：

“如果我们不买你那只牙齿，你预备怎么样?”

“哈！那我——有什么办法呢?”老俞把严冷的眼光射过来。

在桌子下，高跟鞋尖第二次又踢着这牙医的足踝，只见这位李小姐，她施展出了她以前的外交手段，勉强地嫣然一笑说：“喂！密斯脱——俞，请原谅，我再问一句，倘然我们向你买回那个牙齿，我们会有什么好处呢?”

“你们可以得到安全。因为除了我，无人知道这秘密。”

“凭什么保证?”女人问。

“凭我的名片!”老俞坚决地。

“我们的交易，是定货呢？还是现货?”这女人居然还能装成俏皮的口吻。

“现钱现货，即刻成交。”老俞从衣袋里，掏出矮子方才交给他的那个紫绒小盒。他开了盒盖，把里面的一个焦黑的臼齿，在这男女俩的眼前扬了扬。

“好!”这女人爽脆地说。她向四周溜了一眼，她把她的两只纤手徐徐缩到桌下，等她的手再伸回桌上时，她的指间失却了原有的熠熠的光华。

三枚钻戒被裹在一张舞场的账单里，轻轻推到老俞的身前。老俞收下这纸裹，谦让似的装起，这是他的一贯的作风。同时，他把那只紫绒盒，郑重地交山来。那牙医伸出了颤抖的手，急忙抢了过去，他甚至来不及开盒检看，就塞进了衣袋。他的一颗心感到一种沉重，也感到了一种轻快。

“哈哈哈哈哈！”老俞忽然纵声大笑。男女俩痴望着他，莫名其妙。

“哈哈！周医师，李小姐，你们真慷慨！”老俞说：“我生平做生意，喜欢向我的主顾说实话。我得告诉你们，方才我说，我到殡仪馆里去，偷窃那个死人的牙齿，那完全是假话。实在，我不过在一家小镶牙铺里，花了五毛钱，买了一个臼牙。我还得声明，这牙齿并不曾镂空，并不曾开过小孔，也并不曾储藏过任何毒物在里面……”

“什么！”老俞还没说完话，那牙医跳起来，几乎以一种猛虎扑人的姿势，预备揪住老俞的红领带。

在这紧张的瞬间，池中一节舞蹈又完。舞客们，沾着舞女身上的肉香，正满足地陆续越过这桌子。有几条视线，轻轻飘落在这三人身上。他们不知道这两男一女，是在办些什么奇妙的交涉。

只见老俞脸上的肌肉，石像似的丝毫不动，他静静地向这盛怒的小白脸说：

“静些！兄弟！在这种地方，是不宜动火的。”

“你敢欺骗我！”那牙医咬咬牙说。

“我劝你静些，那是好意。你也知道的，那位黄登禄先生——你的表兄弟——他对他父亲暴毙的疑点，还不曾放弃他的调查哩。如果我把我的资料，供给了他，你想，那会发生怎样的后果？况且，你看——”老俞旋过身了去，望到他自己的座位上，他说：“我们这位孟兴先生，他是一位著名的法学家。我们今晚的谈话，他都记录下了。”

只见那橘皮脸的矮子，正用自来水笔，在一本记事册上用心地写着字。他的态度很庄严，望之俨然！

那牙医师脉络紧张，还想说些什么。但那位李凤云小姐慌忙以一种折中的手腕，打开了这僵持的局面。她又向老俞一笑，笑得那样甜媚。她说：

“密斯脱——俞，我一向知道，你是最守信义的。”

“哦！李小姐，看在你这一笑的份上，我再郑重允许你，我一定谨守我的信用。”老俞点点头，也报以善良的一笑。

两分钟后，这一男一女，心里诅咒着“小刘”，偎依着出去了。他们临去的步子，当然不是舞池里面轻快的步子啦。

老俞回到自己桌子上，他向这橘皮脸的矮子问：

“孟兴，你在写些什么？”

“有什么可写呢？我在默录几个向导姑娘的地址哩。”

老俞打了一个呵欠说：“一桩小生意，总算很顺利。”

“究竟怎么一回事？我做了半天的配角，有许多地方，我还不大明白哪。”

老俞笑了一笑，说：“对黄传宗的暴死，我也像社会上的群众一样，一直抱着一种怀疑；我不明白那青酸的毒，怎样会跑进那条米蛀虫的嘴？”

“后来你是怎样想出来的呢？”

“在今天以前，我对这疑问，还是茫无头绪。直到今天早上，我听人说起：老家伙在临死前的一星期，曾由那个小白脸，替他镶过一颗上颚的臼牙。于是，我方始虚构成了一个牙中藏毒的理想——就是即刻说过的——但，我不知道我的理想对不对？因此，我冒用了那小白脸的密友——小刘——的名义，打了一个电话，约他们这一对到这里来。一面，我又托你代办了一颗牙齿。我特地把我的理想，高声说给他们听，想看看他们的反应。不想，他们竟会那样容易的中了我的计。”

“巧得很，他们恰巧坐在我们隔壁。其实，首领！你真聪明哪！”矮子改变了称呼，恳挚地赞美着。

“聪明？老啦！”老俞额上浮起了一丝衰颓的暗影。他又隔衣摸着那个珍贵的小纸裹，说：“但，无论如何，那个可怜的小女孩，她也许是得救了。凭这衣袋里的几块小焦炭，我想使那女孩补受一些较高的教育哩。”

说时，他把一种同情的眼色，从白热而狂欢的人群中穿射过去，落到那只画圈圈的位子上。只见那位张绮小姐，依然低着头，枯寂地坐在那里。

“首领！你的办法不错！”矮子顺着老俞的目光，望望那个天真的痴苦的女孩。

“今天是消遣过去了，明天呢？”老俞把两臂向上伸直，像演八段锦似的伸了一个松畅的懒腰。他说：“这里是没有明天的！喂！孟兴，我们怎样度过这长夜？再跳一回好不好？”

台上音乐响了，他又打了一个呵欠。

原载《万象》，1941 年 9 月第一卷第三期

血 纸 人

一　杀害了人家的，结果，难逃被人杀害的惨报！

呵！太神秘了！太神秘了！太神秘了！

提起这一件太神秘的事情，最初的起因，是在一个佛教团体的讲经法会里。

记得，那是在一个农历的九月中旬吧？本埠一处著名的佛教团体，举行了一个小规模的讲经会。这法会，并不宣讲整部的经典，每天只由主讲的法师，拈着自由的题材，阐扬一些佛教的教义。宣讲的限期，只有短短的十天。这种演讲，在佛教徒中间，有一个术语，称之为“讲开示”。

这是宣讲的第五天。

这天，循例由会中的主脑，拈着长香，迎请法师升座。两旁听经的男女居士们，肃立着，跟随执事的僧众，宣唱“炉香乍爇”的香赞，并称扬“本师释迦牟尼佛”的圣号。在讲座前的炉鼎里，飘着柔和的烟雾，静静的鱼磬声，把肃穆的空气，播散在整个的广厦中。这法会虽不盛大，但是相当庄严，能令心地龌龊的人们，处身其中，引起一种内怍的感觉。

唱念的仪式既毕，低眉趺坐的法师，轻轻叩着尺木，宣讲开始了。

主讲的法师，法名雪性。年龄并不很高，面目非常慈祥。他是一位台宗的尊宿，对于性相诸宗，也有相当的了悟。可是这天，他并不宣讲那些“一心三观，一境三谛”和“万法唯心，三界唯识’等等的精微理论，他只拈出了极平常的因果二字，用浅显的言辞，说明了佛教对这二字的解释。

他说：“因果二字，在宇宙间，是一种最自然的自然律。因果间的关系，如同形影一样。世界决没有离形独立的影，也决没有远离影子的形。而且，形是什么式样，随形而生的影，也是什么式样。譬如，在一面镜子前，呈露一个笑脸，镜中所映出的，决不会是怒容；反之，镜前呈露一个怒容，镜中所映出的，也决不会是笑脸。所以，一切众生，造了善因，一定会获善果；造了恶因，一定难逃恶果。准着以上的定理，可知一个人，打骂了人家，以后，便要遭到人家的打骂；杀害了人家的，结果，也难逃被人杀害的惨报！”

“不过，我佛如来，也曾这样说过：‘罪性本空，不着体相，罪从心起，还从心灭。’因此，造了罪恶的人，如能发出猛烈的忏悔心，也能收到移因换果的后果的。”

以上便是这天宣讲的大意。

当天，这位雪性法师，他在阐明理论之外，又列举了几件真确可信的事实，以指证所说的不虚。他的声容，既是非常恳挚；他的口才，又是十分流畅。他使两旁的听众们，像坐在说书台边听讲传奇那样听出了神。因之，这天的演讲，不但平时对于佛教已有信仰的人，都相顾动容；就连一向并不深信者，也都油然生出了信仰心。

在男居士的坐席上，有一位特殊的来宾，特别地，有一个会中的职员专程招待着。但看这招待员的脸色，那样的殷勤，可以反映出，这位来宾身份的崇高。

这是一位气概华贵的绅士，蓝色的长袍，加上了黑马褂。估计年龄，约在五十以上。此人长着一张甲字形的脸，粗粗的眉毛，高高的颧骨，一双细小而带峰棱的眼，眼角密布许多鱼尾纹。神情上，具有一种工于心计的特征。他在举手之际，左手的手指，时时蜷屈成一种拈惯雪茄的姿势。因之，无名指上一枚光芒四射的大钻环，常使那些清苦的佛教徒，受到眼膜上的刺激。

这位阔绅士，他是这大都市中的一位有名的“闻人”。在金融圈内，占有相当的地位。最近，他在囤积民食的伟大事业上，有过几次惊人的表现。因此，凡属久住本埠的人，提起王俊熙三个字，大都是不胜钦仰的。

最近一两月来，这位“闻人”，大概因着事业上的贤劳，精神上，似乎发生了一种不很健康的现象。有钱人的玉体，和贫苦者是绝对不同的：打了三个以上的喷嚏，就有烦劳医生的必要。据医生诊断：说他是操心过度所致，需要良好的休养，倘不休养，恐有酿成 Hysteria（歇斯底里）的可能。Hysteria 这一个字，于一个有身价的人，确是一个严重的威胁。于是，他不得不放下一切，暂时接受了医生的建议。

休养期内，他在朋友们的闲谈中，听到了这讲经会的事。这一天，偶然高兴，来到这佛门里，作了一度处女的随喜。他对佛教，无何种认识。初意只想借此舒散一下神经。不料他在听讲以后，竟受到了很大的感动；尤其是那法师所说的某几句话，竟像螺旋钉一样，深深旋进了他的脑门，使他留下了一个不可磨灭的印象。

以上叙述的事，粗看，似乎很细微。可是，就因着这样一个细微的因由，却使以后那件诙诡离奇的故事。轻轻展开了无形的序幕；而这故事的神秘性，简直可以说是完全超越乎人类理智能力所能想象的范围以外的。

二　他从坟墓走出来，将诬陷他的仇人，生生地扼死！

王俊熙自从在佛教会里听了一次讲经以后，似乎已引起了一件不可告人的心事，打那天起，他的脸上，浮上了一重阴暗的色彩，言语举动，时常呈露恍惚不安的样子。素常，他是一个头脑极冷静的人，任何重大的事情，不易影响他的神态。因之。他这突然的反常，凡是和他接近的人，都能明显地感觉到。

他的妻——佩莹——是一个温柔美丽的女子。她的年龄，几乎比他小去一半。他们的结合，是在青楼之中。那个年轻的女人，虽是一个桃色网内漏出来的人，却并未沾染上太深的习气。原因是：她本是一个生长于内地的旧式良家女，由于一个意外的事变，才被推进这都市的火坑，因此，从良以后，对于自己的丈夫，还能保持旧式女子温柔体贴的作风。

王俊熙的神情恍惚，使他这位年轻的妻子，感到了重大的不安。她屡次向他追问：为了什么事情，神色如此不宁？可是，我们这位闻人，连对他这最亲密的妻子，也矢口否认他有任何的心事。

还好，他这反常的状态，经过若干日子以后，似乎已渐渐平复下来。又过了几天，那阴暗的气象，已不复存在于他的脸部。可是，一颗细小的石粒，投进平静的水面，会激起许多许多的水花来。王俊熙在听经以后所引起的内心不安，只是水花中的第一个旋纹。当第一个旋纹还没有完全消灭以前，第二个较大的旋纹，却又随之而起，而在第二个旋纹之外，还有第三第四第五以至不尽的旋纹，尽是地化开去。

以下便是第二个旋纹的扩展：

这天，王俊熙进毕了午餐，坐在一只软椅里，舒适地读着报。在报纸上，有一方广告，吸住了他的视线，这是一张大光明的电影广告。原来，大光明戏院，这天换了一张新片，片名叫作《再世复仇记》。在这新片的广告中，刊有如下的警句：

——他从坟墓里走出来，将诬陷他的仇人，生生地扼死！——

一个电影广告，刊上一些刺激性的语句，那是极普通的事。在平常人的眼光里，至多是因语句的新奇，而引起了观赏欲。可是，这广告一映进了王俊熙的眼，立刻起了一种寒凛的感觉；他的心，有点怦怦然。他只觉这广告上的那些“诬陷”、“仇人”、“复仇”、“坟墓”、“扼死”等等的字样，一个个都在他的眼前，起了有力的跳动！同时，若干日前，他在讲经会里所听到的几句话，又在耳边浮漾了起来；他仿佛听到那个讲经的法师，用恳切的声吻，在他耳边说道：

——杀害了人家的，结果，难逃被杀的惨报！——

其时，他的脸上，重又抹上了若干天前的阴暗。这一份极平常的电影广告，竟使他的心底，发生了不可遏止的困扰。

人们常有一种心理，那是相当有趣的，越是一件畏惧的事，越易集中注意力。譬如，一个怕鬼的人，独睡在一间空房里面，半夜，他越是觉得这房内的空寂可怖，而他的注意力，越易集中于这房内的一切。当时的王俊熙，便是陷入了这种矛盾的心理状态中；因之，他的第一个意念，很想去看一看这一张《再世复仇记》的影片，毕竟是种什么情节？但，第二个意念，立刻掉转来想：不，还是不必去看。因为医生曾嘱咐过：在休养期内，使脑神经上受到不必要的刺激，那是不宜的。

去看呢？还是不去看呢？这两种意念，竟在他的脑内，起了微妙的争执。短短十余分钟之内，他向壁间的时钟，流盼了好几回。因为这时候，距离大光明的第一场开映，已很逼近了。但，无论去看与不去看，总之，他这困扰，使他在那只舒适的软椅内，已无法继续静坐下去。最后，他突然站起来，走出室外，吩咐汽车夫：“把车子开出去！”

我们这位闻人，向来不喜欢看电影，而这一天竟破了例，车子终于驶到了大光明的门口。汽车夫举起了讶异的眼，目送他主人的背影，匆匆走进了这戏院。五分钟后，我们这位神经困扰的闻人，已在楼厅里，占据了一个座位。坐下不久，洁白的幕上，已在放射银色的光芒。

《再世复仇记》，这是一张什么影片呢？大部分的读者们，或许是看过的。但，因这片子的情节，于后面故事的展开，有着一种奇异的关联。所以，这里仍有介绍一下的必要。

这张片子，是被称为“恐怖之王”的卡洛夫所主演。内容叙述一个失业的人，被五个坏蛋无端构陷成了一个杀人罪。由于坏蛋们的设计精密，使这可怜的被冤诬者，绝对无法自辩。于是，在无抗辩的情形之下，糊糊涂涂，被宣判了死刑。

有一个年老的医生，知道这失业者的冤枉，特地挺身而出，仗义加以营救。但是，那些坏蛋们，又多方从中阻挠，使他受到时间上的耽误。最后，那老医生赶到刑场上时，那个可怜的人，已是直僵僵地，做了电椅上的屈死鬼。

老医生愤怒之下，把电椅上的尸体，载回了自己的试验室。他竭尽所能，用电力医治这新被处死的人。仗着科学万能，居然把这屈死者的灵魂，从死神手内强劫了回来。

这可怜的人重履人世以后，他似乎已换了一重人格。奇怪的是：他在未上电椅之前，他对谁是陷害他的人，完全茫无所知。可是，在复活后，他凭着一种神秘的感觉，竟能把五个仇人清楚地指认出来。最后，他终于把那些坏蛋们，逐一生生扼死，而他自己也同归于尽，再度投入了死神的怀抱之中。

以上便是《再世复仇记》一片的大意。这是当时颇为流行的一种恐怖片。

这片子与其说是恐怖剧，毋宁说它是一个悲剧。其中有两个场面，摄制得最动人。其一，当那失业者从监房里被押出来而将踏上电椅时，他仰头向着天，凄惨地呼吁：“呵！上帝！只有你——相信我！”虽只这样短短一二句的道白，他的语声，蕴藉那样的悲愤与失望；他的面色，表现着那样的凄惶与无辜；配上了如泣如诉的提琴音响，与半明半晦的牢狱背景，使观众们的每一支神经上，不期而然都受到一种针尖挑刺似的感觉。另一个镜头，那个已死的人复活以后，他在一所音乐会中，遇到了诬害他的那些坏蛋。其时，他悄然举起他的阴冷的视线，沉着地，轮流凝注着他的每一个仇人，在这短短的特写镜头中，他简直把人世间所具有的最凶锐最怨毒的神情，尽数攒聚到了两颗眼球上面，而尽量向对方放射了出来！于是，不但银幕上的坏蛋们，面上表现了极度的紧张；在黑暗中的观众们的情绪，也随之而发生了相同的紧张。

总之，这片子的确已给予了多数观者以刺激的满足。但是，笔者可以这样说：其中受到刺激最深的，无疑地，应数到我们这位幕下的主角王俊熙了！

三 隐藏着两颗比卡洛夫更凶锐怨毒的怒眼，在向他闪射！

剧终了，银幕上的各个高潮，次第归于消灭。许多紧张的神经，也逐渐恢复松弛。独有王俊熙的脑中，高潮正自涌起。他随着大股的人潮，从戏院门口冲泻出来。他的两腿感到疲软而摇晃，宛如醉酒一样。踏上了白昼光明的街面，两眼还有点昏黑。若不是汽车夫招呼着他，他几乎无法找到自己的汽车。

呵！这影片给予他的印象，太深刻了！坐定到车厢中，那主角卡洛夫的两个凶锐怨毒的眼珠，还在他的眼前闪动，无论睁眼与闭眼，都是那样清楚。这印象，可以说，直到他临死为止，或许已经永久无法消灭。呵！难道卡洛夫的演剧艺术，真有如是动人的力量？不！并不完全由于卡洛夫的技术的高明，切实些说，在王俊熙的脑府中，还隐藏着两颗比卡洛夫更凶锐更怨毒而更可怕的怒眼，在向他闪射！

在汽车飞驰的归途中，王俊熙的脑内，展开了十二年前亲身所经绝顶惨酷绝顶恐怖的回忆的一幕：

十二年前的王俊熙，并不是眼前地位崇高身拥巨资的王俊熙。那时候，他还是个穷小子。他的原名，叫作王阿灵。他所存身的地点，是在浙江省中一个隐僻的小镇上。那个小镇，距离匪类出没的嵊县，约近二十里路。地面虽很窄隘，可是从嵊县到绍兴，那是一个必经的路途，因而这小小的市镇上，居然开有一家唯一的小客寓。那家设备极简陋的客寓，取着一个富丽的店名，叫作春华客店。那时的王阿灵，在这小客寓中，充当一名杂役，名为杂役，实际除了店主以外，他是一身兼任着经理、账席、招待、厨司以及其他各项要职。所以，他在那家小客寓内，可以称为一位要人。全镇的居民，提起王阿灵，那是如雷贯耳的。

王阿灵在这小小的市镇上，素以机警伶俐出名，就因他的机警伶俐，却一手描画成了后面的一幅血画。

故事的展开，是在一个凄风苦雨的夜里。那时候，恰巧也是阴历九月中旬的天气，乡间内地不比都市，晚餐以后，全镇都已被笼罩在凄寂的氛围中。这小客寓屋檐下的一盏灯，摇曳于雨丝织成的夜幕上，远望去，那一小片惨黄的光晕，现出朦胧欲睡的样子，将次归于熄灭。店内，店主与王阿灵，收拾了一下，正待要收市，在这时候，忽然门外急匆匆地来了一个投宿的人。

那人挟着一柄油纸伞，拎着一个小包裹。模样像是一个乡间的苦役。看他头上，戴着一顶破而且厚的旧毡帽，帽子的边，几乎压住了眉心。——论季节，却并不是需要戴这种帽子的时候——再看他身上，穿着一件污垢不堪的黑布破短袄，肩际已开了花。下半身，系着一条蓝布作裙。脚上穿的草鞋，沾有许多泥泞。显见他到这里来，必已经过了一段相当长的路。

来客自报姓名，叫作陶阿九，是从嵊县城里出来，要到绍兴去探亲，路过这镇上；要求找间上等干净而隐僻些的房间，单独住几天。

“哈！身上这样污脏，却要一间上等干净的房间！”店主呆望着来人，一种讶异的心理，忍不住从眼角之间透露了出来。来客似乎已测知了店主的心事，立刻，他从湿淋淋的破短袄内掏出了钱，声明“预付几天的房饭钱”。

五枚雪白的银元，塞进了店主的掌握，这使店主的手，微微有点颤动。因为，他从不曾在任何一个投宿的寓客中，一次接到过这么许多的钱。当时，他对来客的要求，当然是唯唯答应了。

可是，一旁的王阿灵，机警的脑内，却起了疑。他想，此人既是路过，住了一宿，就该上路，为什么要预付几天的钱？这是一层。在交钱时，看他伸出来的手，非常的白净；小指上，还留着很长的指甲。这分明和他身上的打扮，完全不相称。这是二层。复次，他为什么一定要单独住一间房？而且是要隐僻的。这是三层。

为了以上几个疑点，使这机警的王阿灵，不免向他更仔细地审视了几眼。来人的年龄，在王阿灵的估计中，约在四十至五十之间。煤油灯光之下，照见此人一张白苍苍的脸，带有一种惊魂不定的神色。此人的脸部，更有两个容易辨认的标记。其一，在他左耳的耳轮上，生着一颗赤豆般大的黑痣，附有几茎寸许长的毛。其二，此人眉心中间，列有三条深刻的皱纹，中间一条较长，两边两条略短，形成一个略带歪斜的钢叉形。在某一瞬间，这带有杀气的钢叉纹，显得特别的深，使人一望之间，就会留下一个不易淡忘的印象。

当晚，这自称为陶阿九的来客，便被招待到一间所谓“上等干净”的房间里。由于来客付钱的豪爽，这使这位小客店中的要人王阿灵，不得不给予他一个较优良的待遇。当他将要跨进这“上等”的卧房时，王阿灵殷勤地，预备接过他的小包裹，代他送进房里去。不料，这善意却遭到了来客恶意的拒绝。在这片瞬之间，那人眉心间的钢叉纹，又作了一次深刻的显露；而同时，王阿灵的手，却已掂到那个小包裹，觉得有些相当的分量。

因着上面这一个小动作，使王阿灵的疑念，格外炽盛起来。从多方面观察，他感到来客的行径，未免有点神秘，而那个小包裹，更是神秘中的神秘。

那个郑重的小布包，裹着什么宝贵的东西呢？

终于，在一个暗地里的密切注视之下，这事情便迅速地有了新奇的发展。

四　用白纸剪成许多个纸人，那纸人会走路！

夜深了，来客的房内，灯光还没有熄。窗外，王阿灵贼一般地屏住了呼吸，在凝神偷窥。——这里须得说明，这所谓窗，当然不是上海国际饭店楼头垂着锦帷的钢骨玻璃窗；那不过是19世纪的中国破纸窗，于一个黑暗中的侦察眼，那是非常便利的。

这样一个凄晦的雨夜，室中人深更未睡，他在做些什么呢？

王阿灵从纸窗的破隙中张进去，立刻，他呆住了。

原来，来客在黝暗的煤油灯下，正把那个包裹郑重地打开来，在细细检点着里边的东西。在这小包裹内，除了底面两三件旧衣服外，其余，却是好几厚叠的纸币。估计数目，约有好几百元吧？不，至少也近一千；或许还不止！另外，几卷圆滚滚的纸卷，卷数虽不多，分量显得很重，那必定是现洋！最后，只见一个厚厚的纸裹透开，呀！其中全是金饰！在惨淡的灯光下，四射着黄澄澄的耀眼的光华。

呵！夜是黑的，灯是青的，四下的环境，是灰暗的。破桌子上，金是黄的，银是白的，纸币是花的，种种的颜色，把窗外黑暗中的一双馋眼，映射成了红的。

王阿灵定定神，又见室中那个诡秘的家伙，匍匐在地下，正自忙碌地，在把那些财物，逐一隐藏于床下一个不易觉察的隐蔽处。随后，他站起来，拂去膝部的泥垢。又把那两三件旧衣服，重新打成一个原式的包，安放在枕边。

王阿灵悄然站在黑暗中，睁大了眼像在做梦。可怜，他自人世以来，一双细小如鼠的眼珠，从不曾见到过这么多的财物！这天晚上，侥幸，他牺牲了若干时刻的睡眠，居然换得一些满足的眼福。但是，在这种情形之下，单单一饱眼福，于他似乎是感到不够的；他只觉他的心底，被拨动了一种饥渴似的感觉。

于是，一颗灵敏的脑球，在黑暗中开足了马达。

“这样的一个人，身上，竟有那么多的财物？这家伙，一定不是好人吧？”黑暗中的第一个意念。

“他为什么急匆匆地把他的东西隐藏在这床下呢？想来，他总不至于老远赶得来，特地专拣这地方做他的储藏库吧？哦！明白了！那一定是为防备我。因为，在他进门之初，自己曾对他的包裹几番密切注意过。他害怕了。急切之间无法可想，所以暂时匆匆隐藏一下子。对！一定是如此！”他的第二个意念，很聪明地这样想。

“这床下的东西，除了我没有人知道。假使，这家伙在今夜突然得了急病，死了！那时，自己——哈哈……”这一个灵敏脑筋中的第三个意念，有点想入非非了。

“但是，阎罗王并不是自己的妹夫，决不会那样驯良听话的——”第五个意念，他转念：“那么，自己可有方法，代那老阎执行一下职务吗？”

“呵！不！罪过的！”第六个意念，他自己阻止。但是，最后一个意念，立刻又急转直下：“哼！这家伙并不是一个好人哩。也许，他是一个强盗。包裹里的东西，正是杀人放火抢来的。非义之财，人人可取。顾忌什么？”

一种类如在卡通画片上时常见到的五颜六色的高速度旋律，在王阿灵的脑内，搅起了风车似的疾转！

聪明的人，毕竟是聪明的。一阵乱想之后，终于，在他灵敏的脑球内，陡然想起了本镇上过去的一件事来。

不久以前，这小镇上，曾发生过一件离奇的风波。原来，镇上的孩子们，忽被外来的拐子，拐走了好几个。这是这宁谧的小地面上从来不曾发生过的事。并且，事有凑巧，就在拐失孩子的后一天，当地有位极具势力的大绅董，他的一个年方八岁的独生子，突然患了急症，竟在一夜之间狂喊心痛而死。论理，以上两件事，原是风马牛各不相关的。可是，内地的人，头脑简单，竟把两件事硬联到一起，而产生了一种绝对离奇而不合理的谣言——这也许是当时那种所谓武侠小说的影响——一时沸沸扬扬，大家都说镇上已到了白莲教的余孽，专和小孩作对。拐得着拐了人走；拐不到人，却用法术摄取心肝，那必定是拿去祭炼法宝或是合药用的。这谣言一发生，顿使这骨牌大的一方小地面上，闹成一个风声鹤唳，草木皆兵的局面。当时，那个丧失爱子的绅董，悲愤之余，还曾悬过一个五百元的赏格，缉拿那个无影无踪的妖人。结果不用说，当然是连风与影也不曾捕捉到。

以上的风波，还只是不到三个月的事。眼前，这风波虽已平息。但，全镇有小孩的居户，偶然提到这事，还是谈虎色变，当然，那位大绅董，也还留着丧子的余痛。

王阿灵想到了以上这件事，在黑暗中，他的脑内陡然地一亮。他向破纸窗中，溜进了最后的一眼，蓦地，得了一个主见。

当晚，他悄悄地掩回了自己的卧处。枕上，独自筹划了大半夜。

第二天，他乘来客偶然离房的机会，偷偷掩进房去，预布了一个巧妙的机槛。傍晚，他飞奔到那位大绅董的府上，气急地报告出了如下的一段话。

他说："报告乡董：那个白莲教的妖人，又来了！他正住在我们的店房里。那是一个相貌凶恶的人，左耳有一颗痣，眉心有三道纹；他是昨晚来的；嗳！可怕呀！我亲眼瞧见他在煤油灯下，用白纸剪成许多小纸人，那纸人会走路！不相信，你们自己去看哪！"

这出人意料的消息，使听的人，受到了一个相当大的震骇与骚扰。乡镇虽没有无线电，可是，眨眨眼，这飓风差不多已吹满了半个镇。不到半小时，在这春华客店的门外，卷起一股人浪，内中由地保领头，怒潮似的卷进了那个自称为陶阿九的卧房中。这骇人的情况，使店主与店主妇，大大吃了一惊；尤其是那个自称陶阿九的人，更是目定口呆，他不知道自己已遭遇到了一个何等样的噩梦？并且，为着某种误会，他的意识中，只有逃的一个准备。他这惶惧失措，显见畏罪情虚，于他更为不利。结果，他像梦魔似的在群众拳脚交加之下被捆绑了起来。连着，众人匆匆一搜检，立刻在他简单的行李——那个小包裹——中，搜出了三枚白纸剪成的小纸人！此外，还有一张红纸，上面写着好几个小孩的年庚；那位大绅董的心痛而死的独生子的年庚，也在其内。

呵！摄取小孩心肝的白莲教妖人，证据确实，铁案如山，还有什么疑义？

由于当时时代的黑暗，由于镇上群情的汹涌，主要的，更由于大绅董为子复仇的怒火的炽燃。当时，这事件并不曾经过一个正当法律的裁夺，结果，那个莫名其妙的罪犯，连一个申诉抗辩的机会也不曾获得，糊糊涂涂，便在土皇帝的口头法律下，被判决了剖心处死的酷刑！

五　老天哪！告诉我，我究竟犯了什么罪？

一张血染成的画面迅速地在翌晨展开：

这是一种低气压的天气。苍铅似的天色，和死囚的容色一般的灰败。在一方萧飒的荒地上，那死囚，赤裸了上体，屈着膝，双手被反剪在一根临时竖起的木桩上。三枚带着神秘性的小纸人，另外加上一道黄纸朱书的符箓，一同粘贴在这死囚的胸口——这是镇上一个老道士的建议，他说："真的！那些小小的纸人，都是活的！倘不加上一道太上镇压符，一同处死，它们会作祟，会代主人复仇！"——因这一点小小的点缀，却使这事件，格外增添了诙诡恐怖的气氛。

在死囚的劈面，数尺以外，安放着一张白木桌，桌上，正中设供着那位大绅董的爱子的灵位；那几个被拐失的孩子们，不胜荣幸地被邀作陪宾，也供着灵位。祭酒，祭菜，祭饭，锭箔，罗列了满桌。两支蜡烛，迎风摇晃而震颤，滴下了鲜红的血泪，象征着这死囚的生命的短促。最刺眼的，这桌子上，还陈列着一只小木盘和一柄两面开锋的尖刀！

原来，他们正预备着表演一幕野蛮时代绝对惨无人道的剖心活祭的话剧！

小镇上的居民，几乎空巷来观。这一向寂寞的荒地，四周，砌成了一垛人肉的围墙。在这许多人的脸上，有的是愤怒，有的是紧张，有的是在期待。他们大多数，都刻着一种欣赏"草台戏"的心理，来欣赏这一幕从未见到过的话剧。那位春华客店中的要人王阿灵，居然也是这特殊剧场中的免费来宾之一。

在惨剧将要演出前的刹那，那个死囚，睁着噩梦初醒似的眼，觳觫地，望望对面桌子上那只木盘和那柄耀眼的尖刀，他知道自己将要遭受到一个如何的命运。他无力地微微仰起他的绝无人色的脸，哀声地向空呼吁：

"老天哪！告诉我，我究竟犯了什么罪？我家里，还有老母，还有妻，还有儿，还有……”他的音带颤不成声。一语未毕，泪如雨下。

在人丛里，起了一片诅咒声。有人在向他抛掷砖砾，还有人在遥遥地吐着唾沫。却没有一人向他抛掷同情。

例外的，独有仁慈的王阿灵，微微偏转了脸。

“如果，世间真有果报——”这死囚在众人的喧噪声中，忽然鼓起了他生命中的最后一丝的火焰，他眉心间的钢叉纹，显得那样深，他切齿怒喊：“谁是害死我的，谁要遭更惨的报应！我虽死了，我的冤魂白日里也会从坟墓里走出来，找到我的仇人，向他索取我的命！”

在他发出这最后的毒誓的瞬间，他的眼珠，变成两颗怒红的火球；他的冤泪已被烧而干涸。他把他毒蛇般阴冷的视线，在观剧群众的脸上，沉着地，逐一徐徐搜索过来，最后，却粘滞到了王阿灵的脸上——这在这死囚，还不知是出于有心为呢？或是出于偶然的？——可是，在王阿灵的眼内，却感觉到这临死的家伙，简直已把人世间所有最凶锐最怨毒的神情完全攒聚到了两颗眼球上，而向自己这边尽量放射了过来！

从这一霎时间为始，王阿灵的脑内，便永远被投进了一颗阴暗的种子！这种子一直在他心底浮漾，骚扰，直到他的临死，也无法消灭！

当时的某一瞬间，王阿灵的面色，变得和这死囚一样的难看。但，他后来毕竟是一个伟大的闻人，所以，仅仅一瞬，他立即恢复了他的镇静；并且，为表示出他的镇静起见，他还悠然无事地，看完了这好戏的最后一幕。

他眼看着那个客串性的刽子手——镇上的一个屠户——把那柄尖刀，用力地埋进了这死囚的心口。一朵怒红的鲜花，从这死囚的心头喷放出来，把粘在他的胸前一同处死的白色小纸人，渲染成了殷红可怕的血纸人！

一幕野蛮话剧在群众鼓噪声中终了场。但是，这一个被处死刑的人，毕竟是不是一个摄取小孩心肝的白莲教徒呢？

答案是：不！绝对的不！白莲教三个字，在他整个生命中，或许，连梦寐间也不曾发生过关系。他的面貌，虽然相当凶恶，实际，他却是嵊县城外一个安分守己的小富户。他的真名姓，叫作况锡春。在他手内，拥有好几百亩的田，和数万元的资产。这虽并不是一个了不起的数字，可是，在当地，他不幸是一个出名拥有现钱最多的人。因此，竟引起了近处一股土匪的觊觎。这次，他突然接得那匪首的一封信，要求他于最短期间，拿出十万元的款子来，充作所谓军饷。倘不答应，便要用最残酷的方法来对付！——那匪首是出名凶恶的，说得到，做得到。在过去，已有不少骇人的先例——这恐吓信，于这安分胆小的富户，无异一纸死刑的宣判书。在当时那种兵即是匪匪即是兵的时代，他根本无法获得合法的保护。他要答应那要求，实在没有那么多的钱：不答应吧，他又无法逃出匪徒们的魔掌，万分无奈，只得采取了一个弃家逃亡的下策。他的家里，除了老母妻子，有一个年近三十的儿子，还有一个十五岁的幼女。当时计议，全家五口一同出走，断难逃过匪徒们的耳目。因此，由他独自一人，改了装先走。临走，由他妻子把所有积储，悉数打入一个随身的小包裹。乘着一个凄晦的雨天，在一柄破纸伞的掩护之下，提心吊胆，逃出了匪徒们的监视网。他素知离县近二十里外的小镇上，有着这样一家敝陋的小客寓。他约定他的家人，在这里等候。单等全家会齐，便一同逃到绍兴或杭州去。

不料，由于金钱的作祟，逃出了魔鬼的掌握，却蹈入了另一死神的机槛。这在迷信定命论者的眼光里，岂非添了一个强有力的例证？

幕后的真相，终于在小镇上面揭露了。无多几天，那个屈死者的老母妻儿的哭声，已广播到了全镇居户的耳内，可是，在这个时候，那位机警的王阿灵，已是悠然骑上鹤背，插起了远走高飞的翅膀。

当这位未来的闻人，拜别这小镇的时候，他还挟着一小股的怨愤。因为，那位大绅董，竟吞咽下了五百元赏格的诺言。他想：若不看在店内床下的宝藏份上，几乎白弄死了一条人命！但是，当他悄悄发掘床下那注血浸过的财源时，他又深深吃了一惊。他发觉这一笔借刀杀人的酬劳费，单单纸币一项，已有九千四百五十五元之多，加上银元与金饰，还有一些上回并未见过的珠宝，约略估计，总数将及一万三千元以上。就这样轻轻易易，他已成了一个速成的小富翁。

就在那年的九月里，他悄悄地溜到了上海。而同时，他更由鄙俗的王阿灵，摇身一变而为高雅的王俊熙先生。

如是匆匆过了十二年后，靠着他的智谋机警，他已跻登于上海闻人的宝座。

六　啊哟！那正是十二年前剖心处死的白莲教妖人？

王俊熙从大光明戏院出来，悄然蜷伏于汽车的一角，他的两眼，虽脱离了有形的银幕，而他的脑膜上，却继续展开了另一片无形的银幕。十二年前那幅绝顶残酷恐怖的画面，清楚地复映于他眼底。回到了家里，一想起卡洛夫的眼色，同时也就使他联想到那双与卡洛夫相同的眼色；他只觉那两颗毒蛇般的怪眼，那样阴森森地，在空间的每一个角度里，向他身边刺过来！

他脸上的阴暗，增加了严重的程度。

他非常后悔，不该去看那场含有刺激性的电影，以致引起无谓的忧怖。不过，他这忧怖，也并不能说是完全由于那张影片而引起。实在，近来另有一件离奇的事，却是引起他内心不安的真正的原因。

事情还在他到佛教会里听经的前几天。那是一个天色晴朗的白昼。他从外面回家，刚跨出汽车门，突有一个中年男子，在他身旁匆匆擦肩而过。当时的一瞥之间，他只觉那人的面貌，仿佛非常熟稔，分明像是一个常见面的人。而奇怪，一时却无法思索。这是一个什么人？事后，他立刻记起来了。啊哟！那人不是别人，正是十二年前那个被判剖心处死的白莲教妖人！面部的轮廓，越想越相像！不想起还好，一想起，他的全身的血液，似已停止了流动。

他惶惶然，感到了一种大祸将临似的预感。

可是，他毕竟是一个头脑冷静的人物。细细一思想，他觉得自己的头脑，未免幼稚得可笑。在这世界上面，哪里真会有鬼。即使有鬼，哪里会来索命。即使鬼会索命，何致等到十二年后再来清算血账。何况，自己遇见那个人，时候又在光天化日之下。那一定是面貌偶然的相像，加上自己心头的疑影，以致有这错误。对了！一定如此！

一经这样解释，他的心头觉得泰然了许多。假使没有别方面的刺激，他几乎已忘怀那件事。偏偏，在几天以后，他忽然到那所佛教会里去，听了一次经。那讲经的法师，会说出那样的几句：

“杀害了人家的，结果，难逃被杀害的惨报！”

连着，他又看到那则电影广告，恰巧有着这样离奇的语句：

“他从坟墓里走出来，将诬陷他的仇人，生生地扼死！”

由于以上两节话，顿使他联想到十二年前那个死囚临刑前的可怕的毒誓，那家伙曾恶狠狠地说：

“如果世间真有果报，谁害死我，谁要遭到更惨的报应。我虽死了，我的冤魂，白日里也会从坟墓里走出来，找到我的仇人，向他索取我的命！”

想起了十二年前的毒誓，使他不得不想到门口所遇见的那个人。啊呀！不要真的遇见了鬼吧？他越想越害怕。一种莫可名状的惶悚，像一条毒蛇似的，钻进了他的心坎。自此，他往往无事无端，会惊悸地跳起来；在独自静坐的时节，仿佛常见一种飘忽的黑影在他眼角闪过。这情形，使他的神经遭到了严重的困扰。他虽仍自己解慰："世间决没有鬼。"可是，他的心，已不再接受他的建议。

本来疑心能生暗鬼，而王俊熙所遇的事，似乎并不是完全属于空洞的疑心。于是，一件绝对神秘骇人而使人不敢置信的奇事，终于在他眼前清清楚楚毫无假借地实现了。

可怕的事情，最初发生的一天，恰巧是一个欧美迷信人们称为"黑色星期五"的日子。王俊熙从外面回来，时候是在傍晚了。阴森的暮色，先已笼罩于室内。近来，我们这位闻人，为着内心的黑暗，很需要外界的光明。而且在这一时期，他的性情简直变得非常之坏，一点小事也会动怒。他见这时候，屋内还不曾开灯，已经提起了肝火。他低着头，独自匆匆踏上楼梯，刚走到半梯距离梯顶约有五六级，偶一抬眼，只见梯口有一个人，迎面急忙忙地，正要走下楼来。第一瞬，他看到那个人，头上戴着一顶黑色铜盆帽，身穿一件黑色布袍，肋下还挟着一包东西。其时，王俊熙把佣仆们不开灯火的怒气，迁移到了这人的身上。他正待呵斥："什么人，乱闯到楼上来！"

就在这将开口的片瞬，猛然间，他已看清了这人的面貌，他只觉周身的毛发吓得根根飞立了起来！

原来，楼头的甬道左侧有一间房，房门正自敞开着，——这就是他的卧室——电灯光从卧室中渗漏出来，斜射在梯口那个人的脸上，映照得相当清楚。在日色与灯光的交织中，照见那人一张死白的脸，绝无半丝血色，像抹上了薄薄的一重石灰浆一样。这一个熟识而可怕的面貌，正是他近来在睡梦中也不易忘却的面貌！尤其是此人一双阴冷的眼珠，像毒蛇似的透着碧森森的光，正迅速地在向自己怒射过来！

当时的情形，只是短短一瞬间。奇怪！那人一见王俊熙，似也呈露相当恐慌，无声而飘忽地，向着左侧一闪，转眼就像一缕轻烟似的消失了。

可是，在这极短促的一瞬中，王俊熙已看清楚——毫无假借毫无错误地看清楚——这人正是若干天前在门口遇见过的那个人；说得切实点，这人正是十二年前那个剖心而死的家伙。真的！他已实践了当初的誓言，竟从坟墓里面钻了出来！

王俊熙在肺叶狂扇之下，整个儿的躯体，似被推进了冰窖。一阵阵的冷汗从他每一个汗毛孔中分泌出来，粘住了他的内衣。其时，他不知道凭着一种什么力量，还会把他瘫软了的身子支持在半梯，竟没有跌落下去。

他的两腿，被钉住在梯级上面，不知经过了一个怎样长久的时间——其实，只是绝短的片刻——只见楼梯口，又闪出了一片黑影，在心头又一阵的狂跳中，细看，这婀娜的身影却是他的妻子佩莹。

那个年轻的女人向下一望，她吃惊得喊起来：

“呀！俊熙！你，你做什么?”她急匆匆奔到半梯，费了相当大的力，把他扶掖上楼。她发觉他的手冷得像一块冰，而且，全身是震颤得那样厉害。

到了卧室里面，他的神魂略定了些。他妻子疑惑他是病了。但他竭力否认，只推说精神偶尔有点不爽。他连连催促他妻子，把全室的电灯尽数开起来。

那个年轻的女人，依了他的话，焦悚地望着他，感到莫名其妙。

平时，王俊熙并不很喜欢喝酒。这晚，在他妻子佩莹温柔体贴的劝慰下，却痛饮了一个烂醉，醉后，整夜胡言乱语，这使他的妻子，受到了一个极度严重的惶惑与惊扰。

从这天起，我们这位闻人，已无法维持他的镇静。假使我们抄袭一句哲学家的话，那可以说：他显然已由细微“量变”的过程中，进入急剧“质变”的阶段。

七　小纸人的一条腿轧住在窗隙中，姿势恰像要挤进窗子来！

在遇见那可怕的魅影的以后几天，幸喜不曾再发生什么事。王俊熙的心头略觉释然了些。可是，这不能说是水面的旋纹已经自此而止，不再有所扩展。

数天以后，王俊熙无聊地独坐在憩坐室中的一张书桌前，在读着一本书。静寂中，陡觉有一缕难堪的臭味刺进他的鼻官——那是一种焚烧布质的臭味。依据世俗的传说：大凡一个地方，无缘无故发生这种气息，那就是幽魂出现的征象。但当时的王俊熙，最初还没有想到这层。他放下了书，正待找寻这气味的来源。一举眼，忽见劈面关闭着的两扇窗，窗隙中有一件白色的小东西，在迎风飘舞。站起来看时，那是一枚白纸剪成的小纸人，一条腿被轧住在窗隙中。那姿势恰像全身用力要挤进窗子来。

这小东西几乎使王俊熙的呼吸完全停止！好得是在白昼。他硬硬头皮，仰起震颤的手，把它拿了下来。细看：这小纸人约有三寸长。线条剪得非常生动，臂部的肌肉，隐然隆起。面部，另外描绘着五官。虽然笔调很简单，可是怒目圆睁，宛然活的一样；最骇人的是，这小东西的面目，分明就是十二年前那个剖心而死的人的缩影！

在纸人的眉心间，画着三条细线，分明代表了那可怕的钢叉纹；左耳还有一枚针眼大的细点，代表那颗黑痣。它的心口，涂着许多点大大小小的红点，那并不是红的墨水或颜料，看来很像真的血渍，像在那里淋淋漓漓滴下来。并且，这小东西的右手，还连手剪成一柄小尖刀，抓住在掌握中！

一种莫名的紧张，充塞于王俊熙全身的每一个细胞里。他嫌恶地跳起来，把这可怕的小东西愤愤地投进了壁炉。

这小纸人被投在一块半燃的煤块上，并不立时着火。坚韧的纸质，受到高热度，起了伸缩性。他眼看这小纸人的上半身，在怒红的火焰中突然凶狞地竖起，那条握有尖刀的小纸臂，痉挛似的徐徐弯举，宛然向他做成一个猛袭的姿态。

同时，空气中一阵阵带有血腥似的特异的焦布臭，还在他的鼻边飘浮。

他伸手抚着头，亟于要冲出这紧张的氛围。他昏乱地闯到门口，抓住门球，刚把那扇门开成一条窄缝，在这慌张失措之中，偏偏门外又有一种喘息似的呼吸声，蓦地刺上了他的耳膜！这声音阻止了他开门的动作，在略一迟疑之顷他再急骤地拉开那门，向外一望，只见隔室空空洞洞，哪里有什么人？

当然，这诡奇的情况，使王俊熙在恐怖之上加了恐怖。一阵肤栗，他自觉他的躯体像在无限制地暴长起来。

可是，这神秘的事件，还在愈出愈奇地演变下去哩。

下一天，有一位来宾光降到我们这位闻人的府上。此人高高的个子，阔阔的肩膀。眉宇之间，呈露一种活泼好动的气象。他是王俊熙的商业上的学生，一个近三十岁沾染时代化的青年。同时，他也是这里最熟稔的来宾之一，平时出入无阻，亲密得和自己人一样。他的名字，叫做邱仲英，而王俊熙的全家，都称他为小邱。

这天，他是为送一份商业上的合同而来的。

因为那份合同的性质很重要，王俊熙接受以后，立刻预备把它收藏到银箱里去。他匆匆上楼，开了银箱的门，忽然，他又白瞪着眼珠，呈露了一个短时间的呆怔。

原来，这时他又闻到了那股特异的焦布气。定定神，他回眼看到小邱正在身后。他不愿让他内心的忧怖被人窥见。因此，他强自镇定，装作无事一样。但，当他伸手把那份合同放进银箱时，他的脸色变得更为惨白。并且，他这沮丧的神情立刻映射上了小邱的脸。

“什么事呀？先生！”那青年关切而又惊疑地问。

“不关你的事！我有点头晕。”王俊熙暴声回答。一面，他挥手向那青年驱逐。“你到楼下去，不要站在这里。”

这焦躁的辞色，完全显示反常。那青年只得趔趄而困惑地依遵他的命令。小邱方旋转身子，忽又听到背后紧张地喊：“小邱，你就在房门口等着我，不要走远！”

王俊熙慌张地回到银箱之前，他伸起触到了电流似的手指，在银箱内拈出了一件小东西——又是一枚与以前完全同样的小纸人——同时，他发觉这银箱里，有一点东西是被翻动过了：

一只专放股票公债的抽屉里，少掉了二十一张每张票额一千元的六厘公债券。奇怪的是，这抽屉内却飞来了一大卷的钞票，这一卷钞票，自十元券起，至一分的辅币券都有。数一数，共是七百八十一元一角六分。

银箱的另一部分，一包原放着的钞票，也有着相同的奇怪情形。在那个纸包里，本有十叠簇新的联号钞票，每叠十张，每张百元，总数是一万元。原是厚厚的一大包，而此刻却变作了薄薄的一小叠。原有新的百元票，只剩下了五张。奇怪！这里也多出了四张十元和一张五元的票子。总数由一万元，变成了五百四十五元。

呵！银箱里是失窃了！那个贼，真客气哪！他偷走了两大批整数，而又找出了两注零数。贼偷了钱，还找出钱来，真是旷古未有之奇闻！但，这是什么意思呢？

王俊熙目定神迷，简直已陷入于一种梦游病的状态中。

正自发怔，那一阵阵有血腥气的焦布臭，又在他的鼻边，若有若无地撩拂。同时他忽发觉，在那几张多余出来的钞票上，隐隐似都染有血渍，因这钞票上的血渍，他陡然想到，一万元减去五百四十五元，岂不等于九千四百五十五元。呀！这正是十二年前他在床下所取得的那注血浸过的钞票的数目！——照这样看，另外那注公债的被窃，其中也有相同的深意。也许，那算是抵偿当初那些现洋，金饰与珠宝的代价吗？——他不想上面那个印象太深的数字还好，一想到后，他的神魂又整个被驱进了恐怖的境域！

但，他的头脑毕竟是冷静的。虽在昏惘之中，并没有完全丧失他的理智。细细再一想，他感觉到眼前这件事，分明大有蹊跷。他想：一个鬼，难道真会驱遣一枚纸人到银箱里来搬运东西吗？——自己在十二年前所制造的故事，那不过是骗骗人的玩意儿哩；纸人真会活吗？——倘说不是鬼，那么，一定有什么人在其中捣鬼了。但，什么人在捣这活鬼呢？计算有取到这银箱钥匙的可能的，只有一个人，那不是别人，正是自己的妻子佩莹。难道这公债与钞票，会是她偷的吗？不过，佩莹素来非常节俭，她有什么事，需要这数目相当大的款子呢？即使她有意外的需要，尽可以开诚要求，何致出于偷窃？就算是她窃取了这公债与钞票，她为什么还要闹出这可怕的小纸人的把戏来？况且，这失窃的事还牵连着鬼魂出现的事件。如说是人闹的把戏，这需要一个相当精密的设计。至于佩莹，识字既不多，头脑又很单纯。一来，她既没有闹这把戏的理由。二来，她根本没有这种弄巧的聪明。进一步，若说幕后另有主使的人，主要的是，自己十二年前的隐事，绝对不曾向任何人——连佩莹在内——泄露过半句话。谁会知道那小纸人的故事？谁会那样清楚地，知道那宗钞票的数目呢？

更主要的是，自己曾两度亲遇见那个十二年前已死去的家伙，那是绝对非人力所能假装出来的。单看这一点，无疑地，这银箱里的事，真是鬼在作祟了！

真是鬼作祟的话，这一次，它既来索取了九千四百五十五元的钞票，它又搬走了一注公债，抵偿当初钞票以外的现样金饰与珠宝。料想下次再来不用说，那一定要来索还他的那条命了？

他越想越怕，简直不敢再想下去。

这天，当他惶惶然逃出那间空虚的屋子时，他脸上那种可怕的灰败，连带使守候在室外的小邱，也惊吓得发了呆！

可怕的事还在继续而来。在上述的许多事件之外，以后，他又两度发现那染有血渍的小纸人；一次，发现在一本放在案头的书里，另一次，这可怕可厌的小东西，竟钻进了他内衣的袋里。并且，每次发现这东西，事前事后，老是嗅到那种带有血腥似的焦布臭味。在臭味散布得最厉害的一天，他又一度亲自遇见了那个鬼！

这一次遇见，时间，是在一个微微有雾的早晨；地点，是在园子内的玻璃花棚间——当时王俊熙是在花棚内，那个鬼却在花棚外——只隔一层花棚的玻璃，在径寸的距离间，面对面地他又看到了那个剖心而死的家伙！

那个鬼，这次已“换了季”，不是前次遇见的装束了。它身上穿的是十二年前他在到春华客店中去投宿时的衣服：头戴破毡帽，身穿一件污垢异常的黑布短袄——这布袄的肩部，有一大块破洞，像开着一扇小窗。这种衣服上的记识，至今还在王俊熙的脑膜上，留有一种一唤即起的印象——布袄以下，仍旧系着一条与十二年前同式的蓝布旧作裙，足部虽然看不见，料想一定也套着一双满沾泥泞的烂草鞋。它一手拎着一个小布包，不是雨天，一手也拿着一柄破纸伞。

痛快点说吧！这完全是十二年前那套旧印版中重印出来的一幅画！

在这一瞬间的会见中，那个鬼，张开了嘴，露出了焦黄的牙齿，赠予了他一个久别重逢的惨笑！——事后，王俊熙搜索他一生的经历，他觉得生平所遇最可丧胆的事，再没有比这次看到鬼笑的事，更可骇更可怕的了。

而当时，他在吓极反常之余，反而瞪大了眼，向那个鬼，作了一次时间较长的怔视。因此，比较前一次，也看得更为逼真。他清楚地看到了那人眉心间的可怕的钢叉纹；也清楚地看到了那人左耳轮上那颗附有几茎毛的黑痣。呵！什么都看清楚了。这不是当年剖心而死的陶阿九，是谁？

呀！鬼！鬼！鬼！白昼出现的鬼！还有疑义吗？

八　嗳！让我忏悔，我一定要忏悔！

自此为始，有一种异样的阴森森的空气，似乎已把王俊熙的家，整个笼罩了起来。——王俊熙的家人们，不久都从王俊熙的脸上沾染到了那种可怕的阴黯！但他们不明白，主人的脸上为什么会有这种反常可怕的神情？

在第三度遇见幽灵以后，当夜，王俊熙自觉他的体温，有了越轨的现象；尤其是他在镜子里面，照见自己的面庞，竟已消瘦得失了形。可是，一个所谓闻人，他们常常是最珍惜着他们白昼间的名誉的；王俊熙当然也不能例外。他怕自己十二年前黑暗中所做的那件不名誉的隐事，被人探究出来，因之，虽在不可支持中，他还尽力支持，不肯承认有病。甚至他本有一种仁慈的心愿，颇想超度一下那个冤魂，好让它早登仙界。但，为着同样理由的顾忌，他也迟迟疑疑，并未付之实行。

至此，我们这位闻人，大约他已真正领受到了行善所应得的报酬！

当然，这一时期中，他对医药上的疗养，是绝对不曾间断过。他的常年医药顾问，是一位六十开外富于经验的医学博士，名字叫作夏志苍。在一般社会上，很有相当的声誉。

夏医师很明了王俊熙的病源，是由于一种忧郁性的刺激而起，但苦于无法知他的忧郁的原因。他只能尽力劝告他：多寻娱乐，以舒散紧张的神经。

这劝告是迅速地被接受了。但是，到哪里去舒散呢？电影院，他根本不愿再去；舞场，不感兴趣。最后，由小邱建议：还是到茶室里去解解闷。

他们在大东茶室，一连坐了几个上午。王俊熙感到精神方面松畅了许多。因为最近他所需要的是人多，白热；所畏避的是空虚，冷静。所以这地方，竟给了他一个短时间的安慰。不料最后的一天，一个完全出乎任何人意料的枝节，又突然发生了。

从那件神秘事件的本身而论，这一个意外发生的枝节，无异是一支神奇的手杖，因这手杖，才能挑开了这幽秘曲折的暗幕。假使那天不发生这意外的枝节，那么这一件神秘得超越乎人类理智能力所能想象的范围以内的怪事，是否能在最短时间中获得全部的解答，那是无人能够断言的。

事情是这样的：

这一天，王俊熙的精神较好，他和小邱，谈得相当起劲。在他们的隔座，有一个人，正自吸着一种土耳其烟。浓烈的烟味，不时在他们身后一阵阵地飘送过来。

最近的王俊熙，由于内心间的极度忧惧，他的潜伏着的“歇斯底里”症，早已达于较深的阶段。尤其是一种杯弓蛇影的心理，随时随地，都有触发的可能。当时，他嗅到了那股强烈的烟味，不知如何，竟会引起一种错觉：错认为他又闻到了那种带有血腥的焦布臭。于是，谈得好端端的，突然，他竟瞪着两眼，不自禁地高喊：“阿哟！它又出现了！那个恶鬼，耳朵上有一颗痣！”

这神经性的喊叫，引起许多条视线乱箭般地射到了他身上。尤其隔座有一个人，听得这喊声，立刻急骤地旋转了头。此人脸上，显着一种与众不同的惊诧——也许可以说。这是一种近于慌张的神色。

这一个人，正是隔座吸着土耳其纸烟的人。这人身上穿着一套暗绿而带银灰细条的整洁灰西装，配着一条紫色的领带。一头菲律宾式的长发，和他脚下黑皮鞋的鞋尖，具有同等的光亮，骤眼一看，年龄还像轻得很。

当时，这一个吸土耳其纸烟的人，眼看小邱扶着王俊熙，在群众的视线网下匆匆走出了这茶室。这人召唤侍者，结了账，挟着他的外衣，帽子，也匆匆跟随了出来。

在路旁，这人掏出了他的怀中记事册，他抄到了那辆新型汽车的号码。

下一天，清晨九点钟时，在那座法国式的洋房门口——这是王俊熙的家——一前一后，来了两个穿西装的人。前者手内提着一个黑皮包，很敝旧了。这就是那位年老的夏志苍医师。后者，一手也拎着一个黑皮箧，有一副精致的听诊器，和提手握在一起。这样子，无异把一块医生的牌子悬挂到了手上。

在踏上那光洁的阶石时，后者忽趋前一步，和前者并了肩。他熟稔地招呼说："夏医师，你早。"

夏医师先还没有看到这个人，他一望这人手内的皮箧，暗忖："王俊熙的病，一定有了变化。否则，为什么又请了一个医生?"

他还没有开口，只听后者自我介绍道："我是余化影医师。我的分诊所，距离这里很近哩。"

"久仰!"夏医师随口吐出了这两个字。但实际，他对这余化影的名字，正像对这人的面貌，一样的生疏。

他们并肩进了门，王俊熙的家人，以为后面这一个年轻而陌生的人，是这老医生的助手。

这天，王俊熙已是不能支持地睡倒了。在那间小皇宫般瑰丽的卧室里，除了病人之外，另有两人在着。一个是年约二十六七的少妇，鬈鬈的乌发，并没有梳整。身上仅穿着一件蓝士林布夹旗袍。一张略带一些憔悴的脸，薄施一点脂粉，显得楚楚可怜。——她的眉梢眼角，隐隐含有一种颦蹙的神情。表示她的心底，正被一件什么不乐的事情打扰着——这一个衣着朴素的少妇，便是王俊熙的妻子佩莹。其余一个体魄壮健的青年，身穿一件灰色厚法兰绒的袍子，那是小邱。

当一老一少两位医师踏进这卧室时，病人王仰面看着承尘，低低地，在那里自言自语。他的语声，显得柔弱无力，室中人都没有听清楚——或许是并没有注意——他所说的是什么了。只有那个紧随在夏医生身后的余化影，一进这屋子，立刻目光炯炯，露出了全神贯注的样子，而他的听觉，似乎也特别比众敏锐。他已清楚地，听到病人在喃喃地说："嗳！让我忏悔，我一定要忏悔!"

实际，病人的神识，却并不昏瞀。他一见这老医生，立刻在枕上微微颔首，并低声招呼："夏医生，早。"一面，他也像佩莹与小邱一样，凝注着老医生背后的这一只陌生面孔，略略有点讶异。

“哦！王先生，今天觉得怎么样？”这是这位老医生每天照例的开场白。

接着，他便开始了照例的诊察：他替病人量热度，按脉搏，察听着心脏。那位余化影医师，却在一旁帮同料理。当他看到夏医生从皮包中取出一管两公撮的注射剂时，他急忙代他燃起酒精灯；又抢先把那注射器，小心消着毒。他的举措，显得熟练而敏捷；而他的态度又显得极诚恳。

呵！代替别人，尽点可能的义务，这并不是件吃亏的事哪！当时，这一位不需要聘书而亲自送上门来的助理医师，在短短几分钟的时间中，立刻，他已使那位年老的夏医师，留下了一个良好的印象。夏医生感到这一个“初出道”的余——余什么医师，态度谦和得可爱，很具有一般医生从来未有的道德，这是难得的。

于是，他们闲闲地，开始搭谈起来。

“病人的心脏很衰弱，他每夜失眠，这是讨厌的事！”老医生凝注着手内的注射器，把那液体中的空气小泡，小心地射出。一面，目不转睛地轻轻地说，“并且，他还有一些‘胃加搭儿’的现象。为此，我想冒一下子险，试用一种百分之几的‘马钱子精’的溶液，和在我原配的方子里。你知道，这是一种从国药里面提炼出来的东西，用得适当，对于他的肠胃，也许有点帮助。不过——”

老医生皱皱眉，没有说下去。

“是的！这东西的反应，有些讨厌！所以，在分量上，我们必须郑重考虑一下。”余化影医师眼望着那老医生的眉毛，立刻随声“和调”。他的声吻，显出了那样的肯定而有经验。而实际呢？也许，他自生耳朵以来，对这所谓“马钱子精”的名目，这还是第一次的听到哩。

夏医师的诊察完毕了。处了方，便匆匆告辞。但这位余化影医师，却还逗留在那里，并没有就走的意思。夏医师以为这是王家另外聘请来的，当然，另外要诊断一下，他没有说什么话，走了。

夏医生走后，余医师告诉病者的妻子说：“夏医生曾留下两颗药片，他嘱咐须等两三小时以后，察看了病人的情形，方能决定要让他服不要。所以我在这里，须有一个相当时间的守候。”

在这守候的时间中，这位年龄看似很轻的余化影医师，在王宅楼上楼下的各个所在，东走走，西逛逛。一无拘束，毫不客气。

他独自走到车间之前，和汽车夫老李谈了一阵子。他和保镖的保定人曹广南认了同乡。又找着园丁张贵三，拉扯上了几句特别的“十八句”。接着，他又和厨娘、小丫头等等，各别说笑了一会。他的谈话艺术，是那样高明，——几乎像是挟有一种魔力似的——他能测知每一个对方的个性与心理，而予以各种不同的应付。他的谈吐极风趣，真是谈笑风生。不到两小时，全宅的人，都已感到这位助理医生，一点没有架子，比那位古板的老医生可亲得多。

中午，王宅供给了他一餐极精美的免费午餐。他吃毕后，似乎感到太不过意。因此，他从他的皮箧里，取出了两片不值钱的苏打片，郑重地，交给病人的妻子，送给病人服下，算是一种报酬。然后，他悠然地燃上一支土耳其纸烟，喷了几个圈，抹抹嘴，走了。

九　你对于速写人像，很有相当的研究哩！

在第二天早上将近八点钟时，夏志苍医师的家里，接到了一个电话，声明是王家打来的。电话里说：病人今天精神较好，此刻正预备去逛公园，诊治可以暂停一天。

可是，一到昨天的老时光——九点钟——那位余化影医师，却独自拎着他的皮箧，溜到了王俊熙的家里，他摇摇摆摆很熟稔地直走进了病人的卧室。

其时，卧室里除了病者的妻子佩莹，和一名女佣以外，那位诚恳的小邱，也早已先到。——这青年本在那家著名于全沪的建华企业公司中，担任会计主任的要职。最近几天，为着关心他老师的病况，所以特地请了假亲自前来照料。——这时，他正躲在卧室的一隅，亲手调制一盏鲜牛乳，预备送给病人吃。他用一柄银质的小茶匙，在杯子里左调右调，调溶那沉淀的糖块。他又把那小银匙的尖，碰了一下他自己的舌尖，似乎在试着这牛乳的温凉。从这细密的伺候上，可以看到他们师生间的感情的密切。

这青年一抬眼，看到余医师进来，慌忙放下手里的杯子说：“哦！余医生，早！”

那个少妇的眼光，却像要问：“夏医生为什么没有来?”

只听这余医师高声报告说：“夏医生今天，因有两个急要的出诊，时间上有了冲突，所以让我先来。”

他说完，便用演戏似的方式，开始替病人诊察。在诊察的时候，他听病人嘴里，仍像昨天一样，喃喃地，不时在说“忏悔”两个字。

余医师一面开着“天书”似的药方，一面，他忽向病者的妻子要求说：“对不起，王夫人，能不能请你们回避几分钟，让我施行一种较精密的诊察?”

医生的话等于命令。那女人虽然有点讶异，但没有说什么。那青年把那杯牛乳递给了病人，也没有响，他们带着那名女佣，默默走了出去。

佩莹与小邱，在对面那间憩坐室中，静候了一个相当悠长的时间。咦！奇怪！所谓精密的诊察，却还没有完毕。他们几番走过去，试推那扇卧室的门，里边竟下了闩，静悄悄地，听不到一些声息。他们不明白，里边在做些什么。

足足等待了有九十分钟以上的时间。这憩坐室的门外，起了一种轻轻的剥啄声。连着，——几乎是同时的——这门很轻而又很快地自外推开，门口里，露出了那位助理医师的脸。其时，室中的一男一女，正挤在屋子的一角，在低声而密切地谈着话，门开处，窗前一大片的影子，很快地一分为二，他们同时抬眼，只见这余医师，一手拈着纸烟，一手插在裤袋里，嘘嘘吹着嘴唇，悠然走了进来。他的活泼的脸上，带来了一团高兴。

“哦！王夫人，我报告你——”他用愉快的声气说，“我看，王先生的病，最短时期就会脱体。”

“谢谢你，余医师，这都是夏医生和你的功劳。将来我们真要好好地报答你们哩。”这少妇感激地说，说时，她的脸上，露着一丝特异的颦蹙。

“余医师，你看，王先生的病，不会是神经病吧?”高个子的小邱插口。

“很有点像。”余医师回眼看着这衣衫整洁的青年，“据我看，这是由于一种不可解慰的忧郁而起的病。你们可知道，他有什么忧郁呢?”

“正是哪！夏医生早就问过他。我们更不用说。但是，他无论如何，也不肯说哩。”佩莹皱皱眉，接口回答。

“听说，王先生近来，有点胆小?”余医师喷了一口烟，他把一只皮鞋的后跟，在地毯上左右旋动着。

“这——”佩莹纤细的眉毛，又微微一皱。她只说了一个字，以下的答语，却被小邱劫夺了去，只听小邱接口道：“在最近几个月内，我们这位老师，做过几笔金子的交易，数额相当的大，风浪，当然也大得吓人！也许，他的病，这也是一种起因。”小邱这几句话，像在和佩莹说，又像向这医师解释。

余医师点点头，表示接受。他说："在他恢复康健以后，你们最好劝告他，多做一些怡情养性的事，譬如种种花，养养金鱼，或者，画画画。那都很好。"他说到这里，似乎因画画的问题，联想到了别一件事，他不经意似的向这青年问："哦！邱先生，有一次，我好像在'美专'里，遇见过你的。你在那边读过书吗？"

"没有呀！你弄错了。"小邱望着这医师。

"可是你的静物画，却画得很好哪。"

"胡闹罢了。千年难得玩一下，那里算得上画。"小邱不经意地谦虚，但他的语气，分明被引起了一点高兴。

"你对于速写人像，也很有相当的研究哩。"余医师把语声略略提高，突然这样说。

"呃嘿！"这时急有半声轻倩的咳嗽声，挤进了双方的对白，这是那年轻女人喉咙口的声息。

"速写人像？"小邱向佩莹掠了一眼，他发觉这医师在提出以上的问句时，眼色有点异样。立时他像省觉了一件什么事情似的，他迟疑了一下，却用一种过分严重的声吻答道："人像！我根本不会画，我只会画国画，那——那是中国式的静物画。"

"哦！香蕉苹果之类，是不是？"一串轻松而圆整的烟圈，从这医师的口角间溜出来，这烟晕遮掩了他口角间的一丝不易被人觉察的笑意。

三人暂时静默。室中充满了沉寂；这沉寂似乎带有一点紧张的意味。

"让我看看他去，那边没有人哩。"佩莹娇柔的声气，首先打破了这寂寞。

"不必忙，王夫人！"医师忽然走近那扇门，挡住了这年轻女人的去路，他说，"我知道王先生怕冷静。我已招呼了许多人去陪他。车夫，园丁，湖州娘姨，还有小丫头，大队人马都在卧室里，请你放心吧。"

医师一边说，一边在衣袋里，掏出一张纸片。——这纸片的反面，潦草地写着许多阿拉伯字，像是一个相当繁复的乘法算式。正面，却清楚地写着一行字。——他把这纸片，交给佩莹说："这是药费，请你核算一下，对不对？"

佩莹把这纸片接到手里，一看，立刻她的点漆似的眼珠，露出了非常的困惑。她惊诧地喊："呀！这是什么药？那么贵？"

这惊呼声把小邱吸引了过来。她凑近这少妇的身子，看时，只见这纸上写着一行自来水笔的字迹道：

——合药费，九千四百五十五元——

这一个含有神秘性的数字，使这青年的神色，迅捷地起了一种特异的转变！足足有十秒钟以上的呆怔，他方始讶异地问：“余医师，这是什么意思?”

“我的意思是：有两个——或者是两个以上的人，他们‘合’成了一种‘药’，他们共同取得了九千四百五十五元的‘合药’费。”他从那少妇手内，收回了那张纸片，耸耸他的肩膀。

“我不懂!”小邱暴声说。

那少妇的两靥，泛出了一重白色。她在悄然赏鉴着地毯上的花纹。

“你们都不懂吗？不懂也好。我有一个很曲折的故事，预备告诉你们。我自己听到这故事，也还不满一小时咧。”医师向这二人摆摆手，像主人招呼宾客似的说，“最好，请二位坐下来，静听我说。一听，你们就明白了。”

十　我劝他把心头要说而不敢说的话，尽量倾吐出来。

当时，这一室中的三个人，他们的表情，是相当有趣的：

这年轻的女人，举起她的彷徨的视线，有点失措。她呆看着小邱似乎要取他的进止。而小邱呢，似乎已被这医师的凶锐的眼光所慑服；主要的是，他不知道对方这一个言行离奇的家伙，究竟是什么人？他无端说出这种离奇的话来，又是什么用意？——他满腹怀疑。但结果，终于踟躇地，退向室中半垂着窗帷的一角间，占据了一只光线较暗的沙发。那女人，见小邱已先坐下，于是，她也在对方一只距离很远的沙发内，困扰地坐下来。她抽出了肋下的一方小手帕，下意识地反复玩弄着。

二人眼看这一位莫名其妙的医师，把他的烟尾，随便而又准确地在远远数码以外抛进了室隅的痰盂，他又回身掩上了门。然后，捞一捞裤管，取了一个舒适的姿势，在近门一张坦背的软椅内悠然坐下。

室中三个不同型的人，坐成了一个不等边的三角形。

这位余医师的纸烟瘾，相当的大。他不让他的嘴角获得较长的休息，接连又燃上了新的一支。在这暂时静默的空气中，他似乎在卖弄他的吐烟圈的技巧。他把一腿叠在另一条腿上，颤动着他的光亮的鞋尖，喷够了一阵烟，然后从容演述他的故事。他开始这样说道：

“昨今两天，我曾屡次听到我们这位王先生，喃喃地，在说‘忏悔’两个字。我知道这里面一定含有一些动人的故事。于是，我特地制造成一个单独和他谈话的机会，准备用一种舌尖做成的钩子，把他心底所藏的秘密设法钩索出来。”

在浓烈的土耳其烟的烟晕中，只见对方的一男一女，不安中地默然谛视着他，在倾听他的下文：

“我向他托言：我是一个可靠的基督徒；我劝他把我当作一位牧师，把心头要说而不敢说的话，尽量倾吐出来。如此，方算真诚的忏悔。”

对方的两人，现出了紧张的注意，好像要问：“那么，他到底说了没有呢?”

“他——王先生——起先不肯说哩。他坚持着说：一定要向一个和尚忏悔。于是，我又用了一点手段，在恫吓与诱骗相互的方式下，终于逼他吐出了真相：

“事情真是相当幽秘的。他——王先生——说：距今十二年前，他在浙江省的一个市镇上，当着一家旅馆的经理。有一夜，旅馆里来了一个投宿的人，他发觉那人是一个白莲教的余孽，会用白纸剪成活的小纸人，放出去，摄取小孩子的心肝。当时，他为代地方除害起见，立刻报告了当地的军警；把这妖人捕捉了下来。当场，他们曾在这人身上搜到了几枚已剪成的小纸人；还有几个幼童的年庚，写在一张红纸上。

医师说到这里，一眼瞥见那个年轻女人的脸上，迅速地浮上了一丝凄楚的暗影；连着，他又见她微微一撇嘴，呈露一种轻鄙不屑的样子。他不明白这女人的反应是什么意思。但他暂时不管，自顾自说下去：

“当时不知凭着一种什么野蛮的法律？那个妖人，竟被判处了一个极端残酷的刑罚，活生生地，被挖出了心肝！——据说是代那些被害的孩子报仇。——而同时，那几枚搜出来的神秘小纸人，也粘贴在那个死囚的胸口，很滑稽地是，一同活活处死。”

说到这里，他又发现那个年轻女人的眼眶里，泛起了一圈红晕。只见她借着一个挤眼睛的小动作，迅速地偏转脸去，用她的小手帕，抹了一下眼角。

这少妇以为她的动作，对方并不曾注意；而这医师也就装作不曾注意。他又说下去：

“那个死囚，在临刑之前，他曾发过一种可怕的毒誓。他说：‘他死后，要从坟墓里钻出来，找到那个告密的仇人，向他清算血账！’”

医师的话头略顿，在纸烟的烟雾中，只见对方两人，各各惨默无语。由于这故事的恐怖，似乎已使这屋里的空气，沾染上了一种特异的气息。

医师继续说道。“那死囚在旅馆里，遗留一包财物，其中包括着金饰、现洋和一些零星的珠宝；还有一注钞票，数目共是九千四百五十五元。”哦！王夫人，邱先生，请你们二位，注意这个数目！现在，我快要说到正文了。”

这医师陡然又将话机截住，他把他的凝冷的视线，轮流逼射到这男女二人的脸上。连着，他用恬静的口气，说下去道：

“那妖人死后，那包财物，便成了无主之物。于是，我们这位王先生，便不客气地悄悄把它没收了下来。这事情一直过了十二年，并无一人知道。不料，到了眼前，竟有一种非常奇怪的事情发生了——最近，我们这位因仗义而为众除害的王先生，他在这里屋内屋外，竟屡次遇见了那个十二年前已死去的人！同时，他还在各间屋子里，发现了好几个沾有血渍的可怕的小纸人！以上，便是他的忧惧成病的原因；而他所要忏悔的，也就是这一件事。”

“哦！你们别性急，奇怪的事情，还在下面咧！”

“不多几天之前，王先生又发现那个染血的小东西，竟钻进了他的银箱！并且，那银箱里是失窃了！被窃的东西，共有两注：其中一注，是二十一张每张一千元的六厘公债券；综计价值，共是二万一千元。这不算可怪，所可怪的是：那个窃贼，在窃取了这公债之后，却很客气地，留下了一些带有零散的钞票。——这像一个店家，收受了买客整数的款子，而找出了多余的钱——哦！让我看，这找出来的钞票的数目，是多少呢？”他把方才那张纸片，重新掏出来看了看，接下去说：“那遗留的数目，共是七百八十一元一角六分。真奇怪呀！那个贼，偷钱还偷出一种花巧来。他搬走了这样一个不整齐的数目，却是什么意思呢？”

医师暂时停住话，他把一种疑问的眼光，缓缓输送到对方两人的脸上，似乎在静待他们的解答。但这一男一女，却依然惨默无语。于是，他只得自己回答道：“关于这，我们姑且放过一边，停一停再说。现在，且说另外失窃的一注，那另一注，是在一万元的整数钞票内，偷剩了五百四十五元。——一万，减去五百四十五，该是多少呢？这数目，方才我已经说过，二位也早已知道了。”

他吸了一口烟，不等对方开口，接连着又道：“据王先生的意见，以为这失窃的两注钱，自然是那个鬼，差遣那可怕的小纸人特来搬运走的。他想到了过去的那件事情，害怕得了不得。因而他，连带对这失窃的事，也丝毫不敢声张。”

“以上的故事，便是王先生在即刻告诉我的。这故事，其是非常诙诡的。——但是这里面，很有些耐人寻味之处咧。”医师挤挤眼，发为一种俏皮的声音道：“你们想吧，那个鬼，不到锡箔庄上去偷锡箔，而到人家银箱里来搬公债钞票，不太幽秘吗？如果真是鬼的话，我们不是王道士与张天师，那是不用说了。不过，我们不妨姑且假定：这事是出于人干的，那么我们很可以探讨一下，这人而鬼的家伙，究竟是谁呢？”

“王先生对于这一点，也曾有过一小片的疑云，在他脑内闪现过的。他以为：有取到那枚银箱钥匙的可能性的，只有一个人，那就是”

他将话头陡然截住，却把一种冷峭的眼光，掠到了那个女人的脸上。

“是谁？”那女人绯红着脸，锐声问。

“——是你！”医师用冷峭的语声，完成了上面未完的语句。

“是我！是我！这是狗咬人！梦话！他有神经病，难道你——你也有神经病吗？”这年轻女人愤怒得从椅内直立了起来，她完全丧失了先前那种温文娴静的体态。

十一　你是什么人？你有什么权力，干涉这里的事？

这时，那个默坐在光线较暗处的小邱，颈间的动脉，呈露了显著的愤张。那样子，分明也已达到了无可忍耐的地步。他欠欠嘴，似乎想要插口说什么；但结果，却终于不曾说什么。

只听这医师又冷然说道：“嗳！王夫人，我劝你平平气，静听我说完。我的话，不过是假定罢了。”他把一种强制似的眼光，逼射着那女人的绯红的两靥，他似乎警告她说：“嘿！知趣些，还是请你坐下来。”

那女人，似乎经受不住这种严冷眼光的压迫。只见，她像用力扔掉东西似的，把她的躯体重新扔回了原座。

“哦！王夫人，我们姑且假定：那只银箱，是你所开的。但是——”医师的目光仍旧紧逼着这女人。又道：“但是单凭你一个人，决不能做成那样的事。在幕后，至少有一个以上的同谋，在帮同设计。至于那同谋的人，不用说，当然是一个和这里有着密切关系的人物。”

小邱的呼吸，又加急了些，在语声略顿中，能清楚地听出来。这时，他的干燥的嘴唇，又牵动了一下。

医师不等这青年有所表示，他连着接说他的下文：“于是，我想到了王先生说起的那些神秘的小纸人——王先生在陆续收到那些奇特的赠品之后，他曾乖觉地保藏着一枚。即刻，他把收藏的所在指示了我，让我拿出来看过。”

小邱睁大了眼。听他用一种讥讽式的赞美，喝彩似的说道：

“嘿，好！这小玩意儿真不错哪！那线条，笔意，剪绘得那样生动；令人一望而知，这是出于一个具有绘画天才者的手笔。也许，这正是那位设计家的得意之作咧。——我们固然不能确定地说：这东西，一定是出于那个同谋者的亲手绘制，但是，从多方面想，出于那人亲手绘制的可能性，似乎也很多哩。”

医师说到这里，他竟毫不客气地，向这青年开始作正面的攻击着：“邱先生，我认为你，很有做这同谋者之一的重大嫌疑。所以，即刻我曾绕着一个大弯子，用话探试你，是否会画画？——多谢你，居然很率直地告诉我：你果然是会画画的。”

那青年再也耐不住了。紧握着拳头，在那沙发的靠手上，用力猛叩了一下。他像弹簧般的从椅内直弹了起来，盛气地说道：“我已经告诉过你：‘我并不会画人像。’你的耳朵聋了吗？”

他又用力补充说：“你打听打听任何人，哪一个说我会画人像？”

“是呀！唯其没有人说你会画人像，所以你才敢放胆画呀！”医师声色不动，依然冷峭地说。“而且，我在探试你的时候，我早已准备着，你将会告诉我：不会画人像。”

那青年铁青着脸，一种急骤的喘息，阻梗住了他喉咙口的语句。

只听医师又道：“会画人像与否，这是一个绝对无足轻重的问题。是不是？哈！邱先生，假使这里面，没有一点幽秘的关系，方才你的语气之间，为什么那样重视这问题呢？”

“你不能凭你的舌尖，随意压死人！”青年努力鼓动着他的勇气，又努力嗫嚅着说。

“嘿！你想讹诈我们吗？”一旁怒气冲冲的佩莹，她忽然想出了这样一句无理由的问句。

医师不理他们的话，他自管自静静地吸着他的纸烟；又自管自静静地说道："喂！证据还有哩。即刻我说过：要做那个同谋者，必须具备几种条件。第一：那人和这里，关系必然很密切。第二：那人会画人像。除此以外，还有第三"

医师又从他的衣袋里，掏出了方才那张纸片，拿在手里说："据王先生告诉我：那银箱里，除了被窃的六厘公债之外，另有许多别的股票与债券在着。那个偷的人，他不看中别的，却单单选中这些眼前市场上面比较吃香的六厘债券。于此，可见这一个人，必是一个熟悉公债市况的人。你看，这一点，也是一个线索吧？"

他顿了顿说："就说这一个线索，并不十分有力。但是，还有哪。"他看了看手中的那张纸片说："即刻我曾说过：那银箱里，失窃了二万一千元的公债，而多出了七百八十一元一角六分的钞票。所以，计算实际的损失，应是二万零二百十八元八角四分。那个偷的人，他搬走了这样一个参差不整的数目，当然，他一定也像搬走另一注九千四百五十五元的钞票一样，其中必然含有相同的深意。——我们王先生，他是被那个活鬼吓昏了。他已无暇思索其中的理由——可是凭我拙笨的脑力，细细一计算，方知这一个奇怪的数目，正是根据九千四百五十五元的数目而来的，换句话说：这数目正是九千四百五十五元的十二年的利息；那是依长年一分的利率，而用复利计算的。于是，线索又来啦！由此，我们可知，那位密斯脱同谋者，他还是一个会算复利的会计人材咧。"

医师说到这里，他把仰倚在那只坦背椅子上的上半身，仰直了起来。他向那个青年耸耸肩膀，扮了一个鬼脸说："好！让我把这同谋者的条件，总结一下吧！第一：他是一个和这里关系密切的人。第二：他是会画人像的人。第三：他是熟悉公债行市的人。第四：他又是一个会算复利的人。呵！条件太多啦！"

他又闪动着眼珠，把声音放得和缓一些说："而你——邱先生，恰巧完全具备以上的条件，一件也不缺少。若说是凑巧，那真未免太凑巧了！哦！邱先生，关于我的话，你有什么意见提出没有？"

医师一口气，说完了这一大串话。他把那张纸片，揣了起来。一支新的纸烟，拈上了他的手指；他把那支烟，在那只精美的烟盒的盖上，轻轻舂了一阵；掏出他的小巧的打火机，预备取火燃上。他的态度，显得那样悠闲；而相反的，对方那个小邱的神情，却显出了比较的紧张。只见他面红耳赤，不发一言。那种懊丧的态度，明明表示着他，已经吃到全军覆没的败仗，无复再战的余地。

站在一条战线上的那个年轻的女人，她见她的同盟者，受到了这样猛烈的攻击，她向这青年看看，在不自觉间，露出了一种顾惜的神气；同时她自己的面色，也呈露出了相同的窘迫。

在几秒钟的犹豫之后，那青年似乎已锁起了他的反攻的勇气，他忽从另一条路线上，向这医师进袭道："你是什么人？你有什么权力，干涉这里的事？"

"一个医生，眼看他的病人，将被人家送进殡仪馆或疯人院。难道他没有权力，可以干预吗？"医师悠然地这样反问。

"你是一个医生罢了，你不是一个官。你配管我们的事吗？"佩莹仗着小邱反攻的声势，她也鼓动了勇气。

医师不理这女人的话，他只向着小邱说："你问我是什么人？这是应该向你声明一下的。——你记得吗？两天之前，你陪着你的那位老师，在大东茶室喝茶。他无缘无故，忽然高喊：'啊哟！他又出现了，那个恶鬼，耳朵上有一颗痣！'当时，他这神经性的呼喊，曾使我大大吃了一惊咧。"

那僵挺挺矗立着的一双男女，不明白他这话的含意。他们只能怔视着他，静待他的解释。

"当时，我为什么要吃惊呢？"医师说，"说起来是有些惭愧的！在我的全生命中，不幸，我常常被许多人，尊称我为一个恶鬼；并且，我的耳朵上，恰巧也有一颗痣。所以当时，我误认为你的老师，已揭破了我的面具——你须知道，我的面具，也像社会上的所谓闻人伟人们一样，那是万万不能让人揭破的——这便是我吃惊的理由。而同时，我怎样会参加进你们这出好戏的原因，你们也可以明白了吧？"

医师说时，他再把他的身子趋向前些，略略侧转了头。他伸手指着他的左耳，让那青年看。

小邱趔趄地，走前几步，他把眼光凑近前来看时，只见过医师的左耳轮上，果然，一颗绿豆大的痣，鲜红得像一颗小火星。

奇怪哪！这小小的一颗红点，它的魔力，竟相等于天文家望远镜中所发现的一颗新彗星；同时，这小东西一映上了小邱的眼膜，他简直像王俊熙看到了那个鬼魂耳朵上的黑痣，一样的害怕！

这青年瞪直着他骇愕的眼，一种惊怪的语声，运输到了他的舌尖上：

“你!”

“嘘嘘!”医师急忙伸起两个指头，掩着他自己的嘴唇，装出了一种诡秘害怕的样子说，“哦！说出来是无味的，反正，看了我这善良而诚实的招牌，大概你已明白我的为人。所以，最聪明的办法，还是请你们，向我说实话。”

他又向这一男一女，温和地摆摆手，意思是招呼他们坐下。那青年反复地在他的脸上，端详了一会，无可奈何地，退回了他的靠窗的坐处。那女人，虽然不明白小邱那种突然惊怪的理由，但她也困惑地，第三次又坐了下来。

十二 那么让我来说明，好不好？

医师看这二人坐下之后，他又恢复了那种骨节松弛的样子。他先打了一个呵欠，再把他的视线，在这男女两人的脸上，轮流兜了两转。然后懒洋洋地说：“问题是要逐件解决的，第一点，请你们先告诉我：谁拿了这银箱里的公债和钞票呢?”

他的眼光，先停留在小邱的脸上。

“……”

“请说呀!”

小邱抬了抬眼，立刻又沉下头去。这时像有一种舞台上的灯光，打到了这青年的脸上：只见他的脸色，红了泛白，白了又泛青；最后，却变得非常灰白。

那女人偷眼看到小邱这种难堪的神情，她踌躇了一下，忽然鼓起了勇气，锐声说：“钱是我拿的!”

“好!”，医师点点头，故意把语声放得很缓和，“妻子拿丈夫的钱，那是平常的事。”

“不！钱是我拿的!”小邱终于被迫开口了。

“好!”医师又点点头，“一个学生偶因急用，向他老师暂时挪移一下，那也不算过失。”

“不是他，是我!”

“是我。不是她!”

由于一种情感的冲动，这二人似乎已忘却了他们眼前所处的尴尬的地位。他们变得那样慷慨，各各尽力把那偷钱的责任，硬拉到自己身上去。

“哈哈！我看你二位的感情，很像一杯法国式的咖啡哪!”医师弹掉一点纸烟灰，笑笑说。

一朵新的红晕，迅速地飞上了这女人的怒红未褪的腮间。

小邱听到这话，第二次又提起了火。但，他望望对方耳朵上的那颗小红点，他只在他的鼻孔里，轻轻“哼”了一声，宣泄了他的怒气。

“你们为什么要拿那公债和钞票呢?”医师望着小邱。

“当然，为了有急用。”小邱强制着他的情绪，沉吟了片晌。他向那扇虚掩着的门，掠了一眼。轻细而带恳求的口吻说：“如果——如果你真肯代我守秘密，我可以把实情告诉你。”

“你记清——”医师又指指他自己的左耳说，“在耳朵上，有一颗红痣的人，他便是一个最善良最诚实最守信用而又是最肯守秘密的人，你放心吧。”

“好！那么，我把实话告诉你——”小邱发为一种富于情感的声音说，“真的，那公债钞票都是我拿的。因为近来，我也做了一点‘条子’，亏蚀得很大，没奈何，才出此下策。”

“这也许是实话。”医师点点头，“但是，我要请你说得详细点。”

“那银箱里的公债和钞票，实际上，我是分两次拿的。第一次，我只拿了钞票，但是，我还不够弥补我的亏累。所以，第二次我又拿了那注公债券。”这青年说到这里，他向佩莹看了看，却用一种热烈的声调，义形于色地说：“一身做事一身当！请你不要把偷钱的罪名，加到佩——哦！加到我师母的身上。”

这位年轻的“师母”，红涨着脸，她刚待发声，但她的话，却被医师的眼光拦住了。只听这医师向小邱说：“我想：第一次，你拿钞票的时候，已经注意到那注六厘公债。所以，你们第二次开那银箱时，预先已预备下了七百八十一元一角六分的钱数，顺手放了进去。你的意思，是表示清算九千四百五十五元的十二年间的利息。是不是?”

小邱红着脸，微微颔首，没有响。

“但，这一着，是含有一点危险性的!”医师说，“如果你们那位王先生，他能细细想一想，他从核算复利的一点上，也许很容易会疑到你。难道你没有想到吗?”

那青年沮丧地低着头。仍旧没有发声。

“依你这样说来，那么，你们是专为需要钱而拿钱的。哦！这里面，没有别的副作用吗?”医师又这样问。

“我不懂你这话的意思?”小邱猛然抬头。

“如果你们专为要钱而拿钱，那么，拿到了钱就算了。为什么要在银箱里，留下一枚可怕的小纸人?”

“这是傻话哩。”那女人似乎忘了神，她忽抢着插口，“谁都知道：俊熙的情性，那样啬刻。倘然银箱里，无缘无故地丢掉了那样多的钱，他肯不声不响，默忍下去吗?”

“你的意思是——”医师掉转视线向着这女人，“他见到了那枚可怕的小纸人，他就不会声张查究了。是不是？你凭什么理由，才这样想呢?”

“……”她犹豫了一下，好像已在懊悔她的插口。因此，她也局促地沉倒了她的头。

“请说呀!”医师只顾催促着。

“因为最近，我们——”她被逼无奈地回答。说到我们二字，急急改口，“因为最近，我在无意中，知道了他的隐事——就是即刻他向你忏悔的那件事。”她和那青年交换了一下眼光，迟迟疑疑这样说。

“你怎么会知道他的隐事呢？听他说，在今天之前，他从没有在任何人前，泄露过半个字哩。”医师追问下去。

“告诉你也不要紧!”这女人因为对方步步进逼，语声透露着憎恶。她说：“有一天——”她想了想，“约摸距今已有十多天了吧？——他从外面回来，站在半楼梯中，忒愣愣地发抖，当时，他的脸色非常难看，好像害着急病。就在那夜里，他喝得大醉。在烂醉中，说出了十二年前那件凄惨怕人的事。但是说过之后，在第二天上，他都忘记了。此后，我又用酒灌醉了他一次，渐渐骗出了他的细情。”

医师一边用心听，一边猛吸着他的土耳其纸烟。

那女人忽又自动解释道：“我有心灌醉他，并没有什么恶意。因为我很担心他的病况，只想借此探出他的病源来。”

医师点头表示同情。他喃喃自语似的说道：“是的，王先生曾告诉我：在半楼梯上吓得发昏的一天，正是第二次遇见鬼魂的那一天——他还记得，那是一个星期五的日子咧。”

医师说后，他闭上了眼，沉思了片瞬。他猛然睁大眼珠向这女人问：“喂！那个扮鬼的角色是谁?”

“咦！什么鬼不鬼？我不知道呀!”这女人始而呆了一呆，继而又想了想，最后，勃然这样回答。

“嗳！你大概知道的。”医师冷冷地说。

“我不懂你的话！”

“你一定懂的，我想。”

“我——我不知道！我不知道！”这女人的声带起了水浪般的波动。但她的神色，却显得非常坚决。

医师无奈，他把视线移转到了小邱身上。他说：“邱先生，我想那个鬼，决不会是你所扮演的吧？”他又解释说，“若说一个人，单单凭着一种化装的作用；或是套上一个面具，就能幻出另一人的面目来，这是小说或戏剧上的梦呓！我是决不会相信这种梦呓的！那么，还是请你说明。那位密司脱鬼，是谁？”

小邱感到无奈，他用一种征取同意的眼光，痛苦地看看佩莹。他见她红涨着脸，并无表示。于是，他也仿效了她的声吻，回答说：“什么鬼不鬼？我不知道呀！”

“你当然知道的！”

“你说的话，我完全不明白！”

“不错，当时你替那位鬼先生写照，你忘却了请教他的尊主大名咧。”医师向这青年挤挤眼，说出了这样一句幽默的讽刺话。

说着，他又悠闲地吸着他的纸烟。他的沉着的面色，被笼罩于缭绕的烟晕之后，格外显得神奇莫测。这时他静静地在想：“还好！重重的暗雾，一小半，渐渐吹散了。那神秘的小纸人，那银箱里被偷窃的钱，总算有了着落。现在，只要把那位鬼先生的履历，设法追究出来。那么，这事情的暗幕，也许可以全部揭开了。——他继续想：“不过，看眼前的情形，这事情，还需要费掉一点小小的唇舌咧。好吧！让我改换一条路线来试试……”

想到这里，他徐徐睁开了半闭的眼，用一种懒怠的声气，向那男女二人说：“如此，你们对那鬼先生的事，都不肯说了。是不是？”

说时，他又打了一个呵欠。只见对手方的男女俩，都低着头，丝毫没有反响。

局势成了僵持，谈话暂时停顿。就在这一种极短促的紧张的死寂中，忽然有一个破空而来的语声，突然地，从另外一个角度里，阴森森地接口说：“那么，让我来说明，好不好？”

十三　你杀死了我的父亲！你谋夺了我父亲的财产！

家中僵持着的三人，同时迅捷地举起了惊诧的视线。只见那扇被推开了尺许宽的门，门口魅影般的出现了一个人。那人身上，穿着一袭并不曾穿着整齐的黑缎绣花的睡衣。手里拄着一支粗粗的手杖。那人的面目，相当的可怕：两条浓而粗的眉毛，几乎皱成了一线。一双细小而透凶光的眼珠，正闪烁于深凹的眼眶之中。在他高耸起的颧骨以下，那脸的下半部，形成了一个上丰下锐的锥子形。

这第四名登场的角色，不是别人，正是那个神经错乱的病人王俊熙！

病人摇摇晃晃走进门来，他把他的失了重心似的身子，支持在手内那支橡木的手杖上。他先不说话，却将一种凶狞得如同一头饿虎似的眼色，凶射到了佩莹与小邱的脸上；那神情，简直像要把这一男一女整个儿的活吞下去方始甘心似的。

在这完全出于不意的局面之下，室内的一双男女，先是大大吃了一惊。在一秒钟的犹豫中，他们立即感觉到了他们所处的局势。当时，那个青年的后脑骨上，似已被压上了一方沉重的铅块：只见他的头，逐渐地，逐渐地，在那里一分，一分，尽量低沉了下去。

而这少妇呢，她的两靥，好似将要滴下鲜红的水浆来。她的失却了媚意的眼珠失神似的死盯着脚下的地毯：她似乎在默祝那条毯子，快快变成“月光宝盒”中的神毯，好把她的身子载起来，快快从窗子里破空飞出去。

病人把这一种神经上的酷罚，加上了这男女两人的身上之后，他自己的神经，似乎已感到了一种宽畅。他回转身，关上了那扇门。想了想，他又俯身插上了栓子。然后，他暂时收起怒眼，愉快地向那医师招呼。

“哦！余医师！——”他用兴奋的声调这样喊着。他的形容，虽是那样枯悴，而他的语声，几乎已和无病的人们一样。他说：“凭你轻轻的几句话，竟扫清了我胸头的疑影。你看，我的病好啦！我真不知道，我要怎样感激你才好?”

“我的提议怎么样?”医师从坦背的软椅里，略略抬起他的身子，他似乎感到很高兴。

“真聪明!”病人翘起一只拇指。他走向这医师贴近的一只软椅，缓缓坐下来。他把那支手杖，倚在身旁说：“你向我提议：细细盘问一下那些下人们：在最近，有没有什么陌生人物，瞒住了我，常在这里走动。这真是一个聪明的办法！”

“结果怎么样？”

“我把那些的下人，逐一唤到我的卧室里，逐一向他们细细地盘问。几乎问到了一半的人数，他们都推说不知道——哼！他们明明是不肯说哪！”病人又举起他的怒目，在佩莹脸上横扫了一下。他高声续说：“后来，问到秋兰——那个十四岁的小丫头——她居然被我吓出来了。”

他说时，咯咯地发出了一阵神经性的怪笑。

“哦！”医师敏锐的眼角里，闪动着期待的光。

“据秋兰说：在最近的一两个月中，果然有那样一个人，鬼鬼祟祟，常在这里出入——这人像是太太的亲戚。——那是一个吃白面的人，很穷；常常来借钱。所以太太嘱咐我们：千万不能让主人知道。”

“根据这小丫头的话，我计算日期，我在楼梯上遇见鬼的这天，那个活鬼，他是来过的。秋兰说：当时他还曾向我们这位好太太，要去了一包旧衣服——是呀！我看见的，那家伙的肋下，夹着一个包——。”病人又恶狠狠地连声说：“好啊！不能让我知道！不能让我知道！哼！鬼戏！”

“那么，这个人，究竟是谁呢？”医师打断了他的恨恨声。

“这要问她呀！这要问我们这位好太太哪！”病人那双细小而可怕的怪眼，又猛袭上了佩莹的脸。

那女人喘息着，不发一言。她只下意识地，使劲磨擦着手中的小手帕，那方不幸的薄薄的绸子，几乎被她揉出一个洞来。

“好呀！你不响，装死！那就算了吗？”病人只管咆哮，“好好的人不想做，偏偏要做鬼！那个活鬼是谁？你说！你说！你说呀！”

那女人似乎经受不住那种难堪的侮辱。她猛然抬起头来说道：“那是谁？告诉了你，不怕你会吃掉我！那是我的哥哥。他来走动一下，那也犯法吗？”

一旁的那位医师，听到了这话，眼光立刻一亮。他在微微点着头。

“唷！你的哥哥！”病人似乎感到一呆。连着，他又冷酷地讥刺道，“哦哦！我倒不知道，你有这样一位体面的令兄哪！恕我失于招待，不胜抱歉之至！喂！我的好太太，我们是至亲。你为什么不替我们介绍一下呢？”

“嘿！那是用不着的！他穷，你有钱，高攀不上。”

“哦！他穷，我有钱，高攀不上！不错，这话说得有理。不过，他既知道高攀不上，为什么常在我的眼前，白日里出现呢?”

“做哥哥的，来探望一下妹子，那也犯法吗?”

“是呀！做哥哥的探望一下妹子，那并不犯法。不过，你们串通着，那样装神弄鬼，吓人！那也并不犯法吧?”病人说到“你们”两字，眼内的怒火，却像横飞的流弹似的连带波及了那个蜷缩着的小邱的身上。

“哅——哅——呃——”这时，有一种要想遏止而不能的二期肺病似的干嗽声，从这室内光线较晦暗的一角间发出。——这是小邱喉咙口的声息。他像一头五月里的垂死的病狗似的，不时伸着舌尖，在舔着他的干燥欲裂的嘴唇。

“我——我们曾吓过你吗?”这是佩莹答辩的声音。她的声带，分明有了显著的变异。但她却还勉强支持着她最后的壁垒，不愿立即移转阵地。

“还说不曾吓我！还敢说不曾吓我！你们——你们串通那个活鬼，扮成了十二年前那个死鬼的样子，当面向我捣鬼，还说不曾恐吓我!?”一种无可遏制的盛怒，使这病人，完全忘却了多年来的顾忌。他一面怒喊，一面颤巍巍地作势，好像要从椅子里站起来，扑向那个女人的身上去。

此际，室内唯一镇静的人，却是那位言行奇特的医师。他本来是仰着脸，取了一种懒惰的姿势，平稳地靠在那只舒适的坦背软椅内，做成一种躺在理发椅上静待修面的样子。他的神态，简直表示出：即使地球翻了身，与他也完全不相干。至此，他感觉到这室内的“火药味”，已增加到了相当严重的程度；他觉得他已不能再维持他的镇静。于是，他微微抬起了他疲倦似的眼皮，发为一种冷水似的声音浇向那个病人头上去道：“嗳！王先生，最好请你平平气，静静地讨论。——夏医师说过：你不宜发怒，一发怒，你的血管，很有爆裂的危险哩!”

呵！这兜头的一勺冷水，其灵速超过了任何最有效的灭火器！当然，一个有钱的人，他决不肯把他自己的血管，看得像一头猪的血管那样轻贱的！因之，这医师轻轻一句话，马上已发生了意想不到的效验。只见病人掉转了他细小的鼠眼，悚惧地，在这医师脸上，闪烁了一下。立刻，他竟很驯良地自动收敛了他十分之五的怒火。

病人的怒火，已被一种无形的冷水，迅速浇熄了下去。但是，相反的，那个女人一听到了“十二年前”四个字，她的俏媚的眼内，立刻被搧起了一种怒燃的狂焰。只见她的身子，脱离了她的座位。重重咬了咬牙。然后，发为一种恶毒的冷笑，轻鄙地说：“哼！你还敢提起十二年前的事。我正要请问你：在十二年前，你做过了些什么好事呀!?”

这突如其来的反攻，使这病人瞪直了眼，一时呆怔得失掉了应付的语句。

只见，那个女人，她使劲一扭她的颈脖，把几缕披拂在耳鬃边的乱发，抖到了脑后去。连着，她竟像一头发威的母狮似的，直抢到了病人的身前。她一叠连重复地数说道：

“你还敢提起十二年前的事！你还敢提起十二年前的事！你想想：你在十二年前，做过了什么好事情呀!?”

“嘿！好——你自己做的什么好事？我不问你；你倒还要问我吗？很——好！就请你说：我——我做过了什么事呀?”病人定定神，他用一种拖长的调子，强制地这样说。他的刚收敛的暴怒，分明又被对方盛大的火焰，迅速传引了过来。可是，他的语声，虽很汹汹可怖，而在音调之中，分明已含有一种虚怯的意味。

只听那女人，嘶声说叫着道：“你做过什么事？你杀死了我的父亲！你谋夺了我父亲的财产！——十二年前，你在那家害人的黑店里，做的是什么事？你自己想！你自己说!”

这女人带喘，带说，一面提起她的纤足，在地毯上面狠命地践踏，就在这重重的顿足声中，她的凄酸的泪水，却像黄河决口那样，从她怒红的眼眶之中，不断奔泻了下来！

十四　你——你们记清楚，这——这是三条性命了！

这出奇的揭发，无异于一颗猛烈的手榴弹，抛进了这一间纵横数十尺宽的屋子里！

那个骨节松懈的医师，有一小片的纸烟灰，从他嘴角间的纸烟上，被震落了下来，跌在他的坎肩上，但他却没有觉得。

室隅蜷缩着的那个青年，透出了一口别人听不见的气。

尤其那个病人，听到了这出奇的话，他又睁大了眼像在做梦——正像他十二年前半夜站在那扇纸窗前一样——好半晌，好半晌。他方如噩梦初醒似的，格格地说：“啊！你——你——你就是陶——陶阿九的女儿？——那——那个——……”

“我不知道什么陶阿九，陶阿十，我只知道我的父亲叫作况锡春!”女人用力顿顿脚。

“啊！你是——你是那个——那个白……”病人期期然，想往下说却并没有往下说。

他这一句吞吐未尽的话，却使对方那座已喷放的火山，又作了一度更猛烈的喷放：只见那个女人，眼内飞爆着火星。她发为一种轻机关枪怒扫似的声音，一连串地锐声接口：“白——白——白什么？白莲教的妖人，是不是?”她惨笑一声：“哼！直到如今，你还硬冤诬我可怜的父亲，是白莲教的妖人！——凭你这样一句丧尽天良的话，你——你害得他，活生生地，被人挖——挖出了心肝！你——你——”她抽噎着，泣不成声：“现在，请你也把你的心肝挖出来，让我看看，你——你的心，是——是什么心？——”

一种悲伤，怨艾，毒恨，混合成的情绪，在这可怜的女人的每一滴的血液里，鼓动起了一种不可遏制的酸性的燃烧！这时，倘有一柄十二年前那样的尖刀，放在她的手边，她很可能地，会抢到手里，立刻埋进她那阴险残忍的丈夫的心口里去。

在一阵飓风疾卷似的叫跳之后，她的不可逼近的怒焰，似乎已由疲倦而低减；接连着的，却是一阵凄酸入骨的悲泣。她把一种郁怒而兼轻鄙的眼光，续续扫袭着那个病人。于是，她带哭带说，申诉出了她的惊心动魄的心事。

“啊啊！我的大经理！——”这女人忽用这种奇特的称呼，称呼着她的丈夫，“你用那种毒手，杀害了我的父亲之后，我的全家，弄成了什么样子?你——你——你要听听吗?”她哽咽着这样说：“那时候，我们全家，为了要避难，由我父亲独自先逃到那个镇上去。他约定我们在那里相会。不料！——”她又顿顿足，“不料我们到了那个镇上，已见不到我父亲的面！只见到了低低的一个土堆——那是在一方凄凉的义冢地上——竖着一片惊心刺眼的木片，做着伤心的记识!”

说到这里，她的全身中寒似的发着震颤；她的喉头，已被她的呼吸所梗塞！由于这震颤，由于这梗塞，她分明已无法继续她这断续不连的语句。但她仍努力按说下去道：“嗳！真可怜哪！我的老祖母——她是一个近七十岁的人了——当她远远看到那片木片时，一口痰立刻推升起来，当场晕死了过去！——在第二天，她就死在那个举目无亲的小镇上。”

她向那个目定口呆的病人，发为一种反常的惨笑说：“现在，请你算一算吧！连我可怜的父亲，一条，两条，这——这这是两条命了！”

那个病人，举起了他的深陷于眼眶中的两眼，似恨，似羞，似怒。他先看看别人。最后，向无奈似的狼顾着他这盛怒的妻子；仿佛在吁求她：不要再说下去。但他这种无声的求恳，只增加了这女人的悲伤与暴怒！只见她仍努力控制着她的情绪，勇敢地往下说：“最可怜的是我的母亲！当时，她在那堆浅土上面打着滚；喊着天！她的嘴角喷着血沫！那些血沫，眼泪，泥土，把她的脸，涂抹成一个鬼脸！——有一个尖锐的小树根，刺进她的耳后，有好几分深，她没有觉得痛！——唉！真凄惨呀，不到半年，她——我母亲——她也抛下了我——我们，啊！去——去了！”

那个仰靠着椅背的医师，听到这里，他又用力猛吸着他嘴角间的纸烟；他忘却了他这纸烟，熄灭了已有好久。

一声声“啰——呃——啰——呃——”的难堪的干嗽声，仍在室中光线较暗的一角间，不时轻轻发出来。

这时候，天色明明是在晴朗的白昼，而这一室之中，却像堆起了一重阴雨似的可怕的凄暗！这种无形的凄暗，使每一个人的神经上，都感到了一种冷水直浇似的感觉！就在这种难堪的感觉之中，只见那个面白如纸的女人，正自屈着她的震颤的纤指，在做成一种计算的姿势；只听她凄声计算着道：“你——你们记清楚，这——这这是三——三条性命了！”

她又努力说下去：“我哥哥虽然不很争气，但是天性所关，自从经了这可怕的事变，他像顿时老了十年；不久，他的头上就有了白发！还有我——啊！还有我自己——”

说到“我”字，一种过往的可怕的辛酸，使这女人扁扁她的嘴，几乎又要放声大笑。她在一种气息不连的抽噎声中，一字一呃，一字一逆地说：“那时候，我看到了那片惊心的木片，我想到睡在这泥土下的父亲，死得那样的惨！我只觉天地都翻了身！从此，我已变成无父的孤女，从此，我已不再有保护我的人；从此，我失掉了世上最爱我的老父！——

“我猛扑到了我父亲的身上——那个土堆上——我不想什么：我只想拥抱住我可怜的父亲的身子——我用我的指甲，尽力刨着那泥土！”

这可怜的年轻的女人说到这里，她忽然震颤地，平伸着她的手背向上的两只手；她把她的手向左右缓缓挥动；同时，她的滞定的瞳人，凄凉而又僵直地向着四周缓缓看过来，她这表情仿佛表示：这室内正有一千个人，而她却要伸出手来让这一千个人看。

只听她凄厉地呼喊道："啊！你——你们看！你们看我的手指哪！——"

医师随着她的呼声而凝视她的手指时，只见她的十个指甲上，虽然也像别的摩登女子一样，涂着悦目的蔻丹；可是，细看这些指甲，分明不像别的女子那样的光洁齐整；那样子，分明是曾经脱落以后，重新长起来的！

呵这！是她当时刨那义冢上的泥土的成绩啊！

这医师感到他的肌肤上，起了一阵虫子蠕行似的感觉。他又静听这女人述完她这悲惨故事的最后一节：

"啊！那时我还只有十五岁咧！在以后的五年中，我的家，差不多是完全消灭了！——我做梦也没有想到：好好一个家，会消灭得那样快——真比大风卷去还要快——那时候，我只剩下了一个哥哥，两人相依为命。而我哥哥又是那样不争气！他因失了管束，赌钱，抽烟，无所不为！不多几时，挥霍尽了田地屋子。在我二十岁的那年上，可——可怜哪！我被我的哥哥，骗到了上海，轻轻推进了火坑！——

"我那狠心的哥哥，他带起了卖掉同胞亲妹子的一笔钱，从此，一去七年，音讯全无！——直到最近，我方始又见到他。"

这女人一阵战栗，猛然伸手掩着面！接着，她又缓缓放下手来，凄声长叹说："嗳！我的命，太苦啦！在那火坑里，我又受尽了嘲笑，侮辱，作践，种种忍受不下的磨难！天保佑我！还好，不到一年，我嫁人了。啊！我嫁人了啊！——"

说到"嫁人"两字，这女人忽而举起她的含着万分幽怨的牌子；像燕子掠水那样，蓦地掠到了室隅那个青年的惨白如纸的脸上，凄凉地停留了几秒钟；她这灼热的眼光，顿使那张奇异的"白纸"，迅速被映上了一重奇异的红色。

在这一刹那间，这青年的眼角间，呈露出了一种异常痛苦的神情；这神情，正像一个爱花如命的人，眼看到他一盆最心爱的"暖室里的蔷薇"，生生受到了暴风雨的摧残，而竟无法加以挽救似的。

那个医师，拿下了他口角中的熄灭已久的半大烟。暗暗点着头。他在想："嗳！一支回忆的毒箭，穿碎了一颗心；而那箭簇，又带伤了另外一颗心！"

连着，又见这女人，把她狠毒的视线，猛扫了那个病人一下；她无力地仰着脸，发出了一声绝望的惨呼："我——我的天！我——我哪里想得到呀！我竟会嫁给了仇深如海的杀父的仇人！"

这可怜的女人，说完了她最后的一句话；同时她也用尽了她全身最后的一分力。她像一个大病初愈的人，一口气，奔驰了一百里的路程。她伸手抚着头。身子一连几晃；仿佛这憩坐室中的地板，已变成了太平洋上一艘海船中的甲板。

“啊——呀！”这时忽有一个比蚊鸣更轻细的惊呼声，不自禁地，从小邱的口边吐出。他分明想要抢上前去，搀扶那个摇摇欲倒的女人。但是，当他一眼看到斜对面的两条冷酷的视线时，他像猛然省觉似的，并没有这样做；甚至，他连预备动作的姿势，也像煞车那样强制住，而并没有表现到外边来。

而那女人呢，就在小邱将动作而不曾动作的一瞬间，她似乎已感受到了一种无形的催眠，只见她的身子前后几晃，酒醉那样摇摇地，向着小邱怀内直扑了过去，而结果，她却颓然倒入了贴近小邱身旁的一只椅子里。

十五　现在，轮到我来收拾你们了！

以上的动作，分明隐藏着一种细微而不易觉察的情感的伏流，暗暗在摩擦出一种灼热的火花来。这在那个医师的冷眼之中，看得已非常清楚。因之，这时有一个新的意见，走进了他冷静的头脑。他想：“从多方面观察起来，显见这一双男女，他们在某种过程上，必已具有一页相当长的历史；甚至，这女人在未嫁王俊熙之前，她和这青年，先已培植着一种粉红的蓓蕾，那也说不定。”

这一点意见，是这医师冷眼偷觑这女人提起嫁人时的那种特异的眼光，而观察得的。

当他这样想时，他取出了打火机，把那半支烟，矜持地燃上火；由于他这严肃的矜持，却使他的额部，堆起了一种近五十岁的衰颓的暗影。——但，这仅仅是片瞬间的事——他把他的背部，在椅背上靠得更紧一些；一面闭上眼，把他的思绪，送进了冥想的渊海。

他开始这样想：“全部的事情，前后聚集起来，可以得到如下的归纳：这王俊熙，在十二年前，曾用阴险的方法，杀害过一个人。五年以后，他无意中，娶了那个被害者的女儿做了妻子。又过了七年，他又遇到了那个被害者的儿子——他的从未见过面的妻舅——他误认他这妻舅，就是十二年前被害者的冤魂。他恐慌得了不得，在醉后吐出了他的隐事。他的妻子，才知她的丈夫，就是自己的杀父仇人。于是，她索性串通了她的哥哥，和另外一个人，用种种可怕的方法，加以有计划的恐吓。因之，便演成了许多离奇的事实。”以上便是这件神秘事件的全部的轮廓。——

他又想：“在全部的事实中，有好几点，值得注意。第一：那个被害者的儿子，最初出现于王俊熙的眼前，分明出于无心，那完全是件偶然的事；直到第三次的鬼魂出现，方始构成有计划的恐吓。第二：这全剧的导演，当然是小邱；那个吃白面的“鬼”，料想起来，一定不能构成这种精密的设计；他不过处于演员的地位而已。第三：那个扮鬼的角色，他的面貌，和他十二年前死去的父亲，真会像到一模一样，丝毫无异吗？这问题，牵连着一种心理上的变态的问题：由于遗传的关系，父子之间，面貌大体相像，那是习见的事，并不足怪。至于一定说，像到丝毫无异，那也许不会呢？因为，一个人的脑膜上，无论留下如何深刻的印象，经过了十二年的悠长的时间，无疑地，这印象必然有了模糊之处。——这也像一张照相的底片，日久以后，影子必然要逐渐淡褪。——不过，由于心头多年的疑影，偶尔遇见相似的印象，便很容易会引起一种心理的错觉。于是，原来只有一分相像的，会扩大成三分像，原来有三分像的，竟会变成九分或十分相像。王俊熙所遇到的事，大概也是这样。第四：这一出戏剧中，所有的道具服饰以及化装，等等，怎么会那么的逼真呢？这问句，是容易解答的：因为那个扮鬼的名角，十二年前，亲眼见过他老父逃难时的化装，当然留有相当深刻的印象。在十二年后，要他依样画成一个葫芦，当然并不十分费事。——至于眉心间的钢叉纹。与耳朵上的黑痣，也只需要一举手之劳，便能装点起来，格外不成为问题。第五：那小伙儿的一群——佩莹，小邱，加上那个吃白面的鬼——他们为什么，要那样的恫吓着这位闻人先生呢？代父报仇，使那个阴险残酷的家伙，受到一种精神上的报罚；这是属于佩莹方面的主要的动机吧？——但这报罚的方法，也许还是出于小邱的提议——其次小邱本身，因急用而需要钱，这也许是一个凑合的原因。——但，这一个原因，并不一定可靠；也许这是一个烟幕，也论不定——除了以上两种动机之外，在这离奇的事件中，分明另外还有一种较隐秘的动力，含藏在里边。这多分是出于小邱方面趁火打劫的企图。至于那个女人，是否谅解这种隐秘的心理，那还不可知哩。——”

“总之……”他的口角间，露出了几缕微烟。他准备再细细思索下去。

但是，他的静静的思绪，却被一种极度严重的喧嚷所打断了。他只听得那个病人，忽又发为疯狂似的怒吼，在他耳边震荡着道：“哈哈哈！好！你们——你们这一群鬼！一个是代父复仇的孝女，一个是打抱不平的英雄！还有一个——还有一个——嘿！你们吓死了我，准备怎么样？——嘿！好！看你们真要好哪！眉来眼去，以为我永远不知道。——”

声音略顿了一顿，那狠毒的声气，又切齿地说：“好呀！你们收拾过了我；现在——轮到我来收拾你们了！哼！”

这疯狂的轰炸声，使这冷静的医师，睁开了他的疲倦似的眼。他一眼看到他身旁的情景，不禁感到一种震惊！

他不明白这病人，怎样会引起这第二阵的大火？——实际，病人这种较前更炽的火势，正是被那男女俩的眼中的热电，摩擦出来的。

只见那个病人，已从椅子里站了起来，拄着那支粗手杖，忒愣愣地正在发着抖；他的怒气，委实已由炽燃，而成了白热，复由白热，而起了升华的作用。尤其怕人的，却是他这时的那种使人一看就要睡不熟觉的脸色！

呵！读者们，你们可曾看到过地狱中的厉鬼吵架时的神情吗？——你们当然不会看到的。那么，请看这时的王俊熙。——至少，他这时的神色，可以代表那种地狱鬼怒的神情！

他的带病的苍白的脸，已由盛怒而泛起了一重青灰色；青灰上，抹着一层薄薄的油光；在抹油的青灰之下，隐隐又透出了许多浅黑的斑点——关于这一点，当时曾使那个医师，向它发生了好几秒钟的诧视——再看他的牙床，向外突张了出来，做成一种龇齿的姿态。两个眼眶，看去更显得深陷——不论何人，一看到他这眼眶的样子，很可能地会联想到仪器馆中所悬挂着的骷髅！但是骷髅的目孔中，是没有眼珠的；而他却有一对深陷着的发光的东西，在那里一闪一烁！因此，看去比那骷髅，显得格外可怕！

这时他又像一条刚出洞而被人惹动过的毒蛇。他不时举起他的手杖，颤巍巍地，向前撩拨作势；代表了毒蛇吐吞的姿势。那两枚蕴毒的蛇眼，凶射了佩莹，缓缓回过来，又凶射着小邱；凶射过了小邱，缓缓回过去，重又凶射着佩莹。他分明小心地，在选择他的敌人，看要先噬哪一个？同时他又像在选择敌人的要害，准备把他的毒液，猛烈地喷过去！

这种极度可怕的神气，不但使对方那双遭受攻击的目标，看着战栗不止，各各觳觫做了一团；就连这一个身处局外的冷静的医师，全身也感到了一种不自然的感觉。

这时候，倘然没有一种意外的事情，从中加以阻拦，也许，在不到一分钟的时间以内，这间纵横数十尺的屋子里，便要有些疯狂性的事实，会演变出来！

然而，那意外的阻拦，毕竟来了；因之，那疯狂性的戏剧，也终于不曾演成！

“嗳！慢一点！有一件最重大的事情，还没有解决咧！”极严冷的语声，忽然从医师嘴里这样吐出来。

“什么事?”由于这医师的语声的特异，却使这盛怒的病人凶狞地旋转了头，暴声发问。但他的语气，分明已不再顾忌“血管爆裂”的警告。

“请你坐下来听，好不好?”医师做出了一个他所习惯的小动作，他把他的一支未燃的烟，向前画了一个圆圈，悠然地重复说：“有一件很要紧的事，还没有解决，这是有关你的生命和名誉的。”

“有关我的生命和名誉?”病人的怒眼中，包含了困惑。他真驯良！——驯良得像一头哈巴狗。他迟疑地坐下了。

“昨天晚上，夏医师告诉我：他有一点东西在这里失落了。”医师又恢复了他的不冷不热的声音。

“在这里失落了东西，要我赔偿吗？嘿！”病人挟着怒气。他的鼻孔，翕张了一下。

“我希望你，能够不必负这赔偿的责任，那才好哩。”医师冷然这样回答。

“他失落了什么东西呢?”病人焦躁的声音。

“一小管马钱子精——那只是一小管而已。”

“马钱子精是什么?”病人的问句，已经有点异样。

“毒药!”医师用钢打那样铮铮然的声音，简单地回答。

病人的眼珠，现出了严重的惶惑，其余四条视线，也现出了相类的骇怪!

只听医师继续说道：“那虽是小小的一管，但它的含量，足以毒死十口猪猡而有余!”他说到这里，蓦地，他用一种极度紧张的眼光，扫上了小邱的脸部，厉声说这：“喂！邱先生，方才你把一些白色的粉末，偷偷倒在牛奶杯子里，那是什么东西呢!?”

小邱的头上，似被打上了一个不及防的暴雷，他的惊惶的眼珠，几乎要脱离眼眶的管束而跳出来。

那个女人，突然听了这种完全出于意外的话，她喘息地看着小邱，呆住了。

一室之中，一共八只眼珠，在这极短促的一瞬中，有三双视线，不同样地射到了这青年所在的晦暗的角度里。

这时，室中最紧张而又最骇人的一个场面发生了！

只见那个病人，额部像泉涌那样，分泌出了黄豆般大的黏腻的汗珠。他把他的全身的重量，支持到手内那支橡木手杖上。霎时，狂颤而挣扎地站起；立刻，又无力而颓然地倒下。他狠命举起了他的惊，讶，畏，恨，一时聚集而不可名状的眼色，死劲盯着小邱。他从一种粗重可怕的声气之中，迸出几个字音来道："小……邱，你……你这鬼！你……你……你竟敢——你……竟敢……"

他本来想说："你竟敢用毒药来毒死我！"但他这一句句子，终于没有完成。说到半中间，他蓦地伸手，抓着他的颈项，好像他的喉内，已在冒着烟火；接连着，他又一把抓起他那黑缎睡衣的胸襟，显示一种非常的痛楚！在这最短促的片瞬之间，呵！可怕啊！他忽把他的眼光，从原来的地点，突然收回——那样子，好像他的视线，是被一种什么声音，呼唤过去的——当时他不再看着小邱，也不看着佩莹，也并不看着医师。他缓缓举起一种战栗的视线，搜寻似的看到了室中另外一个并没有人的角度里，他这怕人的表情，仿佛表示：这室中突然又走进了另外一个第五个人来！只听他发为一种鬼迷似的哀吁的呼声，模糊，断续，而又阴森地呼喊道："啊！你——你——你让我——忏——悔——"

一语未毕，只听他的喉头，发出了"轰！""轰！""轰！"火车机头开动似的声气！在几秒钟内，众人眼看着他的目光，由扩张而涣散，而昏瞀，而盲瞽！最后，他再伸出一手，在空气中，盲抓了一阵，紧接着是一阵剧烈的痉挛！只听"啪"的一声，那支橡木的手杖，在他另一手内，松放下来，跌落在那精美悦目的地毯上！

于是，寂然了。

十六　我要请你尝尝一种"美味"的死法！

读者或许要问："这是怎么一回事呢？"

笔者可以这样回答："看样子，似乎我们这位闻人先生，在这极短促的瞬间，他已鼓动他的赛跑的长腿，用了最高的速率，到达了‘马拉松长跑’的终点了!”

此时，那位医师先生，他和这位生命赛跑的锦标者，坐得最为接近。论理，他看到了这种赛跑的惊人速度，应当表示一点惊诧——至少是讶异——但是，他并不，甚至，他的钢制似的颜面神经，并不因此而有一丝一毫的变动；那样子，好像他在五十年前，早已知道了这么一回事。

他真从容哪!

你看，他把手内那支残烟，郑重地熄灭了火，吝惜似的把它收藏进了他的精美的烟盒——这明明表示：在他眼内，看得身旁这位闻人的价值，还远不及他手中半支残烟那样的可贵!

收起了纸烟，连着，他轻捷地跳起身子来，走到那扇室门前，验看了一下那个栓子，是否拴得好。

最后，他方回身走到那位和平而又忍耐的闻人的身前，俯下身子，在这闻人的额上，亲密地抚摸了一下子。他又拨开这位闻人生前瞧不起人的高贵的眼皮，约略看了看。旋转身子，他一脚踢到了那支横在地毯上的手杖，他从容捡起，把它安放到它旧主人的身前。然后回过头来，向着刚触过电流似的那双男女，恬静地说：“呵呵！米虫钻进饭锅，煮熟了!”

只见那双男女，活像一对冰块雕成的塑像！睁圆了眼，声息全无!

那女人好像一个跌重了的孩子，好半晌，她方始透过一口气来。只见她很慌骤——而又很迟疑地，预备抢到她这最亲爱的杀父仇人的身前去，细看一个究竟。但她这热心的行动，却被那个仁慈的医师挡住了。只听医师说道：“这是并没有什么参观的价值的。这种讨厌的东西，近年来，马路上多得很哪。”

“哦！他……他……他死了吗?”这女人的舌尖跳着舞，发为“悲婀娜”上弹出来般的音调。她好像方始省悟似的那样说。

“嗯！他好像……”医师说道，“他好像并不活着了。”

呵！女人的心理，正是一种最不可捉摸的东西！三分钟前，那位闻人，在这女人的眼光里，还是一个所谓“仇深如海”的杀父大仇人；可是，仅仅隔了三分钟后，至少，她已并不再把他当作仇深如海的杀父大仇人。因之，她的还没有干燥的眼圈，忽又微微泛上了一丝红色的潮润。她悚惧地，抬起了她一种矛盾的痛苦的眼色，先向对方那只寂寞的椅子里，偷觑了一眼，她再望望那扇门，随后，她回眼死盯着小邱，责问似的颤抖着说：“你——你——你——”

她分明想说："你怎么会做出那样的事来？现在怎么好呢？"

"不必慌！这里暂时还不会有人闯进来，一切有我哩。"医师也望望那扇门，用镇静的语声，安慰似的这样说。

这医师的代答，使那遭受了天打似的青年，得到了一个召回灵魂的机会。他看到那女人的责问的眼光，用一种带哭的调子，非常费力地说道："啊！佩——啊！师母！我没——没有……没有呀——"

他的喉头，好像已布下了一道封锁线；而舌尖上，也似乎张有一重不易通过的铁丝网。

医师举眼向这失魂似的可怜的青年看看，眼角露着怜悯。她又回眸，望望那个怒目狰狞的死尸。他的眼珠，转动了一下。

"哈哈哈哈哈"！他忽然仰起头来，发出了一种怪鸱夜鸣似的扬声大笑。

这笑声把对方的一双男女，推进了重重大雾之中。

只见这医师走上前来，拍拍小邱的肩膀，好像父亲抚慰着一个被责过的孩子。

"好兄弟！你别急！"他说，"我知道你没有——你没有偷过夏医师的毒药；你也没有把什么东西，放进那杯牛奶；换句话说：夏医师根本不曾失落过什么马钱子或马后子精；这就是说：你也根本不曾毒死你的老师！"

略停一停，他再坚决地补充道："是的，我必须承认，即刻我所说的话，那完全是玩笑，请你们不必介意。"

"玩笑？"小邱的声音带着颤，他完全迷糊住了。

"啊！你说，他没有毒死他吗？他——他没有毒死他！这——这是真的吗？"那女人抢上前来，急急地这样说。惊悸的眼角中，夹着一种快慰的希望，但她的语气，明明透出不信。

"我何必骗你呢？"医师恳切而坚决地说。

"咦！那么，他怎样会——会死的呢？"女人望着那个僵硬的东西，悸恐而又怀疑。

"我在实行我的一种试验……"医师似乎关心着他半支未吸完的烟，他又缓缓掏摸他的纸烟盒。他继续说："如果你们的肚子还不饿，可要听听我的试验的方法？"

小邱愈听愈模糊。

那焦悚的女人，愈听愈不懂。

只见这医师，又像招待来宾那样，在向他们摆着手："请你们暂坐片刻，好不好?”

这一双男女，分明早已感到了这位神奇人物的不好说话。他们无可奈何地，接受了这客气的命令。

坐虽坐下了，却像坐到了一个烧红的炉子上。他们的精神，已全部被那死尸所吸住，每一秒钟，都在增加着焦悚。他们以乎感到他们的手足，全部成了多余，而有无处安放或遣散之苦。

“我劝你们二位——”医师自己坐下，喷出了几个恬静的圆圈，他说，“应该把你们的目光，扩放得大些，愈大愈好；再把那个讨厌的东西，看得小些，越小越好；你们不妨把它看作一个死苍蝇！能够这样看法，于摄生方面，必定有些益处的。”

医师的话，虽然说得像半寸灯草那样轻飘。可是，陈列在眼前的死尸，毕竟是一个庞大刺眼的死尸哪！它决不能因这几句轻飘飘的话，而真的变成一故死苍蝇。因之，他说的话，仍不能影响这一双男女的刺促不宁的神态。

他向他们看看，似乎有点不耐。于是，他沉下脸来，用一种严肃的调子说：“的确！你们应该仿效一下死者生前的人生哲学！喂！你们想：十二年前，他眼看人家，活活被挖出了心肝，他并没有皱皱眉！这是发财人的必要的镇静态度哪！你们不能学学吗?”

这最后几句话，似乎产生一点小小的效果了。只见，一缕凄楚的暗影，迅速地又浮上了这女人的惨白的两靥。她果然把注意那死尸的眼光，怨愤地收回，而凝视到了她的那些刨过泥土的指甲上。

再看那个青年，一听这话，他似乎已想到了死者生前的阴险残忍。只见他勃然作色！好像他的胆力，一时已壮健了许多。

医师向他们笑笑说：“那很好，就请你们静听我的新闻吧。——

“在外国地方，有一个很著名的心理学专家——”他吸了一口烟，抖动着他的交叠起的脚尖，开场这样说起。

哈！真可佩服！在眼前这种局势中，他居然有这闲情，演讲什么新闻！而且，一个外国地方的心理学家，于眼前的事，会有什么联系呢?

那双男女，焦悚地看着那扇门，又焦悚地看着他。他们感到肠子有点发痒。只听他又悠然说下去道：“那个心理学家，告诉人家：他能不用刀，不用枪，不用一切杀人的东西，而能凭一种神奇的方法，送人回家，取得‘总休息’。

“一次，他向刑事当局，要求得一名将被处决的死囚，实行他的试验。

他向那个死囚，幽默地说：‘吃饭’与‘死’，是人生的两大问题：吃饭，应当选择可口的菜肴；死，当然也该选择‘可口’的方法。上缢架是苦味的；坐电椅，滋味也太辣；所以现在，我要请你尝尝一种‘美味’的死法。——

“他——这心理学家——把一方布，扎住了这死囚的两眼。然后，把这死囚牵引到一个自来水的龙头边去，说道：‘我要割断你的脉息，放尽你的血液，使你死得毫无痛苦。’说时，他用一柄小刀，在这死囚的脉窠上，用力割了一阵——你们记着，他用的是刀背——随后，他把自来水的龙头，开放了一线，使它发出滴滴答答的声息。他向这死囚说：‘你的脉息，已经割断了！听到没有？你的血，正在流出来！是不是毫无痛苦？现在，你全身的血，流掉十分之三了！啊！十分之五了！十分之七了！啊！还剩二成了！一成，半成了！啊！差不多——呀！完了！现在你立刻就要死了！你看，毫无痛苦，是不是？’——

“这心理学家一连说了三句毫无痛苦，只见那个死囚的头，渐渐低沉了下去。当他把死囚脸上那方遮眼的布拿下来时，只见这死囚果然毫无痛苦地，上升了天国！”

医师滔滔然，一口气说完了他这新闻。他忽又扬声大笑；一面解释着道：“这新闻的性质，似乎有点荒谬，我也是从别人那里听到的。我因为不相信这话，所以亲自要试试。感谢我们这位王先生，他真慷慨，给了我这样一个增进学问的试验的机会！”

那青年听出了神，直到听完，他瞪着眼，似乎依旧有点迷惘。但，他想了想，忽而恍然大悟。只听他哦的一声喊出来道：“啊！你仿效了那个心理学家的办法：你——”

“不错，我的话，和那心理学家告诉死囚的话，原是大同小异的。”医师微笑着接口。

青年期期地道：“他——他是被你吓死的！”

医师又点点头：“正是，吓死了他，解救了你们。”

“解救了我们？但，但是，你——你已害了我们咧。”青年的紧张的眼光，不期而然，又飘到那个死尸身上去。

“害了你们吗？我要提醒你们，请你们记着：夏医师说过：死者本来害着极厉害的心脏病，而且我，我也是一个医师，我有我的舌子哪。”医师站起来，把他第十枚的烟尾，轻轻抛进痰盂。他用抚慰似的声吻，补充说：“我请你们‘节哀顺变’，先放开胃口，吃毕一顿过时的午饭。然后提起精神来，准备料理盛大的丧事。——”

他又掉转视线，向这新出品的孀妇说：“喂！王夫人。啊！不！暂时我应称你为况小姐——我希望不久，我能称你为蜜雪丝邱，——啊！况小姐，在热闹的孝堂里面，我预先祝福你们二位，能合饮一杯法国式的咖啡!”

那女人的惨白的脸，变成绯红。她已不暇流盼那个死尸。她只下意识地，低头整理她的衣纽。

小邱抑制着怒气，期期然说道：“但是，我也要提醒你，也要请你记着：这——这是人命呀!”

“人命?”医师猛然回过头来说：“在眼前这个可爱的世界上，最轻贱的，就是这两个字！请你不要放在心上吧！有我哩!”

说到“有我”，他并不指着他的鼻子；却是指着他的耳朵。

十七　还有一个最后的小小的曲折，没有揭露出来咧!

写到这里，这一篇用过了好几百“!”式符号的冗长的故事，应该可以结束了。可是，在笔者的疲倦了的钢笔尖之下，似乎还有几句话，是有补充一下的必要的：

那天，当余化影医师走出那间憩坐室时，他已预先拨开了那只活的落地式的收音机，使它播放出了必要的节目。他走到外边，向众人报告说：“那位王先生，心脏病勃发，打强心针也来不及，死了!”当时，王家的那些下人们，虽然有些讶异。可是，近一时期，他们看到主人的形容，那样的消瘦，失常。他们久已准备，迟早之间，会发生这么一回事。因此，他们接受了这意外的消息，并不感到如何的奇怪。

并且，余医师走后，第一个到场的人物，便是那位夏志苍医师。这老医师把死者的尸体，检查了一下之后，他的眉毛皱得很紧。最后他也声言：“死者正是由于急剧的心脏病，不及救治而死。”有这两位“可靠”的人物，一致加以证明。于是，这事情在当时，便不再有何麻烦——并且，直到以后，也不再有何麻烦。

我们这位闻人死后，那唯一合法的继承人——他的妻子佩莹——便接受下了他的全部财产。哈哈！细想起来，这里面含有一种循环式的因果哩。然而，这因果却也十分自然，似乎并不含有任何迷信的意味在内的。

那个女人的胸襟，相当的阔大。她对她的哥哥——况又春——并不记着前怨。她很慷慨，把她的财产，剖出了一小部分，对她哥哥，作了一个自愿的赠与。——在她的意思，以为王俊熙的财产，原是由她父亲遗传下来的；父亲的财产，原该传给哥哥。所以分赠他一些，那也非常合理。

可是，一个吃白面的家伙，一旦得到了大量的金钱，将会产生如何的后果，那是不难想象而知的；结果不久，这一位扮鬼的名角，他由扮演假的鬼，竟进一步而扮成了真的鬼。他对于那种一度尝试过的工作，似乎已发生了兴趣；他的工作态度，委实是相当"认真"的。

其次，那位邱仲英先生，与这位况佩莹女士，他们在这一场风浪之后，是否已经结合起来了呢？笔者记述这篇文字，初意，只想写出"吾友"鲁平生平经历的事实之一，并不准备描写关于情感的文章。因此，对于这男女俩的最后一笔账目，准备不再提出负责的报告。

最后，这该提到"吾友"了。那位神奇的余化影医师，他在这件事里，得到了些什么呢？

提起这位余医师——当然，他另有许多别的姓名与职业——他的生平，一直抱着一种"决不空手"的主义；他所习用的口号，乃是："一切归一切，生意归生意。"这一次，他虽充当了一名临时客串的医师，可是，在这一次客串之中，他已沾染到了一般大名医的习气。在他的临时性的"诊例"上，居然也有病贫一概不"记"的字样——所谓不记，当然是指决不记账而言。——何况这一次，他所遇到的，又是一位有钱的闻人。

因之，那天当他跨出那位闻人的公馆时，他的玩具式的黑色手提箧内，早已很谦让地，装进了二万元的出诊的诊费——不！这该说是秘密保险费；或者可以说是杀人应得的酬劳费——也像十二年前的王阿灵，取得了他的杀人应得的酬劳费一样。

光阴先生，不问人世间有几许离奇曲折的故事，它只是向前飞奔，绝不顾盼。眨眨眼，距离我们这位闻人的死，匆匆已达一百天。

这一天，那位王夫人，假座本埠极著名的玉佛寺，举行"照例"的超荐。在这古丛林的一角庭院之中，王夫人照例在播送她的特别节目，小邱先生，照例在帮同"照料"一切。那些和尚们，照例在叮叮阁，阁叮叮，欢送那位王阿灵的亡灵，大步踏进那座专接恶人的天堂。

巧得很！笔者准备向旧小说家们，乞假一句成语："无巧不成书！"这天，在这古丛林的另一部分——大殿上——那位最初发现于这故事中的天台宗的雪性大法师，恰巧又被请到这寺内，在作佛学上的演讲，在演讲中，他又说出了以前说过的几句：

——杀害了人家的，结果，难逃被人杀害的惨报——

可惜这位雪性法师，对于我们这位闻人的“行述”，他还并不知道哩。假使知道，也许他会补充上如后的几句：

——谋夺了人家财产的，结果，自己的财产，终于会被人家谋夺去——

更有凑巧的事哪！这一天，那位余化影医师，他居然也在男居士的听经席中，占了一个位子。他，怎么会到这里来的呢？说出来很滑稽。原来他在那位闻人的府上，取得了那笔沾有血腥的出诊费后，在短时期内，竟把这些钱，换得了一些失恋的“惨报”。——本来他对于佛教，原是一个具有某种信仰程度的非形式的信徒，不过平常，他并不喜欢听经拜佛。而这一次为了失恋，他却遁迹到这佛地上，作了一度五分钟式的逃禅。在他，也算是忏悔忏悔他的业障吧？

提起忏悔，他用那种离奇的方法，杀害了那个闻人。这该忏悔一下吗？

不！该忏悔的，并不是他，却是另外一个人。因为在这故事之中，还有一个最后的小小的曲折，不曾揭露出来咧。

当王俊熙初死的时节，这余化影医师，曾经拨开他的眼皮，察看了一下。啊！奇怪！当时他发觉，那死者的突然暴毙，真的竟是中毒而死的！但是，为了某种原因，他非但没有声张出来，他反放出一种离奇的烟幕，掩护住了那个凶手的罪行。

这凶手是谁呢？不用说了，当然是小邱。

可是这小邱，他用什么东西，毒毙他这老师的呢？

据这余医师的料想：他一定是用着一种慢性而不易觉察的毒品，在许多日子内，渐渐分次送给他的老师服下的。

那么，那天他在调制牛奶的时候，可曾把那毒物，真的偷偷放进那杯中去吗？啊！那不会，那一定不会的。你们想：一个下毒药的凶手，当着一个医师的面，他会把他的毒药，堂堂皇皇使用吗？料想世间绝没有那种傻子的。

还有那个夏志苍老医师哩，他怎么也会一无表示呢？是的！他的观察与判断力，一定不及那个“初出道”的余医师吧？呵！这是笑话！

可是这里面，却真的有些笑话在着哪！

原来：当天这夏医师，一眼看到死者的状况，立刻便已感到，情形就有可疑。并且，他还看出死者在临命前的刹那，曾发生过一种“强直性”的痉挛——这在国医们的术语，称之为“角弓反张”——这现象，正是中了某一类毒物的现象。想到中毒，立刻使他想起：隔日，他曾和那个莫名其妙的医师，提到过马前子精的话。啊呀！不好！不要那个家伙，因为偷到了自己的口风，而竟把一种过量的马钱子精，送给病人服下了吧？看情形，很有些像哩！因为误服了马钱子精，正有这种角弓反张的现象的。果真如此，那么病人的暴毙，自己似乎该负一点间接的责任哩！这位“可靠”的老医师，原是一个胆怯畏事的人物。想到这里，他立刻自动取出了他的橡胶布，在他自己嘴上，加上了一道十字形的封锁线。

呵！倒楣了王俊熙；便宜了小邱。仔细想想：这事情真是有点可笑的。

那么，小邱为什么要毒死他这有面子的老师呢？关于这事，里面还牵连着一段悲剧式的罗曼史。如果读者肯守秘密，笔者可以悄悄报告出来。

原来：那位况佩莹小姐，与这小邱先生，不出余化影的意料：他们的结识，果在王俊照之先。结识的所在，就在所谓“火坑”之中——当然，那时候的况小姐，她是另外有着她的霓虹灯上的芳名的。——当时，他们“照例”盟山誓海，已有嫁娶之约。可是，读者们，你见过那张弓插翅的爱神吗？嘿！你看，这可恶的小东西，它的造像，不是往往是用黄金鼓铸起来的吗？于是，在一种必然性的结果下，这小邱终于做了情场上的劣败者。当时这事情，曾使这个热血沸腾的青年，几乎疯狂；几乎要自杀。最后，他在无办法中，找到了一个办法；他打听得他这未曾会面过的情敌，是本埠一位富商。于是，他辗转托人，投拜到了这位富商的门下，做了他的一名门生。借此，可以接近他的“生命之泉源”。

这可怜的家伙，他的用心，着实是很苦的！

至于这一次，他从佩莹嘴里，听到了他老师的十二年前的那种残酷的隐事，在青年人的热情之火下，引起了他的不可遏的“正义感”。于是他毅然决然，暗自下了这仁慈的毒手，准备把他心底的偶像，从不合理的环境中解放出来。

那么，他这勇敢的举措，是否完全由于纯粹的正义感呢？关于这，笔者至少在暂时，还不敢下肯定的答语。

不过读者们是明白的，你们请看：在那产金沙的沙滩上，有几多耀眼的金沙，它们会是纯粹的金沙；而竟不渗入一点其他沙土的杂质呢？

除此以外，还有一种推想：也许王俊熙在这件闹鬼的把戏上，他对小邱，已经有些怀疑；小邱无奈，方始下这毒手。这也是一个可能的理由。

总之，由于以上这一个最后的揭发，可知杀人的责任，并不需要我们那位神秘朋友负担起来，那是无疑了。

讲到这位神秘人物，他的为人，有一部分的读者们是知道的：他生平，虽曾做过许多许多“恶意的善事”；或是“善意的恶事”。但是，他所最恨恶的，却是杀人与流血。——这是他和那位震惊一世的“海尔希特勒”，最显著的不同点——他既不曾杀人，当然，他也无须忏悔。

然而不！仔细想来，他还是要忏悔的，论理，他在这件事里，他既知道了这暗幕中的真相，他应该使那杀人的人，受到制裁才对。

他为什么并不声张呢？

从人世间的法律上说：他有“庇护罪人”的过失；——（这在法学上的名词，就叫做“不作为罪”。）——而在佛教上，他这过失，又名为“随喜的”罪恶；这种随喜的罪恶，从佛法说来：和直接的罪恶，几乎是相等的。

可是，在那位神秘人物的脑球内，却具有一种思想上的隐秘。趁这机会，让我一并揭发了吧！他的一生，抱有一种绝对错误的思想；他以为不论哪一个人，在某种热恋状态之下所造成的罪恶，都应该加上宽恕的。由于这种乖僻的主张，所以地对小邱的杀人，非但并不声张，而还给以掩护的烟幕。

以上，便是这种神秘事件中的全部的秘密了。

请读者们判断吧！那位神秘朋友的罪恶性的思想，是否应该忏悔忏悔呢？

原载《万象》，1942 年 5 月至 7 月第一卷第十一期至第二卷第一期

三十三号屋

一　问题的屋子

那位神秘朋友鲁平，生平和字典上的“家”字，从不曾发生过密切的关系。但这一次，他却郑重其事，亲自去租下了一所房屋。租房屋，原是一件绝对平常的事，可是后来因这件事而引起的结果，非但完全出乎一般人的意料以外，同时也完全出乎鲁平本人的意料以外。

鲁平所租的屋子，地点是在贝当路的尽头。那条路，在这嚣烦的都市中，是向被一般人们很荣宠地称为一条有“诗意”的路的；那里的地段，相当幽静。有一带新建的屋子，也有一个颇含诗意的名称，叫作“萍村”。

不过鲁平专程去租那所屋子，并不是贪恋那个地点含有诗意，也并不是要在那边组织什么家庭。实际，他租那所房屋，完全出于好奇；也许可以说：这是他的一种“生意眼”。

说起来是相当有趣的：当这萍村落成未久，村里的屋子还不曾全部租出的时候，村中却已一连发生了两次奇事，当时颇曾引起社会上的注意。第一次，据说有一辆簇新的流线型的汽车，停在村口。车中跳下一个近四十岁的中年男子，衣着相当华贵，模样像是一个政客，声言要租住村中的屋子。其时，村中仅剩下“三十三”“三十八”两所房屋，还没有租户。于是便由村中的司阍，领看那所“三十三”号的空屋。

当时这中年男子，在这空屋的二层楼上，逐处细看，逗留颇久。那司阍感觉到不耐烦，便独自先走下楼来。刚走到楼下，忽听那中年男子，在楼上一声惨呼。好像是突然遇见了什么意外的事情！那司阍急忙奔到楼上看时，前楼后楼连同浴室，都是空空洞洞，连人影都不见。三层楼上也是如此。奇怪之至呀！一所平常的居住的屋子，当然不会有什么“复壁”与“暗室”之类的设备；既然没有复壁暗室，在光天化日之下，清清楚楚地眼看一个人走上楼去，何至于转眼之间会在一个空洞而一无所有的屋内突然隐匿不见？

经这司阍把以上的经过，到外边播音似的一说，引得全村的居户，都感到了非常的奇怪。

有人以为那中年男子，或者是乘着司阍并不注意的时候，悄然离去的。至于那二层楼上的一声惨呼，也许是出于这司阍的误听。然而这一个揣想，立刻就证明不正确。因为不到一小时，那个守候在村口的汽车夫，却来找寻他的主人。这可见那中年男子，自进了三十三号屋以后，显然并不曾走出村去。因这一点，这事便愈觉不可思议！

可是不可思议的事情，倒还不止于此哩。

下一天，又有母女二人，到萍村来看屋子。那少女，长得非常俏丽，服装也摩登得可以，有一件可注意的事，她身上戴着许多件珍贵饰物；令人一望之间，感到她身上所戴的东西，未免太多了些。这不像是出外来看屋子，倒像有意搬出她的全部储藏，来参加什么饰物比赛大会似的。

当时，仍旧由那司阍领看那座三十三号的空屋。那司阍开了门，让这母女二人走进这空屋之后，他自己却走到斜对面的一所四十五号的屋子门口，和一个女佣去闲谈。他们正起劲地谈着昨天那件不知结果的怪事，约摸不到十分钟的时间，只见那个老妇慌慌张张地走来，问他可曾看见她的女儿。据这老妇说：她和她的女儿，一同走上三十三号空屋的二层楼，又一同走上三层楼。其后，她——这老妇——曾打开三层楼前楼的楼窗，向村道里闲望了一会儿。又曾走进三层楼的浴室，略略察看了一下，前后至多不过四五分钟的时间，不料一转身，却发觉她的女儿已影踪全无，不知去向。以上的情形，和上一天的那件怪事，前后如出一辙，这未免太神秘了！

自这第二幕动人的戏剧演出以后，这新闻在各日报上也都登载了起来。有一张报纸，在显著的地位，刊着“萍村怪事”的标题；另有一张报上，除了刊出新闻以外，又特载着一篇“魔屋司阍访问记”的素描文字，内容除将上下两天的事件，详尽地记在一起之外，又尽量加以渲染。这篇文字，比一张侦探影片的说明书，写得更为动人。于是，这前后两天的事件，更加吸引起了群众的注意。

其实，这前后两件怪事，经过虽十分相像，而实际却有着很显著的不同。就是——前一天的中年男子，其姓名来历，完全无人知道。他自从在萍村三十三号二层楼上不见以后，是否果真就此失踪？这一个问题，始终没有准确的解答。因为在以后的几天中，社会上并没有传出什么人失踪的消息。至于第二件事，却显然不同。那个少女，自在三十三号空屋中突然消失以后，她的踪迹，一直便如石沉大海，音讯全无。并且，这少女的来历，大家也已经知道，她是一个唱花旦的女伶，艺名叫作白丽娟。在舞台上略有一点相当的声誉。惟其如此，这怪事在社会上，便格外增添了动人的力量。

总之，萍村中三十三号空屋，自此已成为一所“问题的屋子”。大家走过这座空屋时，不期而然，会发生一种异样的心理。尤其是住在村里的人，甚至禁止着妇女与小孩，不许在这近边逗留。而这座空屋，也从此不再有人敢去租赁，一直便幽悄悄地，空关了起来。

二　密密层层的疑云

萍村的事件，迅速地传到了鲁平的耳朵里。

鲁平生平，差不多可以称为“猎奇”的专家。他的“猎奇”，具有两种目的。其一：是为了消遣；其二：这简直也成了他的“专门的营业”。凡是社会上发生了一些什么事件，不论或大或小，只要稍带一些诡奇的意味，在他心目中，便认为这是发掘面包原料的机会来了。不过，他的探奇，也具有一个信条。他认为一件事情，最初在表面看看，好像是神奇无比的，而其结果，往往平常得很。所谓“雷声大，雨点小”的成语，在他过去的经历之中，几乎已成了一种定例。至于一件很小的事，凭他像剖解刀一样的智力，一经细细分析，却又每每会找出一个比较严重的后果。这种例子，在以往有过许多。

萍村事件，在一般人的心目中，都认为非常不可思议。唯有鲁平，却觉得并不足以引起他的兴趣。尤其那第二件事，他几乎百分之九十九以上，吃定那个女伶白丽娟，在那空屋里突然消失，是出于自动地溜走。她所以这样走法，不外乎要眩惑人家的眼光——也许，她就是在对她那位同来看房子的母亲，在放着烟幕，也说不定。像这种事，他认为平常得无可平常，完全不值耗费他的思绪。至于第一件事，他觉得除了那个中年男子，在楼头的一声惨呼，略堪研究之外，其余的种种，也并不怎样神奇。总之，鲁平对于这所谓萍村事件，在最初，他并不想插身进去。

巧得很哪！在那时候，恰好有个医生，忽然嘱咐鲁平，说他的体力，有静静休养一下的需要。而鲁平自己，也感到在过去的三个月中，一则闲得发慌，脑子几乎生了锈。二则，他也觉得最近他的“生意”，实在太清，“进款”似乎有点不够。因着以上这两个动机，他想，不如姑且到这所谓“魔屋”中去看看，有没有什么大小生意，可以做这么一下。虽然他明明知道，问题的枢纽，绝不在那空屋里面，不过，即使找不出生意来，就遵了医生的嘱咐，顺便在那里休养一下，却也未为不可。

在主意决定以后，鲁平就以“画家俞石屏”的名义，径向萍村的经租账房，租定那幢三十三号的屋子。在第二天上，他就亲自押着一些极简单的家具，独个儿搬了进去。

所谓萍村也者，地方相当宽绰。在这村里，共有四十宅单幢三层的住屋，前后排成四个行列。建筑相当精美；屋中一切设备，也相当考究。三十三号一屋，位置在第三排。这屋子的二三层前楼，都装着法国式的落地长窗，窗外各有一座长方形的阳台。那后半部的亭子楼，容积比较普通住宅所有的略为宽大一些。这里也装着较狭小的法国长窗，开窗出去，却是一座月牙形的小型阳台。站在那里，可以眺望幽静的村道，和对面第四排的屋子——二三层的后楼，式样完全相同。这种结构，大体上和一般的普通住屋，似乎略有不同。

这里，笔者要向读者们请求，对于以上的情形，稍稍加以注意。因为，这和后面故事的开展，是有些小小的关系的。

鲁平在搬进三十三号屋的第一天，第一件事，就把上下前后的各个部分，细细都察看了一下。不出他的所料，这屋子的内容，绝无半点异状。他觉得一个人会在这种绝无异状的屋子里突然地消失掉，那简直成了一种可笑的神话；换句话说：那简直是绝对不可能与不会有的事。

“哼！这里面，一定有些可笑的错误在着哪！”这是他搬进这座屋子后的最初的一个意念。

不过，在巡视各室的时候，有一件小小的异事，却迅速地引起他的注意了。

他在三层亭子楼的地板上，找到了一张扑克纸牌；纸质还是簇新，显然并未被人用过。咦！在这一所还不曾有人住过的空屋里，这纸牌是哪里来的呢？还有可异的事哩！这纸牌的正面，是红色心形的三点；反面，也是红色心形的三点。原来是两张同式的牌，背对背粘合在一起的，粘合的手法非常精细，粗看，决不能看出这是由两张牌所并成。再细看这牌，那是一种用羊皮碾成的纸张所制造。他本是一个玩纸牌的“专家”，他一看这东西，就知道这是“808”的牌子，品质非常名贵，价值相当可观。况且，他想：在每一副的纸牌之中，并没有同花同点一样的两张，这两张红心的三点，当然是从两副牌内抽取出来而粘合成的。假使这里面并没有特殊的作用，大概决没有人会从两整副的纸牌中各抽一张，而破费工夫把它们合并为一张。还有更可异的问题咧！这里子的号数是“三十三”；而这两张纸牌的点数，恰巧也是“三”与“三”！这其中，会有什么微妙的关联没有？若说并没有关联，而仅仅是出于“偶然”，呵！做这种可怪的偶然，未免偶然得太巧啦！

这可异的纸牌，成了一种燃料，把他的兴趣，立刻鼓动了起来。他的敏锐的思想，从此便开始了忙碌的工作。可是，至少在眼前，他对这问题的端绪，觉得空空洞洞，还是毫无捉摸咧。于是，他暂时把这纸牌，小心地藏进了一个信封，又把这信封，郑重装进了他的衣袋。

当天，他就在拣到这张奇异纸牌的三层亭子楼中，布置下一个简陋的卧室，独自住了下来。

第二天，他独自走到村口，借端去找那个司阍。他把一支上品的雪茄，恭敬地送给了这一位魔屋怪事的经手人。那支“上品雪茄”，轻轻撬开了这司阍者的嘴，于是，他们便开始闲谈，渐渐谈到了三十三号空屋中的第一次所发生的怪事。

鲁平在有意无意之间，把那中年男子的状貌、衣饰、年龄、口音，以及突然不见的情形，逐一问得非常详细。据这司阍说：那中年男子在楼头的一声惨呼，他听得非常清楚，可以发誓说是决无错误。而他在听到这呼声之后急急奔上楼去的时间，至多也不会超过十秒钟。在短短的十秒钟内。那样清清楚楚的一个人，竟会突然消失不见——就算是一缕烟吧，那也不至于消散得这样快！这未免太可怕啦！

连下来，他们又谈到下一天所发生的事。这第二件事，在这司阍的嘴里，他简直把那个失踪的女伶，描写成在天上闲逛而一不留神从云端里面失足滑跌下来的仙女一样！此公一味形容那女子的美丽，其余，却茫茫然地说不出一个肯定的所以然来。二人谈了半天，鲁平依然感到茫无头绪。好在他对以上的两件事，本来并不十分重视。暂时，他所念念不忘的，却是藏在他衣袋里的那张怪异的纸牌。

喂！你们以为那张纸牌的事，有些可怪吗？不错！当然可怪之至！可是，比这张纸牌更可怪的问题，还在后面哪！

当鲁平拜别了那个魔屋怪事的经手人，而从村口回进来时，他忽见有两个人，神情鬼鬼祟祟，在三十三号屋子后门口诡秘地张望。其中的一个，是四十左右身材高大的壮汉，戴着一顶深色铜盆帽，穿的是黑呢短大衣，下半身，露出着蓝布裤与黑皮鞋。此人生着一双三角怪眼，模样像是一个工人的头目。

另外一个人是青年，穿着蓝布工装皮鞋，面貌也并不善良。

这二人一见鲁平向三十三号屋走过来，便同时回身走开去。鲁平匆匆奔上二层亭子楼，轻轻开了法国式长窗，悄悄探头向下张望时，只见这两个人，向外走了几步，重复又回身进来，向这三十三以及左右两家三十二与三十四号的屋子，只顾徘徊探望。他们站了一会儿，脸上个个露出焦灼的神色。又看他们细语商量了一阵，第二次又返身向外。鲁平一见他们相偕走出去，他急忙自后楼奔到前楼，开窗走上阳台，看时，不出他的所料，只见这二人，又从后面的村道里，兜到了前面的村道里来。

鲁平偷看到那个穿大衣的壮汉，向着那个穿工装的青年挤了一挤眼，便走向三十四号屋子的前门去，按了一下电铃。只听他高高地喊说："这里可是姓王？你们是不是要校对电表？"

"不是的，没有!"一个清脆而带厌恶意味的女人的声音，简单地从那三十四号门上的小方框里高声传送出来。

"咦！你们不是写信到电力公司来的吗?"那壮汉一边说，一边将一种饿鹰觅食般的锐利的目光，从这小方框内飞射进去。那小方框迅速地紧闭了起来。这壮汉又诡秘地向那个工装青年耸耸肩膀。看这情形，显见校对电表的话，完全出于假托。

这时，鲁平又见那个工装青年，踌躇了一下，似乎要来叩这三十三号屋子的门，恰巧那个壮汉偶然抬头，却和阳台上的鲁平打了一个照面。这壮汉便立刻闪动着他的三角怪眼，向那个工装青年投了一个暗示，似乎在阻止他的动作。接着，便见这二人重新又向村口那边走了出去。

鲁平看这二人的情形，简直非常可疑。他想了一想，决计追踪出去，准备细看一个究竟。他立刻走出三十三号屋子，急急奔到村口，他满以为这两个人，走得还不很远。不料，他向这幽静的马路上两面一望，早已不见了这两个诡秘人物的影踪。鲁平越想越疑，觉得错失了一个大好的机会，未免有点可惜。

于是，他懊丧地回进屋子。他在他的记事册上，把当天所见的事情，详细记了下来。

为了这两个可疑的家伙，引得我们这位神秘朋友，不时踏上这三十三号屋的前后部的阳台。

他以一种“哥伦布”站在甲板上面眺望新大陆时热望的眼光，不时眺望着下面的村道，准备着随时再有什么新的发现。

可是，三天的时间，匆匆过去了。下面村道之中，一直是那样幽悄悄地，毫无半点动静。这使他感到自己这种“守株待兔”的办法，未免拙劣得可笑。他正打算改换方法，到外面去活动一下。他刚自这样准备，却没有料到正在这个时候，又有一个完全出于他意外的枝节，从另一方面岔生了出来，这一种非常诡异的枝节，竟把他的预备向外活动的脚步，立刻拦阻住了。

笔者在前面一节文字中，曾清楚地向读者们报告过：鲁平在这三十三号空屋中所布置的简陋的卧室，是在三层楼后部的亭子间中。推开那两扇狭长的法国式长窗，便是月牙形的小型阳台。站在这里向外眺望，目光最易接触的，却是对方第四排屋子的前部；尤其对面的一家，更容易映进眼帘。

这一家屋子的号数，是四十三号。由于季节的关系，那边二层楼上的法国长窗，不时开得很直。从这里三层楼上，望着对面二层楼中的内容，因为居高临下，窗内的情形，可称历历分明。那里是一间富丽堂皇的寝室，其中所有的家具，完全显着流线型；一切陈设，也都显示百分之九十九的精美。这简直是一座小布尔乔亚所住的瑰丽耀眼的小皇宫。在这小小的皇宫之中，常常见到的贵人，那是一个五十多岁的大胖子。——看样子，这就是这间屋子里的幸运的主人。另外，还有一个瘦小的中年妇人，大约就是主妇。

以上的事情，看去很平常，似乎不值得加以详细的记述的。可是，惟其太平常了，其中却隐藏下了一种不平常的成分，不信，请看以下的诡异的发展。

对方那座四十三号的屋子，二层楼上的情形，是记述过了。但是，三层楼上的情形，又怎样呢？

那里两扇与二层楼上同式的法国长窗，多半的时间是半开半掩，看不见室内的情形。但鲁平有一次，走上屋顶露台，望见对面三层阳台上，安放着一张铁架磐石面的长方小茶桌；两边，附属着两张小藤椅，这表示这三层阳台上，时常有人来憩坐。但鲁平自从搬入这三十三号空屋以后，却从不曾在这对方的三层楼上，见到过什么人迹。那里的二楼与三楼，是否为一家所住？却也无从知道。

在那两个可疑的工人模样的家伙，到前后村道里来窥探的后两天，鲁平忽然发现对面这四十三号屋子的三层阳台上，有两个漂亮的西装青年，靠着阳台栏杆，正向自己这边的屋子，在那里指指点点。——这两人的年龄，较长的一个，也不过二十多岁，另外一个，却还是个十六七岁的学童——二人脸上，都呈露着一种特异的神情。鲁平起初还并不十分在意。但，约摸过了一小时后，只见对面这两个西装青年，第二次又踏上了这阳台。鲁平闪身在长窗半边，隔着玻璃斜刺里偷看过去时，只见这两人的神情，较前更显出了诡秘。其中年龄较轻的一个，不时举手遮着口角，扮出一种奇怪的鬼脸。那另外的年长的一个，两手插在裤袋里面，却时时沉下脸色，向他不住摇头，似乎在阻止他，不要做出这种怪模怪样来。

这二人站在阳台上，一面鬼祟地谈着话，一面却把四道可异的目光，连续不断地向这边飞扫过来。

这一次，鲁平发觉到这两个青年的眼光，并不像先前那样，专注着自己这边的屋子，同时他们也集中注意力于这里隔壁三十四号的那座屋子上。

这情形，使鲁平忍不住开直了长窗走将出去。同时，对面的两个青年，也正伸手拉窗，预备回进室内。只听得二人中那个年龄较长的一个，在用一种严重的声气，抱怨那个年轻的说："你真不留神，要被你弄坏了大事哩！"

后者还未及对答前者的话，一眼瞥见这里鲁平踏上了阳台，便呀的一声叫喊起来道："哦！你看！三十三号有了人！"

就在这一声非常惊怪的喊声中，鲁平发觉对方这两个青年，四颗闪烁的眼珠，正像机枪子弹那样向自己身上怒扫了过来！

以上连续发生的种种怪异事件，使鲁平的脑海之中，推起了许多许多的疑云。连日的事情，姑且抛开那张第一天所拣到的怪异的纸牌，暂且不说。在两天之前，那两个工人模样的诡秘的家伙，曾跑到这屋子的前后左右，多方窥探。他们不但注意着这三十三号的屋子，而同时也注意着这里三十四与三十二号的邻屋。这已经大为可异。不料，今天对方这座四十三号屋子里的两个西装青年，也有着同样的怪异的情形。照这样看，这里萍村的屋子，不单是这座三十三号的所谓魔屋，大有神秘意味；甚至，连这前后左右的邻屋，也都无形地在散放一种神秘的辐射！

呵！这未免太可异了！真的，太可异了！

三　日历、花瓶、热带鱼

从这天起，鲁平那枚忙碌的脑球之中，又添辟了一座新的小小的“应接室”。在这一所新的应接室里，他是预备着，专门招待对面屋子中的那些“来宾”的。

自这“新应接室”揭幕以后，果然，鲁平在对方四十三号的阳台上，陆续又发现了许多许多的“新奇”事件；这所谓“新奇”事件，在一般人的眼光里看来，实在也并不新奇。粗粗一望之下，也许，任何人都会把这种不值注意的小事，完全忽略过去。但在鲁平透视一切的目光中，却觉得每一桩每一件，其中都含着神秘的不可思议的意味。

第一件新奇的东西，首先引起鲁平注意的，有一天，他见对面三层阳台长窗边的墙上，忽然高挂出了一个日历。呵！一个日历，那也很平常呀！这有什么可怪呢？

可是，谁都知道的，像日历这种东西，论理，应该悬挂在办公室憩坐室书室或是卧室里，那才对呀！依据普通的习惯，似乎绝不会有人把这种东西高挂到阳台的墙上来的，是不是？

这未免是可异的一点。

那份日历，附有一张很大的纸版。这是一家很著名的首饰商店中的赠品，印刷非常精美。纸版上的图案印的“七矮人”围绕着那个活泼美丽的白雪公主。原来，在这时期内，本埠的大小各电影院，正先后放映着那位华德狄斯耐的卡通新作“白雪公主”。因之，在这新颖的广告物上，却把那些“喷嚏”“哑子”“老顽固”等等的应时的矮人，全部礼聘了出来。

这些矮人，是并不值得惊讶的；而可惊讶的事情，却在另一部分。

细看这日历上所撕到的一页，并不是当天的日期，而赫然是一个红色的阿拉伯的“3”字！

还有可异的咧！在那原来印成的红色“3”字之上，另用钢笔添上了一个英文大写字母“A”字；而在原有的阿拉伯“3”字之下，也用钢笔另添了一个较小的“3”字。这样，自上而下，便成为“A33”三个字。这上下另添的字，悄悄望过去，很显得鲜红耀眼。

呵！这一个含有无穷神秘的三字，却掀起了鲁平脑内的无限的疑云！他暗想：萍村最初发生的怪事，就在自己住下的这所空屋里；这屋子的号数，是“三十三号”。进屋子的第一天，发现了一张二合为一的神秘纸牌，这纸牌的正反两面，数目都是“三点”；而今天对面四十三号的阳台上，高挂出一份日历，所撕到的日期，恰巧又是“三号”！这接连不断的许多“三”字，会是偶然的巧合吗？不！这可以很肯定地说是不！

既然不是偶然的巧合，那么，这其间，一定隐藏着一些什么神秘的意味咧？

可是，这是一种什么样子的意味呢？

我们那位神秘朋友——鲁平——他生平，自以为他的思想，等于一柄专剖神秘事物的剖解刀，任何神秘的难题，都不足以把他困倒。然而这一次，这位神秘朋友，竟已陷进了一个神秘的圈子里。

总之，他的脑海里被那些连续发生的神秘的数字，搅得有些波涛汹涌了。

当天下午，鲁平悄然拿出他的望远镜，带着一团困惑，又踏上了那座月牙形的小阳台。

他怀抱着一颗物理学者研究物理的热心，准备在那份可怪的日历上面，再找出一些可供探索的资料。但他的望远镜，还不曾举起，而一种失望，却已立刻送上了他的眼帘。

呵！可恶！那份日历，竟已收去了！

其实呢，鲁平在这时候，他是不必过分失望的。因为，那份可怪的日历，虽已不见，而同时却另有一种好玩的东西，做了那份日历的“代替品”。并且，这一个新奇的“代替品”，它的出现的姿态，与后来的演出，较之先前的那份日历，竟格外来得神秘莫测哩！

这第二次的陈列品，是什么呢？

那是一座长方形的玻璃热带鱼箱。这鱼箱里，除了点缀着些热带产的海底植物以外，却畜养着一对所谓“五彩神仙鱼”。这小小的一对鱼，约有四寸长的圆径；滴溜圆的身子，圆得像一枚月饼；而又扁薄得像用纸片剪成的一样。这的确是一种新奇有趣的小动物。当时，这种鱼，曾经在本埠一家最大的百货公司中陈列过，竟标着每对一千元的惊人的高价——请读者们注意：在这一件萍村事件发生的时节，这一千元的一个数字，你可以把它买进一座小屋；或者换得一个妻子。所以，这的确是一个相当可观的数目了！——当时曾使社会上的那些大饼阶级，对着它们发出一种无声的悲叹！如今对面这座小皇宫里，既能养得起这种身价远比人类高贵的小动物，其为相当富有，那是可以概见了。

这热带鱼箱最初陈列到阳台上来，我们这位神秘朋友鲁平，除了对它发生了一些莫名的感慨以外，起先，他并不曾加以十分的注意。可是，不久，他迅速地发觉，这里面，又有些新奇的花样发生了。

下一天，鲁平绝早就踏上那座小型阳台。他见对面的三层阳台上，昨天那座较大的鱼箱已经收去；而又换上了较小的一座。在这较小的鱼箱里，却也换上了许多绝细小的热带鱼。

鲁平从望远镜细细望去，只见这里面，有所谓燕子鱼、太阳鱼、玻璃鱼、剑尾鱼、扯旗鱼以及翩翩鱼、霓虹灯鱼等等。呵！真是洋洋乎的大观！

这里，笔者要请读者们特别允许我，说上几句不必要的“闲话”。喂！你们看哪！在这狭小的世界之中，容纳着这许多不同型的小东西，不用说，它们之间，一定也有许多所谓利害上的冲突的！可是，我们从来不曾看到过一队翩翩鱼，会向另一队的扯旗鱼，举行过什么“海上会战”；也不曾见过那剑尾鱼，会向霓虹灯鱼，放射过一枚半牧的“鱼雷”；它们之中，永远没有轰炸、屠杀等等的疯狂举动；它们是那样的有礼貌、守秩序。于此，可见这些渺小的生物，它们的胸襟，真是何等的阔大！而反顾我们这些庞大的人类，相形之下，更是渺小得太可怜啦！

再看这鱼箱中的许多种鱼，虽然都比虫蚁大得不多。但它们的种类，却都非常名贵。不消说，这一箱鱼的代价，当然又是很可观的。据鲁平所知，在这种畜养热带鱼的玻璃鱼箱里，都有调节水温的设备，并不一定需要什么阳光与空气。而对方这家人家，却每天把这东西，不惮烦地陈列到阳台上来，这有什么作用呢？

当时，鲁平呆呆望着这距离十码以外的热带鱼箱。忽然，他的脑内，陡然像电光般的一闪！就在这电光一闪之中，使他顿时记起过去一件诡奇而有趣的经历。

事情是这样的：

在若干年前，他住在某处一所房屋里，差不多是每天，他瞧见对面一家人家，把一个小小的玻璃鱼缸，高挂到楼窗外面来——那时候，还没有这“穿西装”的热带鱼哩。所以，我们这些有闲的绅士们，只好玩玩那些古老的金鱼。日子久了，他在无意之中，忽然发现这鱼缸中的金鱼，尾数忽多忽少，每天不同。——甚至，在上午与下午之间，也会变换花样——有时是许多尾鱼，像南京路的行人一样，满满挤成了一堆。有时，这鱼缸里，呈露了一种“宵禁”后的萧条景象，只剩下了一二尾鱼，在那里凄凉地游泳着。并且，那金鱼的颜色，也逐日都在变换：有时候，满缸都是黑色的；有时候，满缸都是白色的；有时满缸都成了红鱼；而也有时候，变为黑、白、花、红，各色俱全。总之，这一个小小的鱼缸之中，内在的幻变，比之国际间的形势，一般的迅速而莫测！

当时的鲁平，也像眼前一样，每天从望远镜里，密切注视着这小鱼缸中的奇异的变化。后来，他便很聪明地，吃准这细小的生命，一定是被什么人在利用着，做了一种暗里通讯的特别信号。

“有了信号，当然一定有收、发这种信号的人物。”鲁平开始这样想。

于是，第二步，他又从他的望远镜中，暗暗注意这些通密电的角色。不久，他果然发现那个“发出”信号的主角，乃是一个青年美貌的女子，而那“接收”信号的对方，却是一个年轻漂亮的男人。呵！不用说得，这一双“亚当”与“夏娃”，一定是在进行着一种粉红色的秘密交涉，那是无疑的了。

有一天，鲁平望见对方的窗外，又挂出了一满缸的红色金鱼。他根据以往的经验，知道这一个方式，却是那个女主角暗约那个男主角前去幽会的记号。这晚，我们这位世间第一机警的人物——鲁平——悄然在暗中守候，单等那位男主角先生，一声动员令下，他便暗自尾随在后。

他自以为很聪明哩！

在他的本意，以为这一次，他以第三者的资格，突然跳上那座秘密舞台；结果，一定会找到一些意外的“外快”。说不定在回来的时候，衣袋里便可以高耸耸地装进许多粉红色而带玫瑰香的纸币。

鲁平当时，是这样的想望，所以心里非常高兴。可是，世间有许多的事情，所谓“想望”，毕竟也只成其为“想望”而已！因之，这一次的事，他竟带回来了一个完全出乎意料之外的可笑的结果！

原来，那夜，他大模大样，以“麒社长”的步法。直闯进他这“芳邻”的屋子，前后还不到三分钟，已被那男女两位主角，很不客气地，当他是种“奇货”，而把他“囤积”了起来！

哈哈！这真是一艘三万吨的邮船，无端打翻到了小河里！但，这究竟是怎么一回事呢？

说出来，真是很可笑的。原来对方这家“芳邻”，在某种性质的营业上，却是鲁平的“同行”。他们预知鲁平住在这里，又预先了摸透了鲁平那种专门“趁火打劫”的性情。因此，他们特地为他而设就这一种小金鱼缸的圈套，“专候”着这位“贵宾”！他们预料到这位“贵宾”，见到了这一件神奇的“古玩”，一定要加以“赏鉴”，而且一定要神经过敏地自投罗网。哈！果然不出所料，这一位自命最聪明的人物，居然轻轻易易，大步踏进了这聪明的圈套！

这事情的最后一幕，鲁平虽然仍旧仗着他的不可捉摸的机智，安然脱身，并无“损失”——这里该要声明：当然！他在回来时，他并没有装到那些粉红色而带玫瑰香的钞票。——但在他的生平的活动史上，却已永远留下了最可笑地失败的一页。

让我再把笔尖从回忆中收回来吧！

这时候，鲁平呆望着对方四十三号三层阳台上的热带鱼箱，他的脑内，不期而然，反映出了以前的这件失败史。他明知眼前的事，决不会是“旧瓶装新酒”，但无论如何，他觉得对方把这些“日历”“热带鱼箱”等的东西，一一陈列到阳台上去，决不会毫无作用，那是可以断言的。

写到这里，笔者又要请求读者注意。眼前的鲁平，却已不是以前青年时代的鲁平。此时，他的年龄，已经达到中年的高度。他的阅历，既已较前增长；当然他的性情，也不像青年时代的那样“火暴”。为此，他对这萍村中所发生的种种怪异事件，并不打算采取急进的态度，他只仿效着那些所谓“国际观察家”，沉机观变，以静待这事件的自然发展。

又到了下一天，这天，鲁平望见村道里面，推进了一辆百货公司的三轮送货车，车子上，载着一对美丽的鹦鹉，连同两座镀镍的架子，停在对方四十三号的门口，未及半小时，他见这一对鹦鹉，又高高陈列到了对方的三层阳台上。

哈！这一座小小的阳台，真的，成了一个小小的博览会了。

这一天的新陈列品，除了那对鹦鹉以外，那热带鱼箱却已收去。在那礬石面的小茶桌上，另外又供上了一个绝精致的珐琅瓷瓶，瓶内，插着一大簇各色间杂的折枝杜鹃花。

鲁平虽然并不是一个莳花专家，但对于花木，都有相当的癖好。他细看这些杜鹃花，都是一些难得的名种；他觉得把这好好的盆栽植物，无端摧残下来而插在瓶里，这未免非常可惜！他这样想着，同时他脑海里，陡然又触发了一种绝对奇异的思想；由这思想，又使他推起了无限的疑云。

原来，他暗忖：自己到这萍村中来租屋，用的是“画师俞石屏”的名义；这“俞石屏”三字，原是“鱼日平”的谐音；再将“鱼日平”三字拼合起来，便成为“鲁平”两字。如今对方阳台上，第一次，高挂出了一个日历；第二次，先后陈列了两座热带鱼箱；而今天第三次；又有一个花瓶，赫然陈列出来。试将这鱼箱的“鱼”；日历的“日”，花瓶的“瓶”，三种东西合并在一处，岂非清清楚楚，成了“鱼日平”三个字！

照这样看来，自己秘密搬进这萍村里，难道又有人已经知道了吗？难道对方阳台上种种新奇的陈列，是和自己有关的吗？又难道对方这种神奇的搬演，真的和若干年前的小金鱼缸，是具有相同的作用的吗？

他再仔细一想，不禁又哑然失笑。觉得以上的揣测，设想未免太远！有些神经过敏。然而，除了以上那种揣想之外，对方阳台上的那些“日历”，“鱼箱”，“花瓶”，“鹦鹉”以及日历上的怪异数目，凡此种种，毕竟又是什么解释呢？

鲁平最初，以为这萍村里的事件，一定很容易解决，决不至于会有什么困人的难题。不料一到了这里，立刻就发生了许多意外的枝节，而这些枝节，每一种都是迷离惝恍，不可捉摸。最可恨的，他觉得自己的眼前，明明摊放着许多许多可供研究的线索，然而自己眼看着这些线索，竟无法加以贯穿，甚至要想从这里面找个比较清楚些的轮廓，那也绝不可能。

这里，鲁平正在那种软性的雾网里面乱撞，不料，对方阳台上的神奇的表演，却还层出不穷；而且，所变更的节目，竟也愈出意奇——这好像那暗中表演魔术的神奇主角，知道有人正在“欣赏”他的演出，因而他也格外卖力起来咧！

四　八张同色同点的纸牌

鲁平开始注意这对方四十三号的三层阳台，是在那两个西装青年站在那里鬼鬼祟祟谈话之后。到眼前为止，这已是第五天。就在这第五天的上午，对方阳台上，又有一种较前更新奇的东西，直刺进鲁平的眼帘。

所谓更新奇的东西，却是许多纸牌，齐整地贴在对方法国长窗左侧的墙上。细数这纸牌，一共是十三张，分为三个横行粘贴在那里。第一行，共四张纸牌，是：“5”“A”“3”“3”；第二行五张牌，是：“5”“7”“A”“3”“3”；第三行，又是四张纸牌，却是“K”“4”“3”“3”。这总共十三张的纸牌，其中“三点”的数目，竟占据了六张之多！

最可异的是：这许多纸牌，一律都是红色，而又一律都是心形的。这十三张红色心形的纸牌之中，那神秘的“三点”，共计六张。连第一天在这三十三号屋里捡到的二合为一的一张，计算这种同色同点的纸牌，前后共已发现了八张。

从这纸牌上面可以见到，对方这家四十三号的屋子，和这里三十三号的屋子，两者之间，必有一种幽秘的连带关系，那是无疑的了。

可是，当时鲁平呆望着对方的阳台，想来想去，竟想不出这问题的枢纽毕竟在什么地方。于是，他把那十三张纸牌的数字，以及排列的方式，小心地抄了下来。他索性回进屋内，燃上一支纸烟，用心思索起来。

他开始作如下的推测：——

他想，这第一行的纸牌——5A33四张，也许是暗指一种约会的时间和地点而言。姑且假定：5A二字，是指早晨的五点钟（英文以AM二字母代表上午）；33二字，就是指这里三十三号的屋子；那么，第二行的57A33，连带可以假定为——由早晨五点钟到七点钟。不过第三行的K433四个字，应作什么解释？还有，以前日历上的A33三个字，又是什么意思呢？

鲁平尽力喷着烟，尽力苦苦地思索。费掉了好多的时间，只觉得想通了这一边，却阻塞了那一边；想通了那一边，却又窒碍了这一边。最后，只觉得越想越多阻碍，越想越不得要领。

其次，还有一个最大的疑点，也使鲁平怀着非常的苦闷，而无法加以打破。就是——他见对方阳台上，总是静悄悄地，不见半个人影。计算自从那张怪异的日历挂出的那一天为始，从此连那两扇长窗，也不很见到敞开的日子。至于那个扮演连台魔术的主角，毕竟是个何等的人物，当然也格外无缘拜会。这一点，已属非常可异；还有更可异的是——每逢自己十分注意的时候，对方这阳台上，明明阒无一人；单等自己回进了屋子，转转眼，对方的陈列，立刻已变换了新鲜的花样！这种情形，岂非也是神秘之至？

复次，鲁平觉得对方这种神奇的扮演，无疑的，那必定又是一种什么暗号？既是暗号，应有一个接收暗号的对方；而这接受暗号的人，想来也必定就在这里附近的几座屋子中。然而非常可怪！鲁平在暗地里，这样时时刻刻密切注意，但自始至终，却从不曾在四周的屋子里，发现过一个可疑的人物。以上这一点，也是绝对可异的一端。

可笑！我们这位聪明人物，自从踏进了这座三十三号的屋子以后，他简直像踏进了一座魔鬼所设的八阵图，用尽心力，只觉得无法揭开眼前的重重烟幕。不料，一波未平，一波又起。当前的难题，还没有解决。接连着从另一面，陡然又遇到了一种极堪注意的发展。

这一天下午，鲁平在村道里，忽又瞧见那个工头模样的壮汉，和那个工装青年，第二次又到这三十三号屋的近边来窥探。当时，鲁平站在二层楼后部的月牙形阳台上，他听得那个工装青年，向那个壮汉说："这屋子的号数，你没有弄错吗?"

只见那个壮汉，闪动着三角眼；坚决地回答说："清清楚楚，瞧见这家伙，站在这三十三号的楼窗口，哪里会弄错!"

这两人鬼鬼祟祟，指点了一阵，最后，眼看他们带着满脸的失望，便向村道外边走了出去。

鲁平自这两个诡秘的家伙，第一次来窥探，就已起了疑念。只因略一迟疑，失了追踪的机会。今天见这二人，竟又旧地重临，觉得不能再把机会轻轻错过。于是急忙下楼走出屋子，悄然尾随在两人的身后。

本来，已是两人在前，鲁平在后，双方之间有着相当的距离。不料，当那两个家伙走过横马路之后，忽然路旁的交通指挥灯，由绿色一变而为红色，给横堵里车辆一间隔，鲁平竟不及赶过去。这一来，便耽误了好些时间。待到他越过横马路时，只见那两个家伙，已从容跳上路旁一辆预待着的白牌汽车，霎时像箭一般驶去了。看这样子，分明他们到这里来窥探，在事前早有一种很精密的准备。

鲁平站在路边，眼望着他们绝尘而去，一时竟无法加以追赶，甚至，他连那辆白牌汽车的号数，也不曾看清楚。失望之余，他不禁伸手在自己头上，重重敲了几下。他自己恨恨诅咒着道："你这东西，上了一点年纪，竟会那样的不中用!"

他带着一种极度懊丧的心理，拖着沉重的步子退入村道。刚待举足回进这三十三号的屋子，一眼瞧见隔壁三十四号的后门口，走出了两个年轻的女子——不！与其称她们为女子，还不如称她们为女孩，比较的切实一些——前面的一个，是学生的装束；年龄，至多不过十五岁。这女孩的面貌，不能说是怎样美，但一双活泼的眼珠，却显得特别的动人。那跟随在后面的一个，年岁与前者相仿，打扮却像是个侍女。

这两个女孩，正待举步向外，忽听三十四号的门内，有一个中年妇女的声音，高声地喊着："三三！你回来，你爸爸有话和你说。"

这一声呼喊，几乎在鲁平的耳膜上，刺上一个洞。他眼望着那个学生装束的女孩，带着她的侍女，惊鸿一瞥似的重复回进了三十四号的屋子。当时鲁平站在自己三十三号的门口，一时简直完全呆怔住了！

他暗忖：呵呵！真神秘呀！当前种种问题，已被许多"三"的数目，搅到眼花缭乱。而今天，意外地竟又发现这邻屋中的女孩，名字也叫"三三"照这样看，这一个关于"三"字的神秘的旋涡，竟是无限制地加深，这岂非是不可思议的事吗？

五 芳邻的履历

这天晚上，鲁平睡在他临时布置起来的简陋的床上，脑海里，只顾闪烁着邻家那个女孩的影子；同时，那"三三"二字的芳名，也只顾在他脑膜上面打着盘旋。因这女孩的名字，他联想到了对方阳台上的神秘纸牌。他嘴里喃喃不绝地背诵着：

5A33！57A33！K433！

他把这几组富有神秘性的阿拉伯数字，在舌尖子上滚了一阵，无意中，他的脑内，居然像触电般的触动了一种灵感！他蓦地从床上直跳起来，自己责骂着自己道："你这牛！你的年纪说老还不老，但你的老悖，比了一头笨牛更甚！"

鲁平虽然这样诅咒着自己，但这一晚，他的精神上，却感到了一种自进萍村以来从未有过的轻畅。

"呵！那一线光明，毕竟找到了！"他心里暗自这样呼喊着。

他想：这萍村中的事件，当前种种神秘氛围，自始至终，一直环绕于三十三，三十四，以及对方四十三这三座屋子之间。现在，姑且把三十三号中的种种问题，放过一边，暂时不论。至于隔壁三十四号，对门四十三号，这两家"芳邻"，其中毕竟住的是些何等的人物？这问题，似乎有赶紧追究一下的必要。——鲁平最初踏进这萍村，一开场就被许多许多推不开的疑云，重重困惑住了脑筋。因之对于这一个问题，一时竟无暇加以注意。照眼前一看，当前许多问题的枢纽，明明是隐藏在这两宅邻屋之中，而自己对这重要焦点的所在，偏偏熟视无睹，反而向黑暗的夹缝里面无意识地乱撞。细想自己这种愚蠢，岂非比了一头笨牛更甚？

鲁平自从无意之中找到了这“问题的钥匙”以后，他的胸头已有了成竹。到下一天，他便专心致志，开始打听两家芳邻的来历。——读者们是知道的：鲁平一生对于这种任务，的确可以称为一个科学化的技术专家。——因之，他仅仅费了一天功夫，已把三十四，四十三这两家屋子中的详细内容，探访得非常清楚。

开场，他所“私行察访”的，乃是对方四十三号的这一家。

这一家的住户，乃是时代潮流下的骄子——米商——主人五十多岁，一个肥得像一口猪猡那样的大胖子。他有一个古色古香的可钦佩的姓名，叫作柳也惠。在两年之前，还是一条躲在米桶里面无声无息的小米虫。最近的过去，他在动荡的潮流之下，把良心搬了几次家，居然“捞”到了大宗染有血腥气的钞票。于是，平地一声，这小米虫竟跳出米桶，而成了一个资产阶级中的人物；同时，他更像“华德狄斯耐”笔下的“小米老鼠”一样，一时在社会上，也有了相当的声誉与地位。

一个暴发的财主，找些物质上的享受，当然，这是载在“圣经”上的天经地义哪！因此，他这一宅小皇宫型的住宅里，一切陈设布置，都是超过了百分例以上的精致与富丽。不过，在这一座小皇宫内，人口却非常简单。除了那条老米虫自己以外，他有一个夫人和一个独生的儿子。这位主妇，虽然间接吸收尽了大众身上的脂肪，奇怪，她却依然瘦削得和银幕上的小米老鼠一样！以上这两位一肥一瘦的贤伉俪，便是鲁平在对方二层前楼法国长窗里面时常见到的一对。

至于那条老米虫的独生的儿子，年龄还只十五岁。这一条幸运的小米虫，名字叫作柳雪迟。这孩子天生一种非常怪特的性情：平常住在家里——或是在一个习惯了的环境里——他的那种顽劣，简直超出乎理性范围之外。但是相反的，一旦遇见了面生的人——或是到了一个不相习的环境里——立刻会变得异常温文；甚至他的局促怕羞的情况，较之同等年龄的女孩，有过之而无不及。

这一个独生的孩子，在那对老夫妇的眼内，看得如同一颗夜明珠相仿。平时，要长，要短，第一秒钟夜明珠开了口，那对“老蚌”便恨不能在第二秒钟以内立刻给他办到，即使他要搬取“月宫宝盒”——只要可能的话——他们也决计不惜牺牲全部财产而替他把订单送到德国或美国去定造那座登天的梯子的！

这住宅里，除了上述的二老一小三位主人之外，其余，有一个汽车夫，和几名男女下人。以上，便是对方四十三号屋中的一篇详细账目。

其次，鲁平又探访得了隔壁三十四号这一家的内容。

这一家的情形，和前者有些不同。这里并不是一处正式的公馆，而却是一个非正式的“小”公馆。主人，是一个从旧货业中发迹的财主。他的姓名，叫作梅望止。这位财主虽只拥有一个中级的财产，而他所囤积的夫人，却有六位之多。住在这里的，是他的第二房的太太。这位二太太，虽然像一艘军舰那样，已到达了应退伍的“舰龄”，可是，她在她的半打“同行”之中，依旧还是最受宠爱的一位。为什么呢？原因是：主人梅望止自从和这第二位太太结合以后，不久，就增添了“一千金”的流动资金，而他自从增添了这一千金的财产之后，他的命运，从此便像搭上了国际饭店正在上升的电梯一样，一层高似一层；一直到眼前为止，他简直逐年在他的财产纪录上，增添着舞女们所怕见的记号。

就为了上述的原因，这位旧货大王，却把他这流动式的“一千金”，一直看得如同第二生命一样。

这女孩子在梅望止的全体的儿女之中，排行应列第三。所以从小的乳名，就叫作“三三”。后来到了上学的年龄，随着“三三”二字的字音，顺口改作了“姗姗”。鲁平前一天在后门外所见到的，就是这一支娇柔的“蜜丝”。她因为身材生得纤小，外表看去，好像只有十四五岁。实际，她的年龄，却已到了“应该学写情书的时期”，告诉你们吧！她有十七岁了呀！

这一宅住屋里，除了以上三位主角以外，还有一个年轻的侍女，似乎也是必须一提的。这侍女叫作小翠，她是那位姗姗小姐的贴身女侍，同时也是心腹女侍。如果我们要把这位女侍加进一种旧式的喜剧里，无疑的，她在这喜剧里，便应取得一个和“翠屏”或“红娘”相等的位置。

除了以上种种，另有该说明的一点是：那位旧货大王梅望止，每个月中不过到这里来住上几天。其余的日子，他却把他的宝贵的光阴，轮流分配在其余的五个公馆里。

以上便是三十四号屋中的一个大体的情形。

当时，鲁平既将上述情形打听清楚以后，他觉得“梅望止”这一个名字，字眼取得相当特别；同时，他又觉得这一个特别的名字，碰到耳膜上面似乎有些熟稔；他仿佛感到，自己和这相熟的名字，过去好像有过一种什么交涉的。

他想了半晌，忽然，他的脑内一亮，竟想起了十年前一则曾经轰动过全上海的特异的新闻来。

呵！那则新闻，的确是件千真万确的事；而且，它的性质，也的确是具有一种诡奇动人的力量的！

六　神秘的绣枕

笔者可以站在神坛之前，向读者们宣誓：以下所述的事件，绝对不是出于凭空的结构——该声明的：以上所说过的许多许多，当然也不是——读者如果不信，笔者可以设法拣出那张十年前的旧报——那张“中国绅士型”的新闻报——以证明笔者所说的不虚！

遗憾的是：笔者对于那则新闻的较详确的日期，已经有些模糊；而同时，对这新闻主角的姓名，也已记忆不起。好在读者们对以上这两点，一定能够予以谅解；那么，让我把这新闻的轮廓，先说出来吧！

十年之前有一个将近踏上饥饿线的人物，一天，花费了他衣袋里的仅有的两块钱，在一个比他更困苦的人的手里，买得了一个很精美的绣花小枕；——他买这小枕，实际并不需要这小枕；而却是出于一念的仁慈。——当夜，他把这绣花小枕，放在他的后脑之下，准备试一试新。不料，睡下了未久，怪事来了！原来，在黑暗中，忽然有一种东西，向他展开了“闪电式”的袭击！

燃上了火一照，他立刻发现他的床铺，已成了一小片的战场。那里有许多细小的生物，像“装甲师团”似的，正自列成了一种“钳形阵势”，准备向前作“锲形”的冲锋！

那是什么东西呢？

那是无数的虱子，在向他举行黑夜的袭击。往常，他这床上，从来不曾有过这种意外的祸患。他知道敌人的根据地，一定是在那个绣花小枕之中无疑了。细细一看，果然，那枕上还有许多后备的队伍，正在线缝里面勇敢地冲出来。

那个绣枕的新主人，气愤之下，立刻把这些“小型坦克”，悉数予以扫荡。他搁高了他这绣枕，准备再度入梦。然而，暂时的“妥协”与暂时的

“苟安”，都不是一种彻底的好方法哪！

刚阖上眼，那些像伞兵一样突如其来的小生物，再度又向他开始了总攻击。这使他第二次又从床上很气恼地直跳了起来！

在起先，他因为这小枕上的刺绣，绣得非常的精美——简直是生平从未见过的精美——因之舍不得实施“焦土政策”，而予以摧毁。但这一次，他却耐不住了。立刻把这小枕的外层，愤愤然地拆了开来。

可是这一拆，却拆出了一种非常神秘的内容！

读者须如：一个曲折的故事，需要一种相当的耐力去阅读，方能取得趣味的收获。因之，这里我要请求读者们，用一种较远的目光，耐心读完以下的记述。

当时，那个绣枕的主人，他在这小小的绣枕之中，毕竟发现了些何等的秘密呢？

原来：这一个神秘的小枕，拆去了外面的一层，里面另外还有一层，而且，这里面的一层刺绣，较之外面一层，格外细密而精美！在这种奇妙无比的情形之下，他索性像博物学家开发埃及的古金字塔一样，开始作更进一步的发掘。

事情真是愈出愈奇了！

在第二层之内，竟还有着第三层的刺绣！在这第三层上，绣着一幅“群仙祝寿”的图画。真的！他自生眼珠以来，梦里也不曾见到过这样神化的美艺！呵！说出来，你们也许是不信的！——这里绣着许多许多的人物，都只像豆子那么的细小；男的，女的，老的，小的，肥的，瘦的，美的，丑的，简直无所不有；而且一个个都是须眉毕现，栩栩如生；一种活跃的姿态，差不多要跟着线缝中的那些虱子，蠕蠕地走下这枕头，而到另一空间里来闲逛一会儿似的！

呵！太奇怪了！太奇怪了！

这神秘的小枕，既有第三层，料想，也许还有第四层吧？果然，开拆下去，又有更新的发现，映进了他惊奇不止的视线！

这样一层，二层，三层，四层，五层，重重拆卸下去，一直竟拆到了九层为止。当然，那小枕的局径，是一层较一层缩小，而那刺绣的手法，也一层较一层精密；每层有一种色调不同的图案；每层有一种字体不同的颂祷的语句。总之，单从这外表的九重刺绣而论，那已是一种价值无从估计的宝物。有一点是显然可见的，就是，这一个奇妙无比的小绣枕，决不是一个普通的平民家里所能有的东西，那是绝无疑义的事。

然而，可惊讶的事情，倒还不止于此咧！在最后一层的第九层中，他发现了一个鹅黄锦缎的小裹——这鹅黄锦缎上也绣着花，那是一种“百福捧寿”的图案。事后，细数这上面的小蝙蝠，整整是一百只，都比蚂蚁还要细小。——这锦缎小裹保藏着的，是一枚长方形的镂花小金盒。

料想读者们，一定急于要探询，在这镂花小金盒里，储藏着些什么东西呢？看情形，在这重重名贵而严密的封裹之内，只放着几颗夹心巧克力糖，那当然是不会的吧。

请读者们不用性急，且听我细说下去，好吗？原来，在这镂花小金盒内最后发现的东西，那不是别的，却是十二颗一式无二的明珠；每颗都像带壳的龙眼（桂圆）那么大小。这些珠子，你若脱手把它们放到桌子上，每颗都是那样顽皮地溜走不定，简直不肯有一秒钟的休息；而一种特异的精光，在灯火之下，却使你的眼珠，被刺激得睁不开！

当时，那个将近踏上饥饿线的家伙，在这种情形之下会引起一种怎样的情绪？那似乎无须笔者再加以说明。据料想：那天晚上，我们这位一向穷困的朋友，已决计不会获得一个安适的睡眠——因之，笔者准备劝告读者先生们，决不要羡慕上面那样的一个故事。因为无论如何，一个人的睡眠的时间总是宝贵而需要的！

人类的心理，毕竟非常奇异。由于过度的惊喜，反使那位穷困朋友，疑怨他所获得的宝物，并不是一种真的宝物。过了一天，他偕同了一个可靠的朋友，到一家可靠的大当铺中去估价。估计的结果，据说，这种珠子，他们每颗愿出三万元的当价。——至于这珠子的实价，他们委实无法加以估计！

呵！这是过去十年前的估价哩！在眼前，你如要获得这样的一颗珠子，也许需要推出一小车的法币吧？

以上这一节诡奇的新闻，在当时，竟轰动了整个的社会。许多聚集于公共处所的人们，都把这件新奇的事情，糖一般的粘到了嘴唇上。——大部分的人，当然非常羡慕这事；甚至，也许有些人是在想：即使事实上不能获得如是的幸运，那么，晚上能做到一个同样的好梦，那也感到高兴的！

社会上的新闻，照例没有一件能逃过鲁平的耳朵。当然，这一件动人的故事，立刻也在鲁平耳边兜着圈子。

起初，鲁平推想这神秘的绣枕，以为一定是从“清宫”里流落出来的东西。为时不久，鲁平凭着他的探索力，他对这一个小小的绣枕，果然找到了一纸较详细的“履历片”。不出所料，这小枕真的曾在“大内”之中，做过一次短期观光的旅客！并且，这十二颗无价明珠，曾和震动一世的“戊戌（公元一八九八年）政变”，有过一种曲折离奇的关系；同时，这些小东西还曾影响被幽囚于“瀛台”中的光绪皇帝的命运。

——真的咧！这里面含藏着一个具有“历史性”的大秘密，细细说出来，那是会得到一种“可歌可泣”的考语的！（关于以上种种，笔者原已耗费了五张以上的原稿纸，而把它写出了一个具体的轮廓。不料适当本文将要发表之前，笔者忽然接到“吾友”的来信，信内提起这宝珠的历史，认为在某一点上，似乎有玷国家的体面，因而坚嘱笔者，把这一节完全删去。于是，我只得向读者们道一声歉，仍旧用我的钢笔尖，把这一小部分已揭开的幕布，重新挑闭了起来。）

这里，请读者们注意这些珠子在另一方面的离奇的发展。

七　电杆木上的头颅

过去的是过去了；而未来的却还有待于说明。那么，这十二颗无价明珠以后的下落，毕竟又怎样了呢？

鲁平当时，曾作进一步的探访，据说这十二颗的珠子，其中六颗辗转落进了本埠一个大富豪之手——有人说：这富豪就是那著名的“蕾多花园”的主人周运舫——可是这些珠子，身价虽很高贵，而实际却是一种不祥的东西。那位富豪，自得了这六颗珠子以后，不久，就因某种缘故破了产。于是这宝物便又从这富豪手里落进了一个南京人的掌握。

这南京人的姓名，叫作梅放之。他是一个古董商贩。此人起先原极困顿。后来，因为结识了一个同乡的孀妇，靠着这孀妇的一些私蓄，渐渐又活动而获得了顺利的发展。

此人买卖古董，具有一种精明活泼而不入正轨的手段：他能把别人手内的东西，在一转眼间，由真的一变而为假的；而同时，他也能把自己手内的东西，在一转眼间，由假的一变而为真的。他既具有这样一套神化无比的魔术，于是，不久之间，他这不很正当的业务，便有了一种意外惊人的成就。

据外界传说，那神秘小枕中的六颗明珠，落进这位“大魔术家”手内的经过，也是凭着以前一贯的方式；因此，他仅仅费了一种细微的代价，便已轻轻易易，取到了那无价宝物的所有权。

那六颗宝珠，落到了这南京人的手内，他便专请了一个广东巧匠，用精金打成了六架龙形的座子；六条龙，有六种不同的姿态，而在每条龙的一个仰举着的前爪之中，高擎着一颗精光夺目的宝珠。不过，他对这事情，却是守着绝对的秘密，在最接近的亲友之前，也矢口否认有这么一回事。

然而，这一个秘密，当时终于清楚地传进了鲁平的耳内。

读者们是知道的，鲁平的生平，眼睛里面，不能飞进一颗灰尘；而耳朵里面，也是不能杂入半粒细沙的。何况，这一次竟有那么大的六颗宝珠，钻进了他的耳孔！哼！你想吧，这位神秘朋友，他肯安逸吗？

自从得了这个消息，立刻，我们这位神秘朋友，就在脑球里面，开动了“马达”。他暗自计划，用什么方法，方能使那位南京大魔术家，把他这份名贵的礼物，客气地送到自己的衣袋中来？

记着，当时鲁平的计划，还只是脑球里的计划咧！不料，在这计划还不曾开始策动之前，忽有一件出乎意外的消息，迅速地传进了鲁平的耳内。

这消息说是——那位古玩巨商南京人梅放之，在一夕之间，无端竟失了踪。一连三天，简直石沉大海，音讯全无。而同时，本埠各大日报上，忽又刊出了一则骇人听闻的新闻。这新闻的内容说：

> 在本埠姚主教路的尽头，一根电线木上，高挂着一个鲜血淋漓的人头！有人指认这枚头颅，却正是那位古董巨商收藏了已有好几十年而每天随身佩戴着的“天然古董”之一。

从此，这梅放之三字的大名，便不再出现于本埠社会。

读者又须知道，鲁平原是一个很乖觉的人哩！他意外听到了这一个很突兀的消息以后，最初，他也疑惑，这事情也许会是一个针对自己而发的烟幕弹。但，继而一想：这显然不可能。因为，自己的计划，既然还没有发动，那位南京朋友并不具有预知的能力，他何至于会窥破自己的秘密，而预先放出这一个具有掩护性的烟幕弹？当然，这是绝对不会有的事！不过，鲁平虽然作如是想，可是，他对这一件事，暗中依旧破费了一番很细密的侦查。结果，却依然毫无线索可寻——甚至，当时侦查的结果，连同那六颗珠子，竟也随同它们的主人，而一齐不知去向。——于是，鲁平对这一件将发动而未发动的“攘宝”计划，只得无形搁置了下来。日子稍久，他更因其他业务的忙迫，把这一笔账，渐渐地忘到了脑后去。

以上，却是十年前的一本未经清算的旧账。

眼前，鲁平为打听隔壁四十三号这一家的内容，使他脑内顿又联想起了十年前的那件事。他疑惑眼前这一个梅望止，或许就是十年前曾把头颅拿下来高挂在姚主教路电杆上的那个大魔术家——梅放之。因为：一则，梅放之与梅望止，这两个名字，字音非常相近。二则，他虽打听得隔壁这一家芳邻，自称是本地土著；可是，那一天，他在门口所听到的那个中年妇人的语声，分明含有南京人的土腔。三则，以前的梅放之，是古董商贩；而眼前的梅望止，却是一个从旧货事业中起家的人物。这两种生意，名目虽然不同，而实际却非常接近。呵！古董，不就是旧货吗？因着以上三种疑点，立刻使鲁平疑到，这前后两个姓梅的人物，或者竟是一而二的化身！

我们久已知晓：鲁平原是一个无孔不钻的人物，他既已引起了疑念，当然，他立刻便要发挥他的“水银式”的特性。于是，他躲在暗幕之后，便格外用心加以窥伺——虽然他在十年前，并不曾见过那个南京朋友——梅放之——的面目，但是，凭着他这水银式的本领，无多几天之后，他便准确地查明：以前的梅放之，与眼前的梅望止，不出所料，果然是一个人的化身。

他不但侦查到了上述的真相，同时，他另外还查明了两件很重要的事：其一，他查到当时那个梅放之，无缘无故忽然失踪，其中果然隐藏着一种诈谋，而这诈谋，又果然是针对自己而发。原因是：当时自己有一个极亲信的“部下”，在无意中，偶然泄露了自己那个攘夺珠子的计划，竟被那个南京朋友，预先得到了情报。他自问决非鲁平的敌手，因而，他竟仿效了乌贼鱼的办法，赶快放出了他的自卫的烟幕。

这是鲁平在眼前所查明的重要事件之一。

其二，鲁平又查明那六颗明珠，内中的三颗，梅放之在两年前，已秘密脱售给一个犹太巨商；连着，这三颗宝物，又从犹太商的手内，以可惊的巨价转售给了一个专事收罗中国国宝的英国人。于是，这三枚可怜的小东西，从此便永远脱离了大中华的国籍，而成了漂流于异域的流浪者！至于余下幸运的三颗，却一直很妥密地保藏在这南京人的手里。

以上，便是鲁平在最近所查得的另外一个重要的消息。

鲁平既发掘出了上面许多出乎意外的情事，他不禁感到了一种高兴。在最初，他到这萍村里来，只是由于好奇心的驱使。想把这所“魔屋”中的怪事——那男女两人的离奇失踪案——加以研究，而揭开它的暗幕。不料，他自搬进了这座三十三号屋以后，这座所谓“魔屋”竟真的成了魔屋。只在短短的时期之中，许多许多不可索解的问题，却像平民“轧米”那样的接踵而来！最可异的是：当前所发生的每一个问题，在问题的本身之外，都有一种横生出来的枝节；而每一个横生出来的枝节，又都是那样扑朔迷离，不可究诘！不过，他所最想不到的，在眼前这一个问题的枝节中，竟会翻到一本十年前的旧账，细算这本旧账之中，似乎还有一些利益可图。这无异一只烤熟了的又肥又美的野鸭，无端飞上了他午餐的餐桌。像这种上帝赐予似的机会，送到了一个“抓机会专家”的手内，喂！你想，他肯轻轻放过吗？

鲁平愈想愈觉高兴，当天，他便振作精神，准备进行他的一种奇妙的计划。

这一天，他偶然走到阳台上去。他望见对方四十三号三层阳台上的神秘纸牌，已换了一种新的方式：在先前，这纸牌分为三个行列；而现在，却已改成了两行，那第一行的式子，依旧是“5”“A”“3”“3”。而第二行，却已变为“3”“3”“A”“5”。这些纸牌，依旧一律是红色心形；不过在第二行最后一张“五点”的纸牌之后，又添上了一个问句的符号，这符号是由一种五色的碎纸所粘成；大小略与一张纸牌的面积相等。

就在这一霎时间，鲁平的敏锐的眼角中，忽然闪出一种异样的光华，同时，他的口边也浮上了一丝异样的坏笑。

切实地说，他这一笑，却是笑得非常神秘而不祥的；就在他这一笑之后，这一所萍村三十三号的“魔屋”之中，突然又发生了较前更恐怖而更不可思议的怪事！

八　屋顶上的血渍

那出事的一天晚上，时间已是相当的晚。事情是这样的：大约在将近九点钟的时候，萍村第三条的村道里，忽然发生了一种重大的骚扰。当时。每一座屋子的门口，都簇拥着三个一堆五个一群的群众，在那里嘁嘁喳喳地议论。这些人的脸上，满布着一种紧张而诡秘的神情！并且，每一条疑惧的视线，都投射到了那座鬼气森然的三十三号屋子上！

这是什么事情呢？

有人一打听，方知这一座三十三号的“魔屋”之中，竟又出了事情；并且，这一次的情形，较前格外离奇而严重得多！

原来，在这一天之中，竟有好几名的人口，又在这一个可怕的地点；成群结队地失了踪——事后，大众立刻发现这离奇骇人的失踪的事件，又和这三十三号的“魔屋”有关。——在那失踪者的名单上，列于第一名的，那是三十四号中的幸运女神——那位梅姗姗小姐。第二名，是这位梅小姐的心腹侍女——小翠女士。第三名，是四十三号屋中的一颗活的夜明珠——那个年方十五岁的柳雪迟少爷。还有第四名，却是三十三号魔屋中的单身居户俞石屏画师。

现在，让我们把数目总结一下：一加一，得二，二加二，得四。以上这一小队的失踪者，共计竟有四名之多。——再算上最初失踪的无名男子；和第二次失踪的女伶白丽娟；四，再加二，总计是六。呵！可怕呀！在这一座神秘的魔屋之中，连前带后，竟有六个不同型的人物，活生生地被吞咽了下去！

可是，你怎么知道，那后来失踪的四个人，也是被这座三十三号的魔屋，吞咽下去的呢？

别急！且听笔者细述下去：

先说那四个人的失踪的情形，虽然各不相同，但那失踪的时间，却前后相差无几。这是这事件中的第一个可异之点。

第一名失踪者，那位梅小姐，她是这萍村附近一所金陵女中的学生，依往常的习惯，每天下午，她是四点钟下课，至迟在四点三刻左右，必定要回到家里。可是这一天，她自下午一点离家赴校之后，直到晚上八点钟，已过了晚餐时间，却还不曾回家。——这是平常从未有过的事，因之，梅家的家人，立刻惶急起来，差人到学校中去查问，据说：这天她是请了早退的假，约摸在三点半钟时，早已提前离校。自从那时候起，这一位幸运女神的娇小的影子，便不复再出现于众人眼帘之前。

其次，那第二名失踪的侍女小翠，她在下午约摸四点钟的光景，梅家有人差她出去买些小东西，自此竟一去不归。

复次，说到第三名失踪的柳雪迟，这一天，他放下了午餐的饭碗，就离家外出。临行，他曾告诉他的母亲，说是约定一个同学，同到大光明去看电影。但事后去问那个同学，却根本没有约看电影的这回事，并且这一天，那个同学，连柳雪迟的面也不曾见到过。

最后一名的失踪者，那情形是更神秘了！新搬进这座三十三号屋子的画师俞石屏，这人并无家眷，孤零零一人，独住在这一宅可疑的魔屋之中。左右的邻居们，在未曾出事之前，对他本已有些讶异。但据他自己告诉人家说：家眷是在乡间，一时不及搬出来，因而自己先来看守这所屋子。因为他是孤身一人，所以出事的这一天，他究竟是何时失踪的？并没有人能够提供准确的时间。不过，这天晚上，大约在七点钟左右，有人走过这三十三号屋的后门，曾于一瞥之间，见这画师，在二层楼后部的小型阳台上，探了一探身子。——这一个画师，自从搬进这萍村以后，身上一直穿着一套深灰而带细格的旧西装；颈子里，老是拖着那个黑色而蓬松的大领结——这好像有意表示出他是从象牙塔内走出来的身份似的——因为有这两种特殊的记识，所以轮廓非常好认。——当时那个走过这屋子的人，就在这画师在阳台上探出身子的一瞥间，曾听得这画师的嘴里，清楚地喊出过一声“救命!”不过，那喊声并不十分高。据事后的推想：那时候，好像在他的身旁，正有什么人在遏阻他的发声，而不让他有自由呼叫的机会。尤其可异的是：这人不但听得这画师呼喊“救命!”同时，他还听得二层楼的长窗之内，另有许多哭喊嘈杂的声音；这声音中，包括着好几个人，内中有一个，好像是很年轻的女子；又有一个，好像是一个男孩或者是将成年的童子；还有几个声音，却听不清楚。总之，有一点是可以确定的，这许多的声气，都像是在呼救！当时，这人为好奇起见，曾在这座魔屋之前，站定了一两分钟，准备细听下去。可是，那二层楼上，自从那画师探身发喊之后，那小型阳台的长窗，立刻就紧紧关闭，同时窗内的灯火，也迅速地完全熄灭！一霎时间，那楼头已变成寂默无声，而又漆黑无光，简直像是一座坟墓一样！

当时，这一个经过三十三号屋外的人，想到了这座魔屋里面过去所发生的种种怪事！再看着当前那种阴气逼人的景象，立刻，他的背部感到了一阵冷水直浇似的感觉，一时只觉毛发飞立，再也不敢站在那里，更作一秒钟的停留。

可是，当前所遇到的事情，实在太奇怪了，他还疑惑，这是由于自己平时对这屋子的恐惧心理而引起的神经过敏，因此，他当时并不曾把自己所遭遇的奇事，立刻告诉人家。直等两小时后他听得三十四与四十三两家屋子都传出了失踪人口的消息，他方始说出了他两小时前的经历。由于此人这种恐怖的陈述，大众便立刻疑惑到，那三个人的失踪，或许又和这座神秘的魔屋，竟会有些关系也说不定？

于是，梅柳两家的家人，急急便去查究。他们走到这座屋子的门口，只见里面既没有一丝灯光，也没有半点声息。用力打门，也不见里面有人答应。最后没奈何，只得破门而入。不料，到了里边，寻遍了这屋子的全部，非但不见半个人影，甚至，这屋子里竟全部是空阒，连家具也不见一样。呵！这真奇怪之至呀！难道这魔屋中的无形的魔鬼，在吞咽下了人口之后，竟连家具什物，也一并吞咽了下去吗？

在这种奇特的情形之下，当然已不能放弃搜寻的工作，大家仔细一找，在二层楼的前后各部，却有些细小而可注意的东西发现了。

第一件：在二层楼的楼梯口，找到了一支翠绿色的没有笔帽的女式自来墨水笔，笔杆上刻有 M. S. S 三个大写的英文字母，这正是“梅姗姗”三字的缩写。

第二件：连着又找到一支五颗小钻所镶成的梅花形的别针；这东西是被发现于二层前楼的门后。经柳家的家人指出这是柳雪迟的东西。今天外出时，还见他把这东西，插在他的一条绿条子的领带上。

第三件：在同室的窗棂上，发现半条撕碎了的黑色大领带；起先，没有人能指出，这是什么人的东西。但，后来经那村口的司阍一认，他立刻说，这正是住在这间屋子里的那位孤身大艺人的特别商标。

除了以上三种极可注意的东西之外，最后找到的，却是一小包的丝线，与一小封的绣针，却是梅家在白天差那侍女小翠出去购买的东西，这两种东西，却是在二层楼浴室中的白瓷缸内发现的。

上述许多东西，在这可疑的空屋中被发现后，这可以完全证明：那张失踪名单上的前三名人物，无疑地，他们今天都曾到过这宅三十三号屋里来，那是绝对不容否认了。

可是，经过一种证明以后，而成串的问题，却也随之而来了。

第一：那三个年轻的男女，他们为什么要到这座魔屋里面来呢？

第二：他们到这魔屋中来，是自动而来的呢？还是被迫而来的呢？

第三：假定说是被迫而来的，那么，逼迫他们的是谁呢？用什么方法，逼迫他们的呢？

第四：他们到过了这所空屋中之后，现在，又到哪里去了呢？

第五：这屋子中的主人——那第四名的失踪者——为什么也不见了呢？

第六：以上这一小队的失踪者，眼前，他们还是活着，还是已经死了呢？

第七：这座魔屋里面前后所发生的种种鬼气森然的事件，毕竟是出于人为的呢？还是，真的竟有什么无形的魔鬼，在那里作祟呢？

以上种种问题，当时任何一个聪明的人物，也都不能提供一个比较接近的答案。

总之，一切的问题，简直都已成了最神秘的问题！

然而，我还要请读者们定定神，让笔者再报告你们一件最可恐怖的怪事！

当时，那大群的“魔屋探险者”，在这可疑的空屋之中，自底层搜索到二层，自二层搜索到三层，最后，又自三层楼，搜索到了屋顶铺着士敏土的露台上。

这里，有一些东西，直钻进了手电灯的光圈以内，使人一见之下，简直要做噩梦而睡不熟觉！

快说！这是什么哪！

首先被发现的，在露台的一隅，被抛掷着一枚枯干的猫头，那是全黑色而用一种什么香料熏过了的；凶丑的一只猫眼，在电筒的光线之下还像活的一样！这东西，很像是一种未开化的黑人们所崇奉的妖物！是谁把它遗留在这神秘的空屋里的呢？——此外，还有咧！

在一个种植盆景用的腰圆形的瓷盆子——这是这里全部屋子里所遗留的唯一的器物里，有着一些黏性的流液，细看，啊呀！那是血呀！因这瓷盆的底部，有一个漏孔，却使这可怕的血液，已在光滑的士敏土上，流成了一大滩。在这漆黑一片的所在，有几个人，脚下已践踏到了许多。以上所发现的事物，已足使人浑身冷战。然而最可怕的东西，却还并不在此！

在这血液还不曾流尽的盆子里，赫然有一个小小的东西，刺进许多战栗的视线。胆大些的人，拿起来一看，那是一枚一寸多长的连龈脱下的带血的牙齿！当然，这决不会是人类的牙齿，但，却也并不像是兽类的牙齿。呵！这是何种动物的牙齿呀？阿！这就是魔鬼的牙齿么？

“呵！快逃哪！”有一个胆小的家伙，这样狂喊了一声。他带奔带喘，滚般的逃出了这可怕的屋子！

九　珠子换珠子

萍村三十三号屋中，最初发生的两件怪事，因为日子渐久，所留给予人们的印象，逐渐已归于消逝，差不多再过些时，便要达于淡忘的程度。可是，自这第三次的事变发生之后，全村的居户对于这座魔屋，立刻又恢复了先前那种恐怖的心理。并且，这一次的情形，较前更是严重了若干倍；村内有几个神经衰弱的人，甚至积极地向家人们，提出了立即搬家的建议。

不过，村内其他的居户，他们所感到的，只是惶惑不安而已，其间最感到心惊肉颤的，当然，要数到三十四号与四十三号身当其事的两家了。那个柳大胖子，每一想到那空屋中的血渍和怪牙，却使他的全身的肥肉，块块都会飞舞起来！可是他却完全没有想到，在过去时间中，他自己也是每天磨尖了齿牙，在啃嚼人家的血肉的！

自从这惊人的飓风，出乎意外地袭击进了这两家屋子以后，这屋中的一切人物，差不多感到每一方寸的空间，都充满了触人的芒刺；而一秒钟的时间中，也都在增进火烧一般的焦灼。这样，整整一昼夜，匆匆过去了。虽经侦骑四出，努力搜索，但结果却像一颗最细小的石粒，投进了最辽阔的太平洋内；在怒涛汹涌之中，连最细小的一星泡沫也不曾发现。在这难堪的二十四小时内，两家的家人，一面演奏着惶急与恐怖的交响曲；同时也搬尽了烧香，许愿，起课，测字，以及其他种种可笑可怜的演出；至于报警，登报，悬赏，等等必要的举措，当然，那更不用说得。

警探自从接获了这惊人的报告，自然也曾迅速发动了他们的“侦查”，可是所谓侦查，结果也只“侦查侦查”而已，暂时却不能有多大的帮助！

光阴先生不管人世间有许多疾苦，它只顾拔腿飞奔。匆匆间，三天又过去了。在这三天之中，四十三号中的那个专门吸收他人膏血而营养自己贵体的柳大胖子，已急得三整天没有吃到一顿好饭。嘿！在平时，他惯常以那种绝食的惩罚，施予广大的群众的；而这一次，他却把这美味的“饿刑”，慷慨地赐给了他自己！料想起来，这几天他大约已没有那种安闲心绪，再去衡量他的体重，假使他有兴政，到磅秤上去站一站的话，他一定会发现他的满身的肥肉，至少已有十磅重的损失；好在他身上的脂肪，并不能算是他个人的私产，就算损失一些，似乎也还不在乎！

至于三十四号中的梅望止呢？自然，也有相同的情形。这位素来善演魔术的旧货大王，平常，他自称是一个儒教的信奉者。至此他却连救主耶稣，与先知穆罕默德的圣号，也拉杂地掩到嘴边，而喃喃念诵起来。

其中仿佛有点“天意”咧！似乎该派这位旧货大王，所应受的精神刑期，不至于会像那条残酷的米虫所应受的报罚那样长久，因而在第三天的下午，一个天大的喜讯，竟插着翅膀，先飞进了三十四号的屋子。

这一天，有一个男仆自外喘息地飞奔进来，报告梅望止说："隔壁三十三号中那个失踪的画师，突然回来了！他专程要来拜会主人！"

这一个意外而突兀的消息，无异一方铁块，在这南京朋友的胸口重重撞击了一下。他惊疑而又欣快地暗忖。这画师是同自己女儿一同失踪的人，现在要来求见，显然地，一定带来了什么意外的消息。他不及细加考虑，在急骤的心跳之下连说"快请！"。

小而精致的会客室中，那神奇的画师俞石屏，挺挺胸，昂然地走了进来。

这位从象牙塔里摇摆出来的人物——他像他其余的"同行"一样，一脸都是艺术大师的色调！——他身上，依旧穿着那套灰色绸方格的旧西装，胸前依旧挂着那个注册商标式的蓬松大领结。衣衫虽敝旧，神采却很轩昂。他像一座铜像般的在这屋子中央尊严地一站，神气上，好像表示他就是这间屋子中的高贵的主人！

"唷！俞先生回来了！没有受惊吗？——光顾敝处，有何见教？"主人梅望止，睁大了两眼，竭力表示着恭敬；但恭敬之中，分明带着一种迫切与困惑。

"请梅先生垂恕冒昧！鄙人专程造府，想替令嫒姗姗小姐做一个媒！"来客绝不考虑，干脆地回答。

来客的开场白，是这样的突兀可怪！却使这位旧货大王，格外感到非常的惶惑，他简直猜测不透此人的说话是何用意。但这神奇的画师，似乎早已看透他的心事，所以不等他开口发问，立刻自动接口道："令嫒千金，经鄙人屈留在舍下，一切平安，请你放心！"

来客说出了这一句话，无异在这南京朋友的耳边，冷不防地放了一个炮仗！这位旧货大王不觉呆怔了半晌。定定神，渐渐他对这事，已经明白了几分真相。他不禁圆睁着两眼，把一种火焰似的怒光，射到了来客的脸上，他且颤且怒地说道："你把我的女儿，留在你的家里，这是什么意思？"

他又盛气地问："你是什么人？"

这时候，主客双方的情形，可说非常有趣，而也非常特别。在主人方面，那神情是万分的紧张，好像他的整个儿的躯体，一时已变成一辆喷火的坦克车，准备着向对方冲过去！可是，来客的状态，恰好和他完全相反，他简直镇静得和一块树立在"齐格菲防线"后面的钢板一样，只是巍巍然地，不动半点声色。

只见他悠然走近一张桃花木的小圆桌。在那里，安放着敬客的纸烟和精巧的打火机。他斯文地自动取出了一支烟，还用一种骄傲的目光，细看了一下这纸烟的牌子。在他看得认为满意之后，方始以一种熟练的手法，拨动那个打火机，而把纸烟燃上了火。

他一面悠悠然地喷着烟雾，一面，他举眼找到了一个舒适的座位，温和地坐了下来。

那位盛怒着的主人。眼看着他这种安闲的神气，一时只觉迷离惝怳，仿佛是在做梦。

来客吸畅了免费的纸烟，他又开口了。他说："哦！你要问我是谁吗？喏！请看！"

他伸出一枚手指，镇静地，指了指他的左耳。同时，他又不愿似的把他的身子，向前略伛了一下。但立刻，他又把身子仰贴到椅背上，做成了一个懒惰的姿势。

（像以上那种讨厌的姿态，在笔者的钢笔尖下，差不多已有过了十次以上的记录，而在每一次的记述里，那个不同型的对方，却老是显示着一种相类的反应。呵！真讨厌呀！）

然而也可怪之至！这一位素来精明强干而以善演魔术著称的南京人梅望止，当时，他一看到这来客的左耳，立刻，他像遇到了蛇蝎一样，只见他的额部，迅速地分泌出了许多汗液；同时他两眼之中，也透露一种不可掩饰的惶怖。原来，他在这短短片瞬之中，他已立刻记忆到了十年前的那件旧事。

他尽力抑制着他的惊惶的情绪，低声地喊："哦！你是鲁平！"

连着他又自语似的，喃喃地背诵："哦哦！俞，——石，——屏——鱼，——日，——平，鲁平！"

在这喃喃诉说之际，他的心头，简直感到了一种不可名状的沮丧。他自己抱怨他自己，为什么这样一个神秘可怕的敌人，搬到了自己的贴邻，而自己竟会分毫不觉。

那位神奇的来客，似乎不让他这可怜的懊丧，在他脑内留得太久，以致引起了生理上的妨害。因之，他又开口了。

他点点头说："不错！梅先生的记忆力很好，你已想起来了吧？"

"你的来意如何呢？"旧货大王带着颤动的声音。

"干脆些说吧！我已绑到了你的幸运女神的票，我想和你算算十年前的那本旧账！"

“那么，条件如何呢?”梅望止在这种突如其来的恶劣情势之下，知道命运之神，已在他的额上，抹上了一些煤炭。没奈何，他只能硬着头皮，吐出一种屈服的探试。

“我清楚地知道，在你手内，还留着三颗绣枕里的宝珠，你分两颗给我，交换你的一颗“活的明珠”。你说这个交易，公平不公平?”来客毫不客气，这样爽脆地开了价。他又补充着道：“我的生平，素来不做不留余地的事。你把两颗给了我，而你自己，仍旧留着两颗；内中的一颗还是活的。我们双方利益均等，大家算是不吃亏。不过，你要弄清楚，我的生意，一向是不二价的!”

“如果我立到去报警呢!”这旧货大王明知自己的法道，决非对方的敌手。但这敌人，一开口，就要吞下他的两颗无价明珠，这如何使他不痛心?因之，他忽然鼓起最后的勇气，提出了这样一句含有威胁性的反抗。虽然他也明明知道，这种恫吓的试探，于当前这一个神秘的敌人，是万万不会发生丝毫效力的。

“那也悉听尊便!”来客随意抛掉了他的烟尾，打了一个呵欠说：“可要我来代打电话?或者代你接一下电铃?”

一颗手榴弹，投在“齐格菲防线”的钢板上，其效力，不会比投出一枚生梨大得多。这使这位南京朋友，感到了一种完全绝望的痛苦，他不禁颓丧地说过：“那么，假使我把两颗珠子给了你，你几时交还我的女儿呢?”

“在一小时内!”

“万一——”

“没有什么万一不万一!”来客不容他再说下去，立刻截止他的话。一面，他再指指自己的左耳，坚决地说，“凭我这个，担保一切!”

“但那珠子不在我的手头呀!”

“我知道的，当然是在银行保管库里。要做生意，不妨迁就，我可以在这里略等。”

至此，主客间的会议，似已告了一个段落。这位旧货大王，把眉头皱得像干吞了十斤黄连似的那么紧。他摇摇头，叹口气，拖着沉重的步子，无奈何地走出室外。

他随手带上了门，独自站在这会客室的门口，默然思考了一两分钟，他还在他的脑内穷思极想，准备找出一个新奇的对策，挽救他当前所遇的倒霉的命运。但最后，他脑内忽然闪出了那位姗姗姑娘的影子，仿佛愁眉泪眼，正在向他哀求。他不禁倒抽了一口冷气。立刻又摇摇头，走了出去。

主人梅望止离室以后，这里剩下了来客一人。只见他做成了打八段锦那样的姿势，伸伸腰，伸伸腿，一连打了几个呵欠。似乎即刻一场小小的交涉，已使他感到非常的疲倦。于是，他索性取了一种最舒适的姿势，把整个身子就在软椅里面一横。不到三分钟，竟自呼呼然地睡熟了。

在这甜蜜的小睡之中，他做了一个甜蜜的美梦。他梦见自己，把额上的许多皱纹一丝丝细心地剥下来，放进了一个放衣服的箱子里。于是，转转眼，他已变成一个镀金式的青年大学生。身上，穿的是笔挺的西装；襟边还缀上一朵淡绿色的康乃馨花。他正在一个幽悄的咖啡座内，和一位娇小的丽人，密密地谈着心。他在恍惚之间，好像把一个精致的小锦盒，偷偷塞进他这丽人的纤手，做了一种博取欢心的贿赂。那个安琪儿般可爱的天使，轻轻打开盒盖，只见其中乃是两颗无价的宝珠，那夺目的光华，恰巧镶嵌进了两枚浅浅的酒窝里。

他这一个美梦，大约做得并不很短哩！所以，等他醒来之后，真的竟有两颗无价的明珠，在他面前，闪烁地发着光，射进了他模糊惺忪的睡眼。

他懒惰地伸手抹抹他的眼角。他把这两颗明珠，托在手掌之中，细细欣赏了一回。随后，却用一种东方绅士式的谦恭，温和地，把这两颗珠子，连同那两个黄金的龙形的座子，再加上外面的紫檀小盒，一齐“照单全收”，装进了他自己的衣袋。

他又举起一种安慰小孩似的视线，怜悯似的看看那个神情丧沮的主人，他伸出一个指头，简单地说了一句话这：“一小时内！”说完，整整他的商标式的黑色大领结，一鞠躬，便向主人告辞。他走到门口握住了那个门球，忽又旋转头来补充了一句道，“做媒的事，我们再谈。”

会客室的门砰然关闭，这里寂寞地留下了那个旧货大王，呆呆地望着那扇室门，如同做了一场噩梦。

来客的信用，相当的可靠。自他离去这萍村三十四号屋子，前后还不到四十分钟，就有一辆黑牌小型汽车，驶到了萍村的村口，汽车中天真地跳跃下来的，正是这三十四号屋中的一颗会开口的明珠——梅姗姗小组，随在她背后的，却是她的心腹侍女——蜜丝小翠。

在汽车里，是谁把她们送回来的呢？关于这，当时却始终无人知道。

主要的是，全村的人，他们见这两位小女神，依然是那样活泼而愉快，简直没有丝毫异样的神色。

所不可解的，事后，梅家的家人，曾向她们几番追问，怎样无端会走进那座三十三号的屋子？是谁把她们引领进去的？在离了三十三号屋子以后，又逗留在什么地方？那位姗姗小姐，对于以上种种的问句，却始终保持政治家式的缄默；甚至她还哭哭闹闹，禁止那位小翠女士，也绝对不许吐出半个字！

十　一张破天荒的米票子

到了第五天上，总算还好，那四十三号屋子里，消息也来了。

这一天，还不过在清晨的八点钟。柳大胖子经他夫人催促着，匆匆洗过一下脸后，照例，便要亲自出马，去探访儿子的消息。

他正要出门，忽然壁上的电话铃声响了起来。大胖子拿下听筒，一听，只听得对方发为一种轻亵的声气，问道：“喂喂！你们那里，是不是米蛀虫柳大块头的公馆？”

大胖子正没有好气。一听到这种太不客气的问句，不由得把一团怒火，立刻提了起来。他正待痛骂几句，挂断这电话；不想他的骂声，还不及签出“派司”，而对方的子弹，竟先从电线上面寄送了过来。只听到听筒里面，接连又恶狠狠地骂道：“喂！是不是？说呀！猪猡！”

打电话用着这种客气的开场白，那也是少有的事情！因此，倒使这柳大胖子，感到了讶异。他索性忍住了气，耐性地再听下去。

呵！打电话的对方，对于骂人，似乎有着一种特别的嗜好！只听得话筒之中还在一连串地放着鞭炮道：“喂！猪猡！赶快说呀！是不是！倘然是的，你们的小米蛀虫有话要说！猪猡！听得吗？”

柳大胖子听到“小米蛀虫”四个字。这当然是指他的儿子而言。在一阵心跳之下，他只觉全身的肥肉，一时都飞舞了起来！

他急忙颤声答应：“是——是的，是——是的。我正是米蛀虫！我——我正是柳大块头呀！”

大胖子心忙口乱，他忘却了自己的忌讳，急不暇择地这样回答。

“猪猡！你等一等！”

话筒里寂默了。这一等，足足等候了五分钟之久。五分钟其实也不算长，可是，在柳大胖子的心理上，无异是受到了五年的徒刑。还好！话筒里又有声音了。

“爸爸！你救救我哪！”这分明是他儿子柳雪迟的声吻。可是对方一开口，就唱出了带哭的调子，这使柳大胖子的一颗心，几乎在腔子里跳起颤动的草裙舞来！

“你为什么不回来呀？”柳大胖子急迫地问，声音几乎要哭！

“我不能回来！”

“你在哪里？”

“我不敢说，他们不许我说！”

“我怎样救你呢？”

“我快要饿死了！我要吃饭！”

“吃饭？我不能把饭从电话筒里送来给你呀！——难道他们不给你饭吃吗？”

“他们都吃不起饭！”

“胡说！饭有什么吃不起的！”

“听他们说，因为米价太贵，所以吃不起！——他们还说，为了米蛀虫的捣鬼，米价还在一天天的飞涨。照这样子，我是一定要饿死了！”

说到这里，话筒里清楚地传来了一阵哭声。

“该死！”大胖子心痛已极，不觉脱口骂了出来道，“这一班黑心的畜生，为什么把米价抬得这样高？”

“是呀！这一班该死的畜生，为什么把米价抬得这样高！”

话筒里忽然换了一个声音，像山谷的回声那样的接口。连着，便有一阵格格的怪笑，直刺上大胖子的耳膜，那电话便括的一声挂断了。

结果，这一个怪电话，却是毫无“结果”。这真使这柳大胖子，感到了非常的困惑。他简直不明白，对方打这电话，毕竟含着什么用意？若说是绑票吧？为什么不开价？若说是复仇吧？他自问生平，并没有什么了不得的仇人。若说是有人开玩笑吧？但在电话里，又明明是儿子的声气。

大胖子夫妇俩，在一种坐立不安的境界中，度过了一个难堪的上午。一到下半天，那莫名其妙的电话，第二次又打了过来。这一次的情形，仍和上午完全一样。大胖子抓着话筒发抖，他用带哭的声气，求他儿子快说出所在的地点来。但他儿子的回答：只说“他们”不许他说。又问：“他们是谁？”说筒里只说“不知道！”

一连三天工夫。那奇怪的电话，竟先后打来了八九次；每次通话的情形，几乎做留声机片那样，成了一种印板的方式。最初，必是那个陌生的口气——这陌生的口吻渐渐也听成了烂熟——开口便猪猡长，猪猡短，痛骂过一气。骂过了瘾，接连着的便是他儿子的一串哭诉：说是没有饭吃，快要饿死了！最后，仍是一阵格格刺耳的怪笑，结束了这无结果的电话。

当然，他也曾费尽心机，去追究这电话的来源。但结果，却查出对方打电话的地点，都在公共场所；而且，每次的地点，也时刻变换而并不固定。等到追踪而去，那打电话的人，早已不知去向。这情形，使警探界中的人物，也感到了束手无策。

可怜！在这三天之中，大胖子夫妇俩，如同走进了炮烙地狱，每一分钟内，都在忍受着最难堪的酷刑！尤其是大胖子本人，本来他是一个好端端的中国式的胖"哈台"；而现在，却几乎要变成一个外国式的"韩兰根"。有人在背后说：再这样子磨拆下去，预料不久之间，他身上所"囤积"的全部脂肪，有尽数"脱售"的倾向；甚至，他还具有一种悲壮慷慨的以身"殉孝"的可能！

但是，全能的上帝，他自有着一种"上帝式"的道理的：他似乎还要留下这样一个残忍的人物，在这残忍的世界上，做些残忍的事业，以添加些残忍的史迹。因而，到了下一天——这是柳雪迟失踪后连头带尾的第七天——却有一个真正的消息飞来了。

这一天，有一位穿着绿衣服的先生，把一封挂号信件，投进了这四十三号的屋子。

这封信，由一只震颤着的肥手把它拆开。只见那信纸上，有许多行极潦草的字迹，那样地写着道：

米蛀虫先生：

在最近期中，听说你曾经把你的良心，屡次送进搬场汽车。因而，在时势的大动荡中，得了不少意外的收获。料想你身上的脂肪，近来必定是更加丰富了。

我这里一开口，就提到你的发财，你一定不会痛快地承认。不过，我在写信之前，早已清楚查明：单单你在某一处的堆栈里，已有一千包以上的白米的囤积。——"生意人"是喜欢保守秘密的——所以，其余的"货色"，还是不必说吧！

所遗憾的是：我又打听得，你的许多米，大约因为藏储不善，所以有一部分，已经发生了霉烂的情形！你想吧，屋内有着过剩的米，而屋外却有着过剩的饿殍，你看这是一个何等合理的情形哪？不过，这情形你是不会知道的；即使知道，你也不会有什么感想的！是不是？

有许多许多快要饿死的人，都来包围着我，要我救救他们的生命。惭愧！我自己也是一个穷汉子，我实在没有办法。因为不忍袖手旁观，我只能向有钱有米的人去商量。于是，我把你的公郎，请到了我的家里。

我一向是个“善人”，手段并不像你们这些富翁一般的毒辣！所以我并不打算查抄你的全部的财产。我只希望你能把存放在某堆栈中的米，提出二分之一，去救济一下那些捧着肚子没有人理的“饿狗”——当然！在富翁们的高贵的眼光中，他们根本不能算做“人”！

你把你的白米捐出来，我也把小米蛀虫送还给你。公平交易，老少无欺，你看好不好？

你如不能同意上项的办法，那我只能屈留你的公郎，把他当作一张长期的“米票”。以后，我当指派那些“饿狗”，每天排队到府上来吃饭，直吃到米价平贱到他们吃得起饭的时候为止！

以上两项办法，你喜欢采用哪一种？我们这里，“做生意”非常迁就。一切任从“客”便。穷忙得很，恕不多谈。仅祝“加餐”！

这一封信的结尾，直接痛快，留着如下九个字的署名：

绑票匪最高首领鲁平

在原信之外，另附有一张信笺。整张的纸上，只写着两句话，乃是：

亲爱的父亲：

请你立刻答应这个要求吧！这是有关儿子生命的事！

儿雪迟附禀

柳大胖子一看，这正是他儿子的亲笔。不过，信上的“生命”二字，起先原写着“终身幸福”四个字，后来却涂抹去了，另改了现在的两个字。

大胖子伸着肥手，抓着这两张信纸，心头不住狂跳，一时只觉不知所可。

那是不用说的：你们想，一条向来以米为命的米蛀虫，眼睁睁看着他的一座相当高大的米山，要被人推倒，这是一件何等心病的事？可是，他再看看他儿子那封向他哀求的信，却又使他一颗隐痛的心里，不得不默认下了无条件的屈服。

两天以后，本埠各大日报的封面栏，都刊出了一则引人注意的鸣谢广告！这广告占有二十行阔的地位。那木刻的标题，赫然是以下的几个字：

“中华义赈会谨代哀黎鸣谢柳也惠大善士，慨助赈米五百石!”

就在各日报上刊出这鸣谢广告的这一天，时间约在上午八九点钟——这在这烦嚣的都市中，一部分糜烂的群众，还算是个大清早——萍村村道之中，照例来了那个沙喉咙的卖报人。只听他拖着那种听惯了的悠长的调子，在高唱着各种报名。随着这卖报人的高唱声，远处呜呜地，却驶来了一辆汽车。

这是一辆对萍村居户有些相熟的汽车。车子驶到村口，立刻便停了下来。车门开处，从车厢里一跃而下的，正是四十三号中那个失踪已久的十五岁的少年柳雪迟。看神气，他是那样的高兴。当他顺手关上那扇车门时，还向车中那个穿着旧西装的司机者，亲热地点了点头；同时，双方都露出了一种友好而善良的微笑!

呵！活宝贝回来了!

萍村四十三号屋子中，每一个角度里，每一方寸空气中，都充满着一种无可形容的悲喜交集的气氛，那情绪是无法加以描绘的。

在柳大胖子的初意，以为他这夜明珠式的儿子，挨了这许多天的饿，受了这许多天的惊恐，面庞一定要消瘦许多。哪知并不呀！一看他的神情，反较未离家时，更为活泼了些。大胖子单等他定下了神，父子二人，便开始了以下一节奇异的回答：

大胖子先开口问：“那一天，你为什么要到三十三号屋子里去呢?”

答：“我并没有到那里去过呀!”

问：“并没有去过，你的钻石胸针，怎么会在那空屋子里发现呢?”

答：“我并不知道这件事呀!”

问：“那么，他们是用什么方法，把你绑去的呢?”

答：“什么绑去不绑去？我不明白这话呀!”

问：“你不是被人家绑票绑去的吗?”

答："我越弄越不懂，我并没有被人绑过票呀！"

问："既然并没有被人绑过票，这许多天来，你在哪里呢？"

答："我在一家旅馆里呀！"

问："你在旅馆里做什么呢？"

答："在等候着一个约会的朋友哪！"

问："这是一个何等样的朋友呢？"

答："是以前的同学啊！"

问："这同学姓什么？叫什么呢？"

答："他——他——他——"

这奇异的问答，进行到这里为止，却已踏上了"警戒线"的边际。只见这位柳雪迟公子，不知为了什么缘故，立刻间又引起了他素常那种怕羞的特性。大胖子眼看他这宝贝的儿子，沉倒了头，红涨着脸，无论如何，再也不肯回答半个字。

以上的情形，恰好和三十四号中的那位姗姗小姐最初回家时的情形，完全出于同一的模型。

柳雪迟有两个年轻的表兄，他们和读者们，是有过一种"初会"的交谊的——那就是这四十三号三层阳台上的那两个漂亮的西装青年——事后，在背人的时候，他们曾偷偷向这柳雪迟探问，他们说："你既没有被人绑过票，为什么附回来的信，要请求你的父亲，答应那个要求呢？"

柳雪迟回答说："那封信上的要求，却是'另外的一种要求'呀！"

两个老兄又问："所谓'另外的要求'，又是一种什么要求呢？"

这最后的一个问句，无异一方沉重的石块，顿时又把这柳雪迟的头颅，压低了下去。于是，这一个不可解释的疑问，终于成了一个不可解释的疑问。

然而，读者们都是非常聪明的。料想，他们对于此一疑问，你们必然已获得了一种适当的解答，那是无疑了。

十一　空屋中的记事册

萍村三十三号魔屋里面所发生的种种离奇的事件，最初，真像一种北极的暴风雨，它的来势，是有些吓人的。可是，惟其来的迅速，它的消逝，也是迅捷得可笑。以下所记，就是风雨收歇时的情形。

不错，在读者们的心目之中，截至眼前为止，你们对于以前许多神秘的事件，必然的，那还留着许多暗影咧。譬如说：

第一件：那三十三号空屋中最初发生的怪事——那个无名男子的突然消失——那是怎么一回事呢？

第二件：那女伶白丽娟的失踪，其前因与后果，又怎么样呢？

第三件：鲁平最先所发现于这空屋中的那张可怪的纸牌，有些什么含义呢？

第四件：两度到三十三号左右来的窥探的壮汉和那工装青年，和这座空屋，又有何等样的关系呢？

第五件：三十三号对面四十三号三层阳台上所发现的纸牌，日历，以及其他种种神奇的搬演，这其中，毕竟含藏着何种的意味呢？

第六件：那以后发生的四件失踪案，是怎样发生的呢？

第七件：还有——

呵！细细计算一下，那许多许多可供提出的问题，似乎还多着咧。不错，以上种种不可解的问题，是应该由笔者负责，予以详明的解答的。为了要解答以上的种种疑问，这使笔者不得不把我的笔尖，重新指引到最初发生这些问题的三十三号空屋中去。

关于三十三号屋中第三次发生的怪异的失踪案，一共四个角色，其中的三个，已经安然地回来了。那么，还有第四个角色——那个曾经一度出现于三十三号屋子中的画师俞石屏——他的最后的下落，又怎样了呢？结果，他曾否再回到他的三十三号屋中去呢？

关于上面这一问题，答案是“不!”而且，从此以后，这一个神秘的画师的影子，一直不复再出现于萍村诸人的眼底。可是，他在那所神秘的三十三号空屋之中，却遗留下了一宗小小的物件，做了一个开启一切疑问的钥匙。

那是一件什么东西呢？那是一本小小的记事册。

在那一木纹皮面的精美的小册子上，有许多页码已被撕去。留着的，却是寥寥无多的几页。这留下的若干页，用自来墨水笔写着绝细小的字迹。从这上面，你可以找到关于萍村三十三号空屋中所发生的种种疑问的解答——我们说得动听一点，以下的文字，我们很可以称之为“剧盗鲁平的身边文学”。然而，强盗毕竟总是强盗哪！所以，你若要把这些文字和一个“执笔的专家”去比拟，那你一定要感到重大的失望。因此，我想请求读者，放弃了“文学”上的“欣赏”，而单看这小册子里所记的事实吧！

在这小册子中，有一节是这样写道：

（上略）谁都知道：任何一个人，观察外界的种种事物，脑力万万不宜太迟钝。脑力太钝的结果，自然随时随地，会使你遭受“碰壁”的教训。然而，掉过来说，一个人的神经，也不宜太敏锐，神经倘然过敏，那你也有“钻进牛角尖”的危险。本人（鲁平自称）自信，生平对于任何一件事，从未吃过脑筋迟钝的苦。但有好几次，就因神经过敏的缘故，却受到了一种太可笑而太不可恕的教训。

像最近所遇的萍村事件，就是眼前一个最好的例子。

萍村三十三号屋的事件，一般的群众，对那一男一女的突然消失，都认为神秘离奇不可解释——本人最初，也有这种倾向——其实，这事情的内幕，揭穿了，真要使人哑然失笑，甚至认为不值一笑。

据本人探访所得，最初那件离奇失踪案的真相，事情是这样的：

第一次来看屋子的中年人，他的姓名，叫作王仲浩。以前，他是政海中的一个小官僚。——依据我们中国传统的习惯，“官”和“钱”，有着一种必然性的联系；而“饿”和“女人”，也有一种必然性的牵涉。这一个小官僚，原是本地一个悠闲的寓公。这一次，他到萍村中来看屋，为的是新娶了一房姨太太，故而亲自来找藏娇的金屋。那一天，他在三十三号二层楼的前部，四面看了一会儿。后来，他又走上后部月牙形的小阳台。他正自眺望之际，忽然在下面村道之中，出乎意外地看到了一个人。

这人是一个工头模样的大汉，却是他在许多年前所结下的一个势不两立的死仇。据他所知：他这一个死仇，早已关进了监狱；并且，已判定了无期徒刑，万无脱身外出之理。如今不知如何，竟会突然现身于自己眼帘之前。他知道自己和这死仇，一旦见了面，生命在呼吸之间，就有极度的危险！当时惊极之余，不知不觉，竟发出了一声恐怖的呼啸。——他的呼声，是那样的锐利，在一所无人的空屋中，当然格外刺耳——于是立刻引起了楼下那个司阍的注意。那个司阍既听得了这一声破空而来的呼喊，以为二层楼上的来客，出了什么意外。因而急忙赶上楼去，想看一个究竟。这一下，双方却引起了一个绝对可笑的误会。

原来，二层楼上的中年来客，他在阳台上，望见村道里的死仇——那个工装大汉——脚下穿的是皮鞋。这时忽听得楼梯上面来了一阵极急骤的皮鞋声，他在万分惶惧之中，误认为他的死仇，已经破门而入，要来取他的性命！一时情急，便立刻闪在后部一室的门后，姑且作一下暂时的掩蔽。而可笑的事情，便也由此发生。

其时，那司阍匆匆上楼，他先在前部的室中匆匆一望——在这空无一物的屋子里，当然用不到细看——连着他又推开后部一室的门，向内约略一看。当然他是万万意想不到，就在这一扇门后，会有一个四五十岁的老孩子，正和他闹着“捉迷藏”的把戏！当下前后察看，不见来客的影踪，那司阍的心里，已经感到有些奇怪；因为他明明听得那一声锐利的呼啸，是起于二层楼上。何至于在一霎时间，就会不见了人影？

他在惊疑之中，立刻又匆匆赶上三层楼去查看。这其间，便又造成了第二个绝对可笑的错误。

当这司阍踏上三层楼的楼梯时，同时恰值那中年来客，从二层楼后部的室内轻轻开门，蹑足偷掩下楼。当时，一个是匆匆上楼，一个是悄悄下楼。在一上一下之间，恰好演成了小孩子们捉迷藏时你“找”我“藏”的话剧。这真是一种非常可笑的事情。

再说，那中年来客既下了楼，便径自开了三十三号屋的前门，偷偷地向外走。他在慌乱之中，不及知会他的守候在村前的汽车夫，却从村后另外一个出入口里，悄然溜出了村外。

其后，那个司阍既在三十三号屋的全部各室细找之后，因为始终找不到来客的踪影，当然要引起他的极度的骇怪。兼之在一小时后，那个守在村口的汽车夫，又来寻找他的主人，这更显见来客自进三十三号屋后，一直并未走出屋外；既未走出屋外，显然是被这座神秘的空屋，吞噬了下去！于是这事情在重重可笑的误会，与那司阍口头过分的渲染之下，使交织成了一件不可思议的失踪奇案。

以上，便是萍村三十三号屋中第一次所发生的离奇事件的真相。

可是，这第一次的离奇事件，除了上述种种可笑的误会之外，内幕中，还有一些题外的余波哩。

原来：那前后两度偷偷到三十三号屋左近来窥探的工装大汉，就是那个失踪案主角的死仇。——当这工装大汉，偕着他的同伴——工装青年，第二次到萍村中来窥探的时候，他们已听到了这离奇失踪案的消息。他们虽不相信，一间空洞的屋子，真会吞下一个人去。但他们对这可怪的事件，也感觉到不可解释。据他们的料想，以为这一个突然失踪的家伙，或许是乘人不备，掩藏到了隔壁屋中去。——那个工装大汉，对于他这仇人，原是必欲得而甘心的——他们在别处，既遍访不获这仇人的消息，因之，第二次又到萍村中来窥伺。这一次，他们不但注意三十三号一屋，连带地同时注意着贴邻三十二号以及三十四号的两座屋子。他们以为那个家伙，也许会从屋顶的露台上，逾越到邻室，而躲藏了起来。

以上，便是那两个工人两度前来窥探的原因。

本人（鲁平自称）最初，因这两个工人，形迹非常诡秘。曾经怀疑他们，对于三十三号屋中第一次的事件，必有一种直接的关系。当时因这一点，曾耗费过许多的脑力；而结果，却几乎因之而走入歧途。眼前真相既白，方知这两个工人，于第一次的失踪怪事，虽有间接的关系，但实际，他们对那中年来客的失踪，正像大众一样，始终也处于暗幕之中。以上种种，便是本人在萍村事件中，第一次所受到的教训——说得切实点：这便是第一次因“神经过敏”而受到的教训！

由于这小册子的揭发，所谓萍村事件，那第一幕神怪戏剧的内容，至此已揭露无遗，再也不值加以研讨。至于连台接演的第二幕剧，在那本小册子里，也有一节详明的记述。现在，一并抄摘如下，以作那后本戏剧的说明书。

在鲁平的小册中，对第二件失踪案，他是这样写道：

（上略）女伶白丽娟，自在大新剧场辍演以后，就下嫁于本埠著名某富翁，做了一名闪烁的小星。那个富翁又老又丑，原本不是她心目中的真正的对象。只因黄金的光彩，炫惑了美人的心眼，于是，双方在“钱袋”与“脸袋”两种互相需要的供求原则之下，暂时做了一次常见的交易。实际上，这女伶白丽娟，另外拥有一个秘密情人。双方的热恋，已达沸点以上。他们曾几次商议，预备卷带了那富翁的钱，一同逃往外埠去过活；这策略是在酝酿之中，还没有进入实行时期。那个秘密情人，他的住处，恰在萍村的附近。当萍村第一次离奇事件发生的时候，正值他们偕逃的计划，将达成熟阶段。那天，这女伶的情人，听到了萍村的怪消息，忽然想到了一个新奇的投机的方法。他想：借这绝妙的机会，倘能使白丽娟，到这所魔屋中去，亲自投下一个烟幕弹，那必定能使那个老丑的富翁，和其他的一般群众，暂时移转一下眼光，而使他们获得一个从容潜逃的掩蔽。于是，那个秘密情人，便授意于白丽娟，特地在第二天，专程到萍村三十三号屋中去转了一转，这情形，无异拍下一个特写的镜头，故意引起观众的注意。随后，他们便依着预定计划，双双远走高飞而去。至于那个同到萍村中来的老母亲，当时，虽有许多惊慌的表情，实际，当然也是参与这新奇策略的一人。这样一来，却使萍村三十三号屋中所映的怪影片，于一个高潮之后，立即又扩展另外一个更离奇而紧张的高潮。

以上，却是那本小册子中，对第二件失踪性案件的全部揭发。当然，谁也意想不到，这前后两件不可思议的怪事件，最后的暴露，竟会显示了这样一个平凡得无可平凡的画面。真的应验了鲁平最初发表的预言：

呵！“雷声大，雨点小。”果然是雷声太大，雨点太小啊。

除此以外，在那本记事小册子里，还夹着两封信的信稿。这是一种应该把它写在粉红信纸上的作品。现在，笔者把第一封信的大意，抄录如下。从这里，可以看到萍村事件中的另一种疑问的解答。

这一封信，是由四十三号中的那位十五岁的柳雪迟先生署名，寄给对邻三十四号中的梅姗姗小姐的。信上这样写道：

（记事册中原注：信的第一节从略。）

自从上月的月初，我在阳台上初次见你，那时你曾向我微微一笑。这一笑，在你，不管是有意，或者是无意。但从此，我觉得我自己，和以前像已换了一个人。

从那一天起，我天天盼望你走到阳台上来，但我的盼望，一百次倒有九十九次的失望。我只见你们那里的长窗，每天都是关得很紧。我真痛苦，我简直要哭。

你是知道的：今年我还不过十五岁，完全是个小孩子。我的胆子很小，我见了生人，我十分恼羞。一面我虽然盼望你，常常走到阳台上来，但是你若真的走出来了，我却又吓得立刻躲藏了起来。

虽然这样，一面我仍旧用尽种种方法，想引你走到阳台上来。

我听得你们家里的佣人说：你很喜欢看“白雪公主”的影片。真的，你自己也很像白雪公主呀！

你记得吗？不多几天之前，我觅到了一个美丽的日历，上面印着白雪公主和七个滑稽的矮人。我在这日历上，做了一个“爱姗姗”（A33）的记号，不知道你看见不看见？注意不注意？

我又听说：你很喜欢花，鸟，热带鱼，种种的东西。因此，我又常常买了这些东西，陈列在我的阳台上，希望引起你的注意。

我想尽了种种方法，所得到的只是失望。我太痛苦了！今天，我大胆写了这一封信，要求你们小翠带给你。在本星期五，下午四至五时，我在华龙路法国公园门口等你，我想和你做一个朋友，我有许多许多话，要和你说。

你不答应我，我只有自杀了。

这一封原信，长得有些吓人！以上所抄，只是十分之三的大意而已。这封信的文字与口吻，虽是那样幼稚可笑，但是细心的人，用心一看，便能看出里边许多的破绽，并不像是一个十五岁的孩子所写的。

不错，这封信，真的并不是柳雪迟所写，而是出于一个“黑暗中的秘书”的代笔——并且，那位秘书先生，写这封信，他是完全不曾取到柳雪迟本人的同意的。

那么，这一位黑暗中的秘书是谁呢？关于这一问题，这里不再提出答案；而预备让读者们自己去加以猜想。我想，聪明的读者们，你们一定能够猜中——而且，眼前你们已经早已猜中了。

还有第二封信，却是梅姗姗小姐写给柳雪迟先生的一封“摩尔登糖”式的信——当然，这也不是那位姑娘的亲笔，——信上是这样写道：

（原注：称呼从略。）

听小翠告诉我，你有许多话，要向我说。记得在前个月中，你有好几回，远远跟在我的身后，你的话，为什么不当面向我说呢？

你说我有心回避你，其实你自己呢？你为什么这样怕羞，一见了人，立刻就要躲避？有好几次，你躲藏在你们二层楼的窗帏之后，偷偷掩掩，不知在看些什么？你能不能告诉我，到底在看些什么呢？

记得最早的一次，你在你的三层楼阳台上，拿了几张纸牌，想要飞到我的窗口里来。我看你的手法很不行，有几张飞得太近，跌落到村道里去；还有一张，竟飞进了隔壁三十三号的空屋。不知道你飞这种纸牌，又是什么意思？

明天下午四时，我下课回来，在法国公园门口等你。请你把以上的许多问题，一一告诉我。不知道你能来不能来？祝你愉快！

这信的结尾，署着一个“梅姗姗”的名字。

读者们看到了以上两封信稿，料想对于四十三号与三十四号两屋间的关系，必已看到了一个大体的轮廓。但，为求事情的更明了起见，笔者且把那本小册子中所记的一节初恋趣史，一并摘录如后，以供读者的欣赏。

关于那节小小的趣史，在那本册子里，有着如下的记述：

在恋爱的王国之中，本来常有许多出人意外而可供唏嘘的史实。提起那对小情人的罗曼史，却更使人感到滑稽而可笑。在过去的两三个月间（他们原是最早搬进萍村新屋的居户），四十三号中的柳雪迟，和三十四号中的梅姗姗，因着居位贴近的关系，他们在斜对面的阳台上，双方不时见面。那时候，这一位将近进入成人阶段而尚未尝试到人生甘苦的柳雪迟，就把一颗人世间危险的炸弹，自己轻轻投进了他的弱小的心房。他一面对那梅姗姗，燃烧起了一种怒火般的热恋，而另一面，他因未曾受过恋爱的训练，他在某种特殊情景之下，每每引起了他的极度畏羞的特性。因之，他一面每每想尽种种可笑的方法，想引逗他的意中人走上阳台，好暂时满足他的望“梅”止渴的欲望。可是另一面，他见那位姑娘真的走上了阳台之后，他却又因畏羞的缘故，每次总是吓得直躲起来。尤其可笑的，在这一个时期之中，他不但对他的意中人，存着一种绝对矛盾可笑的心理；同时，他对四周任何一人，也都存着一种相类似的畏避的心理。总之，他是害怕着有人会窥破他的心房深处的秘密。

为着以上的原因，他每逢搬演着他的可笑的玩意的时候，每次总是预先审慎察看，必定要等四周绝对无人注意，他方始表演他的神奇的魔术；他的动作，简直像“天方夜谭”中所记叙的仙女一样，成了来无踪而去绝迹。——本人（鲁平自称）最初，每天只见到戏台上的道具，而见不到戏台上的角色，就为了这一个缘故。——当时，这一个可笑而可怜的孩子，他还以为他的心事，掩护得非常妥密，决不会被人窥破，却不知他这种种可笑的举动，在他四周接近的人们中，早已成了一件公开的秘密；甚至连他两个不常到来的表兄，也把这事情，当作了一件新奇的谈话资料。——本人那一天，在阳台上所见到的两个西装青年，便是这位初恋主角的两位表兄。他们鬼鬼祟祟，指点着三十四号屋，便是在谈论着这件新发生的罗曼史。

以上的秘密，却是本人耗费了两小时的时间，与两小叠的纸币，向四十三号中的车夫小金和三十四号中的侍女小翠，细细打听出来的。

除此以外，这小册子里，对于对方阳台上的纸牌，也有一种简略的解释。这小册子里，是这样记着：

关于那些纸牌，我最初认为最不可思议。因之，也耗费了我最多的脑力。但是不久，我已找出了其中的含义；而这含义，简直是非常的可笑！

最初发现的纸牌，排成三个行列，其方式为“5A33”，“57A33”，“K433”。

原来，它的含义如下。

第一行“5A33”，应解释为“吾爱姗姗”！

第二行“57A33”，这里仅较首行多一“7”字，依前类推，当然可解释为“吾切爱姗姗”！

第三行“K433”，其中含着一个“Kiss 姗姗”的谐音。

至于第二次的“33A5”，加上一个“?”的符号，这里面，明明藏着一个“姗姗爱吾否?”的问句，除此以外，还有什么深意呢？

由于这小册子中的种种揭发，萍村三十三号屋中所发生的怪事件，以及邻近三十四号与四十三号屋中所附带发生的种种神秘问题，至此已完全失却了它的神秘的价值，无复可供研讨的余地。

至于三十三号屋中，后来所发生的事件，这在聪明的读者们，当然，也早已窥破它的全部的底蕴，更不劳笔者提出多余的报道。

最后，吾友鲁平曾在他这“身边文学”之中，用一种伤感的笔调，抱怨着他的年龄已达于老迈无用的阶段。他在他这小册子里，这样写道：

在这萍村三十三号屋的全部事件中，最使他吃苦的，就是当时明明在各方面，已获得了许多许多的线索，这些线索，看看，好像一个蛛网一样，仿佛四面都有牵涉；可是，再看看，又像各有头绪，各不相关，正像一盘散沙一般，竟绝对无法贯串起来。而其间最可笑的错误，就是误认三十四号与四十三号两家邻屋中的幽默的喜剧，和三十三号屋中最初发生的两件失踪事件，以为其中必有直接的关系。因这一点，自己却把自己，深深推进了一种神经过敏的网罗，结果，终至在牛角尖中越钻越紧，几乎无法脱身而出。所以应该承认：这一件萍村事件，实是一生从未有过的可笑的失败。

好了！关于这小册子中的记载，笔者打算抄到这里为止，不再占据更多的篇幅。可是，在这全部事件之中，另有短短的几句话，必须加以补充。

这里应该请读者们耐性读完以下补记的一小节，那么，笔者可以用钢笔尖，把这三十三号屋中的幕布，完全挑闭起来了。

十二　最后的一个小戏法

距离上述事件三个月后，萍村中的“梅”“柳”两家，由于那一阵意外的飓风的风力，无形之中，却把那一对小小的情人，吹合到了一起。这事件的最后一幕，竟造成了一个“弄假成真”的结果。

这一天，萍村中的梅柳两家，假座于新揭幕的金门大酒店，在那九层楼的宫殿型的餐厅中，举行着盛大的订婚典礼。当时，因为这男女两家，在社会上都有一点相当的地位，故而这一个宴会，却也相当富丽而热闹。

当时男女两家的来宾，双方集合在一起，那衣香鬓影与珠光宝气，在欢笑声中织成了一片狂欢白热的空气。这种狂欢的氛围，保持了一个相当长的时间，一直到夜宴以后，还不曾完全消灭。不过，在这盛大的夜宴上，有一件事情，却使宾主之间，引起了一点小小的不愉快——记着，这只是很小的一点。可是这很小的一点遗憾，当时也并不曾使这狂欢的空气，受到重大的影响——原来，在筵席开张的时节，那餐厅中的电灯，像遭遇到空袭时间中的灯火管制似的，忽然竟全部熄灭。这一个短促的黑暗，维持了约有两分钟的长久，等到恢复光明，有几位时代骄子——如囤虎与投机家之类——的太太们，她们的一些名贵的饰物，都不见了。

在这一件小小的戏法中，有两个小小的异点，很值得注意。

其一：当这些小小的饰物，和它们的主人宣告脱离的时节，它们的主人，竟一丝一毫都不曾有所觉察。呵！这很可怪哪！

其二：那几件无端“走失”的东西，每件都是价值最高的精品，较次些的货物，就不曾遭到相同的命运。看样子，那个黑暗中的“伸手者”，分明是经过一番很精密的鉴别与挑选的。

这些东西，是谁把它们收罗而囤积起来的呢？

有一点是可以确定的。就是：那个黑暗中的剽窃者，无论如何，不出乎许多来宾中之一个。

然而，哪一位来宾，会干这件事呢？

你看：男女两方的与宴者，都是那样的衣冠楚楚，气宇不凡。谁都知道，他们都是社会上的有金钱，有势力，有地位，有声望的人物，你能怀疑这些人物，会做这种窃盗的事吗？是啊！即使他们要做或会做，凭着他们优秀的能力，也将出之于较冠冕的方式；而断不致出之于着迹的偷盗，那是无疑的。

经过以上一番合理的判断以后，于是，这宴会中的全部的来宾，他们都把一种特异的眼光，输送到了这大餐厅的某一隅里。

在那树立老朱红圆柱与描绘着篮地金龙的富丽矞皇的礼台的一旁，一张雕刻着孔雀形的高背大圈椅内，安闲地，坐着一个人。翘着腿，在安闲地吸着一种气味强烈的纸烟。

此人身上的服装，和他眼前所处的环境，有着一种太不调和的色彩。

呵！你看，他身上穿着的那套细方格的西装，已是那样陈旧；尤其那双皮鞋，会使擦皮鞋的职业者，对它发出长叹。他的项下，系着一枚蓬松的黑色大领结；这虽然可以表示出他的身份，然而就那领结的本身而论，那也分明告诉人家：这正是售货地上拣取来的东西。

总之，从这人外表而论，无论哪一点上，都表示他并没有一“西西”的资格，可以参加这一个盛大华贵的宴会。而且，不久之间，全部在场的人物，立刻都已发觉，即刻那件黑暗中的魔术，毫无疑义，正是此人所表演。可是，说出来是非常奇怪的，他们明明知道此人是一个偷饰物的盗窃者，然而，自男女两家的家长和订婚的新郎新娘起，以迄双方的许多男女来宾为止，——甚至连那被窃盗的女宾们也一起在内——他们非但不敢把他们的怀疑，宣之于口舌，甚至，他们每一个人，都不敢对他失却一丝一毫的尊敬的态度！

呵！以上的情形，未免太可怪了！

喂！读者们，你们试猜，这一位神奇的来宾，他是谁呢？

原载《万象》，1942年8月至10月第二卷第二期至第四期

乌鸦之画

上

走下了若干级宽阔的石梯，迎面，有两带矾石面的柜台，四周环绕过来，围成两个小小的长方形的部分。这是××公司地下室中的饮食部。

在柜台里面，备有一些简单的茶点，与几种冷热的饮料，供给顾客们的需求。这里的侍应者，都是年青的女性，她们有着鲜红刺眼的樱唇，有着上过电刑的秀发，也有着纤细的腰肢与纤细的眉毛。她们的每一支线条，都充分显示都市女性的特有情调。

由于某种条件的限制，她们的年龄，都在十七八岁之间。内中有几个，似乎还没有到达成熟的年岁；而她们却借着人工的辅助，努力装点出了成熟的姿态——这像树头的鲜果，原还没有透露天然的红艳，而它们亟于使用一种人造的颜料，涂抹上了鲜明可见的色彩。

在柜子外边，四周安放着若干独角的圆凳，这是给顾客们的座位。在这里，你可以随意饱餐美食，并随意饱餐“秀色”。——这是一个中等阶级的小小享受的所在。

这时候，大约还没有到上市的时候。右手的柜前，只有寥寥三五个顾客点缀着“市面”，而左侧的一排圆凳，却还空虚虚的，并没有一个人。

生意既很寥落，那些姑娘们，不免感到无聊。她们原是很活跃的一群，于是，在无事之中，不免找些事来做做；无话之中，不免寻些话来说说；甚至，在无风无浪的平静的海面，她们曾扇动出些意外的风波来，大家骚扰一下。

“喂！你看，那个人的面庞熟得很。”一个穿淡红绒线背心的姑娘，操着广东式的国语这样说。她把她的热情的眼色，从自己这边的柜台里穿过去，投到了对方的柜台边。

“哪一个？”问话的姑娘，穿着一件裁剪得很配身的水绿色的旗袍。她伸起涂着指甲油的纤指，撂了撂她新做过的鬓发。

“左边第四个——穿西装的一个。”第一个姑娘轻声地回答。

“你认识他吗？”第二个姑娘闪动着她的长睫毛。

“不是认识，我说他的面貌，很像一个外国明星。”

“她的侧坐着的姿势——手插在裤袋里——有点像‘劳勃脱杨’，是不是？”

“不，我是说他的面貌。”第一个姑娘立刻加以纠正。她把一个食指，搔搔她的太阳穴，思索地说：“哎！这人像谁呀？哦，想到了。他像乔治赖甫德，哎，不对。我说错了，他像贝锡赖斯朋。”

这一位穿淡红背心的姑娘，似乎天生成一枚百灵鸟那样的舌子。她不等那个穿水绿旗袍的同伴开口，立刻，她又自动地附加着说：“《金殿喋血记》，你看过没有？赖斯朋主演的一张历史片，丽都戏院新映过，我和小顾一同去看的；我们看的是楼厅。”

“哦，不错，说穿了真有点像贝锡赖斯朋；尤其是他侧面的面影。”水绿旗袍的姑娘，轻轻拍着手，她把谈话拉回到正题。再向对方斜睨了一下，她又着意地反问：“你猜，这人的年龄，有几岁了？”

“至多，二十八岁，依我猜。”穿红背心的姑娘，把视线从对方的侧影上收回，很有把握似的这么说。

“呸！让我向西药部小张，替你赊瓶沃古林。好不好？”

“嘘！你说我眼光不准吗？——那么，你说吧，这人有几岁呢？”

“至少四十六岁。你再仔细点看，他的额上的电车路，已经有那么深，差不多是 Old Man 了！还只二十八岁吗？”水绿旗袍的姑娘，立刻提出了抗议。她又补充她的意见：“无论如何，抽壮丁，一定不会轮到他了。”

这位姑娘说到抽壮丁，她觉得她自己的话，说得相当风趣。于是她颤动着她的肩，格格地笑起来，笑得非常妩媚。

“沃古林眼药水，让你自己去买吧！这人会有四十六岁吗？你在发痴了！我说顶多再加上二岁——三十岁。”红背心姑娘不甘示弱。

“就算再减两岁吧，至少他有四十四岁了。”绿衣姑娘也不甘退让。

“最最多，三十二岁！”

“最最少，四十二岁！”

为了这样一件绝不相干的小事，累了两位天真的姑娘展开了微妙的争执；她们争得非常热烈，看样子，简直和一个战时内阁中的辩论，具有同等的严重性。虽然她们的语声，都是那样低低的。

“依我看，沃古林药水要买两瓶才好。一个人的年岁，会有十多岁的参差吗?”在这小组会的议席上，这时忽又增添了后来的一席。只见第三位姑娘，参加进来说：“你们这两个傻子，一个猜得那么多，一个又猜得那么少，让我来裁判吧，规规矩矩说，这一个人，大约是三十五六岁。”

这第三位姑娘正从计算机边缓缓走过来，提出了上面那样的折中的意见——她是一个身材苗条的姑娘，衣饰较为朴素，穿着一件蓝士林布的旗袍，有一支短铅笔，夹在她的白嫩的耳朵上。原来，她对对方这个赖斯朋的幻影，也已有了两分钟的注意，因之，这时她以外交家的圆滑的姿态，出现于她的同伴之前，自认为是一个仲裁者。

那个穿淡红背心的姑娘，似乎具有一种执拗的性情。她旋转头来向这突然插口的第三者轻轻掠了一眼，立刻，她把头颈一扭，坚持地说：“我一定说这人最多只有三十岁。要不要打一下赌?”

“打赌？嘘！你不会赢!”第三个姑娘撇撇嘴。

“要你这样帮他，硬要替他隐瞒年龄，是不是你已看中了他。”绿衣姑娘一面说，一面看到数米之外，有一个挂徽章的“监督”者正把视线投向她们这一角。于是她轻轻地，含笑向她的同伴投掷一个手榴弹，却旋转头去，准备结束她的战争。

“就算我看中了这一个人，你预备怎么样?”第一位姑娘，勇敢而老辣地抵抗着。

“牙牙崽，呒怕丑!”[①] 绿衣姑娘伸出一枚食指，回过头来羞羞自己的粉脸，说了一句似是而非的生涩的广东话。

那个穿蓝衣服的第三者，听到了第一位姑娘的勇敢自承，她把她的艳红如玫瑰的腮，鼓成了一个圆圆的鱼泡的样子；她又取下她耳朵上的铅笔，在这鱼泡上面刺了一下，噗哧一声，鱼泡泄掉了气，连着，她把樱唇凑近第一位姑娘面庞，悄悄然说道。

---

① 意谓小孩不怕羞。

“邓禄普！”

说完，她和那个绿衣姑娘，大家一阵倩笑，慌忙扭转身子，躲到了别处去。

这一小队袖珍形的战士，把她们粉红的机关枪，放射得这样热烈。可是，侧坐在对方柜台边的那个贝锡赖斯朋的幻影，他的脑后，却并没有添装一副视的器官，因之，他竟全不知道，他已遇到了一种意外的幸运；竟被那些热情的姑娘们，把他当作了谈话的对象——这是很可惜的！假使他能听到她们那番滑腻腻的谈话，也许，以后他在夜深人静的寂寞的环境中，将会使他获得一种留兰香味的回忆。

的确的，对方这一个被谈论的人，令人一望之间，会留下一种特异的印象。大体说来，他是一个爱好修饰的人。一头波浪式的头发，似乎曾破费了不少的司丹康，遗憾的是，他这漂亮的头发，已并不是纯粹的乌黑。——那个绿衣姑娘的观察，确乎具有相当的准确性——脚上那双黄色纹皮鞋，好像也曾牺牲过一些小小的时间，否则，决不会擦得那样的亮。他身上穿的，是一套米色而有红色细方格的西装，质料相当高贵。里面一件乳白色的笔挺的绸衬衫，配上一只深红色的领带，这和那些姑娘们的嘴唇，一样的鲜明而耀眼。此外，在他襟边的小袋里，钻出了花花绿绿的小绸帕的衣角，还附加着一支蓝宝石的 Paker 墨水笔，由此种种，却使这人身上，处处在播散着一种很浓厚的“上海浪子”的气息。——总之，很显然的，他是一个热忱而优秀的“洋货推销员”！

这位洋货推销专家的身前，放着一瓶绿宝橘汁。一枚细长的蜡纸管，插在瓶口的纸片中。此人侧着身子，坐在这矾石面柜台之前，费掉了二十分钟以上的时间，好像并不曾把瓶子里的黄色液体，吸去十个西西以上。常言说：“醉翁之意不在酒”，此君之意，似乎也不在橘汁。他屡屡抬起他的冷静而锐利的视线，在流盼着迎面石梯上的熙攘的群众，似乎有所期待。

石梯上的来宾，愈弄愈多了。去了一群，又来了一群。肩膀与肩膀，足趾与足跟，不时发生不可免的摩擦，在这熙往攘来的群众中，如果你能细细观察，无疑地，你会看到一件很显著的事情：那些大伙儿的来宾，几乎有百分之八十以上，他们都是空手而来，又都是空手而去——虽然这地方，标明廉价商场的字样，可是，那些不知足的家伙，还在声声叹息，嫌着货价的骇人！

这是一种严重的伏流，早已深深潜入了这麻木不仁的大都市；这分明是说，那大伙儿久惯享受的骄子，至此，也已渐渐踏进了无法享受的阶段。

这一个红领带的家伙，似乎具有一种很冷静的观察力。这时候，他冷眼观察着当前那些扰攘的群众，正自发为一种无声的感喟。一会儿，迎面的梯子上，似乎有些东西，已吸住了他的视线。

在石梯上，有一个人，正用着一种鸭子式的步伐，在蹒跚地走上来。这人具有一个矮而结实的身躯。一张橘皮式的紫脸，两颊每一个毛孔，都有大号针孔那么大。唇间，留着一撮滑稽的短髭。远看，在圆而扁的鼻子下，好像涂着一朵墨。此人穿着一套灰色的西装，品质相当高贵；可是，附属在他肥矮的身体上，却有一种臃肿难看的姿态。

跨下石梯，最先和眼睑接触的，便是那个饮食部，因之，他并不需要精细的寻觅，他正发现了他所要找的目标。

当在一眼看到那个红领带的家伙时，他立刻拉直了他的沙哑的嗓子，欢然地喊：

“哈罗！首——”

在已喊出的“首”字之下，当然另外还有一个什么字。可是，他只喊出了一半，他望望四周的群众，省悟似的缩住了。

红领带的家伙等这矮子走近，举起一种含有幽默性的眼光，谴责似的向他说：“请注意，今天我姓石，单名一个冰字。”

他的语声很冷峭，说时，伸指弹着那只盛橘汁的瓶子。他补充道：“就是冰结濂的冰。”

矮子暂不发声，他在想：“这算是第几号的姓名呢？好，随便你吧！”

矮子想时，拉拉他的紧绷在腿上的裤管，他在这位“今天姓石”的家伙的身边坐下来，他说：“啊！——首”他立刻改口：“啊密司脱——”

“——石！”红领带的家伙接口。他向这个矮子打趣似的说，“孟兴，你的记性很好！我姓石，你可以姓木！”

矮子忸怩地笑笑，他问：“密司脱石，我没有到得太迟吗？”

“我等了半点钟，”石伸手看看他的脉窠里的浪琴手表说：“你的事情，打听出来没有？”

这时，柜内有一个身材纤小的圆脸的姑娘，走近这矮子的面前，她把手里的铅笔尖，在石柜面上轻敲了几下，代表了“你要什么？”的问句。

“哎！我还没有吃过午饭，真的，肚子有些饿了。有什么可吃的东西呢？”这名唤孟兴的矮子，掀掀他的高挺起的肚子。他抬眼看到柜角上的一口玻璃小橱，橱里陈列着些点心的样品。他说："好！就是三明治——红肠三明治。先来细（四）客。——我的话，你识得呒识得？"

他似乎知道对面的这个圆脸姑娘，是一个南国佳人，因此，特地卖弄着他的南国乡谈，生硬地，附加了后面不必要的两句。一面，他又回头向石冰说："你问姚朴庭的事吗？"

"那个淡蓝色的信封里，装着何种性质的秘密文件呢？"红领带的石冰，取出烟盒，把一支土耳其纸烟，在柜上舂了几下。

"完全打听出来了！"矮子骄傲似的说。

（广东人做事，非常守规则。）这时，有四个小碟子，累赘地被推到了这矮子的身前，矮子的饿眼，射到那些薄薄的面包片上。他改用了一种鸟鸣似的福建乡谈说："那个蓝信封里，有三封很长的情书，一张赡养据；这是一位在野而有势力的大政客，写给一个舞女的。"

"政客？谁？"石冰握着他的精美的Ronson打火机暂时停止了他的打火的动作。他也改用鸟语似的声音。一面，他把那个纸管，蘸着瓶里的橘汁，在柜面上写了一个字问道，"是他吗？"

"正是咧，你真是聪明！"孟兴正把面包，整块地送进嘴里，含糊地回答。

"如果这些情书与凭据，披露出来，会有什么影响呢？"

"影响很大吧？你知道的：我们这位大政客，他在表面上，出名是个生活严肃的人，他怕他的面具，会被这件事情所扯碎，这是一种顾忌。再则，近来他的政敌，对他攻击得相当厉害，那些情书一旦披露，很有影响他以后政治生命的可能。所以他很着急咧。"

"这位政客先生，知道不知道他的那些精彩作品，是在那个姚朴庭的手里呢？"石冰把土耳其的纸烟燃上火。

"知道的。他曾遣人示意姚朴庭，愿意出一注重价，收回那个淡蓝信封中的全部文件。"矮子嘴里大嚼，他的滑稽的短髭，起落得很忙。

"那么，姚朴庭有什么表示呢？"

"他把那些名贵的信件，当作奇货那样囤积了起来，他正预备大大看涨一下，照目前的市价，还不肯脱手哩。"

红领带的石冰，把身前那瓶未喝完的橘汁推得远一些。他喷掉一口烟，又问：

"那位姚朴庭先生，又是一位何等样的人物呢？"

矮子孟兴，正把满嘴的东西吞咽了下去，很奇怪地看了石冰一眼道：“咦！这样大名鼎鼎的人物，首领，你会不知道吗？”

石冰闪着他的敏锐的眼光，看看周遭那些嘈杂的人们，他向他这“好记忆”的同伴，眨了一个恬静的白眼。矮子微微一红脸，急忙抑低着他的沙哑的声气说：

“那位姚朴庭先生，人家顺着他的字音，称他为‘摇不停’，从摇不停三个字上，引申起来，替他取了一个新奇的绰号，叫作‘摆不平’。摆不平三字的意义，就是说：必须要用整叠的钞票，把他填塞起来，方始能够填平——据他自己告诉人家：他的职业是律师；其实，他的不固定的收入，大半是从‘填平’方面得来的。”

“不平，平，这很有趣！”石冰喷着烟，喃喃这样说。

“啊！不平遇到平，这该大大倒运了！”矮子这样暗想。

石冰又说：“我明白了。他是一个业余的敲诈家，是不是？”

“对！”矮子点点头。

这时，这位沙喉咙的先生，像老虎吃蝴蝶似的，早已吞啖完了他的四客三明治。他想继续再要一点，但，他偷眼望望当前那些腰肢纤细的姑娘，他感到有些不好意思。于是，撩了一下肚子，忍住了。

左右两边，圆凳上的人们渐渐加多。柜台里的那些姑娘，不时把俏眼射着这红领带的家伙，似乎在说：怎么还不走？石冰站起来，把两张纸币，抛在柜面上，付掉了账。他抽身离开了这柜台。矮子看看那瓶未喝完的橘汁，摸摸短髭随在他的身后。

他们在这地下层的廉价商场里，挤在那些缺少购买力的顾客之中，兜着无目的的圈子。石冰一边走一边向这矮子问：

“那位姚老夫子，他把这些信件，抓在手里，预备怎么样呢？”

“他曾向那个政客，讨过价钱——那简直是一个无法负担的吓人的高价！一面，他又扬言，如果在最短时期，再不取赎，他准备把那几封信，送进字纸篓，不再换一个钱——你看，他是多么好说话啊！”

石冰冷然接口道：“这就是说，再不赎取，他就要把这些信件披露了，是不是？”

矮子点点头说：“正是，在过去，他也曾把这种立可兑现的支票，在他主顾面前，轻轻扯碎过的——这是他的一贯政策咧。”

他们缓缓走着，一个小小的圈子兜过来了。走到原来的地方——石梯之下——石冰发现左方的柜台里，有几位姑娘，正把一种很难描摹的眼色，向他身上投掷过来，一面，还在窃窃私语。

石冰忽然站住步子，故意流露一种垂涎似的眼色，高声地说：

“喂！孟兴，我的心热得慌，我要喝点冷饮，凉凉我的脏腑。”一边说，一边又在这左边的柜台前，径自坐了下来。

孟兴觉得有点惊异，但他也感到很高兴，当他把他的肥矮的身躯，再度放上圆凳时，他立刻喊着：

“细客三明治，细客。”

“绿宝橘汁。”石冰应声而说。他的眼光，恰巧射在一件淡红绒线的背心上。

有三张粉脸，迅即抹上了惊奇的倩笑——因为她们明明看见，这红领带的家伙，即刻在对面，曾把大半瓶的绿宝，留着不曾喝完。

那个穿淡红背心的姑娘，回身取着橘汁时，另一个身材苗条的姑娘，把铅笔尖，在她腰里轻轻点了一下，轻轻地说：“喂！阿珍，你的贝锡赖斯朋，走过来了。真的！他对于你，很有意思咧！”

“啐！”一个纤小的身子，娇柔地一扭。

四客三明治，凑近了那撮髭。

一瓶绿宝，又放到了那条红领带之前。

三个姑娘，闪向柜内的另一隅，在嘁嘁喳喳大谈，三双俏眼，雨点似的轮流向柜外飘送过来。

石冰不时把一种热情的视线，答谢着那些姑娘的“盛意”，一面，自管自向孟兴发问：

“那位大政治家，有什么对策，应付那个姚朴庭呢？”

“他预备向姚朴庭，酌量加些价，再不肯，那只有出于劫夺的一法了。——当然，他是决不肯让这些信件，轻易披露的！”矮子努力进行第二度的“工作”一面仍用福建口音沙哑地说。

他又继续说道：“眼前，姚朴庭把那个蓝信封，藏放在一座法国货的新式保险箱里，他以为这是万无一失了。”

“以上许多情形，你是从哪里探听来的？可靠不可靠？”

“可靠之至！”矮子拈着半条红肠，傲然地说：“新近，我和姚朴庭的一个心腹男仆人认了乡亲。我借给了他三百块钱。此外，我又和对方那位政客的车夫新订了一个家谱——他是一个酒鬼；我送了他四瓶汾酒，加上几听罐头牛肉。——他的女人称我为矮伯伯，还说我是天下第一个好人！因之……”

石冰笑笑，接口说：“这是罐头牛肉的特别功效，你倒很花一些本钱哩。”

“花掉一些小本钱，换到那么多的情报。那也不坏了。”

石冰猛吸了一口土耳烟，赞美道：“不坏不坏！”

矮子以惊人的速率，吞完了第八客的三明治，他一眼望到石冰身前的橘汁，还是原封未动，于是他把那只玻璃瓶，很斯文地移到了他自己的身前。

柜以内，播送出一阵混合的轻倩的笑声。

石冰眼看这矮子，以一种龙取水的姿态，猛吸着那瓶里的黄色的流液。他又问：

“没有别的消息了吗？”

“还有还有！多着咧！”矮子暂时吐出了他的纸管他说：

“前天呢，不知道还是更前天？姚朴庭突然接到了一封信，于是，他又骚扰了起来。”

“一封信？谁寄的？”

“你！”矮子暗想：请你不要假痴假呆吧！

“他知道那封信，是我寄给他的吗？”

“为什么不知道？他的眼光，精细得很咧。”

“他接到了我的信，有什么表示？”

“他恐慌得了不得！——”矮子轩轩眉，轻鄙地说，“真的！法国货的保险箱，有什么用，哪怕德国货咧！”

“你不要把事情看得太轻易！”

“必要的话，我们只要玩玩那些二炭氧火钻或是硝酸甘油的老把戏，那也很够了，你说是不是？”矮子挤挤眼扮了一个鬼脸，“所以，他自己也知道，那口法国保险箱，在你的眼光里，是决不会有马其诺防线那样可怜的价值的！因此，他不得不重新动动他的脑筋了。”

“如果他真这样想，那太重视我了。”石冰笑笑说。

矮子又把那支细管，送进他的阔嘴；在一种壳壳声中，吸进了瓶内最后一滴液体。石冰向他看看，立刻伸起一只食指，屈作了一个钩形，向柜内的姑娘们弯了几弯，做成一种召唤的姿势。

那个站在最远的红背心的姑娘，抢先走了过来。石冰伸直他的食指说：

“再来一瓶。”

一瓶冷而黄的流液，随着一张热而红的面孔，一同送到这位赖斯朋的幻影之前，石冰把这橘汁，轻轻推到了矮子的短髭之下。

矮子望望他这同伴，他把空瓶推开些。他第二度又斯文地，抓着了这满的一瓶。

他缓缓地说："昨天，我遇到一个奇怪的经历。"

"说下去。"

"就在昨天傍晚，我的那位新认的乡亲——姚朴庭的贴身男仆——他偷偷给了我一个电话，他主人已把那只蓝色的大信封，从保险箱里拿出来藏在身畔。看样子，好像预备要出去了。"

"哦!"石冰现出了很注意的样子。

"我的那位乡亲，曾经告诉我：姚朴庭在中国银行静安寺路的分行里，租有一口保管箱，因此我想：那家伙一定是要把这信封，送进保管库中去了。——果真如此，这使我们的下文，比较又要麻烦一点了。你说是不是?"

石冰弹掉一点纸烟灰，点点头。

"所以，我一得这个消息，立刻赶到三杏别墅去。"矮子吮咂了一下那支细管，然后这样说。

"三杏别墅?"

"这是姚朴庭最近居住的所在。他为养病，新买了这所屋子，地点是在尽丰路的尽头。至于你的信，却是从书宅里面转去的。"

"哦！说下去吧。"

"我只费掉了不到十分钟的时间，已赶到了三杏别墅的门口。那里有一带高高的围墙，马路对面，一座新添的自警亭，斜对着这围墙的铁门。借着这小小的木亭，正好暂时做了我的掩蔽物。"

"哦!"石冰弄熄了他的烟蒂，很着意地倾听。

"不多一会儿，果然，我从自警亭的直角形的玻璃里，望见这家伙从铁门里走了出来。他的态度非常悠闲，装得像无事一样。在门外，他忽皱皱眉站定了步子。他像不甚放心似的，按了按他的西装大衣的衣袋。连着，他从大衣袋里，摸出那个蓝色的大信封，看了一看，再把它塞向大衣袋里。然后他缓缓举步，向大西路那边走去。这情形，我在玻璃里看得很清楚，但那个家伙，却是一无所觉。"

"他向着大西路那边走去吗?"石冰的眼珠闪着光华。他问："那你怎么样呢?"

矮子抹抹他的滑稽的短髭，他举着他的滞钝的眼珠，在来往的人群之中望了一下，他眼望着柜内那些漂亮的姑娘说：

“当然，我在十码路以外，立刻偷偷尾随在他身后。——走了约有二十家门面，巧得很！我碰到了小毛毛——那个铁膀子的小抖乱——我向他‘拍了一个电报’告诉他有‘公事’，于是那小子摸摸他的‘粉臂’立刻老远跟在他的身后。”

第二只瓶又见了瓶底。矮子咂咂嘴，把那只被肃清的瓶子推开些。他继续说下去：

“奇怪！那家伙沿着那条大西路，像练习台步那样，一直大摇大摆走了下去。——你知道的，那地方是越弄越冷静了。那时候，天色已将近断黑；路上简直不见什么行人。我当然不肯放松这个机会。于是，我招呼了毛毛，我们像一阵风那样抢到他的身前，拦住了他的去路。”

“好一个戈林式的姿势！”石冰讥讽似的插口。他又问：“结果怎么样？”

“那位摆不平先生，很容易被我们摆平。他真识相：他向毛毛的臂膀看了看，立刻，他无抵抗，无条件，而又无奈何地，把他大衣袋内的宝物——那个蓝信封——双手奉送了我们。”

“这可以称为三无主义！”石冰又冷峭地说了一句。他问：“你曾把这蓝信封，拆开看看吗？”

矮子掀掀他的扁圆的鼻子，做出了一个很奇怪的表情，忸忸地说：“拆开看过了。你——你猜猜——”

石冰忽然伸起右手；把四个指头，在口角边上一遮，立刻又向外一送——这是一种银幕上面习见姿态；你能看见那些漂亮的“小生”，常常向他们的女主角，表演这种有趣的小动作，他急急拦住了矮子的话道：“好了请你不必再往下说吧！”

当石冰伸出四指，做着这种挥送的姿势，他的眼梢，恰巧在那个红背心的姑娘的脸上轻轻掠过。于是，他无心的动作，立刻使这位姑娘的两靥，被抹上了一朵误会的红霞。

“喂！一个飞吻！”一个姑娘在轻轻地这样说。

“电报收到了！要不要我代你签一个字？”另外一个香脆的声音，附加了一句。

“告诉小张，撕碎你的嘴！”这是那个被调侃的姑娘的反抗。

石冰对这柜子里的轻松活泼的短镜头，完全看得很清楚，他一面暗笑，一面只管向矮子说："喂！那个信封里，是几页无字天书呢？还是几张香肥皂的广告呢？"

"可恶之至！"矮子拍了一下肥腿，怒喊起来道："那家伙竟敢把大半张旧申报，折叠起来撑满了一信封！"

石冰大笑起来，幽默地说："那张同治年间的报纸上，有些什么新闻呢？"

矮子感到自己努力所制造的成绩，由"不坏"而变成那样的"坏"！他自觉有些难堪；他的橘皮式的脸，涨得很红。一面，他又非常惊奇地说：

"啊！首领！（他又忘却了顾忌）你真是仙人！那封信里不是真货，你怎么会知道的呢？"

"还要问吗？这是显而易见的——"石冰笑笑，恬静地说，"你想吧！那个摆不平的家伙，他明知有人，要劫夺他这信封，他为什么要把这种重要东西。随便带在身上呢？既已带在身上，为什么不藏在贴身，而要放在最外层的大衣袋里呢？他为什么要站在门口，把这信封取出来看呢？他外出为什么不坐车子，而要步行呢？——像他这样的排场，当然不会没有自备的车子的，是不是？——最后，我要问：他为什么要走那条冷僻的路？——况且，你会推测他，预备把这信封送进保管库去；但是那家中国银行的分行，并不是在那条冷静的大西路上呀！是不是？"

石冰轻轻举出了这一大串的理由，矮子不禁恍然大悟！他又拍了一下腿，连声赞服地说："啊！密斯脱——石，你真聪明，聪明极了——但是，眼前我们，应该怎么应付呢？"

矮子这样问时，石冰——暂时不答。这时，他见自己身旁一长排圆凳已经坐满，而有几个顾客，却在找寻他们的座位。于是，他顺口回答他这同伴道：

"眼前，我们第一件要做的事，就是付掉我们的账款，让别个顾客吃一点。坐一会儿。"

说时，他第二度又付出了橘汁与三明治的代价。他从半臂的浅袋里，掏出了他的打火机燃起了新的一支烟；一小串匀密的圈圈，在他的口角悠闲地漏出来。——当他抽身从那圆凳上站起时，他瞥见那个身材苗条的蓝旗袍的姑娘，仰着脸，洋洋地在说：

"二十八岁的贝锡赖斯朋要走了！唱一支何日君再来，送送他吧。"

"今宵离别后，何日君再来？……"一种抑制着的轻切的歌声随之而起；这是那位绿衣姑娘的伴奏。

一阵混合的欢笑声，轻轻从柜内播散出来，引起了圆凳上的几个顾客的注意。

石冰向柜内那些热情的姑娘们，投送了最后的留恋一眼，他偕着他这肥的矮同伴离开了这好像很可留恋的地方。他在跨上第一层的石级时，还听得一个薄轻的声气，尖锐地从嘈杂的声浪中穿出来：

“嘘！你们这些臭嘴的乌鸦！哇哇哇！讨厌！”

矮子孟兴，仍以鸭子式的步法，蹒跚地跟着石冰跨上石阶，他的头颅将近钻出地下层时，他像想到了一件事情，略略顿住了脚步说：

“啊！首领，还有两件事情，我还没有报告。”

“两件事吗？我能代你说出一件来。”石冰且走且说，“那个姚朴庭，在假信件被劫之后，他已立刻报告警局，而且，他是指名被‘我’抢劫的，是不是？”

“啊！首领，你真有些仙气，”孟兴侧转脸来，格外惊异地说，“你怎么会知道这件事？你已经亲自出马打听过了吗？”

“何必打听？这是不难猜想而知的。”石冰耸耸肩膀说，“总之，你须知道，这是一个巧妙的计策：他既接到了我的恐吓信，他预料着我，也许会派人守候在他的门外。因此，他特地把一个假的信封有意亮着我们的眼，准备我们劫夺——他很希望我们这样做。”

“但是——他的用意何在呢？”

“他单等假信被劫之后，立刻报告警局。一面，他要使那些警探们麻烦着我，而分散我的力；一面，他又要使这信件的原主——那位政治家——把眼光移到我的身上，做成一种移祸江东之计。然后，他好找出适当的对策，应付我们两方面。”

他顿了顿，又道：“他把一片小石投在水里，准备激起几方面的水花来。好！这计策很不错。”

孟兴伸伸他结实而多毛的臂膀，握着一个拳头表示他的愤慨。

石冰悠闲地问：“你说，还有第二件事？”

“即刻我们那位乡亲又告诉我：今天早晨又有第二个信封出现了。”矮子皱皱眉，发出一种困惑的声音说：“他在窗外偷看到他主人，不知从什么地方，又拿出一个完全同式的淡蓝色的大号信封来。他还看见他把一张整张的油纸，厚厚叠作四层，包在那个信封之外，另用一根麻线十字式的扎在包外。——”

“啊！那个佯装的信封，披上了一件中国式的油衣，也许，这是真货吧？”石冰扬着手里的纸烟，自语似的这样说。他又着意地问：“你的那位乡亲，不曾见他主人把这东西装进衣袋吗？”

“以后的情形，他不会看见。因为一刻钟后，他被他的主人，差到永安公司去买沙丁鱼和青苹果，因此他没有看到这信封的下落。”矮子又皱皱眉说：“据他料想：他主人一定是有意借端把他差遣出去的。——因为，在这三杏别墅里面，除了一名车夫之外，只有他这一个贴身的男仆，——那个车夫在前几分钟，预先已经被差了出去；如此，别墅只剩下了姚朴庭独自一个。并且，依素常的习惯，要买公司里的东西，总是用电话通知送货；而这一次却破了例。可知他主人，必是有意遣开了他们，好把这要件藏进什么秘密的所在去。”

石冰冷笑着说：“我们这位姚先生，他真太细心啦！”矮子又紧握了一下拳头。

石冰耸耸肩说：“你的那位乡亲，他倒很聪明；他的料想，也许是对的。”他沉吟了一下又说，“依你这样说，那些真的信件，眼前还在三杏别墅里？”

“我以为如此！”矮子坚决地说：“我知道这老家伙，虽然相当狡猾，但是胆子却很小。昨天，他已尝到我的滋味，料想暂时，他一定不敢再把他的东西公然运输出来吧？”

石冰沉思似的点点头。

二人一面说；一面走。他们在这许多辉煌而富有吸引力之玻璃橱柜之间以一种悠闲者的姿态缓缓地兜了几个圈子。当他们将要踏出这个百货公司的门口时，石冰忽然旋转头问：

“喂！老孟，你的那个失败的战利品没有抛去吗？”

“那个信封吗？带着咧。”孟兴像想起了似的那样说，“我忘却给你看了。”

一个淡蓝色的厚厚的大信封，送进了石冰的手间。——这信封里裹着大半张花费了相当大的气力而换来旧申报。

石冰看了看这封口上被剥碎的火漆印，默然把它按进了自己的衣袋。

他又不经意地，向这矮子问：“我们这位姚老夫子的家庭里，还有些什么人？”

“一位夫人，一个姨太太，都是住在高宅里；大儿子已经娶了亲分居在两地；还有一个小儿子，在××中学读书。”矮子像背书那样熟稔地回答。

他又附加道："听说，他这小儿子，却是他的半条命。"

说话之际他们举步跨出了这贵族化的大商场的门口。踏到南京路与西藏路的交叉口，二人倚着路口的铁栏，又匆匆密谈了几句。最后石冰向这矮子说：

"老孟，这几天你很辛苦了，今天晚上，好好休息一下。有一家袖珍舞厅，今晚举行通宵，还有一个黑灯舞的节目，你要不要到黑暗里去找些刺激?"

"黑灯舞，我最欢迎，可惜——"矮子抹抹他的短髭，他像忸怩似的并没有说完。

"可惜你的夫人，严格管理着红灯！是不是?"石冰笑笑。

"非常时期，交通困难。"矮子耸耸他的阔肩解嘲地说。

下

同日的两小时后，太阳在东半球的办公时间将毕。慈悲的夜之神，不忍见这大都市的种种罪恶，她在整理着广大的暗幕，准备把一切丑态，完全遮掩起来

斜阳影里，有一辆流线型的兰令跑车，在幽悄的地丰路上，悠悠然地驶过来。

哇！哇！哇！哇！哇！哇！阵阵的归鸦，结队在天空聒噪，它们像在讥笑着人间的扰乱，而在歌颂着它们自己的安适。——不错！这是值得向都市中的一般人们骄傲一下的，你看，它们个个有着它们老营的安适的屋子，至少它们绝不需要瞻仰所谓二房东的和蔼可亲的面目！

因这鸦噪，引起了这乘车者的仰视，连带地，使他望见前面五十码外，有三株大树，巍巍然矗起在路隅一带高高的围墙以内，——这是三杏别墅房前隙地上的三大株银杏。"三杏别墅"这一个风雅的名称，正是由此而取的。

五十码路一瞥而过，越过了一座新点缀的漂亮的自警亭，这跑车上的人一跃而下，他把他的车子，推上这自警亭斜对面的边道，倚在那带高高的围墙之下。——这样，他可以获得对方一个三小时的义务守望员，而不愁有人会偷走他的车子。

围墙斜对面的那个安闲的自警团员，眼看着这胸垂红领带的家伙，把双

手插在裤袋里，仰着头，向围墙内的那些树枝看了一下。在向晚的凉风里，不时是些枯黄的树叶，从这高高的落叶乔木上面飞舞而下；有一片拂过了这人身上的一件米色上装的肩部。

连着，这人便举起轻捷的步子，走向那两扇铁门之前，伸手按下铁门边的电铃。片晌，铁门上的一扇狭小的套门轻轻开放，有一个满面机警的年青的仆役，在这狭门里面露出半个脸，带着询问的神气。

一张名片从这西装家伙手内递进了年青仆役的手，这名片上，很简单地印着两个仿宋字：

——霍桑——

似乎因为纸价飞涨的关系，这纸片被切得那样的渺小，可是这上面两个字，却给人们以一种非常伟大的印象，这比较这位来宾身上的华贵的服饰，具有更大的魔力。

那个年青的仆役，过去他似乎曾经听到过一些这位大侦探的神奇事迹的，立刻他的眼角闪着光华，而在“有什么事?”的问句之下，非常恭敬地加上了“先生”两个字的尊称。

“我要拜会姚朴庭先生。”来宾以一种上海绅士式的调子，傲岸地说。

“请进来。”这年青的仆垂手让出路来。

对面的自警团员，眼看这位上海式的绅士，被招待进了铁门，那扇小门又轻轻关闭。

踏进铁门，靠近左侧的墙垣，是一条约有十五码长的煤屑走道；两旁砌着矮而参差的假山石。这煤屑走道，似乎筑成了还不很久。墙下的一带狭狭的隙地间，植有一些新植的小冬青树和几簇草花。墙下另一隅，置有泥铲，竹枝扫帚，跟修树枝的巨剪，和一架横倒着的大竹梯。这种种，这都表示这所别墅中的新主人，正忙着在修葺他的小小的乐园。

在煤屑走道的右方，那是一片空旷的场地，地面上显示着一种新被铲掘过的样子。一小部分乱草，堆积在那里，不曾完全清扫，前几天下过大雨，被铲过的低洼部分留有许多水渍。在这空地的一角，堆置着几叠整方的薄泥片——这是一种植有细草的泥片——准备在这不平整的空地上，铺上一层软绿的地衣。

这里最触目的，却是空地中间的三株大银杏，列成一个鼎足形。它们的年龄，还不算怎样老大，可是也都有了合抱以外的粗；正中的一株，大概已超过四丈高。

这是人类添衣的季节；而在植物，却是一个卸装的时期，绿森林的广大树荫，已脱落了好些树叶，在树底潮湿的地面上，四处铺下了薄薄的一层。

哇！哇！哇！空寂的聒噪声，引得煤屑走道上的来宾，仰射起了视线。这使他想起即刻在路上所见的一阵归鸦，也许内中有几头，小家庭就建筑在这里的树头上；在这傍晚时节，一种归家时的欢笑声，不时划破了四下静寂的空气。

这里有一种都市中间少见的幽悄的景象。

走完了这曲尺形的煤屑走道，迎面，一带屋子遮住了眼帘——这是以前一座祠堂拆改成的屋子，经过了第三度的化装，才改成眼前这种摩登的式样——虽仅三间半西式的小平屋，却收拾得非常清洁而耀眼。

屋子之前，筑成一带走廊；廊下有四根髹漆的方柱。这里陈列着几只鼓形的磁凳和几盆花，令人想见夏夜坐在这里纳凉，必有一种意外的舒适；尤其是养病，更是一个难得的好地方。

大侦探在这走廊之下略等，他的渺小的名片上的伟大的名字，由这年青仆人，先送进屋子。

一会儿，这位名闻全国的贵宾郑重地被招待进了中间的一室。

当那主人带着一脸笑容从一只大旋椅内站起身来迎接时，在他的和蔼可亲的笑容之后，分明藏有一种非常的狐疑，一面在想：

“唷！这位大名鼎鼎的私家大侦探，打扮得这样漂亮！他的生意，很不错吧！——可是他突然光降，有什么事呢？”

主人已有五十以上的年岁，一张脂肪充盈的红脸表示在这大动乱的时期，并不曾受到缺米或缺油的苦痛。他的两眼充满着慈祥之色；只是顾盼之间，带着一些斜视，给人以一种聪明多智的印象。他的身材不很高大，却有一种精悍的样子，显见他在盛年时，也是式式来得的人物。

红领带的大侦探，又在口头自我介绍了一下，他接受了主人姚朴庭的客气的招呼，坐进了一只靠壁的软椅里。

仆役敬过烟茶，主人开始必要而不必要的客套。他说：

“一向久慕盛名，可惜没有瞻仰的机会。今天难得——”

大侦探似乎久已养成了一种节省时间的习惯，他不让主人客套下去，立刻接口：

“兄弟受到一个人的委托，有一件事想和先生接洽。”

“有一件事要和我接洽？”主人把慈祥的眼色，斜射在这大侦探的脸上。

“我的委托人，有几件文件，留存在姚先生处，现在他委托我和先生来谈判，准备把这些文件收回去。”红领带的霍桑，爽脆地说明了来意。

“哦！霍先生所说的，就是，就是藏国华——藏先生的事?”主人圆圆的脸上迅速地添了一层笑意，他高兴地想。

“呵！来了！毕竟忍不住了。”想时，他说：

“听说藏先生，要登台了。他很得意吧？——那很好！我准备把这些信件，还给他，当作他登台的花篮。”

这一头慈祥的老狐狸，分明想借这种圆滑有刺的俏皮话，腾挪出一些时间来，好准备他的适当的应付语句。

霍桑严肃地说：“必要的话，他可以绝对依从姚先生的条件。”

这话一出口，却使这老家伙，马上感到一种困难。他吞吐地说：

“那——那再好没有。但是很抱歉——”他又改变口吻，“但是很不幸!”

“我知道!”霍桑立刻以一种大侦探的应有机灵的姿态，截住了他的吞吐的语句而凝冷地说：“我知道这东西已遭了劫夺!”

老家伙转着眼珠，露出了不胜敬佩的样子。他慌忙问：“那么霍先生可知道，劫夺这信件的人是谁?”

“我知道,”大侦探仍以一贯的语调回答：

“又是那个讨厌的浑蛋！——”说时，他指指他自己的耳朵，嫌憎地说，“那个耳朵上面挂招牌的浑蛋！是不是?”

这老狐狸听说，脸上格外装出了惊奇不胜的神态。其实他在暗自欣喜：他的妙计，消息居然会广播得那样快！他又暗暗筹度：眼前，囤货脱手的机会已到，要不要就把实话，向这大侦探说明呢？沉思之顷，他举目望望这大侦探手自指着的耳朵：只见他的耳轮又大，又厚，其白如玉。他想：记得中国的相书上，好像有过这样的两句：“耳白于面，名闻朝野”，看样子，当前这个机警的人物，和相书上所说的话，倒有些相符的。就在这略一沉吟的瞬间，他已找到了一句腾挪的话。他把拇指一翘恭维地说：

“霍先生名不虚传，料事如见，佩服，佩服！所以，我一遭到这事，就想来找先生商量。”

霍桑向他笑笑，似乎说：“帽子很高！但是，你为什么不在五分钟前说出这句话呢?”想念之间，他把一种严冷的视线，紧射在这老狐狸的圆滑的脸上说：

“有一件事很奇怪！——”他停顿一下，突然厉声说道，“那被劫的信件并不是真的!”

“什么?”老家伙的脸色一变，几乎从大旋椅内跳起来！他感到自己的把戏，已被这个侦探一语道破，未免恼羞成怒；要不是还想顾全脸上慈祥商标，他几乎就要大声咆哮。

但是，他听这位大侦探，又用较缓和的语气说道：“我的意思，是说：也许，那些真的信件，是被这里屋子里的什么人——譬如说，佣人之类——预先掉换了去。”

这缓冲的语气，使这老家伙透出了一口气。立刻，他恢复了他的镇静，笑着摇头：

“没有那回事！决没有那回事!”

“然而这是事实——并且，我根据某种线索，知道那一个‘深灰色’的大信封，还没有走出这里的门槛。——我可以和你打赌!”霍桑以大侦探的习惯的口吻坚持他的意见。

“深灰色的大信封？你去弄弄清楚再说吧！我的大侦探!”老家伙在那旋椅里面旋了一下，这样轻鄙地暗想。他又讥刺似地说：

“霍桑先生的意见，自然总是准确的！那么，要不要把我的下人喊进来，切实追究一下？——我这里，只有一个当差的和一个包车夫。”

他伸手作势准备按那桌子上的唤人铃，但霍桑却阻止他说：“暂时可以不必。”

老家伙感到这事情的局势暂时已经弄僵，脱货求现的交涉，当然已经无法进行，于是，他索性尽力揶揄着说：“那么，霍先生，你要不要查查我这三间破屋子？

他又含笑说：“如果霍先生真能在这螺丝壳里，找到那个深灰色的大信封，那我真要像小孩看到魔术一样时惊奇!”

“只要姚先生，能宽假我一小时的时间!”大侦探挺挺腰肢，发出极有把握的语声。

“哼！一小时？我可以允许你一百年!”老家伙心里暗思。一面他从旋椅内站了起来说，“不胜欢迎之至！霍先生请便。”

红领带的霍桑，也随之抽身立起，从容燃上了一支自备的纸烟。

这时候薄薄的暮色，已像纱幕那样挂了起来。这小小的屋子，被笼罩于迎面广大的树荫之下，光线显得格外晦暗。屋外，一二声的鸡鸣，依然不时划破了幽悄的空气。

姚朴庭顺手扭亮了电灯，霍桑乘机以锐利的眼光，先向眼前的屋子里游目四瞩。

先前说过：二人谈话的所在，是在三间屋子中的正中一间，这一间屋子，似乎兼带着憩坐、会客与办公的各种职务。这里给人一种简洁明净的印象。一切的大小陈设，绝无一件多余的东西。左右两壁安置着四只软椅，与两只矮几。壁上，两面各挂着一座闭边镜框，配着两张西式风景画。——这是一种印刷的画国；抑是手绘品，大侦探一时却不暇加以细察——后方窗下，陈设一张双人大沙发。在劈对空地的前面，有六扇玻璃窗，靠窗放着一张大号的钢质写字台；写字台上的东西，也是那样单调，笔架，墨水壶之外，一只唤人铃，一架电话台机，与一个烟灰盘，如是而已。

总之，在这一览无余的屋子中，除了那张写字台的几个抽屉之外，简直没有一个可供隐藏那枚信封的地方，——然而这一头狡猾而胆小的狐狸，他会把这重要东西随便藏在这种明显的所在吗？

粗粗一望之后，这位大侦探，感到在这正中的屋子里，已绝无一点搜寻的价值。于是，他不禁举眼，流盼到左侧的一扇门上。那扇门正开着一半，并不曾关闭。霍桑探头进去张望了一下，他很有礼貌地回头看着主人，似乎要取得了许可，而后再进去。

老家伙非常识相，抢先推开了这扇门。顺手就在门边拨开了灯钮。他回眼向这大侦探说：

“那个灰色大信封，在未遭劫夺之前，就藏放在这间屋子里，这里有一座保险箱，霍先生你可要进来看看啊？”

“很好！”大侦探悄然跟随主人走进这左侧的一室。

这里的布置，和中间一室，有着相同的简洁单调的情形；左方靠壁，列有两口红木镶玻璃的什景小橱，橱内杂列着磁、铜、木、石的小件古玩。对方有两座书架，稀疏地，放着寥寥几册书。前面窗下，没有一只紫檀小琴桌；一小方山石，和一只小钢鼎是这小琴桌上的点缀品。

大侦探的锐利目光，在接触到室中每一件东西时，他先很乖觉地，偷眼察看主人脸上的反应，然后，他再决定要不要对这件东西，加以密切的注意。

可是，他这斯文而乖觉的眼光，搜索的结果，似乎依旧并无所获。

最后，大侦探的视线，凝冷地移射到了室隅一座并不十分高大的保险箱上——这箱子约有三十五英寸高。当然，大侦探对于新旧各式的保险箱库，有着相当丰富的知识。他在一望之间，不须细看这箱上的牌子，就知道这是一种法国 Hlequrue 大铜厂的出品，箱门上装有综合转锁，在一般十九世纪的盗窃的眼光中，正是一种看着头痛的东西！

当霍桑的眼光，有意无意地射在这箱门上时，那头狡猾的老狐狸，居然抢先开口，他说：

“以前，我把那些信，藏放在这口保险箱里。这箱子装有密码暗锁，钥匙永远放在我的脑壳里。霍先生你看，谁能从里面，变那掉包的戏法呢？”

说时，他竟不等霍桑开口，立刻俯身旋着转锁，自动开了这箱门。一面，他把以前藏信的所在讥刺似的指给霍桑看。

其实大侦探是何等机警人物？他偷眼一看这老家伙的神态就知道那个信封，决不会用“押老宝”的方式，留存在这座保险箱里。

这第二室经过大侦探眼光的一番斯文的搜索，过去的经验告诉他：这里似乎也并没有可供密切注意地方。

最后，他们踏进了第三室。——这是主人的卧室——率直些说吧，这里的简单情形，与前两室相同，而侦察的结果，也与前两室完全相同——那就是说：我们这位夸大口的魔术家，并不曾实践他的诺言，而把他的白鸽和兔子从帽子里面突然变出来！

大侦探挟着满脸的沮丧，回进正中一室，颓然地倒进先前所坐的椅子里，他似乎想把他的气愤，尽量在纸烟上面发泄。只见皱紧了双眉，尽力把他的脸面，埋进了浓浓的烟雾中，老家伙坐在一旁，悄然凝视着他，慈祥的眼角里，露着一点怜悯的意味。

二人暂时无语。窗外，仍有一种哇哇的声音，代替了主客间的应对。

一会儿主人看看手表：忽然自语似的说：“哦！七点十五分了。我的表，也许太快了吧？”他这语气既像是揶揄，又像是逐客，实际分明是说：“一小时的时间，差不多啰！要变戏法，快些变呀！”

大侦探的颜面神经，似乎具有相当的密度，他听了主人这种冷酷的讽刺，并不稍动一点声色，忽然，他从椅内抽身站起，要求主人让他借打一个电话。

他在那架台机上，拨了一个号码，高声向话筒中说：“啊！包朗吗？是霍桑。我的工作没有完毕，晚饭不必等我。”

主人在一旁喃喃接口：

“霍先生不嫌简慢，就在这里便饭。”

电话的对方，简单的回答："OK。"这所谓包朗，具有一个十足沙哑的嗓子。打罢电话，大侦探退归原座，仍旧把他的脸面，埋进了纸烟的浓雾中——看他的样子，并无就走的意思。也许他是因为感到轧米的不易，真的想在这里叨扰一餐免费的晚餐。

主人以一种惊异的目光流盼着他。慈祥的脸上，渐渐推起了一种不耐烦的神情。

霍桑的电话打出未久。那架台机上的铃声忽然大振，有一个电话从外面打了进来。主人顺手拿起听筒凑上了耳朵。

本年度的沙哑的嗓子，似乎适逢旺产的时期，电话中的对方，也是一个沙哑的声音：他自称是××中学的舍监。姚朴庭在话筒里面问答了几句，他的圆圆的脸上，立刻露出了非常惶急的样子，只听他慌乱地说道："我——我就来，我立刻就来！立刻——"

匆匆放下听筒，他以一种很不自然的眼光，看着这位大侦探说：

"抱歉之至！我有一桩要紧的事情，立刻就要出去，请霍先生在这里宽坐一会儿，好不好？"

他的语句的表面是留客，而他的语句的夹层是在逐客。——很微妙的！这是我们中国绅士们的传统的谈话艺术。

当时，我们这位大魔术家，正因一时变不出戏法而感到一种无法下场的尴尬，一得这个机会，马上他用收蓬的调子，解嘲似的说："好好！明天我再来。明天——我一定可以把信件找出来。然后，我再代表我的委托者，和姚先生来谈判。"

"好得很。"老家伙心不在焉地应对了一句，他匆匆拿起了他的帽子。

二人并肩走山这幽悄的三杏别墅。在再见声中，一个匆匆跳上包车；一个悠然跨上自由车。这里，剩下了那个青年的仆人，树顶上几头乌鸦。负起了守护屋子的全责。

两种车辆，一前一后，沿着同一的路线进行。

包车夫的腿，似乎比较自由车的轮子活跃得多，眨眨眼，二者之间，已脱空了一个相当长的距离。这辆兰令的跑车，驶到一条岔路口上却转了弯，但不到两分钟的时间，这跑车又在路口出现而飞速地驾回了原来的地点。当时，前面那辆包车的影子，早已消失在苍茫一片的暮色之中。

这辆轻捷的跑车，以飞一般的姿态，重新驶回三杏别墅的铁门口。红领带的大侦探，轻捷地跳下车子，他第二度又去按那铁门边的电铃。当那个年青仆人把一种惊异的目光，投上这位的来宾身上时，大侦探把车子推进门口，他和这机警的仆役，立着密谈了片晌。结果，他把一小卷“不值钱”的纸片；塞进了这年轻人的手内，于是，我们这位侦探家，立刻取获了暂时在这三间屋子里面自由行动的特权。

大侦探以闪电式的行动，二度在这小小三间屋中，进行了一个较自由的搜索，有几个地方，他竟很不客气地，自由使用着他的百合匙；甚至，他连主人卧室中的被褥与枕套，也都翻检了一遍。他的手法，和外科医师施行解剖时的手法，一般的敏捷而熟练，前后只费了几分钟的时间，他已完成了他的应做的手续。奇怪！当时他的行动，不像是一位大侦探，而很像是一名具有十年以上经验的贼。——于此，我们很可以获得一种宝贵的教训，那就是说：在我们眼前这个太微妙的社会上，往往有许多站于绝对对立地位的人物例如：侦探之与贼，强盗之与名人，绅士之与流氓，等等，他们的身份固然是对立的，而在某种地方，他们间的品性与手段，却往往是相类甚至相同的!

这贼一般的大侦探，在这三间屋子里的再度搜寻，结果照前一样，并不曾获得什么，而他也预计不会获得什么。他知道眼前所需要的，却只是思想，而并不是动作。他想：除非那些信件，真的已不在这所别墅。

于是他退归那间正中的屋子，他以主人的姿态，坐进主人方才的那只大旋椅。他努力燃烧他的土耳其纸烟，以鼓动他的脑壳中的机器。

这天他的机器似乎很不济咧！他思索的结果，也像他的动作一样，并不曾获得什么。脑细胞在浓烈的烟雾之中，消耗得太多，渐渐地，他已感到有点脑涨。

“哇!”一声鸦鸣打扰了他的迷离的思绪。

迎面玻璃窗外，夜已完全笼罩住了那片场地——这是一个澄明的深秋黄昏——一个八分圆的月亮，刚自偷偷爬过了围墙；月光从树叶空隙中钻进来，把那三株银杏，钩成一片混合巨大的剪影。

大侦探凝滞的目光，被这鸦鸣所唤起。他从玻璃窗中仰射起他的视线，在那沉浸在银色月光下的树顶上，他看到了一个有趣的情形：一头孤独的乌鸦，撑着它的疲倦的翅膀，正在低低地盘旋。咦！这小生物并不曾遭逢到人间的乱杂，为什么它也表演出这种“绕树三匝，无枝可依”的姿态呢?

“嘘！你们这些臭嘴的乌鸦！哇哇哇！讨厌!”

一种夹有南国口音的清脆的娇叱，蓦地浮现于这红领带的大侦探的耳边；同时，白昼地下室中的几个活跃的镜头，又在他的眼底闪动。

因这不相干的回忆，却使他的紧张的脑筋，暂时获得了一种轻松的舒散，于是，他把他的身子从旋椅里面轻轻旋转过来，他重复地无目的地游目四瞩着这室内的简单的一切。

当他的视线，接触到壁间的一座镜架上时，他忽然想起在一些外国的影片中，常见一种小型秘密银箱，被镶嵌在墙壁之中，而用一种画片挂在外面作为掩蔽物。

“会不会在这座镜架之后，也有这种秘密的设备呢?”他有意无意，好玩似的这样想。

“哼，好一个幼稚的想念！哪里会有那种事?”他立刻自己驳斥，一面自觉有些好笑起来。

可是，他虽想着不会有这种事，而他的身子，却已从旋椅里面站起，一脚踏上了靠壁的一张软椅之上。他居然开始动手，搜索着这镜框后面的墙壁。当他把这悬挂在壁间的镜框双手轻轻揭起时，立刻，他已感到一种失望——一种意料轻微的失望——他发现这洁白的墙壁上，并无半点异状。

他虽觉他这举动的可笑；可是他还放不过对方壁上那个镜框。他又轻轻地跳跃上了对方的软椅，在第二个镜框之后，施行无聊的检查。结果，当然，他看到那墙壁上是天衣无缝；即使要隐藏一枚针，那也是不可能的事。但是，至少，他在这第二个镜框的本身上，已找到了一种可注意的东西！一种意外欣悦的情绪，迅速地控制了他，他的一颗心，立刻感到有点怦怦然！——原来，这镜框背后的木板上，附属着一方三寸宽尺许长的厚纸片，用一些细小的铁钉，钉住在那里——看样子，分明这是一种出于匆忙中的设计，做成了一个简陋的信插的样子；而这信插的长度与阔度，恰好可以藏进一枚大号信封。

啊！这是一个相当巧妙有趣的秘密设计呀！如果，你把什么重要文件，隐藏在这里，即使有人移动这镜框，只要那人忽视这镜框的后部，那么，那人一时仍不会发现这秘密。

“呵！毕竟找到了!”大侦探站在那软椅上，几乎要高声欢呼起来！可是，且慢高兴呀！他把他的手指，挤进这秘密的信插时，一秒钟内立即使他感觉到一种严重的失望，原来，很不幸的！里面竟是空无所有！

大侦探站在高处，呆住了。

可是他想：无论如何，那个可恶的老家伙，曾经把这些信件，在这镜框之后隐藏过，那是无疑的事！

现在，他又把这东西搬到哪里去了呢？

他从软椅上颓然跃下，举起一种沮丧的视线，怅惘地看着这壁上的镜框只管出神。这镜框配置的两张西洋的风景画：左方一张，画着一片旷野；远处有一带秃枝的树株，被笼罩在一抹绯红的霞影里，紫色的天空间，涂着两行黑点，那是一群薄暮归鸦。

右方的一张。画的是几株巨树，当前最大的一枝，一枝粗而横斜的枝干上，缀有一个鸦巢。两头轮廓清楚的栖鸦，被安插在在危巢的一隅。树后嫣红的夕阳，抹上的辽远的天际。

总之，这两壁间的两幅画，却是取材于同一景色，而用远近两种镜头所绘成的两个不同的画面。

由于这时较精审的注视，他方始觉察这镜框中的两幅画，并不是印刷品，而是一种笔致极细的油画。想到"油画"，有一种字画相近的东西，立刻间上了他的脑膜。他的眼珠一阵溜转，突然想到两三小时前，那个矮个子曾向他这样说：

——他看见他把一张整张的"油纸"，叠作四层，包在那个信封之外。另用根麻线，十字式的扎在包外——

（至此，读者们当然早已明白：这一个红领带的漂亮的大侦探，他的真面目是谁？）

蓦地，这位大侦探像在大海之中抓到了一块木片，又像在万黑中发现了一道微光。他想：那个狡猾的老家伙，倘不是怕那封信受到潮湿，为什么要用一张油纸，包在外面呢？

他不等想完，立刻匆忙地奔出室外，他把双手插进口袋，站在屋前的走廊之下，举起他的锐利的搜寻视线，四向搜寻着他所要搜寻的地点。

咦！一头飞鸣的乌鸦，背负着月光，还在树顶上面盘旋。

水一般的光华下，看到一种情形很有些可异！只见一头孤独的乌鸦，飞鸣盘旋了一会儿，疲乏似的落到一个高高的树枝上，另一头乌鸦，却继之而起；第二头乌鸦在树头盘旋了一会儿，刚自停下来，而第一头乌鸦，却又张翅起飞，它们轮流地像在举行什么"换班守值"的工作。

咦！很可怪哪！这个时候，别的乌鸦都已归了巢，而这两个小东西，为什么会例外的放弃着它们应有的休息，而流浪在外面？难道说：它们也在它们的亭子楼头，受到了二房东的气了吗？

“嘘！你们这些臭嘴的乌鸦，哇哇哇！讨厌”——一个清脆的娇嗔，再度浮上了这大侦探的耳边。可是随着这幻觉而来的并不是先前那种轻松的回忆，而却是一种很奇诡的意念——月光之下，他急忙举起他的视线，飞掠到那条煤屑走道左侧的墙垣之下——前面说过的：那里的一隅，堆着竹帚与泥铲，还有一些别的东西。

他的锐利的目光在那堆杂物上面掠了一下。立刻，他又很匆骤地奔向居中那株较高的银杏树下，俯身察看树下的泥土。这时候，当空虽有澄明的月色，可是，被当头披离的枝叶所掩蔽，地下铺满了一大片漆黑的剪影，再也看不到什么东西。于是，他再奔向他的那辆停放着的自备车边，取下了他那盏手电灯，重复回身走到树下，借着这强烈的手电灯光，低头细细察视。果然，这里至少已有些可注意的东西，被他轻轻发现了！

在那温软的泥地上，他找到了两个比纸烟听子略大的圆印，这两个圆印，成一平行线，其间的距离，约有一尺多阔。而这圆印和居中那株银杏树的相距，却有近三尺的地位。

（这里，请读者们试猜一下，这两个圆印，却是什么东西所留下的印边呢？）

当这大侦探进行他这神奇的侦察时，哇哇，当头又是两声飞叫。

大侦探高兴地抬起头来，向这飞鸣于月光下的乌鸦招呼着说：

“啊！多谢你的报告，现在，我完全明白了！”

一面，他又喃喃自语似的说：“可怜的小东西，耐心些，让我解放你们！”

喂！他明白了什么事呢？还有这树头的乌鸦，它们遭遇到了何种的不幸，而需要他的解放呢？不错，以上的问题，的确是需要加以说明。

原来，因这神秘的鸦鸣，却使他迅速地记起了以前所听到的关于乌鸦的一些故事；这小小的生物，有几种习性，确乎是相当有趣的——

其一，记得有人说起：这种“外貌不扬”的小动物，它们具有一种聪明而机警的习惯，当大队的鸦群，飞向郊野中去觅食时，内中必有一头乌鸦，单独栖在前方，充当巡察的前哨。逢到有什么敌人，要向它们进行什么“恐怖”的动作时，这一头机警的前哨，便会“哇！”的一声，吹起它的天然的警笛，而使它的大伙的同伴，预先获得防备——即逃跑——的机会。

呵！这是一种非常聪明的方法哪！想不到远在人类发明自警团的聪明方法之前，这些小小生物们，居然早已实施了这种伟大可爱的制度！那真足以使自命为万物之灵的人类，想想有些自觉惭愧的！

此外，还有咧！

其二，乌鸦除了上述的机警习性之外，很不幸的，它们还有一种胆小的脾气，就是每逢它们归巢之际，它们一看到家内，有了不论什么大小的东西，它们便会吓得不敢归家，而只在树头飞鸣盘旋。据说：住在乡下的那些顽劣的孩子们，他们常常爬上树头，实施这种残酷的试验，他们只要把一些砖块或者蛋壳之类，放进了乌鸦的公馆，于是，那些可怜的小生物，便会受到严重的麻烦。

这些小生物，为什么会养成这种胆怯的习性呢？依据笔者的推想：也许，它们的巢穴里，曾经发生过“定时炸弹”之类的东西吧？以上这种聪明的推想，读者们也许是同意的？

当时，大侦探所想到的，便是这些乌鸦们的第二种习性。

而眼前，这树头上的两头可怜的小生物，不是正有着这种不敢归家的可异状态吗？那么，他们的巢内，不是已被人家借作囤积私货的栈房了吗？这样一想，这事情几乎完全明白了。

而最显著的证据，在这巨树之下，不是清清楚楚，还留着两个竹梯所留的圆印吗？

大侦探又很聪明地想：还有一件事情非常显明，那个狡猾的老狐狸，最初，他一定曾把这个信封，在那画架背后隐藏过。后来因为感到不妥，所以才想迁地为良，而在当时，他又一定因为看到那幅“图画中的乌鸦”，方始触动了他的藏进鸦巢中的意念。关于这种推测，那也似乎很合乎逻辑咧。

在这以后的几分钟内，这聪明而神秘的大侦探，他已很容易地进行了他所必须进行的事，并且，他也很容易地，取获了他所必须取得的东西。——读者们是很细心的，你们当然记得，在那围墙的一隅间，堆置着些泥铲、竹帚、与巨剪，那里不是还有一架高高的竹梯，现成横在墙垣之下吗？

似乎由于宿命的注定：那宾主二人、不会再有二度握手的机会，当那红领带的大侦探吹着口哨跳上车子还不满五分钟，那头老狐狸，却带着满腹的困扰回来了，他这一次外出，在一去一来的遥远的路途——自地丰路的三杏别墅赶到威海卫路××中学；复启××中学赶回三杏别墅——中，却已费去了他九十分钟以上的时间。在回家的路上，一他的心头忐忑不宁。他觉得这里面，必已出了一些什么新鲜岔子。至此，他对于那个自称为是大侦探的霍桑的家伙，越想越觉可疑！原来，即刻那个沙哑的声气，所谓××中学的舍监，在电话里向他说：他的儿子姚小雄，突然患了急症，情势相当严重，要他即刻到学校里去看看，不料，他急匆匆地，赶到××中学，方知完全没有那么一回事，其时，他的十四岁的完健的儿子，正在自修课上，和一个同学打架。那小英雄伸出了他小小的一拳，却把一个年龄较长的同学，打得满脸青肿。这勇敢的孩子，正自撅起小嘴，准备接受教师们请“吃大菜”的光荣请柬咧。

老家伙问明情由，就觉事情不妙！他不及多说话，急急跳上车子，吩咐车夫飞速赶回。路上，他已想到那个可疑的侦探，就是那个“耳上挂商标”的家伙。他想，如果所疑不错，那么自己分明已中了人家调虎离山的妙计。

他越想越觉恐慌！可是，他还自己安慰自己，那个淡蓝色的信封，收藏相当严密，或许不会出什么乱子，况且他又想起：他曾注意那人的耳朵，并没有什么可疑的记识，也许是自己是有些神经过敏那也说不定。

但是如此，他一想到电话中的恶作剧的玩笑，他的一颗心，却按捺不住的非常的慌张。

回到三杏别墅，一足刚跨进门，他带着喘息向那年青的男仆发问：

“喂！宝生，有什么人来过吗？”

“有的。就是那位霍桑先生。”仆人以最恭敬的声调，报出了那位大侦探的名字。

“他——他重新又来过吗？你——你让他进来吗？”

“他说是你叫他来的。”仆人擎视着他主人的患着急症似的面色，嗫嚅地回言。

“他——曾取去什么东西吗？”他的虚怯而着忙的语声。

“没有。”仆人说，“他有一件东西，留在这里。”

“有一件东西，留在这里了？”他又困惑了。

“是一个狭长的油纸包，放在写字台上。”

“油纸包？”他说了三个字，一手推开了仆役。他以消防队员出发救火时的姿势，抢进那间屋子。只见在那钢质的写字台上，有一个狭长扁形的纸包，赫然映上了他的眼膜，这正是今天早上差遣开了仆役偷偷爬上银杏树顶而亲自把它寄在鸦巢内的东西。

纸里的式样，似乎原封未动，只是在扎成十字形的麻线下，嵌着一张洁白的卡片，上面用钢笔潦草写着四个字：

——蔺相如留——

“蔺相如留！这是什么意思?”在一秒钟内，立刻，已醒悟：“啊，蔺相如！这不是当初表演‘完璧归赵’的家伙吗?”

他的手腕有些震颤，他的脸部有些热辣，他的心头有点刺痛！至此，他不再需要拆开这外层的油纸，十分之九他已看到这纸里面裹的是什么东西——也像前文那个红领带的家伙，不等他的同伴报告下文，而早已预料到那个蓝信封中不是真的信件一样。

但虽如此。他终于把这纸包匆忙地拆开。不出所料！在这原式未改的纸包里，赫然显露了隔日在路上被劫夺的那个蓝色信封；里面，不用说，正藏着那大半张“原璧归赵”的旧《申报》!

一个重大的霹雳，打在这千年老狐狸的头上，使他完全感到了呆怔。好半晌，他把卡片翻过来看，只见背面两个细小的宋体，赫然印着大侦探的伟大的名字。

一种无可形容的忧愤，使他“怒发冲冠”！他跳起来猛拍着桌子，喘息地怒吼：“嘿？霍桑？倒运的恶鬼，我中计了！”

正当这老家伙独自暴跳如雷的时候，有两个流线型的车轮，在静安寺路灯影之下疾转。车上的人，正是那个具有神秘性的红领带的家伙。车子驶过大新公司门口，那座巍然的巨厦，早已静悄悄地，拉下了它的垂帘形的铁门。这时，几个红嘴唇的小姑娘的影子，又在这车上人的脑内轻轻掠过。于是他想：“无论如何，今天下午，几瓶橘汁的代价，总算没有白费。那么，自己可能凭着一种‘长辈’——如义父之类——的资格，买些小小的礼物，送给那些天真有趣的姑娘吗?”

当他这样想时，偶一分神，他的车头一偏，那邓禄普胎的前轮，几乎和道旁的一支电线杆，接到一个热吻！

原载《大众》，1943年8月至11月八月号至十一月号

木偶的戏剧

木偶剧的开场白

在我的凌乱的书桌的一隅，放着一卷稿笺，因为时间搁得过久，纸色已显得非常黯淡；仿佛一个老年人，被光阴先生抹上了一重可怜的暮气。这一卷陈旧的稿笺，记着一件过去的故事，故事中共有三个主角，一个，是私家大侦探霍桑。另一个，是我们那位“捣蛋专家”鲁平。还有第三个，他是人而不是人，不是人而硬要算是人。他是密司脱“匹诺丘”的哥哥，“却利”先生的弟弟，说得清楚些，他是一个木偶！这故事发生的时期，距今已有二十年。当时，那两位主角，年龄都还轻的很，因此，他们的演出，都有一种“冲劲”与“火暴”。再加，我在写这故事的时候，大概为了多抽了纸烟的缘故，在笔底下，也有一点过火的渲染，写成之后，自己看看，不像是件真实的故事，却像是篇滑稽小说；甚至，还有点像书摊上的连环图画，为了写得“太高明”的缘故，使我不敢把它发表；只怕在发表之后，会使这故事中的两位主角，对我发生不良的印象。

于是，这篇已写成的故事，在我的书桌上，一睡就睡下了二十年。

可是，到了现在，为什么又把这旧货柜上的东西，拿出来了呢？——我有我的理由。

诸位记得吗？在不久的过去，有一位犹太人高天伦先生，曾在上海提倡过新型的木偶戏，那些没有脑子的小角色，曾经神气活现结束登场活跃于这都市群众之前，留下一种新奇的印象。总之，又有我们的一位虞哲光先生，也因提倡这种时髦玩意儿，而博得好评，说是很富有儿童教育的意味。据一般头脑灵敏的人们说，在不久的将来，这种新姿态的戏剧，很有普及全球的可能。也许有一天，这些木头做的个英雄，由于时势的造就，竟会和“华德狄斯耐”笔尖下的七矮人，一样的大走其红，谁能说得定呢?

现代一切，贵乎投机，据说：投机对于发财，很有决定性的效果！如果我的一生之中，应该还有一个发财的机会，那么，由于此番灵机的触动，也许我已找到这个宝贵的机会！

我趁这未来新型的戏剧，还没有发展到极度兴盛的时候，我一面恭祝我自己，一面急急把这篇《木偶的戏剧》，赶快拿来发表！——这是我的“投机”。

有一件事我想预先说明：在我这篇《木偶的戏剧》中，并无所谓儿童教育的意味。因为，在我写这篇东西的时候，我自己的年龄，还很和儿童接近，自己是个儿童，当然不能戴上一副“哈哈笑”而高谈起教育！你想是不是?其次，在我这篇《木偶的戏剧》里，也并不会加入“文明戏老生”的正义感的，至于“意识”等类的高贵的东西，那你即使带了显微镜来，你也决对无法找到！总之，我只能供给你一个颇为有趣的故事，让你破一会儿睡，如是而已。

我这里虔诚而惶恐地，先向几位思想前进的先生们郑重声明。至于赏光与否，只好“任从客便”。

以上是幕外的道白，以下方是《木偶的戏剧》。

第一幕　讥笑他是一个木偶

在一个仲春天气的早上，爱文路七十七号，——私家大侦探霍桑的寓所——一间清洁明朗的憩坐室里，霍先生和他那个片刻不离的“包”，面对面各自占据着一张“沙发”，在阅读晨报。

在本埠新闻栏里，有一节可注意的新闻，潜进了包朗的眼角。这新闻所占据的地位，只有两只纸烟盒子那么大；可是四周却加着一圈花边，显出它的性质的不平凡。这新闻的标题是：《私家大侦探霍桑：负责保护吴道子名画》。内容大致说：

宣传已久的中国历代古画展览会，将于下星期一起，假座东方大商场五楼画厅隆重揭幕。这一空前的盛举，其展览品包括宋、元、五代、明清诸大家的精品，共计五十余种。内有唐代吴道玄（按：即吴道子）所画佛像一幅，更为世界闻名的奇珍。此一画件的真价，在现时已无从估计。由于它的价值惊人，故以引起多方面的注意。风闻本埠某一著名匪党，竟公然声称：对于该画将作有计划的掠夺。该画的持有人，系华北古画大收藏家韩祺昌氏，现已委托私家侦探霍桑，于展览期前后，为之妥密监护。凭霍氏过去的声望，想必能阻止宵小蠢动，而不致再有意外发生了……

年轻的包朗，读完这一节新闻，一种轻微的不快，立刻袭进了他的心。过去的习惯，凡是爱文路七十七号中所接受的种种事件，大之，如一艘兵舰的走失，小之，如一枚苍蝇的被谋杀，任何事情，霍桑从未瞒蔽过包朗，唯独这一事件，霍桑在事前，竟绝对不曾提起过半个字。为什么要把这消息，封锁得如此严密呢？并且要秘密，就该秘密到底，为什么又让报纸上，把这消息刊布出来呢？难道报纸上可以刊布的事，竟不能让自己知道吗？

年轻的包朗，认为这一件事，有点“不胜遗憾”……在不胜遗憾的后面，当然是要“提出抗议”了。他放下报，刚要向霍桑诘问，不料他一举眼间，霍桑却已不见，对方已剩下了一只空椅。

就在这个时候，门外隐隐传来了一阵电铃声，停了停，只见施桂走进来说：“有一位来客，等在会客室里，要会霍先生。”

“你没有看见霍先生吗？”包朗感到有点讶异。

施桂只摇摇头，自管自退出去。

霍桑既然不在，包朗成了当然的代表。于是，他匆匆走出室去，去会那个来客。在会客室里，包朗看到一个大袍阔服的绅士，双手拄着一支弯柄的大手杖，背对着自己，在赏鉴着壁上的一幅画。一个黑色的公事皮包，放在他的身旁的小几上。此人留着一部连鬓大胡子，蓝袍子，黑马褂，好像刚从证婚席上走下来。

包朗骤眼一看此人侧面的面影，几乎忍不住要喊：“啊！于右任先生！”

但是，当这来宾听到了足声而突然旋过脸来时，包朗方始看清此人的脸庞，较之那位大画家于右任先生瘦削得多。他的端整而白皙的脸上，架着一副阔边的墨晶大眼镜；他秃着头，并不曾戴帽；从头发上可以看出他的年龄，大约已有五十岁。

此人一开口，马上给予包朗一个太不良的印象！

“喂！你就是霍桑吗?”来宾掉过头来，向包朗这样问。他在霍桑二字之下，失落了“先生”二字的称呼，他的应有的礼貌，似乎因为行色匆匆而遗忘在他府上，没有带出来。

“你——有什么事情要找他?”由于来客的语气，那样的傲慢无礼，却使我们这位年轻气盛的包朗，忍不住也把“先生”二字，努力地吞咽下去，只将一个“你”字，拖得特别长，说得特别响！

“你不是霍桑吗？——你去把霍桑叫出来！快点！”

这位大架子的贵宾，始终吝惜着“先生”两字尊称，尤其他的嗓音，非常浑浊刺耳，好像在最近，曾患过最严重的流行性感冒，还没有复原，他一面向包朗发命令，一面还把他的手杖，叩得地板阁阁有声，表示他的不耐烦。

来宾这种态度，在包朗的目光里，却是一个新奇的记录。总之，自有爱文路七十七号以来，从不曾走进一个人来，会有如是“温柔”的状貌！依着年轻的包朗素性，恨不能立刻伸手，在他脸上抛上五支小小的手榴弹，以膺惩一下他的无礼！可是，他想了想，却终于耐住了一口气。他说：“好！你——等一等，让我去找他！”

他把身子霍硬地旋过去，准备去把那位“主角”找出来，应付这位温和的来宾，刚一转背，只听有个熟稔的声音，讽刺似的说道：“喂！不必费心！我在这里呀！”

包朗急急掉过头来，一眼望见那个已“割须”而尚没弃袍的霍桑，手拄着那支讨厌的大手杖，一手抓着假须假发和那副墨晶大眼镜，赫然就站在他的身后，正在向他笑！

这一套完全出乎意外新鲜的小戏法，却使包朗的一双眼珠，瞪得像龙眼那样圆！——至此，他方始看到霍桑的脸上，明明留有化装笔的刻画；但先前，他竟完全没有看出来。——他呆住了！

只见霍桑放下那只手杖，伸起一个指头，敲敲自己额角，还在向他微笑，包朗误认为霍桑这种可恶的举动，是在讥笑他：像一个木偶！他的脸上，不禁顿时飞上一层怒红。

这里霍桑整理了一下他的戏剧的道具。他向包朗说：“喂！你为什么不像我一样，去找一副眼镜戴一戴?”他一面向他的年青的同伴调侃着，一面举步回进憩坐室。包朗默默随在他的身后，二人依旧坐在他们的原位里相对坐下。

霍桑望望包朗那张悻悻然的脸，笑问：“你是不是以为我这举动，有点无意识?”包朗凝视着霍桑那件马褂上的鲜明的玛瑙纽扣而摇摇头。

霍桑向他解释道：“你听我说，在最近，我担任了一宗任务。我必须在大庭广众之间露脸，而又不能让大众认识我，因之，我只能仿效一下那些名人们的方法，暂时在我脸部，表演一点戏法。戏法贵乎不被拆穿，因之，我在后台，先把自己人的眼力试一试。”

霍桑说毕，包朗沉下了脸，不置可否。一来，他不能扫除他的被讥为木偶的羞惭；二来，他还留着即刻读报时的不愉快。

只听霍桑继续说道：“至于我所担任的事，当然你还不知道，现在让我告诉你。”

“我不知道?”包朗把眼梢飘向那张报纸说，“我为什么不知道?”

“你知道的是什么事?”霍桑的眼光亮起来。

“是不是为吴道子的那幅画?”包朗说。

“咦！吴道子的画！——”大袍阔眼的霍桑，几乎要从椅子里跳起来。

过去，他的神奇的演出，曾使包朗感到错愕；而此刻，包朗的话，却使他感到了惊诧。他慌忙问：“谁把这件事告诉你的?”

“哈哈!”包朗忍不住扬声笑起来说，“真奇怪呀！你的事情能让千万人知道，而单单不让我知道，这是什么理由?”

“我完全不懂你这话的意思!”霍桑愈加讶异。

包朗不答，他把那张报纸递过去，并把那圈花边指出来。

霍桑接过这报纸，眼光很迅速地落到了包朗所指的地方。他把那节新闻读了一遍，他的经过人工装修过的脸上，显露一种非常困惑的神气。最后，他把椅子的靠手，猛拍了一下说：“嘿！可恶!”

单看霍桑这种态度，可知报上刊出这种消息，连他自己也还不知道，包朗不免感到讶异，忍不住问：“你没有把这消息，让报纸上发表吗?”

“我凭什么理由，要让他们发表这消息呢?”霍桑含怒反问。

“会不会是你委托人，有意把这消息透露出去的?”

“我同样要问，他有什么理由，要把这消息透露出去呢?”

“也许，他们想要借重你的名字，吓退那些匪类。”

霍桑的目光，正自空洞地望着远处，似乎并不曾理会包朗所说的话。于是，包朗又笑笑说：“那些本地道士捉妖怪，你见过没有?他们穿着法袍，一手执盂，一手执剑，喝一口水，向空中喷去，喊一声‘霍！’——这些妖怪听到这个霍字就头痛。于是……”

霍桑听他的同伴这样打趣，他把视线收回来，粗暴地说：“我劝你，少说这种无意识的话！我想，你对这件事的情形还完全不知道。”说时，他把手指的骨节，捏出一种吉刮的声音，又道，“这新闻中所指出的匪字，你知道是谁？”

由于霍桑的语气，显出相当的郑重，这使我们这位年青的包朗，不得不收拾起他的俏皮的脸色而静待对方的后文。

只听霍桑问道：“有一个自称为‘侠盗’的家伙，你知道不知道？”

“鲁平？”包朗应声而说。他像提到一条响尾蛇！

“你也居然知道这个名字？”霍桑说。

“据我所知，他是一个新出品的独脚强盗。但一般人，对他很有一些神奇的传说。”

“是啊！”霍桑点点头说，“新近有人，替他取了一个神秘的绰号，叫做‘第十大行星’！”

“第十大行星？”包朗摇头，表示不懂。

霍桑解释道：“我们都知道，在我们太阳系中，除了九大行星之外，还有第十个大行星的存在，但是，截至眼前为止，世上还绝对没有一个人，能具体说明这颗行星的面目，这是这个新奇绰号的解释，你明白没有？”

包朗望望霍桑那张严肃的脸，觉得不像是在说笑，他并没有接口。

“我在猜想，”霍桑继续道，“报上的消息。也许就是我们这位侠盗先生捣的鬼。”

“他的用意何在呢？”

“我不知道。”

“他想劫夺那张画吗？”包朗问。

“看起来如此。”

“你从哪里得到这消息？”

“让我把全部的情形告诉你。”霍桑说，“我们那位委托人——韩祺昌——据报上所载，他是一个华北的收藏家；实际，他是一个住在南京的寓公。他持有那幅吴道子的画，已有十多年之久。最近，有许多人，怀疑他这幅画，并不是一种真迹，使他感到很不快。因之，他久已想找一个机会，把这幅无价的实物，公诸识者之前，以博取一个确切的评价，这是他参加这一次展览的动机。不料，他在刚下火车的第二天，他就接到一封信。”

“是那侠盗先生给他的信吗?”包朗插口问。

霍桑点点头，他说：“那封信，写得很客气。那位侠盗先生在信上说明，他是一个爱好古画的人，久已慕名那幅吴道子的作品，因之他想向那画主人暂借几天，以便细细的赏鉴，信上还说：这幅画，既是无价的东西，他希望画主人把它包装妥贴，放在寓所里面，等候他来亲自领走。你想——”

包朗听到这里，几乎忍不住要失笑。暗想：“唷！好风凉而又漂亮的口气!”他忍不住问：“依你看来，他这一张滑稽的支票，会有兑现的可能吗?”

霍桑整理了一下他的蓝缎长袍的衣襟，似冷笑非冷笑地皱皱眉。他说：“事情的确太滑稽！如果他的‘亲自领走’，真的成了事实，这岂不有些近于一件神话吗?”

“不但是神话，并且也是件大大的笑话了!”包朗这样补充。

“但是——”霍桑忽然沉下了脸，坚决地说，“过去有几件事，会证明我们这一个新鲜的角色，他所开出的支票，并不会从铜栏杆里退回!”

包朗听霍桑说，他以一种困扰的眼色望望霍桑的脸，他说：“如果我们这位侠盗，真想劫夺那幅画，他为什么又要写那封信?”

“谁知道呢?”霍桑含愠地说，“无论如何，这里面，必然有些诡计，那毫无疑义。——而且，我们那个委托人，他所住的地方，很有点不妥当?”

“他住在什么地方，你认为不妥当。”

“东方大旅社。”

“他为什么要住在这种地方?”

“据他告诉我，自从跨下火车，他不会让那幅画，离开过他的视线，而这一次的展览，却有五天的期限。他以为他的寓处，能和那个会场，在同一的地点，似乎可以妥善点。”

霍桑说时，他从他的蓝缎长袍里，掏出烟盒，取出一支他所吸惯的白金龙，正待取火燃吸，想了想，忽然把那支纸烟，重新放进烟盒，另外却掏出一支雪茄，把它燃上了火。

包朗在一旁，看着霍桑这种小小的动作，不禁暗暗点头，向他露出一个会心的微笑。

一个宁静的上午，在这两位青年侦探家的谈话中，轻轻溜走了小半个。这时，日影已在窗帘上面爬得很高，光线射到霍桑身旁的那副墨晶眼镜上，闪出了灼灼的光华。霍桑勒起他的宽博的衣袖，看了看手表，他像憬然省觉似的说："我必须走了。我曾和他约定，十点钟时到东方去看他，和他谈一谈。"

说完，他把那些小小的布景，假须假发之类，重新搬上他的脸。霎时间，我们这座小小的舞台上，不需要锣鼓的帮忙，转眼却已变换了局面，装点已毕，他从那只黑色的公事包内，拿出一面镜子，他像一位漂亮的少奶奶，使用她的扑粉小盒子那样，在小镜子里只顾左顾右盼，只等顾盼到她自己认为完全满意时，方把那面镜子不轻易地放下来。

在那面镜子，重新放进皮包的时节，我们这位年轻的大侦探，已完全换上了一副中年人的凝重而滞缓的姿态。他的肩背各部，有些说不出的异样；尤其，他的一声咳嗽，确已臻于化境；足以使各种舞台上的任何演员们，对他自叹不如！包朗看到他同伴这种突如其来的神奇的转变，既感到兴奋，又感到钦佩。于是，他忍不住问："我的任务怎么样？"

霍桑拖着那支弯柄大手杖，已经跨出憩坐室。他回过头来说："你没有掩蔽，还是躲在战壕里。"

两人一前一后，穿过了施桂的迷惘的视线，直达于寓所的门口。背后的包朗，看着霍桑这种蹒跚的步子，他心里想：在他的记事册上，又将增添光荣的一页，这样想时，他也沾染上了那些近代宣传家的毛病，他忍不住高喊："啊！胜利终是属于我们的！"

我们这位绅士，并不回答包朗的话，他只略略旋转头颈，稍微点一点头。

门口有一个乞丐和几辆街车，看见一位气宇不凡的绅士走过来，他们认为这是当然的主顾，都从不同的方向争夺而前，准备兜揽生意。可是我们这位老绅士，却摇着他的手杖，并没有理会。

这里，包朗呆呆望着这一个新奇的背影，直至于不见，方始回进他的大本营。

第二幕　木偶在橱窗里跳舞

霍桑从七十七号出来，沿着爱文路，一路踱着他的不习惯的方步，穿过了几条横路，在将近走到派克路口，忽有一件不相干的小事，阻止他的前进。

在马路的中心，他看到一个小孩，伸着两条小臂轮流抹着脸，独自在哭泣，这小孩的年龄，在估计中至多不过五六岁。衣衫很整洁，一望之间就能看出这是一个中等以上的家庭中的小孩，这里的地点，已在爱文路的中段，往来的车辆相当多，以一个稚龄无知的孩子，站在这种车马纷驰的地点，那未免太危险！这孩子为什么无人看护而会独自站在这马路中心哭泣呢？他是迷失了路途了吗？当霍桑正在讶异地忖度时，一个急骤的喇叭声，已在十多码外像虎啸那样的飞吼过来！而这孩子却还伸手掩住了面部，全无所觉。

热心的霍桑，来不及再考虑长短，他慌忙单手提着皮包与手杖，放弃了绅士形的步法，而急骤地奔到路中心，把这哭泣着的孩子，挈领到了行人道上来。

在行人道上，霍桑掏出他自己的手帕，温和地代这孩子拭干了眼泪，他看出这孩子着一个非常惹人喜爱的脸，尤其，一双乌黑的小眼，更显得聪明。这时，这孩子既收住泪，目灼灼地仰视着霍桑的胡子而显露一种亲密的样子，却并不像一个普通的小孩那样看到了一个陌生的面庞就害怕。

由于这孩子的状态太可爱，却使霍桑搀住了他的小手，忍不住柔声问："你为什么哭，谁欺侮你？你的同伴们呢？"

"我要去看。"这孩子的活泼的眼珠，仰射着霍桑的大圆眼镜而这样说。

霍桑不明白这孩子所说的是什么。他只觉得这样一个孩子，他的家人们一定不会容留他单独在马路上乱闯。也许，他已和挈领他的人们失散而迷了路。他既发现了这事，他觉得有把这个迷路小孩送回到他家里的必要。于是，他又低头柔声地问："你的家在哪儿？告诉我，让我送你回去。好不好？"

"不！"孩子指指马路的对方，他仍旧说，"我要去看。"

霍桑顺着这孩子所指的方向而远远地看时，只见马路的斜对方，有一家小小的店面的样子窗前，正挤着一堆人，在那里看热闹。似乎这地方止有什么足以使人迷恋的东西，已粘住了许多人的脚步。

当霍桑的视线跟随那枚小小的手指而飘向那个人群中时，这孩子还在牵着他的绅士式长袍的衣角，而连嚷着要去看。

由于这小孩的状态太可爱；也由于我们这位大侦探家，一向是很喜欢孩子们的一个，这使他觉得有些不忍拒绝这孩子的要求，而主要的是他在想：也许，在这马路对面的那个临时小集团中，正有这孩子的监护人在着。在那里，他可以让这孤单乱闯的孩子，由他的家人们领去，而卸去自己这种不必要而又必要的责任。

好，就陪他去看看吧。

霍桑把他的手杖换握在左手，公事包挟在了肋下，空出右手，他索性把这孩子握抱起来，敏捷地——当然不复再是绅士性的步法——穿过往来车辆的隙缝，而直达于马路的对方。

走近这一个人丛，霍桑方看出这里是一家西装成衣铺，铺面只有狭狭的一开间，可是装修整齐而悦目，一群忙中有闲的人们，正在这小店面的样子窗前，砌成了一架疏疏的围屏。

这里有什么新奇东西，能吸住那么多人的脚呢？

一看这样子窗内，孤单地，矗立着一个高大与人相等的西装木偶。——这是一座在这镀金大都市中所最容易看见的专供穿上体面衣衫而在人前拢样的“衣架”——一副“Smart”的样子，“活像一个人！”

呵！一个“虚有其表”的木偶，有什么好看？

但这一位木偶先生，的确有点特殊。平常的木偶，似乎由于他们不知自己只是一个“衣架”，所以，他们一旦地位站得高一些，或是偶尔衣服穿得漂亮了些，他们老是神气活现地面对着一切人！而眼前这一个木偶，他还有些“自知之明”；他似乎还知道自己只是一个“脱掉帽子，没有脑子”的东西。因而他有点怕羞，只将背部向着人。

“咦！这一个木偶，为什么脸对着里面呢？”霍桑心里，这样不经意地想。

只听人丛中有人在说：“看吧！他马上就会旋转身子来。他的脸，滑稽的很咧！”

被抱在霍桑臂间的孩子，听到这样说，他把他的身子向前伛着，意思是要霍桑走向前些，可以看得更清楚些。霍桑无奈，只得在人丛里挤前了一步。

果然，只一转眼，这木偶已在开始他的有趣的活动，只见他的身子，像一个初学舞的人们那样在把他的身子僵硬地旋过来。霎时，他已让围观着的群众，看到了他的一个正面的全部轮廓，他的面貌，的确相当滑稽。

这木偶还有一些其他与众不同的地方。

平常，凡属成衣店内高供着的木偶，他们为了负有广告的使命，他们总是拣选最配身最入时的衣服穿在身上而招摇上市。至于眼前这位木偶先生，他太老实啦！相反的，他所穿的，竟是选择了最不配身的一套：上衣，显得肿臃无度；而裤管，很像两条乘过凉的油炸脍。那套衣服既不簇新，而又并不合乎眼前的时令。总之，如果他是一个聪明的木头人，也许他能想到：穿上这种不体面的“肥皂西装”，那一定会使那些烫着卷发画着眼圈，涂着口红，染着蔻丹，颠起了银色的高跟鞋而站在先施永安橱窗里的新时代的异性木偶们，不再对他丢眉做眼，那是无疑的。

由于这位木偶先生的衣服，穿得不称体，却使我们这位年轻的霍桑先生，立刻发生了一点敏感性的反应。因为，他已想起，自己身上的那套大袍阔服，实在也有点不配身。

这木偶的年龄——如果给他一个年龄的话——约摸是三十五六岁。光着头，不戴帽子，唇上有一撮卓别林式的小黑须。鼻尖很高，颇有密司脱“匹诺丘”的风度。此外，他颈子里，却还拖着一条耀眼的红领带。

由于这木偶的年龄已并不很轻，他的一只耳朵上有些油漆已经剥落。似乎他的主人，怕他发生浓化，因之在他的耳轮上，特地替他贴上了一小方橡皮膏，约有指面那么大。

凡此印象，都在我们这位老绅士的黑眼镜里，很不经意地轻轻滑了过去。

以上，便是我们这位中国籍的密司脱“匹诺丘”的全貌。总之，除了他会摹仿“无锡型”的旋舞以外，却也别无出奇之处。这也值得破费宝贵的时间，而驻足围观吗?

“上海人真是太忙也太闲。”霍桑这样想。

但那孩子却很高兴地说：“你看呀！他的胡子短，你的胡子长；长胡子好看，短胡子真难看。”

他一面说，一面天真地伸手抚弄着霍桑的面颊。

霍桑慌忙偏转过脸去，他怕一不小心，会当场变出“返老还童”的魔术，只听这孩子还在起劲地向他问：“你看，这一个木头人像谁?”

“我不知道。”霍桑只好摇头。一面他的眼珠向四周搜索，看看这人群里，有没有人找寻这孩子，他好交卸责任。

“让我告诉你吧!”孩子说，“他像那本电影里的坏蛋。在上一集里，那个坏坯子，已经跌进了水牢。”

哦！霍桑见并没有人来找这孩子，他的眉头，不觉渐渐皱起来。

“你看看像不像呀?”这孩子只顾天真地追问。

“像吗？我看不出。”霍桑心不在焉地随口答应，他一心想要找到这孩子的保护人，以便引身而退。

“你说不像吗？交关像。——你没有看过那部电影吗？”孩子固执地，坚持着他的小意见。他又补充说：“那张好看的片子星期三要换下集。我们在调片子的日子就要去看。——你去看吗？”

“哦！我也去。”这时，霍桑的眉毛皱得更紧。他觉得他已让他自己找到了一个相当大的麻烦。抱着这个不相识的孩子，怎么办呢？除非，向他问明地点，亲自把他送回去。可是自己眼前还有更重要的事。

正在为难，忽听得身后，陡有一个尖锐而带惊喜的女人的声气在喊叫：“哎呀！我的阿官，你要吓死我了！”

那是一个穿青布衫的壮健的中年女佣，从人丛里伸出两条结实的手臂，简直不等霍桑看清她的面貌而已经像猛虎夺食那样地隔手把那个孩子夺了去！

那个女人喘着气，一面以一种绝对不信任的恶意的眼光瞅着霍桑，好像说：“这孩子怎么会让你抱着的？”而一面她又以一种责怪的眼光再望望那个孩子，却好像说：“你怎么会让这个不相识的家伙抱着呢？”

这女佣的紧张的脸色，却并没有丝毫影响着这孩子的嬉笑与活泼。他虽被那女佣硬生生地抱走，他仍以一种留恋的眼色，远远望着那个橱窗里木偶，一面也以同样的眼光，时时回顾霍桑。

这里，霍桑目送着那女佣抱着这可爱的孩子，从行人道上渐渐走远，他还听到这孩子在问那个女佣。“那个木偶像不像那本电影里的坏坯子？”他也隐隐听得这女人尖锐的声气说：“坏坯子已经上当了。”

第三幕　木偶逃出来了！

为了这一件意外发生的小事件，却使霍桑意外破费了很宝贵的十几分钟。看看手表，已达十点十七分，这已超过和韩祺昌预约会晤的时间，不得已，只得放弃了素向的习惯，急急跳上一辆人力车，而直达于南京路中的东方大旅社。

那位著名的古画大收藏家的寓处，在这大旅社的三层楼，号数是三百四十九号。霍桑跨出电梯，小心地踏着绅士型步子，他走到这三百四十九号的门前，像隔日一样，在门上轻轻叩了四下。

弹簧锁的旋转声中，这房门轻悄地开成了一条线。在一个不满五寸宽的狭缝中，有一个狐狸那样机警的脸，很谨慎地向外窥视了一下。——这是那位古画收藏家的贴身侍役，名字叫做徐模。一个具有典型性的苏州青年。——这一个狐狸那样的脸，向外一探，只见门外站着一个身材相当高大的戴眼镜的大胡子。一手提着公事皮包，一手还拄着一支粗粗的手杖。一个完全不认识的人！门缝里的脸面慌忙退了好几寸。

“你找谁?”这苏州声气匆匆问了一声，随手就想关门。

由于过去的四十八小时中，这一间三百四十九号的房间中，好像已被什么骇人的东西，播散进了一些骇人的空气，却使我们这位面目一新的霍桑先生，几乎无法越过这一重森严的门禁。最后，还是由桑霍搬掉了他脸上的一些小布景，而又放出了他的本来的语声，他方始在这苏州朋友的惊疑不止的视线之下，得以自由穿过这一道奉命警备着的哨兵线。

这位古画大收藏家，久等霍桑不来，正自非常不安，在这一个静静的上午，有两整支的雪茄，已在他的内心焦灼的火线之下轻轻燃成了灰。而眼前，却又伸手取到了第三支。他是一个年近六十岁精神健朗的老者。国字脸，八字胡，白皙的皮肤，光滑的头发，都显出他素向生活的优裕。只是，他的一双略带近视而又精于鉴别的法眼，却像他的苏州仆役一样，随时随地，都在像人闪射多疑的光。当他看到一个矫捷灵敏的私家大侦探，竟一变而为大袍阔服满面浓胡的博士，他吃惊得几乎要叫起来，但是，当他把他的善于鉴别真伪的眼光，验明了这私家大侦探的正身无误时，方始透出了一口十多磅重的宽怀的气。

“哎呀！霍先生，你来得这么晚!”他像怨望似的这样说。

“不错，我来迟了二十分钟。”霍桑看着手表，抱歉地说，他抚摸了一下他的人工培植的胡子，仿佛在说明：为了化装，以至耽误了预约的时间。

“我又接到了一个电话!”这收藏家用失惊地声调说，“这是第二个电话了!”他把询问的眼光，望望他的苏州仆役。又说：“那是在八点半钟打来的?”

“又是他的电话吗?”霍桑在这位收藏家的对面坐下，取出一支雪茄，镇静地把它燃着。一面问：“他在电话里，又有什么高论呢?”

“他还像上一次一样，一开头，就直接痛快，说明他是鲁平。——他劝我客气些，还是把那张画，赶早包装妥善，等他亲自来取，免得双方破脸!要不然——”

“要不然便怎么样?”霍桑又好气又好笑，不禁猛吐了一口烟。

“要不然吗?——他说：他已准备下了十二条半计策，要来抢夺这一幅画！”

“十二条计策之外，居然还有半条?”霍桑从他的大圆眼镜片中。望望对方那张充满惊讶的脸，他真忍不住要失笑。

收藏家又说道：“他说：他的计策本来共有十三条，其中一条比较不大好，所以只好算半条。”

“妙计竟有这样多，他是不是已新开了一家专造计策的工厂?”霍桑见这大收藏家神情惶迫得可怜，他故意把自己的态度，装得格外坦然。

“而且——”韩祺昌急急连下去说，“他还告诉我这十三条计策，其中有一条，眼前已经开始进行；并且进行得很顺利，差不多将要成熟了。”

“哦!”一缕淡淡的烟，从这大侦探的假胡子里漏出来。

韩祺昌见霍桑全不重视他所说的话，不禁格外着急，他像唤醒对方瞌睡那样地高声说：“你看，我们该怎么办?”

“有什么怎么不怎么办，”霍桑依然很冷静。“到了展览的日期，你把你的画挂出来；等到展览完毕，你把你的画收起来。此外。还有怎么办?”

“哦！有这么太平吗?”

“一切有我?”霍桑抛掉烟蒂，理理他的假须。

我们这位年轻而著名的私家大侦探，这时虽尽力安慰他的当事人，可是，对方这一个多疑的老者，却依然感到不能释然。他想了想，又说，“你没知道那个家伙的绰号吗？他——”

“我知道，”霍桑不让对方说下去，“他的绰号很多。——但是，绰号并不能当炸弹，把这个绰号抛出去，也不会发生吓小孩的声音的，是不是?”

“不过，我新近还听得有人说起，——”这位收藏家依旧固执地说，“这个家伙，他有一个怕人的绰号，叫做‘看不见的人!’我听得说，他在这里上海捣了好几年的蛋，从来没有一个人，曾看到他的真面目！甚至，我还听得说，在他手下，有一千多个羽党，但是他这一千多个羽党们，也从来不曾看到他们的首领，是个怎么样的人。你想——”

“哦！你以为看不到他的人，就很可怕吗?”霍桑忍不住扬声发笑，笑得假须都在颤动，他说：“人虽看不见，影子总该有一个，只要他还有影子，我就要把他的影子抓过来，赏他吃些雪茄。”

“嘻，霍先生，你不要专门说笑！我很怕！——”神经过敏的韩祺昌，满面忧虑而摇头。

“你怕什么呢?”这位青年的老绅士，理着他的长而浓的美须，几乎感到不能忍耐。

这大收藏家暂时不答，他把他的略带近视的法眼，飘到了室中的一口大衣橱上，霍桑知道，在这大衣橱里，锁着一个特制的狭长的手提皮夹，皮夹里就放着那张唐代的稀世的大杰作。这是这位大收藏家的半条以上的命，——差不多是寝食不离的东西——他似乎害怕那个所谓“看不见的人”会用了什么隐身法，神不知鬼不觉地混进这一间大旅馆，而把他的半条性命劫夺去，这是他的忧虑不安的原因。

霍桑从黑眼镜里，看看这一位忧郁症的患者，觉得无法可想。他只得说：“既然这样不放心，你为什么不把你的宝物，暂时寄存进银行，或交托这里的账房暂时保管？这样，你的责任岂不可以轻一点？”

“但是——”大收藏家眼望着那口大衣橱，迟疑地摇摇头。

“这也不妥，那也不妥，那只有一个方法——”霍桑把视线送到室隅那个像一座木偶那样，呆呆矗立着的苏州仆役的身上，而滑稽地说：“那只有请你的贵管家，搬一个椅子，静静地坐在这衣橱前；再让你的贵管家睁着眼，静静地看着这扇橱门，这样，大概总是千妥万稳了！”

他说时，想起在京剧中有一句戏，叫做“盗银壶”，那柄银壶的主人，为了怕这银壶被盗，他让他的一名大眼睛的小厮，眼睁睁地望着那柄银壶而不许眨眼，这种滑稽的方法，想想真是非常可笑的！现在，自己所说出的办法，如果真的做起来，也岂不和那句戏剧中的幽默的演出，完全相同吗？

霍桑看看那个狐狸脸的仆役，再想想那辆“盗银壶”中的大眼睛的小厮，他的无可遏止的笑声，几乎要从他的假胡子间放纵出来。但结果，他终于收起了他的笑容而向他的当事人正色地说：“最要紧的一点是，从眼前起，你不要让任何一个陌生面目的人，闯进这间屋子，我们不妨静静地等待，且看那位看不见的侠盗先生，将用什么方法，从黑暗中伸出他的神秘的手来‘亲自领走’这幅画？”

霍桑说着，他从椅子里站起来，又用一种有力的声调，安慰这位收藏家说：“你放心吧！你的画，是你的生命，也是我的名誉。我不会让人家把我的名誉抢劫了去！现在，有一点小事，我还要去查一查。”

说完，他不等他的当事人再发言，拎起皮包，抓起他的大手杖，听他咳嗽一声，便又拖着他的绅士型的滞缓的步子，从四条狐疑的视线之下，悠然离了这间空气紧张的屋子。

走出三百四十九号房间以后，实际上，霍桑并没有远离这大旅社，这一个剩余的上午，他在进行一种小小的工作，他的工作，是暗地调查这大旅行社中的旅客循环簿。他对三层上的最近的旅客，相当注意；尤其，他对邻近三百四十九的几个房间，更密切用心；但结果，他并没有获得他心目中的所谓可疑的“线索”。

下午，继续密查了一会儿，便悄然走进一个房间，他以暂时休息的姿态，等着这事件的自然发展，他所走进的房间，并不是那位收藏家所住的三百四十九号，而是距离三个房间以外的三百五十二号。——这是隔夜他所预订的一间。在这里，我们这位具有双重人格的老绅士，烧上一支烟，一面休息，一面静静地思索。

他想：光天化日的时代下，一个盗匪，要抢夺人家的东西，在事前，他会把他的大驾光临的消息，通知事主知道。像这种滑稽的奇事，好像只有在小说或电影中才会有，在自己所遇的事实上，似乎还很少先例可援。

那么，这一次，这一位侠盗先生，真的竟会实践他的预约吗？

如果这一张支票真的兑了现，如果那张古画这一次真的在这种情形之下遭了劫夺，那岂不是成了一种不可信的奇迹了吗？

难道世上竟有什么不可信的奇迹会突然发生吗？

那位侠盗先生，将用什么方法，完成这种奇迹呢？——难道他真有十二条半妙计吗？

霍桑愈想愈觉好笑，肚里的好笑积得太多，他几乎独自一人也快要将笑声喷放出来。但是，他还没有笑出来咧！第二个念头连着想：根据警探界的传说，那位“新近上市”的“侠盗”先生，过去，的确曾作成他们服用过多量的阿斯匹林与头痛粉，那是事实咧！

“喂！还是不要太大意！”霍桑暗暗规劝着自己，他终于没有笑出来。

一个下午，在大侦探的欲笑不笑的尴尬状况之下度过了。

这天夜晚，霍桑从自己的房间里走出来，在甬道里，看到一个穿学生装的短小精悍的青年，扬着脸，在窥望三百四十九号门上的牌子。那人的神情，很有点鬼祟。霍桑心里一动。一眼看这甬道中的数步以外，装有一架电话。于是，他装作若无其事，走向那架电话机之前，他一面报号数，一面从墨晶眼镜里面歪过眼梢，留意这青年的动静。

那个青年似乎并没有觉察有人正在注意他，他只顾在这三百四十九号的门口，来，去，去，来，走了两三遍，看样子，好像正在窥探这三百四十九号的门口里，有没有人走进来。最后，看他露着一些失望的样子，却向甬道的那一端，扬扬走了过去。

霍桑认为这人的行动，很有点可疑。等他走了几步，急忙抛下话筒，暗暗加以尾随。

那人正从盘梯上面走下来，霍桑也从盘梯上面远远跟下去。

走到底层，这里却是这一座巍巍大厦中的一个热闹的中心点。这时，四下华灯掩映，正当都市群众吃饱了夜饭，上夜市的时候。由于出入者的众多，再由于霍桑还保持着他的绅士式的姿态，行动略一迟疑，眨眨眼，却让那个形迹可疑的家伙，一溜烟地漏出了他的视线网。

在这种情形之下，霍桑觉得要找那个人，事实已不可能。他姑且举步，向前面的一个弹子房中走去。

在那空气热闹的弹子房里，有许多人在活跃地舞弄他们的弹棒，如果霍桑还是平常的霍桑，他很可以参加这个弄棒的集团，大家玩一下。但是，眼前他不能。以一个典型的旧式绅士，加入这种游戏，未免有点不相称。他在这棒林里面呆站了一会儿，细看，觉得并无什么可注意的人物，于是，他仍以绅士的步法踱出了弹子房。

隔壁是一间附设的咖啡座，可供旅客们吸烟与憩坐，或是进些饮料。霍桑选择一个位子坐了下来。他以早晨对付包朗那样的傲岸的姿态，支使着那些侍者们，引得许多视线，都向他的大袍阔服上撩过来。但是，其中决没一双透视的眼睛，能看出他的浓胡子背后面的真面目。

坐下不久，有一件可异的事情，闪进了他的眼角。这事情非但可异，简直有点骇人——而且，可以说是非常骇人！

在距离他的座位不到三码远的地方，靠壁一个火车座上，坐着一个穿西装的人，在那里看报。那个人的坐的姿态，与其说他是坐，毋宁说他是躺。他的上半身，全部被一个整张展开着的报纸所掩而看不见。两条腿展成八字形；腿上所套的一条西装裤，皱而又旧。具应有的笔挺的线条，似乎在前半世纪已经消失。而下面一双具有历史性的皮鞋，其尺寸之伟，却大到了惊人的程度。

以上是霍桑在无意中所接触到的对方那人的第一个特异的印象。

一个横着身子看报纸的人，穿的是一条旧裤和一双大皮鞋，论理，这也并无丝毫可异，是不是？可是，在第二瞬间，那个家伙偶尔放下报纸而把他的尊容映射进霍桑的视网膜时，霍桑的一个心，却像被一具弹棉花的东西弹了一下——他吃了一惊！

他一眼看到那张特异的脸，真面善啊！是在什么地方曾经“识荆”过的呢？

由于这件事的离奇，离奇除了出人意想之外，还使霍桑在最初的三秒钟内，完全想不起这人是谁。直等第四秒钟，他被对方那条鲜红耀眼的红领带，唤起了他失去的记忆，他才陡然想了起来！

那人非别，正是那个在样子橱窗里跳过广告舞的西装木偶！——一个曾有“一面之缘”的“老朋友”！

你看，一撮小黑须。一个高鼻子，一双大小不同的怪眼，什么都一样！总之，对面这人倘然不是那个木偶的照片，那个木偶，就是对面这人的造像！

千真万真，那位木偶先生，已从他的橱窗里溜了出来。

木头人活了！木头人竟从成衣店的样子窗里走出来玩玩了！这是一件太不可信的事！那么，明明一个活人，为什么要扮成木偶的样子呢？

这一件突如其来的神秘得近乎荒唐的怪事，迫使霍桑不得不从墨晶眼镜里面瞪出了他的惶骇的视线而向对方注视了更惊奇的几眼。但是，对方那个木偶，他的木制的脑壳里，却好像完全没有觉查，有人正在对他密切地注意。他依旧悠悠地在读着他的报，甚至，他的姿势也绝对保持着一个木偶应有的姿势，看样子，他简直表示，即使头上“天坍”下来，他也不会动一动！

对方的木偶是这样，但是，这里的霍桑，他的脑子，却并不是木偶的脑子呀！由于精密的注视，他在对方这个木偶的面部，看到了一些可注意的小东西；由于看到这一点小东西，却使他的脑内，立刻展开了比闪电更快的活动。由于脑内敏捷活动的结果，有一件事几乎使他丧失了绅士型的镇静，而几乎立刻要失声惊叫起来！

哎呀！他就是——总之，他就是他所要找的那个人！

何以见得呢？

在早晨，他在那东西装成衣店的玻璃橱窗里，曾看到那个木偶的一个耳朵上，贴着一小块橡皮膏。当时，以为这木偶脸上的油漆，或许已经剥蚀了一点，并不曾加以十分的注意。

现在，对方这个机器的木偶，他的耳朵上，竟也贴着一方同样的橡皮膏，——并且同样地贴在耳轮上！岂非滑稽之至！

当前这个活的木偶的耳朵上，为什么要贴上一方橡皮膏呢？

据传说，那位侠盗先生，左耳轮上，生有一个鲜明如血的红痣。他当然不愿有人看到他这显著的商标。因此，特地贴上一些东西，把它遮掩起来，这是唯一的理由。

那么，对方这个有机的木偶，岂非就是鲁平的化身吗？

哎呀！这可恶的东西，毕竟出现在自己的眼前了！

他这样装神弄鬼，当然必有目的！他的目的何在呢？

有一点是可以确定的，他这神奇的捣鬼一定是有关吴道子的那幅画，一定无疑了！

以上的思想像一架电扇那样急剧地在霍桑脑内转动，电扇转动到这里，却迫使这位悠闲的绅士不能继续维持镇静而感到必须赶快采取一点动作了。虽然他还不及决定他的动作应取怎样的方式，可是他已准备迅速地站起来。

就在霍桑将站起而还没有站起的刹那间——

不料，对方那个木人，他好像已经接获了什么心灵上的电报，他竟比霍桑先一步站起来。看他伸伸腰，打了一个沉重的呵欠，这好像告诉人家，他在那家成衣店里，做了一整天的广告，已经疲倦得很。现在，他已准备回到他的玻璃窗里，要去睡觉了。

只见他又整理了一下他的漂亮的红领带！勉强撑起了一大一小两个毫无精神的倦眼，失神似的向四周看看，看样子，他是预备马上要开步了！

霍桑睁大了紧张的两眼，急忙从位子里紧张地站起来。紧张地想，嘿！不要让这家伙溜走啊！

他准备大步向这木偶先生走去，让这位若无其事的木偶先生突然看到了而吓一跳！

他还没有举步咧。

蓦地，有一个身材非常高大的人，竟像一座屏风那样拦住了霍桑的去路！

“什么事？”霍桑的大圆眼镜里面几乎要冒火！

“先生，账。”那个站在霍桑面前的白衣侍者，他向这位大袍阔服的绅士，鞠着躬而十分和缓地说。

不错，他吃过一客西点，与一杯咖啡，账是应该付的。以一个大袍阔服的绅士，不能够吃了东西而不付账吧？

可是，等到霍桑用最敏捷的方式，办完了这件小交涉，却已被耽误了两分钟以上的时间，就在这两分钟以上的短促的时间中，举眼向前一看，对方已只剩下了一只空椅。

那位木偶先生走失了！

第四幕　返老还童的木偶

霍桑不及照顾他身上的绅士气派。他以顽童逃出课堂门那样的步法，慌张地从这里一扇最近的门内飞跃出外！——这扇门，也就是那位木偶先生以蜗牛那样的步子蹒跚踱出去的地方——离门不远，就是电梯的所在处。这时，那两架并列着的电梯，左边的一架，恰巧在缓缓上升。霍桑把敏锐的视线向这架电梯中抛掷进去，他从那扇正在关闭的电梯的门隙里，看到一只特大的鞋尖——正是那位木偶先生的鞋尖呀！

还好，右边那架电梯，恰正由上而下。霍桑撩起袍角，慌忙跳跃进去。巧得很，这架电梯里面，单只他一个乘客，当司机恭敬地问他到第几楼时，霍桑绝不考虑而焦暴地说："三楼！"

到达了三楼，在那静悄的甬道里面，绝对不见那位木偶先生的神秘的影子。霍桑重新走向那架左边的电梯前而按着铃。——这是那个即刻搭着上升的电梯——他一问这一架电梯中的司机，据答：即刻那位穿旧西装而有小胡子的先生，他是直上了六层楼。

于是，霍桑也搭这电梯追踪而直上六层楼。

在六层楼上胡乱找了一阵，他和那位"老友"，依然"缘悭一面"。慌张喘息之余，他抓住了一个侍者，把那个木偶的状貌约略描绘了一下而问他曾否看到过这样一个人。

"有的有的。"那个侍者绝不踌躇，冲口回答。

"现在，他到哪里去了？"霍桑紧张地追问。

"我看见他从左边的电梯中匆匆上楼，又从右边的电梯中匆匆下楼去了。"

霍桑感到目定口呆。

单等这侍者走远，他独自一人，站在电梯之前，不禁焦灼如焚。他伸手乱抓着自己的头发，几乎把他的头发连根拔下来！——诸位不要忘记，他的头发原是可以连根拔下的。——一面，他在狠毒地轻轻诅咒：

"该死的畜生！我要请你等一等！"

焦躁过一阵之后，他陡然想起：哎呀！那张倒运的画，不知怎么样了？该不会那样快地就生问题吧？想到这里，他马上记起了旧小说里所常常提到的所谓“调虎离山”的字样，他觉得不能再耽误。他慌忙按着电梯的铃，再由六层楼上下降到三层楼。

在电梯内，那个司机向霍桑看看，他疑惑这一位服饰庄严而神气不很镇静的绅士，已发明了一件都市中的新型消遣，他是不是已把电梯当作了汽车，而在举行夏季的“兜风”呢？

回到三百四十九号房间，只见这屋子里静悄悄的，依然无形保持着前半句“盗银壶”的幽默的姿态。主要是那柄“银壶”并没有被“盗”！这使霍桑把一颗从电梯中提下来的心，重新缴纳进腔子。可是，当时他的擂鼓那样叩门声和他的仓皇不定的神色，却已使那位胆小的收藏家和那个狐狸脸的苏州朋友，大大吃了一吓！

当晚，霍桑就住在他所特辟的那间三百五十二号的卧室中，并没有回归他的爱文路的寓所；这必须归功于那位木偶先生的无形挽留。

在床上，他像拨算盘然那样的拨动着脑细胞。他在想：——

自己今天，会突然会晤到这位神秘的木偶先生，这真是完全出乎意料之外。

那位木偶先生，会认出自己的面吗？

看他的悠闲的样子，他好像并没有认出自己的面目吧？

如果真的不认识，他为什么又在电梯里面躲闪似的兜着圈子呢？

假定他已认出了自己的面目，那么，也许他已大大地吃了一惊，因而在电梯内，临时演出大套的魔术。

有一点完全不可解，他为什么要把他的临时的造像，高供在那成衣店的样子窗里呢？——霍桑觉得找不出那个答案来。

最后，他记起白天的一番对话，记得那个胆小的收藏家曾说：“他——这位独脚的侠盗——手下，共有一千多个羽党，也从来不曾见到他们的首领，是个怎样的人物！”

霍桑从以上的几句话里，找到了一个特异的结论：鲁平所以设置那座木偶，是让他的党羽们，可以认出他临时的化装的面目。

这似乎是唯一的可能的答案了。虽然这答案似乎太离奇，而也有些近于牵强。但是，除了以上这一个离奇而牵强的答案之外，还有什么更适合的理由呢？

总之，这一晚，霍桑的脑壳，已代表了那家成衣店的样子窗；他让那位木偶先生，在他的脑膜上整整跳了一全夜的回旋舞。

有一点是可以决定的，霍桑想：无论如何，那家小小的西装成衣店，必定是那位“侠盗”先生的一个巢穴，那是无疑了。他记得，不久的过去，全上海的那些警探先生们，曾倾其全力以搜寻这“侠盗”的巢穴。他们等于一队被枭首的苍蝇，曾在四下乱钻乱撞。结果，他们像在北冰洋里捕捉热带鱼，连一个小水花也没有找出来。现在，他若将他自己的发现，报告了官厅，请求到一纸搜捕证，而把那家成衣铺子包围起来，这样，至少可以捣毁那位“侠盗”先生的一个巢穴；同时也至少可以抓住他的几个羽党，也是一件快意的事。然而不妥，照这样办，拨动了“草”惊走了“蛇”，那似乎是件非常愚蠢的事！还是别寻妥善的方法。

最后的决定，他放弃了那个包围成衣店的策略。但，无论如何，他要再到那个木偶的公馆里去看一看，以便找些补充的线索。

第二天一早，第一件事，他先到三百四十九号中去看一看，有没有什么事情发生？他以十分郑重的姿态，警戒着韩祺国主仆二人，他说：他已查出鲁平的羽党们，已混进了这旅馆。因之，他们万不能让无论什么人，随便闯进这间屋子来。说完，他仍以最悠闲的绅士态度，踱出这东方大旅社，而再度去拜访那位木偶先生。

这位中国旧官僚式的绅士，他又怀着他的鬼胎，小心而恭敬地走到了那位“洋大人”的“写字间”之前。可是，抬头一看，他呆住了！

原来，这里已有一些簇新的花样发生了。

怎么？木偶先生公出了吗？——不是的。

窗子里的木偶先生并没有远离他的职守，但是，他已换了一种新的姿态。呵！他像我们这大都市中的“大人先生们”一样，面目非常之多！而其摇身一变，也非常之快！今天，他不再穿着昨天那种卖肥皂的西装，他已换上了很漂亮的一套。裤缝，烫得挺而且直；几乎可以代替一支密达尺。皮鞋，擦得如此之亮，简直闪耀得使许多狭窄的眼睛睁不开。他的“尊容”，已经过美容院的着意修整，小胡子也早已剃去了。他的葺理得可以和女人比赛的头发，好像隔着玻璃也能闻到美发浆的香味。——并且，他大约还曾服过什么高效率的返老还童的补药。你看：仅仅一夜之间，他竟变得这样的年青白皙而俊俏。在他襟间，齐备着康乃馨花，小绸帕，与舶来品墨水笔。他的一手，以最优美的姿势拈着一支品质最高贵的烟；另一手臂间，却“神气活现”地挟着一册厚得足使乡下亲戚看着发呆的烫金字的所谓“外国书”——虽然并没有人知道，这本书的内容，是否真有艰深的文字？抑或仅是吓吓人的“无字天书”？虽然更没有人知道，这位木偶先生，他是否认识这本书中的艰深文字，抑或仅是书中的文字认识他？——总之，他这绣花的“fashion”，却已十足具备着一般夹铜大学生们在周末例假中打扮好了上公园或咖啡座中会爱人时的种种必要的风度。——呵！他今天变得聪明啦！对呀！他必须改变如此的作风，那才可以使那些被高供于“三公司”玻璃窗内的所谓前进的异性偶像，把他们描黑了的眼圈，对他一五一十地抛过来呀！简单些说吧，今天的木偶先生和昨天的木偶先生已完全变了一个样。如果说，昨天的木偶先生是属于“卓别林”式，那么，今天的木偶先生，却已变作了一个“罗克”型。

窗外的霍桑，睁大了敏锐的眼，从双层的玻璃中间向这木偶，细看了半晌，他看到了一个小小的特点。就是，昨天的木偶，胸前拖着一条红领带；今天这个木偶，同样也拖着一条红领带；而且，连领带上的花纹，也和昨天一样。霍桑眼望着那一鲜红耀眼的红领带，有个思想在他脑内开始了闪动。他想：隔夜的想念，最初以为太牵强，照现在看，也许有点意思吧？这一条红领带，会不会就是这位木偶先生特地留给他羽党们的又一标记呢？

他又翘起了于右任先生的胡子，向这木偶冷笑：“你这可恶的东西！不管你在进行何等的诡计，无论如何，我已认识你的面目；至少，我已认识你的标记。好吧！我在这里静待，看你把十二条半的妙计，逐一地施展出来。”

这位年轻的老绅士，兴奋地跳上了一辆人力车，在人力车夫拔腿飞奔回东方大旅社的途中，他还在默默地想：“单等那个可恶的东西把诡计施展出来，也许，自己可以‘将计就计’和他玩一下。”他正想得非常高兴，但是，他却没有料到，当前的戏剧的发展，竟迅速得完全出乎他的意想之外。

第五幕　木偶作有计划的撤退

人力车在这大旅社的商场部分停下来，我们的霍桑先生，也就从这商场的入口，悠然踱进了门，他并不急于回进旅馆，却在这五花八门的大商场中，挥着他的“四点一刻”，东一张，西一望，消磨着他的内心紧张的时间。看他外表的样子，倒像我们在这个大都市中所习见而被称为“某种鱼类”的老太爷；偶尔亲自出门，准备办些东西，回家孝敬他的粘在膝盖上的姨太太一样的悠闲。

他看到那些金碧辉煌的橱窗里，真是一个舶来品的辎重营，许多耀眼的奇光，足够使你衣袋里的几张中国花纸，被吸得自动逃亡出去。

在这个上午十点钟的时候，我们那个大都市中的最优秀的一群，照例，还是一个冬眠状态的时间。因之，这一个贵族化的大商场内，顾客还没有十分上市。霍桑信步走来，前面是一个陈列化妆品的部分，他无意中看到数步之外，一个玻璃柜子，有一个穿西装的人，正自指指点点在和一个柜内的女职员说着话。

第一眼，霍桑看到那个人的背影非常壮健，身上那套西装，裁制得也相当称体。虽然看不见这人的正面；但是，单看背影，可知这人是个很体面的小伙子。

在第二瞬，霍桑感到这人身上所穿的那套西装，其颜色花纹，映进自己的眼内，好像并不是第一次；而此人头上的一丛乌黑而光亮的头发，那梳理的式样，在自己的视网膜上，也有一种熟稔的感觉。

我们这位老绅士的一颗年轻敏感的心，开始有点震动。

桑霍正对这人，加以较密切的注视，恰巧这时候，这个身穿漂亮西装的家伙，偶尔一旋身，却把他的一个侧面的回影，投进了霍桑的视网。在这绝短的一瞥之中，霍桑虽只看到此人一个白皙的面庞而还没有获得一个较清楚的印象，可是只这一瞬之间，霍桑却已看到此人白皙面庞之下，正有一些鲜红耀眼的东西，在他的墨镜大眼睛边缘上，轻轻掠过去。

呵！一条红领带！

哎呀！当前这个家伙，不就是“适间走访，未获畅叙”的“故人”吧？

奇怪！我们这个狭窄的地球，竟会变得这样的狭窄！想着曹操，曹操就到。这未免太巧了！

这一条神秘的红领带，却使霍桑全身的神经，像装上了一座绞盘那样收紧起来！

霍桑的绅士型的步子，因此不由渐渐停滞，那支手杖在地面粘住了。

如果当前这个家伙，正是自己心目中的那个人，他想，那么自己自然应该立刻采取一种适当的动作，再不能让这再度飞来的机会，又从指缝里面漏了去。但是第一点，还需弄弄明白，当前这个人，是否真是自己心目中的那个人？万一弄错，那会闹出笑话来。主要的是，眼前的疑点，不过是一条红领带，而红领带则是很普通的东西，原是人人可用的。

事情看来太凑巧，会不会是自己神经过敏而错认了人？

霍桑这样想时，不禁感到一种踌躇。

这里，霍桑的脑细胞，正自非常紧张，他从大眼镜里再看前面那个家伙，依然若无其事，正把背部向着自己这一边，分明对于四周的一切，表示一种全不在意的样子。一时，看他扬着脸，从身旁掏出一个烟盒，取出了一支烟，又把那只烟盒高举在手，一面把那支烟，在这光亮耀眼的盒盖上，横一舂，竖一舂，舂了好半晌，看样子，似乎准备在这大庭广众之间，把他这个银质的漂亮的盒子，大大夸耀一下子。

那个家伙把纸烟燃上火，仰脸喷了几口烟，一面依旧指指点点，在和柜子里的女职员谈着话。只见那个女职员，从玻璃柜里取出一盒化妆品，递进这家伙的手内。这化妆品的盒盖上，装有一片镜子。这穿西装的家伙，把这盒子的镜子，高高凑近他的脸部。只顾左一侧，右一侧，反复照着他的脸，很像一个四十岁的“少女”，准备从她的皱纹与雀斑之间，用心找出一个动人的美点来。

背后数步以外的霍桑，从墨晶的眼镜里睁圆着眼，心里在想：朋友，如果你就是那个“侠盗”，停一停，我要在你的白皙的脸上，替你涂上一些胭脂。让你格外漂亮些，请你等着！

霍桑正在转念，只见前面的家伙，已放下那盒化妆品，向柜子里的女职员摇摇头，便离开柜边，而向前面缓步走过去。

霍桑不敢怠慢，急忙挥动手杖，暗暗尾随过来。一面，他把他的两片大眼镜，像两座探照灯那样的紧射在前方那架来历不明的飞机上。

前面正是登楼的所在，恰有一架电梯自上而下，梯门开处，像打翻一个衣箱那样倒出一大群人来。一看前面那个家伙，捏熄了手中的半橛纸烟，向地下一抛，好像准备从人堆里挤上前去，而踏上这一架将要上升的电梯。

霍桑觉得情势不妙，不禁焦躁地想：好啊！昨天你的戏法，表演得很不错，是否今天还要连一连？

想起隔日电梯中的情形，这使霍桑感到非常愤怒。依照他的意思，恨不能立刻抢前一步，把这西装家伙的肩膀扳过来，而向他说：“喂！木偶先生，你为什么不在你的成衣店里跳广告舞，而在外随意乱跑？不行！让我把你送回你的玻璃窗，跟我走！”

霍桑心里虽然这样想，但事实上他并不能这样做。原因是，他是一员私家侦探，身旁没有一纸正式的逮捕状，他不能随便逮捕人。而主要的是，截至眼前为止，他还没有辨认清楚，当前这个穿西装的家伙，毕竟是不是他心目中所拟议的人？虽然前面这个人。胸前拖着一条可疑的红领带，但在事情还没有弄得更清楚更确定之前，他不能轻举妄动，以致在生命史上造成一个“开汽水”的事件。

霍桑正在踌躇，只见前面的家伙，只在电梯前的一小堆人群里面，转了一个身，并没有踏进这电梯。接着，看他悠悠然，把双手向裤袋里一插，口中吹着哨子，又向第二个铺面中走去。

霍桑摸摸伪装的胡子，也从后面跟过来。

霍桑的主意，很想超前一步，抢在这家伙的前面，把这家伙的面目辨认一下，但是他没有这个机会。原因是：奇怪！前面这个家伙，他好像具有一个妖怪一样的心灵；这里霍桑的步子走得慢，这家伙的步子也走得慢，霍桑的步子，偶尔加紧了一些，这家伙的步子，立刻也好像加紧了些！而主要的是，霍桑的脸上，却还套着那个讨厌的假面具，在这众目昭彰的环境之下，他必须保持他的身份，而不能丧失他绅士的架子。因之，他虽预备这样做，而事实上却还不允许他自由地这样做。

他只能怀着一种盗贼那样的心理，依旧偷偷摸摸，从后面跟过来。（你看，社会上的那些戴着假面具的伪君子，他们的行动是何等的拘束而可怜！）

这时，前面的家伙，又走到了第二个铺面中的电梯之前，只见他的脚步略略停滞了一下，好像准备登楼。但结果，他又放弃了登楼的意图，仍向前面缓缓走过去。

那人踏进了第三个铺面，霍桑也跟着踏进了第三个铺面。

双方一前一后，依旧保持着一个不即不离的短距离。

可恶之至！那人好像有意在跟上了年纪的霍桑开玩笑；只见他在这个五光十色的大商场中，东边一看，西边一张，只管兜着无尽的圈子。一种悠闲的姿态，好像告诉人家：他的衣袋里，有的是大量的时间，因此，他已准备把这一个残余的上午，毫不吝惜地消耗去。他这态度，却使背后的临时保镖者，完全弄不清楚，他在玩着何等的把戏？而在霍桑呢，正握着一个讨厌的算题，在算题没有获得解答之前，无可奈何，只能奉陪着他，暂作一次卫生散步的。

正当霍桑感到焦灼的时候，只见那个家伙，忽又走到这第三个铺面的电梯前。这里的电梯，却是直达旅馆部分的电梯。这一次，那人似已决定主意准备登楼，因此，他在梯门之前，却已停止了他的可恶的散步。

霍桑乘这机会，也向电梯这边走过来。

二人同时抬眼，望望电梯上的升降针，只见指针停在七字上，表示那架活动的龙，正悬挂在七层楼。

那人向霍桑看看，他的全无表情的脸，立刻偏了过去，好像他把身旁的霍桑只当一片稀薄的空气，全不在他高贵的眼睛里。霍桑也向那人看看，他的紧张的视线，却在那人的侧影上，画了一个问句的符号。

这电铃的声响，立刻响进了霍桑的心坎！

为什么呢？原来，在此人旋转头来掀电铃的一刹那，霍桑却已看清，此人的左耳，贴有一块橡皮膏！第二瞬间，感觉此人的面貌，在自己眼内，很有一种亲切的感觉。他的脸竟和今天所见的木偶，越看越相像——说得神奇点，如果不是那个木偶的塑匠有心依照了此人的面貌而塑成方才那个木偶，那一定是上帝有心依照那个木偶的面貌而特制成眼前这个家伙。

这不是我们的侠盗先生，他是谁？

在这紧张的瞬间，霍桑的眼内在喷火。还好，他是戴着黑眼镜的，还不至于让别人看到他的无端的"失慎"。可是，在这时候，他身旁的木偶，却正取出一支烟，悠然燃了起来。一面，看他洋洋然，正把一些轻飘的烟圈，徐徐吐在空气里。

这些烟圈在霍桑眼内幻成许多疑问的符号，疑问中的个，是：

这个可恶的东西，到底对于自己认识不认识？

说他认识吧，为什么他的态度，却还如此的安闲？

说他不认识吧，昨夜电梯里的演出，难道竟是偶然的？

不管你认识不认识，无论如何，今天总不能让你再在电梯里变戏法！

霍桑的心思在疾转，电梯上的指针在转动时，他的鼻孔里面，忽然送来了一股很浓烈的香味。——这是一种上品香水的气息，是龙涎呢，还是麝香？是茉莉呢，还是芝兰？虽然他的一向保持严肃的鼻子。无法提供较准确的说明。但有一点，他可以确定：这种香味的发源地，却正在身旁这个漂亮木偶的身体上。

指针由七移到六，霍桑偷看这木偶，只见他一手拈着纸烟，一手插在裤袋里，摇摆着身子，旋转着脚跟，表演了许多动人的小镜头，表示他的塞满木屑的脑壳之中，对于人世间的一切，绝无半点可牵挂的事情。

霍桑想：朋友，你不要太写意，我要把一方新的手帕借给你，停一停，让你可以抹抹香汗！

指针由六移到五，木偶的脸上，依然带有一种鹅绒那样的松懈。他把那支纸烟，轻轻弹掉一点灰。

这里霍桑暗自筹划：在眼前这种特殊的情势之下，用什么方法，才可以把自己的手指，较合法地拍到这个木偶的肩尖上。

指针由五移到四，——在四字上，这指针“立正”、“稍息”了好半晌。只见这木偶无可无不可地再度又按了一下铃，好像表示他的安闲而又不耐烦。

这里霍桑在想：你到三楼，还是到六楼？

这时指针已由四字移到三字。只听木偶嘴里，又在轻轻地吹着口哨，他的调子，吹得相当动听。

这里霍桑却已打定主意：必要的时候，他将暂时放弃法律的拘束，而采取一种“尚方宝剑先斩后奏”的有效方法。这样想时，他的心里，不禁感到一种猫儿捕获鼠子的愉快。但是，至少在暂时，他还不想就把他的猫爪，马上扑到这头小鼠的身上。因为，他还想看看这头可恶的小鼠，在这种尴尬的情形下，究竟还有什么伎俩可以施出来。

霍桑想念时，电梯上的升降针由三，而二，而一，表示梯子已经降落到地面。一看那个木头雕成的脸面，依然丝毫没有表情。

梯门开处，里面有一小队“很有闲”的人物，“很匆忙”地向霍桑身前冲过来。就在这个时候，蓦地！我们那个木偶，忽而做出一个闪电的行动，冷不防开足机器，旋转身躯，向盘梯那边举步就走！他的步子，显得非常轻捷，但在轻捷之中，却已透露一种慌张，而不复再是即刻散步时的那种悠闲的样子。

这个突然的转变，分明表示我们这位木偶先生，已在“弯转鼻尖”，而作“战略上的安全撤退”！在这刹那间，霍桑的脑内，好像被抛进了一颗照明弹！他立刻敏捷地想到：方才这可恶的东西，曾背对着自己，把一个雪亮的烟盒拿在手里舂纸烟，他又高举一个化妆盒，效学少奶奶的照镜子，这使霍桑陡然想起：在最近流行的侦探影片上，每每有些侦探或坏蛋们，常把一种发光的东西，反映身后的情形，而不让身后的人物看出来。由此，可知这个家伙，他对自己的追踪，老早就已觉察。他的外表的态度，装作不知觉；实际他分明正在策划，用什么方法才能做“缩短阵线”的企图。事情原是很明显，但是差一点，自己几乎要上当！

不过，眼前却还没有上当咧！

霍桑想时，那个木偶已在梯级上面跨上了好多级，而将达于这盘梯的转弯处。霍桑急忙撩起袍角，不顾一切，慌忙也在盘梯上面跟上来。——前面的香雾，还在他的鼻孔中飘拂。

他想：现在只要视线看得到，我不怕你会逃进“四度空间”去！

咯咯咯！那个木偶匆匆踏上了第一层楼。霍桑也匆匆追上第一层楼。两人之间，依旧保持一组梯级的短距离。背后两架墨晶的探照灯，捉住前方那架敌机不放松。

咯咯咯！那个木偶头也不回，绕着梯子直上第二层。背后的霍桑，挥动手杖追上第二层。一看前面的木偶，步子跨得格外迅速，霍桑盯住他的背部而在想：看你今天还有什么新的戏法变出来？

咯咯咯！木偶直上三层楼，霍桑也直上三层楼。

这时，在这宽敞的大厦里，却已展开一个小小奇观，你看，一前一后的两匹骏马，仿佛把这螺旋形的梯子，当作了一条跑道，而在举行一个春季的香槟赛。

在将要达到三层梯的梯顶时，那个木偶，曾急骤地旋转头来，向后面楼梯转角处的霍桑，匆匆溜了一眼。立刻他又收转视线，向上直奔。他的脚步，虽在步步加紧，而他的态度，似乎还想保持冷静，为要努力表示他的镇定起见，只听他的嘴里，还在嘘嘘地，不断吹着哨子。霍桑仰视着他的背部，不禁翘起胡子而冷笑。等等，请你不要哭！

想念之间，前面那个家伙，已经跳上第四层梯的梯级。在这第四层楼的梯级上，那家伙的步子跨得更大，差不多每一举足，一跃就是三四级。这木偶的机器开得快，霍桑的步子不得不随之而加快。但是，前面的木偶，穿的是西装，后面的绅士，穿的是长袍，以旧式的国产和摩登的洋货相比赛，不问可知，后者却要遭遇必然性的失败，稍不留神，霍桑的袍角让他自己的足尖践踏了一下。我们的老绅士，身子一晃，险些立刻落伍。比及站稳步子，只见那个木偶，已在梯顶的转角处，越出了他的视线网。但是他还听得咯咯的皮鞋声，与嘘嘘的吹唇声，在他头顶上放送下来。

因为那个木偶的背影，已经越出监视线，这使霍桑的内心，不禁格外紧张！他暗喊：不要让这可恶的东西，又在楼梯上面表演“土遁”！

一面想，一面他以费长房的姿态，一步三跳，随着那个足声追上去。

在他还没有到达梯顶的时候，忽有一个崭新的局势，突然又发生在我们这个木偶戏的舞台上了。

在一阵骤雨那样的脚步声中，迎面急有一人，声势洶洶地自上而下，双手叉住腰，像一座宝塔一样，挡住了霍桑的步子！哈哈！昨夜的老调子，又来奏演了！霍桑举起骇怒的视线，一看，出乎意外的，那人不是别人，正是那个木偶，不知为什么？他又自动奔回来。

只见那张木偶的脸面上，好像新包一层铁，铁铮铮地望着霍桑说："先生，让我看看我们的账!"

这新奇的局势给予了霍桑一个十足的呆怔。

只见那个木偶随着霍桑的呆怔而冷笑说："我们没有账吗？那你为什么紧紧跟着我?"

第六幕　伸手拍到木偶肩膀上

这一个尖锐化的反攻，完全出于不意；譬如一个平淡的调子，突然跳到了几个高亢的音节，却使霍桑在最初两秒钟内，未免感到愕然。但是，霍桑毕竟不是一个脑力迟钝的人，略一定神。他的回答的句子，已随着他的眼角中的冷笑而有了结构。

他预备冷峭地回答这木偶："朋友，你要看账吗？好，你跟我走!"

他想这样说而还没有这样说出。

忽而，有一种非常困扰的神气，充满于他的两眼。他仰脸向这木偶，投送了更紧张的一眼，突然他像发疯一样，举起手杖的弯柄，向这木偶的脸上，像一个闪电那样袭击过去。木偶为了要躲避他的手杖，高个子不禁向梯边一闪，就在这木偶身子一闪的瞬间，霍桑收回手杖，提一个冷错，擦过那高个子而像飞一般地抢出一条路来向上就奔，他一口气绝不停滞地直奔到了六层楼上。

在六层楼上，霍桑曾喘息他略停他的步子而凝想了一下；这凝想至多不过费了一秒钟，立刻，他又拖着手杖，一口气重新又奔回三层楼!

原来，霍桑起先以为那个从楼上面奔回来而拦住他去路的，就是先前那个木偶。因为，这人和木偶，身材也一样，头发也一种，所穿的西装，颜色与花纹也一样，骤眼一看，甚至面貌的轮廓，也好像一样，但是眼前仔细一看，他立刻感到，这一个半路退回来的人，在他眼内，却已幻成了一个庞大的问句符号，第一点，这里似乎有些面貌上的差距哩！至少，后者的面色，比前者黑，远不及前者漂亮。第二点，后者的领带，虽然也是红色，但已红得近于紫，这并不是先前所见的领带。第三点，最重要的是后者的左耳上，并没有贴上一片橡皮膏；缺少一个主要的标记，一望而知这是一张假钞票。

总之，当前拦路的这个家伙，和自己所追踪的木偶，霎时也换了一个人。不用说了，这戏法的变出，就在自己踏住衣角，脚步略为停顿而失落去前面的背影的刹那间。——总之，他又上当了！

事情非常明显，那个木偶见自己紧追不舍，心里相当地慌。他一路绕梯上楼，一路是在计划“解脱运动”。料想他在这一座商场而兼旅馆的大厦之中，一定预伏若干党羽；——那些羽党们，有的穿着和他相同的服饰。——以便在各种不同的形势之下，随时予以支援。因之，他一路上楼，一路还在吹哨子，这是他的呼援的信号。

那座“梯形阵地”上的“弹性战略”的真相，原不过如此而已。

事情岂非很明显？

当时，他即看破这个诡计，所以绝不踌躇，立刻放弃那个挡路的家伙，一口气直追上六层楼，但是，即到六层楼上，他又立刻想起：那个可恶的木偶，一定不会抄袭隔夜的旧文章，而让自己一猜就着。他一定是在别一层楼上躲了起来，最可能的地点是三层楼。因为，他所准备“亲自领走”的那幅画，是在三层楼上。

事前，他曾假定：那个可恶的木偶，不想真的“领走”那幅画吧，如果真想“领走”那幅画，料想他在三百四十九号邻近，必然没有临时的巢穴，以便随时相机行事。这样的假定，颇有相当的可能性。

这是霍桑从六层楼上重新地奔回三层楼的理由。

不过，在楼梯上面奔驰的时候，霍桑的假定，还不过是假定而已。可是，一奔到三层楼上，他的假定，立刻竟已成了确定的事实。

在三层楼旅馆部分的甬道里，霍桑的脚尖，还没有站稳，忽有一个重要的“线索”，立刻牵住了他的鼻子。——那是一种非常浓烈的香味，只管在他的假胡子边掠过来。这香味送到他的鼻子边，很有一种亲切的感觉。说得清楚些，这是即刻他在电梯之前闻到的香味，再说得清楚些，这是那个漂亮木偶身上所留下的气息！

不出所料，那个可恶的东西，竟比自己先一步，到过这条甬道里。

霍桑一面忖度，一面把他的视线，在这甬道各个角度里，迅速搜索过来。只见，距离自己不多几步外的一个门口里，——那是三百〇九号的房间。——

正有一个西装的背影，在轻轻推开房门走进去。不错，那个背影，正是最初所见的熟悉的背影；而且，那人的头发，也是最初所见的熟悉的头发。

当霍桑目送那个精密的背影轻轻推进那扇门时，甬道里的浓烈的香味，还在一阵阵地飘浮。这时，霍桑所受到的刺激，却还不止于此，他一面眼见这个木偶，鬼祟地掩入这个三百〇九号；一面，他还看见这木偶的肋下，挟着一个细长的纸包，样子可能是一幅画！

霍桑的一颗心，加紧地震动起来。

这一个细长的纸包，几乎迫使霍桑，准备旋转身子，飞速奔回三百四十九号去看看：那边有没有发生什么事？

紧接着他的转念：发生事情，算来决没有这样快。

然而无论如何，他有回去看看的必要。

可是这里三百〇九号，和那边三百四十九号，距离相当远；在这一个太紧张的时间中，至少两者相差，好像有从上海到南京那样的一段路程！顾了那边，就要放弃这边；而顾了这边，又放心不下那边。这时霍桑的心里，真懊悔没有把他的那个随身的“包裹”带出来。

在几秒钟的踌躇以后，他已决定主意，暂时放弃三百四十九号，而专注这三百〇九号的数字。——此时他有一种有趣的心理。必要的话，他简直宁可牺牲那幅画，而非要把他的指尖，拍在那个可恶的木偶肩膀上不可！

主见已定，他一面在计划：用什么方式，走进这间三百〇九号的房间中去。

就这样一无准备的直闯进去吗？那似乎不大好。

踌躇之顷，一盼望见这三百〇九号的斜对面，那里是一个“堂口”，壁上装有电话机。如果在这里打电话，歪转眼梢，很可以监视这三百〇九号门口的动静。于是，他急急走向这架电话机前，用最敏捷的方式，摇出了一个电话。

在电话里，他把十句话“节约”成了三句话；他把十个字，缩减成了五个字。他这电话，打给这里该管警区中的一个高级警员，他用隐语报告：那位侠盗先生，现在东方大旅社的三百〇九号房内，赶快签发一纸逮捕状，随派几名得力探员，飞速到来兜捕。顺便，他又请求那个高级警员，转摇一个电话给包朗，让他随后就来。庶几在“以策万全”的情况之下，建立必胜的形势。

打完电话，他舒了一口气。摸摸胡子，摇着手杖，却昂然地向三百〇九号的门口踱过来。在门前，他把他的手杖，从右手交到左手，一面伸手到他这蓝缎大袍的衣袋里，暗暗摸索了一下。他的指尖告诉他，那支随身不离的，三二口径的小手枪，正自静静安眠在它的衣袋内。摸过之后，他又低头张望这门上的弹簧锁孔，他准备再从里边的衣袋里，把一件奇形的小玩具掏出来。那件玩具，在社会上许多“徒手窃盗”的眼光中，也许从来没有见识过。那是一种用软钢小锯改造成的小锉刀，式样，大小，略同于一柄指甲锉。许多技术高明的盗贼，用了这种高明的器具，他们能在半分钟的短时间内，轻轻易易，打开一具最精致的“耶尔锁”，全不感到费事！至于霍桑，他的技术，虽不能及上述那种高明的窃贼，但是，如果你能静悄悄地让他使用他的玩具，而不加以打扰，那么，至多也不过耗费一分半钟，他就能够弄开那扇房门，而并不做出一点声息来。

诸位记着：一个“现任”的窃盗，他们弄开一具锁，所需要的时间是半分钟，而一个“捕快贼出身”的所谓侦探，他们弄开一具锁，其所需要的时间，是一分钟以至一分半钟，这是两者之间，比较起来稍微不同的地方。

这里，霍桑摸索着他的“百宝囊”，正待开始他的必要的行动。

在堂口里，有一个白衣服的侍者，望见一个大袍阔服的绅士，站在人家门口，在鬼鬼祟祟，张望那扇门，形迹未免可疑。这侍者不禁缓缓走过来，以一种恭敬的疑问的假色，洋洋然，注视着霍桑的黑眼镜与假胡子。

这里霍桑的地位，毕竟还是一个绅士的地位。以一个绅士而实行窃盗的工作，在最初“登场”的时节，未免有点心理上的“怯场”。这时，他见有人向他注意，他只得乘机抬起视线，向这侍者很严肃地说：“别响！我是一个侦探，在这里有一点公事！停一停，有警探到这里来，你告诉他们：有一位长胡子的先生，已经走进这个房间里。”

他把那支讨厌的手杖，顺便递在这个侍者的手里面补充说：“懂得吗？”

那个侍者在再度看了他一眼之后，急忙肃然接过那支手杖而点点头。

由于这侍者的逗引，不禁使霍桑立刻伸手，轻轻去转那个门球。起先，他以为这门上一定已碰上了斯必灵锁。不料，伸手一旋，方始发觉这门却是虚掩而并没有锁上。在这门球被旋转的一秒钟后，霍桑的身子，却已悄无声息地从这被推开了尺许宽的空隙中踏进了这静悄悄的房间里。在他反手轻掩上这房间时，却看出这间光线晦暗的屋子，窗帘并未提起，中间阒无一人！

跑了！

在第一个空虚失望的意念还没有消灭的瞬间，第二瞬间他已看到这屋子中间的一个小圆桌上，放着一些很触目的东西：第一件，那是一张黄色的牛皮纸；——从这纸张的颜色和蜷曲的样子上，可以看出，这正是即刻在木偶肋下包过细长物件的那张纸！第二件，在这牛皮纸的一边，放着一条擦玻璃工人用的保险带，这种冷门的东西，在一个普通人的眼内，或许并不熟悉。但是在霍桑的眼内，一看就已知道：住在高楼上的人，有了这种东西，就可以从一个窗口里面，跳进另外一个窗口里去。

真的跑了！

但是，如果说这木偶是用了保险带而越窗跳出去的，那么，这一条保险带，如何又会留在这个桌子上呢？

霍桑的眼前，不禁布满了一连串的问题。

正自不解，忽觉方才的那种香味，又在鼻子边一阵阵地飘过来；这香味比之在甬道里闻到的格外浓烈。

为了找寻这香味的来源，霍桑方始发现这一间光线晦暗的房间里，另外还有一间套室的门，也正狭狭地开着一条缝。

霍桑屏住了呼吸，向这套室的门前走过来。同时他的三二口径的小玩具，已经紧握在他的不很干燥的右掌里。

轻轻拨开这套室的门，探进头颅，向里面一看，有一个静悄悄的画面，突然映上了他的惊喜而又紧张的眼膜：只见，靠壁有一个桌子，那个木偶，正自低头坐在这桌子前，好像在写什么东西。一个壮健而漂亮的背影，向着那扇门。

看到这个背影，霍桑敏感的脑内，立刻想起了外面桌子上的保险带。他想：好啊！写好了一点什么东西，马上就好使用那条保险带，算来时间很从容哪！

霍桑想到这里，几乎忍不住想喊：Hallo！good morning！Mr. Puppet！但是，或许他怕他这突然的招呼，会吓掉这木偶的魂灵而唤不回来，因此，他并没有立刻喊出来。

这时候，霍桑还欣赏到这木偶背影上的香味，一阵接一阵，正自更浓烈地刺激着他的鼻官。

霍桑冷笑地想，朋友，你真漂亮！

想时，他已握枪举步，乘这木偶，还没有回头的时候，他已轻轻掩到了这漂亮的背影的后方。

他伸起左手，温和地拍到这木偶的肩膀上！

他以为他已伸手拍到这木偶的肩膀上！

不料！他一伸手，方始觉察他已真的拍到了木偶的肩膀上。

“先生，你感觉到我的话，说得有些模糊吗？我想，你一定明白我的意思的。”

就在这个时候，霍桑手内的枪，却已被人温和地接了过去，同时听到耳边有一个人在温和地说：

“这玩具有点危险，喂！还是先给我！”

第七幕　木偶支付收据

大约过了一刻钟，或许是三十分钟吧？我们这位大袍阔服黑眼镜浓胡子的绅士，他又从这三百〇九号的房间里，施施然地走出来，在将要跨出门口之先，他先把那扇门，开成一条狭缝，向外张了一张，然后踏进甬道，回身锁上了门，意欲举步就走。

斜对面的堂口里，那个白衣服的侍者，他无端接受了那个天上飞下来的命令，正感到满腹狐疑。一时，又见这位神气不很镇静的老绅士，空着手，从这三百〇九号的房间里回身向外，他不禁迎上前去，以一种“戴耳环”的眼色，望着这位老绅士的脸，意思好像要问：“这房间里发生了什么事？”顺便他将那支手杖恭敬地递过来。

老绅士在略一沉吟之下接受了那支手杖。他看了看这侍者的脸，说：“谢谢你，没有什么事情。”

说完，他摇着那支手杖，匆匆地就向甬道的一端走过去。

这侍者仍以疑问的眼光，目送这个庄严而又诡秘的背影，看他渐渐走远，直至于不见。

这老绅士提起相当急骤的步子，走到三百四十九号房间之前，举起一个拳头，雨点似的向这房门上乱敲，一面又用手杖的弯柄帮助他的声势。像这样的敲门，除了报告“邻居失火”以外，平常却很难得遇见，连在甬道走过的闲人，向他看看，也感到了讶异！

三百四十九号中的两位“神经衰弱者”，一直是在表演“盗银壶”。过去若干小时以内，不幸他们已经饱受许多无形的惊恐，记得吗？上一次，大侦探在那位“侠盗”先生手里，接受了许多恐慌；在敲门的时候，承情他把他所接受到的虚惊，分赠了他们许多。不料这一次，那扇倒运的门上，又在演奏“快拍子”，由于门外敲得过急，却迫使那个狐狸脸的苏州家伙，不得不硬着头皮把那扇门，“照例”开成了一条缝。

在门缝里，他看到一簇浓而长的胡子，正在匆匆拥进来。我们这位苏州朋友，一见大侦探的“商标”，方始把他提在手里的一个灵魂，轻轻地放下。

但是，我要劝他慢一点再放下来。

大侦探一进门，他像带来了一阵“海龙卷”的风，他不但把这暴风，带进了屋子，他更把这阵暴风，吹进了室中人的脑壳，看他进得门来，一言不发，只管摇头；那簇假胡子，像京剧中的“丢须”那样在颤动！

在这一间船舱似的小小的屋子里，本来已经“无风三尺浪”，经不起我们的大侦探，又表演出这种“草船借箭”式的“做工”，这使室中的两个人物，格外增加了晕船的状态。

“怎么样？怎么样？”胆小的收藏家，忍不住慌张地这样问道。那张狐狸形的脸上，挂着的同样问句。

“不行！鲁平和他的羽党们，已经密布在这旅馆中。”大侦探说话时的神气，一反平时的镇静。

“那张画，放在这个地点，无论如何不妥当！”他又这样补充，连他的声调，也显然是异样了！

“那——那怎么办？”我们的收藏家，感到手足无措。

“现在，只有一个方法——”大侦探说：“你只能把那张画，让我带回爱文路寓所里，暂时保管一下。”

大侦探在提出他的建议之后，他匆匆握着门球，回头向这收藏家说：“我的汽车在门口，你让‘尊驾’拿着你的画，送到我的汽车里，快一点，别耽搁。”

说完，他不等对方表示同意或异议，拖着手杖，昂昂然，摸摸胡子向门外就走。

于是，我们那幅一代的佛像，就在这种“腾云驾雾”的情况之下，飘飘然地走出了这间三百四十九号的门。

正当三百四十九号房内被暴风吹得鸦飞鹊乱的时候，在这东方大厦的门口，飞驶来了一辆大型汽车，这汽车中载着“大队人马”，其中包括：本区高级警员一员，干练探目两员，以及武装警察四名；这是一种“援军到达前线”的姿态，声势相当浩大！

在这大型汽车将停未停的时候，坐在汽车前坐上的两个探目，在挡风板里，望见前面停着一辆将开未开的紫色小汽车。有一个戴眼镜的大胡子，正撩起他的袍角，在踏进车厢。随后，却有一个面貌瘦削的青年，提着二个狭长的皮箧，匆匆递进车厢中去。

这里的汽车刚自停下，前方的汽车恰好开走。

由于警署里面签发那张逮捕状，似乎耽搁了一点时间，因之，在这大型汽车开到未久以后，我们的年轻的包朗先生，也已飞速赶到，他准备大摇大摆踱进“凯旋门”，而再度喊出他的“最后胜利”的口号。

在这个时候，大楼上的三百四十九号房间里，已造成了一个如何的局面？这里，我不想预先说明，且让诸位看了以后的情形，自己再去猜。

原来，在那位大收藏家，差近他的“尊驾”，把那幅画送进大侦探的汽车之后，他的头正自感到忐忑不定，忽而，他一眼望见桌子上面，留着一信封；这漂亮的信封，带着一点微微的香味，他觉得奇怪，打开信封一看：其中封着两张纸片，其一，是一纸收据，上面写着道：

兹收到唐代吴道子真迹一幅，特支收据为凭。此致
韩祺昌先生

鲁平手笔

其二，是留给包朗的一封信，信的上面写着如后的话句：

贵友霍桑，此刻正逗留于鄙人说辟之三百〇九号室中，以意度之，殆将穷检鄙人之烟尾指印，以供他日研究，知关锦注，特此奉告。

——鲁平

五分钟后，当这二种字迹潦草的文件，映进包朗及余人的视网膜时，那一队人物，完全成了木偶！

第八幕 木偶的家庭

四十八小时以后。

我们这个木偶剧的舞台上，在另外一种背景之下，又展开了另外一个新

的阶段。

这木偶剧的最初发展，是在一个憩坐室内。现在，我们的戏剧，已演到最后两幕，这最后两个较紧张的局面，也是发生在一间小小的憩坐室内。

不过，这两间憩坐室的线条，却有一些不同的地方。

如果说：前面说过的那间憩坐室，具有一种严肃的格调，那么，我们也可以说：后而这一间憩坐室，却有一点浪漫的气息。

总之，这前后两个地点，很可以代表两种个性不同的人物。

这里，笔者并不准备开明一篇家具账。我只想告诉你：在这一个小巧而精致的屋子里，一切的一切，颇能予人以愉快与满意的感觉。这里有几扇窗，面临着一个小小的花园，有一扇门，通连着这间小屋子的另外一部分。

这是一个天气明朗的下午，时间约摸四点半。——关于这一点，请诸位记着。

布景时间，都已说明，这里再来介绍舞台上的角色。

揭幕的时候，在一 Mozart 牌子的大钢琴前，有一个女子，正在弹奏一个激越的调子，一串繁复的旋律，像浪花那样四散在空气里。

这个女子，我们可能称她为少女，也可能称她为少妇。因为，我们在她的年龄上，不能提供一个较准确的估计。但是，看了后面的剧情，我们也许就能给她一个比较适合的称谓。

这女子，具有一个苗条的体态。一双含媚的眼珠，带着一点小孩子的顽劣，也带着一点男性的英爽。她的衣着，并不太华丽，也并不太朴素，她的长长的秀发，并不曾上过“电刑”，被拂在颈后，显露一种天然美。

这憩坐室中的钢琴，刚演奏完半个调子，我们这座小小的舞台上，又有一个新的角色，以一种轻捷的步子，从门口走进来。

这个新上场的角色，身上穿着蓝袍子，黑马褂，全身的姿态，流露一种“文明戏式”的讨人厌的官僚气。诸位观众也许要说：啊！我们认识的，这个角色，不是别人，正是我们那位乔装的大侦探霍桑。不！你们弄错啦！他并不是霍桑，他是另外一个人，请你们再仔细看一看，也请你们仔细想一想，他是谁？

说明书上告诉你们：此人正是那个强盗冒充绅士，小抖乱混充大名人的木偶。木偶登场的时节，并没有戴上那幅讨厌的大眼镜，他的租借来的大胡子，也早已剃去了。——我们的木偶，大约对于异性的心理，相当地熟悉，因之，他常常喜欢剃掉他的长短不同的胡子。

木偶走进来时，那钢琴上的调子，正自弹得激越，木偶听到了音乐，他的机器，开得格外起劲!

“啊! 达令!”他踱到那个苗条的背影后面说，“你的指法真熟，不过，你把你的音键，碰得像麻将牌一样响，这算什么调子哪?

“不懂音乐，请你不要瞎批评。”这女子只注着她的音符，她并不回头。

“那么请教请教好不好?”这改装的年轻木偶，走到那个女子背后，望了望那张摊在琴架上的五线谱这样说。

“这是一支最新流行的爵士，你懂不懂。”这女子伸着细指，继续按着她的音键。

“有没有一个侍者呢?”木偶顽皮地说，“我想，有了爵士，那是应该有一个侍者的。”

“别瞎说!”

“我劝你放弃了这个大呼小叫的爵士，还是弹弹你的什么古典派的调子。好听得多。”

“像你这样的人，配听那种古典派的调子吗?”这女子仍旧没有回头，却朝着她的钢琴撇撇她的红嘴唇。

“我的本身，就是一个古典派的典型，为什么不配听?”这木偶一边说，一边负着手，在这个小小的屋子里，踱着典型的方步。他的脸，是一个文明戏小生的脸，他的姿态，却是一个文明戏老生的姿态。单看他的梳得很漂亮的头发，和他身上所穿的乾隆时代的服装，两者之间，好像相隔一个世纪。

那个弹琴的女子，在节奏略为顿挫的时候，听到了背后的难听的脚步声，她回过头来，向这年轻的木偶看看，她娇嗔地说：“为什么还不把这讨厌的衣服换下来?”

“为什么要换下来? ——这是战利品哪!”木偶得意地语声。

“战利品? 贼赃!”

“贼赃和战利品，有什么分别呢?”木偶说。

“穿着这种衣服，你还以为很有面子咧!”这女子停止她的弹奏。站起身来，以一种调笑的眼色，看着这个木偶说。

“为什么没有面子?”木偶耸耸他的肩膀，温柔地反抗，“生在我们这个可爱的世界上，你若不取一点反叛性的消遣的态度，你能忍受下去吗?”

这女子见这木偶，公然拒绝她的建议，她不禁扭着她的身躯：“我不喜欢看你这种样子，我要你把这衣服换下来。”

说着，她又走向这木偶的高大的个子前，解开他的黑缎马褂上的玛瑙纽扣说："无论如何，达令，我不喜欢看你把这种窃盗招牌高挂在外边！"

木偶轻轻握住她的手，把她推到一个椅子里坐下。他说："慢一点，你听我说。"

他自己也在对方一张小圈椅内坐下来，然后，他以一种顽皮的神情，向这女子问："我真有点不懂，整半个世界的人们都在做窃盗，你并不反对，单单反对我，这是什么理由？"

"整半个世界的人们在做窃盗？我为什么没有看见？"这女子把一种迷惘的眼色，凝注在那张木头的面庞上。

只见对方的木偶，烧上一支烟，吸了几口。他把右边的木腿，懒洋洋地搁到了左边的木腿上，随后，他又说下去："他们当然不会让你看见的。我的好小姐，你听我说：他们天天在实行窃盗的工作，他们却不愿承受盗窃的名义。他们明明知道，做窃盗是快乐的事情，而一面却又嫌"窃盗"两字的名目太难听，这是一个可笑的矛盾！——"

这女子听着他的怪话，暂时没有作声。

只听对方又以一种略带激昂的声吻说下去："总之，那些可爱的人们，做了窃盗，却还没有承认的勇气！而我呢，因为有勇气，所以不妨大张晓论，当众承认我是一个不足齿数的窃盗！"

他摇摇头，不让对方开口他又继续发表他的强盗哲学："我以为一个有勇气的人，总是一个可爱的人，一个可爱的人物所做的事，也总是很有面子的事。——"他用顽皮的神情提出他的结句："而你，为什么常常反对我这有面子的工作呢？"

"偏执狂！"这女子紧皱着她的眉尖，表示不爱听。

"你说偏执狂，这也有点像。"木偶说，"那个科西嘉岛出身的炮兵皇帝，不也是有点偏执狂吗？"

"我不爱听你这伟大的议论，我只要把你这套触眼睛的衣服脱下来。"这女子娇嗔地走过来，准备再度解这木偶的玛瑙纽扣。

木偶急忙摇摇手，阻止对方温柔的攻势，他问："小平呢？"

"看电影去了。"这女子退回她的钢琴的座位，伸手去翻歌谱。

"哪一家？"

"爱普卢。"

"为什么让他跑得那么远，谁陪他去的？"木偶显露关心的样子，吐掉了一口烟，他又问："你不是允许他，在星期三让他去看吗？"

"有汽车接送，有老刘带领，你还急什么？"这女子自顾自按着琴键，做出一种无秩序的叮咚之声响。

就在这个时候，有一个跳跳跃跃的脚步声，随着那钢琴上的声响，在门外跳进来，这脚声表示是一个小孩的步法，这小小的角色还没有登场，一阵爸爸、妈妈的呼声，已先在门外送进来。

进来的那个小孩，跳跃到这女子的身前，把他的细软的头发，在这女子身上摩擦了一下，他又旋转身子，跳跃到这木偶的身前，喊了一声"爸！"。

那个大号木偶，把这"小匹诺丘"，顺势抱到膝上，丢掉了烟尾问："为什么今天又去看电影？"

"今天提早换片子，你没有知道吗？"这"小匹诺丘"以一种天真的眼光，看看那个老木偶，他又摸摸他的脸。

"影戏好看吗？"木偶问。

"交关好看。"小木偶答。说时，他闪动了一下他的小眼珠，他像想起了什么似的说："你说要把那个橱窗里的木人头送给我，为什么不？"

"我一定给你。"木偶慈爱地说。

"几时呢？几时呢？""小匹诺丘"连连地问，一面连连揉擦这木偶的胸膛。

这木偶似乎怕他的木头壳子里的机器，被这"小匹诺丘"弄坏，他急忙捉住他的小手，说："你别闹，现在，你去问你的妈，已替你准备下了什么点心。他把"小匹诺丘"从膝上轻轻放下来。

孩子又跳跃到那女子身前，那女子吻了他一下说："张妈替你留着点心，赶快去吃吧。"

于是，这孩子便又提起他的匹诺丘的步子，跳跃地走出去。

孩子离室以后，那个女子旋转头来，她以一种谴责的眼光，抛上这木偶的脸，她说："孩子还没有上学，你已让他做了一次强盗的助手，这是你的好教育！"

"从一个出色的老强盗的手下，训练出一个出色的小强盗来，这教育并不算坏。"木偶闪闪他的眼珠。

"这是你的高见吗？"这女子在琴键上，叩出一个尖锐的声音。

"你的意思，只想把这孩子，造成一个绅士型。但是，太太——，"木偶摇动他的木腿。"您的意见，根本就错误，你还以为绅士与强盗和流氓，有着多么大的距离吗？”

“孩子是属于我的，无论如何，我不能让他学成你的鬼样。”女子在琴键上，捋出一串 dora—mi—fa—历乱用声音，她把那张椅子，猛然旋过来。

“那也好，但是，太太，将来也许你要懊悔，让这孩子放弃了这一个自由愉快的职业。”

“不用你管！”

女子说到这里，显然真的有点生气，她从钢琴之前站起来，又讽刺似的责问这木偶：“孩子去看一次电影，就说路远路近，不放心。听说那一天，你让他独自一个，留在车马纷纷的马路上，这就很放心！好一个模范的爸爸，别再假惺惺吧！”

木偶幽默地望望他这女伴，却幽默地学舌说：“那也有张妈带领，也有汽车接送，还有许多人。在暗中监护。并且，这事情也早已过去，你还急什么？”

“那一天，不知道你们玩了一些什么把戏？我还完全不知道，我也想向你请教请教咧。”这女子的口气，放和缓了一点。

“小姐，你常常肯虚心请教，这就是你的学问在长进啦。”

木偶听得他的女伴，询问他过去表演的戏剧，他的木头的脸上，顿时增添了许多神情。他的得意的木腿，像开足了发条那样地摇动。他又烧上一支纸烟，悠悠然喷起来。于是，他把如何在那西装成衣店里，预设那个卓别林式的木偶，如何指使小平有心引逗那位大侦探，去参观木头人的跳舞。在当夜他如何让他的部下老孟，扮成第一个木头人的样子，有心送进这位大侦探的眼帘内，让他惊疑不止。他又如何预料，大侦探在第二天上，一定再要专程去拜访那家成衣店，于是，他如何在那玻璃橱窗里，安设了另外一个返老还童的漂亮木头人，同时，他自己又如何扮成第二个漂亮木头人的样子，如何再度有心送进那位大侦探的惊奇的眼光里。连下来他自己又如何在那大商场中，有心兜着圈子，有心露着惊慌，有心让这大侦探来追踪。再连下来，他如何又用了种种方法，让这大侦探安心不疑，一直追进三百〇九号的房间，竟会伸出他的手指，愉快地拍到了一个不装机械的真木头人的肩膀上。最后，他一直说到，自己那时候，如何在一口大衣橱的边上轻轻走出来，如何用很温和的方法，缴下了那位大侦探的械！

这木偶一口气背诵着他的得意杰作，他越说越感到起劲，得意的唾沫，飞溅满他的木脸。连着他又作如下的补充：“我这一个杰作，喂！小姐，请你批评，指教，你有什么感想？”

但是，他又不让对方提出意见，他自己就接下去说："总而言之，我这一个战略，是抄袭'定军山'里老黄忠所用的陈旧的战略，我的方法只是杀一阵，败一阵，杀一阵，败一阵，敌人处处坚信我在'弯转鼻尖'，在'短缩战线'，在'移转阵地'，在实行'有计划的安全撤退'，务要使他坚信不疑，然后出其不意，展开我的闪电式反攻，让敌人好中我的'拖刀计'!"

那个女子听到这里，忍不住嫣然失笑。但是她说："我听说那个大侦探，他是化过装的，最初，你们怎样能够认识他的面目呢?"

"大侦探的化装，的确非常神妙！但是不幸，有一位近代的宣传家，在他门口，高喊'最后胜利'的口号，于是他的战略上的伪装，完全失却了效用。"

"你让小平在半路上，守候那位大侦探，万一他并不步行而来呢?"

那么，我们预伏在他门口的第五纵队，将要婉转请求他，乘坐预等在他门口的人力车，而把他拉到我们所预定的地点来。"

"万一，他虽步行而并不向那条路上走来呢?"

"那么，我们的第五纵队，自然另有方法，劝他接受我们的要求。"

"万一，那位大侦探，完全不踏进你们的预订计划呢?"

"那么，——"木偶顿了顿说："那么，我们这个预订计划，算是完全失败啦。——但是，你必须知道，我们的计策，当然是不止只有一个，是不是?"

"照你这样说来，你这计划，可算是十面埋伏，面面俱到了。"这女子以一半赞美一半讥刺的眼光，看着这个木偶，她说："你这大作，结构，布局，都很缜密，如果你一旦放弃了你的'自由职业'，你倒很有做成一个所谓'有天才的'高贵的侦探小说家的可能哪。"

"感谢你的赞赏!"木偶说。"但是，我真不明白，你为什么要把这种最下贱的职业来抬举我。"

"把文人的比喻来抬举你，你还说是下贱吗?"

"一个文人的三个月的收入，不能让舞女换一双袜！你看，这是一个高贵的职业吗?"木偶冷峭地回答："如果我有一天，我不能再维持我这愉快而光荣的业务，我宁可让你到舞场里去'候教'，我也不能接受文人的职业!"

"你不懂得'清高'，无论如何，这是大作家啊!"

"大作家！哼!"木偶耸耸他的木肩说，"在蔬菜市的磅秤上，我还不曾看见这种东西啊!"

这里，这木偶和他的女伴，斗着这种消遣性的口舌，谈话至此，碰住了牛角尖，却已没有方法再进行。一时，这女子走近木偶的身前，温柔地伸出双手，握着这木偶的肩膀，她又把她的话题，拉回到最初的方向，她说："达令，我们不要再多说废话，来，让我把你这难看的衣服换下来。"

木偶再度以弹性的防御，微笑着躲避对方的行动，他说："我请求你，再宽容二十四小时的时间，我将自动地向你竖降旗。"

"真奇怪！穿上这种衣服，会有什么舒服呢？万一被人家看见，——这女子皱皱眉，露出担忧的样子，她并没有说完她的话。

"你的忧愁是多余的。"木偶显示满面的骄傲，他高声说，"我相信全上海的警探，即使把地球翻过来，他们也无法找到我！"

木偶说时，他像忽然想起了一件什么事情，他抛掉烟，兴奋地站起来，急步走到墙壁间去，要看那个日历，他锐声唤喊："啊！我忘了！今天是星期一，正是那古画展览会的揭幕的日子哪！"

那个女子，不明白这木偶的呼喊的原因，她以含媚的眼珠，向他投射着疑问。

只听这木偶继续兴奋地呼喊："霍先生，你为什么还不来，我真惦记你！"

"如果你能马上就来，那我马上就可以把那张画，双手奉还给你！"他又这样兴奋而骄傲地说，"但是，如果你再不来，等我的手指，触及这一页残余的日历，我很害怕，你的光荣的名誉，恐怕就要受到损害了！"

"哎！你为什么还不来？你为什么还没有来？"

这木偶似乎并不吝惜汽油，只管开足了他的机器而这样高喊！

"喂！先生！你凭什么理由，会断定我还没有来呢？"

当这木偶刚要伸手触及那页残余的日历时，一个破空而来的语声，正自严冷地从这憩坐室的某一个角度方面传送过来！

第九幕　木偶向对方致敬

这一个飞来的语声，好像在木偶耳边，抛了一个炸弹。

他慌忙旋转身来，向那面临花圃的窗外一看，只见花圃里面，有几丛娇艳的小花，正在向他浅笑，里面并无人影。

他再急剧地回眸，向门外一看，只见门口里面，有两位陌生的来宾，正自带着一种严肃的微笑，冷静地站在那里。

在这最短促的瞬间，室中的一男一女，完全感到呆怔！这虽是绝短的几秒钟，可是在这木偶的感觉中，好像经过了一世纪的时间。

这里在这两位来宾身上，加上“陌生”两个字样，好像有点错误。其实，他们在读者眼内，完全都是熟人。这时，从那女子的目光中看出来，只见前面的那个人，穿着一套米色而带条子纹的薄花呢西装；这西装具有笔挺的线条，看去好像刚从剪刀口里逃出来。他的头发，梳得像打蜡地板一样光，有一阵扑鼻的香气，不知从他头上，还是从他身上，正由空气传送过来。而主要一点是：此人的胸前，赫然抱着一条鲜明的红领带。

于是读者要说：我们的确认识这个人，他不是别人，他正是高据在漂亮玻璃窗里面致力于宣传工作的那个返老还童的木偶！

但是，你们又弄错了！

我们的木偶，不是穿着大袍阔服，正在室内谈话吗？如何会有第二个木偶，又从门外走进来！

并且，这位不速的来宾，他和那张木偶的照片还有一点小小的不同：此人的脸上，架着一副新式太阳眼镜；一双锐利的眼珠，在黑玻璃中闪着光，显出一种很机警的样子。

再看第二个人，身上穿的也是西装，但是后者所穿的一套，远不及前者漂亮。有一点是相同的。这二位来宾，年龄都是一样的轻，全是二十左右英俊的小伙子。加上室内的木偶，于是我们的戏台上，一共有了三个年龄相等的男角。

这两位一前一后的静悄悄地站在门口的来宾，手内各以极温和的姿势，执着一只小口径手枪！

枪口的路线，不经意地对着木偶的胸膛！

这黑色的小玩具，却使我们这出富于滑稽性的戏剧，增加了一点严厉的空气！

室内的木偶，看到这个局势，在最初一秒钟内，他已了解他们所处的地位。如果说，我们的木偶，对于他的“光荣的职业”，一向感觉很愉快。那么，在眼前的一刹那间，至少在一万分的愉快之中却已感到一分二分的不愉快！因之，他的毫无表情的脸上，顿时泛出了一重灰白；同时他的“非绅士式”的神气，也立刻反映到了他女伴的脸上。

但是第二瞬间，他的神情已由惊慌一变而为困惑，他不禁下意识地低声呼唤：

“呀！霍先生！”

“不错，是我！承蒙记念，感激得很！”来宾中的第一个人，这样悄然回答。

当这简短而带紧张性的谈话在进行时，我们的木偶获得了一个舒气的机会，脸上的木质纤维，好像松弛了一点，因之，他的神气，渐渐又恢复镇静；同时在镇静之中，也渐渐恢复了他固有的顽皮。

他以外交家的礼貌，嬉笑地向这二位来宾摆手，好像招待亲友一样，做出不胜欢迎的样子。——诸位当然记得：他的身上，是穿着这种“闻人们”在“证婚”、“捐募”时所穿的礼服，加上他的“做工”，又是文明戏式的“做工”，你们不难想象：此时他的状貌，却是如何的滑稽。

“啊，霍先生，包先生，——”他微微鞠躬而欢呼，“真想不到，二位会光临！”

他一面说，一面又摆手，招待这两位来宾。请进屋子里来。

二位来宾的原意，准备“隆重登场”，表演一种庄严的戏剧。意外的，对方这个配角，却完全给予他们一个小丑式的配合，这使全剧的格调，未免受到破坏。于是“前方”的霍桑，不禁从黑玻璃中歪过眼梢，望望他左站的左一条线上的伙伴，意思好像说：“进去，难道我们还怕他！”“后方”的包朗，把视线掠过霍桑的枪口而向自己的手枪看了一眼，他好像回答霍桑：“但是，我们必须留心！”二人交换过一种微妙的接触之后，方始昂昂然，挺胸走入室内。他们在屋子中心一只桃花心木的漂亮的小圆桌前，停住了他们的凝重的步子。

两支手枪，依然准备地指着原来的方向！

这时，舞台上的三个男角，只听到木偶一人的独白。他在欢欣地高喊：“来人，赶快泡好茶，赶快把最上等的纸烟拿进来！”

他虽喊得这样有劲，可是那静悄悄的空气，似乎有点懒惰，似乎并不曾传达他的命令。

他又指着二位贵宾，向他的女伴介绍：“这是我们中国唯一的私家大侦探霍桑先生，这一位是包朗先生，想必你对二位的光临，一定极表欢迎的。”

他这有礼貌的介绍，事实上，那个女子却已像一只吓呆的小鸟，完全没有听得他在叫嚷些什么。

当这木偶独自乱嚷的时候，那二位执着手枪而站在外交席上的客气的贵宾，他们依然站在那里，并没有坐下来。

于是我们的木偶，他又顽皮地说："我知道这二位先生，一向很欢喜看外国电影的，在外国的侦探片中，有些混蛋们，喜欢在家具上面，玩上一些机关之类的东西，这真是愚蠢不过的玩意，我却讨厌这种事。"

霍桑脱下了他太阳眼镜，向袋里一塞。他以凶锐的眼光，向这木偶刺了一眼，他说："先生，你也不要太高兴！我们真要坐下来，和你谈谈哩！"

说完，他在木偶特地为他拉开的一张椅子里面，静静地坐下来。

包朗向霍桑看看，意思好像说："为什么不干脆办我们的事？难道还要和这混蛋打一会 Bridge 再走吗？"他虽这样暗想，但是，他也局促地靠着这圆桌坐下。

两支手枪，依然保持紧张的姿势；其中包朗的一支，枪口略略带偏，有意无意指着木偶身后的女子。这时，那个女子，却已默然退坐在室隅的一张沙发里面。她的眼珠，完全丧失了原有的活泼。她对包朗那支手枪，看得满不在乎；但是，她却十分关心着霍桑那支枪口的路线。

当时我们的木偶，他也面对着霍桑坐下来。他暂时停止了他的道白，只向霍桑打量。也许，他的木头的胸膛里，是在找寻一个计划，准备解除这尴尬的局势。

于是霍桑找到一个发言的机会，他说："先生，你为什么只顾看着我？是不是在怪我，误穿了你的新衣。"

"决不！决不！"木偶笑笑说。

"你自然也不能怪我，因为，你把我的漂亮的衣服穿走了。"霍桑冷静地这样说。

"那天在三百〇九号里，非常简慢，要请霍先生原谅！"木偶说，"我想霍先生在我走后，一定到过那家成衣店里去找过我。失于招待，抱歉之至！"

"我们当然知道，在一个拆毁了的笼子里，决不能找到一只走失了的猢狲。但是，我们不妨再去看看，也许可以——"

"——找到一个线索，是不是？"木偶接口，"不知道霍先生亲自钻进我们的笼子，获得什么结果没有。"

"结果！你自己当然知道的！不过，我还得要谢谢那位马路上的小朋友。——他是你的令郎吧？"

"为什么？"

"感谢那位小朋友，把尊寓的地点告诉我，让我好来拜访。"

"什么？他把地点告诉你！"木偶几乎要跳起来。

沙发上的女子睁大了眼！

这里默默无语的包朗，同样凝眸望着霍桑，似乎他也不很明白，这是怎么一回事？

只听得霍桑说道："世上的事情，也许真的有些因果律：你让你那位小同盟者，替你造成了一次胜利；然而你也让他替你造成了一次失败。你感觉到我所说的话有些奇怪吗？——要不要让我把细情告诉你？"

"请教！"木偶的眼珠充满了惊奇。

"那一天，承蒙那位小朋友，在半路上，招待我们去参观你的照片，结果，我是大大地上了一次当！"霍桑以一种得意的神色，开始叙述他的失败史。

木偶脸上，露着一点抱歉的微笑。

"在事后，我当然已看破了那个西洋镜的内容。"霍桑继续说："第一点，我觉得那小孩子的眼神，和你很有点相像。因此我的第一个假定：就假定那个孩子，他是你的令郎。——我的假定对不对？"

霍桑说时，顺便以一个抛物线的眼光，抛向木偶背后的沙发上，只见那个女子，双眉皱得很紧，对于木偶的背影，显露一种幽怨的神情。

"很聪明！"木偶看看霍桑，赞美地说。

"第二点，事后我又想起了那个孩子所诉说的几句话。"霍桑连着说下去，"记得他说：那个橱窗里的木头人，很像一本影片中的坏蛋。他还说：那张片子分为上下集，在星期三要换片子，他就要去看。我从这孩子天真的谈话里面，发现了他的爱看电影的习惯。"

木偶很注意地倾听他的下文。

"那个孩子还告诉我：电影里的坏蛋，已经上当跌进了水牢。不错，在他的小小的心目中，那个坏蛋，的确已经跌进一个很巧妙地水牢了。——那是你先生的教育的成果呀！"霍桑耸耸肩膀，得意地补充。

"请说下去。"木偶说。

"事后我推想：那个可爱的孩子，虽因你的主使，让我去参观了一下橱窗里的把戏，但是我想，他所告诉我的关于看电影的话，你却并没有指导他的必要，那当然是真话。——我很喜欢这个孩子，我喜欢他的天真。"

"以后怎么样？"木偶紧张地追问。

"以后吗？"霍桑故意慢吞吞地，"我就依着这个线索，亲自去打听："最近在那一家戏院所映的片子里，有一个坏蛋，和站在橱窗里的家伙有点像，还有那张片子，是不是分为上下集？是不是要在星期三换片子？结果，我在一家电影院里，果然找到了我所要找的答案；那就是爱普卢。这种探问当然很不费事。这倒并不像你制造你的杰作那样，是要耗费许多气力的!”

木偶听到这里，不禁略略旋转他的木制的头脑，向他女伴看了一眼，他听对方的大侦探，继续把他的得意事件背下去：“于是，我就专程去到爱普卢的门前，守候我们的小朋友。我这样想，运气好些，说不定还可以在那边遇见你。主要的是，我要感谢那家电影院的经理，他居然允许我，提早一些换片子，这使我的守候功夫，算没有白费。否则，你也正在惦念我，岂不要重劳你的盼望?”

霍桑越说越觉得意，因为得意，他不禁想起了他得意的恩物——白金龙。他伸手到租借来的衣袋里，摸到了他的烟匣。他用单手取出了一支纸烟。但是，他的另外一只手，还没下憩坐室，对于取火的工作，似乎感到不便。于是，木偶乘机就把小圆桌上的一个火柴架子拿起来，擦一支火柴，恭敬地代霍桑燃上了火。在这个时候，包朗的眼色，格外增加紧张，他在密切监视那个不稳当的家伙，不要让他做出什么不稳当的行动来！一面，他用一种微妙的眼色，也在警告他的“并肩作战”的同伙，好像在提示他：千万不可太大意!

这里霍桑已经坦然喷掉几口烟。他倒并不十分注意他同伴的警告。他自管自在提出他的得意的结论：“先生，你看我的方法，没有出于你的意外吧?”

“真是意想不到的神妙!”木偶不禁这样呼喊。他的神气的确表示衷心的悦服。这时，如果不是看到对方的双手都没有空，他几乎要隔着桌子伸出手去，和对方紧握一下而表示他的钦佩！但是，他虽没有握手，他却还在欢呼。“霍先生，你太聪明了！我相信，即使我们的福尔摩斯先生，从防空壕里钻出来，一定也要向你表示钦佩了!”

第十幕　木偶的焦土政策

于是我们这个小小的舞台上，显示了一个相当微妙的局势：

木偶和霍桑，越谈越见接近。二人之间，差不多完全建树了一种友好的精神。如果没有两柄黑色的玩具，从中在作祟，几乎使人家误认这是一对最知己的朋友，正在举行一个星期下午的闲谈。但是，也许他们间的关系，正靠着那个黑色的玩具而维持着。谁知道呢?

例外的是室内其余两个人，那个女子，她像一只受冻的麻雀，蜷缩在那沙发的一角，她的失神的眼珠，一直提心吊胆，看着木偶对方那支枪。每一秒钟过去，她的鬓边的汗珠，只管一阵阵地沁出来！

还有包朗，自从走进这憩坐室的门，一直好像一个初进学校的小学生：似乎他感到他的手足，没有地方可以安放。他一面静听对方微妙的谈话；一面他的不安稳的脚，不时在圆桌底下发生踌躇的活动。有一次，他把他的脚尖，重重踏到了霍桑的脚背上，几乎要使霍桑跳起来，于是，霍桑抛掉烟尾，伸手看看手表。他像憬然省悟似的说："喂！先生，我已经把我要说的话，全部都已告诉你，是不是？"

"不错，霍先生。"木偶静静地回答。

"记得我在初进门的时候，你曾提出你的诺言：你说：如果我能早一点来拜访，你就把那幅亲自领走的画，双手交还给我。是不是这样？"木偶依然静悄悄地说："但是，——"

"但是怎么样？"这"但是"两个字，立刻引起霍桑的焦躁，他把手内的手枪尖，略略移动了一下而这样问。

"但是霍先生，你是一个明亮人。"木偶慢慢吞吞地说，"你当然明鉴：我能拿到那幅画，并不是不费一点本钱的；我们从'体恤商艰'四个字上说，应该总有一些'商量'的。"

"难道你，还有什么话说？"霍桑开始有点焦躁。

"我当然想说几句话。就算我是坐在贡比桌森林的铁篷车内，我想，你也不能不留一点谈话的余地给我吧！"木偶闪着眼珠回答。

"怎么？你还预备提出条件么？"霍桑真的掮出了一九一八年的福熙大将的态度，"现在我限你三分钟的时间，拿出那幅画来，跟我走！"

他说完，就站起来，把那支枪口，向前移动三寸。

包朗也以被牵线的姿态，随着他同伴的紧张的动作而紧张地站起来。

木偶看着对方这个进攻的形势，他紧闭起一只眼睛，向霍桑的枪口，做出一种小孩张西洋镜的样子。他说："我有一个建议，向二位提出。"他又歪眼看看包朗："在使用手枪之前，最好检查一下保险门，看看有没有开好，否则，临时恐怕要上当。"

"我们手里既然拿着纸牌，我们当然懂得玩纸牌的方法。"

霍桑说着，蓦地，他把枪口指向木偶的头颅："你以为我不会开手枪！"

"哎呀！"在这突然紧张的空气之中，忽有一个尖锐的呼声，起于木偶的身后。室内三个男主角的视线，不约而同，集中于同一角度。只见木偶背后那个女子，已从沙发里面直站起来，她的脸色完全惨白，好像一座石刻圣玛利亚的样子！

本来，我们的木偶，有说有笑，始终保持顽皮的作风，可是那个女主角的动人表情，却使他的绅士态度，受到了一点小小的影响。霍桑把枪口退后一些，偷眼向他看着，只见他的额上，有一点小量的汗珠，在渐渐沁出来。

霍桑狞笑地想："好啊！我老早准备把一方新的手帕借给你，让你可以摸摸你的香汗呢！"

霍桑想念的时候，木偶和他的女伴交换了一个眼色，仿佛已把一封安抚的电报，轻轻递送了过去。于是他又看看霍桑："我知道霍先生的枪法很准，要不要把我的头颅，权充一下枪靶？"

他伸手指指自己的额角，顺便抹掉一点汗液。他又恢复了顽皮的声音："不过要请霍先生，把枪瞄得准些，不要错打在一个佛像的头颅上！"

"你这话是什么意思？"霍桑不得不瞪出了眼珠而发问。他知道这个魔鬼的话，必然有些不可测的意思的。

"请你暂且坐下，好不好呢？"木偶说："在讨论军事的圆桌上，用手枪解决一切，我想，那是不会有什么结果的！"

霍桑向他看看。果然怅惘地坐下。——不过他并不曾放下他的武器。

这里包朗也被牵线似的呆呆坐下来，——一副胜利的纸牌当然紧握不放。

那个女子，重复也退坐到沙发的一隅，下意识地掠着鬓发，而呆望着这三个神情各异的男主角。

只听木偶说下去道："有一件小东西，我想请霍先生注意一下。你看：在这小圆桌的边上，装有一个特别电钮，我只要轻轻把它按一下，就可以和楼上的伙伴们互通消息。——"

木偶说道这里，闪闪眼珠，并不说下去。

霍桑不明白这木偶的意思。他姑且依着他的指示，把视线掠到圆桌的边缘上。只见桌边刻着一些精细的花纹；在花纹中间，有几个凸起的东西，像是花蕊的样子，看去，可能是有一个电钮在着。

霍桑再把困扰的目光送回木偶的脸。于是木偶又说："霍先生已经看见这个东西了。我再告诉你：譬如我把这个电钮，按一下短声，那是一个警戒的警报；按得长一些，那就算是紧急的警报。——方才我在拉椅子的时候，我曾在这桌子边上，一连按了两下，这就是通知楼上的伙伴，如果听得楼下有什么动静——譬如听到枪声之类——不妨把那张画，马上就给撕碎，绝对不需要考虑!”

霍桑听得呆了，呼吸有点异样！——他的准备出借的手帕，大有留供自用的趋向。

木偶还在冷静地说下去：“做强盗是一种太危险的事！一个稍有脑筋的人既然干着这种危险的生活，当然随时随地，会有一些必要的准备的，你想是不是?”

说到这里，他突然用高声提出他的最后问句：“喂！霍先生，你要不要看看莫斯科的焦土政策呢?”

霍桑听完这话，眼珠转了一下，蓦地，他像一头老虎那样跳跃起来！他向他的同伴厉声说：“包朗！你监视这两个人!”说完，他调转身子，旋风一向门外就走!

他猛听得背后那个木偶在用一种极度严重的语声向他大喝：“站住！傻子！当心你的脚步，踏坏了那幅佛像!”

第十一幕　再会吧！木偶!

舞台上的局势，由平静进入高潮，复由高潮渐转平静。

因为，木偶这种严重的警告，终于又把霍桑的急促的脚步强拉回来。由于霍桑看到木偶的眼光，露着一种凶锐的神情，他觉得这可恶的东西，所说的话，未必全是假话。自己匆匆上楼，万一楼上那些无脑子的家伙，真的实行了所谓“焦土政策”，这却并不是一件十分有趣的事！在无可奈何的情形之下，霍桑只能重返“圆桌会议”，继续以外交方式，重新和这木偶协商“互惠的条约”。

木偶所提出的条件，是把屋中人全部的自由，交换那张唐代的名画。

但是霍桑却不能接受这个要求。他说：“在这屋子外面，已包围着大队的警探，本人无权单独签订那张条约——”他最大的让步，只能放走一些不重要的人。双方各执一端，这小组会议，便陷入于一个僵持的局面。

于是木偶伸伸手，表示一种绝望的态度。他说：“那只能随便你！我想我在被捕以后，我的罪名还不至于踏上西炮台；但是，你的那张画呢？撕毁之后，不知是否还能拼凑起来?”

他又感慨地说：“战争虽然残酷，无论如何，总不该把千百年前流传下来的文物，轻轻加以毁坏!”

甚至最后，他还向对方提出一种恐吓，他说：“再不解决这个僵局，他将立刻发出信号，而让楼上采取‘必要的措施’!”

这使霍桑想起他在三百四十九号房内所提供的保证，当时，他曾向那个神经衰弱的收藏家，轻描淡写地说：“那张画，是你的生命，也是我的名誉，我不会让人家把我的名誉劫掠了去。”

而现在，如果他再伸手拍上这木偶的肩膀呢？……

想到这里，我们这位可怜的战胜者，终于只能透出一口无声的冷气。

于是，那个会议上的协定，终于在这微妙的局势下宣告成立。

于是，我们这个舞台上的戏剧，也终于在这微妙的局势之下告一段落。

天大的事情，似乎都已不了而了。不过，这里还有一点小小的情节，我们必须在说明书上，加以补充的说明：

第一点，在前述的“圆桌会议”上，这戏中的两大主角，都曾说过一些谎话，让他们的对手方，上过一点小当。说谎，原是不足为训的事。所以笔者在可能范围中，必须拆穿这西洋镜以敬戒他们的后来。

先说关于霍先生方面的谎话。当时他曾告诉木偶说，“在他的屋子之外，已有大队警探，造成一座‘大西洋的围墙’，本人无权加以释放云云”。这些话，听听相当吓人，而事实上，这些吓人的话，目的也只在吓吓人而已。霍桑为什么不调动大队援军呢？理由颇为简单。过去，他对木偶的狡猾，领教过不止一次。这一回，他虽在爱普卢电影院门外，因发现“小匹诺丘”而找到了这木偶的居处。但是，他觉得大举进攻，未必一定有成功的把握；万一大举进攻而仍不获成功，这于他的尊严上，却是一种新鲜的损害。如此，他宁可只带一个“随身的小包”，而姑作一次“探试性”的奇袭。

可是，那个木偶却让他这种毫无实际的大话吓了一跳。

当时木偶在离室遁逃之前，因着霍桑的大话，曾使他的木脑壳里，耗费了许多木屑。他曾想出许多预防万一的计划，以防万一的变化。当时他那提心吊胆的状况，假使让霍桑看到，那一定非常得意，而要把许多新的手帕，借给他去抹抹香汗。

然而我们这个可怜的木偶，他是上了大当!

不过你们别以为大侦探已完全获得外交上的胜利。——关于木偶方面，他也有一点小小的杰作的。

记得吗？木偶在谈判席上，他曾告诉霍桑，说什么——他在小圆桌上装有电钮；他的楼上另有羽党；他一按电钮，就是发警报，楼上接到警报，马上就会撕碎那张画。凡此种种惊人的言论，你以为都是真的吗？老实告诉你吧！这些话，连一丝影踪都是没有的！

本来，我们的霍先生，他已真的找到一个“伸手拍到木偶肩膀上”的机会。然而，他竟因这“毫无影踪”的话而放弃了。他这一当，上得不算小！

你看，我们这些外交家的烟幕，放得何等离奇而出色！

其实，凡是外交家们所放的烟幕，没有不离奇而出色的！

除了上述事件以外，还有一点，我们也得加以补充的说明：那张吴道子的名画，虽经霍桑费了相当的力量，从木偶手里争夺回来，但是，它在展览会里开始张挂，却已延迟了一天；直到星期二，方始给予好古者以细细欣赏的机会。

至于那幅唐代的杰作？毕竟是幅怎样的杰作？这在前文一始终不曾提供较详细的说明。现在乘累的笔尖，还没有十分疲倦的时候，不妨简略地介绍一下。

那幅画，画的是：“释迦牟尼世尊，在菩提树下，夜睹明星，忽尔悟道”的事迹。这幅画的线条、色泽，是如何优美，深愧笔者不是一个画家，无法详细说明。主要的一点是：当时如果有人把那幅画，细细地看一下，他们一定能够发现，在这绢本画的一角，却已多出了一点东西：那是一方极小的圆章，刻着“鲁平珍藏”四个字。这个圆章留在菩提树的根上。粗心地看时，那是万万不会发觉的。

世上有许多事情，想想未免有些可笑：每一个收藏家们都喜欢把世上的一些崇高的艺术作品，设法据为己有；每一个收藏家们的心里，都想把他们的收藏品，保留至一百年，一千年，甚至一万年之久。由于这种卑劣的心理，遂使他们在暂时的占有物品上，必要留些可怜的手脚，如××珍藏的印章之类。可笑像鲁平那样一个处处抱着消遣态度的人物，他也不能免除这个调子。可是，你们曾看见哪一个收藏家，能把他们的占有品，保留到一千年与一万年呢？

然而无论如何，我们的可怜的小捣乱，他终于已把一个印章，鲁莽地留在那幅画上了。

严格地说来，我们的木偶，在这一出戏剧里，他是完全失败的。不过他的失败，是失败在一个举世闻名的伟大人物的手里，虽然失败，也还有些“失败的光荣”。

至于最后胜利，当然属于霍桑。不过霍桑在这一个戏剧的回忆中，似乎终还有些遗憾的地方。因之他虽然胜利，却也感到一点“胜利的悲哀”。

于是，我们这个滑稽的戏剧，终于在“失败的光荣”与“胜利的悲哀”的交响之下结束了。

木偶剧的闭幕词

我一口气看完我在二十年前记的故事，并草草加以修改，成为如上一篇东西。(有些不符时势的话，是后来添上的。)

我在这里自行检举：我自己觉得这节故事，太不像一件实事，太像一个十字街头上的连环图画；甚至，我在每一页上，都嗅到一种烟火气味，在透出纸背。

如果说：过去我所记的许多“吾友”的故事，都有一些不合理，那么尤其这一个，更是不合理的一个。

如果有人问我：你这一个故事，到底还是事实？还是谎话？

我告诉你，我的确无法提出一个肯定的答案。

也许在当时，我曾听得一个关于霍先生的传说，因之，我在年轻好弄的情绪之下，渲染成了这篇故事。

也许在当时，我正忆念我们的那位“神秘朋友”，因之，我的太无聊的脑内，引起了如上的幻想。

总而言之，这到底是传说，还是幻想？连我自己也已很模糊。因为，相隔的时间，实在太长久了！

好在我所写的，只是一个木偶的戏剧，木偶，它是一个什么东西呢？谁都知道，木偶也者，只是世间一种最没有脑子的东西而已！一个最没有脑子的东西，所演出的戏剧，必然的会是最不合理，那是无需加以说明的。

你看，跟前世界上所流行的各种木偶戏，哪一种是比较合理的呢。

那么，很好。闭幕了，再见！

原载《春秋》，1943年8月至11月第一卷第一期至第四期

囤鱼肝油者

据说是这样：一个素不害病的人，不害病则已，一旦害病，要比一般人更重。不知道这种说法，到底是否有理。

而这一次，我们这个故事中的主角，却遭遇到了类如上述的事情。

这个故事中的主角，连名带姓，叫作余慰堂。

这里并不说他真的害什么病，而是记着他所遭遇到的一件事。我们这个主角，一生所走的路，都是平坦顺利的路，从来不曾遇到一件事情，可以称为奇事。然而这一次，他竟遇到一件事情，比任何人所遇到的奇事还要奇。

你们曾在古书上，看到过那些借尸还魂之类的故事吗？那些不很可信的故事，大半含着一些骇人的意味。根据传说：有些人在某种情形之下，自己的灵魂竟会走进另外一个躯壳而演出许多骇人听闻他的事！这样的事，听听似乎不足凭信。然而，我们这个故事中的主角，他竟有这种经历。虽说那件事的背后，另有一种内幕，可是，单就开场时的情景而论，那已尽够加上神秘恐怖之类的字样了！

以下，就是我们的主角在某一夕中，他所亲身遭遇到的怪事件。

再看下去一二页，连你，也要感到非常奇怪了！

故事揭幕的时候，我们的主角，他正独自一个，在一条马路上面摇摇晃晃地走着。

那时候，他像喝醉了酒；他像在腾云驾雾；他又像坐着一叶孤舟，漂泊到了惊涛骇浪中。

奇怪的是，他不知道，他从什么地方来？他不知道，他将到什么地方去？他也不知道，眼前他的身子，是在什么地点了？他更不知道凭什么理由，他要把他自己，带到这个莫名其妙的地点来？

总之，他觉得自己是在做梦；而且，所做的梦，还是一个并不十分清楚的梦。如果这时候，有人向他注视，那一定可以看出：他的发直的眼光，不像一个平常人的眼光；他的走路的姿态，也分明带着一种梦游病的姿态。

那条马路好像很幽静，路边的行人道，平坦而宽阔。可是，在他疲软的脚下，却并不发生平坦的感觉。他像一个幼孩，在一张装着强度弹簧的长椅上面学走路。

记着，这故事的发生，是在时代开始动荡的时节。都市之夜不同于以前的情调。时代的晦黯，正自钻进每一个街角；街角的晦黯，也正自钻进每一颗人心。于是，在这一种晦黯的背景之下，却使我们这个晦黯的故事，更增加了一重晦黯的色彩。

天际有些稀疏的星；路上有些稀疏的人；街面有些稀疏的灯。路灯从道旁一排外国梧桐的树荫中，把惨淡的光线挤进来，却在平坦的行人道上，画了一些漆黑的剪影。这时，我们的主角，就在这种黑沉沉的树影之下，拖着他的梦游的步子，像一个魅影那样，在扶墙摸壁地走过来。

劈面吹来一些风，微微的风把他已失去的记忆，恍恍惚惚唤起了一点。

不！比较妥当该这样说！被这微风一吹，让他恍恍惚惚，记起了一点梦中经过的片段。

他恍惚记起：不久以前，他好像曾从一辆汽车中走下来。至于那辆汽车是白牌？是黑牌？是别人的？还是自己的？这些，他竟完全不知道。

他又恍惚记起：在汽车上走下来的时候，好像有一个人，曾经搀扶着他走了几步路。至于那个人，是男？是女？是老？是幼？是认识的？还是不认识的？这些，他也完全记忆不起。

如果那辆汽车正是自己的，那么，现在自己那辆汽车在什么地方呢？

如果那个搀扶自己的人，是个熟人，那么，现在那个人为什么把自己抛在这个地点呢？

以上的问题，他很想从头到底思索一下，但是，他竟绝对无从思索。稍微想一想，他觉得他的脑内，就像斧劈一样的痛。他还觉得他的耳边，一阵阵，像泼翻了一片海水那样在发响。

远处有些汽车的喇叭声在随风送过来。

听到汽车的喇叭，使他想起了自己的汽车；因为想起了汽车，紧接着他想起：自己在这路上孤零零地走，到底他要走到什么地方去？

四面看看，路灯是那样的暗。树影横在地下，显着一种可怕的幽悄。身前身后，“突！突！突！”有些稀零的脚步声，送到耳边，使他引起异样的感觉。

每一个路人的影子，在他身旁闪过，都像憧憧的鬼影！

他开始觉得有些怕！

有一个意念紧接着害怕的感觉而走进他的脑海：“回去！”抬眼看到对街正有一辆人力车，他不禁半意识地发喊。

“黄包车！”

呼喊的时候他仿佛觉得自己的声音有些不同于往常；——简直不像自己的声音。

正在这个时候，他的耳边，忽然送来一个意外的语声：

“喂！不行！坐黄包车太危险！”

那个语声，好像发出他的身旁。但是，反顾身旁，却看不见有什么人。只有数码以外，有两个路人，站在另外一片树影下，悄然在谈话。那两个人却不像在和自己打招呼。

也许这是错觉吧？他这样想。于是，他继续招呼着对街的车子。一辆空车向他身边奔过来。他刚待移动步子，踏上这辆空车。不料，在他身旁的树影之下，很轻捷地跳出一个人，竟抢先一步不讲价而跨上了那辆人力车。

他眼看第一辆车子很快地消逝。

由于他的嘶哑的呼喊，第二辆空车又从马路的另外一端迎候上来；但是，在那辆车子还没有走近之前，他的背后，另外又有第二个人，在向那个车夫尽力挥着手，意思不让那辆车子拉过来。

他并没有看到背后这个离奇的情形。

时候似乎已经不很早，那条幽悄悄的马路上，车子简直特别少。摇晃晃的身子，在行人道上呆立了片晌，结果，他并没有雇到一辆他所需要的人力车。

事情真的有些可怪，在这一个离奇的晚上，他不但失落了他的自备汽车，甚至，他连后来不屑一坐的人力车也坐不成。

周遭的环境，越看越像一个迷离的梦境！

而且，单身站在这种黑沉沉的梧桐树下，越看越有点怕！现在，他似乎已开始发觉，在他身后，像有什么东西正在追逼他；至于追逼他的那是什么东西？他却完全说不出来。

无可奈何，他只得重新拖着他的灌铅似的脚步，昏昏然，重新再向梦境一样的路途上走下去。

还好，走过来一点，四周的情形，似乎比较热闹了一点。两旁的店面间有一些比较明亮的灯光，射进他的眼角。不过从一个不很光明的环境之中转入一个较明朗的地点，那是一种新的刺激。他努力眨眼，眼珠有点发痛。

头脑越弄越昏沉；身子越弄越疲倦；脚步越走越软弱；当前的事情，越弄越糊涂。

昏惘中的唯一的意念，他急于要找一个地方坐下来，休息一下，至于其他的一切，他已绝对没有功夫再去管。

他把失却重心的身子，投入于那个比较光亮的所在。同时他的双手，却已摸在一些冷冰冰的东西上，那是一条擦得很亮的铜梗：一种玻璃窗外的装饰品。看这玻璃窗内，揭起着很漂亮的锦帷。在窗槛上，有些翠绿的植物，浮上他的眼膜。

高处有一条霓虹灯组成的横招牌，一排闪着光的玻璃字，在他昏眩的感觉中，却像卡通片上的五彩人，一个个都在摇晃；一个个都在跳舞。

第一眼中，他看到如后一排大小不等的字样：

——口力口口非食官——

努力定神，他把缭乱的视线缚住了那些跳跃的字体，他方始看清，这是“咖啡馆”几个字。——当然，在这三个字上，另外还有一些别的字。

啊！这里是一家咖啡馆。他向自己报告。

脚步还只刚刚停下，就有一个很响亮的声气，像从半空飞下来，直飞进了他的耳朵，那个声音说：

“喂！站在这里做什么？进去坐一会儿不好吗?”

他慌忙掉过头来，看时，只见这家咖啡馆的门口，正有一个西装男子，在挽留另外一个人。呆怔了一下，他意识到那句飞来的话，并不是向他所说。

他不禁抬起迷惘的视线，向这西装男子看了一眼。同时那个西装男子却也有意无意向他回看了一眼。

他让那个意外飞来的建议提醒了他。他想：好，就到这家咖啡馆里去坐一会儿。

他以神经病者踏进疯人院的姿态，他摇晃地向那门口里走来。

一个孩子，穿着整洁的制服，恭敬地替他拉门，却把一种诧异的目光，投上了他的脸。

屋内和屋外，真是两个不同的世界：音乐在响；器皿在发光；座客们在笑语；一些像凤凰那样美丽的女侍应生，穿着一式的服装，在柔和的灯影下，穿花一样在忙碌。

我们的主角余先生，平常，习惯出入于这大都市中的一些最豪华的所在。对于这种带点贵族化的娱乐处所，一向相当熟悉。但是，在他此刻的眼光里，一切的一切，都觉迷离而惝恍；一切一切，都觉缭乱而陌生。——他像一个童话中的苦孩子，被推进了一座光怪陆离的魔宫。

他在一个离门不远的座位里面安放下他的身子。坐下去时，几乎碰翻那张轻巧的圆桌。

四周有许多异样的视线，从不同的角度里，陆续投集在他据坐的位子上；可是，他自己却丝毫没有觉察。

有一个女侍应生，蝴蝶那样翩然飞集于他的身前，以一种询问的目光凝注着他，意思问他“需要什么?”——这女子的眼珠睁得很大，好像在看一个银幕上的恐怖剧。

我们的主角，最初踏进这个地点，原意他只需要休息一下。由于这个女子的询问，他方始觉到嘴里干得很厉害，好像即刻刚从大沙漠里逃出来。于是，他模模糊糊随口说出了一些饮料的名目；——实际，他在说过之后，连他自己也不知道他所说的是什么。

女侍应生退下以后，他把他的疲倦而又刺促的眼球，茫茫然，看着四周的一切。他看出这一处装饰瑰丽的所在，是一座长方形的大广厅。四角列着四支大方柱；柱的周围，镶嵌着晶莹的镜子。他的座位和其中一支方柱，距离得相当近。他的眼光，偶然落到镜面上，只见里面的人影，像是华德狄斯耐笔下的东西，花花绿绿地在旋转。多看一眼，就使他的眼球，格外增加眩晕的感觉。

不行！他赶快把视线收回来。

一大杯流汁和一盆西点，托在一个银盘里面，送到了他的桌上。那个凤凰似的侍应生，放下了东西，却像逃遁一般，轻捷地旋转身子就走。一面，她还回眸向他偷看了一眼。

那个女子，走向她的一个同伴之前，轻轻说了些什么，立刻就有四条视线，远远投向他的坐处；这四条秀媚的视线之中，都在透露异样的神情。

我们的余先生，他，当然不知道。

饮料来了，他惘惘然举起玻璃杯，狂饮了一口。他的手有点发抖，杯子里的流汁在晃荡，一只手不行，他用双手捧住这杯子。

喝了一口冷饮，心里感觉很畅快。因这冷饮的刺激，他的神志，好像醒了一点。如果不是耳边的声音太嘈杂，他几乎快要找到他已失去的经过；仿佛，他已屡次将要找到一些什么；但是，仿佛屡次快要找到什么而一下子却又轻轻滑走了！嗳！思想始终那样昏沉，头脑始终那样胀痛；耳边始终像泼翻潮水那样的响。

但虽如此，他终于迷迷糊糊，抓住了一些失去的记忆。这时候，他的眼光，正自失神地停滞在对座一个啤酒瓶上。突然，有一个意念，轻轻闪进他的脑角；他像在无边黑暗的长空里，看到了一颗星。

他心里在喊："瓶！"

不错，有一只瓶……有一只瓶……有一只瓶……

有一只瓶，怎么样呢？

他苦苦思索下去。他再下意识地擎起那只玻璃杯，猛喝了一口冷饮。

他恍惚记起：在过去的时间中，好像他的手里，曾经拿到过一只什么瓶？……他好像曾在那只瓶里，嗅到过一种什么强烈的气味？……但，他却绝对思索不起，这是一件发生在什么时刻与什么地点的事。

那是梦里的事情吗？他自己迷惘地问。

不！那不像是梦里的事！他自己迷惘地回答。

但是，以后呢？——在捧着那只瓶和嗅到那种气味之后，以后又怎样呢？

看着对面那只啤酒瓶，他的神思，不觉深入于他所失落的迷离的梦境之中。不料，过去的哑谜，还没有解决，眼前的奇事却已接踵而来！——而且，那些奇事，竟像穿在一根绳子上，简直成串而来了！

就在这个时候，在他背后，忽然有一个声音，轻轻地，而不十分严重地，在警戒他说：

"喂！你要留心呀！你——"

第一遍的声音他似乎并没有听到；即使听到，他也决不以为这是向他说的话。可是，第二次的语声紧接着又在说：

"喂！听得没有？余先生，你要留心你的危险呀！"

那个突兀的声音，不但近得像是凑在他的耳边所说；而且，语声之中还清清楚楚指出他的姓。他被那个声音猛然从迷离的思索中唤回。他不等那个声音歇绝，就愕然抬起他的视线；他向近身的一个小圈子里四面找过来。只见：那些桌子上的人，有的在吃，有的在喝，有的在谈笑，有的在把烟圈吐在热烈的空气里。结果，他并没有找到那个喊他“余先生”而向他发言的人。

只有隔座一张桌子上，坐着一个单身的座客，那个人，距离和他最近。看样子，最有可能向他说出如上的话。但是，看这家伙，一手执刀，一手执叉，正自埋头苦干于他面前的一个餐碟中。工作得这样忙，在神气上也绝对不像开口说过话；何况，自己根本并不认识这个人。

于是他仅仅把困扰的眼色，在隔座这个家伙身上轻轻一掠而过。他只模模糊糊看到那个人，是个阔肩膀的人，年纪并不十分老。穿的是一套深色的西装。——不过，也许他连如上模糊的印象也不曾留下。

其实，如果余先生的脑力能够清醒些，他就可以看出：隔座这个穿西装的家伙，正是即刻在这门口高声说话的人；如果他的脑力再清醒些，他一定还可以记起这个人，也就是从汽车上把他扶下来的人；如果他的脑力，能再清醒得和平常的人一样，他一定早已觉察：在路上的时候，这个神秘的家伙，一直是或前或后，或左或右，在暗地里追随着他的。

实际上，他从一辆汽车之中，莫名其妙被扶下来，连着，他又莫名其妙，无形被迫走进这家咖啡馆，其间他只走了绝短的一段路；多说些，也不过六七个门面。——至于他在这个离奇的晚上，毕竟已遭遇到了一桩何种的事件？那也只有坐在他隔座的这个家伙——就是从汽车里把他扶下来的那个人——能够解答这个太神秘的问题。

可惜他都不知道。

这时候，他的迷惘的意识，已被那个突兀的语声，从苦思之中拉回来。他无暇再找他的已失落的记忆，而只顾抬起视线，昏乱地，在寻觅那个和他说话的人。

平素，余先生有一个习惯：遇到什么疑惑不决而需要思索的事，他喜欢一面思索，一面把他的脚尖，一起一落，在地上抖动，像是拍板的样子。——在这举目四顾的瞬间，他的脚尖，不知不觉，又在桌子底下颠顿起来。由于脚尖的抖动，他开始觉得他的两只脚，竟是那样的不适意，像被什么东西束缚了起来。无意之中，他低下头来，看看自己的脚。他在他的脚下，找到了些非常可怪的东西；竟使他的两个眼球，立刻起了凝冻的作用！

“皮鞋！”他几乎要出声高喊！

一双皮鞋，那也值得惊异吗？未免太多惊异了！然而不！说出来是自有可惊异的理由的：原来，我们的主角，他有一个古怪的性情，他一向最不喜欢穿皮鞋；也可以说，他的一生，从来不曾有过一双任何式样的皮鞋穿上过他的脚；不料眼前，他竟发现自己的脚上，不知如何，竟已换上了一双他所从来不曾穿过的东西；并且，那双皮鞋擦得那样光亮，一望而知这是十分摩登的式样。

看到了那双皮鞋，再把视线沿着皮鞋逐步看上来。哎！事情越发可怪了！

当时，他的呼吸有点急促，他的额上，有些汗液在流出来。他把两个眼瞳，扩张得很大，错愕地向四周乱望，他像一头受惊的野兽，在找寻出路。他又像准备向身旁的大众提出如下的问句：

今天晚上，我，——我到底遇见了怎么一回事？

但是，四周那些浸沉于欢笑中的座客，除了有一两个人，偶然举起诧异的眼光在向他看，谁能知道他的意思呢？

一时他的目光，本能地飘落到附近那支方柱上。他从镜子里面，呆呆照着他的影子。他不照这镜子还好，一照之后，只觉全身的汗毛，每根都已竖起来！原来，他在镜子里面，发现一个奇怪的影子，那个影子，却绝对不是他本人的影子！——他本人的影子不见了！

这里，我们应该把这主角固有的面目，简单介绍一下，方始能让听故事的人，了解这故事的超出乎理性以外的神秘性。

我们的余慰堂先生，在今天以前，他的正确的年龄，已超过五十岁。他是这个镀金大都市中的一个老牌闻人。（平心而论，我们很喜欢谈谈闻人们的故事，甚至，我们有时也喜欢故意造造他们的谣言，因为，多读闻人们的事情，渐渐地，也许我们自己，也就成为闻人啦。）他的外貌，是一个典型的旧人物。他的两眼带点小学程度的近视。在他脸上，留着两撇庄严而美观的八字须。他这两撇小须，至少在最近市面上，正像仁丹商标一样风行而有名。就为人家都很尊重他的小须，于是，这小须在他自己眼内，便也格外显得珍贵。尤其他在无事的时候，最喜欢独自拈捻一下，如同一个好古的人士，玩弄一方小汉玉一样。

以上，便是我们这位余先生的一个速写像。

而现在呢，他从那面神秘的镜子之中看出来，他又看到了一些什么情形呢？——说出来真是太觉可怪了！

再说一遍：镜子里的影子，完全不是他！

镜子里的那个家伙，太漂亮啦！

一套浅色的西装，剪裁得入时而配身。洁白的衬衫，配上一条鲜艳的领带；一个梅花形的小钻针，扣在这领带上，在闪烁发光。再看头上，一些稀疏而带白星的头发，却已梳得很光亮，看样子是很花费了些美发浆。这个时髦家伙的年岁，看去顶多只有四十岁。最主要的是：镜中人的小白脸，又光又洁，你拿显微镜来照这整个的颜面上面，你也不会找到半根胡子星。

他的最尊贵的八字小须失踪了！

你想，一个素向穿中装而很旧派的人物，他在照镜子的时候，竟发现了如上那样一个神秘的影子，你想吧，他将发生如何昏迷错愕的感觉？

总之，镜中人的面貌，在他略带近视的眼光里，轮廓还有点像他；而镜中人的样子，却已经绝对不像是他！

如果说，镜中的影子就是他，他怎么竟会变成这种样子呢？

如果说，镜中的影子并不是他，那么，他自己的影子呢？——他自己又到哪里去了呢？

他睁大了恐怖的眼球，重新跌进了噩梦的深渊！最初，他还以为这是眼睛的错觉。——因为，在这一个离奇的晚上，他自觉他的神经有点错乱；他疑惑他在过去的时间中，曾经剧烈地喝醉过酒，以致在听觉与视觉上，屡次发生错乱的感觉。

但是他尽力抹抹他的眼眶，尽力再凝视这镜中的迷离的影子：清清楚楚，这是一个穿西装的人！低头看看身上，没有错；用手摸摸身上，也没有错！

一种无可形容的恐怖，霎时布满于全身。这使他立刻想到了以前所听得的那些借尸还魂的故事！他的身子，不自觉地渐渐直立起来；接着，又不自觉地颓然地倒坐下去。最后，他的视线已凝冻在镜子上，他的血液已凝冻在血管里，而他的身子，也连带像一座化石那样，凝冻在他的座位之中，不复再有动作的可能！

至少，这时他的外表的神情，却已接近疯狂的状态。无怪四周的座客，不时举起惊奇的眼色，在飘到他的座位上来。

那些女侍应生，也都纷纷把视线从各个不同的角度里，集中于他的脸上；尤其是最初招待他的那一个，偶尔向他偷看一眼，格外显着害怕的样子。

他这僵化的状态，如果没有一些东西唤醒他，简直不知道将要维持到怎样长久。可是，在这昏迷错愕的瞬间，那个离奇突兀的语声，紧接又幽幽然像叫魂那样起于他的座后，那个声音清楚地在说：

"喂！余先生，胡思乱想做什么？你的危险来了！还不赶快留意吗?"

这同样的可怕的语声，好像一连说了两遍。在第二遍上，他让"危险"两字从那面迷离的镜子里把惊魂唤回来。他再度旋转眼光，急剧地寻找这语声的来源。但是，他依旧没有找到。

他只发觉四周有许多人在汹汹然地向他注意。

隔座那个穿深色西装的人，正自低着头，在把一些糖块，用心地调在一杯咖啡里。

扩声机中，在放送一片繁杂的音乐，把满座上的笑语声都盖住了。

一切的事情，都是那样离奇而突兀，仿佛在他昏迷的脑壳里，接连在放焰火，使他越弄越不懂。

今天晚上，到底碰到了什么恶鬼？他这样想。

想念未已，突然，一个更严重的声气，忽又直刺进他的耳朵，那个声音很害怕地在说：

"赶快看门口!"

这最后一次的语声已使他疑惑到那个向他发言的人就是隔座这个穿深色西装的家伙，但是，他来不及向这家伙加以更多的注意而已抬眼看到这咖啡馆的门口里，正有一个很可怕的角色在昂昂然走进来。

走进来的新角色，是一个魁梧大汉子。如果说，眼前这满咖啡馆的座客身材都不及新进来的这人那样高大，这话也不算武断。此人头戴一顶黑呢帽，身穿一件深青色的哔叽长袍，两个袖子，连着里面白纺绸短衫的袖口一同不规则地卷起，在他强壮且多毛的臂腕上，右腕露出一个阔带的大手表。此人的面颊上，长着大块的横肉，像是两枚橘子的样子。他的一双向外突出的眼珠，完全是三角形；好像上帝在安置他这三角怪眼的时候，怕他这双眼珠因过于突出而脱离眼眶。因之，顺便在他眼膜的四周，络上了些粗粗的红筋，让它不至于掉下来。

总之，那个人的相貌，简直凶恶得可怕！

此人走进来时，立即举起他的三角怪眼，在各个座位之上恶狠狠搜索过来；最后，他的视线，却紧张地停留到我们这个主角的位子上。

这时，我们的主角余先生，正因为身旁的警告而惊愕地举眼，一时，他的眼光，恰巧和这大汉的眼光像针锋那样接触了一下；似乎由于心理上的虚怯的关系吧？余先生被这双凶锐的眼睛一看，全身顿时起了一种异乎寻常的感觉。

他简直不敢向这新进来的大家伙再多看一眼。但是当他第二眼再偷偷看时，只见那个大汉，已在距离他四张圆桌的一个座位里面坐下来。双方的面部恰好斜对着。

有一个女侍应生在招呼这个大汉。只见这大汉，正以诡秘的神气，在向那个女侍应生问什么话。女侍应生一面回答，一面在扭转头，不时把眼梢歪到自己这边来。

看样子，他们对于自己，分明正有什么诡秘的谈论。

自从这个大汉进门之后，奇怪，余先生的注意力，似乎全部已被这个家伙所吸住。这时候，他已全部遗忘了过去的一切，在不知不觉之间，竟屡次举眼，偷看这个新的角色，他每次看到那双红筋满布的怪眼，每次在增加不安的感觉，最后，他简直越看越觉害怕；越看越觉不敢再看。

这情形很奇怪，但是这不算最奇怪。

最奇怪的是：他这里在向那个大汉密切注意，不料，那个大汉同样地也在向他密切注意，而且，看那大汉的神气，同样地也在露着一种害怕，每逢双方的视线直接碰到时，只见那人的目光，立刻就迅速躲开；总之，在那双可怕的三角怪眼中，分明包有一种无可描画的神情。

他不明白这个新进来的角色，为什么要把这种阴险可怕的眼光来威胁他？

这个家伙要和自己过不去吗？

一个素不相识的人，为什么要和自己过不去呢？

此人将以什么方式和自己过不去呢？

一种新的恐怖只管从那双三角怪眼之中一阵阵向他这边传送过来；这恐怖引起了他像马蹄那样历乱的思想。

本来，他自从走进这家咖啡馆里，获得了一点短促的休息以后，他的神识，仿佛将要接近清醒的边际。不料，眼前所遇的事情，每件都是那样的突兀，每件都是那样不可解释，这使他的将近清醒的神识，越发堕入了一个较之前格外错乱的境界。

正当这个迷离惝恍的瞬间，他身旁的幽幽的语声却又随之而起，只听那个语声穿过了四座杂乱的音响，而送到他耳边说：

“喂！听到没有？我叫你别乱想啊！”

这语声使他猛然记起那个向地发警告的人，他赶快回头，看着隔座那个穿深色西装的家伙。这一次，他已吃准这话就是此人向他所发。一看此人的眼光，却并不向着自己。而脸上也依然并无说话的表情。但是，细看此人的眼角，却含有一种非常戒备的神气。只见他的两眼，呆望着玻璃桌面，嘴里还在幽幽然地说：

“赶快把你的头旋过去！不要只管看着我！”

这是一种极度严重而带命令意味的声气，像一柄刺刀那样割破了白热的空气而送向他的身边。由于这语气的严重，吓得他慌忙把昏乱的眼光从隔座收回来。他不期然而然，又抬眼偷望对方那个大汉。恰巧看到那个大汉也在抬眼偷看他，四条视线略一接触，他看到那双三角怪眼，却像移转阵地似的躲闪到了别处去。

同时他听到隔座穿西装的那个人，还在用着警告的语气向他说：“喂喂！余先生，别忘记你的身价！你得留心着对面这个恶汉！”

那声音又连着说：“好好保护你自己！——千万不要再向我看！”

以上的语句，虽然并不响亮，但每个字眼夹杂在音乐的繁响之中都有一种沉重的力量。

不错，他是一个有身价的人。谁都知道。一个有身价的人，很像一枚直立着的鸡蛋，而一枚直摆的鸡蛋，最容易遭遇被碰碎的危险。这样的意识，他在昏迷错乱之中，当然也还没有忘掉。而现在，他听得隔座那个人，连续向他提出危险的警告，自然，这使他的错乱的神经上，越发增加了极度不安的感觉。

一个意念飞速闪进他的脑海：“啊！有危险！还是赶快出开这地点！

想定主意，他摸摸头，把双手撑在圆桌上，却像酒醉那样站起来，准备举步向门外走。

四周仍有许多异样的眼光，乱箭一样地飞集于他的一身。这些眼光，包括着许多座客，女侍应生，身旁那个穿深色西装的怪客，以及对方那个三角眼的大汉。

他的身子刚离座位，不料，面前来了一个人，竟自拦住了去路不让他走，使他吃了一惊。

一看，只见方才那个女侍应生，秀媚的眼角带着畏怯在向他问：

“先生，不要什么了吗?”

他看到这女侍应生的手内，捧着一个腰圆的小银盘，盘里放着一张小纸片。他呆了呆，方始意识到自己吃了东西，还没有付账。他不禁伸手到衣袋里面，准备掏钱。在这伸手掏钱的瞬间，一种莫名的恐怖重新又袭进他的心坎：因为他已记起，身上所穿的衣服，已并不是自己固有的衣服。他不知道在这一套神秘得莫名其妙的衣服里，究竟有没有钱？他姑且伸手到衣袋里去摸索一下。此外，他在右边的衣袋里，摸到了一些纸片，样子可能是钞票。掏出来一看，果然是两叠蓝颜色的花纸。他把其中较厚的一叠，向那小银盘里一抛。不管三七二十一，摇晃晃地向门口就走。

他完全没有看到那个女侍应生睁大了眼在向他发愣。

穿制服的孩子仍旧用先前那样的眼色看着他而替他拉开了门。

他的身子从热闹的空气之中再度摇晃进幽悄的街面。

迎面夜风吹来，使他昏乱的脑子，比较更清静了些。

这时街面上已比之前更冷静。

他准备到哪里去呢？当然是准备回家。看看四周，并没有一辆车子。定定神，他模模糊糊意识到他身子所在的地点，好像是在霞飞路的某一段。他开始懊悔，没有在这咖啡馆里，借打一个电话，好让家里放车子来接他。但是，想起了那个大汉的三角怪眼，他并不想再回进去。

他姑且向着比较光亮的地方走过来。

他把极度疲弱的身子，再度投入于那些梧桐叶的晦黯的剪影之下。

过去的奇事，一件件在脑内打转。一种莫名的恐怖，一阵阵在刺促他的神经。想来想去，只觉那天晚上的事，完全像是一个梦；然而仔细想想，明明不是梦；既然不是梦，那么，到底遇见了些什么事情呢？——他依旧无法解答这个谜。

他一面找着车子，一面在树影之下摇晃地向前，一面不知不觉，伸手插进了西装的衣袋。他在方才摸索过的那只衣袋里，又摸到了一些手帕，烟盒，铅笔之类的零物。同时，他在满脑子里搜索过来，却想不出他所穿的，究竟是谁的衣服？

因为摸着右边的衣袋，顺便他把他的左手，再向左边的衣袋里伸进去。他的指尖，碰到了一件坚硬的东西上，那是一件金属品的东西；分量似乎相当沉重。仔细一摸，手指的触觉告诉他：那东西不是别的，却是一把冰冷的手枪！哎呀！衣袋里面，怎么会有这种危险的物品呢？他的胆子一向就很小；并且，他自生手指以来，一生也从没有接触过这种东西。他怕这支不知来历的手枪，没有关上保险门，一不小心会触动枪机而闯出祸来。他赶快把手从衣袋里伸出来。

他的心在狂跳！同时他的脚步在加速地向前移动；在他昏乱的意识中，好像是要逃避衣袋里的那支手枪的追袭！

就在这个时候，这静寂的街面上，忽有一串历乱的皮鞋声，直向他的耳边送来。

起先，他还以为这是他自己的脚步声。因为他还记得他的脚上已被换上了一双莫名其妙的皮鞋。但是仔细一听，那种急骤的步子，分明来自他的身后。当时，他不回头去张望倒还好，回头一望，他的灵魂几乎要飞散在这幽黯的树影里！

原来，他从路灯光里看过去，只见二丈路以外，正有三四个人在追随着他。为首的一个，正是那个三角怪眼的大汉。其余的几个，他不及看清是什么人；仿佛觉得内中有着穿短打或是穿西装的人。这使他在万分惊慌之中；陡然想起了咖啡馆里隔座那个怪客的警告；紧接着又有一个念头迅速走进他的惊慌的意识中。

哎呀！一定遇见绑票了！——他这样暗喊。

一面迅速地转念，一面拖着沉重的脚步，不自觉地在向前飞奔。可是他虽奔得很快，背后的人似乎追得更快；听听脚步声，分明已越追越近。他的一颗心几乎要在腔子里狂跳出来，呼吸也越弄越短促。在这冷汗直冒的瞬间，他想起衣袋里面藏有一支莫名其妙的手枪。虽不知道这支手枪是否实弹？可是，在这万分危急的时候，他想，何不取出来，吓吓那些追踪他的匪徒，也许可以救一救急。

想念之间，他赶快把手伸进衣袋里，在他伸手摸出手枪的瞬间，他听到那些急骤的脚步声，已经接近他的身后。他在万分慌乱之中，准备旋转身子，用它镇住那些追踪他的人。他的手指则自钩住枪机而旋转身，不料，就在这个短促的瞬间，他的执枪的手臂，已被人家一把抓住；同时他的手指却在一阵酸痛之中被人狠命高举了起来。

砰！……

一响尖锐的枪声从那支向天的枪管中急骤地发出而划破了街面上的幽悄的空气！

连下来，他不知道他在那个沸腾的刹那之间，又做出了一些什么动作？他只觉得做梦那样，一双手已被一种铁制的东西拷了起来！

再连下来，他只觉得他已被一小队声势汹汹的家伙，推进了一辆黑色的汽车！

那个宽大的车厢里面一片漆黑，不见一丝光。

在那狭长的车座上，左右各有一人，把他紧挤在中间，连转动一下也不可能。

对面也有两团黑影，惨默地坐在那里，不作一声。窗上的铁丝网里偶尔漏进一丝光来，闪在这两个黑影的脸上，他不时看到那双三角怪眼，正在向着他狞笑。

他觉得天地在他脑海里疯狂地旋转！

不久，他又完全丧失了知觉。

约摸在上午九点钟的时候。

有一种暴风吹过那样的骚乱，起于一宅五楼五底美轮美奂的住宅中。那座华丽的屋子，当然不属于那些专门仰仗二房东先生代领户口米票的凄惨朋友之所有。告诉你：它是我们的闻人余慰堂先生的不动产之一。

如果你有那种幸福，你能常常走进这座屋子，不久，你就会发现：在这广厦中的一些废置不用的空屋之中，囤着大量的食品，大量的用品，以及大量不为自己所需要的西药品。

这广厦中不但囤有大量的货，同时却也囤有大量的人。

平时，住在这所广厦里的每一个人，其安闲的程度，决不输于那些被囤的货物。但是，在这一个特殊的上午，那些被囤的人，却已不能和被囤的货物保持同样的安静。

骚扰的原因，是为他们的主人——我们的闻人余慰堂先生，一夜没有回来。

一个闻人，必然的也是一个忙人，一夜不归，那有什么稀罕呢？也许，他是高兴住在他的“袖珍公馆”里；也许，他已被挽留在特种的所谓“生意上”；也许，他有外交上的应酬，而在研讨什么“四方形的战略”。凡此种种，不是都有一夜不归的可能吗？急什么？

可是，以上的理由，现在却并不适用于这座广厦之中。

因为，我们这位闻人，私生活一向很严肃。平时，绝对没有一夜不归的习惯。很多人知道：他的太太的贤德，却是养成他这严肃的习惯的原因之一。

余先生另有一个习惯。平时，如因特殊的原因而在外面逗留到晚上十二时以后，他必然要打电话回来，报告他的准确的所在地点，连带说明他的准确的回家时间。

可是，在上一晚的十二时以后，那个必要的“述职”的电报，竟没有送回“白宫”。

这是一个反常的情形哪！

因之，一种较小的骚乱，在隔夜已起于这座广厦之中。

电话线在隔夜已和各个有关方面开始接触。但是，从各方面所获得的消息，始终非常混沌。

尤其恶劣的是：我们闻人的贤德太太，在最近，恰巧听到过一种传说，据说余先生在外面，颇有一些不稳当的企图，正在偷偷进行。这使太太暴跳如雷。她觉得那个传说，似乎已让眼前的事证实了。

并且，还有很离奇的事情哩。

在这一夜，余公馆中曾一连接获三个很奇怪的电话。电话的对方，是一个年轻的女人，声音非常紧张，探问余老先生有没有回来？这里问她是什么人？找余老先生有什么事？那边却把电话括的一声挂断了。——三次的情形都一样。

这三个电话，第一个是在晚餐时候打来的，最后的一个，时间却已过了午夜。对方的声气，似乎愈弄愈着急。——这女人和余先生有什么重要交涉呢？

看来事情真有点奇怪！

一个紧张的隔夜，在那位贤德太太一半愤懑一半忧虑的混合心理之下度了过去。

到今天早晨，时候还不到六点钟，大队带行通缉性的侦骑，纷纷奉命出动。其中包括：余先生的大公子国华，次公子家华，以及男女干练仆役等等。

在九点半的时候，大少爷国华的自备汽车，已开回余公馆门口。他从汽车里跳下来，用喷香的手帕抹着汗说，他把全上海的地皮，差不多都已翻转来，简直毫无影踪。

十点刚敲过，二少爷家华坐着出差汽车，也回来了。头上菲律宾式的头发，已经弄得很乱。他用手帕拂着西装上的灰尘说：凡是可找的地方，都已找遍；甚至他连浴室那种地方，也已列入调查的表格；但是，浴室在上午不开门，所以结果当然他是失望了。

以后，其他出动的人员，也都陆续回来，他们都没有发现老太爷的两撇八字须的影子。

于是，事态渐见严重，公馆里的小扰乱，渐渐进入于惊魂的阶段。

正在这个鸦飞鹊乱麻雀插不进嘴的纷扰的时候，门房里的小山东，拿着一张名片，急匆匆地奔进来说：有一个客，说要求见少爷，报告关于老太爷的消息。大少爷二少爷抢先看那名片，只见那张片子，纸质很劣。片子不是印刷品，却用开花毛笔，写着三个不成样的字：

费太敏

单有这一张片子，就知道这个片子的主人，是个不成材的东西。况且弟兄二人一看这个名字，人家都不认识。二少爷急忙问：“那是一个怎么样的人?”

“那个人，看起来有三十多岁。西装穿得挺漂亮。”小山东这样回答。

看在“西装挺漂亮”的份上，于是大少爷急忙吩咐：“请他进来。”

那个不相识而投进一张劣等名片的西装来宾，被邀进一间古色古香的书房里，和两位少爷会见。

女太太和下人们，在别室里以一种异样的心理，期待着这来宾所带来的消息。

当那位来宾大模大样踏进书房时，弟兄二人急忙用天然的快镜头向他拍照。

只见进来的那个家伙，阔肩膀，高个子，身上穿了一套浅灰色的秋季西装，裁剪十分配身。从弟兄二人眼内看来，觉得此人的衣着，竟比他们还要考究。二人在想：这家伙如此漂亮，为什么要用那种“蹩脚”的名片？再看此人的面貌，倒也并不讨人厌；而且，看在眼里，仿佛很熟，像在什么地方见过面？但又记不起曾在什么地方见过面了。还有一点，此人胸前，垂着一条太过鲜艳的领带，颜色红得刺眼！这使二少爷的脑神经上，似乎已引起了些某一种的刺促；而一时却又想不起，这刺促是属于何种原因？

来客响亮的皮鞋声，充分表示出他高等华人的身份。一个钻石的领针，在近午的阳光里闪射着威胁穷人的光华。

由于来宾气宇的华贵，必然地使二位主人在招待他时引起一种心理上的优待。

大少爷和二少爷争先以恭敬的态度招呼他坐下。

来客的“派头”大得可以。他把他的染过色的西洋眼光，向着那些不够摩登的中国式的家具“巡礼”了一下。眉宇之间，表示轻鄙不屑。他皱皱眉，以不习惯的样子，拣着一张紫檀椅子里坐下，坐的姿势，像是横靠在西洋式的睡椅里。

下人们拣选了上品好茶与上等名烟送上来。来客拿起纸烟，先看看牌子，看得满意了，方始拿在手里，让敬烟的下人给他燃上火。

下人肃然退出。外面有许多人，在窃窃私议，当然，其中包括着余先生的贤德的太太。

于是，他们听到书房里的主客在开始谈话了。

“费先生和家严是一向认识的?”老大用这敷衍句子开场。

“不知费先生光临，有什么见教?”老二跟着提出较积极的问句。

来客仰面喷出一口烟。于是他开口了。他的语声很骄蹇；好像尊长在对小辈发言。他先问：“两位是不是余老先生的世兄?”

“正是，正是。”老大先说。

“家严在什么地方?”老二比较性急。

“鄙人先要声明，”来客说，“我和令尊并不是朋友。但有一点关于令尊的消息，想报告二位。”

“家严为什么不回来?”老二感到有点焦急了。

“有什么消息呢?”这是老大眼光里的问句。

“我不知道府上的规矩，对于报告消息的人，是否有什么宽待?”来客不说正文而先提出这样的问句。说话时，弹掉一些烟头上的灰。弟兄二人看到此人左手的一个手指上，戴着一枚特大的指环，——那是一枚鲤鱼形的指环，式样非常特别。

可是弟兄二人，听这人的话，说得有点蹊跷，不禁面面相觑，一时觉得无从作答。

结果还是老大先开口说：“如果我们有什么事情，劳了费先生的驾，我们当然要设法谢谢费先生的。”他这话，说得相当圆滑而含糊，这巧妙的辞令，有点近于现代外交席上所习用的方式。

“那就很好。”来客点头表示满意。他又说道，“第一我要报告二位：令尊近时，在外面已新建设了一处小规模的公馆，很有许多较秘密的事项，都在那里和人接洽。这消息也许二位还不知道。”

老大睁眼看看老二，没有发声。因为，这消息于他们确是一个新奇的报道。

“令尊昨日，不是在上午就出去的吗?”来客发问。二人点头。来客又说：“事实上，令尊离府以后，一直就到他的新建设的公馆里，消磨掉了整半个下午。”

来客的说话，带着一些顿挫的调子，这调子暂停于这个小段落上。他又喷着烟。

这时候，书房门外，有些密探们，正以“蚂蚁传报”的方式，将这位来宾所带来的新奇消息，传达于总司令部。大本营里有些咆哮的声音在发出来。依着总司令的主张，恨不能立刻亲自出马，向来人追问出那个新的地点，而马上给予叛离者以闪电式的袭击。但是，这一个策略，却让一些参谋人员，尽力阻止了。

密探们在书房门外，密切地注视着这谈话的新发展。

只听来客扬声在说：“但是二位，决不可错怪令尊翁，以为他在小公馆里，学习游手好闲。事实上，他在那边秘密等候一个人，准备接洽一注伟大的生意。——”来客这几句话，倒像有意在对付这书房以外的咆哮。

“秘密等候一个人！什么人?”二少爷感到焦灼而又困扰。

“接洽一注很大的生意吗?”大少爷的较和缓的口气。

“费先生，能不能请你痛快些说了——接洽生意，大概用不着开一整夜的谈判！——家严为什么还不回家?”老二的脾气，毕竟暴躁。他开始对这位气概不凡的贵宾，发出他的二少爷脾气。

“咦！你——”来客自动燃上一支新的烟，随手抛掉烟尾。他向老二瞪了一眼而厉声说，“你竟这样性急吗?”

他用训斥的声吻接说下去道：“阿弟，请你耐心些听我说；事情的演变，都由逐步而来；事情的说明，也要逐步而来。譬如，世界大战之酝酿以及爆发，那决不是一句话所能说明的。阿弟，是不是?”

二少爷是一个“七石缸式”[①] 的人物，主要的是他不知道这位叫他“阿弟”的来宾，是个什么身份。他觉得未便反抗。于是，红着脸，默然。

大少爷连带不敢作声。

书房门外又在窃窃私议。

他们听得那位来客，在用较和婉的口气说下去道：“令尊在新公馆里所等候的，是一个犹太人。那个英国籍的犹太老板，手内囤有大批的挪威鱼肝

---

① 吴谚：“七石缸，门里大。”意谓在家内托大也。

油。最近，为着某种原因，他的囤货，将有无法出笼的危险。因之，他急于要找一个囤积界的伟人，赶快把这批货物贬价脱手。——于是他就找到了你们的令尊。——”

弟兄二人很注意地倾听。听到这里，交换了一下眼光。因为在几天之前，他们的确听到过这回事。他们再听下去。

“提起你们的令尊翁，的确是一个太伟大的人物!”来客耸耸肩膀，装着一脸布景式的笑容说：“我们都知道他以前的伟大的历史，真可以说是一位囤积界的天才者。在过去，他囤过米，囤过煤，囤过纱，囤过一切一切生活上的必需品；他的伟大的计划乃是无所不囤。而在最近，他又着手于建筑一道大西洋的海底围墙。他打算把全市所留存的各种西药，尽数打进他的围墙之内。他的志愿极其伟大；他准备把全市那些缺少康健的人，全数囤积进医院；他又准备把各医院的病人，全数囤积进坟墓。哈哈，伟大，伟大极了!”

来客在整串的赞叹声中闪动他的眼珠。至此，他让对方看出他的眼光里，流露一种凶锐可怕的神情。但是，他又不让那弟兄二人，获得插口的机会。

“实在令尊翁的意思，那也并不算坏。这个年头，生活程度这样高，做人也真不容易。承蒙他代大众打算，让他们早点得到总休息，省得伸长头颈盼望户口米。也不失为仁人君子的用心。”他继续这样说，“现在且谈正文：昨天令尊在新公馆里，等候那个犹太人，等到傍晚的时候，那边忽而发生了一件意外的事情。”

大少爷的眼光亮起来。

性急的二少爷，搔搔菲律宾式的头发，又想发问。但是，他的问句被来客凶锐的眼光阻了回去。

书房门外议论又起。

有一件事颇为可推。弟兄二人听了来客那套半真半假似嘲似讽的话，他们始终无法猜测：这个家伙，毕竟是个何等样的人？同时他们也始终无法猜测；这位客人的来意，又是何等的来意？他们只觉对于眼前这个人，好像很有点畏惧；而又说不出为什么对他畏惧的原因。

他们只能努力忍耐着再听下去。

“要说明昨天发生的那件事，先得把新公馆里的情形说一说，”来客向弟兄二人问道，“你们对于那边的情形，当然不会明了的，是不是？——这新公馆是一宅单幢的小洋房。里边下人不多；只有男女仆役各一。这是令尊怕人多泄露机密的缘故。既然称为新公馆，当然有一位新太太作为主要点缀。昨天下午，新太太正在陪伴令尊，吃点法国式的米汤。忽然外边打来了一个电话，那是某公馆里的太太邀请新太太去打牌。依照新太太的意思，本来舍不得把令尊冷冰冰地抛下。而令尊却体恤他的新太太，说是只管去打牌，让他一个人待在家里也不妨。新太太走了，那个出卖大批鱼肝油的犹太人却来了；来的并不是犹太人本人，而是犹太人派来的一个代表。这位代表先生带来了几瓶挪威鱼肝油的样品。那个女仆下楼的时节，曾看见“她们的少爷”，开了一瓶鱼肝油，把瓶口凑近他的八字须，在嗅着瓶里的气味。”

二少爷讶异地问：“哪一个少爷？”

“这是令尊在新公馆里用钞票捐到的愉快新称呼。”来客说，“你别打断我的话呀！——不多一会儿，楼下男女两个下人，听得楼上有人在发喊。那是犹太人代表的喊声。奔上楼去一看，只见他们的有胡子的少爷，横倒在一张沙发里；样子像已昏晕过去。犹太人的代表说：大约是天气太热受了暑，不要紧！赶快把太太找回来再说。但是，那一男一女两个仅有的下人，都不知道太太是在哪家打牌，因之他们无法打电话。于是不久他们都被那个犹太人的代表交使出去，分头去到几家熟悉的公馆里，找寻他们的太太。结果，太太不等她的下人未找而先自动溜了回来，据说并没有人邀她打牌，那个电话来得有点奇怪，让她上了一次大当。不过，这还不算上当哩！踏进门来一看，方知真的上了大当。原来，她的少爷不见了！”

这位古怪的来宾，像潮涨那样一口气述说完了那桩离奇的故事，最后，他用大声补充：

“这就是令尊昨日在新公馆里所遇到的事！”

这个时候，“白宫”中的首脑——我们闻人先生的正式而贤德的太太——为嫌密探们的情报不仔细，她已亲自“移步出堂前”。她并没有听出那位来宾，站在两架麦克风前，滔滔地在发表何种伟大的议论；她只听到那篇长篇演说之中，横一个新公馆，竖一位新太太，这让她耳内的火星，快要飞上巴尔干半岛。依着太太的主见，几乎就要亲自列席于这书房中的小组会议。但是，她的一些随员们，却劝她姑且听听看再说。

事实上，书房门外的许多人，都没有听清楚书房里的那段离奇的小说。因为，那位来宾，把这一席话，实在说得太长而又太快了。

当然书房里的出奇谈话还在继续下去。

只听得大少爷在惊疑地问：“那么，家严究竟到什么地方去了呢？”

二少爷却用尖刻而严重的调子，在向来宾发话："你对这件事，怎么会知道得这样清楚呢?"

来宾正在扬声大笑；那笑声像是深夜里的怪鸟叫。随着笑声他在得意地说："这是鄙人一手经办的事情，我怎么会不清楚?"

这轻轻的一句话，仿佛挟着一股北极的寒流而来。却使这弟兄二人的身上立刻冒着冷气，连呼吸也冻住了。

室内来了一阵紧张的沉默。

老大简直惊异得无法再开口。

比较镇静而又机警的还是老二。他在嗫嚅地问："你，你是什么人?"

"二位的意思，大概想要查查我的身份证，是不是?"

弟兄二人，瞪着四只眼，不响。来宾把锐利的视线从老大脸上兜到老二脸上，他指指自己胸前的那条红领带，说："喏!"他侧转脸，指指自己的耳朵，说："喏!"他又伸出他的左手，让对方看他那个鲤鱼形的指环说："喏！这些，都是我的身份证。你们也许知道这些古董的。"

老大似乎还没有觉悟到这是什么玩意，他的滞定的眼珠依然滞定。

(世上有些某种的人群，他们自以为名气很大；他们自以为已经把金字招牌挂在额上，连拾荒的孩子们一看也会认得。偏偏有时候他们把额角拍出来，而人家却不买那本账。于是，我们的有名的人物，未免感到一些微妙的窘意。这时候，书房里的来宾，他就感到一点如上的窘态。然而还好，幸喜他额面神经的组织一向具有可惊的密度。因之，虽然窘，倒还"不在乎"。)

但是，那位较机警的老二，他望望来宾的耳朵与领带，他的脑内，开始闪出某种可怕的幻影。他用基督教徒对付撒旦那样的声气向这来宾发问：

"你，——你，——你先生——就是——?"

来宾却以温和平静的口气接下去道："不错，你已经认识我，既然大家相识，那就好商量了！是不是?"

老二退后了一步，畏怯地问："先生的来意如何?"

来宾提高了声音，笑笑说："鄙人以绑票匪首领的资格，准备和两位非正式地谈谈，不知两位以为怎么样?"

"绑票匪?"老大惊喊。他的眼珠几乎滚落到脚背上！

这时，书房门外，有些较机警的人物已经听出里边谈话的真相。有一个人，把这消息报告了大众。顿时，书房门外，好像踢翻了一个黄蜂窝。

一阵极大的扰乱，起于这蜂群之中，连蜂后也在内。

黄蜂A说：不好了，老爷被绑票的绑去了！

黄蜂B说：老爷是在新公馆里被绑去的！

黄淑C说；老爷还有新公馆吗？——书房里的人，就是绑票匪吗？

黄蜂D说：这混蛋胆子不小！绑了人家的票，还敢大模大样跑上门！

黄蜂E说：这个家伙倒漂亮得很！——要不要去喊警察？

黄蜂F：……

嗡嗡嗡嗡嗡！……

那一阵九音联弹热闹得可以！

毕竟还是太太有主见，急忙喝阻了扰乱。她吩咐赶快把二少爷悄悄唤出来。于是，有一个男仆走到书房门口，偷偷地向二少爷招手。二少爷心里明白，他以一副尴尬面孔向来宾告假，他说："先生请宽坐一回，让家兄陪你谈谈。"

"请便，请便。"来宾客气地欠身。

一面，他又扬扬然，向冻结在书房里的大少爷说："我们不妨以合理的态度，谈谈那个价钱。好歹我这个人一向出名，是个正当商人；我们的生意，都是划一不二的。"

他这几句话，好像有意在向门外发表，所以声音说得相当响亮。

二少爷带着一脸的惊惶，从书房里溜出来。他把那个不很有趣的消息，历乱无章而自以为很详细地向太夫人报告了一气；他说明书房里的家伙，是一个著名匪首，他又尽力描写这匪首的凶悍。

"老军们纷纷议论"！

太太在"力排众议"之下，提出了她的主见：她主张赶快和这匪首好好议价。因为，在这样的时势之中，家庭里断断损失不起一个善于囤积的天才，就是在社会上，同样也损失不起这样一位太伟大的人物的。

于是，她又主张对这书房里的匪徒，尽可能的加以优待。同时她又吩咐全家的人，把这消息严密封锁起来，千万不可声张出去。

（先生们，记着吧：这就是社会上的一般人们如何取得他们到处受到优待的最简便的方法了！）

商议已定，二少爷准备回进书房，以优待的姿态，和这凶悍的匪徒议价。但是，太太毕竟上了年纪，有见识。想了想，他把二少爷唤住道："啊呀！我想起来啦！照规矩绑票勒赎，肉票应该有一封亲笔写的信。你爸爸的信呢？"

二少爷感到一呆。即刻，他似乎已被那条刺眼睛的红领带，弄昏了头，他的确没有想到这一层。于是他说："让我问问他去。"

"你别上人家的当啊！"太太说。

"那不会。"二少爷轻声地说："里面那个家伙，虽然出名很凶悍，但也出名很有信用。我一向知道他，说一是一，比之许多有名人物，靠得住得多。"

于是，二少爷硬着头皮重新回进书房，准备和这上宾式的匪徒，展开互惠的谈判。

书房里静悄悄的画面，看来相当有趣：一个的态度，仿佛被供养在星宿殿中的人物。看样子，好像许多时候始终没有开过金口。另一个的状貌，相反地是这样悠闲。这时他又自动取了一支新的烟在燃上火。二少爷简直猜不出这位大烟量的来宾，自从进门以后，到底已经烧掉了几支烟？他只看见这位来宾身前随便丢下的烟尾，至少已有三个或四个之多。

来宾搁起了腿，悠然吸着他的第五或第六支的纸烟，他望见二少爷进来，急忙客气地招呼："请坐请坐！"样子倒像他是主人。他一面说："我们的生意虽小，规矩不可不守。我忘记把带来的凭据给你看了。"

他边说边从他的西装衣袋里，掏出一只带链子的金表和一枚图章金戒，递在二少爷的手里说："这是令尊的东西，让我带来做一个凭据。这东西比较亲笔书信可靠得多，请你检查一下子。"

坐着发呆的老大，走过来一看，只见这金表金戒，果然是他父亲的东西。他不禁嗫嚅地问："现……现在……家……家严在……在什么地方？"他似乎很关心于他令尊的安全。

来宾向他看看，安慰他说："鄙人既然做这囤货的生意，当然知道囤货的方法。譬如，我们囤积了纸烟，一定不肯让它发霉；囤积了药品，当然要存放在比较干燥的地方。所以，关于令尊的安全，请你放心。"

他说时，却又看着老二表示一种慷慨的样子道："这金表和金戒，不妨请先行收下，就算是我们这注生意的赠品吧。"

老二弄着那根表链，他想开口问价。但一时却找不到一个最适当的辞令，于是他说："那个，——那个，——"

"那个价钱是不是？"来宾代对方解除了那个"那个"的难关。

老大皱紧了眉毛，预先插口说："不过，——舍间的景况，——况且，况且又是这种时候，所以我们要请先生格外原谅点。"

“二位请放心。”来客抛掉了半截纸烟，不再另取。却从衣袋里面，摸索出了些花花绿绿的小纸片，——其中包括着电车票、电影票根之类，——拿在手里玩弄。一面看着弟兄二人说：“票子是有一定的市面。鄙人早已说过，我们做生意很规矩；既不想以大廉价为号召，也不会把价钱抬得过分不合理。我们是决不愿意和市面上的一般猪猡奸商打比的。”

这漂亮的句子使弟兄两人心头感到一宽。

但是来宾又说：“不过，鄙人如果把这票价定得太低，这就是看轻尊大人的身份，对府上的面子有关，这也不大好。”

二人的眉头重新蹙了起来。他们焦灼地期待着来宾口中的数目字；这焦灼比之关心肉票的安全更甚。

“一百万。二位以为怎么样?”来宾撕碎了两张电车票，随手抛在地下。

“一百万!”老大几乎要跳起来。

“这是现在才一百万呀。”来宾满不在意地这样说。他又随手撕碎一张电影票根。

老大以一种艰困的声气向他婉恳：“请先生要原谅，我们根本没有那么多的钱。照舍间的景况，至少出到十万，已经是一身大汗了。”他说时，虽不至于真的出大汗，但的确已有些小汗在沁出来。

“十万？这个鲠不死一只小猫的数目，让令尊听到了，岂不要生气?”来宾向这出汗的大少爷发笑。他又重新摸出一些有颜色的废纸片。一面他点燃烟。

“那么，二十万吧。”老二听口气不对，连忙加价。

来宾吸烟，摇头，手里仍在撕废纸。

“三十万!”

来宾以微笑表示不允。

“四十万!”老二也出汗了。

来宾温和地摇头。

“四十五万吧!”

“到泰康公司去买饼干，那也没有还价的。难道令尊的身份，竟不如饼干了?”来宾衔着纸烟，他用闭目养神的姿态，含糊地说出上面这几句话。碎纸头仍在他的手指间纷落到地下。弟兄二人，对他这种不冷不热的话，只觉敢怒而不敢言。

一方只管加价，一方不肯拍板。来宾一面接洽生意，一面却以扯纸头作为消遣。无多片刻，碎纸布满了一地。——这像世上的某种人类一样：把好端端的干净土地，竟给弄成满目的污脏。

弟兄二人弄不懂他这种举动是何用意？可是，老二的确比他令兄聪明得多。偶尔，他看到那些花花绿绿的纸屑之中，还有作废的舞票的碎片。他不觉眼珠一转，憬然觉悟这位来宾的用意。他想：这家伙，努力于扯碎各式的废票，这岂不是在说明，倘然不赎票，那就要拿撕票的手段对付了！

那注生意无法成交，谈判陷于僵持的局面。

一个年轻的男仆从室外匆匆走进来，在二少爷的耳边，轻轻说了一句话。于是，二少爷以嘶哑的声音，用力喊出“八十万元”的数目。当这最后的数目喊出来时，大少爷的面色显得很难看。因为，至少这个数字在“未来的遗产”上，却是一种无形的损失。

那位来宾，举起凶锐的眼光，看看这弟兄二人，露着一点体恤的样子。于是，他那块板，总算在不很热心的态度之下拍了下去。但是，他还在独自咕哝：“我的生意，一向是真不二价。现在，姑且看在初次交易的份上，就以八折计算，贪图一下下回的生意吧。”

幸亏他这哺哺的低语，那二位少爷在心绪纷乱之中没有听得清楚。

成交的确数，总算定规了。有孝心的大少爷连忙问：“那么，先生几时把家严放回来?”

来宾耸肩微笑。他说：“这是要问你们的。你们的钱，几时付给我呢?”

“当然就付，当然就付。”老二把眼光掠过那条红领带而赶快这样说。但是他又皱皱眉：“不过，舍间一时恐怕凑不出这么多的现款，可不可以……”

老二想说可不可以搭用支票，他这话还没有出口。老大看看老二的眉毛，他忽然得到了一个新的意见。他连忙代老二接口：“那个数目的确太大了，我们或者可以勉强凑出半数的现款。其余一半，等家严回来后，一准立刻奉上。先生如果不信，我们可以先出一纸票据的。”

老大说完，他向老二看了一眼。他自以为他这几句话，说得相当圆滑而聪明。

不料那个来宾却向他笑笑说：“阿弟！你不要以为我的颈子上面，装着三个猪头！为令尊着想，我以为这一笔货款，是越付得爽快越好的。”

他说着，伸手整理了一下他的领带。他再回头向老二说：“有一件事我还没有告诉你们，说出来也让你们放心：我在临出门的时候，我把那票货色——你们的令尊——交给了我的伙计们，我再三嘱咐，必须加以特别的优待。据伙计们的意见，一个有钱的人，身体必然很孱弱，讲优待，补品是必需的。而且，一个喜欢囤积大量西药的人，那也定喜欢大量服用西药的。否则，他为什么要拼命囤积大量的西药呢？基于上述的理论，我的伙计们，已给你们的老太爷特别定下了一张优待的表格。等我要出门的时节，他们曾把那张表格，高声读给我听：在今天的一点钟上，他们要给老太爷，注射一点强心剂，预防他的心脏衰弱。并且，还要让他吃点葡萄糖，与各种钙剂，用以抵抗结核菌。到一点一刻，要给他注射维他命A。一点半，注射维他命B。一点三刻，换用维他命C。到两点钟，再换维他命D。从二点一刻起，他们要请他吃两磅或两磅半的鱼肝油。此后，他们再要请他吃些鱼肝油精丸，鱼肝油滴剂，以防药力的不足。至于其他阿司匹灵，阿特灵，药特灵之类上品特效的西药，准备随时供应，决不使他感到有病买不到药的痛苦。”

来宾摇着腿，像在背诵着一张药房里的囤货表。他伸手看看他的浪琴手表，又说：“啊！时候已不早。伙计们的优待手续，大约已经在开始了。”

弟兄二人睁大着眼，起先，一本正经在听他说出优待的办法。到后来，方始听出他在说笑话；而且，看他说话的态度，明明也是说笑话的态度。可是不知如何，他们只觉得他在说话时的眼光里，老是流露一种凶悍可怕的神情；让他们看着，只觉神经上面，会有一种说不出的不舒服。

他们简直摸不透这位魔鬼式的贵宾的心思。

总之，他们在对方这种不死不活的眼光里面找到了一个确定的结论，那就是：假使他们不把那笔票款赶紧凑出来，结果，一定不会弄出什么有趣的事情来，那是无疑的。

于是，老二霍然站起身来说：“先生不要开玩笑。请再宽坐片刻，让我们商议商议，尽速把款子凑齐，免劳先生久等。”

老二说完，仍旧让他那位面色不很好看的老兄，款待着这位说话不大好听的贵宾，他再回身向外走。

来宾还在谦和地说：“不忙，不忙！”此时，他已不再撕着电车票。他又伸手把茄力克的烟罐拿了起来。

老二到了外面，赶紧把谈判的情形一一详细禀明了太夫人。太夫人听了当然也很着急。主张赶快张罗款子。因为，那张被扣留的票子，要是过了时的东西，那倒也罢了。无奈，眼前这一纸票据，市面上非常吃香，当然要赶快赎回来，越快越好。

可是，事情有点小小的为难：你想吧，无论一个如何富有的家庭，在一时半刻之间，马上就要凑出百万的现款，那总有点不大可能。何况，在这一个地球被踢得像皮球那样乱滚的时候，无论哪一家，根本就不愿意把大量的花纸挽留在家里。

于是，这张罗在这大囤积家的家里，倒也费点时间。

适宜的午饭时间，快要过去了。余府对这位来宾既然主张优待，当然不能让人家饿着肚子而不留饭。因之，太太吩咐专开一桌饭到书房里，让大少爷陪来宾用饭。

来宾吃罢这一顿精美而免费的午餐，抹抹嘴，他又伸手拿起免费的纸烟。燃火的时候，他向大少爷建议以后买纸烟，可以改换三五牌，烟丝既差不多，价钱却比较公道。

他打着呵欠："噘——噘——噘——！"向大少爷说。"噘！昨夜有点小事，睡得迟了些，倦得要命！"他又伸伸懒腰："——鄙人有个坏习惯，每天吃过午饭，非睡午觉不可。如果不妨事的话，我想就在这里榻上面横一横。阿弟，你要是有事情，不妨自便。"

大少爷听说，如遇皇恩大赦，当他透出一口重气而跨出书房门的时节，来宾在成串的呵欠声中向他说："对不起，请你随手带上了门。"

这一个舒服卫生的午睡，时间维持得并不长久。我们这位惰性的来宾，他让一些讨厌的声音，把他唤醒了。睁开眼来，只见两位穿西装的小财爷，恭敬地站在紫檀木榻之前，把许多花花绿绿的东西，送来请他点数。原来，那注数目算是凑齐了。可是其中只有半数是现钞，其余半数，二少爷却以婉转的语气，请他搭用一些条子，公债，与不记名的股票之类。来宾伸手抹着他的倦眼，他对那些一叠叠的百元纸币，只是朦胧地略一检视；并不细细点数。他在检查公债股票的时候却皱皱眉说："我们做生意素来十分迁就；凡可通融，那是一定予以通融的。"最后，他一一把条子拿在手里，掂着分量。他尽力做出有钱人怕危险的样子说："那么多的东西，赤裸裸地捧在手里，我有点胆小。况且，这个年头，路上又是那样不太平！能不能借个皮包让我装一装？"他又自言自语："生在这个时代，明哲保身，财不露帛，那都是很要紧的。"

大少爷听着他这种刺耳的鬼话，简直想哭而哭不出来：二少爷也是想笑而无法笑。两颗脑袋只能并在一处摇。无可奈何，他们只得把一个装过了许多囤货样品的旅行袋，清出了交给他。这是八十万元之外的一件小赠品、小意思。

票款是在"特别慷慨"的态度之下付清了。于是，双方开始讨论退票的手续。来宾对于这个问题，似乎比这弟兄二人更性急。他把那只吃饱了血的臭虫似的旅行袋，马上拎到手里。他向他的两个主顾说："二位中的任何一位，跟我一道去，顺便就把那张票子亲自带回，好吗？"

弟兄二人听说，你看看我，我看看你，四个眼珠，露着一种类如奉命举行壮烈牺牲的神情，他们没有爽快地说出 OK。

最后，还是老二看看来宾的耳朵，又看看他的领带——再看看他的那个指环。他很漂亮地说："我们一向知道先生的信用，可以不必跟先生同去，关于家严的事一切都仰仗费心吧。"

来宾客气地说："你们知道我的信用，那就好说话。"说着，他以告别亲友的方式，提起那只旅行袋，向他的主顾一鞠躬而踱出书房。

弟兄二人在一连串的"费心""劳驾"之中恭送这贵宾踱出大门。满屋子里的人，大家透出了半口气，仿佛在西北方四十五步，送走了一个神道一样！

来宾踏出门外，并不开步就走。弟兄二人看他站定了脚步，在那里吹口哨。有一辆小汽车随着他这口哨而驶到他的身前，看样子，是预先停在附近的地方的。他们以为他将跳上这辆预待着的汽车。但是，并不，他只将那只吃饱了的旅行袋，从车门里递给了那个汽车夫。一面挥挥手，让这汽车开走。他自己把双手向裤袋里一插，连续吹着口哨，却悠悠然地向行人道上走过去。

二位少爷一路摇着头走进来，把这情形报告了太夫人。太夫人埋怨这弟兄二个，说是不该不派人跟他同去。万一票子断了线呢，怎么办？

但二少爷却以极有把握的口气尽力担保，说是决没有那回事。并且他还保险：至多在二小时内，肉票可以安全回家。

太太却还不放心。她主张快派两个人，远远跟着那个家伙，看他走到哪里去。好在他既不坐汽车，也许，一时还没有走得远。

商量已定，赶快派人。这时余府的大众，都已知道那个刚被送走的匪徒，是个何等样的匪徒。因之，他们对于这个使命，大都表示不热心。最后，还是在"重骂之下，必有勇夫。"有两个年青机警的男仆，硬着头皮答应愿去。——这两个男仆，一个叫做阿根，一个叫做阿荣。

两位大管家在拜命之后，火速追出大门。两面一看，还好，他们并没有费掉多大的气力，就找见了他们的目的物。原来，这座余公馆的屋子——位于西湖路和喜马拉雅路之间，地点相当冷清。他们一举眼，就望见在不到六七个门面之外，那位曾经一度被优待为上宾的匪徒，脚步正停留在一个画报摊子之前，倒还没有走远。远远从他侧影上看去：那条红领带赫然刺眼。

阿根轻轻向阿荣说："你看！"阿荣连忙用臂肘向他腰里一碰；碰得阿根喊喔唷。

二人这样鬼鬼祟祟，前面那个匪徒，好像预知后面一定有人送行，因此只缓缓开步向前走。走了一段路，前面已是凯旋路。后面的两个，只见这家伙摇摇摆摆踏进了一家装潢很漂亮的旧货商店。不多一会儿就看他走出来。看样子，大约是打了一个电话。——不错，他们猜着了。那个家伙的确是在这旧货商店里打了一个电话。在电话里他只说了两句话："糊壁纸收到了，赶快开发票吧。"

一时——背后这两个——又见这家伙继续向凯旋路方向走去。他的样子真悠闲。手是一直插在裤袋里，嘴里的哨子，不断地在吹，从进行曲一直吹到了毛毛雨。这仿佛表示，他在余公馆里的一顿免费午餐吃得太饱，因而要借重餐后散步卫一下生。

总之，他这一次午后的卫生散步，路是跑得相当长。背后的两个，在没有跟完一半路的时候已是怨气冲天！他们简直疑惑这个家伙将要进行一个环球的旅行！而且，在背后追踪他也真不容易。因为，这家伙的步子，一会儿那么快，一会儿又那么慢；他的走路的方法，等于从前谭鑫培老板唱戏的方法，"尺寸"忽急忽缓，毫无一定；这简直存心和背后拉弦子的伙计们开玩笑。

两个一路追随，一路连抹汗都来不及！

最后，这家伙已进入第二特区。在峨嵋山路相近，前面来了一个穿西装的矮胖子，这家伙略站定了向这矮胖子问："事情怎么样了?"矮胖子只向他点点头而表示事情已完全办妥。于是，他放过了这矮胖子再继续前进。走到嵩山路，将近嵩山区的警署。这家伙的步子忽而像加足了电气那样比前走得更快。背后的两个，急忙在十几码外加紧步子而喘息地跟上来。正自追得气急，不料路边忽有三四个短衣汉子，在他们的身前打起架来。那场架，打得有点奇怪：好像他们不走上前，这场架也不会打起来；而他们一上前，那路上的全套武行，马上开始表演。甚至，那些战士们的身子，也被推挤到了他们身上。两人为要躲闪那场世界小战，注意力受到了分散，眨眨眼，却已失落了前面那个家伙的影子。

于是，两人焦急起来，阿荣埋怨阿根；阿根也埋怨阿荣；他们互相抱怨，为什么不留心些?

但是阿荣却说："我好像看见他向这警署里面走进去的。"

“做梦！他是一个匪徒，会走进警署里去吗?”阿根说。

“我真的好像看他走进去的。”阿荣固执他的意见。

“要不要我来替你叫叫魂?”阿根用林语堂博士发明的“幽默”方法斥责他。

争论没有用，他们姑且走向这警署的门前去看看。在这警署的门外，他们看到一件事情，感到有点奇怪。原来，他们看见自己公馆里的汽车，静悄悄停在那里。在驾驶座上端坐着的，正是汽车夫阿林，一点也不会错。

两人急忙走上前去，隔着车门向阿林问：“你在这里做什么?”

“接老爷回去呀!”阿林说。

“到这里来接老爷?”两人同时感到惊奇了。

“你们出来没有多久，公馆里接到了一个电话；是老爷的好朋友打来的。——”汽车夫向他们解释：“叫我们赶快放车子到这里嵩山区警署来，接老爷回去。”

“这是怎么一回事?”

“我也不知道。我只听说老爷昨晚在这里住了一夜。”

“你别瞎说!”阿根不信。

“难道老爷会在这里打上一夜扑克吗?”阿荣也以为阿林的话靠不住。

“不相信，随便你们。”阿林别转头去，表示对这两个同伴无可理喻。

正在这个时候，阿荣忽然用力拉着阿根的衣袖而诡秘地说：“快点看！那个家伙又从警署的大门里走出来啦!”当阿根随着阿荣紧张的指示而举眼向前看时，阿荣还在轻轻地说：“我说我的眼力一向很好，决不会看错！刚才我是清清楚楚看他进去的!”

两个正在紧张地说着，那条神秘而刺眼的红领带，却已越走越近。

有一点是太奇怪了！这个红领带的家伙，进去的时候，显得神气十足；出来的时候，竟已变成非常萎靡。看他的样子，真像一匹受了伤的野兽快要倒下来。他的身子，被挟持在两个西装青年的中间，又像在演唱“独木关”。——细看这两个西装青年，不是别人，正是他们的大少爷和二少爷。

背后另外跟着两个人，那两个人也是认识的；都是老爷的好朋友。其中的一个是纱业巨子；另一个是药业巨子。总之，这两个人也都是在这大都市中常常做些证婚与揭幕等类的“荣誉事业”的大闻人；不但两个人认识他们：多数上海人是连他们的骨头变成了灰也认识的。

奇怪！两位大闻人为什么步着一个盗匪的后尘呢?

事情是越弄越可异了！

等这一队人物将要踏上汽车，阿荣阿根方始辨认清楚：中间这个被簇拥着的家伙，并不是他们所追随的匪徒。细看面貌的轮廓，仿佛像他们已走了一整天的老爷。可是身上的西装，皮鞋，还有那条红领带，竟和那个盗匪完全一样。咦！老爷为什么要装扮得和盗匪一样呢？

而且，老爷脸上的胡子呢？

那辆汽车满载着一车子的神秘急驰而去。这里，留下了阿荣与阿根，睁大着眼珠站在人行道上做梦，正像他们的老爷——我们的闻人余慰堂先生——在隔夜所遭遇的情形一样！

那两个惊奇很发呆的人，他们当然不会在人行道上发着一整夜的呆。所以，不久他们就在议论纷纷之中回到了公馆里。可是回家以后，他们依旧不曾打开那个神秘的闷葫芦。他们只在众人口里，得到了一些零碎、纷乱而又模糊的消息，这消息像是某时期中报纸上所载的消息一样，简直使人越弄越糊涂！

有的说：老爷回来的时候，那种疲倦简直难得看见，所以一回来就睡下了。

有的说：老爷和人吵架，所以昨夜在警署中被关了一夜。

有的说：老爷犯了什么罪，今天是交保出来的。

有的说：老爷为打抱不平，昨夜曾开枪拒捕。

有的说：老爷是由警署里的人物，从绑票匪的手里救出来的。——那个匪首已经抓住了。

有的说：……

总而言之，这是怎么一本账？这连留守大本营的太太，连迎接老爷回家的两位少爷，连送老爷回来的两位闻人，连警探人员，甚至，连老爷本人，都有点说不上来。

真的，他们中每个人，都只能说出这事件的某一部分，而无法把这整个的“Trick”（恶作剧）加以详细说明。

写到这里，故事是完了。我似乎又可以把我的患肺病的钢笔搁下来了。

但是读者们说：不行！你只说明了这故事的外表，而没有说明这故事的内容！你应该把幕后的一切，指出来给我们看。

好吧！我就把幕后的事情说给你们听。

其实呢，说出来也像氢氧变成水一样的平淡。原来：我们的主角，——

闻人余慰堂先生——所遭遇的事情，其前半，那位匪徒先生在余府上已完全说明；他所说的一切，的确丝毫不假。当时，余先生在那只鱼肝油的样瓶里面，嗅到了一些什么东西，——当然是麻醉品，这东西的性质非常剧烈。我愿意保严这个秘密以待我自己在不能以笔墨维持生活而准备跟“吾友”下海做强盗时自己应用。所以，我不准备把它的名目说出来。——之后，他就被那个犹太人的代表和另外一个人，从他的新公馆里，用老虎车装死猪猡的方式，搬到了另外一个地方。——当然是匪徒们的巢穴。感谢匪徒们在他昏迷不醒的时候，让他漂亮漂亮，代他施行了些返老还童的手术，——这手续包括免费的理发和修面。——他们把他由中装改成西装，由缎鞋换上皮鞋，使他以另外一个强盗面目与世人相见。——此外，他们又在他的衣袋里面，放了一支手枪，让这位有身价的人物，随时可以防防身。却不防这个没脑子的东西，居然也会藐视法律，做出开枪拒捕的事来。

总而言之，以上的计划，又是我们这位神秘朋友特地和现代绅士们开开玩笑的一个新鲜杰作。——这里，我们姑且尊重这位神秘朋友的意见，就称他为费太敏。

当时这个费太敏，既用速成方法把一个绅士改造成了强盗，一面他又指使一个向来和警署方面很熟悉的眼线，特向嵩山区警署告密：就说那个红领带的家伙，将于今晚几点钟到几点钟，出现于霞飞路的某段，而有所动作。在警署方面，听说这条捉不到的大鱼将要入网，当然不肯错过机会。而同时，这费太敏却用一辆汽车，就把他的代表人，准时送到了那个预先指定的地点。——霞飞路的某一段。——并亲自扶他下车，准备让他进网。

在事前，费太敏还怕余先生在鱼肝油瓶里所受到的药力有点不够。因之，他曾提早实行他所许诺的“优待”，给余先生施行了一次注射的手续。那种注射剂，能使人在短时间中，完全失去记忆。——这是一种什么药品呢？这也因为有关我们那位神秘朋友的“商业上”的秘密，当然，我也同样不能加以说明。——于是，我们的主角余先生，就在这种情形之下便遭遇到了一件任何人都不曾遭遇过的经历。

不过，读者假使要问：当时的余先生，为什么要走进那家咖啡馆里呢？这里面，似乎有些时间上的错误，以致临时造成了一个新的局势。原来：费太敏亲自送他的代表人到达指定地点时，因为谨守时间信用，竟比警署人员先到了许多时。那时“买主”既没有光临，却让他暂时感到了囤货无法出笼的困难。他又不能把这囤货久露在街面上，而使货物受到潮湿。无可奈何，他只能把它送到附近那家咖啡馆中，暂时安放一下，以等待买主的光临。

以后，他当然又曾想些方法，把那买主引到这家咖啡馆里来。

以后，就演出了咖啡馆中所演出的一幕。

以后，那个三角怪眼的买主就来了。你们现在当然已经知道，他就是嵩山区警署的侦探长。

以后……你们完全知道了；不用我再说了。

至于这个神秘的费太敏，导演这出戏剧，他的目的何在呢？目的吗？除了以演剧消遣他所认为可俗的人生以外，主要的一层，当然是为绑票勒赎。根据他的经验，绑票虽是一件轻本重利的事业，而其中最难处理的就是藏票。况且，在眼前这种时势之下，房屋是这样的难找；栈租是这样的昂贵；而二房东之流的面目，又是这样的难看！为避免一切等等的麻烦起见，除了把那张肉票，免费暂放在警署里面，此外，似乎没有比较更妥善的方法了。——很好，这是一个新发明！

还有一点，他对于那位余先生，过去有一些小仇隙；因为余先生在大庭广众之间，曾尽力抨击过他说：像这样的一个恶魔，为什么警探界不设法把他捉住了关起来？而竟眼看他在社会上横行不法！这几句话曾使他感到不大痛快。于是他就依着余先生的话，设法把他捉住了而关起来，也算“即以其人之道，还治其人之身。”依他的原意，还想慢一点把余先生被捕的消息，让他的朋友们知道。这可以把这强盗绅士，多关几天，教训教训他，以后不要再信口瞎说。无奈，近来他又很穷。由于经济上的恐慌，才使他不得不将手里的囤货，赶快点就脱了手。

这里再要告诉读者们。前文所说犹太人出卖大批廉价鱼肝油的事，当然也是完全没有的事。你们想：假如一个犹太人而有大量的便宜货让你囤，那么，大文豪“Shakespeare”（莎士比亚）先生，也不至于写出他的名著“Merchant of Venices”（《威尼斯商人》）来了！是不是？

总而言之，我们的神秘朋友，他在这个故事之中，他又实行了一次所谓“劫富济贫”的老把戏。不过该声明的是：他的为人绝对没有什么伟大的所谓“正义感”，他并不想劫了富人们之富而去救济贫人们之贫；他只想劫他人之富以济他自己之贫。痛快地说：他是和现代那些面目狰狞的绅士们，完全没有什么两样的！

原载《春秋》，1943 年 12 月至 1944 年 3 月第一卷第五期至第六期

劫心记

一

记得女太太们收藏起春装大衣还没有怎样久，眨眨眼，又到了摩登姑娘脱掉袜子赤着双脚满街乱跑的时候。

一个适宜于游泳的季节又到了。

提起游泳，这使人们自然会联想到海与海水浴。也许你不否认我的话：在书本上，在画片里，在你的记忆中，那里真会有不少理想的水之乐园，太足使人憧憬。如果你是一个洋货的爱好者，你会想到美国的"Rio"，你会想到法国的"Normandy"；或者你会想到热带上的"Waikikj"海峡。而在国内的海水浴场，你们也会想到普陀，想到青岛，想到北戴河，以及想到其他许多名胜的地点。当然，各处的海水浴场，也有着各种不同的路线与风格；各处的海水浴，也有着各种不同的情调与刺激。归纳起来说：每一处寥廓的海景，可以使你扫荡一下眼底的尘嚣；每一阵尖利的海风，可以使你剔除一下心头的烦恼；而每一片浩森的海波，也可以使你洗涤一下身上的污垢，上帝创造世界，知道人类涉世以后，将有太多的尘嚣烦恼和污垢，因之，他创造海更多于陆地。

较可怜的是上海人。上海，虽是一个海滨的大都市，实际上这大都市中的人却并不亲近海。上海人非但不亲近海，而且也并不亲近水。上海人所见到的水，除了黄浦江中的浊流与浴室内的波涛以外，连喷水池也是奇迹，上海人因为并不亲近水，大都过着一种太枯燥的生活，而一些爱好游泳的人们，每当游泳的季节，他们也只能踏进游泳池去，去浸一浸枯燥的身子。

别处的人以海为游泳池，而上海人则以游泳池为海。

以下这个具有一点“上海性”的故事，就发生在一个“上海人的海”里。

这是一个仲夏天气的下午，两点钟左右，太阳照在一座游泳池上，它似乎准备把强烈的光线，努力穿入于水底。但结果，却把一方涟漪的水面，打击成了一片片活动的碎玻璃片。在这绿得发蓝的碎玻璃片之中，有许多人，正以各种不同的姿势，在活泼地游泳，很像一座庞大的鱼箱；畜养着许多庞大的五彩热带鱼。

这游泳池的周围，三面都环绕着木屋，成一马蹄铁形，马蹄铁的两边，分列于池子的左右，式样像是两艘船。这两带狭长的屋子，却是两座看台。室内的布置，略如小规模的茶室，其中准备着茶点与饮料，可供参观者与游泳者的憩坐。从这里的窗子里凭栏外望，可以把那片广大的池面，整个吸收进视线之内，来欣赏那些热带鱼。

这时候，左边的看台上，正有两个青年，一男一女，据坐着靠窗的一处座位，一面参观游泳，一面在静静地谈话。

男的那个，模样似乎很瘦怯，头发梳得相当光亮，虽在盛夏季节，也不让汗液破坏他的整洁，他的面貌，不失为国产式的俊秀；可是他的眼珠却显得疲惫而无神，尤其眼眶之间，隐隐露着两圈黑晕，这表示他平时的私生活，许是不很严肃的一个。

这男子的年龄，约莫在二十五岁以上。穿着翻领的衬衫。他的一件白哔叽的上装，临时挂在椅子背上。另有一个带来的纸包，包着一件衣服还不知是什么，放在座位的边上。

那个女伴的年龄，好像比他更轻一点。身材很娇小，但线条却相当健美。她的脸上，不施一点脂粉，可是红白分明，并不让那些三花牌之类的化妆物品，予她以任何威胁。这女子的眼神很妩媚，在水一般的晶莹澄澈之中，不时透露沉思的样子。她身上所穿的是一件白色的 sharkskin 的女翻领上衣。柔白的颈项间露出一段绝细的金链；她这女孩式的装束，完全显示了一种素净的美。

这一男一女两个青年，粗粗看去，可能被认为一对很美满的情侣。只是二人之间，一个非常康健，而一个却带点病态，这是显著的不同。

这时女的那个，身子斜倚着窗栏，正以一种近乎惆怅的眼光，凝望着那片池水。她对于游泳，似乎感到甚大的兴趣，那个男子，却在向她说：

“我真没有想到，今天竟会遇见你。”

“我也没有想到，今天竟会遇见你。”这女子带点小孩子学舌的口气。

“尤其想不到的，是在电影院门口。”男子努力地在他的口气里显示出兴奋。

“这就不对。”女的笑笑说，“我可以告诉你，除了在大华门口，你恐怕永远无法遇到我。”

“你还是像以前一样，那么喜欢看电影。”男的说。

“那也不一定是喜欢看电影。”女的皱皱眉，“实在的说，一切应有的权利，都被剥夺尽了，而看电影，却是剩余的可怜权利之一，于是乎这家‘大华’成了我的遁世的乐园。”

“你为什么只提到‘大华’，而并不说起别家电影院？”

“这是我近来养成的一个习惯，走惯了一家，就不想再走第二家。一来，或许是因为这一家电影院，是距离我家最近的一家。二来，却因为我最喜欢看米高美的作品。”她把眼光望着窗外的远处。接着她又收回她的视线：“并且，我还养成了一种奇怪的习性：每次换新片，我要拣中第一天的第一场上就出来看。如果赶不上这个指定的机会，无论是怎样的好片，我也把它放弃了。你看，这个脾气，不是也有点奇怪么？”

“固执、性急，这都是你过去的性情。你竟一点也没有改变你以前的作风。”这男子摇摇头，向他的女伴这样批评。

女的把澄澈的眼光，飘落到了窗外的水面上，暂时没有作答。停了停，她忽然回转头来说：

“咦！你不是告诉我，这里今天有个特别节目么？”

“这是一个朋友向我说的。”男的呆了一呆然后回答。他看看手表，又把目光在四周兜了个圈子，好像在找寻什么人。他说：“他约着我，在这里会面，但是他还没来。”

这男子在说话的时候，不时把眼光送上他带来的那个纸包。他好像有一句话想说出口，而又吞吞吐吐并没有说出口。他有一种神情不属的样子，因之，他对他的女伴所提出的问句，有些答非所问。

女的却并没有注意他的神情，她只顾望着池子里的那些活跃的鱼，好像小孩看到橱窗里的玩具，表示很大的依恋。

“如果这时有人知道五年前最著名的女游泳家缪英小姐，今天正坐在这大陆游泳池的参观席上，而默默然并无一点表现，他们将感到如何的惊奇呢？”

“请你不要再提那些话。”女的猛然收回视线。她的眉毛皱得很紧。她似乎想尽力找出一句不相干的话来，躲闪当前的话题。但是结果她说：“宇宙的根本原则是交易。希腊那个哭泣的哲学家曾这样说：人不能两次沐浴于同一条河流。——你看这池子里的水，放走了旧的一池，换上了新的一池。谁在依恋那些已放走的水？这岂不是一件非常愚蠢的事!”

一阵含有伤感性的沉默笼罩着他们的座位。却让栏外大片的欢笑声和拍手声，溜到了他们的耳边。这时候，在池子里的深水部分，有两个人，在比赛一个短距离的蛙式游泳；其中的一个，姿势活像一只小青蛙。另有一个女子，正把水淋淋的身子爬上池边，一面从池子里舀起水来，嬉笑地挥洒着，因游泳倦了而坐在木板上暂时休息的同伴。再看池水极浅的部分，有一个初习者，正以冒险家航海的姿态，在举行一种“烛式游泳”。——所谓烛式，这是一个新颖的名词，需要一点解释：普通游泳的姿势，不是俯，便是仰，或者是侧。而在初学游泳者，他只能把身子像插烛似的直立在水中，因而有些滑稽家们给它取了一个新的名目，叫做“烛式”或“检阅式”的游泳。——那位冒险家，站在池子的一端，望着那片汪洋的大海，脚底下，已浸到了好几寸以上的水波，他准备从这斜坡形的池底上，由高而下，把脚步移向池之深处，他的神气，像是一个初学步的小孩，摇怜怜从梯顶上面走到楼下来。有的人在向他拍手，有的人在向他鼓噪，那个踞坐在一张特殊的高椅子的救护员，躲在一片遮太阳的布幔之下在向他笑。

一片“轻轻控控”的水响与许多欢笑声组合成了一种别处听不到的交响。——这繁杂的交响中包含着春天的生气与夏天的热力。

池子里的活跃的镜头，却使看台上的这位女游泳家，对于过去的一切，发生了很大的憧憬。

有一片水波那样的回忆，晃荡于她的脑膜上；这是一张五年前的影片，片子虽已模糊而褪色，可是其中却有些动人的场面，而眼前坐在他对面的这个同伴，也正是这张旧片中的重要角色之一。

二

在五年前，眼前的这位缪英小姐，她是本市××大学的高材生，同时她也是本市体育界中的一位数得起的女游泳家。在当时，甚至有人夸张地说：“她的游泳技术，或竟超过那位‘美人鱼’杨秀琼小姐。但是，世间无论什么东西，自一块肥皂以至一位名人，其成名都需要借重于“拉拉队”。过去的杨小姐，因为有人代他“执鞭”因而一举成名，至于我们这位缪英小姐，却因“拉拉队”宣传势力之缺乏，于是同样一个女游泳家，为了这点差别，她的名气，就比不上杨小姐。但虽如此，当然这一尾副牌美人鱼，在当时许多钓鱼者的馋眼之下，也是一个“临流而羡”的目标。而在大队渔人之中，年轻漂亮而善于用软线条结网的余恢先生——就是眼前谈话的这一位，——在追求者的花名册上，其次序也决不会落后。

这位余恢先生，他是一个非癖好的游泳者。说起来，他和这位缪英小姐，却还关点亲，虽然这种亲戚的距离，比之从上海到北平还要远，可是借这一点幌子，在追求的距离上，却可以缩短不少路程。当时的余先生，不但时时勉力奉陪着缪小姐作水上演习，同时他本身也用水一样的温柔，密密包围这条活泼的鱼，使她感到近乎窒息一样的愉快。

有一个时期，余先生几乎张起他的软线条的巨网，把这第二条美人鱼，从大海拖上海滩，又从海滩上拖进礼堂。可是，他们在将要踏进这个阶段的时候，缪小姐在余先生的性情上，忽而发现了某种缺点，结果，缪小姐竟以闪电姿态，跟另外一个男子结了婚。

这一闪电式的打击，于这位余恢先生是何等重大，似乎无须再加说明。从那时候起，他和这位女游泳家，不但断绝了友谊，甚至也断绝了亲戚上的来往。

缪英小姐的婚姻，从一般的眼光来看，好像相当美满。她的丈夫郭大钊，比之现在这位“临流怅望”的余先生，好像格外说得嘴响，他是一位刚从德国汉堡大学镀金回来的留学生，样子挺英伟，不谈品貌、学识，单说双方的性情也比较的更为接近。而最主要的是：郭家原是一个有名的世家，家里有着大量的财产，这可以使婚后的生活，格外裹上一种可口的糖衣。

论理，缪小姐的命运，该可以说是十全十美，毫无遗憾了。哪知事情并不尽然，实在的说来，世间所有裹有糖衣的东西，内容必然很苦，甚至不易下咽！这婚姻在蜜月期间，就让这位女游泳家，感到重大的后悔。为什么呢？原来，她发现她的丈夫郭先生，虽是那样一个思想崭新的人物，不幸他的家庭，竟是一个空气绝对腐朽的家庭。这旧家庭的最高当局，——她的五十多岁的婆婆，——却是一位寸半本的独裁者，这位具体而微的统治阶级，一把紧抓着家庭中的大权，包括经济、行政，等等。这旧家庭中的规矩，尤其大得吓人；总之，就连一枚苍蝇飞进这个旧家，也得遵守被指定的路线，而不准越轨。至于我们这位活泼泼的缪英小姐，她在踏进这个高门槛以后，得到了何种的优待，只看以后所列的几个条款，就可以一目了然。

在蜜月期中，这位独裁的婆婆，已和缪小姐在同甘共苦的情形之下，订立如后的约法：一、规矩人家的女人，应该穿得规规矩矩，要穿奇形怪状的衣服，那是第一个不行。二、规矩人家的女人，应该谨守闺门，独自一个外出跑野马，那是第二个不行。三、规矩人家的女人，不准走进电影院，理由，在黑暗中摸摸索索，成何体统！是第三个不行。四、规矩人家的女人，不准外出跳交际舞和其他什么舞等等，理由，一个女子无端让人拥抱，这成什么话？那是绝对的不行。五、规矩人家的女人，不许游泳，理由，女人赤身露体，那还了得！那简直是不行之外，再加不行。

以上“官话”式的条约，不过是个大纲，其余科目细则，却还不及备载。偏偏，上述的五件事情，都是缪小姐所倾心爱好的事情。你要剥夺她这爱好，等于从活泼的鱼儿身边带走了水，其难堪可想而知。可是鱼儿已进了网，后悔，无及，抗争，无效。在这不幸的时日中，婆媳之间当然也曾经过许多不流血而较流血更难堪的战争，结果，徒使一个永久的中立国——那位郭大钊先生，头颅被研成了泥浆。郭先生的性情，原本近于粗线条。从这时候起始，脾气变得格外刚愎。夫妇间的情感，一时虽还没有显著的变异，但是，他们已像一只瓷碗一样，看看外表，虽然没有裂痕，而弹弹声音，却已不像先前那样清脆。不幸的事情，倒还不止于此。正当家庭里面风波不息的时候，恰巧这个时代，也已吹起了不息的风波。有一天——距离婚后不过几个月的一天——郭先生突然留下了一封信，说了些舍身报国的话，竟自弃家出走，不知去向。郭先生出走的前夕，有一个很特殊的情形：他把他平生所摄的照片，尽数带走，不留一页，甚至连粘在几种出入证上的照片，也都特地加以销毁。单单留着一个从德国带回来的金制的心形照相盒，其中藏着一个珐琅做成的绝小绝精制的小像，因为一直悬挂在缪小姐的胸口，使他无法把它带走或销毁。这方使郭先生在人间世上，留下了一个唯一的纪念。

从此，这一颗被金制的链子吊起来的心，便永远悬宕在缪小姐胸腔之间。

依据一般人的想象，以为郭先生的出走，分明带着一个慷慨赴义的姿态。但在缪小姐的心目中，却认为她丈夫的不别而行，多半是因她的婆婆，在她丈夫的面上进了某种极不堪的谗言，以致造成这个意外的不幸局面。郭先生一去以后，从此音讯全无，正像银幕上的人影随着灯光的开放而消失了。地球在轨道上面，不停步地移动，四年多时光，一闪便已过去。外边传来关于郭先生的消息，大半凶多吉少。在这四年多悬宕着一颗心的光阴中，缪小姐虽然并不会被公开宣告，她已成为一个孀妇，可是在亲戚们心目中，久已默认了她这孀妇的地位；而实际上，她也一直是在度着孀妇式的生活。

更可遗憾的是，这个家庭中的剧变，在媳妇的心坎里，以为其过失完全在于婆婆；而在婆婆的心坎里，却以为这过失完全在于媳妇。她的最大的理由，其一，乃是媳妇的八字生得太坏；其二，以为媳妇的性情太过轻佻，以致一进门就造成这种家门的不幸。

双方处于这种偏执的心理之下，其不愉快已无须说得。最最不幸的，她们这种不愉快的程度，虽将达于饱和点，然而她们只为一种原因，却还不得不把这种不愉快的生活照常维持下去。

以上便是缪小姐的过去的历史。

三

五年来的惨暗的回忆，像银幕上的一个淡入的镜头，匆匆在她眼前一瞥而过。

缪小姐的目光，出神地看着那片池水。过去她的生活，一向很喜欢水而接近水；过去她所喜欢而接近的水，此刻却有带着一种象征希望的蔚蓝，展开在她眼前；加之过去她的水中的伴侣，无端又在蔚蓝色的水边，蓦地重逢。但是，一切的过去，都像流水一样的过去了。正如那位古希腊的哲人所说：人不能两次沐浴于同一的河流。一种莫名的伤感，把她推入了沉默的深渊。

沉默有时好像也有一点传染性。由于缪小姐的沉默，却使对方的余恢，被传染了同样的沉默。他的样子，好像正在想着一件无可解决的心事，也许，他也想起了过去的一切，因而紧跟着他旧日的女侣，一同投进了回忆的渊海，但是，他见缪小姐痴痴地看着那些池子里的鱼，他以为她已引起了过去的兴味，因之他努力制造出勉强的欢笑，首先打破这个沉寂。

“喂！英，”他的声调带着流水一样的波纹。他仍以旧时的称呼，低唤着他这像流水一样逝去的旧时情侣。他说，“你真像一个小孩子，在呆望橱窗里的糖果。但是，与其这样呆看，何不走进这糖果店里去买一点?”

他的意思，分明在鼓励他的女伴，跳进这游泳池中，去显一下过去的好身手。

缪小姐的眼角，抹上一丝凄楚的微笑。她说：

“我的情形，你是应该知道的，譬如看看电影，望望朋友，穿一点并不过于朴素的衣服，像诸如此类最小限度的自由，能够抗争过来，已经费掉九牛二虎的力量。——我的家庭里面，为我特定着最新式的五出之条。在这许多条款之中，我已违犯了许多。现在，再要加上一些更重大的罪名，你想，在我瘦小的肩膀上，还能负担得了吗?”

“我想，偶尔游泳一次，你们的专制魔王，未必就有秘密警察，守候在这游泳池边吧!”

“在旧礼教中有句成语，叫作人言可畏，你应该知道这句话。”

“你竟变得这样的怯弱。和以前完全换了一个人。”

“你曾参观过动物园吗？一匹雄狮，在铁栏中关了几年，也会变成一匹驯良的猫。”一丝不成为笑的笑，再度浮上于这位女游泳家的眼角。

“假使那是一匹真的狮子，难道它竟永远这样驯良，而不想反抗吗?”余恢抓住这个话机，他预备用这有力的口气，在一片平静的水波上吹起一些皱纹来。

“反抗?”缪小姐把锋利的目光刺上了她同伴的脸，“请你指教办法。”

“难道你不可以跳出你的铁栏而另找一个新的天地?”

“路呢?”

“凭你这样一个人，不信就不能够在社会上找到一个求自立的职业?”余恢在沉吟了片晌之后，方始提出他这平凡的建议。

“找职业?”她说，“我先要请问，在眼前的社会上，何种的事情，可以算是妇女们的正当职业呢？你当然不愿意我，接近或踏进一个泥沟。至于我自己，我倒也还不愿意把我轻轻供到红木架子上去!”

“这是一个偏见。你以为眼前的社会上，除了泥沟与红木架子以外，就没有较正当的妇女职业吗?”

“你的话也许不错。但是我要请你张开眼来看看事实：你不能否认，在眼前的社会上，固然像有许多事是找不到人；但实际却正有许多人是找不到事。也有无数的青年，正在高喊毕业就是失业。这还偏重于你们男子一方面说，至于女子方面，阻碍既然较多，其困难的情形，自然也更进一步。”

以上的话题，像是一个鱼钩，已经拨开了这美人鱼的嘴。因此她又接下去说：

“我也知道职业界上正有不少理想的位置，等待你去接受。然而据我所知，那些具有较理想的位置的地方，他们就不很喜欢雇用女子，他们也有很好的理由，其一，他们不喜欢雇用未婚女子，因为未婚女子容易和男同事发生纠葛，其二，他们也不喜欢雇用已婚的女子，因为已婚女子必然要有生理上的变化。到了那个时候，他们不得不给她充分的假期，这是一种损失。其三，他们雇用了男子，逢到有什么不满，可以随便加以指斥。至于对待女子，就不能这样随便。他们以为一个较重的声音，或是一个稍为两样的脸子，那就可以制造许多潮湿的手帕。——我承认这是真的。——这种情形，也使他们感到麻烦。你不要笑。这并不是笑话，这是事实。”

她在对方没有找到适当的话句之前，自管自说下去：

“有一种情形是很稀奇的：有一些人在唱着提倡女子职业的高调，而另外有一些人在高喊女子的最佳职业就是嫁人；可异的是，后一种的论调，同样也会发现于前者的口内。还有稀奇的情形呢：一部分的女子，已经找到了所谓较理想的职业，但，只要这个女子平头整脸，长得还不算坏，于是不久，自然而然就有一种男子，会想尽方法，另外要把她们介绍到安放着十一件喷漆摩登家具的办公处去服务。这种事情，也随处可以遇到。基于以上的情形，所以我的结论也只能随众而说：女子的最佳出路就是嫁人。”

“嫁人也不坏呀！”余恢急忙把这个题目抢到手内。他舔舔嘴唇，费力地说：“像你这样的人，总不至于羡慕一座贞节坊吧！”

“然而问题也决不会像你所说的那样简单，第一，你不知道大部分的人，对于再醮的妇女——尤其是孀妇，——他们会有怎样的歧视？你尽容易在人群里面，找出许多带着簇新的嘴脸而高唱打倒什么什么或提倡什么什么的人；但是你很不容易找到一个带着簇新的头脑而并不歧视再醮妇与孀妇的人。即使有这种人，他们也不过巧妙地掩饰着这种心理，不让它们显露，不是完全没有这种心理。况且，你之所以劝我脱离这个家庭，无非要让我逃避这个家庭中的专制者，然而你是否保得住，在另外一个家庭里，就没有同样的专制呢？总而言之，在眼前这个尴尬的时代上，新旧两种思想之间，好像隔着一块大玻璃，看看呢，好像已经通明无阻，可是你要漫不经意地走过去，那你就会碰痛额角，甚至头破血流！”

“照你这样说法，为了怕碰破头。那么，只能眼望当前的那块玻璃，永远拦阻着你了！是不是呢？”那一个的声音已变得非常颓丧：“不过，英！你要想想呀，人生的方式，那是决不能永远依照着你的看电影的方式的!”

“是的，我知道，人生除了懦怯、屈服、投降，这些不好听的名词之外，另有一大堆较动听的话头，如勇敢、前进、冲锋之类。这都是唱高调的人们，喜欢随便拉扯出来的调子。”——这一个从轻亵的声音中带了一个苦笑：“不过我也有个浅薄的愿望：我只想请求那些随便拉调子的英雄们，先把别人所挑的担子，自己试挑一下，然后，再向那个挑担子的人下批评，那是功德无量的。否则我可厌恶这种高调!”

那个暂时默然。

这位过去的女游泳家，流水似的发表着她的议论，因为讲得太兴奋，她的语声，也不自知地开始有些激昂，却把近边几个座位上的视线，有意无意吸引了过来。这里余恢刚要开口，恰好外边也有一片喧闹的人浪，哄然杂作而打断了他们的对白。接连池子里又来了一个“控通”的巨响，水声立刻把缪小姐的目光拉出了栏外。

在谈话间歇的瞬间，余恢下意识地仰手抚弄着他所带来的那个纸包，一双疲倦无神的眼珠，却正透露着严重的心事。

四

当余恢和缪小姐在进行谈话时，另外一个座位上有一个人，正在用心地窃听着他们的对白。这个人的位子，距离他们并不很远。地位是在缪小姐的背后而面对着余恢。这个坐在他们背后的人，走进这所看台，是在他们之前，抑或是在他们之后，这却并没有人知道，所可知的，这人对这谈话的一对，显着十分的注意，一种非偶然而近于鬼祟的注意。

此人也穿着白色的夏季西装，叠起了一个德国式的啤酒大肚子；那件衬衫，包在他的肚子上面，像是一张包水果的包皮纸。他有一个近五十岁的秃顶，圆圆的脸，眼睛像是两条缝。他的全身的线条，完全像是漫画上的线条。

此人不时撑起他的狭缝般的眼皮，在向余恢凝视。这里余恢每次被他看着，便来不及地把视线避开，而脸上也格外增加了不安的样子。

缪小姐正把眼光送到那片水波上，她忽旋转脸来重新再向余恢问：

“你说今天有个特别节目呀?”

“奇怪，看这样子，不像有什么特别节目。而且，我的朋友也没有来。”他把眼光停留在身旁的纸包上，想了想，他又说：“如果你肯走下池子，那么，全场的人，将有一个临时的特别节目可看了。怎么样？英！”

缪小姐微笑摇头。她的水波那样的眼珠，重新融化在那片水波上。

这里问答的时候，那个圆脸的家伙，正从一只三炮台的纸烟壳上，撕下一点纸来，取出一支铅笔，写了几个什么字。写好之后，他向一个侍者招招手，等那侍者走到他的身前时，他把纸片交给他而轻轻向他说了几句话。

这家伙的狭缝似的眼睛，随着这侍者的身子移动到余恢的桌子上——神情愈弄愈可异。

那个侍者把一杯冷饮托在一个盘子里，送到了余恢的座位上。余恢因为并没有唤这冷饮，正感到惊异而想发问，一眼看到这盘子里面，放着一块碎纸片，纸片上有几个铅笔写的字。他猛然抬起头来，向那个圆脸的家伙看了一看，立刻他的脸上泛出了一种死灰似的颜色。

可是凭栏外望的那位缪小姐，却并没有注意这个短镜头中的变化。

这时池子边上又有年轻的女子，用一个鲤鱼打挺的姿势，轻捷地滑进水内；——“控通”——水面开了一朵花。四周的掌声与水响交织成了混合的一片，对方池边有三个学童挤坐在一处，他们的身子虽已被水浸软，可是狎水的兴趣还没有尽。看见有人下水，他们不及拍手，六条腿在这大盆子里——“轻控”，“轻控”，——像幼孩洗脚似的乱踢着这水波，而让水花飞溅起来。只见那一大摊闪耀于阳光下的蓝色碎玻璃，也让这些池子里的鱼儿越弄越碎。

栏以外的水之音乐与图画，在这女游泳家的脸上引逗起一种兴奋的薄红。她在太阳光中，闪动着她的长睫毛。看样子，像一个被阻弄水的幼孩在眼看别的孩子自由弄水。她几乎要向池子里扣一阵手，以显示她的羡慕。余恢乘机向她说道：

“看你这样高兴，何不也去试一试？”语声把水面上的灵魂唤回。她的脸色又变为沉郁。但对方不等她摇头，马上又恳切地说：“从今以后，我们恐怕很不容易再见面。也许，我将永远没有机会，再看到你像从前一样的游泳，你能不能答应这个末次的请求，让你的朋友，得到一些快慰？”

说话的时候，他的眼角，显然已装满了伤感的情调。最后他又补充：

“我想，这难得的一次未必就会发生问题吧？”

缪小姐向他看看，双方眼珠在经过一个短而难堪的接触之后，于是她说：

“但是我没有游泳衣，你知道我的脾气，从来不喜欢使用租借来的东西。”她这口气，较之最初的严词拒绝，显然已经活动了许多。

“游泳衣么？有，有——我这里有！”余恢慌忙指指那个身旁的纸包：“而且这是新的，一次也没有使用过。和你的身材，大约也很相配。”

“你带着女式的游泳衣？”缪小姐显然有点惊异了。

“我告诉过你，我在这里等一个朋友。——一个女朋友。”余恢低低地说。他的眼光看着桌子。

这个情形，假使发生于五年之前，也许这故事中的对白，决不能如此简单。但是，过去的已经过去了。因之，虽然缪小姐的心里，或许有点怀疑，或许竟有点不快。可是她也不再追问，实在她已无法追问。她自管自打开纸包，取出了这纸包中的一件紫色毛织品的游泳衣，在她身上比了一比。这表示她的心坎里，已被对方的话所打动，因之，她对余恢的请求，已在无言中表示接受。但，她是一个五年前的女游泳家，对于这里的情形，似乎已不很熟悉。于是，她向一个侍者招招手，把他唤过来，问了几句话。

当缪小姐向侍者说话的时候，那个圆脸而带漫画线条的家伙，却用一种狞恶的神气看着余恢。他像在发怒，像在冷笑，又像在期待着什么。

这里缪小姐向余恢问：“你呢？”意思问他是否下池？

“我，我吗？——”余恢伸手抚着头，皱皱眉。

缪小姐不知想到了什么，她没有再问。

那边的圆脸家伙在轻轻地咳嗽。

余恢尽力地躲闪这胖人的注视，一面心神不安似地向缪小姐说：

“你可以把你的衣服，锁在衣帽间里。还有——”他的眼光落在对方的皮包上。

“我把这皮包交给你吧。”她从皮包里面随手取些钱，交给那个侍者，让他代她去补购游泳券。想了想，她从袒开着的衣领之中，把悬挂在颈项里的一根外国金链取下来。——这链子比一根棉线粗不了许多，上面缩着一个心形的照相盒。

她把皮包重新打开，放入了这一根链子。她苦笑着说：“我还不能把这个东西随便失落哩！”

说完，余恢目送着她的背影。跟着那个侍者从这看台的入口处兜向外边去。

五

不多片刻，那个换上了紫色游泳衣的影子，已从水淋浴室那边兜绕过来，让水边的骄阳直射着她。她用一方紫色的薄绸帕裹住她的秀发。她的赤裸的腿臂，像用乳色透明的石质所雕刻，线条充分健美，虽还没有踏进水内，已让许多条视线在这蓝澄澄的一片水上结起一片网来。

缪小姐站在池子边上，仿佛一个久未登台的角色，一旦重新踏上舞台，有点怯场的样子。她并没有走上那个高高的跳水台，表演她在昔得意的跳水，她只在池边伸直了洁白的手臂，一钻身就进了碧波深处。“控通！”一条紫痕划开了蓝玻璃。刚入水的时候，她的姿态并不活泼，这并不能使人相信她就是五年前与杨秀琼齐名的女游泳家。但是不久，这一条紫色的小鱼，已狎习了这弹性水波而充分显示她的活跃。不多一会儿，她让全场那些游泳健将，获得了一个不平凡的印象。许多目光从不同的角度里集中到一个旋转着的水晕上。有的在议论她的姿势美，有的在向同伴悄悄打听：她是什么人？木板上面坐着几个人，本来已经游泳得够了。看这紫白的浪花推过来时，他们又重新跳进了水内。

先前的那位烛式游泳者，在池的那一端，在张望着这太深的水。

那片经过滤水器滤过的蓝色水波，假使没有人造的浪花加以激动，简直连最深处也清可见底。这时，在这大半个较深的池子里面，完全显示了“桃乐姗拉摩”所摄制的一个最动人的镜头，她有时把全身完全做成一支箭，泼剌地前进，像一枚鱼雷在攻击一艘兵舰。有时她把身子变成一张弓，在水内绕出一个竖直的环子。她稍感疲乏的时候，却沿着池边透出半个身子，让池边上的细瀑似的喷水，淋着她的臂背。同时她也时时抬头，举起得意的眼光，飘送到看台边上，她似乎在向她的同伴发问：“喂，你看，我还没有完全落伍哩！是吗？”

当缪小姐在注视余恢的时候，当然，余恢也在全神贯注看这一道紫色的水花。但是，池子里的缪小姐，在游泳了片晌之后，她在余恢的脸上，忽然发现了一种可异的神情。

这一次，她看到余恢的脸色有点惨白，两眼有点失神，样子好像就要睡下来。——但是，她以为这是错觉。她没有在意。

在另一次兜到池边上时，她发见余恢的两眼，已成为半开半闭；好像他的眼皮上正有什么有分量的东西在压下来，使他无法睁开。缪小姐一面用手臂缓缓拨开水面，一面心里在感到奇怪。她想：他为什么要露出这种疲倦的样子呢？由于她的同伴的态度并不兴奋，这使她的游泳也减低了活跃的姿态。但是她在这个难得获到的机会中，还不愿在兴致未尽的时候就辞别这片心爱的水波，因而她还没有从池子里走出来。

这时，池子四周的观众，包括着那个坐得很高的救护员，都在热烈地注望着她，似乎在给她一种无声的鼓励。——让她多逗留一会儿。

可是在她第三次把眼光送到她这同伴的脸上时，他竟看到一个完全出乎意外的情形；那个凭栏下望的余恢，坐着的样子改变了原状，而完全呈现出一种不习见的姿势。他的两眼完全紧闭，分明已经踏进了睡乡的深处。他的嘴张得很大，远远看过去，还看到他的口角间，像有一些口沫在流下来。

这一个奇怪的画像实在太奇怪了！缪小组的心头有点怦怦然，她情知这里面已发生了什么不很妙的事情。她慌忙跨出池子，就在池子边上把身子轻轻跳跃了几下，让湿淋淋的水淌掉一点。一面她不再假道于先前所经过的更衣室，却就在木板上面拾级而上，慌慌张张走上那座看台。

池子四周的观众，不知道她这慌张的态度是为什么理由？好多条视线都被她的湿淋淋的身子带上了看台。同时看台上的座客，也把眼光集中到了一处。

许多人都看到了一个小小的平凡的喜剧；但是，他们不会知道，在这平凡的喜剧幕后，隐藏着一个不很平凡的剧情。

缪小姐走到余恢的身前，她发觉她这可异的同伴，已入于深睡眠的状态，甚至推了他几下也并不醒觉。最后她简直费了一点相当的气力，方始把他弄醒。可是，正当余恢努力抹拭着他的朦胧的睡眼之际，缪小姐忽然发现她的那只皮包，已跌落在余恢的脚边，而那皮包口上的拉链，却已拉开了一半。

这使缪小姐的游泳方毕的肺叶，格外加紧了不规则的扇动。在这瞬间，她好像预感到一种不幸的事件，将要降临到她的头上。果然，在她打开这皮包，匆匆忙忙加以检点时，她发现这皮包中的东西，钱、手表、墨水笔以及其他的一切零星物件，一件也没有少，却单单缺少了一件最重要的东西。——那个藏有她丈夫的照片的心型照相盒不见了！

一颗心在水边不见了；另一颗心也沉入到了冰冷的水底。

在缪小姐不见她这重要物件的时候，这游泳池的看台上，那个带有漫画线条的圆脸家伙也不见了。

但是着急中的缪小姐，却完全不知道这件事；并且，她根本也不知道，这里曾经来过这样一个行迹极诡秘的人。

六

这小小的事变，当时并不曾在这游泳场的群众之前，引起什么纠纷。缪小姐虽因失落了这一件相当重要的东西而感到相当着急，但是，她尽力阻止余恢把这事情声张出来。因为，假使当众查究这件事，那会使全场的群众，在不到一分钟的时间中，全都知道她的名姓；如果因之而传进那位家庭独裁者的耳内，却是一个不得了的问题。为此，当时她悄悄而来，也悄悄而去。她并没有让这游泳场中的任何一人，知道她就是五年前活跃于水波中的缪英小姐；她也没有让任何一人，知道她在这个蓝澄澄的水边，已遇到了一个相当离奇而又麻烦的事件。

一顶小伞抹上夏季斜阳的余晖遮着她的苗条的身影，踏上了焦灼归途。

一路上，她不但拖着灌铅一样沉重的步子，同时她也拖着灌铅一样沉重的心。切实地说来，她失落这个心形的饰物，较之失落了她的腔子里的血肉的心，还要难堪。因为，这里面是有些问题的。

第一：这颗心，是他留给她的唯一的纪念，论理，她是万万不能遗失的，而现在，她竟把它遗失了。——至少，这是心坎间的一种遗憾。

第二：她的独裁的婆婆，三天两天，常要查看这个东西。——如果查问起来，怎么办？

第三：假如说明这个东西已经失落，那么，问的人当然要说，一件藏放在贴肉的东西，怎会无端地失落呢？——她能把游泳场中的情形，照实说出来吗？

第四：一个被束缚于旧式家庭中的女子，在一种无法说明的情形之下，失落了一件藏在贴肉的东西，这事情钻进了戚友们的十八世纪的耳内，将会产生如何后果？

第五……

失落了那么小的一件东西，引起的问题，竟有这么多！

紊混的思想，像暴风一样在她脑内打着转。

而且，想起这东西的失落的情形，的确非常奇怪。据余恢说：在她走进池子未久的时候，他就觉得有一种异样的气味，从身后飘拂过来，一阵阵送进他的鼻子。——那是一种类似劣质纸烟夹杂着香水里面一样的气味。当时他也曾回过头去，寻找这气味的来源。因为不很经意，他并没有发现身后有什么可异的事物。但，从这时起，就觉得眼皮渐渐沉重，全身异常疲乏，简直无法再作一分钟的支持。他不明白自己在霎时之间，为什么会这样疲倦？虽然心里也曾觉得可异，但是，在他努力振作精神而准备驱走睡魔时，接着他就觉得脑子里面开始剧烈的晃荡，比之晕船还要厉害。他还清楚记得这个时候，眼看池子里的那片水波，像一大片海水在反倒过来。以后，他就完全入于睡眠状态而绝无所知，直等到她把他唤醒为止。——依据余恢这种说法，可见那颗心的失落，非但并不偶然；显见这事情的背后，还藏有一个暧昧的内幕，一定是有什么人，用了有计划的手段，劫夺去了那颗心。但是，谁要劫夺这颗心呢？虽然这是一种从异国带回来的式样新奇的饰物，而实际却并不能值多大的钱。如果劫掠的目的是在于钱，那么在包中的现钞和其他较易换钱的东西，为什么客气地留下？如果劫掠这颗心，目的并不在钱，那么，其他的目的又何在呢？因为事情太离奇，使她不得不从较深的地方推想下去……假定掠夺这颗心的目的，真的并不在钱，那么，除非有什么人，要借这个东西陷害自己吧？但是，有什么人要陷害自己呢？

当时她心头上的一片暗影，曾轻轻落到那位家庭独裁者的身上。但是，这并不可能。因为自己踏进那家游泳场，是由于一种偶然的机会，那个独裁者，如何会在这种偶然的机会中，设下预定机关来陷害自己呢？

接着，她脑子里的黑影，又曾一度恍恍惚惚笼罩到了余恢的身子。但是，想起她和余恢的过去情感，再想起余恢的悠柔的性情，他会做出这种事来吗？他凭什么理由，要拿走这颗心呢？

她立刻阻止自己，赶快不要再从这一方面想。

可是不从这方面想，事情也就越想越不可解释。

正为事情不可解释，她越想越感觉这事情万不能使她放心。虽然余恢在临别的时候，曾以非常焦急而又抱歉的态度，向她担保：在最短时日之内，他将倾其全力代她找回这个东西。但是，他这担保是否可以信任呢？

整个的归途消逝于脑细胞的纷乱的活动上，直到她的身子接近家门，依旧没有在乱丝之中抽出一丝头绪。尤其进门的时候，她的失去了一颗心的心中里面，感到一种空洞的重压。由于这意外事变，她在外面逗留，不知不觉已超过了被许可的时间，她惴惴然，简直不敢正视她婆婆冷酷的脸。

还好，那位家庭中的独裁者，并没有向她提起时间早晚的话。

但是，她偷眼看到那位婆婆的脸上，露着一种奇怪的冷笑，她好像在说：嘿！我已经知道了游泳场内的事情啦！

她是不是真的已经知道了那件事情呢？

七

一种惴栗的心情使她感到坐立不安。这种坐立不安的惴栗，整整延续了两天之久。在第三天上，她的心头略感到了一点轻畅。因为，当时余恢曾肯定地答应，他在三四天内，一定给她一个较可满意的消息。因而她正伸长颈项在盼望这个满意消息之来临。不料，余恢方面的消息没有来，出乎意外地，她竟接受到了一个破空而来的晴天霹雳。那是一封出于意外的信件，信上的措词，蛮横而又无理，文字似通非通，一望而知这是出于一个抹白了鼻子而穿上破靴子的角色的大手笔。并且这信后的具名，觉得脑筋里面，全无一点印象。总之，这完全是一个不相识者所寄来的信。

缪小姐细细展读这封信。她在没有看完这封信时，已经气得手足冰冷，在看完这封信后，她的眼前发黑，差一点就要昏晕过去！毕竟这封信上写着什么东西，让缪小姐看着这样生气？其实，这不但使她无法忍受，就让任何一人看了，也要感到不能忍受。

以下照录原信所有全部的抄文：

郭少奶奶妆次：

风闻女士近来颇多艳闻。最近曾辟室某大旅社四二四号，与电影明星某君会晤，竟以随身佩戴不离之鸡心形照片盒一枚，私相投赠，作为恋爱纪念。此刻物已落于本埠某巨公之手。某巨公以事关礼教风化，勃然大怒！为整饬社会计，拟将此中全部黑幕，在大小各报公开发表，以儆效尤！唯鄙人为顾及尊府名誉，兼为息事宁人计，业已婉劝某巨公暂时息怒，勿为己甚。兹由鄙人函告女士，限女士于十日之中，筹集现款三十万元，交由鄙人代捐慈善机关，以示女士真心忏悔。一面当由鄙人将女士所遗鸡心，连同照片金链，一并奉还，银货两交，决不有误。并代女士严守秘密，决不宣扬于外，倘过期不来接洽，则鄙人等唯有如法办理，完全将此事登报，以凭大众公论。以后女士身败名裂，咎由自取，切莫后悔可也。金钱与名誉孰重？务请三思，幸勿自误！

仆程立本敬上

信后很大胆地留着详细的接洽地址和电话，这地址就是发信人的家，他自称为“程公馆”。

这一封似通非通的吓诈信，充满着一大把好看与难看的字样，也充满着一大把纷乱的人物与事件。最初的几秒钟内，使这位目定口呆的缪小姐，简直弄不明白，这张纸上是在放着什么烟火？她定定神，把震颤不停的手指，努力捉住这意外飞来的信笺，一连看了几遍之后，她方始全部明白纸面上的鬼戏，同时她也渐渐恍然于那天在游泳场中所遭遇到的事件的真相。据她推想：这个写信的坏蛋，就是那天劫夺她那颗心的角色。至于这个角色，怎么会攫获这个偶然的机会，完成他的计划？关于这，她始终无法揣想。总而言之，这个写信的坏蛋，劫夺了她的东西，准备借此敲诈她的金钱，这还不算，另外却要装一些堂堂乎的理由，以掩护他的敲诈的面目。哼！这是一个现代化的策略；从最大的国际人物，到这最下等的小流氓，都是很擅长这一套的！

暗幕揭开以后，有一股青年人的怒火，凡乎焚烧了她的全身！——她觉得假使能把这个侮辱忍受下去，那么，世间将没有一件不能忍受的事情！——难道，自己真的就把这种不可忍受的侮辱，默默然地忍受下去吗？

假使不愿默忍这种侮辱，那么，除非依着地址去找这个坏蛋，向他提出严重的交涉。但是照这样办，那天游泳场中的事件，也势必致于连带宣扬出来。这事件的宣扬，将会得到如何的后果？

她不敢再往下想。

这事情尤其不了的是：自己即使努力默忍下这个侮辱，而这写信的坏蛋，当然不肯让自己默忍下去就算了事。对方费掉许多心力，实行这个恶毒的计划，目的只在于钱，对方不拿到钱，他肯默默然完事吗？

缪小姐看着这信的前半，结果她是愤怒。而想到这信的后半，结果她由愤怒变成了着急。

总而言之，她觉得她在这件事里，已踏进了一个龌龊而又讨厌的泥潭。假使没有钱，那就休想脱身于事外！

但是，钱呢？

郭家虽是出名有钱的人——也就为郭家出名有钱，自己才会遇到这种龌龊的事——然而经济大权，全部操之于那位家庭独裁者之手，自己按月最低度的一些零用，也须在别人手里讨针线。三十万元的巨数，从哪里筹划？何况限期又是那么短。

她越想越觉得这事情的后果的可畏。

在这十万分焦灼之中，她觉得只有一个人可以商量，这人就是余恢。可是余恢方面，却像石沉大海，丝毫没有音讯。而自己在种种阻碍之下，又没有方法可以去找他。

更坏的是，她的那位婆婆，在这两天之中，时时向她透露恶毒可怕的冷笑。她好像有什么话要对她说，而一时还没有出口。她疑心她婆婆已经知道游泳场中的那件事情。她甚至疑心她婆婆在这个陷害她的机关里面，也是参加预谋的一个。她时时提防她婆婆会突然开口，向她查问那颗失去的心。

还有讨厌的事哩！在接到吓诈信的后一天，她又连着接到那个姓程的人的电话。电话里的对白，除了对她加紧压迫，当然，不会有什么使她愉快的句子。

但虽如此，她依然束手无策。——她根本无法筹划那笔钱，她也找不到一个可以帮助她的人。——她，只能伸长颈子，听凭命运的宰割！

可怜！她的一颗心，被捉住在魔鬼的掌握中，而另一颗心，却在冰箱里面打转！

八

在接到吓诈信的第四天，这是一个寂寞而又烦躁的下午。那位寸半本的独裁者，外出去探望一个亲戚，家里只剩下了缪小姐。有一阵电话铃声来自隔空，直刺进这默坐发愁的缪小姐的耳朵。最近，她很怕听电话铃声，每次听到这声音，使她疑惑电线上面，已带来了什么最不好的消息。因之，一听到铃声就让她的心头会狂跳。但是这一次，她在听到铃声以后，并没有看见女侍们进来请她接电话。

停了好一会儿，她看见那扇夏季的纱门轻轻推开，有一个穿短衣的高大的影子，站在门口里面，这是那个新来的汽车夫。

这一个汽车夫，进这里郭宅门里，一共还不到半个月。缪小姐对于这个新汽车夫，颇有一点特异的印象。照规矩，一个汽车夫，总有汽车夫的惯见态度，会在无意之中自然流露；而这个人竟完全没有。他有一双聪明而带冷静的眼睛，鼻子生得很端正。他那薄薄的带点棱角的嘴唇，样子好像很会说话；可是一天到晚，却又并不听到他说什么话。从一般的印象而说，这人简直不像是汽车夫，倒有点像是一位学者。在某些地方，他还带着几分中国绅士的气度。总之，她不很喜欢这个人。她只知道这个人是原有汽车夫的替工。他在这里，仅有二十天或一个月短期的服务。他的名字，叫做阿达。

这时，阿达站在门口里面，目光灼灼地看着缪小姐，缪小姐也呆呆地看着他。她不知道他无端走进来有什么事。

“少奶奶，有人打电话给你，那个家伙自称姓程，——禾旁程。”汽车夫阿达，用恭敬的语声，向她报告。她被这个讨厌的“程”字吓了一跳，就在心跳的时候她听阿达静悄悄说下去：“我已回报他说：‘少奶奶不在家。’”她心里立刻感到一宽。可是她也有点发怒，她想：一个下人，会有这么大的主张，竟敢代主人回报电话。当时，她还没有把这意思表示到脸上，——事实上是阿达不等她有表示这种意思的机会，而已经接连在说：“对不起！我把这家伙痛骂了一顿。因为他对少奶奶的口气非常无理。”

缪小姐脸上满露惊慌。她情知这个挨骂的东西，就是写信来的坏蛋程立本。她不知道这个汽车夫是怎样的得罪了他？尤其担心这坏蛋在受到得罪之后，不知对于自己将会发生怎样的反响？她一时说不出话来。可是，她看看这个擅作其主的汽车夫，见他满面严肃，冷静的目光，一点没有表情；尤其他的口气，显得十分自然，这不像下人和主人在说话，倒像和一个最稔熟的朋友，毫无拘束地在闲谈。

这态度引起了缪小姐的显然的惊异。

阿达在报告完了上述事件以后，他似乎在等候这女主人的发落。但是缪小姐却被阻于她的心事而依旧没有马上就发言。

在这沉吟思虑的片刻之间，阿达想了想，忽然冷静地发问：“我猜，少奶奶一定怕见这个姓程的人，是不是？”

他这句越轨而又轻率的话，却将缪小姐的蕴藏未发的怒气，飞速地提了起来。她锐声说道：“咦！你……”她本来要说：“你敢干涉我的事情！”但是，不知如何她在这个汽车夫的严冷的可怕的态度之下，竟把原句改变成了如下的方式：“咦！你怎么知道我怕见这个人？”

“大概如此吧!”阿达的口气，坚凝得像一块铁，他并不曾为他主人的怒声而摇动。

“这并不是你所该问的事。”她的怒火添上了火舌。她疑惑这新来的汽车夫，已从电话里面，发现了她的秘事。她又疑惑这汽车夫是受了什么人的指使，而来窥探她的隐情的。因之，她说话时，变了脸色，语声也增加了更重的分量。

可是，这汽车夫阿达，绝不会因主人变色而影响到他的一丝一毫的镇静，他自顾自很执拗地在说：“我知道，少奶奶非但怕这姓程的人，还知道你最近正有一件很重大的心事。”——他把对方简称作“你”，有时简直遗失了“少奶奶”三个字的称呼。

“赶快出去!”缪小姐觉得这汽车夫的口气，越来越不成话。她暴怒的声音发抖而说不成话。她用震颤的手指，指着那扇纱门。

阿达微微鞠躬，他以有礼貌的姿态，接受这个命令。他准备回身走出去。可是他握住了门上的拉手，回过脸来说：“少奶奶，我知道你的事情，非要有人帮助不可。……”他指着他自己的鼻子，“也许，我，——我能够帮助你。但是你不要。”

这汽车夫的语声，像按风琴按在同一的音键上，虽然声音毫无波动，但在冷静中却透露恳切。不管他的话是否可靠，只看他的神气，仿佛具有一种力量，就能左右对方的情神，同时也能表达心坎中的诚意。

室内暂时沉默。

阿达略略等待了一下，他在对方低头沉默之顷，悄然旋转了身躯。

缪小姐眼望着那扇纱门轻轻掩上。她听到那个沉重的脚步，在向甬道里面缓缓走去。

“阿达!”她不期而然高喊出来。

“什么事？少奶奶!”那个高大的影子，带着一张冷静而奇怪的脸，重复出现于门口。

九

说话之顷，他随手掩上门，就在门边矗立着。

“阿达，你的话是什么意思?”缪小姐在椅子里仰起脸来，畏畏怯怯地问。

“我说，假使没有人来帮助你，你一定没有方法抵抗人家的欺侮。”阿达这样回答。

“你知道我的事吗?”缪小姐的眼光，像她的声音一样，充满着狐疑。

“我不很清楚。”

“你说你能够帮助我?”她虽恍恍惚惚这样问，但语气之中，自然的充满着不信任。

“也许这样。只要你肯把全部的事情，清楚地告诉我。”阿达说：“我即刻把太太送到了张公馆，他关照我在五点以后，再放车子去接。所以，眼前却是一个最好的谈话机会。”

缪小姐暂时不语。她把眼光滞留在这汽车夫的脸上，似乎在考虑这个人的说话的真实性。当这简短的对白进行之际，主仆双方无形打破了阶级观念，而处于朋友互商的地位。依着缪小姐的心理，她当然无法完全相信一个汽车夫，竟会代她解决那种完全无法解决的困难。但是，一个人既已跌入黑暗的深渊，偶然看见一点星光，也会把它当作一座灯塔。况且她想，事情的局势，原已达于恶劣的顶点，即使再进一步，也未必更会增加恶劣的程度。在横字当头的心理之下，她终于踌躇了一会而把游泳场内所遭遇到的事情，绝不隐藏地说出来。

一方继续地说，一方静静地听。阿达偶然也插进一二个问句，缪小姐都照实回答。

“你看这事情怎么办?”缪小姐在说完了她的心事以后，把忧郁而恍惚的眼光，凝注到这汽车夫的脸上，只见他的眉毛渐渐紧皱；他的头颅不住在摇。这分明表示事情非常棘手。她的眉毛不由得不随着阿达的眉毛而紧皱。她担心阿达会这样说：“这样大讨厌的事，对不起，我也没有办法!”不料阿达并不如此回答，他只是坚决地说：“我想，这件事，只有一个人太可疑。”

“谁?”

“你的那位令亲，——余先生!”

“你说余恢？他，不！——你别乱猜，他决不会……”

“事情明显得很!”阿达不顾对方的抗议，只顾坚持着意见。

“那一定不会。”缪小姐的脑内，浮漾着那个蓝色水波边上的影子。她自己曾一度对这影子闪出过一些恍惚的暗雾；但她不愿意有旁人怀疑她的旧日的伴侣。——这是女人的心理。

“我们不妨把事情分析一下。——”阿达阻止对方的话。他问：“那天你原想到大华去看电影，而他，——那位余先生，他是专程要到游泳池去的。是不是这样？”

这边点点头。

“这就是不对哪！他既然要到游泳池去，怎么会在电影院中遇见你？”

“不！我们是在大华门口遇见的。”这边把澄明的眼光做梦似地望着远处，她似乎在回想当时遇见余恢的情形。

那边自管自又说：“这里有许多事情都不可解释。他曾告诉你：游泳场中有个特别节目，但事实上却没有。他又向你说：他在那里等候一个朋友，而事实上却又并没有朋友来。最可怪的，他还特地带着女式的游泳衣。从种种方面看来，都说明他是布置了圈套，等你去上当。——而且，这圈套看来是有预定计划的。”

“这，——这一定不会，不可能！”她抢着说：“你别忘了，我们在大华门口遇见，完全是件偶然的事。——况且跟他到游泳池去，那也是我自己提议的。”

“嘿！世间正有许多预设的陷阱，专等自愿跳下的人去跳下。可惜，小姐，你不知道！”阿达心里冷笑，他口头上当然不会这样说。他听对方自言自语似地说：“他，怎么能够在一个偶然的机会里，预先设下圈套来陷害我呢？”

“难道他不能在大华门口专程等候你吗？”

“他怎么知道，那天我要到大华去呢？”

“他可以打听。他当然有方法打听出来的。——你们是亲戚。”

她只顾尽力摇头。

女人有时是固执的，尤其女人在涉及情感问题的时候会固执得更厉害。一件很明显的事，简直就无法向她们解释清楚。这使这个聪明的汽车夫，只能微笑而摇头。就在这个微笑而摇头的片瞬间，他把目光随便望着室中的各种东西。——这里是缪小姐日常憩坐的所在，一切出于她亲手的布置。屋子的线条也和人的线条一样静美。那边有一座小书架，放着一排整齐的书，一式裹着紫色的包书纸。小几上有一个花插，插着一簇紫色的鸢尾花，和她掖在衣纽间的一方小手帕，正是一般深浅的色泽。阿达从这些沐浴于夏季阳光中的小花朵上，突然把视线飘上对方的脸：“少奶奶，你对于颜色，喜欢什么？”

这问句把一双澄澈的眸子吸引到了那冷静的脸上。问得太奇怪了，使她一时无法回答。阿达却把问题兜回原来的路线，他说："那天余先生曾带来一件女式游泳衣。你并没有把这游泳衣的颜色告诉我，但我可以猜得出来：那大概是紫色的，是不是呀?"

这边更惊奇了。于是阿达说："他说他在等候他的女友，他的女友并没有来；他并不期望会遇见你，而他却带着你所喜欢的游泳衣。……"他冷静地摇头。"你看，这事情不是有点奇怪吗?"

缪小姐猛然抬头，她的固执动摇了。仔细一想，这个汽车夫的分析，完全简单而合理。一阵意外的苦痛，袭击着她的心，使她低倒了头。

"这问题我们可以留着慢慢地谈。"阿达用宽慰的语声向她说："最要紧的，我们必须赶快解决眼前的事。"他转着眼，思索了片晌。"你能不能把这个相片盒的样子，详细点向我说一说?"

缪小姐用潮润的眼珠望着这汽车夫，她不知道他心里藏着什么意见，她只觉得这个奇怪的人，很有一些小聪明。于是她把那颗失去的心，和附带着的金链的式样，一一向他说明。她还找了张纸，把式样和大小画给他看。

"我知道了。"他把那张纸片塞进了衣袋："请你把那封信也交给我。"

缪小姐在略一迟疑之后如言把信交出。她不知道这个奇怪的汽车夫，将用什么方法帮助她。

对方接过这封吓诈信去，并没有看就向袋里一塞。他只点点头说："好！完全交给我吧。"

这时，甬道里面似乎有些脚步走动的声音。——这个机警的家伙，一边说话，一边原在留意，有没有人窃听他们的谈话。——至此，他微微一弯腰，说："只要少奶奶能完全相信我，我决不让少奶奶身上沾到半点龌龊的水浆!"

说完，他的高大的影子，悠然消失于这扇夏季的纱门之中；可是他的有力的语声，仿佛还在这间静悄悄的屋中浮漾着。

十

缪小姐把希望寄托在缥缥缈缈的点线上，度过了紧张而空虚的一夜。

第二天一清早，郭老太太在佛堂里面唱念："如是我闻，一时佛在舍卫国，只树给孤独园。……”她这专对西方的广播，将有一个相当长的时间。

缪小姐乘炎夏的日光，还没有展施威凛，独自一人在后园散步遣闷。正在这个时候，阿达在静悄悄的空气里面，溜到了她的身旁，看四周没有人注意，便把一个小小的纸包，交给缪小姐而这样说："是不是这样的东西？少奶奶，你看!"

阿达说话的时候，脸上带来一丝得意的神气。

由于阿达脸上的高兴，缪小姐慌忙透开这个小纸包，只见里面裹着一个外国的金心形相片盒，附带着绝细的一根金链。粗粗地看去，可能疑惑到这个神奇的魔术家，真的在这一夜之间，取还了她的被劫掠的要件。可是，稍为留心一看，就看出这不过是一个形式略为相像的东西，并不是那颗原来被劫的心。

这东西有什么用处呢?

缪小姐刚要用谴责的口气向阿达说话，阿达却先开口说道："等一会儿，请你把这个东西，照常在胸口挂起来。"

"挂上这个有什么用?"缪小姐忍不住薄怒地这样说。

"请你暂时不要追问理由。"阿达用两个指头按着嘴唇，示意不必多说。连着他又紧张地问："你有没有方法，在今天晚上把老太太邀出去兜一次风?由我驾驶汽车。你可以说一个谎，说是某处夜花园里，今夜正有一个难得见的节目，错过了机会非常可惜。"

缪小姐对于这个汽车夫的神奇的把戏，简直越弄越不明白。她迟疑地看看他的脸，一时无可作答。

"办得到办不到?"阿达十分重视这件事。

"办，也许能办到的。——但是，你得把理由告诉我。"

"理由，你不久就会知道。现在没工夫说明。"阿达拒绝回答。可是他又很奇怪地请求："在今夜出去兜风的时候，你必须穿上那天到游泳池去的衣服。——啊！时间，最好在九点以后。"

阿达的话愈出愈奇，对方只能睁眼向他白望。

"可以吗?"他追问。

"当然可以，但，……"

"这里面没有什么但不但，这是一个好玩的小戏法，一变出来你就会拍手。——那么，我们已经约定，时机很紧急，假使有什么耽误，那都是你自己耽误的。"阿达的口气，完全好像他是主人了。

对方仿佛被装进了一个葫芦，四面看不见半点光。可是，她急急乎要脱离那个龌龊的泥潭，她终于在被牵线的姿态之下表示如约。

阿达见她已经答应，他也点头表示满意。当他带着一脸高兴向园外走出去时，他回转头来说了一声："记好!"

缪小姐目送他的健壮的影子，穿过扶疏的花木，消失在清晨的阳光里面。

这天下午，缪小姐提早了洗浴时间。浴毕，依照阿达的嘱咐，换上那天到大陆游泳场去时所穿的那阵白色 Sharkskin 袒领上衣。虽然她知道那位独裁者，最反对这种较新异的服装，然而为了履行那个奇怪的约定，无可奈何，她只能如法以试。她不但换上了那件袒领上衣，她也穿上了那天所穿过的那西式长裤；甚至皮鞋丝袜，都和那天一样。

此外，又把那颗"靠不住"的心悬挂在颈子里。

镜子里面瞧出了一个静美的影子；没有人知道这个静美的影子带着一颗极纷扰的心。——她自己也不知道这样结束好了，将要演出如何的戏剧?

打扮已毕，她便提早去和那位独裁者进行交涉。开口的时候，心头怀着鬼胎，她以为这位难说话的婆婆，未必一定接受她这意外的邀请。

不料，出乎意外地，交涉的进行，竟非常顺利。那位老太太，觉得媳妇这种请求，正是难得有的"孝心"，因之，她竟一口应允，毫无留难。甚至这一天，她不再以为她这媳妇，"打扮得奇形怪状"；也不再说"妇女深夜外出"不成体统等等的话。

缪小姐的心里，开始透出了一口轻松的气。

一个烦躁的下午，在她离乱的思想之下度过了。

好容易盼到夜晚，好容易到了九点钟，她挽扶着她的守旧的婆婆，踏上了她们的自备车。阿达坐在驾驶座上，以冷静的兴奋，拨动着驾驶盘。缪小姐的一颗心，跟着车轮在疾转。她不时举眼望着阿达的背影，未免有点怀疑。可是她的一颗希望的心，却战胜了怀疑的心。虽然直到眼前为止，她还并不知道，她所期望的，毕竟是种何等的事件。

那辆不十分新的自备汽车，由同孚路那宅西式房子之前，向福煦路那边出发。在半路上，阿达忽然建议，说是车子里的汽油已经不很多，回来的时候恐怕不够，不如趁早去加一点。好在福开森路和海格路转角处也有加油站，车子原要经过的。

于是车子沿着海格路，以不很高的速率一路驶行过来。那条路，原是一个相当冷僻的地点，虽在炎夏的季节，也不曾减少它的夜之幽寂。这时候，天上有些雨意，星月的光明，已被黑云吞噬了下去。街头的路灯，每盏距离得相当远；灯光也相当暗淡，这使两旁的情景，增添了凄寂的样子。那辆车子在黑沉沉的树影之下驶过，不像是在一条都市的马路上走，而像驰行在一片荒凉的原野上。

车子里的缪小姐，心里开始有点跳荡，因为她想。假使真要开到那个罗蔓花园去，那也尽有比较热闹的路可以走，为什么要开到这样冷僻的地方来呢？

夏夜阵雨前的凉风，带着黑暗钻进车窗。缪小姐身上在打寒噤，有一个害怕的念头袭击到她脑内，她在暗想：不要这个新用的汽车夫，他是不怀好意吧？

想这念头的时候，她偷眼看看她婆婆沉浸在黑暗中的脸，分明也露出了怀疑的神色，可是她却并没有开口。

怀疑确乎不是一件好事情。缪小姐正在怀疑，不料，一个出于意外的祸患，真的随着她的怀疑展开在她的眼前！

车子正驶到海格路的半中间，突然，在一二十码路外，有两道刺眼的光，像探照灯捕捉飞机一样直射到车头上来。——那是两个光度很强的手电筒。——随着这手电筒的照射之中，有一个凶恶而严重的声气，划破了街面上的静寂在高喊：

"停下来！"

呜的一声怪叫从车轮之下发出，仿佛野兽绝命的惨吼！车身跟着一个猛烈的震动而立刻停下来。汽车夫阿达，大约是在惊惶大排之中扳着制动机，因之，他几乎弄翻了这辆车子。

车厢中的婆媳二人，当然大吃一惊。可是，在车身停下来的瞬间，他们还听得阿达在颤声安慰他们说："不要紧，大约是抄靶子。"

话还没说完，汽车门已被拉开。强烈的手电灯光，蛮横地钻进车厢，怒射到婆媳二人惊慌的脸上。但是，他们从这闪烁的光晕中，看出那两个攀登在踏脚板上的家伙，并不是穿制服的警士，而是两个面色凶恶的短衣汉，手中各执一柄枪！

"不许响！"其中一人举枪指着阿达，另外一个在这婆媳二人快要发声惊喊的时候立刻轻轻喝阻道："识相点！快把你们的钱和首饰，完全拿出来！免得老子们动手！"

在这强盗的世界上遇见了强盗，当然，这吓昏了的婆媳二人，除了采取屈服政策之外，还有什么办法？结果，她们让这两个路劫者，取去了她们随身所有的一切，——包括着一些小量的金钱与首饰。——并且，这两个站在时代前线的优秀的掠夺者，他们都有一副非常精细的眼光与手腕；他们不来找你便罢，既已找到了你，那无疑地会使你寸草不留！因之，劫掠时连缪小姐露出在她那件袒领上衣之外的一根绝细的假金链，——附带着那颗假的心，——也不能免掉被掠夺的命运。

那位老太太，在惊慌的念佛声中，眼看着她爱子所遗留的唯一纪念品，落进了强盗的手掌，她也无可如何。

闪电式的戏剧，表演得真迅速，前后不出三分钟，那两名路劫者，已带着他们胜利的狂笑扬长而去。汽车夫阿达哭丧着脸重新又在拨动驾驶盘。

现在，连买门票的钱也没有了，你想，她们会不会继续保持她们夜游的兴致呢？……

老太一面念佛，一面在抱怨她媳妇：不该无缘无故，出来游什么园，以致迎受损失之外，还要吃到大大的惊吓。同时缪小姐的心里，却在狠毒地诅咒汽车夫阿达，她觉得这一场路劫，一定是他唆使出来的，那是毫无疑义了。可是，当车子开到比较光亮的所在时，她看到阿达偶尔回过脸来，脸上浮着一种得意的神气，蓦地，缪小姐的脑内，恰像第二次射进了一线灯光，她的一颗心在发跳——这是一种喜悦的跳——现在，她对于阿达的戏法，差不多完全明白了。

读者们也明白这个戏法的内容吗？如果不，那么，请你们想一想吧！

那辆被劫的汽车，既没有驶向预定的目的地，也没有立即驶回郭公馆，阿达竭力主张，把车子先开到附近的该管警署，报告了遭遇路劫的经过，并当场开明失单，在警署里面备下了案。

车子在扫兴的归途上，老太太扫兴地念佛，扫兴地想媳妇真是一颗扫帚星！可是这颗扫帚星的媳妇，恰巧怀着一个相反的心理：出门时的心，纷乱而沉重的心轻轻抛弃在半路上，连阿达驾驶车子，也感到轻畅了许多。

十一

距离上述事件两天以后，警署方面侦缉，并没有什么消息，可是在各日报上，已把这件小小的路劫案子刊登了出来。那个新闻，刊在不被注意的一角；地位占得很小，谈报的人，假使粗心地看，也许会把这个不重要的新闻从眼角边滑过去。

那条新闻这样说：

> 本埠海格路，于前晚九时许，曾发生路劫案一起，被劫者为本埠著名富户郭大钊之母与其妻缪氏（按郭系德国留学生，于五年前离家外出，至今未归。）时郭氏姑媳，由同孚路住宅，乘自备汽车外出拟赴某处，不料车经海格路，突然道旁跃出匪徒数名，持枪喝阻车行，登车恣意搜劫，当时计被劫去贵重首饰数件，及现款若干，即刻郭宅已将经过情形，报告警署请求追缉矣。

在这新闻刊登的一天，也就是那封恐吓信上的最后限期前一天，在隔日，缪小姐又接到了一个电话，电话中的口气，简直声色俱厉，他声明这一次的电话，已等于电力公司中的最后通知，假使接到了这个“Final Notice”逾期不来交款，就要采取“剪线”的措施，决不再予通融。——你看，这个“一面倒”的办法，何等的凶？

假使是在前几天，缪小姐接到了这个电话，除了向它哭泣，大概别无其他办法。可是这一次，她却非但不向它哭，并且还在向它笑。不过，这个来了的交涉，必须办一办，主要的是，那颗流落在外面的重要的心，必须设法取回。她把办交涉的全权，仍旧托付了阿达。——她相信这个聪明的汽车夫，必有聪明的方法办妥这事。

于是，阿达便依照着那封恐吓信上所开明的地址，而以全权代表的身份，去拜访那位想发三十万大财的程立本。

事实上阿达去办这个交涉，他并不是单独出马，另外却有一个人，做着阿达的顾问。你们别以为和汽车夫阿达一同出马的人物，也是一个不敦品的人物。那个顾问，却具有一副“高等华人”的仪表，身上所穿的西装，虽然显得臃肿无度，而质料却相当高贵。他是一个四十开外的矮个子，橘皮色的脸，配上一些短髭，那副相貌，真有点滑稽。阿达对于此人，取着恭敬的态度，口口声声，称他为孟大律师。

这位孟律师，大约平素喜欢喝点沙滤水，因而说话时的声调，带着几分沙音。可是他对他这带着沙音的调子，看得十分珍贵，每当阿达向他说话的时候，他总是微微点头，不很参加他的“法学上的意见”。

二人依着地址寻到那位敲诈家的府上，其时，时间还只上午九点多钟。马路上面，有些被烟火熏熟了的嗓子，正在高唱各种晨报的名目。

那位业余敲诈家的门上，居然镶着一块铜牌，写明“程公馆”的字样。——这情形在银灰色的大都市中并不能算奇怪。——看着屋子的排场，倒也略具三等公馆的规模。捺着电铃叫开了门，有一个下人出来应按。那位住公馆的阔主人，虽不是一位现任的官僚，而却具有“十足兑现”的官僚气；因此，当阿达上前说明求见这里的主人时，开门的那个家伙立刻眨着白眼，向他索取名片。看样子，若是没有名片，那就无法获得请见的权利。

诸位别忘记阿达的身份，他不过是个汽车夫而已。以一个最起码的汽车夫，当然还没有出门必带名片的习惯。无可奈何，他只能向那位孟大律师借一支笔，要一片纸，临时制造起来。

于是阿达拿起那支墨水笔来，在那张纸片中央，潦草地写上了“阿达”两字；另外，在那排列头衔的地位上，又添上“郭公馆的汽车夫”这几个字。他想了想，又在纸片的下角，——风雅朋友加印别署的地方，——很道地的另写一行，乃是：

“绰号吃角子老虎。”

那个“当差的”，按过了这临时制造的片子，怀疑地向这穿短衣的阿达看看；又把视线飘到服装体面的孟大律师身上，孟大律师以为这家伙也要向他索取名片。他倒十分大方，立刻自动从西装袋里，取出一张印就的名片，傲然交到那人手里。这名片上印着：——孟大兴律师

上角附加“孟大法律事务所”的体面字样；下角详列公馆事务所的地点，与电话号码，可称应有尽有。

当差的向这身份不同的二人看看，于是，那两张名片被递进去了。

照规矩，这里的主人，在这个“太早”的时间并不会客。而这一次，大约是为了“郭公馆”的“面子”，因而有了例外，还有例外的例外，那两张片子递进去后，竟然无耽搁地获得了主人的延见。

三分钟后，阿达和他的同伴孟大律师，被请进一间颇为像样的会客厅内和主人相见。

主人程立本，挺起一个圆肚子，抬起着一张圆的脸，坐在一张圆的转椅中。两条线一般的眼睛，正以十分注意的神气，在注意着这两个来人。——总之，这一位程立本先生不是别人，他就是那天到过游泳场中的那个具有漫

画线条的家伙。

这时候，这个天官脸的坏蛋，因为看到两个来人之中，有一个是律师。他的脸上，不免有点怀疑之色。——他觉得眼前这桩交涉，如果准备以和平的方式解决，那似乎根本用不着律师。现在既然来了一个律师，恐怕交涉的方式，就未必再会和平。——但虽如此，他的脸上，却依然十分镇静。

当孟大律师走进去时，主人一看他的西装，圆脸袋上立刻堆上微笑。又慌忙招呼“请坐!”可是他望望后面跟进来的穿短衣的阿达，却并没有给他以同样的“优待”。

不过，阿达究竟是一个汽车夫，汽车夫当然不懂“礼貌”，因之他不等主人让坐，便自动拣了一张最舒服的椅子坐了；他不但自动坐下，而且还在自动坐下之前，自动取了一支茶几上所放的准备敬客的纸烟，自动燃上了火，悠悠然吸起来。

主人白瞪了他一眼，似乎怪他“没规矩”！但是看在那位矮个子的律师份上，他未便说什么话。

于是那张圆脸之上添浓了笑意，向这位正襟危坐着的高贵的矮子说话：

“孟大律师是受了郭……”

一句话还没说完，那个汽车夫立刻在身旁接口：“有什么话，你可以和我接洽，我是郭少奶奶的全权代表。”

主人急忙回头，只见这汽车夫一本正经在这样说。有一缕烟正在他的歪着的嘴角里漏出来——样子真丑恶！

这情形使圆脸的程立本先生感到诧异，他急忙看看那位孟大律师以取他的禁止。可是大律师却一声不响，分明已默认了这汽车夫的说话。

天官面孔呆望这两个人，他的眼睛格外变成了一条线，他有些弄不明白这是怎么一回事。但是，他踟蹰了一下，终于向阿达问：“你说你是郭少奶奶的全权代表？那么，你的来意怎么样?”

“我们准备完全照你信上的说话办理。”阿达缓缓吐着烟缕。

“你的意思是说，已经带了款子来，准备拿回那件东西了?”

“正是。”

“你知道我们的价钱，是没有折扣的。”漫画式的圆肚子在转椅上面摇摇，他觉得他的船，居然遇到了顺风，进行得非常顺利。所以他要把篷子格外扯起一点。说话的时候，他再看看那个矮个子的律师，心里在惊异，这个家伙怎么不开口？一面想一面听得这汽车夫大模大样在说：

“咦！我并没有向你说过要还价呀！”

“那么，那笔款子，必须要现钞，如果是支票之类，我们须等换得现款之后，方始能办理交割。”主人说话时，脸上虽然带着笑，可是他觉得对方对这交涉，似乎有点过分“好说话”，这使他未免有点怀疑。因此，他故意再把篷子扯得更直一点，想试探一下对方的口气。

不料，这汽车夫一听他这“不折不扣”的话，却只淡淡然地说：“关于付款的事，当然人人都欢迎现钞，这不但是你，就说是你吧，假使你有款子要付给我，那我也是欢迎现钞而并不喜欢支票的。”

阿达这几句话，说得何等漂亮！主人听着，感到十分满意；因为太满意，他没有注意到对方的脸上，正在闪出一丝微妙的笑。于是他坦然说：“照我为郭少奶奶打算，也只有用这爽快的办法最为妥当。这一点点款子，在郭府上看来，当然是九牛一毛；再拿这一点钱，跟郭府上的名誉比一比，那更相差不可以道里计了。”

“是啊！就为这种缘故，所以我们少奶奶，要赶快派我来和你接洽这件事。”

“那么，你们准备什么时候，缴付这笔款子呢？——你们少奶奶总知道的，约期是差不多已经到了。”程立本把面色装的格外和善，借以表示他的客气。

“且慢！”阿达说：“少奶奶吩咐过，那件东西必须先让我们过过目，我们当然不能单凭你来信上的一句话，就相信那件东西真的在你的手里。”他回转头来，向那位扮哑子的大律师说：

“孟律师，你看是不是这样？”

“对！对！我们一定要过过目，也要看看那件东西是不是真的。数目到底要三十万，说小，也不算小啊。”孟律师用一本正经的神气拖着他的沙哑的调子发表意见。这是他第一次的“开金口”。

二人的话非常有理，程立本先生当然无法加以反驳，况且他想，东西是在自己屋子里，就给他们过过目，也不怕他们劫夺了去。于是他坦白地说：“好！给你们看看也可以，难道凭我这样的地位，还会说假话？”

他站起来，把皮球形的肚子旋过去，从门里蹒跚地走了出去。不多一会儿，他重新回进来，手里拿着一只装首饰用的紫色小绒盘。——承蒙他的好意，似乎他怕弄坏了这件贵重的饰品，所以特地用这考究的盒子，把它装了起来。——他以一种郑重的态度向这两人看看，似乎决不定应该把东西交在谁的手里，大概是为了要取得法律上的保障，最后，他终于把这紫绒小盒，递给了那位大律师。

大律师拿到手里，开了盒盖，提起金链，把那颗有过一番离奇经历的心，拿出来约略看了一看，仍旧把它放进了盒子。这时，阿达向他打了一个别人看不见的暗号，于是这位大律师大模大样地点点头说："不错，这是真货，毫无错误。"

"那么，你们准备什么时候付款呢?"程立本一面说，一面还伸着手，准备收转那只盒子，他看见阿达在向衣袋里面乱摸，他以为这汽车夫是在取出带来的款子。他想：三十万元的现款，衣袋里一定装不下，假使对方取出一张支票来，那自己必须坚持收到现款然后交货的主张。

想念之间，只见阿达汽车夫从衣袋里掏出一张纸头，并不是他所预期的支票，而却是一张报纸，折叠得非常之小。——这是一张刚从卷筒机上取下来的当日的报。——那汽车夫把它透透开，向他身前一掷。程立本在伸手接起这报纸的时候，一面觉得对方态度太无礼；一面，他弄不懂这汽车夫为什么要把这张报纸丢给他？低下眼睑一看，方始注意到这张报纸上有一则新闻，特地用红墨水划了出来。

程先生把两条线形的眼睛睁得很大，一口气读完了这节特标出来的东西，方知郭家婆媳俩人曾在前天晚上遭遇过路劫。可是他还不明白，这汽车夫为什么要把这个新闻告诉给他，他还以为这位郭少奶奶要借这个路劫的事件，借口请求减价，或延缓付款的日期。于是他随口说："怎么，你们少奶奶，遇到了路劫吗？——不过……"

"正是哪！我们少奶奶的运气很坏。"阿达抢先说："这一次路劫，她被抢去了一些现款，和几件首饰，……"说到这里，他把眼光飘到那位大律师手上而接下去说："孟律师手里拿着的这一个心形照片盒，也是失单上的重要一件呢!"

"你怎么说?"那个胖人几乎像一头猛虎那样地跳起来！但是他不及开口说话，却已听得这汽车夫冷冰冰地在说："你已经见过这段新闻了。——被劫的时候，郭老太太也一同在场，她是眼见的。并且，我们当场已把这件事情向警署里备案了。"

胖子听完这话，他的皮球形的肚子上面几乎像被人重踢一脚而泄掉了气！他的红色的圆脸顿时泛出了一层白。马上他想，那个心形的饰物被把持在自己手里，那必须在郭老太太没有知道以前，他方能发挥重大的威力，而向郭少奶奶榨出血来。现在，如果真的像汽车夫所说，那位老太太曾眼见这个饰物，从她媳妇身上被强盗劫去，那么，别的都不必说，单说那份武器，岂不完全失却了效力？想的时候，他的眼睛已无法恢复成悠闲的两条缝。但是他不明白，那件首饰既在自己手里，如何又会在汽车中被人劫去？毕竟他是相当聪明的人，发呆的眼珠略略一转，立刻他已明白，这是一套怎么的戏法，同时他也恍然于他自己已经轻轻跌落到了对方的戏法箱子里。一时他的灰白的脸色，不觉更添上了灰白。

可是他见那个满面刁滑的汽车夫还在向他笑。他不禁怒吼如雷地说："怎么？你说这个首饰，是在汽车中被劫去的吗？"

"你可以到警署里去看看失单的。"阿达自顾自喷烟。

"那你岂不是说，是我抢劫了这个首饰吗？——你这混蛋！"

"差不多是这样！"

"你们竟敢想来讹诈我！"这圆脸家伙猛拍了一下桌子。他觉得眼前的局势已经弄得很坏！但他还想虚张声势以吓退他的敌人："你们也不打听打听我是什么人，就想来讹诈我！

他一面开炮，一面看着那个不很开口的律师，在计算有没有用强硬的态度索回那只紫绒盒的必要的迟疑之顷，听到汽车夫讽刺似地在说："讹诈？这是最确切的名词了。"阿达说时，又从袋里掏出一张信纸，在这胖人的面前扬了一扬："这封信是你写的吧？"

胖子一看那张信笺，第一个念头马上想加以否认，但是第二个念头他觉得已无可否认，他只能气急地承认："不错，信是我写的。但是我写信在前，你们被抢劫在后，你们不能把这两件事情硬拉在一起。做出圈套来讹诈我。"

"那就很好，我们只要你承认这封信，"阿达回头向着那位律师说："孟律师，请你把这位先生的话照样记下来。"

那位律师神气活现地从袋里摸出一本小册。这小册上记着许多歌女的芳名与电话。他把几个电话号码重复抄写了几遍，把那本小册向袋里一塞，然后神气活现地说："我已记下这位先生的话，我是见证。"

世上不论何种最精明的赌徒，在稍不小心的时候，也会打错了牌。——眼前的这位程先生，在他发出那张牌后，方始觉察了自己的错误。——他不该承认曾写这封信。——他立刻目定口呆！

阿达却把那张信笺直送到他面前笑笑说："请你看看这信上的日期吧。"

程立本趁阿达不防，一挺肚子，就把这封信猛抢到手里。他作势退后几步，拿起来一看，只见这封信，毫无错误，正是自己的原信，可是信上的日期，却已变成了昨天的日期。细看，也完全看不出涂改的痕迹。——（这是一封用蓝墨水写的信，只要用些硫酸与阿摩尼亚，便可把原有的字迹，抹去重写，方法原是很简单的。）——他瞪着眼珠说不出话来。想了想，便苦笑一声，准备撕碎这封信。

可是阿达却满不在乎地向那位大律师说："请孟律师注意，这位先生准备撕碎这封信，他想毁灭证据哩!"

"不要紧！我们的那张照片拍得非常清楚，和这封原信是没有两样的。"大律师哑声回答。

至此，我们这个漫画线条的家伙，他方觉得前线这个败仗，差不多已无可收拾。他只能像火车机头一样，一阵阵冒气。但是他还在计划"避离运动"，口口声声咆哮："好！好！我准备和你们以法律相见。"

"我们最欢迎这个办法。否则，我们为什么要邀这位大律师一同来呢?"阿达回眼望望那位大律师："喂！孟律师，你说是不是?"

"不错，我们原是专靠法律吃饭的。"孟律师淡淡然回答。——别瞧不起这个不开口的蟋蟀，偶一开口，它的牙齿也很锋利哩!

十二

在我们这个可爱的大都市中，很有一些先生们，依仗他们小小的地位、声望，做出些不明不暗的事情。捞摸些不垢不净的油水。他们的地位声望，也就是他们的生产资本；就为这些小小的东西，是他们的唯一的资本，所以他们不得不重视这些小小的东西。这种人的胆量，有时可以大过于一座地球仪，有时也可以小过于一粒氢原子。他们遇到对方是一匹羊，他们自己就是一只虎；反之，他们遇到对方竟是一只虎，而他们自己，也无妨立即变作一匹羊。

上文那位程立本先生，他就是这样一个又做老虎又做羊的人。他在这一次的事件中，原是处于虎的地位，不料一转眼间，他竟遇到了一只比他更凶的虎，使他无法张牙舞爪。于是，为了避免伤害他以后扮老虎的地位声望起见，他只能暂时收住虎吼，而唱出了"妈哈哈"的曲子。

所以，当阿达与那位孟律师走出他的"公馆"时，他们不但无条件收回了那颗被劫掠的心，同时他们在这主要胜利之外，还从这个屈服者的手里，得到了一些其他方面的小小收获。

战胜就有利益，这大概就是现代人所以努力于战争的唯一原因了吧？

走在路上的时候，阿达笑着向那位大律师说：“你知道，为什么我的绰号，要叫做‘吃角子老虎’？”

“谁知道你的意思吗？”大律师不很热心地回答：“单就我所知道的而说，你的大号，至少就有一百个，我真弄不清楚，你今天所用的，是一百个中的第几个？”

“这也许是我的第一百零一个的绰号；换句话说，这是我的新绰号，是特地为了这件事情而专取的。——你看，我们费了好些口舌，在这个家伙手里，只弄到了区区一万元。哼！一万元在眼前，不是一个等于角子的数目吗？我老早就知道，在这种人身上，原是挤不出什么大量的血来的。”

“所以你把你自己称为吃角子老虎，是不是呢？”大律师耸耸肩膀。

“最讨厌的是，那个家伙自己不欢迎支票，而结果却把一张支票付给了我。不过我是不怕他会少半个钱的。”阿达说时，他把手里那张银行契据，小心折叠起来，藏进了他的衣袋；这等于那架吃角子的机器，已把筹码吞吃了下去。连着他说：“孟律师，现在我委托你，把这紫绒盒子里的东西，代我去转交给我们的少奶奶。顺便请你代我辞掉汽车夫的职位。至于工钱，那夜开车出去兜风的时候，我也算收到啦。”

两个人一路走，一路还在闲谈。

“假使这一次她不遇见你，不知道这本戏将怎样唱下去？”大律师说。

阿达摇摇头。

“其实，一开头她就该把失落的那颗心的实情说出来，那也没有什么大不了呀。”大律师继续发表意见而加上批评，“她太没有勇气了！”

“但是你不能单怪她没有勇气。……”阿达又摇头。

“我看她有点可怜。”大律师连忙改口，“她在这件事里，好像完全没有什么错。要说她错，除非怪她先前不该拣着那个太有钱的人去嫁。”

“你的话，也许不对，也许对。”阿达说：“我在郭公馆里住了这许多天，多少也看出了这位少奶奶的一点性情：她好像一只笼子里的小鸟；她憎恨笼内的苦闷，又贪恋笼内的安适，她羡慕笼外的自由，也害怕笼外的空旷。飞吧，她怕笼子的阻碍；不飞吧，又怕笼外有人讥笑她。她暂时不想飞；而有时还要找些不想飞的理由，自己骗骗自己。她就是这样一个心理矛盾的女人。于是乎有些人们，就捉住这种心理，在她的身上出些花样。”

这一回是大律师在摇头了，原因是他无法理解这些较复杂的话。

阿达向他看看，改换了谈话的路线：“有一件事我想劝劝这位少奶奶：以后对于不论什么人，她应该张开眼来，把面目看看清楚才好。就说她的那位亲戚余先生吧，她以为他是好人，却不知道他和那个程立本，完全是同谋。据我料想，这个姓余的家伙，除了在她身上图谋金钱以外，说不定还有其他进一步企图。可是最近，他赌得厉害，也输的厉害。大概也有什么把柄落到了程立本手里，以至受了要挟，才草草演出了这个下流的戏剧。以上，一半是我打听出来的事。你看他是好人吗？”

两人将近走到了分路处，阿达还在说下去：“再说我吧！我在这件事里，无条件把她拉出了泥潭，在她心目之中，必定以为我是一个大大的好人，或是什么‘侠客’之类了。假使她真这样想，那又是大大的错误了。事实上我到她家客串车夫，也为听得她家用不了的钱太多，所以想混进门去变点戏法。结果，我见她家囤积了两代的孀妇，使我不忍下手，所以才不曾下手。你看，我是一个好人吗？你看，这个世界上具有什么好人吗？……”

大律师又耸耸肩膀。

“你就把以上的话照实告诉她吧。好！再会。”

说完，大律师眼看他高大的影子，摇摆着都市流氓的步伐，在炎夏的阳光之中渐渐走远。

原载《春秋》，1944年4月至5月第一卷第七期至第八期

博物院的秘密

有许多朋友，常常捉住了我，要我说故事。

在我遇见那个红领带的朋友时，我便捉住了他，要他为我说些故事，以便转述给我的朋友们听。

他是一个奇异的人物，生平最多奇异的经历。

他常常把他的奇异的经历告诉我。

而他又是一个说谎的专家，逢到无事可说时，他便告诉我一个谎。

他说：这世界，整个就是一个谎。越是了不起的人，他们越会说谎；而越会说谎，也越使他们了不起。在以前，说谎是恶习；而现在，说谎却成了美德。

为了养成美德，他也学会了说谎。

于是他又为我说了一个离奇得近乎荒诞的故事。

这可能又是一个谎。

现在让我转述给你们听。

说不说由我，信不信由你。

这故事发生在××大学附设的博物院内。

最先出场的角色，就是这博物院的守夜人。有一大半的事情，都是由他嘴里，生龙活虎地说出来的。听着，也许不由你的神经，不感到紧张！

在先前，博物院内原没有守夜这个职司。每天开放时间一过，把门锁上了就算。可是，在几个月前，院内忽然常常遗失东西，所失去的，是些整匣子的蝴蝶标本。这在普遍的人，拿了去简直分文不值，而在院方呢，却是一种学术上的重大损失。是谁偷的呢？因为事后不留痕迹，事情竟然成了疑问。院方不得已，这才破例雇用了一个人，临时充当守夜的职司。这个守夜，已有四十多岁，人是很诚实的。晚上，就在二层楼的甬道里面，架个床铺睡在那里。他的视线，可以顾及出入的要道，和几间比较重要的陈列室的门。

博物院内自从有了这个守夜，果然不再失去东西。这可以证明，以前失落的标本，真是有什么人乘夜潜入带走了的。从此，这守夜人便一直留在院内，暂时不再撤铺。

不料过了一阵，又有一件更新鲜的事情发生了。这事情的经过，简直荒唐得不近情理。

原来，这博物院内，新近运来了两座大标本，一座是非州产的猩猩；另一座是北极产的巨型白熊。这两座标本运来之后，因为一时没有适当的橱柜可以容纳，暂时便在楼上第五号陈列室的一隅，着地安放下来。

那座白熊的标本，价值相当名贵。它的制造也有点特别，普通兽类的标本，都是四足直立，作奔走的姿势，而这座白熊，却是支起着两只麃形的后脚，像人一样，站在木座之上。它的前爪向前伸展，像是扑人的样子。尖嘴微张，露着长牙，那一双假眼，淡黄色之中带点绿色。整个的姿态，显得十分狰狞。

这两座新的标本陈列之后，很引起参观者的兴趣。可是陈列了不到两个星期，那只大熊，却突然不见了！

它是怎样不见的呢？没有一个人能说得出来。总之，在隔夜，它还张牙舞爪，站在木座上面。第二天早晨，这第五号陈列室的一隅，只剩了那只黑猩猩，孤凄地蜷缩在那里，它的白色的同伴，却已影踪全无。

白熊是不见了，抛下那个木座没有带走。木座上，矗起着两枚大钉尖，这就是钉住两条熊腿的东西。这样子很像这个白色庞然大物，因为酷爱自由，已经从这狭窄的木座上面，努力挣扎下来，跑出去玩儿去了！

就在白熊出走的同一夜晚，另一间陈列古物的陈列室中，有一柄商代的匕首，同时也宣告失踪。这柄匕首，柄长六寸，刃口非常锐利，很可以用作杀人的武器，并不像别的古代刀剑，只是一种烂铜废铁而已。

据这守夜人说，熊与匕首被窃的这一夜，整个的院屋，静寂得像一座大坟场，他可以发誓，并不曾听到过什么声息。而且，自第五号陈列室起，各处的门，各处的窗，门是闩着的，锁是锁着的。事实上，就连一缕烟雾想偷走进来，那也并不可能。照理说，有人偷走了这么一件庞大的东西，多少应该留点痕迹。可是那个“戴耳环”的贼，干得非常干净，竟连半寸长的一段棉线，也不曾留下供你作什么侦查上的线索。

总之，这一件事情的可异，就是毫无痕迹。

不！痕迹是有的，那个痕迹太骇人了！

原来，在第五号陈列室的棂窗之下，那里有一带灌木，圈成一小片隙地。前几夜，曾下过一场大雷雨，把这隙地上的一层浮土，冲洗得像镜面一般光滑。在大白熊失踪的第二天，有人发现这窗叶的泥地，留着好些新的足迹；这些足迹，每两个一组，有的只有足趾，有的只有足跟，也有跟趾俱全的整个足迹。显明的一点，这是熊的足迹。这些足迹在泥地上散布成一个不规则的小圆圈。看样子，倒像那位白熊先生，曾在这灌木圈中，练习过一小节踢踏舞似的！但，除了这些熊的足迹以外，别的痕迹，却丝毫没有。

综观以上的情形，这并不像是什么人，乘夜潜入院内，偷走这只熊；却像这只熊，自己从第五号陈列室内越窗而出，和这博物院行了告别式！

嘿！事情真荒诞，动物院内不曾听说走失过什么活的野兽！而在博物院中，竟会逃跑一头死的白熊！你对这件怪事，将有何种的解释呢？

可是更荒诞的情形，还在下面哩！

据那个守夜人告诉人家：这白熊的作祟，并不自失踪的一天开始。它自从运进院内，不久就妖异百出。前面曾说过，这座白熊的标本，和另一座猩猩的标本，是同日运进院内来的。这两座标本的姿势，都像人一般，直立在木座上面。安放的时候，本是熊脸对着猩猩的脸，那样子，像一个白种大力士，跟一个黑色土著，在举行着拳击比赛，看来非常滑稽。

有一天——大约是这两座标本运到的第四天或第五天——早上，这守夜人开门走进这第五号的陈列室（他本兼负着洒扫的职司），却见白熊的标本，不再用尖嘴向着那只猩猩的黑脸，而变成用背部向着它的同伴。当时这个变异情形，并不曾使这守夜人发生骇异。因为他知道，这座白熊的标本，外表虽像一位暴发户一样，有些神气活现庞然自大！实际它的肚子里，只塞满着些草料木屑，分量并不很重。或者，隔天有什么好动的参观者，偶然把它移动了一下，以致改了样子。当时把它搬正之后，却并没有十分在意——这是第一次作怪的情形。

第二次的变异，是在前一星期的晚上。

这守夜人，患着失眠的病症。他在院内，虽然睡得很早，但往往无法入睡。那一夜，约摸在九点多钟的时候，他忽听得院内有了些响动。侧耳听听，像是有人顿足；再听听，又像有人在散步。因为前几时，院内曾失落过东西，这使他不敢懈怠，慌忙从床铺上起来，悄悄地走向各处去巡视。他在各个陈列室的门口，仔细听了一会儿，却听不出有什么声音。最后，他巡视到这第五号陈列室的门外站下来，一听，那奇怪的足声，果然就是这一室中发出来的。这门上的锁孔很大，于是，他便俯下身子，向锁孔中偷窥进去。谁知他不看倒还好；一看，他的头发，每根都直竖了起来！

他看到了些什么呢？

他看到那只白熊，张开了血盆一样的巨嘴。正在那里舞蹈！足下那方木座，随着它的庞大的躯体，晃荡得像一艘波浪中的小船一样！他还看到这个白色的怪物，有时伸出前爪，轻轻抚摸对面那只黑猩猩的脸，仿佛在表示亲善。但有时却向猩猩脸上猛掴几下，像主人向奴婢示威！可怜对方那个没能力的家伙，耐性似乎很好，一任它的狎弄，却是分毫不动！

事实上，这守夜人在锁孔中至多不过窥探了一分钟，但他的一件短褂，却已被脊骨上直流着的冷汗所湿透！

当时骇极之余，黑暗中摸索后退，他几乎没法再找到他的睡处。那晚，他让他的两片肺叶，一在胸腔间直踢了一个整夜！

以上，却是这守夜人，在白熊失踪以后亲口说出来的话。

在最初，他这种野话，原是绝对不会有人相信的。因为在这一个世界上，固然也有不合理的事，但不合理也该有个限度。至于以上的话，却真荒诞得连边际也没有！有人以为：如果这守夜人不是有意造谣；那一定是他的神经中枢，好久不曾抹油，因而有些毛病了。

这守夜人的故事，是这样的怪诞不经。不料，同时另外有一个人，竟以一种无可否认的事实，证明了他的话，并不完全虚妄。这个证明者，却是那夜在博物院附近巡逻的一个警士。

于是，这事便越发陷入了不可究诘的境界。

诸位大概知道，那座博物院，所占的面积是很大的。它的正门在雁荡路，左侧的围墙，靠着黄山路。当白熊失踪的那一夜，这巡逻警士正在博物院附近一带巡行。那时，时光已近深夜十二点，仲秋的季节，繁星满天。微风不动。他从黎明路那边，沿着黄山路缓走过来。因为气候很热，汗流不止，他打算站定了步子，略为休息一下。他刚在博物院的围墙边上站下来，一边抹汗，一边无目的地顾盼着寥寂的四周。他的视线刚从雁荡路这边飘过来，忽见一株法国梧桐的树边上，闪着一个白色的影子。第一眼，他只见一个侧影，再加四周又很黑暗，他以为这是一个穿着白色衣衫的人站在那里。

这个时间，这个人躲在那里做什么呢？因为行迹可疑，他想走上前去看个清楚。刚自举步，在第二眼间他已看清这白色的影子，却是一头遍体如雪而直立得像一个人一样的庞然巨兽，探出两个巨爪，张开那只大嘴，姿势正像要趁他不备猛扑过来而一口把他吞下去的样子！

你们想吧，在这深夜的时间，在这幽凄的环境之中，一个人遇见了这样的怪异，任凭他是怎样胆大，他的神经将有何等的变异？当时他惊悸之下，想动作而还不及有所动作，蓦地，他的后脑上面。忽被一种分量很重的什么东西猛击了一下，接着他就在这博物院围墙底下，晕了过去！

其后，这个晕倒在路边的警士，因着路人的发现，才送进了附近的医院。经过了急救的手术，这警士虽然苏醒了过来，可是他的神智，依然模糊不清，睁开眼来却就乱嚷："白妖怪，吃人！吃人！"

这怪事发生的翌晨，那博物院内恰巧在盛传着白熊标本无端失踪的消息。

那个巡逻警，他所看见的白妖怪是什么呢？不就是博物院内所走失的那座标本吗？一具没有心肝脑子的东西，它怎么会活动呢？——虽然说，在眼前这个疯狂的世界上，那些没有心肝脑子而活动得厉害的东西，原也遍地皆是。然而，眼前的这座标本，却明明绝对没有活动的可能性。那么，它怎会跳跑到围墙外面去的呢？这其中，究竟蕴藏着何种的幽秘呢？

没有人能回答以上的问题。

那博物院的当局者，原都是站在时代最前线的人物。为了破除无谓的迷信起见，最初，原想把这失落标本的事件隐瞒起来。但由于那个警士的意外的经历，却弄成想瞒而无法隐瞒。更显明的一点是：因这警士的话，却证明了那个博物院守夜人的话，并不是神经性的呓语。

于是不久，这一件怪事便以最高的速率，传遍了这大都市的每一角落。

当时有几张报纸，详细记载着这件新闻，有的报纸，刊印着博物院的照片，有的甚至还刊出了那位白熊先生的同伴——那只猩猩——的玉照。一片神秘的空气，鼓荡得相当热闹。

当时这新闻传到了一位青年的耳内，却引起了甚大的兴趣。

那个青年年龄不过二十多岁，名字叫做黄令德。过去，他在大学里读过书。他的表面上的职业，是某一通讯社的外勤记者。实际，他另外还有一个不公开的职务——他在本市某一个以神秘著名的人物手下办着事。

据这青年黄令德的意思，一座死的标本，居然会兴妖作怪，在这二十世纪的现代，似乎太觉说不过去了！那么，这白熊的滑稽戏剧，料想必有一个暗幕。他很愿意知道知道，这暗幕之后，究竟隐藏着些什么？

于是，他便用着新闻记者的名义，并携带了一颗好奇心与一个逻辑的头脑首先去访问那个被白熊吓倒的警士。

其时，那个脑神经受震过度的警士，还在医院里面疗养。经过了一番谈话，结果，这警士始终坚持着：那夜他亲见那白色的怪兽（现在他已知道这是博物院走失的白熊标本）——张开了血盆大口，正预备一口把他猛吞下去！除此之外，却完全说不出别的所以然来。

第一次的探访，结果是不得要领。

于是，第二次这青年改换了路线，又去访问博物院的管理者。据这管理者的谈话，他们承认院内在近时期中，曾失去过几种东西。最初失掉的，是些蝴蝶标本，后来又不见了一座白熊的标本和一柄匕首。他们的意见，认为这完全是出于有血有肉的人类的盗窃行为，绝对没有什么神秘可言。至于其他无谓的问题，院方却绝对拒绝回答。

黄令德认为院方的话非常合理。可是，他的探访却依旧是不得要领。但他并不灰心。最后，他又找了一个适当的机会，把谈话的目标，移到了那个守夜人的身上。

据黄令德的观察，这个中年的守夜人，面相的确很诚实，不像是个造谣生事的人物。而且，他的眼光很澄澈，说话也极有理智。这更不像有什么神经错乱的现象。

黄令德因为对方这个家伙，是这戏剧的最初揭幕者，于是，他便特别小心地准备用舌尖上的钩子，钩索出对方嘴里的秘密来。

可是，守夜人对于这个问题，却显出憎厌的样子，看他紧皱着眉头，似乎很不愿意再提这件事。

好容易费了一番唇舌，才把这守夜人的话匣打开。

但他所说的话，依旧还跟先前完全一样。这在黄令德，原来是老早听熟了的。看来，他这第三次的探访，又将带口第三个不得要领了。可是，他还不愿意轻意放弃这个最后查究的机会。

于是他向对方说：

“据你说来，你是亲眼看到过这头白熊在跳舞的？”

“我有什么理由。要造出假话来骗人？”守夜人生硬地回答。

“这白熊倒很摩登，它居然还会跳舞！”黄令德笑笑说：“我准备向这里的管理人建议，最好在地板上打些蜡，以后等这畜生回来时，跳起舞来也好便利些!”

“先生，你的意思，是在讥笑我说谎吗?”这中年人有点儿生气了。

“我不敢说你是在说谎。只怪这故事的本身，太像一个谎话了。”青年俏皮地说。

“好，就算我说谎吧！那么黄山路上的那个警士，也在帮我说谎吗?”青年第一次被驳倒了。但是，他仍继续向下追问：“你的意思，这白熊的失踪，一定不是被窃，而是它自己逃出去的，是不是?”

“我确定如此，不管别人信不信!”

“它从哪里逃出去了呢?”

“窗里，这是清清楚楚的事。”

他们的谈话，就在那间第五号的陈列室内。因之，这守夜人坚决地指指那个窗口。

“你说这是清清楚楚的事。那么，当这白熊在演习它的飞檐走壁的绝技时，你又是亲眼看见的了！是不是?”

“你用不着这样口口声声地讽刺我哪！我的好先生!”这守夜人格外恼地说，“假如它并不是从窗口中跳下去的，那么，请教先生，你对这窗口下面熊的脚迹，又有什么高明的解释?”

于是，这青年第二次又被对方驳倒了。可是，他还在努力寻找对方的弱点，预备乘隙进攻。他说：

“你说这座白熊的标本，自从运进来后，就有种种怪异。那你为什么不及早报告，却要等这标本失踪以后，才说出来?”

“报告？我报告谁去？谁相信我的话?”守夜人悻悻然说，“到现在，你还是不相信这件事。如果我当时来报告你，你会相信我的话吗?”

青年第三次几乎被驳得无话可说。他沉吟了好一会儿，忽然找到了一个很大的破绽，他冷笑地说：

“你说你是在钥匙孔中看见白熊跳舞的?”

“正是——你想，我还敢开门走进来吗?”

“难道这陈列室内，是长夜点着灯的吗?”

“不点的。”

“奇怪呀!”青年突然说：“既然里面不点灯，你在钥匙孔中，用什么方法，能看到里面的情形?”

这中年人瞪直了眼。呆住了。青年暗暗好笑，他想：凭你会说话，破绽到底让我捉住了！可是停了停，只见这守夜人悠闲地指指那些阔大的窗户，他说：

“先生请看，这里没有什么遮蔽。灯光虽没有，但月光是有的！”

一场谈话的结果，这青年带着一个鸭蛋和一张懊丧的脸，退出了这所神秘的博物院。路上他在想，想不到这样一个面貌诚实的人，会有那样一只伶俐的舌子，这真是人不可以貌相了。

至此，他觉得他自己的能力，已不足以解决这个艰难的算题。于是他想到了另外一个比他更聪明的人。一到家里，他在电话机上拨上了一个号码，他向话筒里面问：

“喂！歇夫在家吗？啊，您是歇夫。好极了。”

他说的“歇夫”两字，并不是人名，而是一种尊称。这是法文 chef 一字的译音，意思就是首领。只听那位首领在对方说道：

“是黄令德吗？什么事？”

“啊，歇夫，你近来听到过什么新闻没有？”

“没有呀，我这里是西线无战事。你呢？”

“难道您没有听说过那个博物院内的白……”

“熊！”对方马上接口：“你要报告的，就是这件事吗？”

“那么您也知道了。”

“我为什么不知道。”

“这事情太神秘了！”

“你也认为神秘吗？哈哈！我不知道你曾受过近代的教育没有？”对方带着含笑的训斥。

“您的话是什么意思？”

“我的意思是，在一个科学的头脑中装进那种不科学的玩意，是有些不适宜的！”

“那么，您是不相信这故事吗？”

“那么，你倒相信这个故事吗？”

“我已努力打听过一番。从各方面探询下来，这事情好像是千真万确的呀。”

“千真万确的？哈哈！我的好宝宝，别再孩子气吧？”对方大笑起来。“我问你：假如你看见一个变戏法的人，在你耳朵后面摸出了一个鸡蛋，难道。你也马上就相信，你的耳朵后面真会生出鸡蛋来吗？”

“好歇夫！别开玩笑！您知道这戏法的内容吗？”

“这是烧掉一支土耳其烟的问题呀。”

“那么，请您告诉我吧。”

“对不起。我现在没功夫……”

刮搭！对方把电话挂断了。青年黄令德的鼻尖，又在电话架上，碰到了一个软木塞。

没有办法了。暂时他只能把一颗好奇心，放在闷葫芦里。

这问题在他脑内，困扰了很久，但是，过了几天，他把这件事情渐渐忘怀了。

有一天，他刚从外面回到家里，忽然壁上的电话铃声响了起来，有一个带点忧郁性的声音在对方问：

“喂喂，是令德么？”

“CC，有什么事？”那个跟他通话的人，名字，叫做钱锦清，也是红领带集团中的人物之一个，同伴们都简称他为CC，这时他在对方兴奋地说：

“你曾听到过那只白熊的事情吗？”

“不但听到过，我还曾为这事情而亲到出事地点访问过。”黄令德说。

“结果如何？”

“不得要领。”

“你有什么意见？”

“我的意见吗？”黄令德笑笑，“我以为那位密司脱白，它不耐拘束，它酷爱自由，它很摩登，它会跳舞，也许不久的将来，它将穿上夜礼服，参加那些贵人们的鸡尾酒会了。”

“别开玩笑，告诉我，你对这件事作如何的看法？”

“我没有什么看法，我的脑壳里面只有一团雾。”

“你曾向歇夫提起过这件事情吗？”

“提起过的。”

“他怎么说？”

“他说，这只不过是一支土耳其纸烟的问题。”

“那么，为什么不请求他消耗一支土耳其烟？”

“他说，他暂时没有功夫给我解释。但你为什么突然提到这件事？”

“你不知道吗？”对方兴奋地说，“这件事情最近又有了新的发展！”

“嘎，”黄令德的眼珠亮了起来，他赶紧说：“你说下去。”

“最近，有人看到那只白熊，在苑东路一带出现，时间是在深夜。”电话里的语声，充满着诡秘的意味。

“啊，苑东路一带，那不就是在你的寓所附近吗?”

“多蒙这位新闻人物，旅行到了我们的区域里来，这是不胜荣幸的事。”对方带着点玩笑。但是黄令德催促地说：

“那么，这白熊的出现，是谁看见的呢?”

“据说看见的人已不止一个，描写的最神奇的是一个女人，她说，她看见那只白熊，披着一件大氅，在法国梧桐的树影之下负手散步！所以最近连那一百二十四号的通宵营业，也受到了影响了。”对方说到这里，他问：“你知道这一百二十四号吗?”

“当然，那是苑东路尽头的一个秘密赌窟，设备相当豪华，你为什么要提到它?”

“有一个赌徒，大约从来没有旅行过北极，也从来没有见过白熊，他在一百二十四号的附近，劈面遇到了那个白色怪物，他被这白熊，吓得晕了过去，到天亮，方始被人救起。因此，其余那些出入于一百二十四号的人，大家都怀了戒心。”

“看来那只神秘的白熊，它是反对赌博的。”黄令德幽默地说。

“我以为，那只畜生，倒是一个时代的前驱者，因为，它刚学会一点人样，就已懂得了掠夺。”

“你为什么这样说?”

“因为那个被吓的赌徒，醒回来之后，他发觉身上所有值钱的东西，都不见了。”

“会有这样的事情吗?”黄令德站在电话机边沉吟地说。

“那么，你对这个新闻，愿意继续探访一下吗?”

“用什么方法呢?”

“你可以到我这来里守候机会。”

“只有守株待兔，难道还有守株待熊吗?”

“不管待兔待熊，只问你有兴趣没有?”

“对不起，”黄令德想了想而后说，“我已没有这样的胃口。”

“但是我希望你到我这里来一次。”

“另外有什么事情吗?”

"我想跟你谈谈。"

"是不是你的忧郁感又发作了?"

"你不用管，我希望你来。"

"好吧，抽空我就来。"

刮搭，电话挂断了。

这个钱锦清，在红领带的集团里，出名的，是一个富于忧郁感的青年。据他告诉人家，他有一个精彩的女友，这个精彩的女友，有一种精彩的脾气，常使他受到许多精彩的痛苦。逢到这种时候，他便希望有个谈话的对象，发泄发泄他的忧郁感。

他的寓所，处于苑东路的西段，地点非常僻静。他把所住的那所小楼，称为CC小楼。这CC小楼，在红领带的集团里，出名的是一架产生歇斯底里的温床。可是他的那些青年同伴们，还是很喜欢踏上这所小楼上来。

而黄令德，也是这所小楼上的常到的嘉宾之一个。

于是，在第二天，黄令德又踏上了那座小楼。

最初，黄令德以为，这小楼上的空气，照例不会使人感到愉快但是这一次他猜错了。这一天，钱锦清比之往常高兴得多，大约最近，他又接到了一个美丽的小信封，这信封里给他带来了不少愉快的空气，因之，他的满面春风，却把小楼上的忧郁气氛，完全驱走了。

在红领带的集团里，大半都是游手好闲之徒，除了接到Chef的命令以外，其余的日子，简直闲得要命，因之，黄令德在那座小楼上，一连住下了好几天。

有一天傍晚，他们踏上了阳台，在凭栏闲眺，只见大路两端，绝少行人。路旁的榆树，有几片落叶在金红色的晚霞中飞舞。这里似乎张着一口幽静的网，把都市间的喧嚣完全拦住了。黄令德指着栏外说:

"这里真是一条最荒凉的路。"

"但我以为这是一条可爱的Milky Way。"

"Milky Way? 乳白色的路，什么意思?"黄令德有点不懂。

"西方人把银河叫作Milky Way。"

"这银河太寂寞了。"黄令德笑笑说。

"然而它是美丽的。"

"那么，在这美丽的银河的对岸，该有一颗美丽的Vega（织女星）了，是不是?"

“你猜得不错。”

“你能把 Vega 所在的方向指给我看看吗？”黄令德游目四顾地说。

这座 CC 小楼，是在苑东路的最狭的一段。路的对方，有一排单间双层的住屋，一共是五宅像积木似的一小堆。每宅屋子的楼外，有一座狭长的阳台，栏杆是绿色的。第五幢屋子的阳台以内，那两扇落地长窗，悬着洁白的窗帘。钱锦清悄然指着这窗帘说：

“Vega 就在这个窗子里。”

“她美不美？”

“你看戏剧里所扮演的织女美不美？”

“你为什么要把她称为织女呢？”

“在春天，她的长窗敞开着，从这里望过去，可以看到那卧室的一部分。她常常坐在一张方桌前编织绒线，因此我暗暗地把她称作织女。”钱锦清一面解释，一面又说：“她长得真美。有时，她走出阳台，凭栏闲眺，她的纤细的手指，真是雕刻家所无法描绘的手指。她的秀发常梳成不同的式样，据我看，第二天比第一天梳得美，第三天又比第二天美，而第四天……”

黄令德怕他从第一天美说到第三十天，慌忙说：

“世间的美，应该有个限度，太美了，那会遭到天公的妒忌的。”

“你别打岔，听我说下去：今年的夏季，每天傍晚，她常常到阳台上来纳凉，穿的是一种乳白色的轻绸的短衣，那不知算是浴衣还是什么，衣角上，绣有一只只黑色的大蝴蝶，风吹过来，那些黑色的蝴蝶像要飞起来，她的苗条的身子跟着那些蝴蝶也像要飞起来。”

“于是你的身子跟着也快要飞起来。”黄令德第二次打岔地说。

“我的身子不会飞，但至少，我的灵魂快要飞起来。”钱锦清堆上一脸轻佻的笑，他点头承认。

“有了这样的奇遇，怪不得，这里的秋天，不再是落寞的秋天了。”

“这不能说是奇遇，因为这颗 Vega，已经有了她的 Altair（牵牛星）。”

“那么你，只能算是一个古代的观星家，可怜！但那位有幸福的 Altair 又是一个何等样的人物呢？”

“那是一个身材瘦长，面色憔悴，很带点忧郁感的人物，看样子，有点像一个美术家。”

“哈哈，你在为你自己写照了。”黄令德向那个白色窗帘呶呶嘴：“那个长窗以内。除了那颗 Vega 跟她的 Alair 之外，还有些什么人？”

“还有一个态度很佻仸的家伙，看来像是一个悬挂汽水瓶盖的人物。”

“悬挂汽水瓶盖的人?”黄令德有点不懂。

“枉为你是红领带集团里的人。”钱锦清笑笑说：“连这个也不懂，汽水瓶盖，那就是证章呀。”

“这个家伙又是什么人?”

“看来像是那位美术家的密友，他跟那个 Vega 好像有一种越轨的亲密。”

“听你的口吻，好像吃过柠檬酸。”黄令德向他打趣。但是钱锦清自顾自说：

“在夏天，这窗子里真热闹。”

“他们有些什么新奇的节目呢?”

“那三个基本角色，常在一起玩纸牌，有时候，玩纸牌的人增加为五六个。他们叫闹着 heart 与 diamond，可能是在那里玩 bridge。”

黄令德以为他会说出什么新奇有趣的故事来，但结果，他只说出了玩纸牌，他有点失望。于是他说：

“你太没有常识了。bridge 不可能由三个人或者五六个人玩。并且，这是一种比较有意思的东西。你所描写的这一伙人，看来不像会玩这个。”

“你凭什么理由把人家看得如此之轻?”

“你凭什么理由把人家看得如此之重?”

钱锦清笑着摇摇头。黄令德说：

“不要管这个。但今天，这颗美丽的 Vega，到什么时候才会在银河的对岸出现呢?”

“不要提起吧，”钱锦清忧郁地说，“我已经好久没有看到那颗美丽的星，连那位美术家也不再看见，总之，这两扇长窗现在是关着的时候多，开着的时候少。”

“那又为了什么?”

“我怎么会知道。”

“你很有点惘惘吧?”

“欣赏一颗美丽的星，那是人类的天性哪!”

他们的谈话暂止于此。总之，他们为了太闲，才会进行这种无聊的谈话，可是，就为这一席谈话，却引起了一件非常怪异的事!

这怪事就发生在谈话的下一天。

这一天，钱锦清有些事情，下午就出去了，直到半夜，还没有回来。黄令德独自一个，留守着这寂寞的小楼，独自一个闷得发慌，在深夜一点钟的时候，他还没有睡眠，因为屋子里的空气太沉闷，于是他又无聊地，踏上了那座阳台。

这是一个深秋的季节，漆黑的长空，只有少数几颗星星，在疲乏地眨着眼，夜风吹来，带些凉意，远处，偶有几声犬吠，穿过了无边的黑暗，凄厉地送向耳边，景象真是萧飒得可以。

为了上一天的谈话，他不免向着对方的屋子，多注意一点。但是，对方那五幢积木似的屋子却已盖上了深黑色的被单，进入了深睡眠的状态。

夜凉渐渐加深，黄令德独自在阳台上站了一会儿，他准备回屋来睡眠。就在这个时候，突然，他觉得眼前一亮，四周的深黑，被这突然而来的亮光扯破了一大块。

对方第五幢屋子的楼面上开了灯。

那长窗的窗帘，被耀成了银白的一片。

有个影子，在这银白的光芒中一闪。

一个意念立刻闪进了黄令德的脑内，他想，会不会这影子就是那颗美丽的 Vega，会不会这美丽的 Vega，揭开了窗帘，走上她这绿色的阳台。

他不禁凝视着这银白的窗帘。

白色窗帘上的那片黑影又一闪。

在他的想象中，以为那个影子，该有一个匀称的轮廓与柔和的线条，丰满的胸部与纤细的腰肢，但是，当那闪动的黑影贴近白色的窗帘而停止下来时，他看出这影子，并不像是人影。

那片黑影，有一个毛茸茸的头颅，一张尖锐的嘴，跟一对竖起着的小耳朵，说得清楚些，这影子像是一只支起两条后腿而直立着的狗。但是，狗的身躯，决不会有如此庞大！

这是什么东西啊！

想念之顷，只见那片怪影，在窗帘上一纵一跃，像在那里舞蹈，一会儿，这怪影又高举着一条臂膀——不，该说是前爪——爪内紧抓着一件东西，一起一落，在那里挥舞。

啊！那是一柄短刀！

这短刀，却使黄令德立刻想起了博物院内所走失的那只神秘的白熊，因为，白熊不见的时候，有一柄古代的匕首，连带也不见了。并且，钱锦清曾在电话里说起，那只神秘的白熊，最近，在深宵里又常常出现，而出现的地点，就是在这苑东路的附近一带。

那么，难道对方窗帘上的怪影，就是那只白熊吗？

寥寂中，远处有几只野狗在汪汪地叫！

深夜的风，吹着路旁的树，在瑟瑟地作响。

四周还是漆黑成一片。

这时，似乎整个的宇宙之内只有对方这个窗口里有一点光，而这有光的所在，竟会发现如此怪异的事情。黄令德并不是个胆小的人，但是，在这样的深宵，在这样的环境之中，他遇见了这样一件出乎意料的事，他的心有点发跳，他忍不住向屋里轻轻地喊：

“CC，快点，你来看！”

可是他在喊出以后，方始记起他的同伴并不在屋子里，就在这个时候，对方窗子里的灯突然熄灭，眼前依然漆黑成一片。

他像做了一个可怕的梦！

他在漆黑的阳台上呆怔了一会儿，带着一颗惊疑不定的心，匆匆回进屋子，开了电灯，一眼望见那具电话机，他赶紧把听筒拿起来，拨了一个号码。他这电话，是打给他的 chef 的，他知道 chef 的枕边，装有一架电话机，只要他睡在家里，电话是可以打通的，一会儿听筒里有一个疲倦而恼怒的声音在问：

“谁？”

“是我，歇夫。”

“啊，令德。难道你把你的手表失落了！”那个疲倦的声音带着斥责的意味。

“歇夫，请你原谅，能不能听我说几句话？”黄令德请求着。

“好，能说得快点吗？我在做梦，梦见跟水手星巴德斗剑，我快要获得胜利。等你说完，我还要去寻找我梦里的胜利哩。”

“歇夫。那只白熊……”刚说了一句，对方立刻恼怒地说：

“梦话！我在做梦，难道你也在做梦？”

黄令德怕他把电话挂断，赶快说：

“你曾听过 CC 的报告吗？据他说，最近，那只白熊，常常在苑东路一带出现。”

“我已经告诉你，这是梦话！”

“但是，”这边慌忙说：“但是今晚，我，我也亲自看见了！”

“什么，你也亲自看见了!”对方的语声，已不再像先前那样轻视。“说下去。”

于是，黄令德把即刻所见的怪事，简单地报告了一气。只听对方惊异地说：

“真有这样的事，现在呢?”

“毫无动静。”

“好吧，你把屋子里的电灯熄掉，守候在阳台上，看对方窗子里的灯光还亮不亮。”

“我照办，您呢?”

“我马上就来。”

电话挂断了。

黄令德遵守电话中的嘱咐，再度熄灭了灯，再度踏上了阳台，悄悄地，用心注视着对方那个窗口。

天，依然是那样黑，四周，依然是那样惨寂，对面的五幢屋子，依然是在深睡眠的状态之中。

大约过了三十分钟的时间吧。

他听得三五十码的距离以外，有一个汽车的喇叭，呜，呜，呜，响了三下。但是那汽车并没有驶进前来。停了一会儿，有一个口哨的声音，轻轻起于楼下。他立刻听出，吹口哨的人，并不是钱锦清，而是他们那位神秘的歇夫。他正预备下楼去开门。可是楼梯上已传来了轻轻的脚步声。原来，那位红领带的绅士，他已使用了他的夜间办公的技巧，自由地进入了屋子。

黄令德掩上了阳台的门，垂下了窗帘，扭亮了电灯，只见那位贼首领却已悠然微笑地站立在电灯光之下。虽然是在深夜，这位刚跟星巴德在梦里比过剑的绅士，西装还是穿得笔挺，胸前的那条领带，照旧艳红得耀眼。

他手里拎着一个黑色的皮包。像是医生出诊时所用的东西。

黄令德望着那只皮包在微笑，他知道，这皮包里藏有许多精致的外科医生用具，包括撬门的凿子、开箱笼的锥、划玻璃的钻石，等等，形形色色，无奇不有。

这就是说在这个贼世界上，你想做成一个出色的人物，这些必要的道具，那是随时随地，不可不备的。

那位红领带的人物站在屋子里问：

“有动静没有?”

“没有。”黄令德摇摇头。

“可有人走进那幢屋子里去?”

“没有。”

“出来呢?”

这边还是摇头。

“那么,”歇夫说:“你陪我到阳台上看看去。”

说时,他从他的黑色皮包里,取出了一件什么东西,藏进了衣袋。黄令德依着他的话,把他领上阳台,悄悄地把那个怪异的楼窗指给他看。

那五幢屋子照旧沉浸在深黑色的寥寂中,一丝光、一丝声息都没有。歇夫从衣袋里取出了一具孩子们玩弄的橡皮弹弓,扣上了一颗不知什么东西,觑准了第五幢屋子的楼窗,一弹子打了过去,他的目力很好,当的一声,那弹子分明打中了那屋子的落地长窗的玻璃,可是,对方的窗子里,一点反响都没有。

黄令德在黑暗里愕然望着他,刚要说话,可是歇夫第二弹连着又向那边打了过去,这一弹打得比前更重,听声音,几乎把那落地长窗的玻璃也击碎了!

奇怪,对方依旧寂然。

歇夫默默地回进屋子,黄令德跟着进来,顺手掩上了阳台的门。歇夫在一张安乐椅里悄然坐下来,烧上了一支土耳其纸烟,露出了沉思的样子。黄令德说:

“这里备有巴西咖啡,很够刺激的,歇夫,要不要为您煮一杯?”

“不必。”歇夫摆摆头。

他吐着烟圈,思索了一会儿,他把烟蒂抛在地下,踹熄了。站起来说:

“来,令德,跟我走。”

“到什么地方去?”

“北冰洋!”

在这个红领带集团中所收容的小撒旦们,大都有些小聪明。黄令德当然知道对方所说的北冰洋是指什么地方,于是不作一声,跟着就走。

临走,歇夫从他的外科医生的黑色皮包内,取出了一圈细而坚韧的绳,交在黄令德的手内,他自己又取出了几件外科医生的必要用具,揣进衣袋,却把皮包留在小楼上。

他们悄然走出小楼,悄然锁上了门。好在钱锦清回来,他是有他自己的钥匙的。

走出门外，踏上了寥寂的路面，这就是钱锦清所说的那条 Milky Way，现在，这美丽的银河并不美丽，周围黑得可怕。歇夫向那五幢屋子巡视了一遭，他向黄令德轻轻地说：

“你在这里等一等。”

说完，他独自向屋子里的后方兜绕了过去。约摸过了五分钟，他又从黑暗里钻出来，站在黄令德的身旁说：

“据我看，这第五幢的屋子，里面可能没有一个人。”

“那不会吧。”黄令德在黑暗中说。

“那么，”歇夫咕噜着说：“我们不妨小心点，别打扰了人家的好梦，一个人的睡眠是要紧的。”

“我们预备怎么样？”黄令德问。

“上楼！”歇夫简单地回答。

说完，他从黄令德手里，接过了那圈细而坚韧的绳，把它抖开。这绳的一端，系有一个特制的钢钩，说得清楚些，这是一种特地为做贼而预备的绳。歇夫把这绳子拉出一小段，把这钩子挥了几挥，然后，身子略向后退，他从黑暗中觑准了阳台上的一根柱子，一松手，连钩带绳飞掷上去，绳子在柱子上绕了一圈，这钢钩在绳子的本身上自动扣住了，这是一种夜间职业者的小小技巧。

他把悬挂下来的绳子用力拉了拉，觉得已经可以支持一个人的体重，于是回过头来，悠闲地说：

“每个人都该练习练习绳技，至少，在遇到某种危险的时候，那很有些用处哩。现在是你先来，还是我先来？”

黄令德想起了方才窗帘上的那片庞大的黑影，他有点迟疑，但是对方立刻说：

“好吧，先看我的。”

说完，他双手拉着绳，身子一耸，两腿一蜷，像个结网的蜘蛛似的，双手交替，缘绳而上，一下，二下，三下，他已攀缘着这绳子而跨过了绿色的栏杆。

他站立在这狭窄的阳台上，向星光之下的黄令德在招手。他的态度真悠闲。

一会儿，第二只小蜘蛛也照样缘绳而上，这小蜘蛛在越过那绿色的栏杆时略略有点喘息，这大概是修养不够的缘故。

歇夫收起了绳，依旧理成一圈，交在黄令德的手里。黄令德在黑暗中担心而喘息地问：

“歇夫，你以为这窗子里真的没有人?”

“我以为如此。”歇夫的语声，镇静而自然，他并不曾过于压低他的音调，却像在茶室里任意谈话一样。

这时，他已从他漂亮的西装衣袋里，取出了他的外科医生的用具，用悠闲的手法撬那长窗，眨眨眼，玻璃已被划碎，窗闩已被拨开，他的技术简直跟贪官们的捞钱，交际花的飞眼风，一样娴熟而可爱!

他把那两扇落地长窗轻轻推开一道缝，挨进身子去，伸手揭开了白色的窗帘。

一面他在悠然地吹着口哨。

黄令德携带着一颗跳跃的心，蹑足跟踪而进。

那位红领带的贼绅士，从他无所不备的衣袋里，掏出了一具小型的手电筒，把雪亮的光圈，向这屋子里四面照射过去。

至少，在这片瞬之中，黄令德的一颗心，更增加了惴惴不安，他在想：万一屋子里有人，那将怎么样?但是，歇夫料想得不错，光圈中，照见过屋子里果然没有人。

歇夫把电筒向四下照了一周，他回头吩咐黄令德说：

“把窗子关好，拉上了窗帘。”

黄令德默然照办。

歇夫用电筒找到了电灯的开关器。大模大样扭亮了灯。

这间卧室，铺陈着一套廉价的西式器具，东西凌乱得可观。五斗橱上摊放着绒线球，编结针，报纸，赌博的筹码，散乱的纸牌，与吃剩的面包，等等。那张床，被褥乱成一堆，大概已有好多天没有整理。夜灯几上，横七竖八，乱堆着许多书。看来，住在这间卧室里的一对男女，知识水准有着很大的距离。因为，在那些书籍中，有最低级的连环图画，也有很著名的文学书本。再看屋子里的灰尘，可以知道这屋子的主人，生活得懒惰，不洁，与毫无规律。而且是穷得可怜!

黄令德凝视着壁间的一张照片，这是一个年轻女子的单人照片，那个女子的一双眼睛，美得有些诱人。他在想，这可能就是钱锦清嘴里所描绘的那颗 Vega 吧?他嘴里咕噜着说：

“这样美的一个人，为什么把屋子弄得如此不整洁?”

“只要外观漂亮就行!”歇夫在旁插口说，“这是都市女子的特征啊!”

说时，他重新走近了那落地长窗，在长窗的右方，安放着一座妆台。歇夫站在那里，看着这妆台与长窗间的角度，再看看下垂与室中央的那盏电灯，他向黄令德说：

“你知道方才那片黑影所以会出现于窗上的理由吗?”

黄令德摇摇头。

“这理由是明显的。”歇夫说，“一个舞台演员在登场之前，他是需要照照镜子的，你说是不是?”

黄令德还是不懂。

歇夫走向那张小方桌之前。拉开一张椅子，面对着卧室的门，坐了下来。一面，他指指对方一张椅子，让黄令德也坐下。

黄令德在拉开椅子的时候有点迟疑。夜已这样深，四周是这样的沉寂，环境与他是这样的陌生。这里有一种异样的空气，使他的神经，感到刺促不宁。他弄不懂，这屋子里为什么没有人？万一主人突然回转这屋子，那将怎么办？而且，他想起了方才映在窗帘上的那片庞大的黑影，多少有点不安。

但是他看看歇夫的脸，他的脸上，却满布着悠闲与镇静，这镇静却是一种可靠的保障。于是他也坐下来。

歇夫燃上了一支土耳其纸烟，仰面喷着烟圈，悠闲地问：

“钱锦清为什么不在家?”

“他老早就出去了。”

“有什么事情?”

“大概他又接到了他 GF 的一封信，灵魂先飞出去，以后，身子也跟着出去了。”黄令德笑笑说。

“一个有深度忧郁感的人，就不宜结交 GF。”歇夫微微摇头。“我弄不懂为什么青年人老爱玩火?”

“因为青年人的本身就是火。”

“照你这样说，你也不能例外吗?”

黄令德微笑不语，心里在说：“老家伙，想想你自己吧，难道你能例外吗?”

歇夫猛抽了几口烟，思索了一下而后问：

“你方才说，在那片黑影出现之后，并没有看到这屋子里有人外出，是不是?”

黄令德点点头。

“据我猜想，你所看见的那片黑影，他是从后门里溜出去的，所以你看不见。”歇夫喃喃地这样说，一面他吩咐，“现在你把电灯关起来。”

黄令德依照命令关了灯，重新摸索到原位子上坐下来。

整个屋子重新装进了一个不透气的黑布袋子里。

黑暗中，只有歇夫烟头的星火，一闪一烁，像秋季的阴郁的夜晚，长空只有那颗唯一的金星在闪耀。黄令德从这一星的火光里，望望对面那张沉着的脸，他忍不住问：

“歇夫，我们坐在这里预备怎么样?”

“等那白熊回来。”

“那白熊到底是什么东西呢?”

“白熊就是白熊呀。”

“我们等它回来做什么?”黄令德问不出所以然，他只能变换了问题的路线。

“等它回来吗?”对方的火星一闪，一个玩笑的声音在黑暗里说：“我们在这社会上曾遇到过许多人，大半都是人面兽心；现在，我们等待着一只兽，可能这只兽，倒是兽面人心。我们等它回来，不妨跟它谈谈。”

黄令德想，谈谈，谈些什么？谈北极的风景吗？谈冰淇淋的制法吗？想的时候他问：

“歇夫，现在什么时候了?”

“一点三十五分。”歇夫弯了弯臂膀，看看他的夜光表。

“我们将在这里，等待多久呢?”

“我不知道。”

“我们不至于猎取天鹅吧?”①

“大概不会。”

歇夫回答得很简单，他似乎不愿意多说话，于是黄令德也不再开口。黑暗中，歇夫的纸烟，一支连上一支，烟头上的火星，一闪而又一闪，闪烁的火光中，映出他的脸，像一座青铜的雕像，肌肉丝毫不动。他是一个狎习黑暗的人，假使黑暗是水，而他就是一条鱼。可是黄令德却不能像他一样的镇

---

① 西谚以徒劳往返为猎天鹅。

静。他觉得，这屋子里的黑色的空气，呼吸进肺部，好像铅块一样的沉重！

他不知道他在这间屋子里到底已经枯坐了多么久。

他屡次想要站起来，逃出这个深染黑色的牢笼。

有一次，他轻轻咳嗽一声，刚想开口说话，突然对方的一只手，从黑暗里伸过来，轻轻碰着他，轻轻警戒他说：

“不要响！听！”

窗外有一只狗在拼命地狂吠。这凄厉的吠声，攻破了深夜的幽静，使人毛发悚然！

天，似乎已在起风，路边的树叶在簌簌作响。那落地长窗的玻璃，因为已被划破了一块，白窗帘似乎在黑夜里轻轻飘曳，微风拂过脸上，有一种冰冷的感觉！

他用心地听，除了风声，犬吠，他没有听到其他什么可异的声音。

但是，他知道歇夫的听觉是特别灵敏的，说得夸张些，有时候，他简直会听到一里路外的蚊子叫。他这样警戒着他，他一定已经听到了什么东西了。

于是他再凝神地细听。

不错，他听出来了。这声音是在楼下的后门口，好像有一个人，轻轻开了后门，轻轻走了进来，而又轻轻关了门。接着，他听到楼梯上，有一种柔软而沉重的脚步声，在走上楼来，那楼梯的木板，咯吱咯吱在发响！

黄令德绝对不是迷信怪异的人，但是，在这一刹那间，大概是由于心理上所引起的幻觉吧？他听出这软而沉重的脚声，并不像是人类的脚声，于是，他立刻想起了博物院中灌木丛边所留下的蹠形的脚印。

他的肺叶禁不住又煽动起来！

他轻轻地伸手，碰碰歇夫搁在桌子上的一只手。歇夫默然不发一声，但是他把他的纸烟弄熄了。

这时，那脚声已经上了楼，好像停下在这卧室的门外。

只听那锁孔中，有柄钥匙在塞进来，门球在旋转。

一会儿室门已被推开，室内有些新鲜的空气在流动，那脚声已经走进了这卧室。那东西的举动，似乎特别小心，脚声还是那样柔软而沉重！

黄令德忍住了呼吸，努力向黑暗中凝视，他一点也看不到什么。他努力地听，他听出这东西已走近了他的身边，连那咻咻然的气息，也可以清楚地听到！

黄令德几乎要从椅子上跳起来！

就在这个时候，只听得电灯的开关器轻轻地一响。

满室立刻通明。

有一个人发怔地直立在电灯光里。

那人是一个瘦长的个子，面色很憔悴，一双疲乏而失神的眼珠，显示他的神经很不健全。他身上穿着一件破旧的西装衬衫，没有系上领带，手里挽着个很大的黑布包，这黑布包并不曾包裹严密，有些白色毛茸茸的东西，露出在外面。

那人万万意想不到，在这深夜的时间，会有两个素不相识的人，悄然端坐在他这漆黑的屋子里，在第一秒钟中，他怔视着这两位不速之客，眼珠几乎要从眼眶中跳跃出来！

室内顿时布满了一片沉寂的紧张！

照理说，这两个人的行动，很像是两个贼，但这两个人的仪表，却又像是两位体面的绅士。在眼前的社会上，贼与绅士之间，一向就很难分别；甚至有时，贼与绅士竟是一体的两面。因之，他把惊愕的视线，粘住在这两套华贵的西装上，有点不知所措。

歇夫把已弄熄的半支烟，重新燃上火，挂在嘴角边，懒洋洋地说：

“喂！朋友！你辛苦了！”

那人把惶惑的视线，从歇夫脸上，滑到黄令德的脸上，又从黄令德脸上，滑回歇夫脸上，他努力遏止着怒气说：

“你们为什么三更半夜闯到这里来？”

“你又为什么三更半夜溜到外边去？”歇夫仿效着他的声调。

“你是什么人？”那人咆哮地说。

“我是夜游神！”歇夫把纸烟指指黄令德。“而这个人，却是夜游神的侍者。”

“夜游神？”那人只顾眨眼。

“有一个红领带的夜游神，专门考察这都市中的善恶的，朋友，你听到过没有？”歇夫指指他胸前的商标。“今晚我跟我的侍者，在秋云里散步。不料这都市里的秋云跟人情一样薄，我们一失足，从云里漏下来，跌进了你的屋子，真是非常抱歉！”

那人虽然听不懂歇夫这种离离奇奇的话，但是，他一向知道那条领带，他曾听到过许多关于那条领带的传说。他万万意想不到，这位神秘人物今夜竟会突然光顾到他的屋子里来。他忍不住睁大了骇异的眼而嗫嚅地说：

“先生，你，你，你是……”

“不错，我，我，我是……”歇夫向他学舌，一面温和地说，“放下你的包，坐下来，我们谈谈，行不行？”

那人迟疑了一下，把布包抛在床上，他颓然在床沿上坐了下来，用手背擦着额上的汗。歇夫说：

“朋友，今天很得利吧？”

“先生，我，我不懂你的话。”

“噢，不懂，”歇夫喷了一口烟，他向那个黑色的布包呶呶嘴，“朋友，这布包里是什么？是不是你的道具？”

那人低倒了头，有一抹羞涩的红，浮上了他憔悴的脸。歇夫继续说：

“今晚，你不是带了你的道具，在外边演戏吗？演戏是有酬报的，是不是？”

“先生，我不懂你的话！”那人猛然抬头，带着一种反抗的声音说。

“不懂，很好，我可以供给你一张说明书。”歇夫把眼光掠到了黄令德的脸上说：“若干天前，本市盛传着博物院里那只白熊妖怪的野话，这野话，被渲染得非常神奇。而这位先生，却是一个善于投机的人，于是因这野话，引起了他的伟大的烟士披里纯。”

那人的脸，涨得更红，他重新低倒了头，黄令德在一旁用心地听。歇夫继续说：

“他设计了一些道具——这道具大概就在这个黑色的布包之内——于是他的精彩的戏剧，就开始上演。目的何在呢？据我猜想，那不外乎是为了掠夺吧？”

“先生，你完全弄错了。”那人倔强地站起来说。

“朋友，静一些，有话，我们可以慢慢地谈。”歇夫微笑，向他挥挥手，“你不承认你演戏的目的是为掠夺？其实，掠夺有什么可耻呢？在这个可爱的世界上，掠夺是件最光荣的事！况且，你我还是同道，你又何必遮遮掩掩！”

“但你总不能强迫我承认我所不曾做过的事！”那人怒声说。

“那么，你不承认你曾变过白熊的戏法吗？”

“我，我承认，我曾扮过这白熊。”

“最近，你常常在深夜里外出？”

“那只有一次。”

“这一次你曾到过一百二十四号的附近。”

“是的，我承认。”

“你曾吓到过一个人。”

“是的，我承认。”

“你吓到了这个人，劫走了他身上所有的值钱的东西。”

“没有这回事!”那人暴声抗辩。歇夫觉得他的话，不像是假话，于是点点头说：

“没有这回事，那很好。但今晚，你又扮这白熊做什么?”

那人低头不语，歇夫讥笑地说：“是不是在荒野里参加化装跳舞?”

“我承认我又到过一百二十四号的附近去。”那人遏止着他的怒气说。

“你的目的不为掠夺，而你常常到这一百二十四号附近去，那又是为了什么?”

“我有另外的目的。”

“我能听听你的故事吗?”

那人似乎一百二十个不愿意回答问句，但是，他受不住歇夫那种目光的威胁，他无可奈何地说：

“你能代我保守秘密吗?”

“凭这个做保证。”歇夫指指自己的领带，他点上了一支纸烟，一面，他也递给了那人一支烟，并为他燃上了火。在这片瞬之间，那人的激动的神情，似乎已经平静了一些。于是歇夫闲闲地发问：

“朋友，你叫什么名字?”

“曹秉及。”那人徐徐抬起眼睑而又立刻垂下了眼睑，轻轻地回答。

“过去你曾做过什么事?”

“我是一个低能的失业者。”他吸了一口烟，似乎故意躲避着这问句。歇夫点点头说：

“很好，失业者是最富于幻想的人。那么，请把你的故事说下去。”

那人伸手抚着头，痛苦地说：“我这样装神弄鬼，而完全为了阿兰。”

“阿兰?”

“那是我的妻子。”

那人说到这里，旁听者的黄令德，立刻把目光飘到了世间那张美得诱人的相片上，他在想，这个阿兰，大概就是钱锦清所说起的那颗美丽的 Vega,

于是他再用心地听下去，只听那人忧郁而且痛苦地说：

“阿兰是个非常幽静的女子，我们结婚还不过一年。这一年中，我们一直过着安静美丽的日子。但是最近有一阵可怕的旋风，吹进了我们的小家庭，把过去的和平的日子，完全吹散了。她变得非常好赌，她跟以前完全换了一个人!”

“啊，我明白了，”歇夫在纸烟雾中望着那张憔悴的脸。“她的赌博的地方，就在这个一百二十四号里，是不是?”

那人痛苦地点点头说：“不久以前，她不过在家里赌，而现在，她却赌到了那个可怕的魔窟里去。在以前，她不过是在白天里赌，而现在，她却常常赌到深夜，甚至是整夜!”

“难道你不能劝告劝告她?”

“那要她肯接受才好!”

“除了劝告之外，难道你不能用别的方法，儆戒她一下?”

“我不能，我不能!”那人的两道眉毛几乎在他那张憔悴而忧郁的脸上打成了一个结，他叹息着说，“因为，我们的感情，已接近了破裂的边际。”

黄令德在一旁想，可怜的人，真是一个懦夫。想的时候他听那人接下去说：

“而且，说起来，理由还是她的。”

“一个女人，在赌窟里整夜的赌，她还有什么理由?”

“起先，她原是一片好意。”那人用力抽了一口，在纸烟的烟雾中皱着眉说，“她因为我失业，想从赌博里，代我找出一条生路来。”

“你的太太真伟大，”歇夫笑起来说，“从赌博里去找生路，这是希特勒式的主张哩!”

“先生，你不要笑。”那人忏悔说，“她是一个善良的女子，不过年纪太轻，意志不坚，容易受到诱惑。而且，事情原是我自己不好，起先她在家里赌着玩，她曾赢过一点钱，这对于我失业中的生活，似乎不无小补，于是，我不但在精神上鼓励了她的赌，甚至在事实上我也几乎鼓励了她的赌!”

那人说到这里，他抛掉纸烟，激动地伸手敲着头，激动地站起来说：“总之，除了怪我自己的低能之外，我更恨小佐!”

“小佐，那又是什么人?”

黄令德在想，这大概就是钱锦清所说的那个悬挂汽水瓶盖的家伙吧？想的时候，却听那人切齿地说：

“小佐，陈佐民，是我的一个好朋友，嘿！”

“你为什么恨这个人？”

“他引诱阿兰到那赌窟里去赌，表面上，他却帮我劝她不要再赌。”那人用一种近乎嘶哑的声音说，“他存心不良，他一定别有企图！”

“啊，我明白了，”歇夫点点头。“你扮演这白色的恐怖，去到这一百二十四号的附近，那是预备去吓你的太太的，是不是？”

“不，她太胆小，我并不预备直接吓她。我只想吓倒几个单身的赌徒。”

“奇怪，你吓那些赌徒做什么？”

“我直接恐吓着那些赌徒间接就可以恐吓阿兰，使她不敢再到那个赌窟里去。”

黄令德在想，好精彩的神经病！

歇夫心里暗笑，这办法真聪明，只听那人接下去说：

“其次，假如我能在这深夜里遇见了小佐……”说到这里，突然他从身后掏出了一柄两面开锋的短刀紧紧握在手里，刀锋在灯光下耀得雪亮。他的纷乱的头发，在额上微微颤动。他恨恨地说：“假如我能遇见他，嘿嘿！”

这时，歇夫已完全看出了那人的精神变态，他慌忙地说：“朋友，静一点，且把你的玩具收起来。”

那人放下了短刀，重新在床上颓然坐下。歇夫温和地向他说：“朋友，听说你的化装，非常之精彩，你的道具，是用什么东西做成的？”

“一件当铺里不肯接受的破白皮大衣。”

“是你自己改造的吗？”

那人点头。

“过去你曾做过什么事？”歇夫第二次这样问。

“倒霉的画师！”

“那么，你是一个有知识的人。”

“我不知道我算有知识没有。”那人插口说，“但我听得人家说，这个年头，越有知识越没有路走，从这一点上说，也许，我可以算是一个有点知识的人。”

“我觉得你的方法非常愚蠢。一个有知识的人，不该做出这种愚蠢的举动来，你应该考虑考虑。”歇夫善意地劝告着他。

“但除此以外，我想不出更好的方法。”

“你需要清一清你的脑子。”

“不，我需要复仇！其次，我需要把阿兰的心收回来。”

“其实，你放弃了这样的一个女子，那也没有什么可惜。”歇夫打着呵欠说。

“我不能，我不能，我不能……”那人说时，他的声调几乎要哭。歇夫向他摇摇头。他觉得，他已没有兴致再欣赏这张悲惨的脸，于是，他仰着懒腰，从椅子里坐站起来说：“多谢你，朋友，把你的事情都告诉了我。”他向黄令德以目示意，黄令德也从椅子里站起来，他们准备要走。但是那人忽然说：

“先生，我能听听你的来意吗？”

“来意？”歇夫站定下来说，“我是一个生意人，生意人的目的无非是钱。”

“你以为这件事里会产生钱？”

“我的胃口很小，我只想到处收点小账。”

“现在你还向我收账不想？”那人苦笑。

“现在我倒很想付些小账给你了。”歇夫回报他一个苦笑。一面撩开上装，把手插在裤袋，向黄令德歪歪嘴。那人说：

“先生，能不能请你等一等？”

“你还有什么话要告诉我？”歇夫重新燃上了烟。

“你是一个侠义的人，你能帮助我一下吗？”

歇夫在想，侠义，哼！我要有钱可捞的时候，才有侠义，而你的事情，看来我很缺少侠义的胃口，他嘴里说：

“你要我怎样帮助你？”

“我想请你把我已失去的和平美丽的日子找回来。”

“噢，你要我设法劝你太太不要赌？你要我把你们破裂了的感情弥缝起来，是不是如此？但是，这都是你的家事呀。”

“而你一向出名，是个万能的人。”

歇夫在想，朋友即使我承认，我的能力大得能把地球拉出轨道以外，我可没有那种力量，能把一个女子的已变的心拉回来！想的时候，他用抚慰的口吻，向这忧伤憔悴的人说：

“好吧！朋友，你静一点，等我想到了方法的时候，我再告诉你。”

“那么，你，你什么时候再来。”

“想到来的时候我就来。”

“一定？”

“一定。”

说完，他向黄令德招招手，两人大踏步向外就走。那人沮丧地随在身后，轻轻地说：

“先生，请把脚步放得轻一些，别惊动了楼下的人，我不愿意让人家知道这些丑恶的事。”

黄令德暗想，这个可怜的人，居然还有很大的羞恶心。

三分钟后，两人回上了CC小楼，钱锦清却还没有回来。歇夫疲倦地倒在沙发里，黄令德一面为他煮咖啡，一面摇头说：

“今夜的事情，真有点出乎意料。”

“是的，”歇夫接口说，“我们猎到了熊，剥掉了这熊的皮，但是没有把这熊皮换到钱。”

“我们只能说是猎到了一只大天鹅。”

“但是我们却已揭破了这条苑东路上的一个鬼把戏。”

“可是这戏剧的前一半，在我还是一个谜。”

“难道至今你还相信那种野话吗?”

“我不相信，但是，那博物院里守夜人的话，那灌木丛边的蹠形足迹，那警士所看到的白色怪物，这种种，又都作何解释？而且，那座白熊的标本，又怎样会不见的呢?”

歇夫在沙发上仰面喷着烟，他忽然扬声大笑起来说：“告诉你吧，那座白熊标本，是我搬走的。”

“那座标本是你搬走的？你为什么搬走它?”

“当然我有用处。”

“什么用处呢?”

“这个你可以不用管。”

“您是怎样走进博物院去的?”

“那无非是借重了几种器具，我没有让那里的门与窗留下任何痕迹。”

“听说那个守夜人，患着深度的失眠症，你用什么方法躲过他的视线的?”

“根本用不着躲，他尽力地夸张着他的失眠，实际上，他酣睡的像只猪，那天晚上，即使你把整个博物院的屋子翻个身，看来他也不会醒!”

黄令德笑了起来，他把玻璃球里的咖啡，倾进了两只杯子里，一杯递给歇夫，一面说：

“但你又怎样解释窗下灌木丛边的蹠形足迹呢？”

歇夫抛掉纸烟，调着咖啡说：“我因为那座标本非常累赘，因之，我用一根绳，缩住了那白熊的脖子，我开了那陈列室的窗，把这白熊从窗口内吊下去。前几天下过大雨，窗下灌木丛边的泥地，被雨水冲刷的像镜面一样平，当时，我为好玩起见，我把那根吊着熊的绳，收放了几下，让那熊的后腿在柔软的泥地上颠了几颠，这是那些蹠形足迹的来源。以后，被那些喜欢夸张的人，加上了些过分的渲染，于是这件事情变成了格外不可思议。”

黄令德在想，你真会捣鬼。歇夫喝了一口咖啡，继续说：“我把那座标本从窗里吊了下去之后，照旧把窗关好，闩上了门，我从陈列室里走出来，照例用我的器具锁上了门，因此那些门窗，丝毫不留迹象，这原是非常简单的事。至于那柄古代匕首，当然，那也是我乘便带走的。”

“您的戏法，变得真干净！”黄令德笑笑说，“不过那个守夜人，凭什么理由，他要造出那些谣言呢？”

“这是在一种顾全饭碗的恐惧心理之下所造成的谎。你想，他这个职位，原是为了院内常常遗失东西而被雇用的，而当时，在门不开户不动的情形之下，却会遗失那样庞大的一件东西，他不造些谎言，他将以何辞自解？”

“真想不到，一个外貌那样诚实的人，他会造出这种离奇的谎话来。”

“可见这个世界上根本就没有所谓诚实的人。其实，他这谎话，编得不够艺术，破绽非常之多。他说他会看到那只白熊在跳舞，你有没有问问他，他是怎样看到的？”

“他说他从钥匙孔里看到的。”

“那么，从那个钥匙孔里，是否能看到那座标本所在的角度呢？”

黄令德不语，歇夫继续说：

“就算能看得到那个角度吧，但那陈列室里未必长夜点着灯，他又怎样会看到那只白熊在跳舞呢？”

“当时我也这样说过，他说灯光虽然没有，而月光是有的。”

“那么，你有没有计算一下，在那个日子上，到底有月光没有？”

黄令德掏出了他的日记册，翻了翻日期，屈指一算，那个日子，正是阴历的月晦，于是他笑笑说，

“我上当了！”

“这是粗心的酬报。”歇夫讥笑地说，“在这个世界上，就为粗心的人太

多，所以满世界的各个角落里，每天都有人在制造荒谬的谣言。”

“一件闹得满城风雨的事，说破了，原来如此。”

“世上原有好多的事，说破了，都不过是原来如此啊！”

“但是有一件事，我仍旧不明白。那黄山路上的警士，他说他曾眼见这白熊，躲在树叶的阴影里，而且他还受到当头的一击，难道他也帮着那个守夜人在说谎？”

歇夫第二次扬声大笑，他说：“说破了不值一笑。当时我背着那座标本从博物院里外出，我需要经过那个警士的身前，可是半夜三更背着那么一件庞大的东西，经过一个警士的身前是有点麻烦的，我乘那家伙背向着我时，我把那座标本暂时放在树边，我却悄悄掩到了那家伙的背后，其时那个家伙，恰巧旋过脸来，我乘他在已看见而未看清那座标本的瞬间，我在他的后脑上赏了一下，因这小小的玩笑，却使这件神秘的事情，更增加了神秘。”

黄令德听完，忍不住也扬声大笑，他说：

“把这样的事，说给人家听，人家一定不相信，因为，它从头至尾，就像是个大谎话。”

“那么你就把它当作一个谎话说给人家听，也未为不可。”他刚说完这一句，忽然把杯子放下来，向门外锐声说：

“为什么不走进来？”

随着语声，有一个人踏着S形的步子，踉跄走进了屋子。那个人，乱发拂在额上，上装挽在臂间，领带已经解去，忧郁的脸，失神的眼光，样子跟刚才那个被剥掉熊皮的家伙差不多。

而这个人却是钱锦清。

他似乎已经喝得烂醉，他向歇夫与黄令德纵声大笑，嘴里含糊地说：“说谎的人简直可杀！说谎的女人更可杀！”他一面大笑，一面诅咒，一面倒在床上，不久，鼾声却已随之而起。据估计，他今天外出，一定又是受了GF的气，一定又是饮了太过量的酒，以至弄得这样狼狈。

歇夫看着他摇头，黄令德也在摇头。

黄令德是一个绝对厌恶酒的人，那满屋子的酒味，把他驱送到了寂寞的阳台上。这时，天还没有亮，四下仍是一片黑，只有对方那个窗帘，依然白得耀眼。料想这时候，窗子里的另一个精神病患者，正被失眠所苦恼而无法入睡。

黄令德迎着夜风在想：歇夫的话不错，一个具有深度忧郁感的青年，的确不宜结交 GF，但是这个世界上，那些自寻烦恼的人为什么有这样多？

想念之顷，黑暗里陡然有一个熟悉的汽车喇叭声，打断了他的思绪。回进屋子一看，那位神秘的歇夫不见了。

原载《万众》，1945 年

蓝色响尾蛇

一　在深黑色氛围里

是秋季一个燠闷的夜晚，天上没有星，没有月，空气里面，带着一股雨腥气，老天似乎正在考虑，要不要下一场雨，把上海市的沉闷与污浊，痛快地清洗一下？

这个时日，距离战争结束，已有几十天，上海市内的电灯，上叨原子炸弹的福，提早从龌龊的黑布罩下钻出头来，高高的爬上了V字形的架子，骄傲的光焰，正自耀得人们睁不开眼。

光辉之下，许多伟大悦目的镜头在展开：

若干抹着胜利的油彩的名角在登场，若干用白粉涂过鼻子的傀儡在发抖，若干写有美丽字句的纸张贴满了墙头，若干带有血腥气的资产在加上斜十字，若干大员们正自掩藏于胜利的大旗之后在竞演着一套著名的国产魔术，名为五鬼搬连法。他们吹口气，喝声变，变出了黄金、珠钻；吹口气，喝声变，变出了汽车，洋楼；吹口气、喝声变，变出了其他许多不伤脑筋而又值得取获的一切……仓库在消瘦，物价在动荡，吉普车在飞驶，香槟酒在起泡，庆祝用的爆竹在渐渐走潮，十字街头的老百姓，光着眼，在欣赏好看的彩牌楼。

各处五花八门的彩牌楼，似已逐渐褪色；可是彩牌楼上的灯光，照旧直冲霄汉，灰暗的夜空，让这密集的灯光，抹上了梦幻那样的暧昧的一片红，这——这是胜利的光明！

然而除却闹市以外，好多的地方，还是黑漆一团。西区华山公园，就是眼前最黑暗的一个角隅。

在白天，那座公园是可爱的，而在这个时候，一幅美丽的画、却已泼翻了黑墨水，树石花草，全部浸入黑暗，连轮廓也无法分清。

时钟的指针，将近十一点。园子内的任何部分，已不再有人。

公园的一角，有一带蜿蜒的土山，一部分贴近北部的围墙，约有半垛围墙那样高。这时，土山附近，忽有一颗红色的流萤，闪烁于树叶丛中，把那片广大的黑幕，刺了一个小孔。

一个魅影那样的家伙，穿着一套暗色的衣服，身子几乎完全融化在深绿色的氛围以内。那人正坐在山坡之下的一带灌木丛边，悄然在吸纸烟。一顶深色呢帽覆在他的膝盖上。

那人正是鲁平！

这样的时间，鲁平独自一个逗留在这个地点，当然，他的目的决不会专在于欣赏黑暗。他不时抬起视线，穿过黑暗，望到围墙以外去。

围墙之外，有一带住宅区，那是先前从公园里划出去的一部分，阔度不到三十码，很像地图上的一条狭长的走廊。再外面，便是那条冷僻的公园路。

鲁平所注意的，是一宅青红砖杂砌的三层小洋楼，方方的一幢，式样已很古旧，晦暗的墙壁。却由密密的藤蔓代替了绿色的裸漆，显示这屋子的年龄，已经并不太轻。屋子右方，有一片隙地，栽着少量的花木，成为一个小花圃。后方二三层楼，窗外各有一座狭长的阳台，白天站在这里，可以把公园中的空气，阳光，与大片绿色，整个加以占领。屋子的结构，虽然并不美丽，但是地点的确够理想。

住在这座洋楼中的幸福的主人，名字叫做陈妙根。

名字似乎很俗气，不像是个了不起的大人物，但是这个人，的确很带着点神秘性，值得郑重介绍一下。他并无职业，却有相当忙碌的事务。他并无声望，却有相当广泛的交游，他并无恒产，却有相当豪华的享用。在上海市沦陷的时期，大众感觉日子不好过，他的日子过得相当好，当胜利降临的初期，大家以为将有好日子可过，他却垂头丧气，认为日子快要过不下；直到最近，大家又在慨叹着日子越过越难，他呢，恰相反，眼珠一眨，日子似乎过得更优裕起来。从多方面看，这位陈先生，似乎正是一个适宜生存于任何恶劣气候之下的人；或者说，他是一个相当会变戏法的人。

鲁平生平，很崇拜英雄；尤其对于善能运用各种魔术取得到别人血肉以供自身营养的那种人，他都具有由衷的钦佩。而这位陈先生，却正是他的拜崇对象之一个，他久有此心，对这位魔术家，举行一次社交式的访问，可惜的是，机缘不太凑巧。

这个晚上，他正守候着一个比较适当的时机，准备走进这宅屋子中去。不过，他并不准备把一张拜访的名片，直接交给陈先生。

根据情报，有一批东西，包括小数目的条子、美钞与股票之类，暂放在这二层楼上某一角隅中的一只保险箱内。据说，这也是这位陈先生，运用什么魔术手腕，敲开了一个胡桃，变化出来的。东西运进屋子还不久，可能将于一个短时期内再被运走。这批资财，折合市价，约值一千万元。

数字是渺小的。这个时日，钞票上的圈，依旧等于美丽的肥皂泡。区区一二千万，在那些摇着大旗鼓舞而来的大员们的瞳孔之内，当然不值欣赏。但是鲁平，他一向是一个知足的人，他懂得东方的哲学；他深知这个年头，财，不宜发得太大；戏法，该从小处去变，那才不至于闹乱子。因之，他很乐意于出任艰巨，把这一笔躲在黑暗中的小资财，在一种不太伤脑筋的情况之下接收过来。

而且，一切情形，对于接收的工作是便利的。

若干天前，屋子里的人口，有着相当的密度，主要的是陈先生的第 X 号的太太，连同拖在旗袍角下的一些人，情形很热闹。而在最近，屋子里面似乎起过一次小风波，情形改变了。那位小型太太，不再住在这个屋子里，连带带走了她的随员。因之，这个屋子在晚上的某一时间以后，二层楼的一部分，可能成为无人地带。假使有什么人，愿意用点技巧走进去的话，那很可以为其所欲为。

总而言之，水是混的，很适宜于摸鱼。

不过眼前还得稍为等一等。

现在，这整个漆黑的住宅，只剩下二层楼上的一个窗口之内，透露着灯光，那是屋子左方最外面的一道窗。也许，主人陈妙根，还逗留在这个小型公馆里没有走。根据情报——鲁平对于任何交易，都有多方面的准确的情报——那位陈先生，最近的行动，很有点诡秘，他不大回来这所住宅，偶然回来，总在深夜的边际，逗留的时间，并不会太久，而且，他的出入，都只假手于钥匙，绝不惊动屋子里的人。鲁平认为这些情形，对于他的胃口，配合得很好，他很表示感谢。

他不时仰望着那道有光的窗。

夜空殷红如血，天在下雨了，点子并不大。

他把帽子戴起来，遮着雨，重新燃上一支烟。

围墙之外，一部分的屋子，都已渐入于深睡眠状态，在止水一样的沉寂中，可以听到公园路上一两部人力车，车杠咯吱咯吱在发响，那声音带来了一种寂寞感。

忽然，有一串爆炸，起于街面上，整片的沉寂被这声响炸成粉碎。那是几个美国水手坐在两部三轮车上正把一大束的掼炮沿路抛掷过来。

砰砰砰！砰砰砰！砰砰！砰！

飞溅的炸声，配备着一阵美式叫嚣，自远而近，复自近而远。

砰砰砰砰砰！又是一连串。

这紧接着的一这串，掼得更近，有一个特别沉闷的爆炸，好像几个损炮并合在一起，又像这个声音，已炸进了围墙以内。头顶上，树叶簌簌地在发响，睡眠中的树木被惊醒了。

雨的点子，已渐渐加大。

鲁平伸了个懒腰，丢掉烟蒂，看看手腕的夜光表，长针正指着十一点三十五分。

响声过后，四周复归于宁静，这宁静大约维持了五六分钟，他听到那宅小洋楼的前方，有一辆汽车在开走。从马达的发动声里，可以辨别，那是一辆新型的汽车。不错。他知道，那位陈先生，是有一辆自备汽车的。他意识到那位神秘的汽车阶级，正在离开他的公馆，抬头一望，果然，窗子里的唯一的灯光熄灭了，那宅屋子已整个被包裹在黑雾里。

二　太不够刺激

现在他该开始行动了吧？不。

他先拖着怠惰的步子，走入另外一株树下站立下来。那株树，有着较密的树叶可以躲雨。过去，他从不曾在这种黑色时间以内，逛过公园，当前这片深绿，能使他的脑子，获得一种美丽的宁静，他有点留恋。而主要的是，他还想稍微等一等。无论如何，像他这样的工作——接收，总以避免参观者的耳目为是。

于是他再吸掉一支烟，又消耗了十多分钟。

好，来吧，舒散归舒散，为生活，工作是不可放弃的。

他走近围墙，设法敲掉了砌在墙脊上的一些碎破玻璃，以免衣服被钩破。这个动作，由于不小心而发出了一点声响，但是不要紧，他以最敏捷的姿态越过了那道墙，转瞬他已隐入于墙内的最黑暗处。

小洋楼的后方，与围墙之间的距离，只隔一条狭巷，从左右两侧，都可以兜绕到前方。为了保持一个绅士应有的风度起见，他想，这深夜的造访，他该走前门。但是，在主人走出以后，或许有人会从里边加上了闩，这有点麻烦。走后门吧，后门近在跬步之间，当然格外便利。不过他的目的原在二层楼，与其进了屋子，仍旧要上楼，经济办法，那不如直接登楼。

好，就是这么办。

他向暗中凝视，墙上有道方形的排水管，和阳台的距离，不到二尺远，真是一道理想的梯子。

雨又加大了。肩部已经湿淋淋，为躲雨，行动需要快一点。

他把帽子推起些，走近墙下，双手攀住那个排水管，一脚踏上墙根的勒脚，手脚同时用力，身子向上一耸，这是第一步。第二步，他的双脚已经支持在排水管的一个接缝上。再一步他已攀住通阳台下的一根排水支管，升起身子把脚踏在阳台的边缘。第四步，他却轻轻跨过了阳台的栏杆。

上楼梯，至少该跨十个梯级吧？而现在，他只跨了四级半，太简便了。不过攀缘之际，他的鞋尖曾触动过墙壁上的藤蔓，又发出了些响声，他却并不介意。

现在他已安然站在阳台上。

百叶窗是紧闭的。他明知窗里边的这一间，绝不会有人，但仍侧着脸，凝神听一听，小心点总不会错。

于是，他取出了他的职业上的工具，施用外科小手术，先把那两扇百叶长窗轻轻撬开。然后，他再掏出另一器具，划破了里面玻璃窗上的一块玻璃之一角，他从破洞内伸手进去摸到了直闩的柄而把它旋动，他再从破洞里小心地缩回手，轻轻推开了那扇玻璃长窗。

他像一位深夜回府的主人，低吹口哨，悠然踏进了自己的公馆。

屋子里当然是漆黑的，但是不碍，公园路上最近的一支路灯杆，一片扇子形的灰黄的光，正斜射上这个屋子左壁的一道窗口，窗以外，夜的纤维与雨的线条，交织成了一口网，雨网中漏进微光，可以看出这间屋子，是一间精致的卧室，家具都是簇新的流线型。

这里一切布置，使他极感满意。

现在，他如果需要，他尽可以挑选一只铺有锦垫的舒适的椅子，坐下来休息一会儿了。但是，他并不，最要紧的一件事，他急于掏出一方手帕，拂拭着衣帽上的雨渍。他爱好体面，很注重修饰。他有一种哲学，认为这个世界上要做一个能够适应时势的新型的贼，必须先把外观装潢得极体面；虽然每一个体面朋友未必都是贼，可是每个上等贼，的确都是体面的。人类具有一种共同的目疾，垃圾、污垢，都可以用美观的东西遮盖起来的！

也正为此，鲁平虽在深夜外出，干着这样卑鄙的工作，照旧，他的衣饰还是很漂亮。

他的那套西装线条笔挺，衬衫如同打过蜡，领带，当然是鲜明的红色，说句笑话，唯一的缺点，只缺少衣襟边的一朵康乃馨。

拂拭过雨渍以后，他再戴上帽子，把襟角间的花帕抽出来折折齐整，小心地插好。他又悠然地整理了一下他的那条领带。

他自己好笑，在想：假使此刻站在镜子之前照一照的话，他的外观，比之一位正从鸡尾酒会上走出来的大员，喂，有什么不同？

他的神经松懈得像鹅绒，正为神经松懈，才会产生许多胡想。由于他正想到自己像个神气活现的官，他忽然又想：为什么世上有许多人，老想做官，而不想做贼？一般地说，做官，做贼，同样只想偷偷摸摸，同样只想在黑暗中伸手，目的、手段，几乎完全相同。不同的是做贼所伸的手，只使一人皱眉，一家皱眉，而做官者伸的手，那就要使一路皱眉，一方皱眉，甚至要使一国的人都大大皱眉！基于上述的理论，可知贼与官比，为害的程度，毕竟轻得多！这个世界上，在老百姓们看来，只要为害较轻，实已感觉不胜其可爱！那么，想做官的人又何乐而不挑选这一种比较可爱的贼的职业呢！

思想在活动，步子跟着活动，他从那些家具的空隙里，安详地走过来，小心着，不要碰到什么东西，破坏这个可爱的寂寞，一面，他在注视着这个黑暗的卧室中的一切，看一看，有没有什么值得欣赏的收藏品？虽然他的主要的目的，是在另一角隅的一座保险箱之内。但是，如有顺手可以牵走的羊，只要不太累赘，那也不妨顺手带走一点。好在此时此地，都是免费的配给品，他很可以随便接收，不必出收据，只要愿意要的话。

这里，看来并没有值得带的东西。他已轻轻走到房门口，从这里走出门口，那是由里向外，他只需要转一转门球，旋一下弹簧锁。他轻轻拉开了那扇房门，一手撩开上装插在裤袋里，唇间低声吹着婚礼进行曲。他感觉到今夜的工作，简单得可怜，即刻那种小规模的飞檐走壁，并不曾使他的脉搏增加为每分钟八十跳，而等一等，也只要撬开一座保险箱，把这保险箱内的东西照数带走就行，他预料到那步接收手续绝不怎样难。

关于保险箱，他是一个具有专家经验的人。他知道撬铁箱，决不像一般人所想象的那么容易。有许多保险箱的钢壁几乎等于一艘兵舰的装甲那样厚，尤其讨厌的是装着综合转锁的那一种，那需要使用烈性腐蚀剂，或者二碳氧火钻，甚至三硝基甲（TNT）。而今天，这都用不着。据情报，那座铁箱，却是很“老爷”的一种，一柄小钻撬撬开要不了三分钟以上。他在想，你看，做贼，这是一件何等轻巧的工作？拿钱，似乎比之花钱更少麻烦，更不费事！

他在黑暗中轻轻踏出那扇门，嘴里在自语：“嗯，太不够刺激了！”

三　意外的高潮

从那扇门里跨出来，反手虚掩上了门，由黑暗进入另一黑暗。现在，他已置身在一条甬道之内，甬道的一端是上下两处口梯。左边的尽端有道窗，这和卧室左壁的窗户一样，面对着小花圃。这道窗，距离公园路上的灯光更近。光线从雨丝里穿射进来，照见这个甬道，地板擦得雪亮。四面听听，没有声音，这里充满的是空虚与恬静。

只有窗外的风雨，哗哗哗哗哗……一阵阵加大，一阵阵加密。

雨声增加心坎上的寂寞，真的，太不够刺激了。

对面一道门，门以内，就是刚才透露灯光的一屋，也就是主人平时憩坐的一室，也就是情报中所提及的安放保险箱的一室。现在，不用太客气，只须请进去就行。这一次是由外入内，单旋门球当然不行，他必须弄开那具弹簧锁。他的开锁手法决不低劣于一个锁匠，转眼间，他已低吹口哨，推门而入。

奇怪，这间屋子比别处更黑。他的期待，这里该比别处亮一点，因为，刚才有灯光从这左壁的窗口射出，那么，这里距路灯更近，也该有光线从外面射入才对。为什么不？

他好像被装进了一个绝不透气的黑袋里。

好在，他是一个接收者，一般人痛恶黑暗，而接收者却欢迎黑暗，黑一点也好。遗憾的是他这样长驱直入毫无阻碍，反而有点“英雄无用武之地”之感。

他移步向前，继续吹嘴唇，继续在自语：太不够……刺激了三个字，还没有说出口。

突然，有一种由黑暗所组成的奇怪的紧张，刺袭上了他的心，他觉得这间屋子里，有一点儿不对！他的步子突然地停滞在黑暗中。

有什么不对呢？

他是一个在黑暗中养成了特种经验的人，在他身上，似乎生着无形的触角，能在漆黑之中敏感到平常人所万万不能感觉的事。不要说得太神秘，至少，他的嗅觉或者听觉，已经嗅到或者听到了一些什么。

他尽力地嗅，仿佛有点什么异样的腥味，他在鼻边飘拂，再嗅，没有了。他又凝神听，他只听出了自己肺叶的扇动声。

窗外的雨声哗啦啦在响。

嘁嘁，嘁嘁，嘁嘁，嘁嘁，……

一种微细得几乎听不出的连续的声音渗在窗外送进来的雨声里。是的，他听出来了，那是一只表的声音。表是应该附属在人体上的东西，奇怪呀！有什么人睡在这里吗？这里并不是间卧室呀。有人坐在这里吗？似乎绝不会有人，竟有胃口默坐在这样黑暗的所在。那么，有人把一只表遗忘在这里了吗？

不知为什么，在这一个瞬间，他几乎预备旋转身子，立刻向后转。这不是胆怯，这是他的经验在指挥他。但是，他终于掏出了他的手电筒。

四　保险箱

起先，他没有使用手电筒，那是为不够刺激而想增加点刺激。现在，他使用电筒，却是为紧张太过而想减少点紧张，虽然他还找不到他的突感紧张的理由毕竟何在。

他把手电筒的光圈向四面缓缓滑过来。

“哎呀！我的天！”……他低低地惊呼了一声。

那支震颤了一下的手电筒虽然并没有从他手掌里跌落，可是他已立刻机械地把光头熄灭下来。

当前复归于黑暗，黑暗像有一千斤重！

他的额上在冒汗。

在电筒停留在对方某一个地位上的瞬间，光圈之内，画出了一张人脸。那张脸，灰黄的，眼珠瞪得特别大，似乎在惊诧着他的深夜突兀的光临，歪扭的嘴，好像无声地在向他说：“好，你毕竟来了！’

总之，搜索一生的经历，他从来不曾遇到过这样一张太难看的脸。况且那张脸，却还沉埋在一个可怕的黑暗里！

这不用多想，直觉先于他的意识在漆黑中告诉他，那个人，的确已经永久睡熟了！

鲁平呆住在那片沉重得发黏的黑暗里，他有点失措。他自己在讥讽着：“好极了，朋友，太不够刺激了！”

在黑暗中支持过了约摸半分钟，这半分钟的短时间，几乎等于一小时之久。情绪在达到了最高潮后，逐渐趋向低落。逐渐归于平静。已经知道，这屋子里有一尸体在着，那反使他感觉无所谓。死尸虽然可惜，无论如何，比之世上那些活鬼，应该温驯得多！

他的神经不再感到太紧张。

定定神，站在原地位上把电筒的光圈再向对方滑过去。这次他已看清楚，这具西装的尸体，正安坐在一张旋转椅内，躯体略略带侧，面孔微仰。左手搭在椅子靠手上，好像准备着要站起来。一双死鱼那样瞪直的眼珠，凝注着他所站立的地位；也就是那扇室门所在的方向。尸体上身，没穿上褂，只穿着衬衫。有摊殷红的污渍，沾染在那件白衬衫的左襟间，那是血，看去像枪伤。

他把电筒的光圈退回来些，照见那张旋转椅之前，是一张方形的办公桌。尸体面桌而坐，背部向着墙壁——靠公园路的一垛墙。光圈再向两面移动，只见这垛墙上，共有两道窗，窗上各各深垂着黑色的帘子。他突然返身，把电筒照着左方墙上即刻露过光的那道窗，同样，那里也已垂下了黑色的窗帘。这是一种装有弹簧轴杆的直帘，收放非常便利。现在，他已明白了这间屋内黑得不透气的缘故，原来不久之前，有什么人把这里三道窗口——至少是把面花圃的一道窗上，那张曾经卷起过的窗帘拉了下来。是什么人把它拉下的？为什么把它拉下来？当然，眼前他还没有功夫去思索。

电筒的光圈滑回来，重新滑到尸体坐着的所在，把光线抬起些，只见壁上悬着一张二十四寸的放大半身照，照片是设色的。那个小胖子，态度雍容华贵，满脸浮着笑。样子，像一位要人正跨下飞机，准备要跟许多欢迎他的群众去握手。

他在看到这张照片之后，马上把光圈移下些，照照这具尸体的面貌，再移上些，照照那张相片的面貌。是的，他立刻明白了：这位安坐在旋转椅内斯文得可爱的家伙，正是这宅洋楼的主人陈妙根，因为照片、尸体，上下两张脸，相貌完全一样。

那具照相框相当考究，金色的、镶花的。墙壁上的裸漆也很悦目。这些，衬出了这间屋子中的线条之富丽，这些，也代表着这具尸体生前的奋斗与掠夺，享受与欲望。上面是照相，下面是尸体，中间隔开花花绿绿的一片——墙壁的空隙，这是一道生与死的分界线，两者间的距离，不到三尺远。

他暂时捺熄了电筒，痴站着。让黑暗紧紧包裹着他。

在黑暗中欣赏这种可爱的画面，欣赏得太久，他还有点眩晕。他巴巴地闯到这所住宅里来，对于接收死尸不会太感兴趣，这跟大员们巴巴地跨进这个都市，对于接收人心不感兴趣是一样的。他在想：朋友，走吧，别人演戏拿包银，你却代表悬牌，叫好，犯不着！

向后转！

他在黑暗中迅速地回返到了室门口。他准备向那具驯善的死尸，一鞠躬，道声打扰，赶快脱离这个是非之所，赶快！实际上他几乎已经忘掉今夜飞檐走壁而来的最初之目的。可是他还捺着电筒向着四周最后扫射了一下。

有一样东西把电筒的光线拉住了！

嗯，那具吊胃口的保险箱，蹲在尸体斜对方的一个角落之中，箱门已经微启。

窗外的风雨，像在向他投射讥嘲，哈哈哈，哈哈哈！

鲁平只有苦笑。

一切当然用不着细看了。但是，他终于急骤地跳到那具保险箱前，把身子蹲下来。事实上，那具箱子倒很精致，并不像他预想中的那样“老爷”。撬开它是有点费事的，而现在，却已不必再费心。他拉开箱门，把电光灌进去，迅速地搜索，快看，内部有些什么？条子？美钞？法币？债券？……不，除了一些被翻乱的纸片以外，什么都没有。假加有的话，那将是手铐，囚车，监狱，绞架……之类的东西了！

一阵奇怪的怒火突袭着他的心，砰！推上箱门，重重做出了些不必要的响音。他猛然站直，旋转身，再把电筒照着安坐在对方圈椅上的那位冷静的旁观者，他说：

“朋友，喂，是谁放走了你的气？连带放走了我的血！要不要报仇？起来，我们应该站在同一战线上！”

那具温和的尸体，脸向着门，默默地，似乎无意于发言。

风雨继续在叫嚣。

五　凌乱的一切

他把那扇保险箱门碰得开炮那样响，事实上是一点儿反响都没有。这使他意识到像这样的雨夜决不可能再有什么好事之徒竟会闯进这地方来。暂留片刻，观察观察如何呢？或许，会有什么机会，可以捉住那只已飞去的鸟，那也说不定。

一定这么办。

他迅速走出室外，直走到甬道里的楼梯口，站住，倾听。

沉寂、沉寂、沉寂、沉寂铺满于四周，包括三层楼，楼下。

雨，似乎比先前小了些。

回进死室，碰上门锁，摸索着。插上短闩，他开始用电筒搜索电灯开关的所在。找到了，就在门边，顺手一扳，满室通明。

他感谢着三道窗口上的黑窗帘，掩闭着光，绝不会泄露。奇怪呀，这种帘子，看来还是以前在日本侏儒统治之下强迫设备起来的所谓防空帘，到现在，防空是过去了，防空帘当然也不再需要了；可是，这里还没有把它取消，为什么呢？一定是这屋子里的人，有时却还需要把室内的灯光遮起来，由此，可知这个地点，在平时也是充满秘密的。

现在他由黑暗进入于可爱的大光明之中。门是防线，窗是必要时的太平门，室内非常安逸，心神安定了许多。

一般人的印象，一向都以为这个拖着红领带的家伙鲁平，为人神奇得了不得，这是错误的。其实，他不过比普通人聪明点、活泼点。但，至少，他还是人，不是超人，他的神经，还是人的神经，并不是钢铁。因之，他在这个倒运的夜晚闯进这个倒运的屋子，出乎意外遇到了这样一件倒运的事，在他，多少有点慌。直到眼前，他才有功夫，透出一口气。他开始抹汗，掏纸烟，燃火，猛吸第一口烟，烟在胃里空虚得太久了。

他一边喷烟，一边向四下察看，他在想，不用太慌，观察应该慢慢地来，镇静是必需的。然而，却也不宜逗留太久，他绝不能忘却自己正是黑暗中的接收者——一个贼，天是终究真的要亮的！

好吧，择要观察，择要研究，先将室内主要的东西，看清楚了再说。

首先吸引视线的，当然就是展开在尸体面前的那只方形办公桌。桌子的两对面，各放着一张同式的旋转椅，现在，一张椅子里安坐着那具死尸，对面一张是空着，桌子中心，有两具连同墨水盂的笔座，背向而放。两个座位之前，各有一方玻璃板。看情形，平时这张办公桌上，除了主人之外，另有一个什么人，在这里歇坐或者办点什么公。当然，独个人是用不着安置两副文具的。

不错，他记起来了——

他曾听说，主人有一个诡秘的密友，出入常在一起。那人曾在日本侏儒手下当过荣誉走狗，是一枚受过暑气的蛋，大名叫做张槐林。可能这个办公桌上的另一座位，正是为这个荣誉人物而设备的。

再看桌面上，有一种刺眼的凌乱，各种杂物，大半部像逃过一次难，不再安居于原位。两具笔座，在空座前的一具，七横八竖，堆积着四支钢笔；在尸体这边的一具，只有墨水盂，没有笔，那具电话台机，像被移动过了位置，转盘向着不二不三的角度。并且，电线已经割断了。割电线的器具，看来就是被抛掷在台机边的一柄剪信封的长锋剪刀，剪锋张开着。因这剪断的电话线，使他连带注意到下垂在桌子中央的一根电铃绳，绳端的揿钮也已剪下，这被剪下的揿钮，连同一小段绳滚在桌子的一角，靠向空座的这一旁。

鲁平在想，好极了一道严格的交通封锁线，干得真干净！

他把双手分插在裤袋里，衔着烟，踱到尸体一旁，俯下脸看看那块玻璃板下，压着些什么？唷，五光十色，很耀眼，全部都是女人的相片，没有别的。那些相片，设色的，不设色的，从一寸起到四寸的为止，全有。全部共分四个横行，排列得相当整齐。从这一组收藏品内可以看到，死者生前，对于女人具有一种相当精审的鉴别力。每张照片，或是线条，或是姿态，或是眼神，批分数，全都可以吃“超”，或者“优”，至少是“可”，没有像个柳树精那样丑陋的。有些照片，嵌有美丽的名字，如：什么鸟，什么燕。以迄什么玲玲莉莉之类，内中有一张，特别题上了些使人失眠的字句，写的是——亲爱的阿妙，我的小乳牛，下面是，你的珍。嗯，多么那个！

鲁平看得兴奋起来，他脱下了他的呢帽，随手抛在一边。他把他的面孔凑近到距离死尸的鼻子不到三寸远，他独自噜咕着：“在这个乱得一团糟的世界上，除却女人之外，太没有东西可以留恋了！喂，亲爱的朋友，你说是不是?”

死尸没有气力发声，瞪眼表示默认。于是他又代表死尸叹息一声说：“有了那么多的女朋友，那么早，就向她们喊出 Good bye，够凄凉的了，唉!”

他独自这样胡扯，实际并没有忘却他的正事。他目光灼灼，看出了这方玻璃板下，也正有些什么毛病存在着：在第三行相片的一端，有几张相片相距太远，留出了太多的空隙。下角的一部分照片，都有点歪扯，破坏了整个的匀称。是不是内中被拿走了一张了呢？看来，可能的。那么，这照片是不是就在今晚被拿走的呢？是的，这也可能的。那么，是不是这位陈先生的被杀，却还牵涉女人问题呢？这虽说不定，但也可能的。

总之，不管是不是，这一点应该记下来。

除了照片之外，玻璃板上放着一只金质纸烟盒，跟一盒火柴。纸烟盒内装的是小三炮。因这烟盒，却使他连带注意到尸体所坐的椅子附近，遗弃着两枚烟尾。拾起来看时，那是小三炮的烟尾，显然是死者自己所留。于此可以知道，死者在未遭枪杀之前，坐在这只转椅上，至少，却有吸去两支烟或者更多的时间。

此外，在玻璃板上，另外遗留着一支燃过而并没有吸过的烟——所谓燃过而并没有吸过，这需要加以说明，原来，那支烟的头上，半边的纸卷，已经被火熏黑，甚至已被烧残，另半边，却还没有燃着。这指示些什么呢？可能的解释是：这位死者先生，他在拿起这第三支烟来取火燃吸时，他已预先知道，他的一只脚，已经踏上死亡的边线，因之，手在发颤，才会把这纸烟，烧成这个样子。

还有一点，这支烧残的烟，那是绞盘牌，跟两枚烟尾与盒内的烟不同。这是一个要点，很值得注意。

于是，他把这支烧残的烟，连同两枚烟尾，一同装入了那只金质烟盒。他向死尸点了一个头，算是道谢。然后，他把烟盒免费没收，装进了衣袋。

这是踏进屋子以后的第一件接收品。

六　两位来宾

他的注意力移转了方向。

从尸体身旁，走向对方那只空着的旋转椅边。这里一方玻璃板，空洞洞的，远不及对方热闹。玻璃的一方，只压着一张四寸设色的女人照。——对方玻璃板下，也有相同的一张——照片上签有一个西文小名，上款题得很客气："槐林先生留念"。鲁平想，自己猜得不错，这个空座，正是那只荣誉走狗的位子。

视线溜过来，他看出这张空的旋转椅上，刚才曾经坐过人。因为，玻璃板的左侧，放着一只玻璃烟灰碟。这个烟碟曾被抹拭得很洁净；但在一个插烟孔内，却插着大半只纸烟，碟内留有少许的纸烟灰。俯视地下，在旋转椅之左，也有一些烟灰遗留着。不错，他想，这张空椅上一定坐过人。

顺次再看过去。在转椅左方，地位略后些，有一只从靠壁移过来的克罗米把手的轻便沙发，斜对着方桌的一角，被安放得非常"不落位"。在这轻便沙发的一边，连带从别处移来了一架落地烟具架，烟灰碟子里，也有少许烟灰，也有两枚绝短的纸烟尾，看来这里也曾坐过一个人。

综合以上的情形，给予鲁平以一种模糊恍惚的印象：当时，曾经坐在死者对方而跟死者谈话过一些时候的来客，一共是有两个；其中之一个，看来，那像是谈话的主角；另一个，从那坐着的地位上看，像是比较不重要的旁听者。

不管这些，他又掏出小册，记下来。

这时有个恍恍惚惚的问题飘进了脑内，他在想：会不会当时坐在这张空旋转椅内的人，正是那个名唤张槐林的家伙呢？会不会这件枪杀案，正是两个坏蛋，因为可耻的内讧而造成的结果呢？

他把桌下那只烟碟中所插着的半支残烟拿起来看时，这支烟的牌子，跟尸体面前所遗留的烧残的一支相同：大号绞盘牌。再把落地烟具架中所留的另外两支绝短的烟尾捡起来细看，烟的钢印虽已烧去，他把烟丝小心地剔出些来，凭着抽纸烟的经验，依然可以辨别，这两个烟尾，同样还是大号绞盘牌。

这四支烟，可能是两位来宾之一所自备的，因为，主人所备的，分明是小三炮。

由此可以推测，来宾可能也是相当阔绰的人。

另一特点吸引了他的注意，这四支烟，除却遗留在尸体之前的一支，其余两枚烟尾，与半支残烟，头上都有一些颜色沾染着，鲜红的。

他的眼珠突然发亮，在相，嗯，这是口红。即刻的意念，重新闪进他的脑内：这事件是直接牵涉女人的，这三支烟，正是女人所吸的。

那么，刚才坐在死者对面的两位来宾，是否全是女人呢？

再细看，这三支烟的红色，全都成一角形，偏深于半边。他在想，那个女人，是怎样的衔着那支烟，才会留下这样的痕迹呢？这一问题，似乎并不太重要。较重要的一点是：落地烟具架上的两枚烟尾，为什么吸得如此之短？一个抹着口红吸着高贵纸烟的漂亮女人，样子一定相当漂亮——看了玻璃板上的那些照片，他的理由，相信吸这纸烟的女人，样子相当漂亮——会有这样吝啬的表现吗？难道，她竟不怕太短的纸烟尾，会使她的涂过的蔻丹的纤指丧失美观吗？

他的空洞的目光，向着那只斜放着的轻便沙发，凝注了片刻。他沉思，点头，微笑。微笑表示他对这个问题，已经获得了一个或然的解释。

他把那只刚接收的金质烟盒，重新掏出来，把这两支绞盘牌的绝短的烟尾，与半支绞盘牌的残烟，一同放了进去，重新袋好。

七　第三人

现在，所有室内遗留下的纸烟尾，包括绞盘牌的，与小三炮的，全部都已收藏进了他的衣袋。

然后，他自己乘机叼上了一支土耳其纸烟，他把自己吸残的烟蒂，随手抛进了桌上的烟灰碟。

他很有点孩子气，他在微笑，好玩地想，假使明天，福尔摩斯从惠斯敏德教堂的地底下走出来，走进这间尸室，侦探这件事，多少，他要感到头痛了。

已经扮演过侦探，不妨再当一次义务的验尸官，根据侦探小说上的说法，死尸，那是一种相当懒惰而不大会逃跑的东西，所以，检验手续，不妨留在最后一步办。他喷着浓烈的烟，再从对方走起来，站定在尸体的左侧。

他把支持在椅子靠手上的那条尸体的左臂，提起，放下，试一试尸体的僵硬程度。其实，他对这方面的知识，知道得并不多。他之所以这样做，那不过是要装像一个验尸官，在那里装模作样而已。

死尸的左臂，戴着一只手表，即刻在黑暗中，嘀嗒，嘀嗒，给予他以最初的警觉的，就是这只表。解下来一看，牌子是著名的摩凡陀。奇怪，第一批的廉洁的接收者，如果目的跟自己相同，专为接收而来，那么，他们或她们，在收下了保险箱中的一批物资以后，为什么不顺手带走那只金质烟盒跟这手表？称为接收员的人，会有如是廉洁吗？不会吧？

他在想，看来这件事的主因，并不像为了单纯的劫财！

不去管它，这只表，总还值点钱，人弃我取，收下吧，何必太客气！

他向死尸道了个歉，把这魔凡陀表，谦逊地装进了衣袋。这是他所接收下的剩余接收品之第二件。

他又开始检查尸体的伤口。

尸体的衬衫上，那个子弹洞，并没有焦灼痕。可见发枪的距离，并不太近。看来那个业余刽子手，正是隔着方桌，向死者开枪的。为了便于察看起见，他把桌子上的那把长锋剪刀顺手抓过来，在尸体的衬衫上开了一个小方孔，他俯首，细视。

伤口在右乳之上。哎呀，那个弹孔，扯得如此之大，那是一支什么枪，会制造出这样的成绩来？

旋转了一下那张转椅，他把那具倔强的尸体用力推得俯下些，看一看，背部有没有子弹的出口？嗯，有的。好吧，一不做，二不休，他在衬衫背部再剪了一个小方洞，以使空气格外可以流通些。细看，子弹的出口偏于脊骨之右，地位较入口略低，这显示子弹成一斜线穿过死者的躯体，而且凶手在发枪时，枪口是微微向下的。

他猛然仰直身子，目光凝注着对面那只转椅的右方，这地位，也就是他最初站在那里用电筒照见这具死尸的地位。他想，显然的，枪弹正是从这一个角度上发射过来的。那么，当时这间屋子里，除了坐着两位来宾以外，可能还有第三位来宾在着。那个人显然是站着开枪的。虽然说，起先坐着的人，后来也可以站起来开枪，可是看情势，那不如说另有第三人比较更为近情。

他一边忖度，一边蹲着身子。在转椅之后，去找那颗子弹。他在墙下找到了他的目的物，又在附近找到了那枚弹壳。细细看时，那是一种军用手枪的钢头子弹，式样有点特别。他口里轻吹着哨子，把这枪弹与弹壳放在掌心之内，轻轻抛起来，掂着它的份量，就在这个时候，他忽发现死者的右边的西装裤带里，也露出着一支枪柄。抽出来一看，那是一支德国制的7.65mm口径的“Leuger”枪。枪膛里余存着五颗子弹，而保险机却扣住着没有开。这，似乎可以说明死者备着枪而不想拔枪抵抗的几个原因之一个，那原因之一或许是：情势上来不及。

八 怪 声

还有，这只枪内的子弹，跟射杀死者的那一颗子弹，完全一样。而且，这种“Leuger”枪，出名有个恶毒的特点。它能在被射者的身体上制造出一个很大的伤口来。可知凶手用的枪，跟死者所备的这一支枪正是同式的。

据他所知，这种枪，在上海地面上很不习见。他记得以前曾经听说过，纳粹恶魔快要屈膝之前，有一批留住于上海的德国秘密工作者，被他们的盟友——日本侏儒，以亲善的态度缴掉了械，所缴下的枪械之中，就包括着一批这样的手枪。其后，日本侏儒却把这批枪的一小部分，分发给了几个高级的中国走狗，以供残杀中国志士之用，这是这种枪的唯一的来路。除此以外，在别一条路上，不会有这东西。由此一点，可以推知，这位刚被送回家的陈妙根先生，过去，他跟日本侏儒也曾有过关系。进一步可以推知，那个凶手，也正是死者同伙中的一个人。像这样的推测，大概离题不会太远吧。

这时，那个坏蛋张槐林的名字，不觉又在他的脑角，轻轻地一闪。

他把这支枪，连同那颗子弹与弹壳，一同送进他自己的衣袋。嗯，这也算是倒霉的接收品之一。

他继续轻吹口哨，从尸体右侧绕过了方桌，踱到尸体的斜对方，就在那只轻便沙发之中坐定下来。接上他的烟，闭眼、养神、沉思。

窗外，雨的尾巴没有停，簌簌簌，簌簌簌。

公园路上偶然还有粘腻的车轮在滑过。

室内所有，只是静寂、静寂，再加上静寂。

静寂带来了一个问题，使他感到讶异，他知道这种穿大洞的“Leuger”枪，发枪之际，声音相当大。即使说，这屋子的二层楼上完全没有人，难道，三层楼与楼底，竟也没有人？就算这宅洋楼里面整个没有人，但在发枪的时候，公园路上的行人，应该没有完全断绝，附近的邻居应该不曾整个睡静，为什么竟没有人被这巨大的枪声所惊动？并且，那个大胆的凶手，为什么竟也并不顾虑到这一点？

他的眼球转动了一阵。

砰砰砰，砰砰砰！他的耳边好像浮起了一片幻声。他在露出微笑，他明白了。

他以静待理发那样怠惰的姿态，安坐在那只克罗米沙发之中，深夜的寂寞，使他止不住连连打哈欠。于是，他把疲倦的眼光，不经意地再度溜上桌面。

有一小叠对折着的一万元票面的伪币，在那具电话台机之下，塞住了一小角。起先，他早已看见，而并不曾加以注意。这时，他从沙发上面无聊地站起来把这叠纸币，抓到手里随便翻了翻。这叠纸币，除了最外层的伪钞，内中还有几张法币，几张美金，与两张一元的美钞。数目的价值，大概只够换几听纸烟。一个接收员是难得也会廉洁一下的，为了表示偶然的廉洁起见，他以不值一顾的态度，随手把这一小叠纸币，仍旧抛回到桌面上。

现在，似乎已经没有别的东西，再值得注意。雨仍在滴沥，死尸在沉睡，他的眼皮在加重。

看手表，时间已近一点三十分。

假使自己并不准备跟这死尸做长夜之谈的话，这该是可以动身的时候了，他想。

好吧，开步走。

丢掉了烟尾，伸个懒腰。轻轻吹着口哨，走到门口，当他拔出短闩，把那扇门开成一道狭缝时，忽然，他不知想到了什么，重新又回到尸体的一边他揭起那方玻璃板，把那大批女人的照片，捋在一起，叠齐整，全数装进了他的衣袋。

这一举动，并无深意，那不过因为他是一个“色的爱好者”，他很愿意继承死者之遗志，把这一组收藏品，好好保留起来。散失了是未免可惜的。

顺便，他把那叠已经扔弃的纸币，一同装进了他的钱夹——记着，那只是顺便而已。

他向那位密斯脱陈，轻轻道声晚安，然后，拉开门，头也不回，扬长而出。

甬道里面还跟刚才一样静。

为了避免飞檐走壁的麻烦起见，他不打算再走原路。他大模大样走向那楼梯口，大模大样从楼梯上走下来。

快要走尽楼梯的时候，蓦地，他被一种来自黑暗中的细微而又沉闷的声音，吓了一大跳！那种声音非常奇怪，像是一个鬼，躲在黑暗之中轻轻叹着气！

哎呀！这是什么声音哪？

他赶快把脚步粘住在梯级上。

细听，凭他的经验，他立刻听出，楼下正有什么人，被人塞住了嘴，禁闭了起来。不用多说，这是那些“来宾们”的杰作之另一种。

很多人知道，鲁平，他是一个具有仁慈心肠的人。依他的本意，当然，他很愿意费点手脚，把这被禁闭的人解放出来。但是，他也知道：中国有种传统哲学，它会告诉你说，假如你在路上遇到了一个被撞倒的孩子，最聪明的办法，那莫如赶快躲避，你要多事，哼，你得负责。

一个聪明人，会愿意代负这种撞倒孩子的责任吗？不要多管闲事，走吧，朋友！

他退还到了楼梯口，想了想，他重新回上楼梯，重新回进那条甬道，重新推开那扇虚掩着的门——这不是尸室的门，而是最初他所通过的那扇卧室的，他重新退入了那间卧室之中。

他在那只流线型的梳妆台站定下来，看了看，却把妆台上的两小管口红，最后装进了衣袋，大概，这也是“顺便”吧？

然后，他从长窗里面踏上那座湿淋淋的阳台，仍旧利用那部理想的梯子，轻轻攀缘而下。

好吧，条子、美钞、股票，乘兴而来。死尸、惊恐、忙碌，败兴而归。一种免不掉的失望的心理，重新袭击上了他的心坎，使他不复顾及行动的悠闲。墙上的藤萝，积满着雨水，淋淋漓漓，把他那套漂亮的西装，弄成了一身湿。

他的样子，变成狼狈非常，不再像是一位正从鸡尾酒会上走出来的大官员。

假使这个时候，遇到一个人，看出了他的上台与下野时之不同，他要感到脸红了吧。

好在，转转眼，他的高大的身影，却已消逝于黑暗中，不会有人再看见。

九　纸币之谜

下一天的上午。

鲁平独自坐在一间小而精致的书室内，在悄悄然研究上夜里发生于公园路上的那件血案。他相信，假使他有兴致，愿意查究一下真相的话，至少，对于探访的路线，他是有点把握的。

那么，他愿不愿意，就以一个贼的身份，代表尊严的法律把那杀人凶手抓回来呢？

不错，他很乐意于把那个凶手找回来。但是，他却并不愿意代法律张罗。他一向认为：法律者也，那只是某些聪明人在某种尴尬局势之下所制造成的一种类似符箓那样的东西。符箓，也许可以吓吓笨鬼，但却绝对不能吓退那些凶横而又狡诈的恶鬼；非但不能吓退，甚至，有好多的恶鬼，却是专门躲藏于符箓之后，在搬演他们的鬼把戏的！法律这种东西，其最大的效用，比之符箓也正差不多。因此，要他维护法律，谢谢，他却没有这样好的胃口！他所着眼的是，只想找到那个以“Leuger”枪为玩具的“生命的玩笑者”，拍拍他，让他把已吮进的血，全数呕出来，于他却已感到满足了。

然而，这是需要花费一点儿相当的时间的。

问题是，找到凶手之后，能不能把那只保险箱中的赃物拿回来呢？拿回来的，能不能是赃物的全部呢？就算是全部吧，为了区区一千万元左右的数目，值不值得费上更多的麻烦呢？

他对这一问题的答案，只是摇头而又摇头，一整个的上午，他曾摇了好几次的头。

总之，他对这件事的兴趣，一丈高的水，已经退去了八尺半。

他准备无条件地放弃了。

但是，一到下午，他的已丧失的兴趣，却让那叠奇怪的纸币，重新吸引了起来。

那叠纸币，是他在尸室中的电话台机之下捡到的。上夜里的某一瞬间，他曾对这东西引起过一点儿小小的注意，因之，顺手牵羊，把它们塞进了衣袋。

今天，他偶然重新翻检，却使他感到了越看越奇怪。

那叠纸币，的确相当的可怪。不，该说是非常的可怪！

纸币的总数一共是十三张，内中包括：一万元的伪钞两张，一千元的法币五张，一百元的法币一张，十元票面的美金三张；最奇怪的是，内中还有美钞，那是一元券两张。

整个看来，这纸币是非常混乱的，混乱得跟现实社会上的人物一样，大人、先生、流氓、混蛋，什么都有。而纸币，也是美金、法币、美钞、伪币，一应俱全。这真杂乱得可观。但从另一方面看，这纸币却又是非常整齐的，因为，这纸币的叠法，那是万归万，千归千，百归百，十归十，单归单；单数叠在十数上，十数叠在百数上，百数叠在千数上，千数叠在万数上，最后却又对折起来，粗看，只像是薄薄的一叠储备票。

为什么要把这些杂乱的纸币，整理成这样的方式呢？他在想，会不会这里面含藏着什么作用呢？

想想，这是不会的，不要神经过敏吧！但是，看看，实在使他感到太可怪。

他狂吸纸烟，纸烟并没有帮助他找到一个所以然。

他无聊地在旧书桌之前坐下，提起笔来。信手乱涂。他在一张白纸上面信手写着：伪钞二万元，法币五千一百元，美金三十元，美金二元。以后，又把票面上的数目胡乱加在一起，写成二万五千一百三十二元，一连写了好多个。

但是，这有什么意思呢？

最后他把这数目改写成阿拉伯数字 25132，又写下了好多个。他无聊得大打呵欠。

一个外来的电话打断了他的疲倦，他通完话，抛下听筒在室内盘旋，吸烟，吹口哨。偶然他的身子站定在书桌前，视线却让那张乱涂过一阵的纸头吸住了。

他的眼珠闪出了光华。

他突然发觉，这个数字，很像一个电话号码。他想，会不会那曾杂乱而又整齐的纸币，真的隐藏着一个电话号码呢？

这样想时，有一种离奇的幻想，立刻闪进了他的脑内：

隔夜他曾推测，当那命案未发生之前，那间尸室中，至少曾有三个人，面对着死者。三人之中有一个人带着枪，或者不止一个人带着枪。死者虽也有枪，但已不及拔出。而且，电话、电铃，都已被割断，死者整个命，已被紧握在死神的手掌中，连呼救的机会也没有了。当时，死者处于这样的局势之下，他将发生怎样的念想呢？或许他会这样想：逃命，已经是不可能，退而求其次，能不能设法，留下点什么线索来，好让人家知道谁是杀死他的人。如上的想法，会有可能吗？是的，这或许是可能的。而且，在许多所谓侦探小说上，的确有过类似这样的方法的。据他所知，死者是个相当机警的人，可能他会抄袭一下这种方法，或竟自己发明这种方法的。

那么，这叠奇异的纸币，真的有些意思吗？

而主要的一点是，那叠纸币，恰巧又是被压在电话台机的一角之下，好像有意提示人家，对于电话加以注意似的。

如上的想法，虽然太幻秘，看来倒也头头是道咧。

不去管它是幻想，是理想，或是事实，拨一个这样的号码试试看，也不碍。

他以上海人所谓“打棚”的心理，跳向电话机边，照式拨了一个号码：25132。

他抓着话筒，兴奋而又好奇地倾听着。

嗡嗡嗡，有人在通话。稍停，再拨，还是嗡嗡嗡。

那只电话看来相当忙。

第三次拨，电话接通了。一个女孩子的声音，对方悻悻然地问：“找谁？”

“你们是……”他反问。

“海蓬路二十四号。”对方立刻附加：“李小姐不在家！”“搭损”，电话挂断了。

奇怪，没有人提到什么张小姐或李小姐，而对方，却自动地说明“李小姐不在家！”可见那只电话，打给所谓李小姐的人相当多。够了！单这一句，已经够了！这时，他的脑内，立刻又跳出了隔夜在尸室中所看到的一些东西：第一是沾染口红的纸烟尾，第二是玻璃板下被移动的女人的照片。至少，这里有一个女人已经出现了。嗯，看来幻想已不再是幻想，可能幻想将要成为事实了。

他兴奋得快要跳跃起来！赶快再打电话。

这一次，他的电话是打给他的部下小韩——韩小伟，是一个二十四岁的机警活跃的青年，聪明胜过海狗，对于上海市内的人与事，知道得比仙人还要多。他的绰号叫作“上海百科全书”。不一会儿，他听得那部“百科全书”

在电话里问道："谁？歇夫（Ckef 法文首领之谓）吗？有何吩咐？"

"在你的"百科全书"上翻一翻，海蓬路二十四号，住的是什么人？假使你的版本上没有的话，你能不能设法查一查？"

"你问海蓬路二十四号？让我想一想，嗯，这……"对方略一沉吟："这用不着查。那是一名孤单的花园小洋房，主人姓曹。"

鲁平在想，看来，那宅屋子一定很有名，否则，那部"百科全书"，不会记得如此清楚的。他说：

"啊，主人姓曹。那个屋子里，有没有一位姓李的小姐？大概是木子李。"

"有的，黎小姐。"对方立刻说，但是他又改正："你记错了。那是黎明的黎。咦！歇夫，难道你连这位大名鼎鼎的交际花都不知道？"

"不胜惭愧之至！"这边带点讥讽："她的芳名叫什么？请你指教。"

"啊，她的名字像你一样，多得不计其数：黎之华，黎桂珍，黎明眸，黎亚男，黎兰，黎……"

"不要再黎吧，我喜欢合，不喜欢离。"这边赶快阻止："她的常用的名字叫什么？"

"黎亚男。"

"她漂亮吗？"

"漂亮极了！那还用说吗？"鲁平感觉到对方的馋涎，快要从电线上流过来。

"她有抹口红的习惯没有？"

"一杯水果圣代上面，不加上一颗鲜红欲滴的樱桃，那是缺少色调上的和谐的。你说对不对？哈哈！"

"她吸纸烟吗？"

"瘾头几乎跟你一样大。"

"你知不知道，这位黎小姐，她跟那个姓曹的屋主，是什么关系？"

"嗯，这，这倒不大清楚。大概她是寄寓在那个姓曹的家里的。而现在，她却差不多成了那宅屋子的主人了。"

"你知道那宅屋子的电话号码吗？"

"当然，那是四七一一啊！"

"什么？"鲁平说，"四七一一？四个字的电话号码？"

"我是说，那只电话的号码，知道的人相当多，差不多是带着点四七一一的香味的。”对方在含笑：“且慢，让我想想看，好像二五……”

“二五一三二，对不对。”这边立刻给他接上。

“对对对，二五一三二。”

这时，鲁平兴奋得快要大叫。他紧抓着话筒高声说：“喂喂，小韩，你有方法调查一下这朵交际花常到的地方吗?”

“大概可以的。”

“那么，你赶快把她上夜里的踪迹调查一下，从九点钟起……不，可以从十点钟起，到十二点为止，在这两个钟头之内，她在什么地方，弄得清楚些。”

“为什么?”

“你不用管，四小时内我等报告。来不及的话，你让大茭白帮你去调查，行不行?”

“行！还有吩咐吗?”

“暂时没有了。”

刮搭。

他放下听筒，狂搓着手。现在，他的幻想——，不该说是幻想——差不多已在逐步变为事实了。他捺住兴奋，坐下来，吹哨、吸烟、思索。他觉得，那位陈妙根先生，他把那叠杂乱的纸币，代表了 25132 的数字，那真有点聪明。在死者的意想中，一定期待着一个什么人，那个人，是跟他具有同等的机敏的，一见到那叠压在电话机下的纸币，或许就会领悟，这是一个电话号码，而由这电话号码，也就立刻可以知道，谁是跟这凶案有关的人。好，真聪明的办法呀！

凝想之顷，他觉得他的理想，已经由点成线，由线成面，再把几个平面拼合起来，就可以成为一个立体，把握在手里了。

他高兴得了不得。

而同时，他也焦急得了不得。仅仅一小时内，他已看了好几次表，他急于期望着那个小韩能把报告提早些送回来。可是，电话机在墙上瞌睡，一点儿声音也没有。

就在这个时候，室门轻启，有一个人摇摇摆摆踏着鸭子式的步子，走入了室内。

十　老孟的报告

走进来的人，是个中年的矮胖子，一张橘皮色的脸，配着一个萝卜形的鼻子。加上一撮希特勒式的短髭。簇新的西装，质料很高贵，但是穿在身上，臃肿得刺眼。那个家伙，正是他的老伴——孟兴。

那张橘皮脸上抹着一脸笑。他把他的肥手抬着说："啊，首领你好。"

鲁平凝视着那枚鲜红可爱的鼻子说："哈罗，老孟，看你这副高兴的样子，一定又带来了不少的新闻啦，是不是？"

"嗯，新闻，多得衣袋里快要装不下。"对方拍拍他的凸起着的大肚子。

"为什么不去办个大号旅行袋？"

"假使每天都有这么多的新闻的话，我怕我得添备一辆送货车，那才好！"

"新闻竟有那么多？"鲁平好笑地说："好，坐下来说。"

格，格，格，一张轻巧的椅子在低声求饶，显见这位高贵的来宾，近来又增加了不少体重，鲁平把身子旋转些，望着他，等待着他的新闻。

"嗯，首领，你知道吗？——"对方坐定之后，掏出一支相当于他身体一样粗肥的雪茄，夹在指缝里说："那桩大敲诈案，已经成交了。听说，拍板的数目，是美金八十万。"

一个肥人，似乎不宜于举出太大的数字。因之，当他说出这个数目时，他有点气喘。他又补充："这件事的内幕，知道的人并不多。首领，你，当然是完全知道。"

"我倒并不知道咧。"鲁平半闭着眼，吸烟，摇头。他对对方这个情报，显然不感兴趣。但是他说："我的消息不及你的灵。好，听听你的吧。"

我的消息不及你的灵，这一赞美，却使对方的鼻子增了更加多的红光。于是，他把那支雪茄，作势凑近嘴，准备咬掉雪茄的尖端，但是结果，他没有咬。他说：

"这件事，说来相当长，事情的起源，远在半年之前，那个时候，德国鬼子正在节节退败，日本鬼子，大概也已料到，他们再也不能打胜那个倒霉的仗。因之，有几个在华的军阀和财阀，曾把几批价值相当大的物资，陆续秘密移交一个中国女子代为保管。听说，那些物资，预备以后留作一种秘密的用途。至于什么用途，那却完全无人知道。总之，日本鬼子是出名具有远大眼光的。”

鲁平把纸烟挂在口角里。他对对方这套啰嗦，装出了用心倾听的神气。“请你说得扼要些。”

“那个中国女人，名字叫黄美丽。”老孟挥舞他那支未燃的雪茄，有力地说。

“那大概是黄玛丽。”这边给他改正。

“嗯，是的，黄玛丽。她是一个手段毒辣的女间谍，专给日本办事，已有好多年。她的名头不及川岛芳子响，但是神通却比川岛芳子大得多。一向，她的踪迹飘忽无定，见过她面的人简直绝对少。听说，她曾嫁过人，年龄已有三十开外，面貌并不美。”

关于这个矮胖子所报告的事，鲁平知道所谓黄玛丽确乎有这个人，而且这个女人的神通确乎相当广大，但是，他并不相信，有什么日本鬼子会把什么庞大的物资交给她。他也绝没有听到过这个黄玛丽曾经被牵涉到什么美金大敲诈案。总之这是一个来自真空管内的消息而已。他嘴里只管“嗯嗯呃呃”，实际，他在期待着壁上的电话铃。他渴望着那部“上海百科全书”，能把他所需要的消息，赶快些翻出来。

可是老孟还在很起劲地说下去：

“这个黄玛丽，本人不在上海，但是她有很多的动产与不动产，存留在本地。她还特派着两个心腹，代她负责经管一切。胜利以后，本市有个最大的敲诈党，深知了这个秘密，马上就向黄玛丽的财产代理人之一，摆出了一个‘华容道’，非要她大大放血一次不可。对方的开价，最初就是美金八十万。喂，你听着，八十万，美金！”

老孟费力地说了这个数目，一看，对方的鲁平，两眼越闭越紧，快要入睡的样子。他赶紧大声说：

“现在，这笔生意成交了，美金……”

“是的，成交了。”鲁平赶紧睁眼，接口说：“八十万。”

“这么大的一注生意，”矮胖子兴奋地高叫：“难道我们不能动动脑筋，赚点佣金吗?”

“噢，赚点佣金?”欧咦，鲁平打着呵欠说：“你须知道，在这个年头上，最大的生意必须是官办，至低限度，也必须是官商合办，那才有‘苗头’，而我们呢，只是安分守己的小商人，背后缺少有力的支持，那只好做些糊口的小生意而已。”

老孟一听，那撮希特勒式的短髭，立刻撅了起来！鲁平赶快安慰他说：“你既具有大志，想做赚美金的大生意，那很好。那么请你说说看，那个所谓敲诈党，是些何等的角色呢？”

“听说他们背后，是很有些势力的。”

“这是当然的。你把主角的名姓，举几个出来。”

“这——这个吗？我还不大清楚咧。”

“那么，所谓黄玛丽的财产管理人——那个被敲诈的苦主——又是谁呢？”

“这个嘛？……”

鲁平把双手一摊，耸耸肩膀。

矮胖子一看样子，觉得赚美金的生意，已经缺少指望。他把那支始终不曾燃上火的雪茄，凑近鼻子嗅了嗅，然后，小心地把它藏好，撅着嘴，站起来，准备告退。

鲁平赶紧说：“怎么？老孟。你说你的新闻，要用货车来装，难道只有这么一点点儿？”

十一　第二种报告

老孟已经走到门口，一听鲁平这样说，赶紧回进室内。他伸出肥手，拍拍他的秃顶说：“哎呀，我真该死，忘掉了。”

他把他的肥躯，格格格，重新放进了那张不胜负担的椅内，重新又掏出了那支名贵的雪茄，重新夹在指缝里。一面问：“昨夜里的那件离奇的血案，你知道吗？”

鲁平的眼珠立刻一亮，他假装不知，吃惊地问：“什么血案？被杀的是谁？”

“被杀的家伙，叫做陈妙根。”

“啊，陈妙根，那是一个何等的角色呀？”

“那个家伙，究竟是什么路道，完全无人知道。大概过去也跟日本鬼子有过什么不干不净的关系。到现在，还是神气活现，抖得很，算是一个坐汽车、住洋楼的阶级咧。”

“啊，一个不要脸的坏蛋，难道没有人检举他？”

“检举？省省！”那撮短髭一撅。“听说他是神通广大的。”

“嗯，这个封神榜式的世界，神通广大的人物竟有这么多！”鲁平独自咕哝。他问：“那个坏蛋被杀在什么地方呀？”

“公园路三十二号，华山公园背后一宅小洋楼之内，那是他的一个小公馆。”

“你把详细的情形说说看。”鲁平很想知道一些关于这件事的更多的消息，因之他向老孟这样问。

“详细情形吗？嘿，那真离奇得了不得。”老孟一见鲁平提起了兴趣，他的那枚萝卜形的鼻子，格外红起来。他把那只未燃的雪茄，指指划划地说：“凶案大约发生于上夜里的十一点钟之后。据这屋子里的人说，主人陈妙根，最近并不留宿在这个小公馆里。每天，只在很晚的时间，溜回来一次。上夜里回来得比较早，大约在十点半左右。”

老孟这样说时，鲁平想起了那两枚小三炮的烟尾，他暗忖，假使这个陈妙根的烟瘾并不太大的话，那么，消耗两支烟的时间，可能是在三十分钟至四十分钟之间。大概那个时候，那几位玩手枪的贵宾，却还不曾光降。那么，现在可以假定，来宾们光降的时刻，或许的在十一点钟左右。至于死者被枪杀的时刻，他可以确定，毫无疑义是在十一点二十分。由此，可以推知，来宾们在那间尸室中，至少也曾逗留过一刻钟或者二十分钟以上。照这样估计，大致不会错。

想的时候他在暗暗点头，他嘴里喃喃地说：“嗯，差不多。”

“什么？”老孟猛然抬头问：“你说差不多！”

“你不用管。说下去吧。”

老孟抹抹他的短髭，继续说下去道：“再据屋子里的男仆阿方说，主人回来的时候，照老规矩，一直走上了二层楼上的一间屋子——大概是会客室。看样子，好像他在守候一个人。不料，他所守候的人没有来，死神倒来了。结果，凶手开了一枪，把他打死在那间屋子里。”

“你说，他好像在守候一个人，守候的是谁？”鲁平着意地问。

“大约是在等候他的一个朋友，那个人，名字叫作张槐林，也是一个坏蛋。”

“那么，”鲁平故意问：“安知开枪的凶手，不就是这个名叫张槐林的坏蛋呢？”

“那不会的。”

“何以见得?”

“据那个男仆说他们原是非常好的朋友。”

鲁平在想，假使那只日本走狗张槐林，并不是三位来宾之一的话，那么，陈妙根临死前那叠纸币的线索，一定就是特地为这个人而布下的。因为，陈妙根在未遭枪杀之前，原是在等候这个人。想的时候他又问：“这个案子，是谁第一个发见的?”

“就是这个张槐林。”

“就是这个张槐林?”鲁平转着眼珠：“他是怎样发见的?在今天早晨吗?”

“不，”老孟摇头。“就在上夜里，大约一点半钟多一点。”

鲁平喃喃地说：“前后只差一步。”

“你说什么，首领?”矮胖子抬眼问。

“我并没有说什么。”鲁平向他挤挤眼：“你再说下去。”

“本来，”矮胖子挥舞着那支道具式的雪茄，继续说：“那个张槐林，跟死者约定十一点钟在这屋子里会面。因为别的事情，去得迟了点儿，走到这屋子的门口，只见正门敞开，楼下完全没有人。他一直走上了二层楼，却发现他的那位好朋友，已经被人送回了老家。”

“陈妙根被枪杀的时候，屋子里有些什么人?”

“前面说过的那个男仆，还有死者的一个堂兄。”

“当时他们在哪里?”

“在楼下，被人关了起来。

“关了起来?”鲁平假作吃惊地问。“谁把他们关起来的?”

“当然是那些凶手。”

“那么，”鲁平赶紧问：“这两个被关起来的人，当然见过凶手的面目的。”

“没有。”矮胖子噘嘴。

“没有?奇怪呀!”

老孟解释道：“据说，当时这两个家伙，在楼下的甬道里，遭到了凶手们从背后的袭击，因此，连个鬼影也没有看见。”

“你说凶手们，当然凶手不止一个。他们怎么知道，凶手不止一个呢?”

“那两个家伙，被关起来的时候，曾听到脚声，好像不止一个人。”

鲁平点头说：“不错，至少有三个。”

矮胖子奇怪地说：“你怎么知道至少有三个?”

鲁平微笑，耸耸肩说："我不过是瞎猜而已。"又问："除了以上两个，当时屋子里还有谁?"

"没有了。"矮胖子摇摇头。

"奇怪。既称为小公馆，应该有个小型太太的，太太呢?"

"据说，太太本来有一个，那不过是临时的囤货而已，"老孟把那只雪茄换了一只手："前几天，临时太太吃了过多的柠檬酸，跟死者吵架，吵散了。"

"吵架，吵散了?"

老孟连忙解释道："那位临时太太，嫌死者的女朋友太多。"

鲁平暗想，那位临时太太，本来也该列入嫌疑犯的名单，但是现在，看来暂时可以除外了。想的时候他又说："这个案子，从发生到现在，还不满一整天。你怎么会知道得如此清楚呢?"

矮胖子把那支雪茄，碰碰他的透露红光的鼻子，傲然地说："首领，我是自有我的路道的。"

"伟大之至!"鲁平向他伸着大拇指，一面说："你说这件案子非常奇怪，依我看，那不过是很平常的凶杀案，并不奇怪呀。"

老孟把雪茄一举，连忙抗议道："不不！奇怪的情形，还在后面哩。最奇怪的情形是在那间尸室里。"

"那么，说说看。"鲁平把纸烟挂在嘴角里，装作细听，其实并不想听。

"死者好像曾和凶手打过架，衣服全被扯破，子弹是从衣服的破洞中打进去的。"

鲁平好玩地问："衣服到底是扯碎的，还是剪碎的?"

"当然是扯碎的。"老孟正色说。

鲁平微笑，点头，喷烟。他听对方说下去。

"那间会客室，被捣乱得一塌糊涂，椅桌全部翻倒。"

鲁平暗想，胡说!

矮胖子自管自起劲地说："这件案子的主因，看来是为劫财。死者身上值钱的东西，全数被劫走。还有，室内那具保险箱……"

鲁平一听到保险箱，多少感到有点心痛，连忙阻挡着说"不必再说尸室中的情形，你把别方面的情形说说吧。"

矮胖子有点不懂，向鲁平瞪着眼。但是，停了停，他又说下去道："那些暴徒，好像是从这宅洋楼后方的一座阳台上翻越进去的。"

"何以见得?"鲁平觉得好笑，故意地问。

“阳台上的长窗已被撬开，玻璃也被划破了。手法非常干净，看来，像是一个老贼的杰作。”

“不要骂人吧。”鲁平赶快阻止。

“为什么？”矮胖子瞪着眼。

鲁平笑笑说：“这个年头，没有贼，只有接收者，而接收者是伟大的，你该对他们恭敬点”。

老孟撅起了短髭，摇头。

鲁平看看他的手表，又问：“还有其他的线索吗？”

“线索非常之多。”矮胖子夸张着。

“说下去。”

“有许多脚印，从阳台上满布二层楼的各处。首领，你知道的，上夜里下过大雨，那些带泥的脚印，非常清楚。脚寸相当大。”矮胖子说时，不经意地望鲁平那只擦得雪亮的纹皮鞋，他说：“脚寸几乎跟你一样大。”

“那也许，就是我的脚印哩。”鲁平接口说。

老孟以为鲁平是在开玩笑，他自管自说：“在尸室里，遗留着大批的纸烟尾，那是一种臭味熏天的土耳其纸烟，下等人吸的。”

鲁平喷着烟，微笑说：“那也像是我的。你知道，我是专吸这种下等人所吸的土耳其纸烟的。”

矮胖子望着鲁平，只管摇头。他又自管自说：“还有，尸室中的一只沙发上，留着一顶呢帽，帽子里有三个西文字母——D. D. T。”

鲁平说：“哎呀！这是我的帽子呀！”

“你的帽子？”对方撇嘴。

“真的，这是我的帽子。最近，我曾改名为杜大德。我准备给我自己取个外号，叫作杀虫剂。”

老孟觉得他这位首领，今天专爱开玩笑。他弄不明白，鲁平开这无聊的玩笑，毕竟有些什么意思？鲁平见他不再发言，立刻闭住两眼，露出快要入睡的样子。矮胖子慌忙大声说：“喂，首领，要不要听我说下去？”

鲁平疲倦地睁眼，说：“嗯，你说线索非常之多，是不是？”

“我已经告诉你，第一是脚印。”

“我也已经告诉你，那是我的。”鲁平打着呵欠，欧咦。

“还有，第二是纸烟尾。”

“我也已经告诉你，那也是我的。”欧咦……欧咦。

“还有，第三是呢帽。”

“那也是我的。”说到这里，他突然坐直了身子，沉着脸说：“真的，我并不骗你！”

老孟觉得鲁平的话，并不像是开玩笑。他的眼珠不禁闪着光，有点莫名其妙。于是他说：“真的？并不骗我？那么坏蛋陈妙根，是你杀死的？”

“不！我并没有杀死这个人。”鲁平坚决地摇头：“你当然知道，我一向不杀人。我犯不着为了一个坏蛋，污沾我的手。”

老孟用那只无火的雪茄，碰碰他的鼻子，狐疑地说：“你说这件案子里所留下的许多线索，脚印、烟尾、呢帽，都是你的。但你却并没有杀死这个坏蛋陈妙根。你是不是这样说？”

“我正是这样说。”

“我弄不懂你的话。”

“连我自己也弄不懂！”

矮胖子瞪着眼，跌进了一团土耳其纸烟所造成的大雾里。

正在这个时候，壁上的电话铃，却急骤地响了起来。

十二　第三种报告

电话铃声驱走了鲁平的倦容。他赶紧跳到墙边，抓起听筒来问：“谁？小韩吗？”

“是的，歇夫。”电话对方说。

“怎么样？”

“嗯……”

“说呀！”

“我真有点惭愧。”听筒里送来了抱歉的语声，“奉你的命令，调查那朵交际花的昨夜的踪迹。我怕我独自一个办不了，特地分派了一大队人马，一齐出动。”

“大队人马？谁？”

“我跟我的兄弟，小傻子韩永源，还有，小毛毛郭泽民，大茭白钱考伯，自行车王王介寿。”

“好极，海京伯马戏全班出动了。”

“歇夫，我知道你要我打探那朵交际花的踪迹，一定是有些用意的。”

“那当然。”

“因之，分头出发之前，我曾教导了他们许多‘门槛’，以免打草惊蛇，弄坏了你的事。”电话里这样说。

“很好，你是有功的，不必再宣读伟大的自白书，请你扼要些说下去。”鲁平有点性急。

“奇怪！关于那位黎小姐平时常到的几个地方，我们用了许多方法，差不多全部查问过，结果是……”

“怎么样？”

“那许多地方，独有上夜你所说的时间里，她全没有去过，家里也不在。这是一种特殊情形哩。真奇怪，昨夜那朵美丽的花，似乎变成了一片不可捉摸的花影，云影浮动了，花影消失了。”

“哎呀，我的大诗人！”鲁平说笑地说：“你的台词真美丽，美丽得像首诗！”

“歇夫，你别取笑，我太使你失望了。”

“失望吗？并不呀，你的答案，正是我的希望哩。”

“什么？正是你的希望？”

“不错，我老早就在希望，最好你的答案是，调查不出那朵交际花上夜里的踪迹来。”

“歇夫，别让我猜哑谜。”

“这并不是哑谜呀。好，我们谈谈正经吧。那么，难道那位黎小姐，上夜里并没有回去海蓬路二十四号？”

“回去的。据二十四号内的一个女孩子说，她回去得很晚，大约已在两点钟以后。”

“她曾告诉人家，她到什么地方去的吗？”

“据说，她在一个同学家打乒乓。”

“对极了！”鲁平说：“打乒乓，乒而又乓，那是在指导人家练习枪吧？”

鲁平这样说，对方当然不明他的含意之所在。于是，听筒里面传来了一阵懊丧的声音说：“算了，歇夫，我承认我的无能吧。你这讥讽，使我感到受不住！”

“且慢，别挂断电话。”鲁平慌忙阻止：“我再问你，那位黎小姐，今晚有些什么交际节目，你知道吗？”

“听说今晚八点半，她在郁金香咖啡室约会着一个人。”

“好极，我的小海狗，你们的任务已经完成了。”

刮搭。

抛下了听筒，鲁平高兴得在满室里打转。他觉得，从那只保险箱内飞出去的东西，快要飞回他的衣袋了。而且，还有天仙一样美的女人，可以使他的枯燥的眼角抹上点冰，这是值得兴奋的。

他昂首喷烟，土耳其烟在他眼前幻成了一片粉红色的雾。

老孟看到他这位首领，高兴到如此，慌忙问：“这是小韩的电话吗？什么事？”

“好像跟你刚才的报告，有点关系哩。”

老孟再度把那支始终未吸的雪茄，吝惜地收进了衣袋。沉默了片晌，最后他说：“刚才你说，昨夜那件案子里，所留下的烟尾、脚印，都是你的。能不能请你解释一下？”

鲁平站停步子，拍拍他的肩膀说：“现在用不着解释，到晚上，我请一位最美丽的女人，用音乐一样的调子，当面向你解释。你看好不好？来吧，我的老友，快把精神振作起来！”

当天夜晚，九点多一点，我们这位神秘朋友，换上了一套适宜于夜间游宴的笔挺的西装，拖着他的红领带，他以一个新型绅士的姿态，踱进了白天所说的那家咖啡室之内。

背后，那个肥矮的孟兴，踏出了华德狄斯耐笔下的老鸭式的步子，摇摆地跟进来。

郁金香，这是一个设备相当豪华的咖啡室。在这九点多一点的时间，空气渐成白热。朦胧的灯光里面。照见音乐台上，那个乐队的领袖，双臂一起一落，像只海鸟展着翅膀，活跃得快要飞。广厅以内，每个人的杯内，充满着可口的饮料；每个人的袋内，充满着剩余的花纸；每个人的肺内，充满了模糊的悠闲。这里，正由衣香、宾影、灯光、乐声、交织成一片五色缤纷的梦。这个时候，整个的宇宙以内，似乎除了这一片梦幻的空间之外，其余都是空白的，没有什么了。

打蜡的地板上，若干对男女在旋转，满场的眼光，也在随那些旋转而旋转。

鲁平坐在靠近入口处的一个较僻静的座位上，半小时的时间，已经消耗在咖啡杯子里。他猛吸着烟，不大说话，原因是，他的主顾——那朵美丽的交际花还没有来。矮胖子老孟，坐在他的对面，粗肥的手指间，夹着那支从白天直到现在还不曾燃上火的雪茄，说长道短，显得非常起劲。霓虹灯的蓝色条子，射在他的通红的鼻尖上，闪成一种奇异的光彩。

有一个侍应生，见他高举着雪茄在指手划脚，以为他要取火，赶紧拿着火柴走上来预备给他擦上火。他慌忙伸出肥手，阻挡着说："慢一点。"一面，他向鲁平问："你说你在这里等候一个女人，是不是？"

鲁平点点头。

"那是你的女朋友吗？"矮胖子追问。

"是的。"鲁平随口回答。

"为什么还没有来？"矮胖子有一种可爱的脾气，一谈到女人，马上就兴奋。

"嗯，我怕，"这边懊丧地说："我怕我要失恋了。"

矮胖子嘴里不说心里在说："活该。"

这里的侍应生，似乎全跟鲁平很熟，并不拘于普通的礼貌。每个人走近他的位子，全都要抽空站下，跟他搭一二句。

这时，那个侍应生的领班，含笑走近鲁平的身旁说：

"杜先生，好久没有来，近来忙？"

"是的，忙得根。"鲁平笑笑说。

"什么贵干呀？"对方问。

"摄制影片。"鲁平信口回答。

"噢，摄制影片。当导演？还是当大明星？"那个侍应生的领班，一向知道这位拖着红领带的杜先生，专爱说笑话，因之，他也玩笑似的这样问。

鲁平翘起拇指，碰碰鼻子说："男主角。"

矮胖子偏过脸去，撇撇嘴。

那个侍应生的领班笑着说："杜先生主演的那本片子，叫什么名字？女主角美不美？"

"你问女主角吗？"鲁平把背心紧贴在椅背上，摇着说："当然，美极了！不过可惜……"

"可惜什么？"

"可惜有一个接吻的镜头，练习得不好，我想换一个女主角。你能不能设法给我介绍一位？"

"行！你看在场的人，谁最美？说出来，我给你介绍。"

这个穿制服的家伙，一面说，一面笑着走开。

音乐台上的乐声略一间歇中，鲁平忽见附近几个位子上的若干视线，全被同一的角度吸引了过去。举眼看时，有一对男女，女在前，男在后，正以一种磁石吸铁的姿态，从那入口处走进来。

那对男女，恰巧从鲁平的位子前壁面擦过。

老孟的一对眼珠，先让那股万有引力，吸成了椭圆形。

鲁平半闭右眼，用左眼瞅着那个女人，满眼表示欢迎。同时他又半闭着左眼，用右眼瞅着那个男子，满眼出了厌恶。

那个年轻男子，穿着一套米色的秋季装。一百分的俊秀，加上一百分佻达气。

女的一个，真是上帝与成衣匠精心合制的杰作。面貌，身段，百分之百的美，当她像飞燕那样在群众身前穿过时，她的全身像在散射一种光和一种热，使群众的眼珠，感到有点发眩。

那个女子穿着一件阔的直条的旗袍，一条浅蓝，间着一条粉红，鲜艳而又大方。灯光下的年龄，看来至多不过二十零一点儿。

老孟的粗肥的颈项，不禁随着那双高跟鞋的方向倔强地移动。

这时，那个侍应生的领班，还没有走远。鲁平赶快向他招招手。那个侍应生的领班立刻回来，含笑问："什么事，杜先生？"

"她是谁？"鲁平向这苗条的背影呶呶嘴。

"咦，你连这朵大名鼎鼎的交际花都不认识？"对方的答案，等于那部"百科全书"的再版。

"她姓什么叫什么？"

"啊，杜先生，赶快起立致敬吧！她就是，最近名震全市的黎小姐，黎亚男。"

"不胜荣幸之至！她是你们的老主顾吗？"

"不算是。"那个侍应生的领班说："她所结交的都是阔人。她的踪迹，常在最豪华的宴会上出现，这里她是难得光降的。"

十三　女主角

对方说完，预备要走。但是他又再度旋转身子，凑近鲁平的耳朵问：

“你看，她美不美？”

“美极了！”鲁平尽力摇着椅背，他的体重似已突然减轻，连那椅子也减轻了分量。

老孟又在严肃地撇嘴。

那个侍应生的领班，看到鲁平这种飘飘然的样子，慌忙问：“让这位黎小姐做你的女主角，你以为怎么样？”

“请你代表我去问问她，愿意不愿意？”

“郑重点，还是由你自己去问。”

对方说完，笑着走开。

鲁平衔着烟，半开着眼，不时把他的目光，用抛物线向这位黎小姐所坐的位子上抛掷过去。那边距离鲁平的位子，不过四张桌子远。

四周，不时有些饥荒的视线，雨点那样洒射着那朵花。

那个穿米色西装的男子，顾盼自雄，满脸挂上不胜荣幸的神气。音乐的繁响中，鲁平远远望见那个男子的两道眉毛，快要脱离原来的地位而飞耀。对方两片抹过唇膏的鲜艳的嘴唇，不住在扭动，看来双方谈得很起劲。可是声音太闹，距离太远，当然没法听出，他们谈的是什么。

鲁平很注意那朵交际花的红嘴唇。

一向，他对抹口红的女人绝无好感。他认为，世间最美的，该是天然的。美由人工装点，那就流于下劣。而今天，他的成见有点改变了。他觉得，这两片人造的樱桃，装饰在这样一张美得眩人的脸上，那也并不太坏。

因这抹口红的嘴，使他想起了那三支沾染红色的纸烟。他在想，无疑地，那些绞盘牌的烟尾，正是这位黎小姐所遗留的。据韩小伟说，这位黎小姐的纸烟癖瘾相当浩大，但是截至眼前为止，他还没有见她吸过纸烟，显见小韩的报告，多少有点不实在。

想念之间，他见那朵交际花在向那个米黄色西装的男子挥手，好像在催促他走。

那个男子从座位上站了起来，燃上了一支烟。他以亲密的态度，把那支吸过的纸烟，向那位小姐递过去。对方皱皱纤眉，并不接受她这侍从者的美意。但一面，她却从手提包里自己取出了一支烟，燃上火，悠然地吸起来。

她流波四射，顾盼飞扬。

那支纸烟斜挂在她艳红的口角边，这种歪衔纸烟的样子，十足显示她的个性的浪漫。

鲁平是个相当顽固的人。在平时，假使看到一个普通女子以这样的姿态衔着纸烟，他将表示十分得厌恶。而现在，他因这个女子长得很美，连带使他觉得，她的衔烟姿态也相当的美。他想表示厌恶，但是厌恶不起来。

一面他又想起，上夜里，当他离去那宅洋楼之前，曾在卧室之内，顺便偷到了两支口红。今天早上，他曾有过一次精彩表现，他把鲜红的唇膏，亲自抹满了自己的嘴唇，然后，他用各种不同的样子，衔着纸烟，以试验那些痕迹，最后他把纸烟歪衔在口角边，却获得了跟这绞盘牌烟尾相同的痕迹，可知那些烟尾，正是由这种歪衔的方式印成的。又可知那些烟尾，的确是眼前这位小姐所遗下的。

现在，他差不多像亲眼看见，这朵交际花，昨夜的确在那间尸室中的方桌之一面，坐定过若干时候，毫无疑义了。

这时，那个米色西装的男子，离开了他的座位，正自踏着轻快的步子，再度从鲁平身前走过来。

鲁平仰面喷着烟，土耳其纸烟的烟雾里，他在尽力运用着脑细胞。他继续在想，还有两枚沾口红的烟尾，吸得非常之短。一个漂亮女人是绝不会把纸烟吸到如此之短的。唯一的解释是那两支烟，先经一个女子吸剩了半支，然后再把吸剩的半支，递给了另外一个人，由那第二人继续把它吸完。因之，烟尾才会吸成这么短。是的，一个个性浪漫的女人，可能会有这样的表演的。

那么，这个走过去的穿米色西装的男子，会不会就是昨晚坐在那只轻便沙发上的家伙呢？

关于这一点，当然他还无法决定。但是，他认为这一点，并不十分重要。他有一种模糊的感觉，曾经假定那个坐在克罗米轻便沙发上的人，只处于配角的地位，不必急于加以注意。比较重要的，却是那个使用“Leuger”的家伙。昨夜，那个家伙曾经站立在这朵交际花的左方，用着很大胆的方式，向死者开了一枪。那个人是值得注意的。

他曾经推测到，这一个业余的刽子手，线条相当粗，身材大概很魁梧。

何以见得呢？

理由是，隔夜他曾把方桌上剪断的电铃钮，拿起来看过一看，这个电铃钮上连着一段电线。电铃钮原来的地位，下垂在方桌的居中，假使那个剪电线的人，他是站在方桌边上而把这电线抓过来剪断的，那么，从这剪断的电线上，可以估计出他的个子相当高：至少该在六英尺左右。

而现在，这个穿米色西装的标准美男，个子却还不够高。这是一点。

还有一点，那种德国出品的军用“Leuger”枪，挫刀非常之大。因之，使用这种枪的人，需要点相当的手劲与力量，否则，开枪之际，那会使开枪的人自己出丑的。

这个带点女性化的标准美男子，多方面看来不像会用这种枪。

想念之顷，他用轻鄙的眼色，目送这个男子的背影。看他走出出入口。他对这个人的注意好像暂时放弃了。

鲁平把视线收回，飘到那朵交际花的位子上。

现在，那张桌子上只剩下她单独的一个，神气显得很焦灼。

鲁平在想，她的时间，该是相当宝贵的，她决不会无故独坐在这个地点，让绚烂的光阴轻轻溜走。不错，小韩说过的，她在这里约着一个人，她在等待，趁这空隙，自己可以过去，轻轻地唤她一声黎小姐，跟她谈谈有关于恋爱的一些问题，这样，她的等人的寂寞可以解除点、顺便，自己也可以跟她讨论讨论生意经。

他得弄弄清楚：

在那只保险箱内，她到底搬走了些什么？

这样美的她，是否真是那件枪杀案的主动者？

假使是的，她又为什么要杀死那个坏蛋陈妙根？

看样子，她杀人的目的，绝不会专在那只保险箱上。

无论如何，只要运用舌尖，就可以把各种秘密勾出来。

来吧，别错过机会！

十四　一张纸片

乐声，像是瀑布那样在倾泻。

整个广厅中的空气，愈来愈白热。

灯光一明一灭，映射着这女子的一颦一笑，显出了多角度的诱人的美。

那只光荣的桌子之前，不时有人小站下来，跟她打招呼。显见她所认识的人，的确相当多。

老孟有点目不转睛。

鲁平面前，喷满了土耳其烟的浓雾。他的视线，似乎被拉住在固定的角度上，不再想移动。他半闭着眼，正在找寻一个最适当的进攻的路线。

老孟夹着那支宿命注定永不火葬的雪茄，望望这位好色的首领，心里在想：你这家伙，终有一天大量吞服来沙尔。哼，终有一天！

这时，那个侍应生的领班，在别处兜绕了一个圈子，又在鲁平位子边上站下来。他跟这位红领带的顾客，似乎特别有缘。

鲁平向着那个红蓝色间的倩影努努嘴，不经意地问："她会跳舞不会？"

"那还用问吗？"那个侍应生耸耸肩膀。

"她会接吻不会？"

对方笑了起来。

"即刻我会告诉你，我的片子中，有一个镜头，需要一位最美丽的小姐跟我接吻。"鲁平继续摇着椅背，在音乐人中放大了嗓子说："请你去问问她，愿不愿意摄制这个镜头？"

"我已经说过，还是由你自己去问。哈哈哈。"

鲁平蓦地坐直身子，睁大了眼珠正经地说："真的，并不是开玩笑，今夜我非跟她接吻不可！"

"哈哈哈！"对方预备走开。

老孟是个熟知鲁平性情的人。一看神气，就觉得鲁平的话绝对不像是开玩笑。于是，他也圆睁着眼，怀疑这位首领突然发作了神经病！

只见鲁平正色向这侍应生说："你不愿意代我传话，那么，请你递张纸条，大概不会反对吧？"

他并不等待对方的允许，马上掏出了自来水笔跟日记册，在日记册上撕下了一页。一手遮着那张纸片，匆匆写起来。

他在那张纸片上，大约写了三句话，大约写了二十个字，把它折成很小，塞在那个侍应生领班的手内。

"你是认识她的？"对方满面狐疑。

"不认识！"鲁平坚决地摇头。

"不认识？你让我递这纸条给她？"

"你不用管，一切由我负责！"

那个侍应生在想：假使真的不认识，料想这位杜先生是不会开这恶劣的玩笑的。他把这个纸条接受下来。他想展开来看一看，上面写着些什么话？鲁平赶快阻止："你不能看！"

他挥着手，催促这个临时"邮差"赶快递信。

老孟的鲜红的鼻子掀动起来。眼珠瞪得格外圆。

这时那个女子的桌子前恰巧没有人。她正取出小镜，掠着她的鬓发。单这一个掠鬓发的姿势，足够驱使那些神经不太坚强的人们在午夜梦醒的时节再添上一个梦。

他们眼望着这侍应生，匆匆走过去，把纸片递进了这女子的手内。

在这一瞬之间，鲁平在这女子的脸上，看到了三种不同的变化。

那对晶莹的眼珠，随着这个侍应生的指示，流星一样在向这边的座位上飘过来。她满面露着诧异。她低倒了头，展开这张纸片，立刻，她的眼角闪出了一种不意的震惊，仿佛她在那张纸片中，看到了一只小蝎子！但这震惊，并不曾在她脸上持续到怎样久，瞬息之间，她已恢复了她的镇静。她重新低头，重新看这纸片。她在耸肩，耳边的秀发因之而颤动。她突然抬头，脸的侧形上露着一丝笑，笑得真妖媚，但神情却是严冷的。

凭着鲁平过去的经历，一看这种笑，就知道这个女子是很不容易对付的。

从这时候起始，鲁平心里，已提起了一种小限度的戒备。

这时老孟不时伸着肥手，在抚摸那张橘皮脸，最后他用双手托信脸，支持在桌面上，采取着掩护的姿势。

那个女子在向侍应生悄声说话。

音乐在急奏。

这边当然听不出这女子说的是什么。

侍应生的领班在回过来。

矮胖子心里在想，炸弹来了！

鲁平冷静地问："怎么样?"

侍应生的领班说："黎小姐说，这边有人，谈话不便，能不能请你到那边去谈谈?"

"好，谈谈，就谈谈吧。"鲁平丢掉烟尾，一手撩开上装插在裤袋里，从位子上站起来。他向老孟以目示意，意思好像说，你看，我的魔术如何?

他又轻吹着口哨。

矮胖子向那个侍应生瞪圆着眼珠在质问："为什么不让她到这里来谈?"

鲁平临走，他像想起了什么，他向矮胖子低声吩咐："你坐一会儿，不要走，也许我还需要你。"

老孟勉强点头。心里想："没有人的时候需要我，有了美丽的谈话对象，难道你还需要我?好吧，等你一百年，等你来付咖啡账。"

他的短髭撅得非常之高，看来可以悬挂三大瓶威司忌。

十五　赌博的开始

鲁平把双手插在裤袋里。他故意兜绕远道，从那些桌子的空隙中走过来，步子走得并不太快。一面，他在密切注意这个女子的神色。

只见这女子，把那张小纸片，一下，两下，三下，扯成了粉碎，扯作一团随手抛进了桌子上的烟灰碟。继而纤眉一皱，似乎认为不妥。她再把那个小纸轩重新捡起来，放进了手提袋。顺便，她也收拾了她的小镜子，却取出她的精致的烟盒，放在桌子上。这些小动作，很显示她的镇静。但是眉宇之间，分明透露出一种沉思的神气，可见她的脑细胞，正自忙碌得厉害。

她略一抬眼，却见鲁平的高大的身影，已经直立在她的身畔。

她亲自起身，拉开一张椅子。在她的对面，原有一张拉开着的椅子，那是即刻那个穿米色西服的侍从员所坐的。现在她所拉的，却是侧首的一张，距离较近，谈话较便，并且，坐在这个位子上更可以显示友谊的密切。

最初的印象就很好。鲁平在想，看样子，谈话很可以进行，生意是有成交的希望的。

但是，鲁平决不因见面时的印象太好，就会放弃了他随身携带着的一颗细心。他曾注意在自己身上，着意地停留过一下。目光凝注的地位，好像是在他的胸际与耳边。

嗯，她是在注意自己的领带，或者别的什么吗？好，要注意，就注意吧。

想念之顷，只见这位黎小姐，大方地摆摆手，轻轻地在向他说：“请坐。”

鲁平有礼貌地鞠躬，道谢。顺便他把那张椅子移得更近些。扯一扯裤管坐下来。

现在，那套笔直的西装，跟那件阔条子的旗袍间的距离，已经不到一尺宽。

四张桌子之外，那个被遗弃的孤单的矮胖子，圆瞪着眼，正向他们凄凉地注视着。

音乐急奏声中，这女子向鲁平发问：“请问，先生是……”嗓子很甜，一口本地话，带着点北方音调，非常悦耳。

“贱姓杜，杜大德。”鲁平赶快自我介绍。报名之际，他以不经意的样子拉扯着衣襟，顺便，他把扣在衣襟之内的一个徽章露了一露。那是一枚戒杀护生会的会章，跟警务员的徽章，图案式样，粗看略略有一点像。

这女子的睫毛一闪，似笑非笑。

鲁平的目光飘到桌面上，他所第一件看到的东西是那只纸烟盒。他在想，盒子里所装的，是不是跟昨夜相同的纸烟？

他立刻在一旁烟碟里面找到了这个问题的答案，碟子里，新遗留着大半支残烟，沾染着鲜艳的口红的绞盘牌。

不错，这位小姐，好像有一种高贵的习惯，吸纸烟，老是只吸小半支。

他再注意这女子的纤指，并不留一丝吸纸烟的痕迹，他想，这是只吸半支烟的好处吧？

由于注意她的手指，他的视线在这女子身上开始了高速度的旅行，由手指看到手腕、而臂、而肩、而颈，视线的旅行，最后停留在对方的脸上。

他以美术家的目光欣赏着这幅画。

方才是远观，现在是近赏。远看，并无缺点；近看，没有败笔。菱形的嘴，薄薄的两片，显示很会说话。眉毛是天然的。鲁平一向最讨厌那些剃掉眉毛而又画上眉毛的女子，剃掉弯的，画上直的，剃掉直的，画上弯的，像是画稿上留着未抹尽的铅笔痕，多难看！这个女子，却并没有这种丑态。她的左眉上有一枚小疤点，若隐若现，左颊有一颗黑痣，淡淡的一小点。

她的最美的姿态是在流波四射的时候。当那对黑宝石，向你身上含笑镶嵌时：你的心坎，会有一种温意，那是初春季节睡在鹅绒被内半睡半醒时的飘飘然的温意。但是当她沉思之顷，她的脸上仿佛堆着高峰的积雪，只剩下了庄严，不再留着妖媚。

一股幽兰似的气息，尽在鲁平的鼻子边上飘。

鲁平恣意欣赏着那颗淡淡的小黑痣。他自己的耳上，也有鲜红的一点，因之，他最喜欢脸上有痣的女人。

至少在眼前，他已忘却隔夜那具尸体胸前所留下的那个可怕的枪洞，他已不复意念，那只保险箱内，毕竟藏着些什么？

我们的英雄把生活问题忘掉了！

矮胖子老远里在撇嘴。

世上有一种精于赌博的赌徒，外表声色不露，他们最欢迎先看对方的牌。眼前这位黎亚男小姐，却正是这种精于赌博的赌徒之一。因之，她在招呼鲁平坐下之后，悄然不发一言，她在等待鲁平先发第一张牌。

她觉得对方那种看人的方式，太露骨，讨厌！

她被看得有点着恼了。她把纸烟盒子拿起来，轻轻扣着玻璃桌面，严冷地说：

“喂！密斯脱——”她好像并不曾记清楚鲁平所报的姓名。

“杜。”这边赶快接上。

“噢，密斯脱杜。”这女子的嘴角挂着冷笑。

“你的纸条上所写的话，使我感到奇怪！”

“奇怪的事情，是会渐变成平淡的。只要慢慢地来。”鲁平闲闲应付。他见对方拿着纸烟盒，却并没有取出绞盘牌来递给他。这是一种不敬，他有点伤感。

对方继续在说：“先生，看你的外表，很像一个绅士，但你的行动，的确非常无礼。”

“小姐，请你记住，现在的所谓绅士大半都非常无礼。这是一个可贵的教训哩！”鲁平坚守着壁垒，并不准备让步。

这女子把一丝媚笑冲淡了些脸上的冷气，她说：“照理，你的态度如此无理，换了别一个，我一定要不答应。但是我对你这个人，一见面，就有一分欢喜，因之，对你不妨容忍点儿。”

一种有甜味的什么流汁开始在浇灌过来。

鲁平伸手摸摸胸部，他想起了隔夜那具尸体，那只可怜的左肺，大概就为被欢喜了一下而漏掉了气！他心里在想，好吧，欢喜我，只有一分，能不能请你增加些？我的小心肝，多谢你！

想念之顷，他见对方收起了笑容在说：“先生，纸片上的话，出入太大，你是否准备负责？你有证据没有？”

“证据，”鲁平用凶锐的目光盯住了她：“一千件以上！”

“就算有证据，”这女子也绝不示弱：“请问，你凭什么立场，可以干涉这件事？先生，你是一个警务人员吗？”

鲁平望着那张美而镇静的脸，心里在想，不出所料，果然厉害！他把衣襟一张一合，再度把那枚警务徽章的代用品，迅速地露了露。他说：“你猜对了，小姐！”他以为，一个在隔夜沾染过血腥的女子，心理上多少带着虚怯，那是可以用这种小魔术把她吓倒的。

但是，他错误了，完全错误了。

咯咯咯！这女子忽然大笑。全身红蓝的条子在发颤，甜脆的笑声。跟那音乐成了合奏。

鲁平发窘地问："小姐，你笑什么?"

对方收住笑，撇嘴而又耸肩。"想不到像你这样的一个人，也会沾染上那些小流氓们的恶习，冒充讨厌的警务员!"红嘴又一披。"就算你是一个真的警务员，你也得把事情弄弄清楚，再说话。"

真难堪！一只由彩纸竹片撑起的老虎，未出笼，先就被碰破了鼻子。在这刹那之间，我们这位红领带的英雄，两只发直的眼球，几乎挤进了一个眶子里！

世上原有许多可敬佩的人物，例如：那些握权的大员，在老百姓面前玩着种种鬼把戏，结果，某一个鬼把戏被戳穿之后，群众对他们大笑，他们却能脸不红，气不喘，照旧振振有词，若无其事，原因是，他们的脸，是经过修炼而有道行的。这是一种伟大！

而我们这位英雄则不然。

可怜，他因为没有做过大官，他的颜面组织，缺少这种密度。因之，当这女子戳穿了他的冒充警务员的把戏时，他的两颊，立刻在灯光之下，有点变色。

还好，他这发窘的丑态，老远里的那矮胖子，并没有注意。老孟还以为，鲁平跟这女子，像一对爱侣一样谈得很甜蜜，却不知他这位首领，已经让一枚橡皮钉子碰肿了脸，他在受难哩。

那位黎小姐，似乎并不准备给予鲁平以过渡的颜面。因之，她在鲁平发窘的瞬间，乘机开了烟盒，取出一支烟，先给自己燃上火，悬挂在口角边。

顺便，她也赏赐了鲁平一支，让他透透气。

纸烟雾在飘，小组会谈的空气，比较缓和了些。

当这女子把火柴盘轻轻推向鲁平身前时，那对黑眼珠轻轻一转。她的谈话，变更了路线，她说："假使先生并不坚持你这警务员的面目的话，凭我的友谊，一切是可以谈谈的。"

鲁平燃上了那支绞盘牌，喷了一口烟。他有点恼怒，心里在起誓：任凭你凶，今夜，无论如何，我决不会放过你！

只听对方又说："请问，你的来意如何呢?"

鲁平心里想：小姐，你肯动问来意，事情就好商量了。

他像刚才那样摇着椅背，闲闲地说："医生告诉我近来我的身体不太好，需要进服点肝膏汁剂，那才好。"

“嗯，肝膏汁剂。”这女子微笑说：“医生的话，那是说，你的身上，缺少了点血。你需要点血，是不是?”

“小姐，你真聪明!”鲁平有礼貌地点点头。

“先生，只要说明病情，治疗的方法不怕没有!”这女子冷酷地说：“我最恨世上有一种人，满脸挂上了廉洁的招牌，结果，伸出第三只手来比之棕榈树叶更大好几倍！他们处处想吸血，而又处处不承认想吸血。这种专以敲诈为生的人，没有一丝羞恶的心，简直不如畜生！先生你，却跟他们不同。我很钦佩你的坦白”。

“承蒙称赞”！鲁平在苦笑。

当这女子发表她的伟论时，夹着烟的那只手，不停地指划作势。她的手指上，套着一枚钻戒，那颗钻石相当大，至少该有三百分重。灯光之下，像一摊活水，潋滟而又潋滟，潋滟得耀眼。鲁平今晚，他在接连收到几颗棉花炸弹之后，他的生意胃口，似乎已经缩得非常之小。他在暗忖，假使对方能够知趣些，自愿把这一枚小小纪念品，从她纤指上轻轻脱下，像订婚指环那样套上他的手指，那么，看在她的美貌的份上，他可以原谅她参加杀人，不再追究公园路上的那件枪杀案。

他自以为他的生意标准，已经定得非常之廉价。

然而事实的演变，倒还没有如此简单哩!

转念之间，只见对方似笑非笑地说：“先生需要血。你得让我看看，手里有些什么牌。”

“那当然！我想赢钱，手里当然有牌!”鲁平跟她针锋相对。

这女子躲过了鲁平凶锐的视线，低垂着睫毛，像在沉思，像在考虑。

音乐声打扰着双方的沉默。

四围的视线，不时在注视这张特殊的桌子，其中包括着四张桌子以外的那双凄凉的馋眼。

这女子思索了一下而后抬眼说：“这里人多，谈话不便。先生，你愿不愿意跟我走?”

“一定奉陪。”

“不过，”这女子略一沉吟。“等一等还有人到这里来找我。”

“是不是刚才那位青年绅士，穿米色西装的”。

对方略一颔首。不像说是，不像说不是。

“他叫什么?”这边不很着意地问。

"嗯，他吗？他叫——他姓白。"这个名字似乎非常之难记，因而需要耗费相当大的气力才能说出来。

"白什么？"这边追问一句。

"白显华。"从这不稳定的语音里可以听出她所说的这个名字，有点靠不住。

在鲁平，这是一种小小的心理测验。他这测验的方式是，假使对方在被问的时候，能把那个穿米色西装的家伙的名字冲口说出，那么，这可以显示那个人，跟昨晚的事件，大致是无关的。反之，对方的答语，倘然不大爽利，那就可以见到这个人，多少是有点嫌疑的。

现在，鲁平凭着种种理由，他可以相信，这个所谓白显华者也，可能正是昨夜跟陈妙根谈过话的三位贵宾中之一位。

"上夜里，比这个时间略晚一点，这位白先生，曾到过公园路三十二号不曾？"他突然向这女子，轻轻揭出了第一张牌。

对方望望四周而后怒视着鲁平。那对黑宝石，几乎成了三角形。她没有发声。

"昨夜他的座位，是不是就在那双克罗米沙发上，斜对着方桌的角？"这边看准了对方的弱点，再把第二张牌有力地投过去。

这女子的眼角，显示出骇异，也显示着钦佩。那对黑宝石在鲁平的红领带上停留了片瞬而后说："先生，你好像很有几张大牌，我很佩服你的能耐！"

"小姐，我也佩服你的坦白。你很懂得纸包不住火的这句名言。"

"我得打个电话给这个姓白的，告诉他不必再等。"这女子从椅子里婀婀地站了起来。

"我也奉陪！"鲁平随之而站起。

"噢，监视我？"

"不敢！"

"现在，我是被征服者，而你，则是堂堂的征服者。对不对！"她抿嘴一笑，笑得很冷。

"小姐，言重了！我，并不是重庆人！"鲁平有礼貌地向她鞠躬。

他陪伴着她，在轻倩的音乐声里踏着轻倩的步子，走向电话室。现在，那套秋季装，与红蓝间色的条子之间，已不再存在着距离。

一阵幽兰的香气，在鲁平原来的位子前轻轻掠过。

那枚红萝卜形的鼻子，翕张得厉害。

矮胖子嫉妒地望着鲁平；鲁平得意地望望这矮胖子。

十六　金鱼皮高跟鞋

成双的影子，挤进了那间电话小间。小间中并没有人。

鲁平抢先一步，抓起了电话听筒，含笑说：“我给你代打，是不是拨25132?”

“不是的。”这女子迅速地溜了鲁平一眼。她把电话听筒，轻轻从鲁平手里夺过去。“先生，不必费心，我自己来打。”

她以非常快捷的手法，拨了一个号码。鲁平只看出第一个数目是“3”，末一个数目是“0”。

电话接通了。这女子提着听话筒说：“显华吗？我是亚男。我在郁金香。”

鲁平撇撇嘴。心里在想，嗯，一个谎话，假使这个电话真的打给那个所谓姓白的，何必再说明郁金香？

只听这女子继续说：“我遇见了我的爱人了。他真爱我，他缠住了我，准备跟我谈上三昼夜的情话哩。”

这女子向着那只电话筒笑得非常之妩媚，听语气，也是玩笑的语气。但是，眼角间所透露的一丝严冷，显示她的心里，正非常紧张。

鲁平估计，这女子也许是跟对方的人在通消息。他想，按照中国的语法，有时会把爱人加上“冤家”“对头”之类的称呼，那么，她的话，可能解释为——“我在郁金香，遇见了我的冤家了。”

他在一旁用心听下去。

只听这女子又说：“我的那双金鱼皮高跟鞋，太紧，穿着不适意。你能不能顺便给我去换一双吗?”

鲁平在想，废话！在眼前这样的局势之下，难道还有这样的好心情，谈起什么高跟鞋与低跟鞋？而且，所谓金鱼皮高跟鞋，过去，只有豪华的巴黎，才有这种东西，在上海，好像并不曾有过哩。

那么，这句话的真正的含义何在呢?

他的脑细胞在飞速地旋转。

他想起，下层社会的流行语，称事态严重为“风紧”，“风紧”的另一隐语，称为“蛇皮紧”。由此可以推知，这女子所说的“金鱼皮”鞋太“紧”，或许就是代表“蛇皮紧”三个字，简单些说，她是在报告对方，事态很严重。

这女子又说：“这里的空气太坏，至多，我在五分钟内外就要走。”

鲁平想，她是在向对方呼援吧？她是不是在督促她的援助，在五分钟的短时间内赶到这里来？他想起这女子所拨的电话号码，是‘3”字打头，一个西区的电话。而这郁金香的地点，也正是在西区。假使自己猜测得不错的话，那个通话的家伙，距离这里一定相当近，可能在五分钟内外赶到的。

他静默地点头，用心地听。

这女子最后说：“抱歉之至，我不等你了。你要出去玩，多带点钞票。——嗯，好，明天见。喂，别忘记钞票呀!”

又是废话，要玩，当然要带钞票的。那还用得着郑重关照吗?

由于这女子接连提到钞票，却使鲁平骤然意会到这两个字的可能的解释。

过去，上海的市井流行语，把“铜板”两字，当做钱的代名词，以后又把“钞票”两字，当做了钱的统称。另一方面，在下层社会中有一种隐语，却把铜板两字暗指着手枪，铜板是动板的谐音，寓有一“动”就“板”的意思。那么，这女子现在所说的“钞票”，可能是指那种特别的“铜板”而言。换句话说，她是通知她的后援者，须携带手枪!

他冷笑地在想：钞票，是不是指隔夜打过靶的那支“Leuger”枪？好极了！这是德国货的军用马克呀！那么，眼前跟她通话的这个人，会不会就是昨夜的业余刽子手？嗯，可能之至!

刮搭。

转想念之顷，他见那个女子抛下了听筒。含笑向他摆摆手说：“我的电话打完了。请吧，先生。”

十七　血溅郁金香

鲁平竭尽侍候密斯们的谦恭之能事。他抢先拉开小室的门，让这位小姐先“请”。

走出电话间，两人的脸上，各各带着一丝笑；两人的心头，各各藏着一把刀！

鲁平在想，假使自己对于这位小姐在电话中所说的话，并没有猜错，那么，等一等，也许还有好戏可看。好吧，全武行！

打架，鲁平并不怕。鲁平生平有着好多种高贵的嗜好，例如：管闲事、说谎、偷东西之类，而打架，也是其中之一项。他把打架认为“强度的伸懒腰”，遇到没有精神的时候，找场不相干的架来打打，很可以提神活血，其功效跟 morning exercise 差不多。

但是今天则不然。因为，鱼儿刚出水，不免有点润腻腻，为了照顾打架而从指缝里面滑走了那朵美丽的鱼，那可犯不着。这是需要考虑的。

两人向着原位子上走回来。

那股幽兰似的香气，再度在矮胖子的赤鼻子边飘过。那套秋季装跟那红蓝间色的条子越挤越紧。老孟看到他这位可爱的首领，不时俯下脸，跟这女子唧唧喳喳，鼻尖几乎碰到了那颗小黑痣。他想起，鲁平即刻说过，今晚，非跟这朵交际花接吻不可。看来，事实将要胜于雄辩了。

他把那支名贵的雪茄，凑近鼻子，嗅嗅。也不知道鲁平今晚，又在玩着何等的鬼把戏？他似乎有点妒忌。假使他能知道，他这位首领，今晚跟一个最危险的女人在斗智的话，无疑的，他的无谓的妒忌，将一变而为非常的担心了。

可惜他是一无所知。

关于这一点，甚至连鲁平自己，也还没有完全明了哩。

鲁平陪伴着这位黎小姐，回到了黎小姐的位子上，他并没有再坐下。他招呼着侍应生，付掉了两张桌子上的账。要做生意，当然，他必须慷慨点。然后，他向这位黎小姐温柔地问道：“怎么样？我们走吧？”

“很好。走吧！”这女子始而把她的纸烟盒子藏进了手提夹，继而重新打开手提夹内取出来，开了烟盒，拿出两支烟，一支给自己，一支递给鲁平，她给自己擦上火，又给鲁平擦上火。每一个动作，显示着不经意的滞缓。

鲁平心里冷笑，在想：我的小爱人，你这种耽搁时间的方法，很不够艺术哩！

这时，音乐台上的一位女歌手，正在麦克风前唱着一支《王昭君》的歌曲，嗓子很脆，音调相当凄凉。

这女子有意无意扭转了颈子，望着音乐台，她说：“我很喜欢这支歌，我喜欢这支歌的特殊的情调。”

那么，鲁子赶紧接口："我们不妨听完了这支歌再走。好在，我们并没有急事，我们有的是畅谈的时间。"

对方似笑非笑，似点头非点头，不说好，也不说不好。可是，她终于夹着那支绞盘牌，又在椅子里轻轻坐下。

鲁平暗暗好笑。他觉得在电话间内的种种推测，看样子是近乎证实了。他在想，小姐，你该明白些，这是我的一种恩惠，赏赐你五分钟！五分钟之后，说不定就在这个咖啡室的门口，会有一场西班牙式的斗牛话剧可供欣赏。很好，今晚真热闹！

他偷眼溜着他这位奇怪的临时伴侣，忽而喃喃自语似的说："嗜，真可怜。"

"什么可怜?"对方抬起那对黑宝石。

"我说那位密斯真可怜。"

"哪位密斯？谁?"

"密斯王嫱，王昭君。"

"这是什么意思?"

"她被迫出塞，走着她所不愿走的路，这也是人生的一个小小悲剧呀!"

这女子丢掉了那支刚吸过一两口的纸烟，怒视着鲁平，冷然说："先生，你错了！你须弄清楚，这位小姐，她真的是无条件的屈服吗?"

"黎小姐，你说得对。"鲁平微微向地鞠躬。他把纸烟塞进嘴角，双手插在裤袋里，旋转着一只脚的鞋跟，抱歉地说："对不起，我打扰了你的听歌的雅兴了。"

嘴里这样说，心里他在想：小姐，我很知道，你自以为你的手里，有一副同花顺子的牌，将在这个咖啡室的门口，或者其他的什么地方，向我脸上掷过来。当然，在没有进行累司之前，你是决不承认屈服的。对不对?

由于想起了对方手内的牌，这使鲁平觉得，自己倘然一无准备，那也不大好，投机，当然是不行的。于是他又说："黎小姐，你有兴致，不妨再宽坐片刻，多听一两支歌。我跟我的朋友再说句话。"

这边颔首，表示满意。鲁平知道她是必然会表示满意的。多等些时候，那支"Leuger"枪的定货，准时进口，可以格外不成问题。

那双漆黑的眼珠，目送着鲁平高大的背影，走向那个矮胖子的身畔。

鲁平在老孟身旁坐下，老孟慌忙问，"首领，你跟你的美貌女主角，谈得怎么样?"

“印象极佳。”鲁平随口说。

“她愿不愿意跟你合摄那个名贵的镜头?”矮胖子把讥刺挂在他的短髭上。

“当然！我们准备合摄一张美国西部式的片子。”

“片名叫什么?”矮胖子还以为他这位首领是在开玩笑。

“《血溅郁金香!》”

“哎呀，一个骇人的名字!”矮胖子故意吐吐舌头，把眼光投送到了四张桌子以外。

鲁平怕他再啰嗦，赶快说：“你可知道，那只黑鸟住在哪里?”

“不远，就在一条马路之外。”

“把他喊到这里来，需要多少时候?”

“至多三四分钟吧。”

鲁平想，好极，三四分钟，而对方是在五分钟内外，也许，选手们的赛跑，可以在同一的时间到达终点。于是他说：“那么，给你一个重要任务，赶快去把那只黑鸟放出来，赶快！让他守候在这里向门口，注意我手里纸烟的暗号，相机行事。”

“为什么……”

“不要问理由!”

说时，鲁平已经匆匆站起来。他拍拍这个矮胖子的肥肩，又匆匆吩咐：“马上就走！老鸭子，走出去时从容点。出了门口，扑扑你的鸭翅膀，不要再踱方步。”

对方望望鲁平的脸色，就知道他这位首领，并不是在开玩笑。

“OK!”肥矮的躯体，从椅子上站起。为了表示从容起见，他把雪茄插回衣袋，左右开弓伸了个懒腰，然后招招肥手，移步向外。

一出郁金香，他的鸭翅膀果然扑起来。球形的身躯像在滚，仿佛被李惠堂踢了一脚。他走得真快，比之蜗牛更快。

这里，鲁平已经回到了那只温暖的位子上，只见他的那位临时女主角，一手支颐，默坐在那里，好像很宽怀。鲁平因为已经放出了那只黑色的怪鸟，不愁打架的时候再会滑走指缝里的鱼，他也觉得很宽怀。

所谓黑鸟，那是鲁平夹袋里的一个精彩人物。那个家伙的绰号，被称为“黑色的大鹏”；简称为“黑鹏”，而鲁平则顺口把他唤作“黑鸟”、“黑鬼”或者“黑货”。这个黑家伙，没有人知道他的真正的名姓，也没有人知道他的真正的来历。据他自己告诉人，他是一位华侨富商的儿子，而有人则说，他是出生于爪哇的一个私生子。他真黑，照镜子的时候，镜面上好像泼翻了黑墨水！他还逢人广播：每个女人一见到他，不出五分钟外就会爱上他。他很有点顾影自怜。

这个黑色的东西，生平只有两种爱好：一种是女人；一种是打架。他爱好女人等于牧师爱好耶稣；爱好打架等于孩子爱好糖果。但是，牧师爱好耶稣或许并不真，而孩子爱好糖果却是毫无疑义的，因之也可以说，他对打架，比之女人更爱好。

想起了这只黑鸟，鲁平脸上，忍不住浮上了一丝笑。

“你笑什么？”这女子问。

“我吗？”鲁平冲口说：“我笑我的眼前，像有一片黑。”

“一片黑？”这女子当然不懂。

“我说错了。”鲁平把十足的色情挂在脸上。“我说的是一小点黑，你脸上的可爱的小黑痣。亲爱的，我们准备什么时候走？”

这女子心里在想，朋友，你的称呼真亲热！这个世界上，有的是很多的世味，甜、酸、苦、辣，最先是甜，而最后则是辣，趁这可以甜的时候不妨尽量甜。

她轻弯着白得腻眼的手臂，看看手表。

鲁平心里想，不用多看，差不多了。

音乐台上，那支《王昭君》的歌曲已经唱完，另一支歌在开始。这女子在音乐声中伸着懒腰站起来，软绵绵地说：“好，我们走。”

鲁平把高大的身躯，贴近这头小鸟，领略着她的发香，一面轻轻地说：“亲爱的，你应该悬挂在我的手臂上。”

这女子仰飞了一个冷静的媚眼，心里说：好吧，我就挂在你的手臂上。请勿后悔！

二人走到衣帽间前，各各掏出了一块小铜片，鲁平取回了帽子。这位小姐取回了她的一件最新式的短外褂，让鲁平给她穿上。鲁平看看自己的表，从电话间走出，到眼前为止，合计已经消耗了两个五分钟，够了，大概很够了。

二人挽着手臂，脚步滞留在咖啡室的阶石上。鲁平故意更凑近些那原迷人的小黑痣，柔声问：“我们到哪里去谈？”

“挑清静些的地方，好吗？”这女子也故意把脸偎依着鲁平的肩膀，抬起睫毛，媚声作答。

“很好，小姐。”鲁平尽力装作浑身飘飘然。“清静些的地方，没有人来打扰。也许我们可以畅谈一整夜。”

我可以陪你畅谈一千零一夜，赶快做梦吧！对方心里这样想，她没有发声。

十八　精彩的巷战

“你家里怎么样?”鲁平低声向她建议：“海蓬路二十四号?”

“好吧。”这女子迅捷地抬了抬睫毛，语声带着点迟疑。

迟疑，这是表示不大好，于她不大好，于自己当然是有利的。鲁平这样想，他又问：

“你的车子呢?”

“我的车子?”

“你的自备汽车。”

这女子是的确有着她的自备汽车的。但是因着某种原因，今晚恰巧没有使用。她顺口说：“先生，你弄错了，我还够不上这样阔。”

“那么，”鲁平乘机虚冒一句，“昨夜里停在公园路三十二号门口的，那是谁的车子呀?簇新的!”

这女子猛然仰脸，神气像诧异，又像敬佩，她的眼角间好像含藏着一句话：“你知道得真多呀!”她只嗯了一声，并不曾作答。

这是鲁平向她揭示的第三张牌。

当这两人低声密语时，他们的步子留滞在原地位上没有移动。两个脑子在活动。四个眼珠在旋转。站在左边的，眼光倾向左边，站在右边的，眼光倾向右边。他们各又在盼望自己的援军，以便进行那种“必要的”战争。

鲁平偷眼看到这女子的眼角，透露着失望的神情。料想她的后援者也许误了事，还没有来。

他举目四顾，也没有发见那只老鸭跟着那只黑鸟的影子。

看来比武的局面，吹了。好吧，天下太平。

顾盼之顷，鲁平忽见西三码外的纸烟摊边，站着一个娇小的人物，样子很悠然。

一看，那是他的一名年轻的部下，小毛毛郭浑民。

那个小家伙，猴子般的身材，猴子般的脸。平时活泼得像个猴，顽皮得像猴子，嘴馋得也像猴子。他的上身穿着一件有拉链的黄色茄克衫，下面，蓝布西装裤，黑跑鞋。皮裤带上吊着琳琳琅琅的一大串，那是半串香蕉，十来个。他一面闲眺，一面大吃香蕉。拉下一个，剥下一个，吃一个，两口吞下一个。

吃完第三个，不吃了。歪着眼梢，冷眼望望他的首领，在等待命令。

鲁平一看到这个猴子型的小家伙，就知道那只黑鸟，距此必已不远。

鲁平轻挽着那个女子跨下阶石，踏上行人道。他松下了这女子的手臂，掏出一支烟，又掏出他的打火机。他把那支烟在打火机上舂了几下。然后，捺着打火机取火燃烟。那只打火机似乎缺少了碱司令，刮搭、刮搭、刮搭，一连打了三遍方始打出火来。他燃上了烟，微微仰脸，喷了一口。

这是一种固定的暗号。

舂烟纸，代表着“注意”二字；把打火机弄出声音来，这是在说明，需要注意一个“带手枪的人”；而仰面喷烟，则是暗示“个子很高”。

那个小猴子被教得很灵，远远里在领首示意：OK，首领。他开始游目四瞩。

就在这个燃纸烟发暗号的瞬间，鲁平陡觉劈面有个人，像阵旋风那样向他怀里直吹过来！那人来势太猛，一脚几乎踹着了鲁平擦得很亮的皮鞋尖，鲁平原是随时留意的，觉得那个人来意不善，赶快略退一步，没有让他踹上脚背。顺势伸出那只夹烟的手，在那人的肩尖上赏了一掌，轻轻地。

那人领受了这轻轻的一掌，身子向后一晃，两晃，三晃，直到晃了三四晃后方始努力站住了脚跟。鲁平一看，那个家伙穿着一套咖啡色西装，个子不太高，模样倒还像个上等人。看在像个上等人的份上，鲁平轻轻地向他说，

“朋友，喝了多少酒?”

那人竖起了眉毛，正想开口“还价”。价还没有还，冷不防从他身后伸过了一只又大又黑又多毛的手，在他肩上轻轻一扳，扳得像扇旋转门那样飞旋了过去。穿咖啡色西装的家伙抬眼一望，哎呀！那个把他当做旋转门的人，样子真可怕，黑脸，黑上装，煤炭似的一大堆？灰黄的眼珠，那是电影中的猩猩王金刚的眼珠；结实的身胚，那是一个次号叫路易的身胚。

那个穿咖啡色西装的家伙，一看就有三分惧怯，不禁嗫嚅地说：

“做什么?”

“不做什么。”一拳!

“黑炭，发疯吗?”

“并不发疯。”第二拳。

“你，你，你不讲理!”

“没有理可讲。”第三拳!

一边企图以谈代打，一边却是只打不谈。

挥拳的那一个，当然就是那只黑鹏。他的炮弹那样的黑色拳头，第一拳，使对方的左颊，好像注射了一针有速效的多种维他命!第二拳，使对方的右脸，立刻发福而又抹上了太深的胭脂;三拳使对方的鼻子开了花!

这种大快的方法，不但使对方不及还手，而也不及躲避，不及掩脸。打到第四拳上，这个穿咖啡色西装的家伙，感觉地球已经脱离轨道，身子向后乱晃。那只黑鸟赶快飞扑过去，双手把他扶住，扶直了，再打，再晃，再扶直，再……

第五拳、第六拳、第七拳，打得真痛快!

这只黑色的怪鸟，一双黑拳，正在感到过瘾，冷不防他自己的背部，突然地，也挨着了很重的一下。原来，那个穿咖啡色西装的家伙，有个同伴，刚刚飞奔地赶到，一赶到就见他的自己人，快要被人家打成了酱。那人不及开口，慌忙掩向黑鹏身后，拔出拳来狠命就是一拳。

这一拳真结实。一种名副其实的重量拳!除却这只黑鸟，换了别一个，受着这种突然的袭击，一定是垮了!

但是这只黑鸟却没有垮。

他的身子，只略略向前一晃，立刻留住了腿而且跟着飞旋转了个躯体，他又略退一步，以躲避来人的第二拳。

那个小毛毛郭浑民，悠然地，站在纸烟摊子边，在那里剥第四个香蕉。

他对当时的情形，完全一览无余。

这小家伙接受了鲁平的暗示，他在注意街面上的形迹有异的人，特别是高个子。眼前这个向黑鹏偷打冷拳的家伙，正是一个高个子。论理，他很可以预发警告，让这黑鸟不受意外的偷袭，但是，他自管自大嚼香蕉，并不出声。

不出声的理由是，这小家伙倒是一个懂得公道的人。他见黑鹏跟那个穿咖啡色西装男子动手，局势成了一面倒，那个被打的人未免吃亏得可怜。为了同情弱者起见，他很愿意那只黑鹏多少也吃点亏。为此，他眼看那只黑鹏突受着背后的一击，他却并不发声。

可是他等那只黑鹏，背上结结实实吃了一拳之后，他却放下半只香蕉，开口了，他在扬声高唱：

“向后转，向右看——齐”

他一面高唱一面偷偷向前，开始着参加作战的准备。

这时，那只黑鹏不待他的警告老早已经飞旋过身子站定脚跟一看，那个偷打冷举的人，是个二十四五岁的青年，短发，倒挂眼，脸上有几点大麻，那人身穿一套蓝布工装，两个胖胖的裤管，好像打过气。

那个家伙，个子看来比自己要高一点，身胚非常结实。一望之间，就知道是个打架的好手。

那时黑鹏旋转身躯刚刚站定，对方的第二拳早已飞到。黑鹏身子一侧，闪过了这第二拳，顺势把头一低，向对方胁下钻过来。他提起右脚，向着对方伸出着的左脚上，狠命直踹下去。这一踹，踹得对方的眼眶里面几乎流水！他乘对方举起一足乱跳踢跶舞的瞬间，连着就在对方的颏下，狠命回敬了一拳，这一拳，几乎打断了对方的颈动脉。

那个工装青年，颇受到这不太厉害的两手，全身忍不住向后直晃。他一看情势不对，赶快退后一两步，一面赶快伸手向身后去掏。

掏什么？大致想掏手枪。

可是那支枪，在他慌忙应战之中，早已进了小毛毛郭浑民的手。同时，鲁平跟那朵神秘的交际花，他们的步子，却也被这场小小的巷战，挽留行人道上，看得呆住了。

鲁平觉得这场架，打得野蛮而又滑稽。他在微笑。

这女子的神偷显得很焦灼。

在这转眼之顷，街面上的事态，似已渐渐扩大，参加这场争斗的打手，也在逐渐加多，站在黑鹏这一边的，除了小家伙郭浑民之外，那只老鸭子——肥矮的孟兴，也出现了。对方，除了那个工装青年，跟那个穿咖啡色西装的男子，另外也添上了两个穿卡其布制服的人物，一共七个人，扭打在一起，成了一种混战的局面。

那只老鸭子，由于身体肥胖，周转不灵，似乎很吃了点亏。小毛毛专门‘捉冷错’，却打得很好。

围观的人越来越多，有人在拍手，叫好。

我们中国人素向爱好和平。但是，若有免费的武戏可供观看，那也是不胜欢迎的。

那位黎亚男小姐，偎依在鲁平的身旁，眼睁睁注望着那个哄闹的人圈，她似乎愿意跟那个穿工装的青年说句什么话，但是看样子已不可能，她很着急，不期向着那个人圈，失声高喊：

“喂喂喂？赶快歇手，暗暗跟着我，不要再打！”

这女子说的是一口流利的日本语，她把那个穿工装的高个子青年，称作“海牙希”。

鲁平暗暗点头，他假装不懂，向这女子问：“亲爱的，你在说什么？”

这女子微微一红脸，支吾着说：“这场架，打得很热闹。使我想起了一首日本的俳句，那是专门描写打架的情形的。”

“噢。”鲁平点头。

由于这个女子，使用日本语向她的羽党通消息，这使鲁平想起，自己也会几句支离破碎的爪哇语。于是，他也鼓着掌，用爪哇的土语向人丛中高声大喊：“缠住这些人，别放他们脱身。”

人丛里立刻传来高高的回声：“OK！歇夫！”这是那只黑鹏的声音，显见他这架，打得非常之从容。

那女子耸耸纤细的肩膀，向鲁平反问：

“先生，你在吵什么？”

“我吗？”鲁平向她挤眼：“我在用一种野蛮人的土语，鼓励他们打得认真点。”

“为什么？”

鲁平咕噜着说：“人类全是好战的。越是自称文明的人，越好战。这种高贵的习性，每每随地表现，大之在国际间，小之在街面上。打架是战争的雏形，战争却是文化的前驱。假使世界没有战争，像原子炸弹那样伟大的产品，如何会赶速产生？所以，战争是应该热烈歌颂的！而打架，也是应该热烈鼓励的！亲爱的，你说对不对。”

对方披着红嘴，冷笑，不语。

鲁平低着头，温柔地说：“我们怎么样？走吗？到你家里。”

他不等这女子首肯而就向着街面上扬声高叫：“三轮车！”

一辆三轮车应声而至。

鲁平挽着这女子的手臂，温柔地，而其实是强迫的，拉着她上车。这女子满脸焦急，始而好像准备撑柜，继而，那对“黑宝石”骨碌碌地一阵转，她似乎决定了一个新的主意。她默默地跟随鲁平跳上了三轮车，她在冷笑！

鲁平向三轮车夫说了“海蓬路”三个字。车子疾尘而驰，背后的人声还在鼎沸。

十九　利蔻沙酒

三轮车上鲁平坐在这位黎亚男小姐之左方。这是他所有意挑选的位子，以便尽量欣赏她左额上淡淡的一个小黑点。

车子一直向西，路越走越冷僻。银色的月，使那两片鲜红的嘴唇愈增了幽艳。路是笔直的，路旁的树叶，沉浸在月光里，在播散一种冷静的绿意，真是诗的世界。

这女子的神情，似乎比之在郁金香中温柔得多。鲁平把右臂轻轻搁上她的左肩，找出了许多不相干的问题跟她闲谈。谈到高兴的时候，他故意把那条纤肩，忘形地一搂，于是乎，她的脸，跟那颗小黑痣，完全抹去了可厌的距离。

此时的情调，确乎是月下护送爱人归家的情调。鲁平的心坎，感到了一种梦一样的飘飘然。但同时，他却并未忘掉戒备，不过，戒备飘飘然冲淡了，变成不够浓度。因之，他在以后的二小时中，几乎付出了整个的生命，作为飘飘然的代价。

嗯，抹口红的人，毕竟是可怕的！

车子上的温馨，看来非常之短促，实际上是三十分钟，终点到达了。

由这女子的指示，三轮车停止在一宅静悄悄的小洋楼之前——海蓬路二十四号。

鲁平在掏钱付给车夫的瞬间，有意无意，举目凝望着那条冷静的来路。

他是在留意，这女子的背后，会不会有什么人，在暗暗追随她而保护着她？换个方向说，有没有人受了这个女子的指示，在暗暗尾随自己，找机会，予自己以不意的暗算？

情势使然，地点也太冷僻，不得不防啊！

月色很好。笔直的路上并无可注意的事物，三轮车正向原路上踏回去。

这女子站在鲁平的身旁，黑眼珠在转，他怀疑了。她的心里跟鲁平一样，怀疑的暗影，在这女子的神经上留下了一个疙瘩，这小疙瘩在以后一个间不容发的危险的局势中，挽救了我们这位英雄的生命。

那宅小洋楼，沉睡在月光之下，式样很美，四周有些隙地，当前护着短墙。诚如韩小伟的报告所说，左右并无贴邻，只是孤单的一座。短墙的门虚掩着。这女子走在前面，轻轻推开了门，鲁平悄然跟在她的身后。这女子回头吩咐：“掩上它。”

她踏上石阶。揿着门框上的电铃钮。好一会儿，一个睡眼朦胧的小女孩，松着衣纽出来开门。

鲁平在想，这个小女孩子，是不是白天在电话中回答“黎小姐不在家的”一个。

女孩子站在一边让两人入内。把门关好，插上短闩。

关门的声音使鲁平的内心感到怦然而动。为什么？连他自己也不大知道。

只听这女子向这女孩问：“秀英，有电话没有？”

“三个。”女孩子的回答很简短，显出训练有素的样子。“八点半，八点三刻，还有一个在十点钟刚敲过。”

“你是怎样应付的？”

“我告诉他们，‘黎小姐不在家。’照你的吩咐。”

“姓名呢？”

“我已请曹先生分别记下了。”

鲁平在一边想，曹先生？韩小伟曾提起过这个人。据说就是这间屋的屋主。她跟他，是什么关系呢？还有，这女子在今天的一整天，全让这个小女孩在电话中告诉人家：“黎小姐不在家。”这又是什么意思呢？难道，这朵交际花，准备谢绝交友了吗？

在这一瞬之间，他感觉到这个女子，全身充满着不可究诘的神秘。

只听这女子又说：“很好，秀英，你去休息吧。”

“要不要把张妈叫起来，小姐？”女孩问。

“不必了。”

女孩子抬起了那双伶俐的眼珠，看看鲁平，然后迟疑地问：“这位先生，等等，走不走？”从这语气中可以听出，以前在同样的情形之下，曾经有过“不走”的人。

“嗯，他吗？——”那对“黑宝石”，有意思地一抬。“大概，不走了！”

这短短的对白，又使鲁平引起了一种异样的感觉。又是飘飘然吗？好像是的。但是，他好像只理会了这“不走了”三个字的一种含意，却忽略了这三个字的另一种可能的解释。很可惜，他没有看到，这女子在说这三个字的瞬间，眼角里的神情，显出如是的严冷！

女孩一转身，这女子引领着鲁平穿过了一间屋子而踏上了楼梯。鲁平在跨梯级的时节，在惊奇着整个屋宇中的沉寂。据他的想象，这宅洋楼里似乎还应该比较热闹些，尤其，看看手表，不过十二点多一些，时候似乎并不算是太晚呀。

夜是神秘的，地方也是神秘的，一旁这个闪动着黑眼珠的女人，尤其是神秘而又神秘的。神秘充满着整个屋宇，也充满着鲁平整个的心。

至少，他不再像昨夜一样，一走进那宅公园路的屋子，马上就喊“太不够刺激！”

五分钟后鲁平被招待进了一间憩坐室。这间屋子，地方很宽敞，布置得辉煌绮丽，富有罗曼蒂克的气氛。空气是温馨的。

一走进憩坐室，这女子随手把她的手提夹，向正中一张桃花心木的小圆桌上一摔，马上脱掉短外褂。然后，走到一座面街的窗盘之前，把窗帘扯开一半，开了一扇窗，放进了些夜的凉意来。

月光掠过了窗外草地上一株法国梧桐的树梢，乘机溜进窗口，想偷看看窗里的人，正在做些什么？

这女子扭转身躯，指指一张铺着天蓝锦垫的双人沙发，轻轻说：“先生，请随便坐。这里，可以跟你的家里一样，不用拘束的。”

然后，她拿起了她的手提夹，把外褂挟在臂弯里，向鲁平微微的一鞠躬：“我要去换掉一双鞋子哩，先生！”

嗯，你听，这里可以跟“你的”家里一样，不用拘束的话，说得多么那个呀！

可是鲁平依旧站在那里，没有坐下来，他有点迟疑。

这女子已经把那扇通连卧室的门，推开了一道狭缝，她重新旋转身来，向鲁平飞了一眼，讥刺似地说：“我这里‘又没有埋伏又没有兵’，你可以绝对放心。等等，假使谈得太晚了，我可以把我这间卧室暂让给你。大概不至于使你感觉太不舒服。”

她把那道门缝放宽些，让鲁平把视线从她的肩尖上面穿送过去。在这一瞥之顷，鲁平只看到了那张床的一角，被单，雪一样的耀眼，不像普通女子的床，铺设得花花绿绿。清白的长枕，叠得挺高的。

一幅幻想的图书，悠然在鲁平的脑膜上轻轻一闪，这样一张床，旁边，有个谈话的女子，长发纷披在雪一样的枕上，像黑色的流泉，映衬着玉色的颈、肩、臂……这是如何的情味？

他的心头起了一朵小浪花。

那个红蓝条子的倩影，掩入了室内，门，轻轻关上了。

鲁平随便挑了张沙发静坐下来。开始欣赏四周的陈设。这里的家具，不太多，也不太少，似乎多了一件或者少了一件都足以破坏那种多样统一的美。他的视线首先投射到一个角隅之中，那里，有座桃花心木的贴壁三脚架，安放着一座青铜雕刻品，那是一个裸体的少女，肩背间掮着一个大花篮。那个少女的神情，何等娇憨？星眸微盼像在向你撒娇地说：累死我了！能不能允许我跳下架子来玩玩呢？

另一隅安设着一座落地收音机，簇新的流线型。跟这收音机成一对角线的，是一口桃花心木的酒橱，罗列着若干瓶西洋酒和酒器，看看那些精致的酒器，先就使人心醉。

嘿！这是一个都市立于倚仗她的原始资本所取获的豪华享受之一般。在这个奇怪的世界中，倚仗你的刻苦精神，真实努力，而想取获这种享受之万一，朋友，请别做梦吧！

然而，像眼前的这位黎亚男小姐，除了依靠她的交际以取获她的享受之外，似乎还有其他不可究诘之处咧。鲁平静静地在这样忖度。

转念之顷，室门呀然轻启。只见那个神秘女子，带着另一种灼人的魅力，又从卧室里面走出来。

她的衣服更换了。换的是一件普鲁士蓝软缎的梳洗袍。那件长袍裁剪的非常特别，衣袖短而宽，张开着，像是两柄小绸伞，腰里那条丝条，看来并不曾束得怎样好，胸部半袒，举步时，衣角一飘一曳，健美的腿若藏若露。赤脚，趿着一双草拖鞋。

这女子的神情，始终是刻刻变换的：在郁金香内，跟三轮车上不同。在三轮车上，跟回转这宅洋楼时不同，在未换衣服之前，又跟眼前的神情，绝对不同。

现在，她跟最初好像完全换了一个人。她的眼角充满着冶荡。蓝色的衣袂，飘飘然，像在播散着暮春季节的风，使这冷静的一室，增添了醉人的温暖。

她把一听刚开听的绞盘牌，连同一架桌上打火机一起送到鲁平身畔，柔声地说："先生请抽烟。"顺便，她把鲁平放在膝盖上的那顶呢帽，拿过去挂起来。

鲁平飘眼看看那听烟，他不知道想起了什么，并不曾把手指伸进烟听子里去。

这女子还在说："先生，我很尊重你的意见，不让有人打扰我们的谈话，我没有把下人喊起来。因之，除了纸烟，不再有什么东西可以款待你，真抱歉！"

"我们自己人，别太客气，亲爱的。"鲁平在摸索地自己那只烟盒。

这女子走向那口桃花心木的酒橱，她说："要不要喝点酒？良夜客来酒当茶，行吗？"

"好吧，亲爱的。"这边随口回答，他在烧着自己的烟。

这女子站在那口酒橱之前，在检视她这小小的酒库之内，有些什么佳酿？她背转着她的普鲁士蓝的倩影说："噢，这里有瓶寇莉莎酒在着。酒，不算太名贵，记得送给我的人曾说过，这酒已经储了好几年，想必不错哩。"

"美极了！"这边随口称赏。他在纸烟雾里欣赏她的比酒更醉人的线条。

这女子开了玻璃橱门，把一瓶纯白色的酒拿到手里，似乎很费了点力，方始钻开了那个瓶塞。然后，她又伸手到另一层橱格上去拿酒杯。

这时，鲁平从背后望过去，看到了一件使他认为有点可怪的事。

原来，这女子在酒橱的上一层里，拿起了一只高脚坦的玻璃杯，这一层中，放着一组同样的杯子，一共五只，她从这一组中只取了一只。然后，却从另一层的另一组酒杯中，另外又取出了一只。远远里看去，两只杯子完全是一式的。奇怪呀，既然是同式的，那么为什么要从两组杯子中分别取出两只来呢？

鲁平开始密切注意了。

只见这女子背着身子把瓶内的酒斟进了两只酒杯。她把斟上酒的杯子放进一只珐琅瓷的盘子里。然后，托着盘子旋转身躯，把盘子端过来。

她并不把酒直接送向鲁平身前。却把这个小盘子送到了那张桃花心木圆桌上。在将要放下的瞬间，鲁平曾注意到她的眼光，好像向这盛着酒的两只杯子，着意注视过一眼。其次，她的另一个动作更可注意，她把那只盘子放在桌子上后，却用迅捷的手法，把这盘子旋转了一下。于是，本来靠近她自己的那只杯子，变成靠近鲁平这一边。

这个动作太可注意了。但是鲁平假装完全没有看见。

他不等这女子向他招呼，先从沙发上站起来，走近那张小圆桌。他运用着敏锐的目光，开始察阅这两只玻璃杯。嗯，这其间，毕竟有些何等的魔术呢？奇怪之至，这两只杯子，一望之下，完全是一样的，杯子上画着些细小的米老鼠卡通，红黑间色，看来很可爱。杯口有几条红蓝二色的线，绝细的。仔细再一看，看出毛病来了！毛病就在些这些红蓝二色的线条上。这些细线，一共四条，红蓝二色相间。其中之一只，红线条在最上，一条红的，一条蓝的，再一条红的，再一条蓝的，而那一只玻璃杯，却是蓝线条在最上，先是蓝线，然后红线，成为蓝、红、蓝、红。

蓝线在上的那只杯子，靠近她自己。

看来那只杯子是可靠的，而另一只，哼！不大靠得住！

鲁平在看出了这些毛病之后赶快把视线改换方向，别让对方看出了他的起疑。他故意在他的气腔里面灌进了点轻气，让自己的，骨骼显得格外飘飘然起来。他的眼珠，好像变作了两枚虫豸，从那颗小黑痣上蠕行下来，蠕行过她的粉颈，蠕行进她的半露的胸膛。

那双色情的眼，渐渐变成了两条线。

对方看到了这可憎的样子，身子一扭，胸间的蓝色线条起了一种波浪纹。她撒娇地说："做什么这样地盯着我？"

"你太美了。"他的声音有点颤动。

"你太渴了吧？"对方也用一种有甜味的颤声回答他。那对黑宝石飘回到两只玻璃杯子上。"酒可以暂解你的渴。你看这种酒，色泽是纯洁的，滋味非常甜蜜，这可以象征我们以后的友谊。"

"噢，以后吗？为什么要以后？"他还没有饮酒，舌尖已经含糊了。"我喜欢现实。说得前进点一我是不怕正视现实的。"

他密切注视着那涂蔻丹的纤指，在抢先一步，向那只玻璃杯子伸过去。好极，安全第一！

就在这个瞬间，鲁平突然旋转了脸，做出一种倾听的神气，眼光直望着窗外。

呜，呜，呜，一辆汽车划破了夜之静寂正在窗外轻捷地驶过。

她这伸手取酒的动作，让鲁平这种突如其来的惊怪状态阻止了。

她不禁移步走向窗前探头向窗外望了望。

立刻，鲁平就把那只珐琅瓷盘转了一个身。

这女子也马上回向小圆桌前。她向鲁平惊异地问："你听什么?"她的睫毛跟着垂下，凝视着那两只玻璃杯。

酒杯里在起波浪纹!

二十　摊开纸牌来

那对"黑宝石"，从酒杯上抬起，凝视在鲁平的脸上。她耸耸肩膀，在冷笑。

忽然，她胸前的蓝色线条又是一阵颤动，格格格格格，她竟扬声大笑起来!

这样的笑，在她，已经并不是第一次。在郁金香，她曾同样地笑过一次，那是在我们这位红领带英雄被剥夺了警卫员的假面具的时候，她这笑，笑得非常美，非常媚。就为笑的太美太媚了，听着反而使人感觉非常的不舒服。

鲁平在想，怎么?难道把戏又被拆穿了吗?

他忍不住发窘地问："你笑什么呀，亲爱的?"

"我笑吗?嗯，亲爱的，"——她也改口称鲁平为亲爱的了。"你，真胆小得可爱，而也愚蠢得可怜!"

"我，我不很懂得你的话。"

"请勿装佯!"对方把双手向纤细的腰肢阔一叉，噘着红嘴唇直走到鲁平身前说："请问，你是不是把这两只杯子换了一个方向?"

这女子会掷出这样一个直接的手榴弹，这，完全出于鲁平之不意。他瞪着眼，呆住了。至少，在这片瞬间他是呆住了。

对方带着媚而冷的笑，像一位幼儿园中的女教师，教训着一个吃乳饼的孩子那样向他教训说："你不敢在我家里抽我的纸烟：为什么?你全不想想，一整听刚开听的纸烟，我可能在每支烟内，加上些迷药之类的东西吗?哎呀，你真胆小得可爱!你太迷信那些侦探小说上的谎话了。"

"嗯……"鲁平的眼珠瞪得像他部下孟兴的眼球一样圆!他听他的女教师，继续在向他致词：

"还有，你把这两个杯子，换了一个地位，这又是什么意思?请你说说看。"

“……”

“噢，你以为，我在这两只杯子的某一只内，已经加上了些蓝色毒药或者氰化钾了吗？假使我真要玩这种小戏法，我能出场让你看出我的戏法吗！傻孩子，难道，你全不想想吗？”

吗？吗？吗？吗？吗？

鲁平一时竟然无法应付这些俏皮得讨厌的“吗”！

这女子把腰肢一扭，让全身闪出了几股蓝浪。她飘曳着她的伞形的大袖，走回那只桃花心木的圆桌，她说：

“胆小的孩子，请看当场表演吧！”

她把两只杯子一起拿起来，把右手的酒，倾进左手的杯子，再把左手的酒，倾进右手的杯子，倾得太快，酒液在手指间淋漓。咕嘟，咕嘟，她在两只杯子里各喝了一大口。

她的喝酒的态度非常之豪爽。

然后，她把两杯中之一杯递向鲁平的手内，嘴里说：“现在你很可以放心了吧？亲爱的！”

鲁平在一种啼笑皆非的羞窘状态之下，接过了那杯酒。他连做梦也没想到，他的一生将有一次，要在一个女孩子的手里，受到如是的攻击。

叮当，杯子相碰。两个脸同时一仰，两杯酒一饮而尽。

酒，使这个女子增加了风韵，酒，也使鲁平掩饰了窘态。

空气显然变得缓和了。

鲁平放下杯子，夹着纸烟，退坐到那双人沙发上。这女子挈挈衣襟，遮掩住赤裸着的大腿，挨着鲁平坐下。电一样的温暖，流进了鲁平的肩臂，浓香在撩人。她伸手抚弄着鲁平的领带，投射着轻轻的嘲弄：“久闻红领带的大名，像原子弹那样震耳，今日一见面，不过是枚大炮仗而已！嘿，胆量那么细小，怕一个女人，怕一杯酒！”

鲁平突然把身子让开些，愤怒似的说：“小姐，你注意我的领带，是几时开始的？”

“在郁金香里，何必大惊小怪呀？”

鲁平暗暗说：“好，你真厉害！”

这女子又说：“告诉你吧，今天下午，我接到情报，有人在四面打探我昨夜里的踪迹，我就疑心了。但我没有料到就是你——鲁先生。”

“哈！你的情报真灵！”鲁平苦笑。心里在想，看来韩小伟这小鬼头，他的地下工作，做得并不太好呵。

这女子把左腿架上右腿，双手抱住膝盖，嘴唇一披。“难道，只有你的情报灵?”

鲁平伸出食指碰碰那颗小黑痣，呻吟似地说：“我的美丽的小毒蛇，我佩服你的镇静、机警!”他把那股暖流重新搂过来，欣赏着她的浓香。“亲爱的，你使我越看越爱，甚至，我连你的沟牙管牙也忘掉了!”

这是鲁平的由衷之言。真的，他的确感到了这条蓝色响尾蛇的可爱了!

这女子把她的小黑痣贴住了鲁平的肩尖，嘤嘤然道：“据我记忆所及，你在郁金香门口开始，称我为亲爱的，到现在，已经造成了第三十六次的纪录啦。”

“你的记忆真好，亲爱的!”

“第三十七次。”

“你愿意接受这个称呼吗？亲爱的。”

“三十八!”那对有暖意的黑宝石镶嵌上了鲁平的脸：“我以为这两个字，在一面，决不能随便出口；另一面，也决不能太轻易的就接受。记得，西方的先哲，曾为‘爱’字下过一种定律：爱的唯一原则，决不可加害于对方。好像圣保罗也曾向什么人这么说过的。”

鲁平在惊奇着这个女子的谈吐的不凡。他索性闭上眼，静听她嘤嘤然说下去。

戒备，快要渐渐溶化在那股浓香里!

她继续在说：“假使上述的定律是对的，那么，你既然称我为亲爱的，你就该放下任何加害我的心，对吗?”

“对!”这边依旧闭着眼。

“那么我们绝对应以坦诚相见，对吗?”

“对!”

“你说那个陈妙根，是我亲自带人去把他枪杀的，对吗”

“对呀!”鲁平突然睁开眼。“难道你想说不?”

“嘘，我曾向你说过不吗?”她侧转些脸，在鲁平脸上轻轻吹气，一种芝兰似的气息，在鲁平脸上擦拂。

“老实告诉你。我对这件事，原可以绝不承认。因为我并没有留下多大的痕迹，没有人会无端怀疑到我。”鲁平在想：小姐，自说自话!

她在说下去：“但是，我在郁金香内一看到说这话的人是你，我就不再想抵赖。我知道跟你抵，不会有好处。”

香槟跑过来了！

世界上的怪人，上至满脸抹上胜利油彩的那些征服者、接收大员，下至一个小扒手，都喜欢香槟：接收大员当然欢迎有看人称颂他的廉洁。小扒手当然也欢迎人家说他“有种”。总之，一头白兔也欢迎有人抚抚它的兔子毛。我们这位绅士型的贼，当然也不能例外。

他被灌得非常舒服。但是他还故意地问：“为什么一看见我，就不想抵赖呀？”

“一来……”她只说了两字，却把那对“黑宝石”，镶嵌上了那条鲜红的领带。然后微微仰脸，意思说是为了这个。她索性把鲁平的领带牵过去，拂拂她自己的脸，也擦擦鲁平的脸。

“还有二来吗？”这边问。

“二来，我一向钦佩你的玩世的态度。”那对黑宝石仿佛浸入在水内，脸，无故地一红。“你知道，钦佩，那是一种情感的开始哩！”

鲁平像在腾云了！——但是，他立刻骤然觉悟，在一条小毒蛇之前腾云是不行的。他把身子略略闪开些，真心诚意地说：

“听说，那个陈妙根，是个透顶的坏蛋哩。”

“当然哪！否则，我何必捣碎他？”

“你有必须捣碎他的直接理由吗？”

“当然！”

“我能听听你的故事吗，亲爱的？”

“我得先看看你的牌。”蓝色线条一摇。

“已经让你看过了，不是吗？”

“不！”睫毛一闪。“我要看的是全副。假使你是真的坦白对我，你该让我先听听，你在这个讨厌的故事上，究竟知道了多少了？”

“知道得不多。”鲁平谦逊地说。他在想，虽然不多，好在手里多少有几张皇与后，你别以为我是没有牌！想的时候他把身子坐直，整一整领带，换上一支烟。然后开始揭牌。

“亲爱的，你听着”他喷着烟。“第一点，你跟你的同伴，是在上夜里十点五十分左右，走进那宅公园路的洋房的，即使我提出的这个时间略有参差，但至多，决不会相差到十分钟以上！”

他的说话的态度，坚决、自信，显出绝无还价之余地。对方颔首，表示

“服帖”。

“你带领着两位侍从，连你，一共三个。”

那双妩媚的眼角里透露出一丝轻倩的笑。她说：“噢，连我，三个？好，就算三个吧。”

就算？字眼有问题。鲁平忍不住说。“假使我是发错了牌，亲爱的，请你随时纠正。”

“别太客气，说下去。”

鲁平觉得对方的神气有点不易捉摸，他自己警戒，发言必须留神。否则，会引起她的第三次的格格格格，那有多么窘！

他继续说：“你的两个侍从，其中一个，带着手枪——带的是一支德国出品的“Leuger”枪，带枪的那个家伙个子相当高，他姓林。对不对？”

他吃准刚才在郁金香门口跟黑鹏比武的那个工装短发的青年，就是昨夜里的义务刽子手。他听这位黎小姐用日本语称他为“海牙希”，所以知道他是姓林。

这女子居然相当坦白，她又抚弄着鲁平的领带，嘴里说：“名不虚传!”

鲁平在对方的称赞之下得意地说下去：“还有一个，大概就是刚才在郁金香内陪你小坐过一会的青年绅士。穿米色西装的。你说他姓白。他和你的交情很不错。大约他像我一样，喜欢称你为亲爱的，纪录也一定比我高，对吗?”

他的问句显然带着点柠檬酸。

她耸肩：“你看刚才那个穿米色西装的小家伙，线条温柔得像花旦博士一样的，他会参加这种杀人事件吗？喂，大侦探，说话应该郑重点，别信口乱猜，这是一件杀人案子呀!”

她又耸肩，冷笑，神气非常坚决，绝对不像是说假话。鲁平在担心，不要再继之以一阵格格格格。还好，她只冷笑地说：

“大侦探，请你发表下去吧。”

“那么，”鲁平带着窘态，反问：“除了那个姓林的家伙以外，还有一个是谁?”

“还有一个是谁吗？告诉你，根本不止还有一个哩。”

“那么，还有几个，是些什么人?”鲁平真窘。

“你问我，我去问谁?”一枚纤指在他脸上一戳。“别让‘大侦探’三个字的招牌发霉吧!”

她怕这位红领带的英雄下不了台，立刻就把一种媚笑冲洗他的窘姿。她说：

“别管这些，你自管自说下去吧。”

鲁平带着点恼意说：“你们这一伙，”他不敢再吃定是三个。“在那洋房的楼下，先击倒了两个人，把他们拖进一间小室，关起来。对不对呀？”

“对，说下去。”

“以后，你们闯进了二层楼的憩坐室。那时候，陈妙根已经回来。你，曾在那张方桌对面坐下来，因这坏蛋，开过一次短促的谈判。这中间，你们曾威胁着他，把一串钥匙交出来，打开了那只保险箱，搬走了些什么东西，连带走了那串钥匙，对吗？”

“对，说下去。”

“在谈话中间，你曾敬过这位陈先生一支绞盘牌。对吗？”

“好极。”红嘴唇又一披眼角挂着点讥笑。“一个专门以拾香烟屁股为生的大侦探，倒是福尔摩斯的嫡传。嘿！还有呢？”

鲁平带着点无可奈何的恼怒在想：小姐，暂时你别太高兴！拖着红色领带的人，不会带着鼻子上的灰就轻轻放手的！想的时候他说：“你记不记得，那位陈妙根先生，在跟你开谈判的时候，曾把一叠钞票，横数整数数过好几遍。对不对呀？”

那对“黑宝石”突然闪出异光。她要在喃喃地自语：“是的，当时他曾向我借过一张钞票哩。”

噢，他曾向你借过一张钞票？是美金？美钞？伪币？还是CNC？鲁平猛喷了一口烟，烟雾中浮漾着得意。

这女子格外怀疑了。她知这鲁平的得意是不会无因的。

鲁平紧接着问：“你知道这一小叠钞票的用途吗！”

这女子思索了一下而后说：“他把那钞票，整理了一下，想差遣着我们中间的一个人，代他去买一听纸烟。”

鲁平暗暗点头，在想，这是一个欲擒故纵的好办法。想的时候他问：“当时你们怎么样？”

“当然不理他。”

鲁平在想，好极了，你们“当然是当然不理他”，而那位将要进眼铁质补品陈妙根先生，当时所希望的正是你们的“当然不理他”，然后，他才能把这遗嘱一样的线索。随便留下来，真聪明，聪明之至了！

他对那位已经漏气的陈妙根先生，感到不胜佩服。他又问："当时你曾注意他的神气吗?"

"他知道死神已经在他头顶上转，他很惊慌，吸纸烟的时候甚至无法燃上火。"这女子在怀疑的状态之下坦白地回答。她想听听鲁平的下文。

这边却在想，好，精彩的表情！他又问："后来，你曾注意到那叠钞票的下落吗?"

"没有。"

鲁平想，这是应该注意的，而你竟没有！聪明的小毒蛇。凭你聪明，你也上当了!

他微微耸肩尽量喷烟，暂时不语。

沉默使对方增加怀疑，她的那颗精彩的小黑痣再度贴上了鲁平的肩尖，催促着：

"咦！为什么不说下去呀?"

鲁平走赶紧闪着这个纸币的问题，他说："我手里还有好多张纸牌哩。"

"那么，揭出来。"

"我的最重要的一张，知道你们发枪的时间，是在十一点二十一分。毫无疑义!"

那双黑眼珠仰射在鲁平脸上，表示着无言的钦佩。

"还有，我知道你们在开枪打死了陈妙根之后，曾在尸室中逗留过一个短时间，约摸五分钟左右。对吗?"

"对。"

"还有，我知道在这最后逗留的时间中，你们中间有一个人，曾把窗帘拉下来。对吗?"

"对。还有?"

"我又知道，最初，你们并不曾准备就在那屋子里用枪打死他，我猜测得不错吗?"

"歇洛克，请举出理由。"

"因为，你们用的那种 Leuger 枪，声音太大，你们决不会傻到连这一层也绝不考虑。对不对呀?"

二十一 蓝色死神

“亲爱的歇洛克，你的猜测相当聪明。但是，你还缺漏一些小地方。别管这个，你且说下去。”那颗小黑痣在鲁平的肩尖上摩擦。

鲁平在那股浓香中继续说：“以后突然地开枪，那是由于一种意外的机缘所促成，恰巧，有几位盟军，在吉普车上乱掷掼炮，这是一种很好的掩护。亲爱的，我猜得对吗？”

他不等对方的回答连着得意地说下去：

“所以，我说，这种内战杀人的机会，正是那几个坐吉普的盟军供给的！”

“你说内战，这是什么意思呀？”黑眼珠中闪出了可怕的光！

“我的意思是说，你们跟这陈妙根，原是一伙里的人。”鲁平随口回答。

他并没有注意到这条蓝色响尾蛇，在盘旋在作势。

这女子暂时收敛去眼角间的锋芒，她问：“你说我们跟这坏蛋陈妙根，是一伙里的人物。你的理由呢？”

“理由？”鲁平向他冷笑：“你听着，打死陈妙根的这枪，是“Leuger”枪，而陈妙根有一支自备手枪，也是这种同式的德国货。据我所知，这种枪，过去只有一条来路，因此我可以肯定地说：“杀人者与被杀者，正是一丘之貉，同样的不是好东西！”

对方撇嘴，“先生，在你还没有把问题完全弄清楚之前，请你不要太性急地就下论断。”

“是是，遵命。”

这女子又问：“你的皇牌，就是这几张吗？”

鲁平沉下了他的扑克面孔说：“也许，还有哩。但是，我想看看你的牌，第一我要问问，你们有什么理由，要枪杀这个陈妙根？”

这女子霍然沙从发上站起双手叉着腰，睁圆了她的黑眼珠，说：“他专门残害同伙，他手里把握着许多不利于我们的证据，时时刻刻，在准备跟我们过不去，就凭了这点理由，捣碎他，你看，该不该？”

这女子的美丽凶锐的眼神使鲁平感到寒凛。他冷然回答：“该该该！那么，你承认，你是这个陈妙极的同伙之一了，是不是？”

“是的，我承认。”

“他是日本人的一只秘密走狗，你知道不知道?”

“嗯！这……”她的睫毛渐渐低垂，这条蓝色毒蛇正在加紧分泌毒液到它可怕的毒牙里去!

而鲁平还在冷然讥刺她说：“亲爱的，想不到你，也是一件名贵的汉器，失敬之至。”

那只黑眼珠突然抬起，冷笑着说：“先生，请勿把这大帽子，轻轻易易，戴到我的头上来。你必须知道，世间的各种事物，都是有差别而没有严格的界限的!”

“亲爱的，我不很懂得你的话。”鲁平说。

这女子飘曳着她的蓝色的衣襟，在沙发之前踱来踱去，自顾自说：“有一种虫类在某一种环境里会变成一棵草，而在另一环境之下，它却依旧还是一条虫。例如：冬虫夏草之类的东西，你总知道的。”

“亲爱的，我不懂得你这高深的哲学!”

“不懂得?”那只黑眼珠向他斜睨。她反问：“你说我是一个汉奸，是不是?”

“你是陈妙根的同伙，而陈妙根却是日本人的走狗。”鲁平向她鞠躬。“小姐，抱歉之至，我不得不这样称呼你。”

“那么，请听我的解释吧。”她耸肩，冷笑。“所谓忠，所谓奸，在我看来，也不过是一种环境与机会的问题而已。”

“噢。”

他的脸色，突然变成非常的严冷。“尤其在我们这个可怜的中国，这种染色的机会是特别多，过去如此，现在如此，将来，将来恐怕还是如此！所以，先生，在你自己还没有‘装箱’，在你自己还没有把你的人格准确估定之前，我要劝劝你，切莫随随便便，就把‘汉奸’两字的大帽子，轻易向别人的头上抛过去!”

鲁平向她霎霎眼，说：“小姐，你很会说话。这是一种自白书上的警句哩。”

这女子冷笑着说：“我还不曾被捕，你也不是法官，我们站在法律圈外说话，我正不必向你递送什么自白书。不过，我倒还想告诉你……”

“你想告诉我什么？亲爱的。”

“我想告诉你，戏台上的白鼻子，实际上不一定真是小丑；同样，在戏台上戴黑三髯口而望之俨然的，在戏房里，那也不一定真是忠臣义士咧。所以，先生，我希望你不要把戏台上的事情看得太认真。”

“小姐，”鲁平也向她冷笑，“你这伟大的议论，是不是企图说明，你虽是陈妙根的同伙，而实际上，你是非常爱国的，是不是如此?”

这女子的眼角，透露轻鄙之色，而也带着点痛苦，她说：“爱国，不是修辞学上的名词，而是，一个实际的良心问题。”她把语声提高了一些。“假如我告诉你，过去，我为求取良心上的安适，我曾几次用我的生命作赌博，你相信吗?”

“小姐，我向你致敬!”

这女子轻轻叹了口气，似乎不再想辩白。

两人暂时无语，室内暂归于沉寂。

时光在那蓝的线条，红的嘴唇，与漆黑的眸子的空隙里轻轻溜走。这使鲁平并不感觉疲倦，也并不感觉到时间已经消磨得太长。

夜，渐渐地深了。

偶然一阵夜风从那开着一半的窗口里吹进来，拂过鲁平的脸，使他憬然觉悟到他在这间神秘而又温馨的屋子里，坐得已经相当久，他伸欠而起，望望窗外的夜色，弯着手臂看看手表，他在想，现在，应该谈谈主题了。

一切归一切，生意归生意!

他仍旧保持着若无其事的态度说：“小姐，你在那只保险箱里，搬走了些什么呀!”

“我已经告诉过你，”她皱皱眉毛。“那是一些不值钱的文件。但是留在陈妙根的手里，却能致我们的死命。这是我们昨夜到他屋子里去的整个目的。”

“你的意思是说陈妙根有了那些凭证，可以告发你们，是吗!”

“正是为此。”

“那么，你们同样也可以告发他呀。别忘记，现在是天亮了。”

“天亮了！只有势力，没有黑白；只有条子，没有是非!”

她对所谈的问题，似乎感到很痛苦。一扭身，向对方另一只沙发内坐下。坐的姿势相当放浪，蓝色线条只掩住了她的玉色线条之一部，而袒露着另一部。

鲁平把尖锐的眼光注视着她。他在估计，这个神秘女子所说的话，到底有几分真实性?

对方赶紧把衣襟挈一挈。

鲁平的视线，从这蓝色线条上掠向那个捐花篮的裸体人像，而又重新掠回来。他在想，裸露那是一种庄严；而掩藏，倒反是种可憎的罪恶哩！

他把纸烟挂上嘴角，说："你说这个世界，只有条子，没有是非。听你的口音，这个陈妙根的手头，大约很有些条子哩。是吗？"

"当然哪！"对方翘起赤裸着的一足，草拖鞋在晃荡。"现在，他已成为一个秘密的敲诈家，难道你不知道吗？"

"那么，在那只保险箱内，应该有些条子、美钞之类的东西的。对不对？"他由闲话进入了正文。

"没有，绝对没有！"她的口气坚定。

鲁平在想，是的，一个美丽的果子，必须要设法剥它的皮，然后才有汁水可吃。想念之间，打着哈欠。欧欧欧欧，他故意装出了满面的倦容说："近来，我的身子真不行。医生告诉我，我已患了恶性的贫血病。"

对方是聪明的。她听鲁平提到那只保险箱，她就知道鲁平，快要向她开价。于是，她睁大了那对'黑宝石'，在静听下文。

鲁平说："这种贫血症有一个讨厌的征象，就是喜欢多说话，说得的要说，说不得的也要说。"

这女子现出了一种会心的微笑，"你的意思是，假使有人输给些血，就可以治好这种多说话的病，是不是如此呀？"

鲁平向她颔首。心里在想：所以，小姐，还是请你识相点。

"那么，你需要多少血，才可以治愈你这讨厌的毛病呢？"

"大概需要一千 CC 吧？"他的语气，带着点商量的意思。他把一千代表着一千万；他把 CC 代表着 CNC，意思非常明显。这是他在昨夜里所期望于那只保险箱的数目。

"少一点行不行？"

"太少，怕不行。"他摇头。"但是稍微短少些是不碍的。"

看在她的美貌的份上，他愿意把生意做得格外迁就点。

"好吧。"这女子霍然从沙发上站起。"让我找找。能不能先凑出些数目来？"但是她又皱皱眉。"时间太晚了。凑不出的话，等明天再说。行吗？"

"行！"鲁平大方地点头。他的眼光从她脸上轻轻飘落到她手指间那颗潋滟如水的钻石上。他在想：凭我这条红领带，缚住你这小雀子，不怕你会飞上天！

这女子扭着她的蓝色线条走到了卧室门口，忽然，黑眼珠轻轻一转，不知想起了什么，她又旋转身躯，走向那座流线型的落地收音机。她伛着身子，开了灯，拨弄着刻度表，嘴里说："你太疲倦了。听听无线电，可以提提神。"

"好吧，亲爱的，多谢你。"鲁平在这一场奇怪交涉的间歇中，果真感到有点倦意。他在闭眼，养神，心无二用，专等拿钱。

他的姿势像是躺在理发椅上等待修面。一阵阵嘈杂的声音，从那盘子里流出来，打破了整个的沉寂。

这女子把指针停住一个地方，空气里面，有一位曾被正统文人尊称为先生的花旦小姐，正在表演一种患肺病的鸭子叫，嗓音洪亮得可观！

鲁平闭着眼在想，一个外观如是漂亮的人，要听这种歌，好胃口呀！

想的时候那个女子已经再度走到卧室门口，旋着门球而又旋转脸来说："听吧，这是某小姐的临别纪念，最后一次。明天再想听，不能了！"

"噢。"鲁平并没有睁开眼。

他听拖鞋声走近了卧室。不一会儿，再听拖鞋声走出卧室，关上门。他疲倦地微微睁眼，只见这女子，从卧室里带出了一只手提饰箱，小而玲珑的，约有一英尺长，六英寸高。她把小箱放到了那只桃花心木的圆桌上，背向着窗口，在用钥匙开箱，揭起的箱盖，遮断了他的视线，看不见箱内有些什么。

为了表示大方起见，他又重新阖上眼皮。

这女子一面检点箱子里的东西，一面却在唧唧哝哝说："你看，你竟倦到这个样子，要不要煮杯咖啡给你喝喝？"

"不必，亲爱的。"

"我预备着SW牌子的咖啡，一喝之后，绝不会再感疲倦。"

"不必费事，亲爱的，多谢你。"

他紧闭着两眼在想，假使对方行拿出些首饰来作价的话，他就不妨马虎些。她的左颊，有一颗迷人的黑痣，看在"黑痣"的份上，应该克己些。

他正想得高兴哩——

突然，一种尖锐骇人的语声，直送到他耳边说："朋友，站起来！漂亮点，不要动！"

他在一种出乎不意的骤然的震惊之下，蓦地睁圆了眼，一看，一支手枪隔桌子对着他，枪口正指向他左胸口。

嗯，昨夜里那只日本走狗吃枪的老地方！

他呆住了！说不出话来。

“站起来呀！”枪口一扬。

他只好无可奈何地站起来，伸伸腰，走近些圆桌，故作镇定地说：“亲爱的，你做什么呀?”

“用眼睛看吧！”语声还是那样甜。

在这一震之间！他方始想起。这女子所说的SW咖啡，是什么意思，原来，她手里拿着的，正是一支smith and Wason牌子的小左轮sw!

这位蓝色死神执枪的姿势非常美。枪口带点斜，是一种老手的样子。从执枪的姿势上可以推知她的心里，真的要开枪。

而且，那只枪的式样，也玲珑得可爱，绝细的蓝钢枪管，配上刻花的螺甸枪柄。这样可爱的一个人，执着这样可爱的一支枪，好像令人死在枪口之下也会感到非常乐意似的。

然而鲁平却还不想死，他急得身上发黏，他在浑身发黏中歪斜着眼珠，懒洋洋地说：“你，真的要开枪？亲爱的。”

“事实胜于雄辩，看吧！”蓝钢管子又一扬。

只要指尖一勾，撞针一碰，一缕蓝的烟，一摊红的水，好吧，陈妙根第二!

鲁平赶快说：“小姐，你要惊扰你的邻居了。”

“我没有近邻，难道你忘了。”

他方才想起，这宅神秘的小洋楼，四下确乎是脱空的，夜风正从这女子背后一扇开着的窗里飘进来。街面上沉寂如死。

她脸向着那座收音机，撅撅红嘴唇。收音机中吵闹得厉害，那位表演鸭子叫的小组，正在播送最后一次的歌唱，所谓“临别纪念”。好吧，这条蓝色小毒蛇，每句话都有深意的。

他又赶紧说：“你多少要惊动点人。”

他以不经意的样子，再向那只桃花心木的小圆桌移近一步，想试试看，有没有生路可找?

“退后去些，站住!”这位美丽的蓝色死神，先自退后一步，逼住鲁平也退后一步，她等鲁平站住之后也站住，使双方保持着一个不能夺枪的距离。

在这样的局势之下，却使我们这位红领带的英雄，感到没法可施。他急得默默地乱念咒语：念的大约就是“二十年后又是一条好汉”的那种咒语。有一件事情，使他感到不懂，她为什么不马上就开枪？难道，她还存着猫儿玩弄耗子的心理吗？

他忍不住冒险地问："那么，为什么还不动手？亲爱的。"

"先生，别性急哪！马上，我就会医好你的讨厌的贫血症。不过我还有一句话，想要告诉你。"

"说吧。亲爱的。"

"刚才，我还没有看到你全副的脾，就打算在别的地方放平你，我几乎造成一种错误了。"

她在得意地发笑，格格格，她这执枪发笑的姿态，美到无可形容。她的胸部是袒露的，玉色的曲线在起波浪线。

浓香正从圆桌对面喷射过来。一条爱与死的分界线。

鲁平在一种"横竖死"的心理之下，索性尽量欣赏着这颗迷人的小黑痣。他把脚步移近些桌子，讥刺地说：

"小姐，我看你是毕竟有些顾忌的。"

"顾忌？嘿！"纤肩一耸。"顾忌枪声吗？别忘记。昨夜我们能用大嗓子的'Leuger'枪，难道今夜倒会顾忌这小声音的 Smith？"

鲁平把视线飘落到那个蓝钢管子上，撇撇嘴："看来你这城隍庙里的小玩具，口径太小，打不死人吧？"

"你想侮辱这位 Smith 小姐，她会自己辩白的！"

蓝钢管子，像是毒蛇的蛇尖那样向前一探，鲁平赶紧闭上了眼。夜风继续从这女子背后的窗口里吹进来，拂在脸上，有点凉意，睁开眼来，对方依旧没有开枪，飘眼望望那个窗口，灵感一动，主意来了。

他嘴里在说："亲爱的，你怕惊动了楼下的人，对吗？"

"没有那回事。"

"你该考虑考虑，放平了我，用什么方法，处理放平以后的我？"

"放心吧！纳粹党徒们，有方法处理几千几万件人脂肥皂的原料，难道我，没有方法处理你这一小件？"

"那么，亲爱的，你将用什么方法。对付这个窗口里的人？"

他的视线突然飘向这女子的身后，露着一脸得意的笑。这女子在跳下三轮车的时候，心头本已留下了一个暗影，她以为鲁平身后，或许有人暗暗尾随而来。这时，她未免吃了一惊，她虽没有立刻旋转脸去看。可是她已因着鲁平那种特异的脸色而略略分了心，而鲁平所需要的，只不过是她的略一分心，突然，他像一辆长翅膀的坦克一样，隔着桌子伸手飞扑了过去。

叮当！小圆桌上的酒瓶酒杯全被撞翻。

“喔唷哇!”这女子的呼痛声。

“你拿过来吧!”手枪就在“喔唷”声中进了鲁平的手。

他用手背抹着额上的汗，喘息地向这女子说：“小姐，我没有弄痛你吧?”

这女子望了一眼那个窗口，她涨红着脸暴怒得说不出话来。

鲁平把那只美丽的小玩具指定了她。“亲爱的，你真顽皮！料想你在背着书包上学的时候，一定也是非常顽皮的。我要罚你立一下壁角哩。”

蓝钢管子一扬，指指那个安放着裸体雕像的壁角。

这女子挈挈她的快要敞开的衣襟，怒容满面，迟疑着。

鲁平向她狞笑：“小姐，我虽是个非形式的佛教徒，从来不杀人，但是我对一条小毒蛇，决不准备十分姑息的。听话些!”

蓝线条一扭，无可奈何地背转了身。

鲁平赶快检视着圆桌上的那只灯饰箱，他以为，这个手提箱里决不会真有什么首饰的。哪知不然，这里面，居然有些东西在着哩。他不管好歹，一古脑儿把它们乱塞进了衣袋。

现在我们这位红领带的绅士，已把他的强盗面孔，整个暴露了出来。

他在接收完毕之后，远远向这立壁角的女子柔声招呼说：

“亲爱的，休息休息吧。我们明天再谈。”

他一手执枪，轻轻开门，悠然而出。

室内，无线电依然在吵闹。

这女子目送鲁平走出室外，她疲乏地叹了口气，走向室隅，把那座收音机关掉。她伸着懒腰，在沙发上倒下来。她的疲乏的眼光，空洞地望着远处，脸上露了一丝笑，笑意渐渐添浓，显得非常之得意。

但是，她完全没有防到，鲁平在出去以后重新又把室门轻轻推成二条缝，在门外偷窥她。

下一天，鲁平对于公园路的这一注生意，差不多已不再介怀。一向，他自认为是一个正当的生意人。他对每宗生意，目的只想弄点小开销，而他在这生意上，的确已经弄到了些钱，虽然数目很细小，但是，他决不会跟那些接收大员一样，具有那样浩大的胃口，一口气，就想把整个的仓库囫囵吞下来。

总之，他对这件事情，认为已经结束了。

不过还有两个小问题，使他感到有点不可解：

第一，上夜里，那个女子是明明有机会向他开枪的。她为什么迟疑着不开枪？

第二，那个女子曾在最后一瞬间，露出一种得意的笑。她为什么笑得如此之得意？

他对这两个问题无法获得适当的解释。

他在他的小小的办公室中抽着纸烟。纸烟雾在飘袅，脑细胞在旋转。

无意之中，他偶然想起了老孟昨天的报告。所谓美金八十万的大敲诈案，这报告是无稽的，近于捕风捉影。但是，由此却使他想在了那个中国籍的日本间谍黄玛丽了。

那个女子是非常神秘的，她有许多离奇的传说。离奇得近乎神话。所谓黄玛丽，并不是个真正的姓名，那不过是一个缩短的绰号而已，她的整个的绰号，乃是‘黄色玛泰哈丽’；意思说，这是一个产生于东方的玛泰哈丽，黄色的。

真正的玛泰哈丽，是第一次欧战时的一名德国女间谍。她的神通非常广大；她的大名，曾使整个欧洲的人相顾失色。有一次，她曾运用手段使十四艘的英国潜艇化成十四缕烟！

这时，他忽想起这个玛泰哈丽的原文 Mata Hari，译出意思来，那是“清晨的眼睛”。

他的眼珠突然一阵转，他又想起了另外一件事。

他想起了昨天韩小伟的报告，那位黎亚男小姐，她有许多许多的名字，其中之一个，叫作黎明眸。他所以特别记住这个名字，那是因为，过去有个电影明星，叫作黎明晖。黎明晖与黎明眸，这两个名字很容易使人引起联忆。

黎明眸这个名字相当清丽，译成了白话，那就是‘清晨的眼睛’，而这清晨的眼睛，也就是 Mata Hari。

他的两眼闪出了异光。

他在想：那么，这位又名黎明眸的黎亚男小姐，跟那黄玛丽，难道竟是一而二、二而一的吗？

二十二　最后之波折

若说黄玛丽跟这黎亚男就是一个人，不过在年貌上，却还有些疑点，根据传说，那个黄玛丽相当老丑。年龄至少已有三十开外。而这黎亚男，她的年龄，看来至多不会超过三十五岁。况且，她是那样的漂亮。

除此以外，从多方面看，这朵漂亮的交际花，跟那个神秘的女间谍，线条的确非常之相像。

他想，假使这两个人真是一个人的话，那么，自己贪图了些小鱼，未免把一尾挺大的大鱼放走了。

该死！昨夜里为什么没有想到这一点！

怪不得，昨夜那个女子，显出那种得意的笑。

他从座位里跳起来，抛掉烟尾。他像追寻他的失落了的灵魂那样，飞奔到门外，跳进了一辆停在门外的旧式小奥斯汀内。

他决定再到海蓬路二十四号的屋子里来试一次，能不能把已失落的机会，重新找回来？

在车轮的飞驶中，他对那件公园路的血案构成了另一个较具体的轮廓，他猜测，那个被枪杀的陈妙根，跟那另一坏蛋张槐林，一定是把握住了这女子过去时什么重大秘密，想要大大的敲诈她一下。因之，才会造成前夜的血案。而那张槐林，或许前夜也是那位蓝色死神的名单上之一个。因为一向他跟陈妙根，原是同出同进的。而他之所以能免于一死，那不过是由于一种偶然的侥幸而已。

他觉得他这猜测，至少离事实已不太远。

照这样看来，孟兴的那个报告，所谓美金大敲诈案，或许多少有些来由哩。

汽车以一个相当的速率，到达了海蓬路。他并不把车子直驶到二十四号门口。远远里就刹住了车，跳下车来，锁上了车门。重新燃上一支烟，把它叼在嘴角里。然后，他向那宅洋楼缓缓踱过来。

那条路真冷僻，白天也跟夜晚一样静。抬头一望，这座小洋楼的结构，比之夜晚所见，显得格外精致，从短墙之外望进去，这宅屋子，静寂得像座坟墓，看来里面像是没有人。短墙边上，有两部脚踏车倚靠着，其中之一部，是三枪牌的女式跑车。他匆匆一瞥，没有十分在意。

短墙的小铁门照旧虚掩。他轻轻推门而入，踏上阶石，伸手按着电铃。

立刻有人出来开门，开门的人，正是昨夜那个小女孩——秀英。

"啊，鲁先生，是你。"女孩的脸上，带着一脸平静的笑，闪开身子，让他走进门去。

这女孩子的神气，使他有点奇怪。

她把鲁平引进了一间寂静的会客室，招呼他坐下来，然后，她说：

"鲁先生，我已等了你半天了。"

"你知道我要来？"他的眼珠亮起来。

女孩点点头。她又说："鲁先生，昨夜里，你把你的帽子，遗忘在我们这里了。"

她回身走到一个帽架之前，取下那顶呢帽，双手送还了他，随后又说：

"先生，请等一等，还有东西哩。"

这女孩子像是一个《天方夜谭》中的小仙女，她以一种来无声去绝迹的姿态，轻轻走出室去，而又轻轻走回来。她把两件东西，给了鲁平说："黎小姐有一封信，一件礼物，嘱我转交给你。"

"一封信？一件礼物？交给我？"鲁平从这女孩子手内接过了一只漂亮的小信封，跟一只蓝色丝绒的小盒，那封信，信面上的字迹非常秀丽，不知如何，他的手在接过这封信时有点发震。他赶快拆信。

只见信上如是写着：

鲁君：

我知道你一定要来，不一定今天或者明天，我知道，当你再来的时节，你已把某一个哑谜猜破了。

在你看到这封信的时候，我已踏上了遥远的征途。此刻或许是在轮船上，或许是在火车上，或许是在飞机上。非常抱歉，我不能再像昨夜那样招待你。

昨夜里的某一瞬间，我好像曾经失掉过情感上的控制，由于心理冲突，我曾给予你一种机会。或许你是明白的，或许你还不明白，假使你还不明白，等一等，你会明白的。

凭这一点浅薄的交谊，我要求你，不要再增加我的纠纷。在上海，我未了的纠纷是已经太多了！

昨夜，你忘却动收我的钻石指环了，为什么？你好像很看重这个指环，让我满足你的贪婪吧，请你收下，作一纪念。愿你永远生长在我的心坎里。

世界是辽阔的，而也是狭隘的，愿我们能获得再见的机会，不论是在天之涯，是在海之角。

祝你的红领带永远鲜明！

×月×日亚男

信上的话，像是昨夜里的寇莉莎酒，带着相当的甜味，而也带着相当的刺激，这有几分真实呢？

他把这信一气读了三五遍，打开蓝丝绒的小盒，钻石的光华，在他眼前潋滟。

一种寂寞的空虚充塞满了他的心。他不知道做点什么或者说点什么才好。他茫茫然踏出了那间寂寞的会客室，甚至，他全没有觉察，那个小女孩，拿着一方小手帕，站在那个开着的窗口之前在做什么。

他把那封信，跟那只蓝绒小盒，郑重地揣进了衣袋。茫茫然走出这宅小洋楼。他戴上了帽子，走向他的小奥斯汀。

刚走了二三十步路，突然，头顶上来了一阵爆炸声。跟前夜差不多，砰！砰！砰！

那顶 KNOX 牌的帽子，在他头上飞舞起来，跌落在地下。

他赶紧回身，只见一个西装青年，伛着身子骑在一辆脚踏车上，正向相背的方向绝尘而去，只剩下了一枚小黑点！

拣起地下的帽子来看，一排，三个小枪洞！

他飞奔回来，一看，矮墙上的两部脚踏车，只剩下了一部。那部三枪牌的女式跑车不见了。

啊！她！向他开枪的正是她。只要瞄准略略低一些……嗯，她为什么不把瞄准略低下些了？

在这一霎间，他的情感，突起了一种无可控制的浪涛。他完全原谅了她的毒液与管牙；甚至他已经绝无条件地相信了她上夜里给她自己辩白的话！他感觉到世间的任何东西，不会再会比这个女子更可爱！

那颗小黑痣，在他眼前，隐约地在浮漾。

他喘息地奔向他的小奥斯汀。他在起誓，送掉十条命也要把这女子追回来，无论追到天之涯，海之角。

但是，当他喘息地低头开那车门时，突然，一个衰老的面影，映出在车门的玻璃上，这像一大桶雪水，突然浇上了他的头，霎时，使他的勇气，整个丧失无余。

可怜，他们间的距离是太远了！

他怅惘，踏上驾驶座，怅惘地转动着驾驶盘，怅惘地把车子掉转头。

太阳已向西移，在那条寂寞的路上，在那辆寂寞的车上，在那颗寂寞的心上，抹上了淡白的一片。

原载《大侦探》，1947 年第八期至十五期

赛金花的表

一　疗养院的深宵

寒冬的一晚，呜呜的西北风吹刮得像把整个世界翻过来。那盏半明不灭惨淡无光的路灯不住地摇头，仿佛代那些少衣缺食的人们叹息。路上行人很少，间或从远处传来一声：

“罗宋面包，卖面包!”

钜鹿路上有座庞大的建筑物——仁德疗养院——像卧虎般伏在那里，紧闭上嘴巴，不视朔风吞噬它怀中的被保护者。

四周都是暗沉沉静悄悄，偶尔有一两声婴儿的微哭声，疗养院里大多数的人全缩在温暖的被窝里找好梦。

第三号特等病室的窗子里透出一线灯光，厚窗帘上隐约有个移动的影子，显然，屋子里还有人没钻进被窝去。

“嗒”，三号病室的门球轻轻转动，随着半丌的门有阵尖锐的风呼噜噜往里钻，门外黑黢黢地，有块白色小东西蠕蠕抖动。

“平先生还没有睡?”

看护陈小姐在门外先伸进头来，黑发上戴着的白色看护帽像只白蝙蝠。

“没睡，外边很冷吧？进来烘烘火，暖和些。”

平帆夹住一块熟煤，抛进火炉去。

烧旺煤遇着湿熟煤，吐出一阵“滋滋滋”的声音。

“药水吃过吗？晚上少看书，别用脑筋，静静地睡，也许可以早些睡熟。”

陈小姐把整个穿白的身子塞进房间里，脖子仍旧缩着，一双僵红的手拼命地搓揉，又放在嘴边嘘热气，两脚轻轻地跺着：

“天真冷还是睡吧！”

“睡不着，吃了药水仍旧睡不着。昨晚恨不过，多吃一格药水，结果，人像是睡着了，而精神不肯睡，一切的声音全听得很明白，手脚疲软得不能轻动，那才叫难过呢！所以今天只有听其自然，不敢勉强叫它睡。”

“啊，时候不早了！”

看护打个哈欠，用右手轻轻向嘴上按按，又望望左手腕上的表：

“一点半，嗯，天真冷！”

“你还不去睡？今天值夜班？”

“这么冷天值夜班，真倒霉！不是十四号里的女人生产，谁愿意往外面喝西北风！”

她咕嘟着嘴，坐在炉边，伸手向火取暖。

“倘使有人打铃呢？”

他含笑地反问。

“你们有钱的人，屋子里有火炉，捱在被窝里暖烘烘，也得可怜可怜我们，西北风刮在脸上像刀子，没钱的人也是血肉之躯啊！”

平帆在仁德疗养院已经住了两个多星期，他原没有什么了不得的病，不过患有轻微的失眠症，乘此在医院里修养而已。他生性很健谈，没架子，手面又慷慨，所以那些看护和他厮混得很熟。

“喂，是病人呀！住医院的是有病的人啊！”

“哼！”

看护陈小姐从鼻子里吹出一口冷气。

“所以我还是坐在这里呐！”

她仿佛很悻悻的样子。

“好，我请你喝一杯热的华福麦乳精赶赶寒！”

他边说边用小茶匙去挖一只圆罐头的盖。

“不喝了，谢谢你，我还要去看别的病房呢！”她说着站起来。

“忙什么，反正没得睡，又没人打铃。在这里多烘一会火暖暖，是血肉之躯啊！”他狡猾地学说。

“咯咯咯。”陈小姐重又坐下去，“好厉害的嘴巴！”

平帆用热水瓶里的开水，冲好两杯热汤，黑黪黪、药汁似的浓汁，又取出几片饼干放在碟子里。

“不厌吃倒胃口，吃一些尝尝看。要不再加些糖?”

“够了，谢谢你。”她又喝上一口，“平先生，你和这里的张医生是亲戚吗?”

“不是亲戚，是我的一个朋友的亲戚。”

“叮叮叮”，轻微的打铃声震破了午夜的沉静。

“又是谁在叫了?”她一口气喝完麦乳精，放下杯子，“谢谢你，我要去了。你姑且睡了试试看!”

“好，明天见!”

“明天见!”随着“砰”的一声把门关上。

平帆用火叉拨拨煤灰，不再添加煤块。他向四周瞧瞧，一切全像死似的岑寂，睡似的安稳，只有床前小桌上的钟，还在“滴答滴答”地推动时代巨轮。他没有一丝睡意。

窗外的风愈刮愈紧。惨绿色的路灯一晃一晃地摇动。太平间外面，什么东西在嘘嘘地叫。

平帆坐在沙发上捏着一本小说，不过他的注意力似乎不集中在书上，而是那只钟。一忽儿，钟的长指刚走到12，“当当”，钟鼓两下。平帆的眼光陡的一亮，他全神贯注在……

忽然，在不远，也不太近。

“捉贼！捉贼！捉贼!”是一个男子的急促颤抖的声音。

平帆立刻奔到窗前，推开窗子，路上黑黢黢没个人影，除出呼呼的风啸以外，没有别的声息。他关上窗子，重又坐下。

酱紫色的窗帘上的流苏轻轻地在摆动。

那奇怪的半夜呼声，凄凉而可怕的呼声，今夜已是第三次听到；在同一个方向，同一个口音，同一个时间，怪事！如果是普通的偷窃；为什么认定一个人偷，连时间全不差？怪！奇怪!

二　张医生的谈话

“平先生讲的故事真好听，陈小姐来得太晚听不着，真可惜!”一个矮胖的看护向走进来的看护陈小姐说。

“平先生的肚子像一本百科全书，各色都有。”陈小姐拘住矮胖子周小姐的颈项，向躺在沙发上的平先生称誉。

“听故事要代价，得请我吃一夸脱太妃糖，今晚我讲个怕的鬼故事。不过吓坏了小姐们的胆，我可不保险。”

“虽不致像你说的那么害怕，不过晚上听鬼故事，总有些寒毛懔懔。平先生的形容样子，领教过了，还是讲别的。”陈小姐说着，把一支冰冷的手插在周小姐胖颈项里。

周小姐缩住脖子说：“鬼手，冷死人！等会子给人捉住脚心，又得极叫救命。”

“陈小姐的痒筋在脚心里吗?”

屋子里嘻嘻哈哈一片春色。

冬天的太阳懒得早起，十点钟了，还睡在云绒被窝里，微睁惺忪睡眼打哈欠。

房门外一阵脚步声。张医生带着看护朱小姐进来。

“密司脱平，早。”

“早。”

张医生向那两个看护笑笑，先把平帆的病情报告表看一遍，才后才用三个指头按在脉腕上，眼望着自己的手表。

“昨晚怎么样?”

“还是老样子。”平帆摸出一只香烟匣，先让张医生取一支，自己也取一支。“嚓”，烟匣子旁边的打火机一亮，张医生把香烟凑过去。

陈小姐和周小姐随着拎皮包的朱小姐走出去。张医生每次来看平帆，必是最后一个，诊察后常是和他谈谈说说。有时，平帆请张医生出去吃饭，假使他业务清闲的话。

“我明天要上汉口去，这里有卜医生代理。”

“也许，不久我想回家去，这里……晚上……”

“晚上怎样？院里吵闹吗?”

“不，这倒并非。”

张医生像是忽然想起什么，抢着说：“真的，你晚上失眠，不知可曾听见什么叫唤?”

平帆的眼光陡的一振，手里的香烟“噗”地落在地上，像感受到一些刺激，忙说：“你也听见这半夜呼声吗?”

“叫唤的人我也认得。”张医生说起话来很迟慢、温静，如同十九世纪的大闺女。

“是谁？你也注意到？究竟是什么缘故?”这奇怪的半夜呼声使平帆日夜感觉不安。

张医生慢吞吞抽一口纸烟，向空际一喷，吐成一个个灰白的圆圈。

“半夜的呼声使你晚上更睡不安稳了，是吗?”

“是谁？真使人难以猜测！为什么……”

平帆睁大眸子望着张医生，急欲知道下文。可是张医生那种若无其事的神情，永远没表情，笑嘻嘻的脸，把他的急迫气焰，冷落下来。

“……怎么……”平帆张着嘴问不下去。

“是个……疯子啊!”张医生吐出的每个字全有分量。

“嘘!”平帆张开的嘴巴吐出一口长气，“嗐，原来是疯子!”

“他是西药业握有权威的严振东的父亲，以前并没有疯病。在军阀时代曾做过一任什么官，后来在上海的公寓生活，抽大烟，弄古玩，什么扶乩，佛教会，做些无事忙的事。致病的原因，据说是为了一只珍贵的表。”

张医生把烟尾抛在痰盂里，微咳一下，接着说：“他家有一只珍贵的小挂表，据说是苏州吴状元出使德国，德皇威廉第二赠他一对金表。吴状元把一只表给随去的爱妾赛金花。后来状元过世，赛金花下堂重坠风尘的时候，那只金表就随了赛金花离开吴家。她在窑子里大红的当儿，严振东的祖父在她身上化了不少的钱。赛金花也有嫁他的意思，就把那只金表送给他作为定情表记。当时振东的祖父回乡去与妻子商量，预备纳娶赛金花，那只表送给妻子算是运动费，一方面兴冲冲到上海来娶赛金花。不料在到上海的途中，轮船出事，就葬身在黄浦江中了。”

张医生略停一下，喝口开水漱淑喉咙：“那只表竟成了伤心遗迹!”

他喝干了开水，瞧瞧平帆，看他是否听得有兴趣似的。

“振东的祖父有两个儿子，大的就是振东的父亲颀斋，第二个叫实臣。分家的时候，实臣分得那只表，颀斋分得一个翠玉砚台。”

金黄色的太阳从玻璃窗里射进来，像病人似的衰弱无力。

“后来怎样?”平帆的样子像是很注意。

“实臣很喜欢赌钱，有此，把表赌输给别人，颀斋化了许多钱才赎回来。”

张医生像那些说书人，讲到半中间就闭上嘴不讲下去。

屋子里一篇静肃。平帆阖着眼躺在沙发上，样子很安逸。

“据说那只表的样子非常可爱，颀斋化了钱赎回来，当然，表是属于他的了。”

“后来，那只表被人偷去，他就急疯了，我猜得对吗?”急性子的平帆打岔着问。

“不，并不像你猜想得那么简单。”张医生的足尖闲暇地踢踢那只磁痰盂，痰盂里的水像大江中刮风浪似的一阵波荡，刚抛进的烟尾仿佛破船遇波涛般击打得成为齑粉。

“实臣死的时候遗下一个九岁的儿子叫维德，过了两年实臣的妻子也相继死去，维德就寄养在颀斋家里。七年前的一晚，颀斋和振东躺在烟榻上闲谈，同时，从颀斋纽扣上解下那只表。据说是一只圆形的紫红珐琅表，像一只红熟的李子。颀斋非常宝爱这只表，终日挂在身上，听说有块表坠，是一串玫瑰红宝石琢成的葡萄。振东玩弄一回之后，放在烟盘上，自去睡觉，没有隔多少时间；忽然，邻家大呼捉贼，颀斋匆匆走出，老年人脚步不稳，踏个空，从三层楼直跌到二层楼，震伤脑筋，就此发疯。”

“那只表呢?”

“就此不翼而飞。”

“那时维德在家吗?”

“我没有问他，不知道，听说那时振东的境况很窘，家里除出一尔一大姐之外，家务全是振东的夫人自己动手，所以决没有外人偷去。可是那只表就在这晚振东曾玩弄之外，从此不曾见过。”

平帆阖上眼，手指插在发根爬抓。他沉思的时候，往往有这样态度。

“你和严振东很熟悉吗?”

“后来他囤积奎宁和别的西药，狠发了一票财。我也是朋友介绍向他买西药才认识的，后来，他们家里大小有疾病，都来找我医治。现在每天要去看他父亲的疯病。”

“他疯病的程度怎么样?”

“据说，初起时很厉害，大叫大闹，不吃不睡，后来渐渐地好了。最奇怪的是大烟瘾不戒自断。平常不发病的时候，他一个人坐在房里，看看佛经，拜拜佛，像常人一般吃、睡，不过不出房门，不大见亲友，有人到他房里去，他并不像一般疯人的吓人。发病的时候就不吃不睡，一天到晚在房子里踱方步。最近忽然变样，半夜里要大喊捉贼。”

“喔，原来如此!”平帆又阖上眼，不住地抓头发，“今天你仍旧要去么?”

“今天不去了，我已经和振东说过，要等汉口回来后再去。好在这种病不比急病，过一星期也没大关系。”

“我有个朋友买进一票西药，他想脱手，曾托我找寻户头，过几天托你介绍见见严振东，和他接洽接洽看。”

张医生立即从皮包内取出一张名片，放在小桌上：“他什么时候想去，只要说是我介绍就得了。”

“嗯，他们是几……号？”

“一百四十八号。”

三　不速之客

仁德疗养院向左六七家，有一幢——同式的共有六家，这是最右面的一幢——新式小洋房，前面有块长方形小草地，穿过草地，跨上三步石级，就走进一间很精致的客室。客室里放着三只彩色丝绒沙发，围住一只半尺高的柚木小香烟桌，桌上有一只铁的圆筒形的罐，一尊小型钢炮。地上铺着厚厚的地毯，窗沿上放着两盆兰花，芬芳气充满一室。

会客室里坐着个身材伟大，肩胛宽润，目光灼灼如流星的人。他很闲暇地坐着。一忽儿，屋主人——严振东——出来，他是个三十多岁的壮年人：“啊，这位就是平先生？”

他手里捏着一张名片，名片后面写着一行小字：

兹介绍鄙友平帆君造府诊察尊大人病状，平君为研究神经病专家。

此致。

××君

“张医生已经到汉口去了吗？”振东在平帆对面坐下，把一只紫铁圆匣子上的机钮一捺，一阵子叮叮咚咚八音钟声音，圆门打开，有个西洋美人怀抱着一支卷烟，不停地甩大腿，振东取下卷烟敬客。那个美人回转身子，圆门随着关上。振东又捺下一下，自己也取了一支。才把那只小钢炮的炮口对着客人向炮门一拉，炮口有一阵青烟，才后是一点小火，燃旺了宾主的卷烟。

这位主人么很有些“世界交际”手腕，先用美人，后用大炮，极尽“亲善”之能事。假使有一个胆小的乡下客人，看见这种招待，怕的会丧魂落魄地极叫救命，而辜负了“亲善”的敬意呢！幸得这位平帆先生见识很广，一切全坦然接受。

“张医生前天去的，”平帆回答，“尊大人的病况，已经有张医生讲个大概，近来有怎么别的现象吗？”

“以前发病，不过是不吃、不喝、不睡，呆呆地坐着或是打圈子走方步。最近半个月来，有些变态，不吃、不喝、不睡之外，到晚上还要怪声大叫，满脸惊悸的神色。”

“对于这种病症，一方面靠药力挽救，一方面得细细研究他的心理，力能见效。”平帆说时，眼睛微微一阖，左腿搁在右膝上轻轻摇动，十足是个经验丰富，见识广博的学者。

“不错，不错，全仗平先生的大力！”

“最近可有什么意外刺激？”

“不会有的，无论什么大小事，我们都不去对他说。他也终日关上门住在房间内，点香、看经，不管外事。”

“起病这晚的情形，可以详细地再说一遍吗？”平帆把烟尾掀在旁边的黑奴烟盘里。

振东拿起一杯红茶，喝了一口说：“这天晚上，大约一点多钟，我躺在烟铺上陪他老人家闲谈。谈起那只李子表，维德很想要回去。我的意思给了他算了，可是他老人家以为那时如果他不赎回来，早已属于他姓，他可以向谁去讨取？当时我从他衣襟上解下那只表，玩弄了一会子，就放在烟盘上，自去睡觉。”

振东抛去了烟尾，又掀动那只香烟盒，先敬一支给平帆，在捺一下，取了一支，燃上，才接下去说：“睡到床上不到十分钟，后弄有人怪叫一声‘捉贼’，当时我也懒得起来，听见楼上老人家趿着拖鞋行动，忽然从扶梯上跌下来。”

平帆阖上眼，许久不响。嘴上叼着的香烟，有三四分长的烟灰也顾不得去弹落。

振东也只顾吸烟，不说话。

只有角隅一架落地大钟在的嗒的嗒的。

“你听见的脚步声，只有一个人呢？还是许多人？”

振东略一思索，就回答：“的确只有一个人。”

“跌下来之后，神志可清楚？”

“我扭开甬道里的电灯，看见他躺在地上，头枕着梯级。我扶他起来，问他有否受伤，他对我摇摇头。后来我和内人，扶他到楼上去睡，我还装一筒烟给他吃。吃过之后，他还叫我到桌上把表取来，可是我和内人找寻也不见有表。一告诉他表不见，不料他瞪着眼大叫‘有鬼有鬼’，就此疯了！”

“听说有位令弟……与……他在……家……”

“维德吗？他住在学校里，要星期六才回来。”

“家里可有贼的踪迹？”

“根本没有贼！门户关得好好的。”

“叫捉贼的是哪一家？”

“不知道，后来也没有听见谁家贼偷。”

平帆阖上眼睛，像睡去一般。

“那只表有多少大小？”

振东向他瞪一眼，仿佛说：即使是小表，也不致会吞下肚去。

“形状大小，活是一只桐乡檇李，上有一个小金弯柄，周身的溜滚圆，外面是紫色的珐琅，打开来有指顶大一个表面，白底蓝字，12这个字是大红色的。玻璃外面有圈金的瓜轮花纹，一切机件就在这花纹上，阖上圆盖，不像是只表。八、九年前，女人还不兴在大衣上挂表，所以这只表的式样很特别，亨达利修钟表的人也说不曾见过这种表呢！”

“他房内你可曾细细找过？”

振东犹豫不答。平帆立即说：“严先生或许要想：这些问题是侦查表才用得到，现在的目的是为病，不必注意这些。不过鄙人以为当时也许他瞧见什么，否则，别人叫‘捉贼’，为什么要他走出来？”

“他发疯之后，我们立即送他到医院里。他的房间里，我和内人都细细找过，其他的书画、古玩全在，唯独不见这只表。”

“后来，他比较清醒的时候，可曾提起那只表？”

“病过之后，一切记忆力都丧失。”

“我可以上去看看他吗？”

“啊，好，不过他不大理睬人。”

平帆随着振东走过甬道，就是楼梯，半楼梯亭子间是振东的女儿珍珍和一个女佣人睡，二楼正房，振东夫妇作为卧室，后面小间，给一个新生的婴儿和奶娘住。三楼亭子间锁着，从二楼到三楼有十三级扶梯，走上扶梯，式样完全与二层一般，一条甬道，一间浴室，一间后房——门上加锁，正间就是颀斋的卧室，房门上镶着块大的麻花玻璃。

甬道里黑黢黢地，白天和黑夜差不了多少，人走在甬道里，随着脚步有一阵空虚的回声，如同后面蹑随人。墙壁上挂着一条条蜘蛛丝和尘须，垂柳似的飘摇。浴室里奔出一只老鼠，并不避人地向晒台方面窜去。不知从哪里吹来一阵风，“嘘嘘”使人寒毛直竖。

振东把门球一捩，推进去，就有阵扑鼻的香灰气和老人味。

室内烟气缭绕，光线很弱。沿街一排六扇短窗，悬着黑色防空窗帘，像有十年不掸灰，窗帘上蒙着波浪形的黄灰。一进门口有一个老式的红木衣架，挂着许多单、夹、棉等袍子。墙西面是一张半床，与那扇门正是东半球与西半球的遥遥相对。沿窗有靠椅和茶几、写字台——不若二层楼有洋台，倘使用只小梯，可以通东面的邻家。墙东面是一口大红木书架，堆着许多：《前汉书》《后汉书》《石林奏议》《金石书画录》……厚厚盖着黄尘，正像新娘面上披的白纱，使人有隐约欣赏，格外娇艳的姿态。

正中是一只大红木八仙桌，供着一个六臂狰狞的古铜藏佛，台上散摆着玉佛、玉牌、钟、鼎、尺页、手卷，强上挂着一幅罗道子的朱笔钟进士——冬季悬钟馗不是应景，序是辟邪。桌边有只落地大香炉，三支香正在袅袅娜娜地缭绕空际。香炉边有个削瘦拱背的人，向偶像不停的叩头。

在世界文明的今日，膜拜偶像，似乎是愚昧的举动。不过这种膜拜，是有形的，偶像是有质的，可惜许多知识阶级，也会崇拜无质的偶像，那才可叹呢！

振东等他拜号好之后才叫：“爸爸，今天午饭吃过了么？”

“呵，呵……”这种回答不能确定他是“是”，或是“否”。

老人削瘦的脸孔很惨白，颧骨高高地耸着，胡须略带灰白，眼睛向外突出，光彩很迟钝，稀稀拉拉的灰头发半披在脸孔上。他看见平帆进来，也不招呼，似乎一切都与他糊然无关，只一眼不瞬地望着他们。振东与平帆坐到窗边靠椅上。

三个人大家不动不言的坐着，突然，那病人侧着头，蹬住眼，像听见什么。

“喏，喏，鬼！鬼！贼！贼！”

他满面惊慌，手指颤抖，指着天花板，又指指房门。

平帆随着他的手指，只见天花板上光溜溜的泥顶，裂缝也没有一条，连老鼠头也钻不出，哪里可以躲贼？不过当一个暗沉的冬天下午，在黑暗战退光明的屋子里，一阵阵烟气缭绕，对面是这样一个半人半鬼的病者，不由得不使人觉得毛发直竖。

振东轻轻地向平帆说："我们下去吧。"

平帆默然随着振东出来，指着锁好的后房间："这里没人住?"

"没人住，专门堆积杂物的。"

平帆走进浴室，暗沉沉没有一丝阳光，捩开电灯，那盏五支光的灯泡上满布着许多尘灰和蛛丝，所以格外昏沉沉，暗测测。浴室里空洞洞，什么也没有。平帆咳一下，里面"嗡"一声回响。平帆退出浴室，捩开甬道里的灯，看见屋顶上有一方块洞门，中间是一块刷白粉的板。

平帆指着方洞问："这是怎么?"

振东对于这地方，显然住了八、九年没有注意过，思忖了一回，恍然说："我知道了，我们这里的电灯都是暗线，这地方是穿藏电线的总所。"

平帆又走上晒台。晒台门开在西边，适在亭子间上边，三面临空，西边是一家堆积木料和杂物的空场，北面是后弄，南面是家里洗衣裳的小弄，并不与人家连接。他看过之后，重行与振东走至楼下客室。

这时，振东的夫人已经回来，客室里长沙发上有一个紫黑脸色，眼眶子向内凹进，眼睛尖锐，精神充足的青年，穿着一件黑羊皮短外衣，和振东的九岁女孩珍珍玩笑。见他们下来，略欠身子，向平帆点点头。

"这是维德，"振东向平帆介绍，"这位是张医生介绍来的精神病专家平帆先生。"

振东的夫人送上两盘点心，和大家逗坐着吃，平帆一边吃点心，一边很注意维德的举动。这时，珍珍拉开维德皮外衣上的拉链，攀开衬衫，把一支冰冷的小手插在他颈项里，维德脖子缩下去，用手哈抓她的胳肢窝。

"维德先生新从南方来？广州？还是?"

"厦门!"维德的声气很沉着，可是带一些疑虑！来客第一次会面，怎么会知道他的来处，不过一忽儿也解决了，也许是振东告诉他。

"现在和令兄住在一起?"

"不。"粗犷而简单的回答。

"就在间几个门面，新近顶的三层楼全面。"

"啊，现在顶一个楼面比较从前造一幢房子还贵!"振东的夫人接着说，"珍珍，别和叔叔顽皮!"她夹了一个酥给珍珍，"出去玩玩。"

珍珍跳跳跃跃地出去了。

维德伸手按揿着香烟匣上的机钮，一阵子叮叮咚咚，他燃着一支卷烟，很闲暇地抽着："平先生，你看我伯父的病，有恢复知觉的希望么?"

"慢慢地来，"平帆眼睛微阖，睁开来，露出一股光芒，"可否以后让我随时考察他的病情?"他转向振东说。

"费心费心，"振东感激地说，"不过要破费先生宝贵的时间，很过意不去。"

"哪里，哪里，大家全是朋友，"平帆谦虚着，"我对于研究精神病人很有兴趣。"

"我也有同样的嗜好，改日要向平先生叨教呢!"

"叨教不敢当，大家研究研究!"

四　无事忙

自从第一次视察疯人以后，平帆差不多每天全去，遇着振东有事，振东的夫人就陪着他一同到三楼，与疯人一起默默地坐上两个钟头。振东夫人看他不像张医生那样的用听筒、验瞳孔手续。她看他那种默坐的神气，以为他也是一个有神经病的人。振东却以为一个研究精神病学者与医生不同，尽不妨有古怪的举动。如果她不愿意陪他，让珍珍陪他也得。所以后来全是珍珍和平帆作陪，平帆反而觉得自由便利了许多。

有一天晚上，十二点钟以后，天上忽然飘飘飏飏降下一场大雪，霏霏濛濛，像是半空里在弹棉花，又像洒下粉屑，使那批无衣无食的穷人可以做件新棉衣御寒，做些糯米食充饥。可是捞在手里，这种"亲善"的美意有些"不敢领教"，它使穷人格外冷，格外苦!

这场大雪直落到次日上午九时才止。

十一点钟的时候，太阳拂开灰色的寒云，照射在银装玉嵌的屋面上。大地是那么美丽，洁净!白雪掩盖着破屋子颓废的形态，可是掩不住人类丑恶的形迹!填满了路上凹缺的部分，可是填不满人间的缺憾!

疗养院里小花园的草地、矮树、假山石，全披上厚厚的一层白沙。

许多看护小姐正嘻嘻哈哈在捏雪球掷人。

平帆倚在窗口，看着很有趣，有个看护小姐，捏了一个雪球，对着窗子掷来，可惜手劲太小，不到一半就跌了下来，又是一阵哈哈哈。

午饭以后，平帆忽忽出去，直到傍晚才向疗养院的大门走来。

“平先生今天穿中装!”走廊上一个看护望见他进来，向她的同伴说。

“这又要大惊小怪，穿了西装，就不能穿中装吗?”

“不是这样讲，方才出去的时候是西装，现在换中装。我正要告诉你，方在我买了东西回来，在一四四号门口，看见一群穿制服调查防空的人，内中有个穿中装的，真像平先生，我几乎脱口叫出来。现在见他也穿了中装回来，不觉奇怪了!”

“真见鬼，倘使你冒冒失失去叫别人，那才是笑话呢!”她的同伴咕噜着，一面不停手地在结绒线，“又要调查防空，我们这里倒不来!”

“平先生，方在我看见一四四号里调查防空。”那个看护等平帆走到她身边，故意向他取笑说。

平帆不由暗暗一震，讪讪地笑说：“我在朋友家里打 Show Hand 沙哈，你说我在做怎么?”

两个看护一阵哈哈大笑，平帆借着她们的笑声向房门走去。

五　疯人的屋子里

冬天的西北风残酷而贪婪地向人威胁着，吼叫着。一到晚上，就格外凄厉，凶暴。人们怕它的淫威，都早早地钻进被窝去温他们的甜梦。一到十二点钟，街上除出鬼火似的路灯之外，就是刺骨的寒风。

一百四十四号屋子里上下全是漆黑，连得常是不睡的疯人，今夜也特别好睡，一些声息全没有。

他屋子里吊着的三个黑窗帘，被窗缝里的风吹拂得索索抖。中间的窗口吊着一把鹰毛扇，路灯把它的影子照在墙上，像一只大鬼手，作势攫取睡在床上的疯人一般。

疯人睡着没声息，屋子里阴森森，冷气很大。

忽然，门球轻轻一转，“嘘溜溜”迎面一阵冷风，黑暗里有个大的黑物——没有头没有手足——爬进了疯人的房间，在那黑圆怪物的中间，有一只闪光的小眼睛，不断向各处扫射。这团黑物在屋里各处滚转，像在找寻它的目的物。

门外微微一响，那团黑物，愈伸愈长，愈缩愈瘦，，向门边衣架后消失。那时候，“咖咖”房门轻轻吹开，有个大头鬼闪光脸从空中垂下来，走进屋子，向睡着的疯人走去。

同时，睡在床上的疯人，也像知道有鬼怪走进屋子，猛地从床上跳起，向大头怪扑来。大头怪举手遮隔，疯人在大头怪手腕上猛噬一口。大头怪微吼一下，举起闪光的长臂，在疯人头上猛击一下，疯人乖乖地躺下去。大头怪捞出一块白布掩盖在疯人脸上，又加上许多枕头、被头压着。

大头鬼先搜查写字台抽屉，再在书架、衣架、藏佛的神座全搜寻到，一无所有，垂着头仿佛很懊丧失望的样子。忽然用桌上钳蜡煤的火钳在大香炉里搅钳，钳了许多时候，火钳上有一串东西，大头鬼立即藏在身边。

六　相见礼物

“答的”，司必林锁一响，拧开电灯，随着是一声：“咦！”

“哈，维德先生，对不起，我来的时候恰巧主人公在办‘肃清’工作，我因为外面天冷，所以不等主人允许，擅自坐在屋子里等你了。”平帆斜躺在一只钢臂沙发上。

维德也不开口，伸手到门后挂着的大衣里，悠地拔出一支手枪，指着平帆：“鲁平，咱们井水不犯河水，各干各的，你黑夜到我家里来，想做什么？识相些，快走，以后别再管闲事。”

鲁平哈哈一声大笑：“鲁平？哈哈，小孩子也认识鲁平！”他哈哈大笑，又干咳一声，从怀中抽出一只烟匣，从容取出一支纸烟，若无其事的吸他的纸烟，“你既然认识鲁平，还不放下玩具，闹什么把戏？这种东西是孩子们新年里向城隍庙里去买来玩的，你竟把他当真用，哈哈，笑话！”

维德把牙齿一挫，指着半开的门：“走，快走！否则，要你的好看！”

“好看？什么好看？我来形容给你听，你把手枪一攀，‘啪’一声，枪口冒出一烽烟一个黑枣子钻进鲁平的脑门，鲁平躺下来，脸上挂着一条黑血，完了，好看吗？”他又打着哈哈，“既然知道是鲁平，鲁平会剩一管实弹的枪给你玩弄么？嘿，笑话！”他近乎自语地说。

维德听他这么说，拉出枪膛一看，果然空枪膛，握枪的手勃地垂下来，随手把把门关上，颓然倒在对面沙发上，手握着头发，脸藏在胳臂弯里。

“孩子，怎么样？”鲁平打趣地说，同时打开自己的香烟匣授给他，“别着急，我们要谈的话多呢！”

维德接过香烟吸着:“你来的目的是什么?”

“先不要问我,你怎么会知道我是鲁平?”

“看看你左耳上的标记。”

“嗯。”他伸手摸摸那一块橡皮膏贴没的痣。

“第一次你见我,就问我是从南方来,我觉得很奇怪,因此立刻注意你。后来到外面去细细一打听,把你的形状一吻合,不是鲁平是谁?”

“好乖觉的孩子!”

这两个人的谈话,不像是刚才曾经把枪相对,他们简直是好朋友。

“这有什么奇怪,你的脸色与颈项里的颜色完全两样,这就是你曾在热带上的标记。”

“先生的来意——是——”维德这时已经不像先时那么倔强。

“来意?来意是这样,你愿意自由呢,还是愿意把方才大香炉里取出来的一只表交换?”

“怎么!你方才也……”

“不错,我比你先到一步,我看见他咬你,也看见你用那大电筒敲他脑门。在你掸香灰的时候,我才走下去,你是上的四层楼,楼梯难走,走得慢。我是出后门,进后门,平坦大道,走得快,所以比你先到,倒空了你的枪膛。不一会儿,你也回来了。”

“不交给你怎样?”维德带些孩子气,“你……是鲁平……”

“不错,一个大窃贼,一个大窃贼可以证明一个行凶的人失却自由。”

“你冤枉人,有什么证据?”

“你咬伤的手腕,他被窝上的血迹,还有那软梯,你墙上的木梯,四层屋顶上的脚印,都可以使你锒铛入狱的!”

维德懊丧地坐着,把脚尖不住地踢玻璃圆桌的钢脚。

“给你,”他从怀里摸出一串金链,底下系着一颗龙眼大小、紫红色的表,一根翡翠表链,提着一块玫瑰红宝坠。

“表是给你了,不过,可不可以请你告诉我,怎么会知道我要去寻表?”

“可以可以,同时我要你先把过去的事详细说一遍,怎么会造成这种一个局面?”

“表的历史,大概你已经知道了。先父把表赌输的时候我年纪尚小,后来先父死了,先母切切嘱我非得把那只表赎回不可。她的意思,仿佛是伯父用卑劣的手段驱父亲去赌输,伯父赎回之后,先母要向伯父赎回,伯父对她说，还是放在他那里妥当，免得他以后再赌脱。不料先父死后他仍旧不还，先母去问他，他瞪着眼睛说，那时如果没有他，早已是别人袋里的东西，现在能够仍旧保守在严家，全是他的功劳呢。先母就此闷闷不乐地死去，临死时嘱我非弄回来，她死不瞑目！”说时维德一脸痛苦，接着：

“先母死后，我就寄居在他们家里。振东的为人很大方，不过我这位伯父又吝啬，又自私，我曾经和振东说过要赎回这只表，他一口答允在伯父前代作说客。就是在这晚，出事这一晚，这晚我恰巧与几个朋友在跳舞场——这种地方向来不涉足，时光太晚了，回学校不便，就走回家里——我是有后门钥匙的，一看他们都睡了，就轻轻蹑脚走到三楼。从前我睡在伯父后间，就是现在他们囤货的房间——见他房里有火，而且有振东的声息，正想推门进去，却听见振东在说起我想赎回表的事。我觉得立刻推门进去，不大方便，所以站在外面，听伯父怎么说。”

维德说得很疲倦，躺在沙发椅背，把脚搁在玻璃圆桌上。

“我听见伯父不答允，而且说，倘使我也有父亲的遗传性，把表赌去怎么办？不如现在不还给我，将来传给振东，永远遗传给严姓子孙的好。无论如何，他目前决不能还给我。当时，我听了非常恨，总要想个法子弄弄这个自私的人才好，正在不得主意，听见振东说要去睡了，我就躲进浴室。等振东下去之后，才默默地坐在房里，愈想愈恨。你要知道，我读的是化学系。当时就想出一个法子，不过是吓吓他，出出气的意思。”

他的脚一动，跌翻了圆桌上的水杯，他赶快扶起杯子，接下去：“我拿了一瓶磷，一支毛笔，在楼梯头顶，用磷画上一个鬼脸，走下去，想出个法子，使他走出来见那墙上的鬼脸才好。我走到楼下，把纵火门一关——这时振东房里已经没有火，只有他吃大烟的人还开着电灯抽烟，总门关脱之后，就在后门外沿尖嗓子喊一声‘捉贼’。原想火一暗，他会出来叫人，才能看见那鬼脸，不料老年人经不起吓，就会跌倒的。当时我一听见闯了祸，赶快去捩开总门，轻轻溜出去，在朋友家里住了一夜，直到星期六才回家。我看见伯父已经吓疯，李子表也不见了，自己觉得很懊悔，不等到毕业，就随了朋友动身到厦门。”

他说毕，望着鲁平的脸。鲁平阖着眼，像是睡去一般，不过他嘴里叼着的那支烟，红的一圈火印，是在竭力向上烧。

大家全不开口，屋子里很沉静。

“上月我从厦门回来，看见振东的事业很发达，伯父的疯病也比我去的时候好，我也安心了。日子过得一久，对于那只表的心总不肯死，恰巧我屋顶的三楼，上面也像那面一样有个洞，那边的洞我看见电灯匠上去，我也随了走上去过，只知道通邻家，不知道六家的屋顶全可以走得通——有次我向朋友借了一只梯，爬上去，竟走到伯父的甬道，望见他在屋子里打转。于是我去弄了一只软梯，做了一个假面具，面具上仍涂上磷，在半夜二点钟的晨光，从洞里垂下去，在玻璃窗外面吓他。我以为那只表一定是他自己藏过，假装疯病骗人的。”他说毕，从口袋里掏出一只布做的面具，和一具大的手电筒。

“自从第一次见你，我的灵魂上有种不自知的预兆，觉得应该早一些动手，早些离开这里。”

鲁平悠的睁开眼睛，射出一道光芒，维德的眼光接触着，像斗败公鸡似的垂下去。

“鲁平先生，可否请把你的故事讲出来?”

“嗯。”鲁平欠了一欠身子。“我在医院里，每夜听见有人叫‘捉贼’，觉得非常奇怪。后来张医生告诉我这故事，就打动了我的好奇心。第一次考查，可说完全无头绪，第二天，去查也没把握。直到第三天，才在甬道里发现一件奇事，原来甬道上方架子里盖的那块板有块腰圆木心，我明明记得昨天是长形横在南北头的，而这天那圆心却是向东西方了。于是默默记着，过了一天，圆心又是横放向南北。嘿，我知道一定有人从上面下来。”

远远里吹来一阵车轮声，滚破了沉静夜的。

“我派人调查邻近人家，觉得犯嫌疑的成分你最多。又假装了调查防空，一家家去察看，六幢房子，只有第一家与最末家有那样一个洞，所以我断定是你从中作怪。当我一听见振东所说的，就断定那只表并不被窃，一定是颀斋性急慌忙，放在什么秘密的地方，发疯之后知觉全失，不记得放的所在了。我坐在他房里，希望他在不知不觉中流露出一些预兆。因为一个有精神病的人，完全知觉虽失，而局部的神情，有时会露出他的动作。今夜你来得以前，我已经在他吃的杯子里，倒了两格我吃的药水。你来的时候，药性已经过去，所以把你咬上一口了。”他觉得喉咙有些干燥，微微咳一下。

“你在衣架上搜的时候，我暗想，幸得我早溜出来，不然给你一摸着就有些不便了。”

七 尾声

新闻报馆有人送上一封信和一只义卖的圆形金表，信上这样写着：

诸位先生：

这只表在我们家里，已经传了三代，虽不是什么无价之宝，可是也有一些历史上的价值。这只表是德皇威廉第二赠送给吴状元，状元夫人赛金花曾一度佩带，后来移送情人，转侧传到我们手里。

我们曾在报上看到那个贷学金的家长写的一篇，说他以前也是有产阶级，有汽车。不料现在他儿女的学费要向报馆贷借，甚悔当时不曾先资助别人，那末现在受别人的资助，内心痛苦也可以减少些……看了这篇，觉得在人潮中间，谁能保得永久富贵安乐。天有不测风云，安知日后不步到这人的后尘呢？

现在学费如此高贵，正不知有几多莘莘学子要失学，想到这些，我们愿割爱捐助，尚望能够。有钱的人亦能捐些出来，为公为私都是对他们自己有福的，因为这比烧香念佛实惠得多了！

敬祝

编安

无名氏

原载《蓝皮书》，1948 年第十八期、十九期

后 记

当我在电脑里敲下“后记”两个字时，脑子里即刻闪现出唐代诗人罗隐的《蜂》里的诗句：

采得百花成蜜后，
为谁辛苦为谁甜？

这蕴含哲理的诗句正是我此刻心情的写照。

2010年6月我申请到国家社科基金项目《中国现当代侦探小说研究》。虽说我对中国侦探小说并不陌生，但要真正整理百年中国侦探小说作品谈何容易。遇到的第一个难题就是现有文献的匮乏，对侦探小说研究的文献本就稀少，而对中国侦探小说的研究则更显贫弱。因此，只能去寻觅原始文献。于是，开始了两载的艰辛历程。

北京师范大学图书馆的馆藏报刊几乎被我们翻了个底，尘封在地库里的民国报刊散发出浓烈的“芳香”，就在那独特的“芳香”里细数被时光染黄的文字……国家图书馆、首都图书馆、北京大学图书馆、中国人民大学图书馆、上海图书馆等都留下了我们伏案的身影。1896—2011年间的近千份报刊杂志逐一打手上过，被岁月淹没了的作家作品逐个在眼前闪现，刘半农、张天翼、袁寒云……这些流光的名字都是中国侦探小说的倡导者与实践者。冬去春来，近千部侦探作品渐渐聚集在相机里、电脑里，录入、断句、繁化简的文字处理，使这些被时光磨损了的文字重新散发出诱人的芳香。其中的“辛苦”与“甜蜜”岂是三言两语可道尽的?!

而今，触摸着“百年中国侦探小说精选（1908—2011）”丛书的校样，多少辛劳亦成往事。

此刻，我的心里装满了感激与感动，这份情感真切地流淌在每一处文字里。

感谢我的研究生高媛为本丛书的付梓所做的劳动，她曾独自埋头于上海图书馆，寻到了北京各大图书馆未存的珍贵资料。感谢谭东春、卜岩焯、张曼莉、郭美艳、李思静、杜欣芯在删选作品、录入文稿时给予的帮助。

感谢作家蓝玛、郑炳南、李迪、张策、谢鑫等为推荐作家作品、查询联系方式给予的帮助。感谢入选丛书的所有作家，是你们的智慧与执著让读者与研究者领略到中国侦探小说的别样风采。

最后，要特别感谢北京师范大学出版社的领导同志与编辑同志为本丛书的问世给予的大力支持。

任翔

2012年8月18日于北京养木轩